엘러리 퀸 Ellery Queen

20세기 미스터리를 대표하는 거장. 작가 활동 외에도 미스터리 연구가, 장서가, 잡지 발행인으로 잘 알려져 있다. 또한 '엘러리 퀸'은 그의 작품 속에 등장하는 탐정 이름이기도 한데, 셜록 홈스와 명성을 나란히 하는 금세기 최고의 명탐정이다.

엘러리 퀸은 한 사람의 이름이 아니라 만프레드 리(Manfred Bennington Lee, 1905~1971)와 프레더릭 다네이(Frederic Dannay, 1905~1982), 이 두 사촌 형제의 필명이다. 둘은 뉴욕 브루클린 출신으로 각각 광고 회사와 영화사에서 일하던 중, 당시 최고 인기 작가였던 밴 다인(S. S. Van Dine)의 성공에 자극받아 미스터리 소설에 도전하기로 마음먹는다. 그들의 계획을 현실로 만든 것은 〈맥클루어스〉 잡지사의 소설 공모였다. 탐정의 이름만 기억될 뿐 작가의 이름은 쉽게 잊힌다고 생각한 그들은, '엘러리 퀸'이라는 공동 필명을 탐정의 이름으로 삼았다. 그들이 응모한 작품은 1등으로 당선됐으나, 공교롭게도 잡지사가 파산하고 상속인이 바뀌어 수상이 무산된다. 하지만 스토크스 출판사에 의해 작품은 빛을 보게 되는데, 이것이 바로 엘러리 퀸의 역사적인 첫 작품 《로마 모자 미스터리》(1929)였다.

이후 엘러리 퀸은 논리와 기교를 중시하는 초기작부터 인간의 본성을 꿰뚫는 후기작까지, 미스터리 장르의 발전을 이끌며 역사에 길이 남을 걸작들을 생산해냈다. 대표작은 셀 수 없을 정도이나, 그가 바너비 로스 명의로 발표한 《Y의 비극》(1932)은 '세계 3대 미스터리'로 불릴 만큼 높은 평가를 받고 있으며 중편 〈신의 등불〉(1935)은 '세계 최고의 중편'이라는 별칭을 가지고 있다. 이외 〈그리스 관 미스터리〉(1932), 〈이집트 십자가 미스터리〉(1932), 《X의 비극》(1932), 《재앙의 거리》(1942), 《열흘간의 불가사의》(1948) 등은 미스터리 장르에서 언제나 거론되는 걸작들이다. '독자에의 도전'을 비롯해 그가 작품에서 보여준 형식과 아이디어는 거의 모든 후대 작가들에게 영향을 미쳤으며 특히 일본의 본격, 신본격 미스터리의 기반이 됐다.

작품 외에도 엘러리 퀸은 미스터리 장르의 전 영역에 걸쳐 두각을 나타냈다. 비평서, 범죄 논픽션, 영화 시나리오, 라디오 드라마 등에서도 활동했으며, 미국미스터리작가협회 회장을 역임했다. 또 현재에도 발간 중인 〈EQMM 엘러리 퀸 미스터리 매거진〉(1941년 시작됨)을 발간해 앤솔러지 등을 출간하며 수많은 후배 작가를 발굴하기도 했다. 미국미스터리작가협회는 이런 엘러리 퀸의 공을 기려 1969년 '《로마 모자 미스터리》 발간 40주년 기념 부문'을 제정하기도 했으며, 1983년부터는 미스터리 분야에서 두각을 나타낸 공동 작업에 '엘러리 퀸 상'을 수여하고 있다.

SIGONGSA *design* 박지은
photo © *Eric Schaal*

Ellery Queen Collection

X의 비극

The Tragedy of X
Copyright © 1932 by Barnaby Ross. Copyright renewed by Ellery Queen.
Korean Translation Copyright © 2013 by Sigongsa Co., Ltd.

Korean edition is published by arrangement
with The Frederic Dannay Literary Property Trust,
The Manfred B. Lee Family Literary Property Trust and their agent JackTime.

· 이 책은 《The Tragedy of X》 (1986, International Polygonics, Ltd.)를 토대로 번역했으며 《The Tragedy of X》 (1978, The Regents of the University of California)를 참고 했습니다.

The Tragedy of X
엘러리 퀸 지음
서계인 옮김
X의 비극

독자들에게 보내는 두 번째 공개장

친애하는 독자 여러분.

바너비 로스의 《X의 비극》이 처음 바이킹 프레스에서 하드커버로 발간된 것은 1932년의 일이었다. 이 책은 《Y의 비극》(1932), 《Z의 비극》(1933), 《드루리 레인 최후의 사건》(1933)으로 이어지는 4부작 시리즈의 첫 번째 작품이다. 《X의 비극》은 초판이 나온 지 8년 만에 뉴욕의 프레더릭 A. 스토크스 사에서 하드커버로 재 출간되었으며 이때 작가의 정체가 밝혀졌다. 추리소설의 역사 속에서 한 작품이 하드커버 판본으로 두 번에 걸쳐 두 곳의 출판사에서 나오는 일은 몹시 드물며, 특히 이번 새 개정판처럼 46년 만에 세 번째 하드커버 판본으로 나오게 된 일은 흔치 않다.

자, 이제부터 나는 프랜시스 M. 네빈스 주니어가 훌륭한 소개문·1978년에 출간된 캘리포니아 대학교 출판부의 판본에 쓰인 서문을 이르는 말이다.—편집자에서 언급하지 않았던 《X의 비극》에 관련된 사소한 사실이나 일화들을 몇 가지 쓰려 한다.

제목 《Z의 비극》이 발간된 후 책을 읽은 독자 한 사람이 드루리 레인이 나오는 다음 작품의 제목을 《&의 비극》이라고 붙이라는 제안을 했다. 또 다른 독자는 리와 내가 알파벳의 첫 글자로 돌아가 《A의 비극》《B의 비극》을 쭉 써서 다시 X까지 도달하는 것이 어떻겠냐는 말을 했다. 전부는 아니겠지만 많은 작가들이 어울리는 제목을 고르는 데 상당한 고심을 하게 된다. 그런 상황에서 눈앞에서 우리를 기다리는 스물네 개의 제목을 얻게 된 셈이었다. 그리고 우리는 결정을 내렸다.

단 네 권의 작품 네빈스의 서문에서도 한 가지 이유-바이킹 프레스와의 불화 때문이었다고 한다.-편집자가 제시되었지만 다른 이유가 하나 더 있다. 1930년대 초반 리와 나는 전업 작가가 되기로 결심했다. 대공황의 밑바닥 속에서 우리에게는 부양해야 할 가족이 둘이나 있었다. 《Z의 비극》이 출판된 이후 우리는 바너비 로스 명의의 작품을 쓰면서 플롯을 짜고 집필하는 일과 엘러리 퀸 명의의 작품을 작업하는 일은 거의 비슷한 시간이 든다는 사실을 깨달았고, 퀸 이름의 책이 로스의 책보다 판매량이 좋았기 때문에 이 불안정한 시대에 조금이라도 더 많은 수입을 얻으려면 우리가 가진 모든 창의적인 에너지를 EQ의 발전에 쏟아야 한다는 현실적인 결정을 내렸다.

X가 집필된 곳 작가 활동 초기 우리는 뉴욕 시에 '사무실'을 갖고 있었다. 가구가 딸린 아주 작은 방으로 8번 스트리트와 맥두걸 스트리트의 모퉁이에 있는 그리니치빌리지의 하숙집(이란 말은 몹시 완곡한 표현이다.)의 단칸방이었다. 그 방에는 나무 테이블 두 개와 평범한 의자 두 개 그리고 낮잠용 침대가 드문드문 놓여 있었다. 내가 기억하는 한 책상은 없었으며 드물게 방문자가 있을 때면(주로 '작가들이 어떻게 일하는지' 궁금해 찾아온 친구들이었다.) 다른 방에 가서 의자를 빌려야 했다. 안뜰 쪽으로 작은 창이 하나

나 있긴 했지만 아무리 둘이서 힘을 합쳐도 도저히 그 창문을 열 수가 없었다. 그리고 우리가 코트와 모자를 도대체 어디의 무엇에 걸었는지도 기억나질 않는다. 그 공간에서의 삶은 우리 공동 작업 경력의 초기 단계였을 것이다. 그러니 보헤미안다운 '예술가의 다락방'에서 일하는 것만큼이나 우리에게는 '로맨틱'하게 느껴지지 않았을까.

헌정사 X의 바이킹 프레스 하드커버 판본에는 다음과 같은 헌정사가 포함되어 있다.

'모리스 B. 울프 박사의 열정적인 도움에 감사하며.'

아마도 이 헌정사에 대해서 제대로 설명한 적은 없는 것 같다. 1931년, 그러니까 X가 집필되기 1년 전 우리는 병원을 주된 배경으로 하는 엘러리 퀸의 《네덜란드 구두 미스터리》를 발표했다. 이 책이 발간된 지 얼마 지나지 않아 우리는 병원 내 절차의 오류를 지적해주는 울프 박사의 편지를 받게 되었다. 우리는 울프 박사에게 감사를 표하면서 혹시 우리가 의학적인 문제에 대해 자문을 구할 수 있을지 물었다. 특히 독약과 관련된 문제에 대해서 말이다. 울프 박사는 흔쾌히 동의했고, 자신에게 '알려지지 않은' 독극물을 시험하는 개인 연구실이 있다는 사실도 알려주었다.

X의 작업에 착수하면서 우리는 사람으로 붐비는 전차 내의 살인이라는 개념이 아주 색다른 문제를 갖고 있다는 사실을 깨달았다. 우리는 울프 박사에게 장소, 타이밍, 사람으로 빽빽한 전차, 폭풍우, 흉기가 '보이지 않아야 한다'는 점 등 살인 사건의 상황을 아주 촘촘하게 알려주었고 울프 박사는 그를 바탕으로 흉기를 '발명'해주었다. 따라서 우리의 헌정사는 이 선량한 의

사에게 바쳐진 것이다.

실망 리와 나는 언제나 드루리 레인('놀라운 탐정 능력을 지닌 늙은 셰익스피어 극 배우')이 아주 이상적인 영화 속 탐정 그리고 시간이 흐른 뒤에는 텔레비전 드라마 속 탐정이라고 생각했다. 혹자는 저 유명한 셜록 홈스 연극배우 윌리엄 E. 질레트와 존 배리모어를 합친 느낌이라고 생각할지도 모르겠다. 하지만 사실 우리는 한 번도, 지나가는 말이라도 영상화의 제안을 받아본 적이 없었다. 그러나 이제 드루리 레인은 이렇게 캘리포니아의 델 마르 출판사에서 되살아나게 되었고, 그곳은 뉴욕보다 훨씬 할리우드에 가까운 위치에 있다. 뭐, 가깝다고 해서 무슨 이득이 있는 것은 아니지만…….

《X의 비극》은 미스터리 라이브러리 편집국이 퍼블리셔스 사에 추천해줬기에 출간될 수 있었다. 진심으로 감사한다. 그리고 프랜시스 M. 네빈스가 추천의 글을 써준 것 또한 감사하며 영광이라고 생각한다. 1940년 스토크스 판의 공개장에서 썼던 것과 마찬가지로 이 작품은 '연역 추리파' 탐정에 대한 이야기이다. 즉 독자들에 대해 공명정대한 태도를 취하는 부류에 속하며 결말에 이르기 전에 미리 모든 단서를 독자들에게 제시할 것이다. 이 책을 새로운 독자들이 부디 즐겁게 읽어주기를 바란다.

1977년 11월 7일
뉴욕 라치몬트에서
엘러리 퀸

Ellery Queen

독자에게 띄우는 첫 번째 공개장

친애하는 독자 여러분.

지금으로부터 구 년 전, 그때까지 엘러리 퀸이라는 하나의 필명으로 공동 저작을 해온 두 젊은이가 주위 사람들의 간절한 부탁과 여러 가지 사정에 따라 새로운 일련의 추리소설을 쓰게 되었다.

그 새로운 노력의 결과, 두 사람이 창조해낸 인물이 바로 놀라운 추리력을 지닌 셰익스피어 연극의 노배우 드루리 레인이다.

하지만 엘러리 퀸은 처음부터 탐정 엘러리 퀸의 공적을 기리는 작품을 발표해왔기에, 갑자기 이 새로운 인물 드루리 레인의 공적을 찬양하는 작품을 동일한 필명으로 세상에 내놓을 수가 없었다.

그래서 두 젊은이는 또 다른 필명을 만들기로 합의하여 드루리 레인 4부작의 첫 번째 작품인 《X의 비극》을 바너비 로스라는 이름으로 세상에 내놓게 되었다.

그런데 엘러리 퀸이라는 (두 사람의) 작가와 바너비 로스라는 (두 사람의) 작가 사이에는 어느 모로 보나 아무런 연관성을 찾아볼 수 없었다. 두 작가의 저서들은 각기 다른 출판사에서 간행되었고, 두 작가 주위에 의도적으로 갖가지 장막을 둘러놓았기 때문이다. 심지어 이중의 익명으로 숨겨져 있던 시절, 공식 석상에서 두 젊은이는 각자 도미노 마스크가면무도회 등에서 사용하는 얼굴의 위쪽 반을 가리는 가면—옮긴이를 쓰고서 한 연단에 올라서서 상대를 적대감 어린 눈초리로 노려본 적도 있었다. 한 사람은 엘러리 퀸, 또 한 사람은 바너비 로스 행세를 하며 서로가 추리 작가로서의 불타는 경쟁심을 가지고 있음을 연출해 보였던 것이다. 하지만 뉴저지 주의 메이플우드에서 일리노이 주의 시카고에 이르기까지 수많은 강연회장에서 호기심 가득한 청중들을 앞에 두고 두 사람이 주고받은 말들은 결코 겉치레만은 아니었다. 그러한 기만책으로 두 작가는 다른 개성을 가진 인격체로 비쳐질 수 있었다.

하지만 그러는 중에도 진실을 밝힐 수 있는 교묘한 단서 하나가 존재하고 있었다. 만약 예리한 눈을 가진 '안락의자 탐정'이 그 점을 깨달았다면, 엘러리 퀸과 바너비 로스의 관계를 쉽사리 알아내 그들이 지난 구 년 동안 세인들에게 짓궂게 속임수를 써 왔다는 사실을 여지없이 폭로했을 것이다.

즉, 《로마 모자 미스터리》(엘러리 퀸 시리즈의 최초 작품)의 서문을 관심 있게 살펴보면 다음과 같은 주목할 만한 기록을 발견할 수 있다.

그의 범죄 수사 경력은 화려하다. 예를 들면, 현재는 고전이 되어버린 바너비 로스 살인 사건에서 빛나는 공을 세워 "리처드 퀸은 다마카 히에로, 브리용, 크리스 올리버, 르노, 제임스 레딕스 등과 같은 유명한 수사관들과 어깨를 나란히 한다."라는 평가를 받기도 했다.

두 젊은이가 새로운 필명을 만들어야 할 필요성을 느꼈을 때 '바너비 로스'라는 이름을 택한 것은 바로 이 미심쩍은 인용문 때문이었다. 따라서 바너비 로스가 태어난 것은 엘러리 퀸 시리즈 제1탄의 서문이 쓰였던 1928년이지만, '두 아버지의 손에 의해 정식으로 세례를 받고 본적을 갖춘 것'은 1931년이 되는 셈이다.

그래서 결국 예나 지금이나 그리고 앞으로도 영원히 바너비 로스는 엘러리 퀸이며, 반대로 엘러리 퀸은 바너비 로스이기도 한 것이다.

드루리 레인에 대해 한마디 하자면, 반쯤은 연극하는 기분으로 사건에 참견하는 속임수의 천재이다. 어떤 한 인물(굳이 그 이름을 밝히고 싶진 않다.)을 제외하고는 아마도 예나 지금이나 가장 탁월한 추리력의 소유자인 이 노인을 우리는 언제나 애정 어린 시선으로 지켜보아왔다.

그의 형제(마찬가지로 책략가인 두 아버지가 그를 뭐라고 부를까?)와 마찬가지로 드루리 레인은 '연역 추리파'이다. 즉 독자들에 대해 공명정대한 태도를 취하는 부류에 속한다. 그러므로 이 《X의 비극》을 비롯하여 이어지는 일련의 '비극'들에서도 결말에 이르기 전에 미리 모든 단서를 독자들에게 제시할 것이다.

그러면, 이 엄숙한 부활의 시간에 즈음하여…… 드루리 레인 만세!

1940년 9월 13일 금요일
뉴욕에서
엘러리 퀸
Ellery Queen

연극 순서

독자에게 보내는 두 번째 공개장 ······················· 4
독자에게 보내는 첫 번째 공개장 ······················· 8

제1막

제1장 햄릿 저택 ······································· 17
제2장 그랜트 호텔의 스위트룸 ······················· 28
제3장 42번 스트리트의 전차 안 ······················· 38
제4장 차고 건물의 별실 ······························· 52
제5장 차고 건물의 큰 방 ······························· 63
제6장 햄릿 저택 ······································· 70
제7장 차고 건물의 별실 ······························· 72
제8장 드위트 앤드 롱스트리트 사 ······················· 80
제9장 햄릿 저택 ······································· 102

제2막

제1장 지방 검찰청 ································· 113
제2장 위호켄 선착장 ······························· 122
제3장 위호켄 터미널 ······························· 134
제4장 섬 경감의 사무실 ··························· 168
제5장 햄릿 저택 ···································· 180
제6장 위호켄 ······································· 188
제7장 웨스트 잉글우드의 드위트 저택 ········ 205
제8장 증권거래소 클럽 ···························· 214
제9장 지방 검찰청 ································· 225
제10장 햄릿 저택 ··································· 242
제11장 라이먼, 브룩스 앤드 셀던 법률 사무소 ········ 247
제12장 햄릿 저택 ··································· 253
제13장 프레더릭 라이먼의 집 ···················· 257
제14장 형사재판소 ·································· 264

제3막

제1장 리츠 호텔의 스위트룸 ········· 284
제2장 위호켄 역 ········· 295
제3장 위호켄-뉴버그 구간 열차 ········· 298
제4장 뉴욕으로 돌아가는 길 ········· 347
제5장 웨스트 잉글우드의 드위트 저택 ········· 352
제6장 그랜트 호텔의 스위트룸 ········· 365
제7장 마이클 콜린스의 아파트 ········· 376
제8장 우루과이 영사관 ········· 387
제9장 햄릿 저택 ········· 397
제10장 보고타 부근 ········· 414
제11장 햄릿 저택 ········· 421
제12장 위호켄-뉴버그 구간 열차 ········· 425

무대 뒤에서-설명 햄릿 저택 ········· 430

드루리 레인에 관한 어떤 진실 ········· 479

등장인물

할리 롱스트리트 주식 중개인

존 드위트 주식 중개인

펀 드위트 존 드위트의 부인

진 드위트 존 드위트의 딸

크리스토퍼 로드 진 드위트의 약혼자

프랭클린 에이헌 존 드위트의 친구

체리 브라운 여배우

폴룩스 배우, 독심술사

루이 임피리얼 스위스인 사업가

마이클 콜린스 공무원

라이어넬 브룩스 변호사

찰스 우드 전차 차장

안나 플랫 롱스트리트의 비서

후안 아호스 우루과이 영사

브루노 지방 검사

섬 경감

실링 검시관

드루리 레인 햄릿 저택의 주인, 원로 배우

퀘이시 드루리 레인의 분장사 겸 하인

폴스태프 드루리 레인의 집사

드로미오 드루리 레인의 운전사

크로포트킨 연출가

호프 무대장치가

증인들, 경찰들, 공무원들, 하인들, 안내원들

배경 뉴욕 시와 그 부근
시간 현대

제1막: 제1장
햄릿 저택
9월 8일 화요일 오전 10시 30분

눈 아래 저 멀리서 우울한 안개에 싸인 허드슨 강이 희미하게 빛나고 있었다. 그 강 위로 흰 돛을 단 돛단배 한 척이 미끄러지듯 나타났고 평화로워 보이는 증기선 한 척이 천천히 상류로 올라갔다.

그들이 탄 자동차는 좁고 구불구불한 길을 흔들림 없이 올라가고 있었다. 차에 탄 두 사내는 바깥으로 고개를 내밀고 위를 올려다보았다. 상공에는 믿기 어려운 중세풍의 망루와 돌로 쌓은 성벽과 총안(銃眼), 기묘한 모양을 한 교회의 첨탑 같은 것들이 구름 사이로 모습을 드러냈다. 첨탑의 끝은 울창한 푸른 수풀 위로 솟아나와 있었다.

두 사내는 머쓱한 표정으로 서로를 마주 보았다.

"'코네티컷 양키'마크 트웨인의 소설 《아서 왕 궁전의 코네티컷 양키》에 등장하는 영국의 한 지각 있는 양카-옮긴이라도 된 듯한 기분이 드는군요."

약간 흥분한 어조로 한 사내가 그렇게 중얼거렸다.

그러자 크고 건장한 체격의 다른 한 사내가 쩌렁쩌렁한 목소리로 말을 받았다.

"그럼 우리는 갑옷을 입은 기사인 셈인가요?"

차는 낡고 고풍스러운 다리 옆에서 덜킥 밈춰 섰다. 근처에 있는 초가지붕이 얹힌 오두막에서 혈색이 좋고 키가 작은 노인이 나와서는 문 위에 매달려 있는 나무로 된 표지판을 묵묵히 손으로 가리켰다. 그 표지판에는 옛 글씨체로 다음과 같이 쓰여 있었다.

출입 금지
햄릿 저택

체구가 큰 사내 쪽이 차창 밖으로 고개를 내밀고 소리쳤다.
"드루리 레인 씨를 만나러 왔소!"
"잠깐 기다리십시오."
작은 노인이 종종걸음으로 다가왔다.
"그런데 통행증은 가지고 계신가요?"
순간 두 방문객은 멍한 표정을 지었다. 한 사내가 어깨를 으쓱했다. 체구가 큰 사내가 자르듯이 말했다.
"레인 씨는 지금쯤 우리가 도착하길 기다리고 계실 거요!"
"아, 그러신가요?"
그 다리지기 노인은 희끗한 머리를 긁적이더니 오두막 안으로 사라졌다. 노인은 이내 돌아와서 말했다.
"죄송합니다. 지, 지나가시지요."
노인은 바삐 다리로 가더니 요란스러운 소리를 내면서 철문을 열고는 한쪽으로 물러섰다. 차는 다리를 지나 속도를 높이며 깨끗한 자갈길 위를 달렸다.
차는 푸른 떡갈나무 숲을 잠시 달린 뒤에 확 트인 공터로 빠져나갔다. 그러자 마치 잠자는 거인 같은 대저택이 모습을 드러냈다. 자그마한 화강암 벽에 허드슨 언덕라고 쓰인 문패가 박혀 있었다. 차가 다가가자 쇠고리가 달린 육중한 문이 소리를 내며 열렸다. 문 곁에서 또 다른 노인이 모자를 벗어 인사를 하고는 싱글벙글 웃으며 섰다.

이어서 차는 잘 가꾸어진 울긋불긋한 정원 사이로 난 구불구불한 길로 들어섰다. 그 정원은 가지런히 정돈된 울타리가 주차장과 명확한 경계를 이루고 있었고, 일정한 간격으로 상록수가 심어져 있었다. 좌우로는 각각 보도가 나 있었으며, 정원에서 약간 떨어진 곳에는 뾰족지붕 양식의 오두막들이 동화에 나오는 집들처럼 드문드문 세워져 있었다. 화단 중앙에 위치한 아리엘셰익스피어의 《템페스트》에 나오는 공기의 요정-옮긴이 석상에서는 맑은 물이 똑똑 떨어지고 있었다…….

이윽고 두 방문객은 본거지에 이르렀고, 그곳에는 또 다른 노인이 그들을 기다리고 있었다. 곧 해자에서 엄청나게 큰 다리가 소리를 내면서 내려와 번쩍이는 물 위로 걸쳐졌다. 이내 다리 저편에서 떡갈나무와 쇠로 된 6미터 정도 높이의 육중한 문이 열렸다. 거기에는 얼굴이 몹시 불그레하고 키가 작은 사내가 번쩍이는 제복을 입고 서 있었다. 사내는 마치 비밀스러운 연극이라도 즐기는 듯이 싱글거리며 오른발을 뒤로 빼내고 인사를 했다.

두 방문객은 어안이 벙벙한 표정으로 차에서 나와 발소리를 내면서 쇠로 된 다리를 건넜다.

"브루노 지방 검사님과 섬 경감님이시죠? 어서 오십시오."

배가 불룩 나온 그 늙은 하인은 아까처럼 미용 체조 같은 인사를 되풀이했다. 그러고는 앞장서서 활기차게 16세기의 세계로 나아갔다.

두 방문객은 마치 중세 영주 저택의 응접실인 듯한 드넓은 방으로 들어섰다. 천장에는 거대한 대들보가 있었고, 번쩍이는 철갑을 두른 기사들과 못에 걸린 골동품들이 그들을 맞이했다. 방 안쪽 벽에는 발할라도 상대가 안 된다는 듯이 거대한 희극 가면이 이쪽으로 짓궂은 눈길을 보내고 있었다. 그 맞은편 벽에는 우거지상을 짓고 있는 비극 가면 한 쌍이 있었다. 모두 오래된 떡갈나무 조각품들이었다. 천장에는 커다란 철제 샹들리에가 가면들 사이로 늘어져 있었는데, 커다란 양초들이 꽂혀 있는 걸로 보아 전기 배선 같은 것은 되어 있지 않은 듯했다.

안쪽 벽에 있는 문이 열리더니 과거에서 빠져나온 듯한 괴상한 꼽추 노인이 나타났다. 노인은 머리가 벗어진 데다 구레나룻을 기르고 있었으며, 주름이 가득한 얼굴에 대장장이처럼 후줄근한 가죽 앞치마를 두르고 있었다. 지방 검사와 경감은 서로의 얼굴을 마주 보았다. 경감이 중얼거렸다.

"어째 노인들뿐일까요?"

꼽추 노인은 성큼성큼 다가와서 인사를 했다.

"잘 오셨습니다. 두 분께서 햄릿 저택에 오신 걸 환영합니다."

노인은 평소에는 말을 잘 하지 않는 듯이 부자연스러운 어투로 말했다. 그러고는 제복을 입은 노인 쪽을 바라보더니 다시 입을 열었다.

"이제 됐네, 폴스태프*셰익스피어 극에 등장하는 기지가 넘치는 뚱보 기사-옮긴이*."

그 말에 브루노 지방 검사는 눈이 더욱 휘둥그레졌다. 검사가 짧게 신음하듯 말했다.

"폴스태프라니……. 아냐, 그런 이름일 리가 없지!"

꼽추 노인은 성가신 듯이 구레나룻을 곤두세웠다.

"그 말씀이 옳습니다. 저 늙은이는 제이크 핀나라는 이름의 배우죠. 하지만 드루리 씨께서 그렇게 부르시기 때문에……. 자, 저를 따라오시지요."

노인은 발소리가 울리는 마루를 지나 자신이 방금 나왔던 작은 입구로 그들을 안내했다. 노인이 벽에 손을 대자 문이 스르륵 열렸다. 유령이라도 출몰할 것 같은 이 궁전에 엘리베이터라니! 두 방문객은 어처구니가 없는 듯 고개를 설레설레 저으며 노인을 따라 엘리베이터에 올라탔다. 엘리베이터는 재빨리 올라가더니 조용히 멎었다. 곧 작은 문이 열리자 꼽추 노인이 말했다.

"드루리 레인 씨의 방입니다."

너무나도 웅장하고 고풍스러운 방이었다……. 모든 것들에서 예스러운 정취가 물씬 풍겨 마치 엘리자베스 여왕 시절의 영국을 떠올리게 했다. 가죽과 떡갈나무로 만들어진 것, 떡갈나무와 돌로 만들어진 것……. 폭 3.5미터쯤 되는 벽난로에서는 작은 불길이 타오르고 있었고 그 위쪽에는 세월과 연기로 인해 청동색으로 변해버린 들보가 끼워져 있었다. 날씨가 조금 쌀쌀했던 탓에 브루노 검사는 갈색 눈을 재빨리 움직여 반가운 듯이 그 불길을 바라보았다.

꼽추 노인의 기묘한 몸짓에 따라 두 방문객은 크고 고풍스러운 의자에 앉으며 다시금 놀라움의 시선을 주고받았다. 노인은 구레나룻을 쓰다듬으면서 벽 가장자리에 조용히 서 있었다. 이윽고 노인은 몸을 조금 움직이더니 분명한 어조로 말했다.

"드루리 레인 씨가 오십니다."

두 방문객은 무심결에 자리에서 일어섰다. 문턱 쪽에서 키가 큰 사내가 두 사람을 바라보고 서 있었다. 꼽추 노인은 가죽처럼 질긴 얼굴에 기묘한 웃음을 띠며 인사를 했다. 지방 검사와 경감도 엉겁결에 고개를 숙였다.

드루리 레인은 성큼성큼 방 안으로 들어와 핏기는 없지만 굳세 보이는 손을 내밀었다.

"두 분 모두 잘 오셨습니다. 어서 앉으시지요."

브루노는 너무도 평온해 보이는 상대의 짙은 초록빛의 두 눈을 지그시 바라보았다. 그리고 자신이 입을 열자마자, 그 두 눈이 날카롭게 자신의 입술로 향하는 것을 깨닫고는 내심 깜짝 놀랐다.

"이렇게 만나주셔서 감사합니다, 레인 씨."

그렇게 말하고 나서 브루노는 말을 더듬었다.

"그리고…… 저어, 뭐라고 말씀드려야 좋을지 모르겠군요……. 아무튼, 실로 놀라운 저택입니다."

"처음 볼 때는 놀랄 만할 겁니다, 브루노 씨. 기능적인 건축들만 늘 보아온 20세기 사람들의 눈에는 이 시대착오적인 건축이 분명 놀라울 테니까요."

이 노배우의 목소리는 그의 두 눈처럼 매우 맑았다. 그뿐만 아니라 브루노에게는 이제껏 들어본 일이 없을 만큼 성량도 풍부하게 느껴졌다.

"좀 더 이 저택에 익숙해지면 당신도 나처럼 이곳을 사랑하게 될 겁니다. 지난날의 연극 동료 중 한 명이 말하길, 이곳 햄릿 저택은 저 아름다운 언덕을 프로시니엄 아치_{무대와 객석을 구분하는 액자 모양의 칸막이}—_{옮긴이}로 한 무대 배경 같다고 했습니다. 그러나 제게 이곳은 길이서 숨 쉬고 있으며, 지난날 영국에서 가장 좋았던 시대의 한 부분을 재현해냈다고 생각합니다……. 퀘이시!"

꼽추 노인이 노배우 곁으로 다가왔다. 레인은 노인의 등에 있는 혹을 어루만지며 말했다.

"이 친구는 퀘이시라고 합니다. 저하고는 아주 가까운 사이지요. 더욱이 솜씨가 천재적이라고 할 만합니다. 사십 년 동안이나 저의 분장 담당자였습니다."

퀘이시는 칭찬에 대한 답례인지 또다시 허리를 굽혔다. 두 방문객은 이 야릇하면서도 온화한 분위기 속에서, 완전히 다른 성격을 지닌 두 인물 사이에 흐르는 깊고 해묵은 유대감을 느낄 수 있었다. 그러는 중에 브루노와 섬 경감은 동시에 말을 꺼냈다. 레인의 눈이 한쪽 입술에서 또 한쪽 입술로 재빨리 움직였다. 그 얼굴에 희미한 미소가 떠올랐다.

"한 분씩 말씀해주시지 않겠습니까? 저는 귀가 들리지 않아서요. 한 번에 한 사람의 입술밖에 읽을 수가 없답니다. 최근에 익힌 이 독순술을 조금은 자랑스럽게 여기고는 있습니다만."

두 방문객은 차례로 사과의 말을 했다. 그들이 의자에 앉는 동안 레인은 그 어떤 의자보다도 고풍스러운 의자를 난로 앞에서 끌어와 손님들 앞에 놓고 앉았다. 섬 경감은 불빛이 상대 쪽으로 비치고 자신 쪽은 그늘이 지도록 레인이 의자를 배치했음을 알 수 있었다. 퀘이시는 뒤로 물러나 있었다. 섬 경감이 힐끗 보니, 그 노인은 안쪽 벽에 놓인 의자에 울퉁불퉁한 갈색 괴물 석상처럼 웅크리고 가만히 앉아 있었다.

브루노가 헛기침을 하며 입을 열었다.

"레인 씨, 저희가 이런 식으로 들이닥쳐서 좀 뻔뻔스럽지 않나 생각되는군요. 지난번의 크래머 사건을 놀라운 편지로 해결해주셨기에 이번에도 신세를 지려고 전보를 쳤습니다."

"사실은 그다지 놀라운 편지도 아니었습니다, 브루노 씨."

느긋하면서도 낭랑한 목소리가 왕좌와도 같은 의자 안쪽에서 울려 왔다.

"제가 한 일은 과거에도 전례가 있었던 일입니다. 에드거 앨런 포가 메리 로저스 살해 사건의 해결책을 제시하려고 뉴욕의 각 신문사 앞으로 써 보낸 일련의 편지들을 기억하실 테죠? 크래머 사건의 경우는 제가 보기엔 전혀 사건 해결에 도움이 될 것 같지 않은 세 가지 사실 때문에 진상이 흐려져 있었던 것입니다. 유감스럽게도 그 세 가지 사실이 당신들의 판단에 방해가 된 거죠. 그건 그렇고, 롱스트리트 살인 사건을 상의하려고 오신 거겠죠?"

"그렇습니다, 레인 씨. 우리는…… 물론 몹시 바쁘시다는 건 압니다만."

"무대에 잠깐 얼굴을 비칠 틈도 없을 정도로 바쁜 건 아니랍니다."

그 목소리에서 왠지 모를 생기가 느껴졌다.

"무대를 은퇴하고서야 비로소 인생 그 자체가 얼마나 극적인가를 알게 되었습니다. 무대 위에선 제약이 있고 속박이 있습니다. 머큐티오(로미오와 줄리엣 속의 인물-옮긴이)의 꿈 해석에 따르면, 극 중 인물이란 '공상에 불과한 것에서 생겨난 쓸데없는 관념의 산물' 인 것입니다."

두 방문객은 레인의 운치 있는 목소리에 어떤 신비스러움을 느꼈다.

"하지만 현실의 사람들은 그렇지 않습니다. 그들의 감정이 격동하면 무대 이상의 비극이 생깁니다. 그들은 결코 '공기보다도 희박하고, 바람보다도 불안정한 존재' 따위가 아닙니다."

지방 검사가 천천히 입을 뗐다.

"그렇습니다. 정말이지 그 점을 실감하고 있습니다."

"격정에서 야기된 흉악 범죄 얘기입니다만, 범죄란 인간 비극의 극치죠. 살인은 그 가운데서도 최고의 것이고요. 평생 동안 저는 여러 저명한 남녀 배우들과 함께 일해왔습니다만……."

레인은 슬픈 듯이 미소 지었다.

"모제스카, 에드윈 부스, 아다 리언, 기타 여러 명우들과 더불어 저는 무대 위에서 최고의 인위적인 감동을 연출해왔습니다. 그런데 지금은 그러한 감동을 현실에서 연출했으면 어떨까 생각합니다. 저는 여기에 독자적인 기량을 발휘할 수 있다고 생각합니다. 무대에선 수도 없이 사람을 죽였습니다. 살인을 계획할 때의 고민이며 양심의 가책 따위를 연출했습니다. 악역으로는 맥베스 역도 했고 햄릿 역도 했습니다. 하지만 지금은, 난생처음 보기 때문에 별것 아닌 것에도 놀라는 어린애처럼 이 세상이 맥베스나 햄릿으로 가득 차 있는 것에 놀라고 있습니다. 진부한 얘기입니다만 사실이 그렇습니다……. 그동안은 작가의 뜻대로 움직여 왔습니다. 하지만 이제부터는 제 뜻대로 움직이며 보다 더 극적인 것을 창출하고 싶습니다. 모든 일이 순조롭게 풀리고 있습니다. 이 불행한 재앙에도 불구하고 말이죠."

레인은 손가락을 하나 세워 자신의 귀를 건드렸다.

"오히려 주의 집중이 잘되게 해주지요. 눈만 감으면 아무런 방해도 받지 않고 소리 없는 세계로 빠져들 수가 있으니까요."

문득 섬 경감은 깜짝 놀라며 눈을 깜빡거렸다. 현실적인 성격인 자신이 레인의 얘기를 듣는 동안 여느 때와는 다른 기분에 빠져드는 것 같았다. '얘기에 취한 나머지 나도 모르게 영웅 숭배에 빠져버린 게 아닐까?' 섬 경감은 속으로 자신을 비웃기까지 했다.

"제가 한 얘기를 이해하시겠습니까?"

레인이 말을 이었다.

"저에게는 이해력도 있고 경험도 있습니다. 직관력도 있으며 관찰력도 있습니다. 추론하고 탐정하는 능력도 있습니다."

브루노는 헛기침을 했다. 신경 쓰이는 레인의 두 눈이 브루노의 입술에 못 박혔다.

"저어 레인 씨, 우리가 들고 온 문제는 평범한 것이어서……. 그러니까, 당신의 탐정으로서의 높은 포부에는 도저히 어울리지 않을 거라고 생각되는군요. 정말이지 평범한 살인 사건이어서……."

레인은 장난기 넘치는 어조로 말을 받았다.

"제가 두 분이 제대로 알아들을 수 있게 말씀을 드리지 못한 것 같군요. '평범한 살인 사건'이라고요? 하지만 그거야 당연하지 않습니까? 어째서 제가 별난 사건만을 원한다고 생각하십니까?"

그러자 섬 경감이 끼어들었다.

"평범하든 별나든 간에 어쨌거나 골치 아픈 사건임에는 틀림없습니다. 그리고 브루노 씨는 당신이 틀림없이 흥미를 느끼리라 생각한 거고요. 이번 사건에 대한 신문기사들은 읽어보셨겠지요?"

"읽어봤습니다. 하지만 그 기사들은 모두 무의미하고 혼란스럽기만 하더군요. 저는 아주 새로운 기분으로 이 문제에 접근하고 싶습니다. 그러니 제게 상세히 설명을 해주셨으면 합니다, 경감님. 관련 인물들에 관해 얘기해주십시오. 그리고 상황도 들려주시기 바랍니다. 얼핏 보기에는 관련이 없고 무의미해 보이는 것이라도 빠짐없이 얘기해주셨으면 합니다. 아무튼 모든 것을 얘기해주십시오."

브루노와 섬은 시선을 교환했다. 브루노가 고개를 끄덕이자, 이제부터 얘기를 시작한다는 투로 섬 경감의 못생긴 얼굴이 일그러졌다.

이어서 주위의 드넓은 벽이 희미해졌다. 벽난로의 불길은 신의 손길이 매만진 듯이 가늘어졌다. 그리고 햄릿 저택이나 드루리 레인, 골동품이나 해묵은 시대나 해묵은 인물들의 기세도 경감의 굵고 탁한 목소리 아래로 모두 녹아들어 가라앉고 말았다.

제2장
그랜트 호텔의 스위트룸
9월 4일 금요일 오후 3시 30분

지난주 금요일 오후(이하는 섬 경감이 얘기한 사실과 이따금 브루노 지방 검사가 보충 설명을 한 이번 사건의 줄거리이다.) 뉴욕 42번 스트리트와 8번 애버뉴의 모퉁이에 위치한 철근 콘크리트 건물인 그랜트 호텔의 한 객실에서 두 남녀가 서로 부둥켜안고 있었다.

사내는 할리 롱스트리트라는 이름의 키 크고 억센 체격을 가진 방탕한 중년 신사였다. 그는 얼굴이 지나치게 붉었는데 올이 굵은 트위드 양복을 입고 있었다. 여자는 체리 브라운이라는 뮤지컬 배우였다. 그녀는 라틴계의 얼굴 생김새에 갈색 머리카락과 검게 빛나는 두 눈과 아치형의 입술을 가진 분방하고 바람기가 다분한 여자였다.

롱스트리트가 젖은 입술로 여자에게 키스하자 여자는 그의 품 안으로 바싹 다가붙었다.

"그 사람들이 안 왔으면 좋겠어요."

"그럼 이 늙은 사내의 품도 그다지 나쁘지는 않은 모양이군."

그는 그녀를 휘감았던 팔을 풀고는 기운을 자랑하듯 이미 한 물산 알통을 불끈 만들어 보였다.

"하지만 모두 올걸……. 틀림없다고. 아무튼 조니 드위트라는 녀석은 말이야……. 내가 하라면 뭐든지 하는 녀석이니까!"

"그렇지만 어째서 그 사람의 꼴 보기 싫은 친구들까지 오라고

한 거죠? 더군다나 오고 싶어 하지도 않는 사람들을 말이에요."

"그 멍청한 녀석이 쩔쩔매는 꼴을 보고 싶어서야. 그 녀석은 내 자랑스러운 힘을 질투하고 있다고. 그런 녀석을 그냥 둘 순 없지."

그는 느닷없이 여자를 무릎 위에서 내려놓고 방을 가로질러 가더니 벽 선반에 가지런히 놓인 병들 중 하나를 집어 들고는 잔에 술을 따랐다. 여자는 고양이처럼 나른한 표정으로 사내를 바라보았다.

"때때로 당신을 이해할 수 없어요. 그 사람을 못살게 굴어서 좋을 게 뭐가 있는지 모르겠어요."

그녀는 하얀 어깨를 으쓱해 보이고는 다시 말을 이었다.

"하지만 그거야 뭐, 당신이 알아서 할 일이겠죠. 아무튼 실컷 마셔요!"

롱스트리트는 뭐라고 중얼중얼하더니 고개를 젖히고 술을 들이켰다. 그가 잠깐 동안 고개를 젖힌 자세로 있을 때 여자가 시큰둥하게 덧붙였다.

"드위트 부인도 오나요?"

사내는 위스키 잔을 벽 선반에 내려놓았다.

"왜? 오면 안 되나? 제발, 그 여자 얘긴 하지 말라고, 체리. 벌써 몇 번이나 말했잖아. 난 그 여자하곤 아무 일도 없었다니까."

"난 아무렇지도 않아요."

그녀는 웃었다.

"하지만 당신은 예사로 남의 부인을 가로챌 수 있는 사람이죠. 그건 그렇고, 그 사람들 말고는 또 누가 오죠?"

그는 씁쓰레한 표정을 지었다.

"아주아주 멋진 놈들이지. 무엇보다 드위트 녀석이 그 엄숙한 얼굴을 내미는 꼴은 정말 볼만할걸! 그리고 드위트의 단짝이자 웨스트 잉글우드에 사는 에이헌이란 놈이 오지. 흡사 할망구 같은 녀석인데, 언제나 배가 더부룩하다고 투덜거리지. 배가 말이야!"

그는 움푹 꺼진 자기 배를 멀뚱하게 내려다보았다.

"놈들같이 고지식한 신앙인들께선 늘 배 속이 거북한 모양이지. 하지만 이 롱스트리트님께선 그런 데가 하나도 없다고! 아, 그리고 진 드위트 아가씨도 오시겠지. 물론 그 계집애도 날 미워해. 아마 아버지에게 이끌려 올 거야. 아무튼 재미있는 파티가 될걸. 특히 그 계집애의 남자 친구인 프랭크 메리웰*길버트 패튼의 소설 속 주인공—옮긴이*, 크리스토퍼 로드가 나타나면 말이야."

"그는 정말 멋진 사람이죠, 할리."

롱스트리트는 눈을 번뜩였다.

"그래 정말 멋지지. 게다가 속되고 주제넘기까지 하고 말이야. 그런 애송이 녀석이 회사에 눌어붙어 있다니. 그때 드위트더러 내쫓으라고 했어야 하는 건데……. 뭐 아무튼 좋아."

그는 한숨을 쉬었다.

"그리고 또 올 녀석이 있어. 괴상한 놈이지. 스위스의 바람둥이야."

그는 대수롭지 않은 듯이 웃었다.

"루이 임피리얼이라는 녀석이지. 내가 말한 적 있을 거야. 드위트의 친군데 사업차 이 나라에 와 있지……. 그리고 마이크 콜린스도 올 거야."

그때 초인종 소리가 들렸고, 체리가 벌떡 일어나 문 쪽으로 달려갔다.

"어머, 폴룩스 선배님! 어서 들어와요."

도착한 사람은 야단스러운 옷차림을 한 거무스레한 얼굴의 꽤 나이 든 사내였다. 숱이 적은 머리에는 포마드를 번지르르하게 바르고, 특히 콧수염을 짙게 기르고 있었다. 그는 팔을 둘러 여자의 몸을 잠시 얼싸안았다. 롱스트리트가 그들에게 다가가며 목구멍에서부터 협박하는 듯한 소리를 냈다. 그러자 체리 브라운은 얼굴을 붉히며 방문객을 밀어내고는 머리를 매만지기 시작했다.

"기억하시죠? 동료인 폴룩스예요."

그녀는 들뜬 목소리로 말을 이었다.

"폴룩스예요, 위대한 폴룩스라고요. 하루에 두 번 흥행으로 명성을 떨친 세기적인 독심술사죠. 자, 두 사람 서로 악수하세요."

폴룩스는 나긋나긋한 손길로 그녀가 시키는 대로 하고 나서 곧바로 벽 선반 쪽으로 향했다. 롱스트리트는 어깨를 으쓱하더니 자기 자리로 돌아갔다. 그러나 곧 다시 초인종이 울렸고, 체리가 문을 열고 손님들 한 무리를 안으로 맞아들였다.

머리와 콧수염이 희끗희끗한 작고 마른 체구의 중년 사내가 먼저 망설이듯이 안으로 들어왔다. 롱스트리트의 표정이 갑자기 밝아졌다. 그는 자못 친절한 몸짓을 보이며 성큼성큼 다가가 인사를 하고는 작은 사내의 손을 꽉 쥐었다. 존 드위트는 얼굴을 붉히며 도저히 역겨워서 견딜 수 없다는 듯이 눈을 반쯤 감았다. 이 두 사람은 덩치부터 정반대였다. 드위트는 조심스러운 몸가짐에 얼굴에는 세파에 시달려 생긴 듯한 주름이 잡혀 있었으며, 언제나 기분이 동요하는 듯 보였다. 그에 비해 롱스트리트는 묵직한 체격에 자신감이 지나쳐서 뻔뻔스럽고 오만해 보이는 느낌을 주었다.

거구의 롱스트리트가 다른 사람들을 맞이하려고 드위트의 곁을 지나치자 드위트는 황급히 몸을 움츠리며 옆으로 비켰다.

"펀, 정말 잘 와주었소!"

이것은 여자로서의 매력이 한물간 약간 살찐 스페인계 여자에게 던진 말이었다. 그녀는 드위트의 부인이었는데, 야단스레 화장을 한 얼굴에는 지난날의 아름다움이 희미하게 남아 있었다. 그녀의 딸 진 드위트는 아담한 몸매에 약간 볕에 그을린 듯한 피부를 가진 여자였다. 그녀는 쌀쌀맞은 태도로 고개를 끄덕이더니 함께 들어온 키가 큰 금발 청년 크리스토퍼 로드 곁에 바짝 붙었다. 롱스트리트는 크리스토퍼 로드는 완전히 무시해버리고서 에이헌과 악수를 나누고는, 큰 체격에 잔뜩 옷을 껴입은 중년의 라틴계 사내 임피리얼과도 악수를 나누었다.

"마이크!"

롱스트리트는 입구 쪽으로 황급히 뛰어가, 볼품없는 걸음걸이로 나타난 어깨가 넓은 사내의 등을 두드렸다. 마이클 콜린스는 탐욕스러운 눈매에 언제나 적의를 가득 드러내고 있는 건장한 체구의 아일랜드인이었다. 콜린스는 뭐라고 중얼중얼 인사말을 하더니 곧이어 탐색하는 눈길로 실내에 모인 사람들을 둘러보았다. 롱스트리트가 콜린스의 팔을 잡으며 눈을 빛냈다.

"이 파티를 망치진 말아주게나, 마이클."

롱스트리트가 쉰 목소리로 말을 이었다.

"드위트에게 말해서 잘 수습할 테니까 말이야. 저쪽에 가서 한잔하게……. 그러는 게 좋겠어."

콜린스는 롱스트리트가 잡은 팔을 뿌리치고서 아무 말도 하지 않은 채 터덜터덜 벽 선반 쪽으로 걸어갔다.

웨이터들이 들어왔다. 호박빛 술잔들에서 얼음이 부딪치는 소리가 났다. 드위트 집안사람들은 대부분 입을 다물고 있었다. 예의를 차리고 있는 듯했지만 어딘지 거북해 보였다. 드위트는 의자 가장자리에 앉아 창백하고 무표정한 얼굴을 하고는 길쭉한 술잔에 담긴 술을 기계적으로 마시고 있었다. 그러나 술잔을 쥔 손가락은 핏기가 없었다.

롱스트리트는 체리 브라운을 잡아채듯 끌어냈다. 이어서 갑자기 얌전 떨며 수줍어하는 그녀를 커다란 한쪽 팔로 당겨 안더니 손님들의 주의를 끌 듯 큰 소리로 말했다.

"친구 여러분! 오늘 여러분이 여기에 모인 까닭은 제가 새삼 말하지 않더라도 여러분이 더 잘 알고 계실 겁니다. 오늘은 이 늙은 할리 롱스트리트한텐 너무도 기쁜 날입니다. 아니, 사실상은 드위트 앤드 롱스트리트 사 전체에 있어서, 또한 회사의 동료와 후원자들에게 있어서도 마찬가지라 할 수 있습니다."

그의 목소리가 약간 흐릿해졌다. 얼굴은 전보다 더 벽돌색이 되었고 눈은 바늘처럼 가늘어졌다.

"자, 여러분께 소개합니다……. 장래의 롱스트리트 부인입니다!"

판에 박힌 술렁거림이 일었다. 드위트는 자리에서 일어나 어색하게 여배우 쪽에 인사를 하고는 형식적으로 롱스트리트의 손을 잡았다. 이어서 루이 임피리얼이 성큼성큼 다가가 정중한 태도로 허리를 굽히고 군대식으로 발뒤꿈치 소리를 내면서 매니큐어를 바른 여배우의 손등에 입술을 갖다 댔다. 남편 곁에 앉아 있던 드위트 부인은 손수건을 꼭 쥔 채 창백해진 얼굴에 미소를 떠올리려고 애썼다. 폴룩스는 비틀거리며 벽 선반 쪽에서 걸어 나와 서투른 동작으로 체리의 허리를 끌어안았고, 이어 롱스트리트가 그를 사정없이 밀쳐버렸다. 그러자 폴룩스는 술 취한 목소리로 혼자 뭐라고 중얼거리더니 벽 선반 쪽으로 걸어갔다.

여자들은 여배우의 왼손에서 빛을 뿜는 커다란 다이아몬드를 부러운 눈빛으로 바라보았다. 다시 웨이터 몇 명이 식탁과 식기류를 가지고 방 안으로 들어왔다.

모두 가볍게 식사를 했다. 폴룩스가 어설프게 라디오의 다이얼을 맞췄다. 음악이 흘러나왔고 멋쩍은 춤판이 이어졌다. 흥에 겨워 춤을 추는 것은 롱스트리트와 체리 브라운뿐이었다. 이 거구의 사내는 어린애처럼 장난치며 진 드위트를 껴안으려 들었다. 금발의 크리스토퍼가 그들 사이에 냉담하게 끼어들자 두 사람은 춤을 추며 사라져갔다. 롱스트리트는 키들키들 웃었다. 체리가 그의 팔꿈치에 달라붙으며 달콤하면서도 못마땅한 표정을 지어 보였다.

5시 45분이 되자, 롱스트리트는 라디오를 끄고 흥분된 목소리로 외쳤다.

"웨스트 잉글우드의 제 집에 가벼운 만찬회가 준비되어 있답니다. 말씀드린다는 걸 깜박 잊었어요. 어때요, 뜻밖이죠? 놀랐을 겁니다!"

그는 울부짖듯이 계속해서 말했다.

"여러분 모두를 초대합니다. 제 집으로 가십시다. 마이크, 자네도 가자고. 그리고 이봐, 폴룩스라고 했던가? ······자네도 따라오게. 거기 가서 독심술인지 뭔지를 펼쳐보게나."

이어서 롱스트리트는 진지한 표정으로 손목시계를 들여다보았다.

"지금 바로 출발하면 기차 시간에 맞출 수 있겠군요. 자, 가십시다, 모두!"

드위트가 어눌한 목소리로 저녁에는 고객과 약속이 있어서 곤란하다고 난색을 표했다. 그러자 롱스트리트가 두 눈을 부릅 떴다.

"난 분명히 모두라고 했네!"

임피리얼은 어깨를 으쓱하며 싱글거렸다. 크리스토퍼 로드는 경멸하는 눈빛으로 롱스트리트를 바라보다가 드위트 쪽으로 고개를 돌렸다. 그의 눈에는 곤혹스러운 빛이 희미하게 스쳤다.

5시 50분 정각에 그들 모두는 음식 찌꺼기며 술병 따위를 너절하게 어질러놓고서 체리 브라운의 스위트룸을 나섰다. 그들은 엘리베이터를 타고 아래층 로비로 나갔다. 롱스트리트가 한 종업원에게 큰 소리로 석간신문을 가져오고 택시를 잡아달라고 지시했다.

그런 뒤에 그들은 42번 스트리트 쪽의 호텔 출구를 통해서 보도로 나왔다. 도어맨이 택시를 잡으려고 기를 쓰고 호루라기를 불어댔다. 거리는 속도를 내지 못하는 차들로 가득 차 있었다. 머리 위로는 먹구름이 몰려왔고 하늘은 어두워지고 있었다. 몇 주 동안 건조하고 무더운 날씨가 계속됐기 때문에 갑자기 엄청난 비가 쏟아졌다. 갑작스레 내리는 세찬 빗발에 행인들과 차들은 북새통을 이루었다.

도어맨은 열심히 호루라기로 택시를 부르다가 실망한 듯 우스꽝스러운 표정을 지으며 어깨 너머로 롱스트리트를 돌아다보았다. 일행은 허둥지둥 8번 애버뉴 모퉁이에 있는 어느 보석상의 차양 밑으로 뛰어들었다.

그때 드위트가 롱스트리트 곁으로 바싹 다가갔다.

"잊기 전에 말해두겠네. 웨버의 불평 말인데, 내 제안대로 해야 한다고 생각하지 않나?"

드위트는 그렇게 말한 뒤에 롱스트리트에게 봉투를 하나 내밀었다.

롱스트리트는 오른팔로 체리 브라운의 허리를 껴안고 있었다. 그는 웃옷의 왼쪽 주머니에서 은테 안경을 꺼낸 뒤에 그녀한테서 떨어져 안경을 코에 걸치고는 안경집을 원래의 주머니에 쑤셔 넣었다. 드위트가 눈을 반쯤 감고 기다리는 동안 롱스트리트는 봉투에서 타이핑된 편지를 꺼내 대충 읽어나갔다.

롱스트리트는 코웃음을 쳤다.

"안 될 말이야."

그는 편지를 드위트에게 툭 던졌다. 하지만 편지는 잡으려던 드위트의 손에서 벗어나 비에 젖은 인도에 떨어지고 말았다. 죽은 사람처럼 창백해진 드위트가 몸을 굽혀 편지를 주워 들고는 말했다.

"웨버가 어떻게 생각하든 상관없어. 내 생각은 변함이 없네. 그뿐이야. 그 문제로 나를 더 괴롭히지 말게."

그때 폴룩스가 느닷없이 소리쳤다.

"전차가 오고 있소! 저걸 타자고요!"

그들 앞의 혼잡스러운 거리를 헤치며 앞부분이 빨갛고 들창코처럼 생긴 전차 한 대가 미끄러지듯 들어왔다. 롱스트리트는 안경을 재빨리 벗어 안경집에 넣고는 그것을 왼쪽 주머니에 쑤셔 넣었다. 하지만 손은 빼지 않고 그대로 주머니에 넣은 채로 두었다. 체리 브라운이 그 거구의 몸에 바싹 다가붙었다. 롱스트리트가 오른손을 흔들며 외쳤다.

"택시는 글렀어! 전차를 타사고!"

전차가 삐걱거리며 정류장에 멈춰 섰다. 비에 흠뻑 젖은 군중 한 무리가 열린 뒤쪽 문으로 미친 듯이 달려들었다. 롱스트리트 일행도 떼를 지어 몰려가 그들과 함께 북새통을 이루었는데, 그와중에도 체리 브라운은 롱스트리트의 왼팔에 매달려 있었다. 롱스트리트의 왼손은 여전히 주머니에 찔러 넣은 상태였다.

일행이 전차의 발판 가까이에 이르렀을 때 차장이 쉰 목소리로 외쳤다.

"빨리들 타세요!"

비가 일행의 옷을 흠뻑 적셨다.

드위트는 에이헌과 임피리얼의 건장한 몸 사이에서 볼품사납게 짓눌려 있었다. 그들 모두는 전차에 올라타려고 안간힘을 썼다. 그러는 중에도 임피리얼은 기사도 정신을 발휘해 드위트 부인을 태우려고 했다. 그리고 에이헌 쪽으로 고개를 내밀고는 재미있다는 듯이 두 눈을 찡긋해 보이며 중얼거렸다.

"이렇게 기묘한 파티는 난생처음이야……. 정말, 죽여주는군!"

제3장
42번 스트리트의 전차 안
9월 4일 금요일 오후 6시

·

롱스트리트 일행은 전차의 뒤쪽 승강구에 있었다. 그들은 붐비는 사람들의 후텁지근한 열기에 숨이 막힐 지경이어서 억지로 사람들을 비집고 차창이 있는 칸 쪽으로 밀고 들어갔다. 롱스트리트는 차내로 향한 문의 안쪽 발판 가까이에 우뚝 서 있었다. 체리 브라운은 가능한 한 일행과 떨어지지 않으려고 했기 때문에 이때만은 롱스트리트의 왼팔에서 손을 떼고 있었다.

차장은 악을 쓰듯 외치며 손님들을 차 안으로 밀어 넣고 가까스로 노란 이중문을 닫았다. 전차 안은 그야말로 미어터질 듯했다. 승객들이 요금을 손에 들고 휘둘러 보였지만, 차장은 문이 제대로 닫힐 때까지 거들떠보지도 않았고 곧 운전사에게 발차 신호를 했다. 끝내 전차에 타지 못한 손님들은 바깥에 남겨져 비를 맞으며 처량한 모습으로 웅성댔다.

전차의 진동에 따라 흔들리면서 롱스트리트는 1달러짜리 지폐를 움켜쥔 오른손을 위쪽 승강구 근처에 있는 동료들 머리 위로 흔들어 보였다. 차 안은 비 때문에 창문이 모두 닫혀 있어 그 안에 있는 사람들의 열기와 습기로 숨이 콱콱 막힐 지경이었다.

차장은 여전히 뭐라고 떠들어대면서 몸을 뒤틀어 롱스트리트의 손에서 낚아채듯 지폐를 받았다. 차 안의 사람들은 서로 밀쳐대며 야단법석이었다. 롱스트리트는 성난 곰처럼 투덜댔다. 그는 간신히 거스름돈을 받고 나서 동료들의 뒤를 따라 어깨로 사람들 틈을 비집고 나아갔다. 그는 차 안의 중간쯤에서 일행들 앞에 체리 브라운이 있는 것을 보았다. 체리는 롱스트리트의 오른팔에 바싹 매달렸다. 롱스트리트는 가죽 손잡이를 잡았다.

전차는 9번 애버뉴를 향해 세차게 퍼부어대는 빗발 속을 느릿느릿 나아갔다.

롱스트리트는 왼손을 주머니에 찔러 넣고 안경집을 더듬었다. 그 순간, 그는 갑자기 볼멘소리를 지르며 은제 안경집을 쥐었던 손을 허겁지겁 빼냈다. 체리가 물었다.

"왜 그래요, 할리?"

롱스트리트는 의아한 표정을 지으며 왼손을 살펴보았다. 손바닥과 손가락 여러 군데에 피가 번져 있었다. 롱스트리트의 두 눈에선 동요가 일었다. 이어서 그는 무거운 안면 근육을 실룩거리면서 코에 걸린 짧은 한숨을 토했다.

"긁힌 게 분명한데…… 대체 어디에 긁힌 거야……?"

그는 탁한 목소리로 그렇게 중얼거렸다. 전차가 비틀비틀 흔들리더니 멈춰 섰다. 사람들은 어쩔 수 없이 몸이 앞으로 쏠리는 것을 느꼈다. 롱스트리트는 본능적으로 손잡이를 왼손으로 더듬었고, 체리는 몸을 지탱하려고 그의 오른팔을 단단히 부여잡았다. 전차는 다시 몇 미터쯤을 더 나아갔다. 롱스트리트는 손수건을 꺼내 피가 배어 나오는 손에 대고 힘껏 눌렀다가 그 손수건을 바지에 다시 넣었다. 그러고는 안경집에서 안경을 빼내고는 안경집은 다시 주머니에 넣었다. 그런 뒤에 그는 오른쪽 겨드랑이 사이에 끼고 있던 신문을 펼치려 했다. 그러나 그러한 동작은 모두 희미한 의식 속에서 이루어진 것이었다.

전차는 9번 애버뉴에서 멈춰 섰다. 손님들이 닫힌 차 문을 요란하게 두들겨댔으나 차장은 고개를 저었다. 더욱 세차게 퍼부어대는 빗발 속을 전차는 다시 느릿느릿 나아가기 시작했다.

롱스트리트는 갑자기 손잡이를 놓고 신문을 떨어뜨리면서 이마에 손을 가져갔다. 그러고는 숨을 헐떡이면서 고통에 찬 신음을 내뱉었다. 체리 브라운은 걱정스러운 낯으로 그의 오른팔을 꽉 붙잡으며 도움을 청하듯이 주위를 둘러보았다.

전차는 9번 애버뉴와 10번 애버뉴 사이에서 심한 교통 체증에 걸려 가다가 서다가를 되풀이했다.

롱스트리트는 숨을 헐떡거리며 몸에 경련을 일으키더니 놀란 어린애처럼 두 눈을 부릅떴다. 그러고는 마치 바늘에 찔린 풍선처럼 바로 앞에 앉아 있던 젊은 여자의 무릎께에 털썩하고 쓰러졌다. 립스틱을 진하게 바르고 상당히 아름다운 갈색 머리의 여자였다. 롱스트리트의 왼쪽에 서 있던 건장한 체격의 중년 남자가 그 젊은 여자 위로 몸을 기울이며 뭐라고 얘기하더니 롱스트리트의 축 늘어진 팔을 힘껏 잡아당기며 소리쳤다.

"일어나라고, 이 얼간아! 여기가 어딘 줄 아는 거야!"

그러나 롱스트리트의 몸은 그 젊은 여자의 무릎께에서 점차 미끄러지며 그대로 남녀의 발밑 바닥에 고꾸라지고 말았다.

체리가 외마디 비명을 질렀다.

순간 쥐 죽은 듯한 침묵이 흐르더니 이윽고 승객들이 고개를 내밀며 웅성거리기 시작했다. 롱스트리트 일행이 승객들을 헤치고 다가왔다.

"무슨 일이오?"

"롱스트리트로군요!"

"쓰러졌어요!"

"술을 너무 마셔서인가요?"

"여자를 돌봐줘……. 저러다 기절하겠어!"

여배우가 비틀거리자 마이클 콜린스가 얼른 그녀를 붙잡아 일으켰다.

화장을 짙게 한 젊은 여자와 그녀와 함께 있던 건장한 체격의 중년 사내는 너무 놀란 나머지 얼굴이 새파랗게 질린 채 아무 말도 하지 못했다. 그 젊은 여자는 자리에서 벌떡 일어나 남자의 팔에 매달리며 겁에 질린 표정으로 바닥에 쓰러진 롱스트리트를 내려다보았다.

젊은 여자가 갑자기 외마디 소리를 지르며 말했다.

"어머나! 누가 좀 어떻게 손을 써보세요! 저 눈을 보라고요! 이 사람은…… 이 사람은……."

그녀는 몸을 떨며 함께 있던 남자의 가슴에 얼굴을 파묻었다.

드위트는 작은 두 손을 꼭 쥔 채 돌처럼 서 있었다. 에이헌과 크리스토퍼 로드가 롱스트리트의 육중한 몸을 들어서 젊은 여자가 앉았던 자리에 앉혔다. 그러자 옆자리에 앉아 있던 중년의 이탈리아인이 재빨리 일어나 롱스트리트를 누일 수 있게 도와주었다. 롱스트리트는 두 눈을 커다랗게 뜬 채 입을 약간 벌리고 약하게 숨을 헐떡였는데, 그 입술 사이로 거품이 조금씩 새어 나오고 있었다.

소란은 점점 커져서 이제 차 앞쪽까지 번져갔다. 곧 고함치는 듯한 명령 소리에 이어서 경사 완장을 두른 건장한 체격의 경관이 많은 승객들을 헤치고 나타났다. 마침 경관이 앞쪽 운전석 근처에 타고 있었던 것이다. 이때 이미 전차는 멈춘 뒤였고 운전사와 차장도 허둥지둥 현장으로 달려왔다.

경사는 롱스트리트 일행을 거칠게 옆으로 밀어젖힌 뒤 롱스트리트 위로 허리를 굽혔다. 롱스트리트의 몸은 점점 뻣뻣해지더니 이윽고는 완전히 굳었다. 경사는 허리를 펴고서 잔뜩 찌푸린 얼굴로 말했다.

"맙소사, 죽었소!"

경사는 죽은 자의 왼손을 힐끗 보았다. 손바닥이며 손가락에는 마치 바늘에 찔린 듯이 부풀어 오른 상처가 거의 같은 비율로 열 군데가 넘게 나 있었고 그 상처마다 응고된 핏방울이 맺혀 있었다.

"살인 사건인 모양이오! 모두들 접근하지 마시오!"

경사는 의심스러운 눈길로 죽은 자의 일행을 둘러보았다. 일행은 이제 한 덩어리가 되어 서로를 방어하고 있는 듯이 보였다.

경사가 큰 소리로 말했다.

"누구든 이 차에서 내려선 안 돼요. 아시겠죠? 그냥 그대로 있어야만 해요! 이봐요, 운전사 양반!"

경사는 위압적인 태도로 운전사에게 지시했다.

"이 전차를 절대로 움직이지 마시오. 당신 자리에 돌아가서 다른 지시가 있을 때까지 기다리시오. 그리고 차 문이나 차창을 절대로 열어선 안 돼요. 알겠소?"

운전사가 제자리로 가자 경사가 다시 소리쳤다.

"이봐요, 차장! 10번 애버뉴 모퉁이에 가서 교통순경더러 관할서에 전화하라고 하시오! 그리고 경찰 본부의 섬 경감한테도 반드시 연락을 취하라고 해요. 알겠소? 자 그럼, 내보내 주겠소⋯⋯. 누구든 문이 열리는 틈을 타서 도망가려고 했다간 혼날 줄 아시오."

경사는 차장을 데리고 뒤쪽 승강구로 가서 직접 레버를 작동해 이중문을 열었고, 차장이 빗속으로 뛰어내리자마자 곧바로 문을 다시 닫았다. 차장은 10번 애버뉴 쪽으로 달려갔다. 경사는 승강구에서 굳은 표정을 짓고 있는 키 큰 승객을 노려보며 말했다.

"아무도 이 문에 손대지 못하도록 지켜요, 알겠소?"

그 승객은 기쁜 듯이 고개를 끄덕였고, 경사는 롱스트리트의 시체가 있는 현장으로 되돌아갔다.

전차의 뒤에서는 마구 지껄여대는 소리와 길이 막혀버린 차들에서 울려대는 경적 소리로 큰 혼란을 빚고 있었다. 겁에 질린 승객들의 눈에 비가 죽죽 흘러내리는 차창에 얼굴을 갖다 대고 안을 들여다보려는 사람들이 비쳤다.

차 문을 지키던 키 큰 승객이 외쳤다.

"이봐요, 경사님! 순경이 문을 열라고 하는데요!"

"잠깐 기다리시오!"

경사가 무거운 발걸음으로 되돌아왔다. 그리고 직접 문을 열고서 교통순경을 차 안으로 맞아들였다. 순경은 경례를 하고 말했다.

"9번 애버뉴 근무조입니다. 무슨 일이십니까, 경사님? 도움이 필요하십니까?"

"살인 사건인 것 같네."

경사는 문을 닫고 키 큰 승객에게 계속 잘 부탁한다고 눈짓을 했다. 그러자 그 승객이 다시 한 번 고개를 끄덕여 보였다.

"자네가 해줘야 할 일이 있네. 관할서와 섬 경감에겐 지금쯤 연락이 갔을 거네. 그러니 자네는 저 앞쪽 차 문으로 가서 한 사람도 타고 내리지 못하도록 지키게. 절대로 방심해선 안 되네."

두 사람은 앞으로 나아갔다. 교통순경은 승객들 사이를 헤치며 가까스로 앞쪽 승강구에 이르렀다.

경사는 양손을 허리춤에 댄 채 롱스트리트의 시체를 내려다보다가 주위를 둘러보았다.

"흠……, 가장 먼저 발견한 사람은 누구요?"

경사는 연이어 질문을 해댔다.

"원래 이 자리에 함께 앉아 있었던 사람은 누구요?"

젊은 여자와 중년의 이탈리아인이 동시에 입을 열었다.

"한 사람씩 차례로 말해요. 당신 이름은 뭐죠?"

젊은 여자는 떨리는 목소리로 대답했다.

"제 이름은 에밀리 주이트라고 해요. 저는 속기 타이피스트인데 일을 마치고 귀가하는 길이에요. 그런데 이 사람이…… 조금 전에 제 무릎에 쓰러졌어요. 그래서 저는 일어나서 자리를 양보해줬어요."

"무솔리니, 당신은?"

"안토니오 폰타나라고 합니다. 난 아무것도 보지 못했어요. 이 사람을 누이려고 자리를 양보해줬을 뿐입니다."

"그럼, 이 죽은 사람은 쓰러지기 전까지는 계속 서 있었소?"

그때 드위트가 매우 침착한 태도로 몇 걸음 앞으로 나왔다.

"경사님, 제가 이 일에 대해 정확히 말씀드릴 수 있습니다. 이 사람은 할리 롱스트리트라고 하며 저와는 사업상의 공동 경영자 관계입니다. 그러니까 우리 일행은 파티에……."

"파티라고 했소? 흥……."

경사는 언짢은 얼굴로 일행을 둘러보았다.

"그러니까 무슨 즐거운 모임이라도 있었다, 그건가요? 그 얘기는 나중에 하는 게 좋겠소. 섬 경감이 들어줄 거요. 아, 저기 차장이 순경을 데리고 왔군."

경사는 뒤쪽 승강구로 급히 돌아갔다. 차장의 모자챙에서 빗물이 뚝뚝 떨어졌다. 그가 뒤쪽 차 문을 두드렸고 그 곁에는 한

순경이 서 있었다. 이번에도 경사가 직접 차 문을 열었고 두 사람이 안으로 들어오자마자 문을 닫았다.

새로 온 순경이 모자에 손을 올려다 붙이며 경례를 했다.

"모로라고 합니다. 10번 애버뉴 근무조입니다."

경사는 다급하게 대꾸했다.

"좋아, 난 더피 경사라네. 18분서 소속일세. 그런데 본부엔 연락했나?"

"네, 관할서에도 연락했습니다. 섬 경감님과 관할서원들이 곧 도착할 겁니다. 섬 경감님께선 전차를 42번 스트리트와 12번 애버뉴의 모퉁이에 있는 그린선(線) 차고에 대라고 하셨습니다. 거기서 경사님과 만나 뵙겠답니다. 그리고 시체엔 손대지 말라고 하시더군요. 구급차도 호출해놓았습니다."

"구급차는 필요 없을 거야, 모로 순경. 이제부터는 자네가 이 차 문 앞에 서서 아무도 내리지 못하게 지키게."

더피는 그때까지 차 문을 지키던 키 큰 승객 쪽을 돌아보았다.

"아무도 나가려고 한 사람은 없었겠죠? 물론 문도 전혀 열지 않았겠죠?"

"예."

주위의 몇몇 손님들도 한목소리로 그렇게 대답했다. 더피는 승객들 틈을 헤치며 전차의 앞쪽으로 나아갔다.

"운전사 양반, 종점까지 가주시오! 이 전차를 그린선의 차고에 갖다 대는 거요. 자, 어서 출발합시다!"

운전사는 붉은 얼굴의 아일랜드인이었다. 그는 난처한 듯 중얼거렸다.

"거긴 이 차의 차고가 아닌데요. 이 전차는 3번 애버뉴 선입니다. 그래서……"

"가라고 했잖소!"

더피 경사는 짜증난 투로 말하고는 9번 애버뉴의 교통순경 쪽으로 돌아섰다.

"자네가 호루라기를 불어서 길을 터주게……. 자네 이름은?"

"시텐필드, 8638번입니다."

"자네는 그 문을 맡아주게, 시텐필드 순경. 나가려던 사람은 아무도 없었겠지?"

"그렇습니다, 경사님."

"운전사 양반, 시텐필드 순경이 여기 올 때까지 나가려던 사람은 없었겠죠?"

"없었습니다."

"좋아요. 그럼 출발하시오."

전차가 덜컹거리며 움직이기 시작하자 경사는 시체 곁으로 돌아갔다. 체리 브라운은 훌쩍거리고 있었고 폴룩스가 그녀의 손을 가볍게 토닥거려 주었다. 드위트는 마치 롱스트리트의 시체를 지키고 있기라도 하는 듯이 바짝 긴장된 표정을 하고 서 있었다.

전차는 뉴욕 그린선의 드넓은 차고로 요란한 소리를 내면서 들어갔다. 숱한 사복형사들이 전차가 들어서는 모습을 말없이 지켜보고 있었다. 전차 밖에서는 기세 좋게 퍼부어대는 빗발이 요란한 소리를 냈다.

희끗희끗한 머리와 큰 턱, 거기에 예리한 잿빛 눈을 가진 거구의 사내는 전체적으로 보면 못생긴 얼굴이 오히려 호감이 가는 그런 사람이었다. 경감이 뒤쪽 차 문을 두드렸다. 전차 안의 모든 승객들이 더피 경사를 소리쳐 불렀다. 더피가 뒤쪽 승강구로

와서 기웃거리듯 밖을 내다보다가 섬 경감의 거구를 확인하고선 문손잡이를 당겼다. 쌍여닫이문이 접히며 열렸다. 섬 경감은 전차에 올라타자 곧바로 더피에게 문을 닫으라는 신호를 하고, 밖에서 대기하고 있는 형사들한테도 신호를 보낸 뒤에 천천히 사고 현장으로 다가갔다.

경감은 죽은 사내를 물끄러미 내려다보며 말했다.

"이봐, 더피. 어떻게 된 거지?"

경사는 섬 경감의 귓전에 대고 작은 목소리로 얘기했다. 섬 경감은 조금도 표정을 바꾸지 않고 경사의 얘기를 끝까지 들었다.

"롱스트리트라고? 주식 중개인이라? ……흠, 에밀리 주이트 양이 누구지?"

젊은 여자가 건장한 동행인의 에스코트를 받으며 앞으로 나왔다. 그는 호전적인 눈길로 경감을 쏘아보았다.

"이 사내가 쓰러지는 것을 보셨다는데 혹시 쓰러지기 전에 이상한 점은 없었습니까?"

"네, 있었어요. 안경을 꺼내려고 주머니에 손을 집어넣는 것을 보았는데, 아마 그때 손이 어디에 긁혔던 모양이에요. 주머니에서 손을 꺼냈을 때 피가 나는 것을 보았으니까요."

젊은 여자는 흥분한 목소리로 대답했다.

"어느 쪽 주머니였나요?"

"웃옷 왼쪽 주머니였어요."

"어디쯤에서 그런 일이 있었습니까?"

"그러니까, 전차가 9번 애버뉴에서 멈춰 서기 직전이었어요."

"대략 지금부터 얼마쯤 전이었나요?"

"글쎄요, 아마……."

그녀는 곰곰이 생각에 잠기는 표정을 지었다.

"전차가 다시 출발해 여기까지 도착하는데 오 분쯤 걸렸고, 이 사람이 쓰러지고 나서 전차가 다시 움직였을 때까지가 이삼 분쯤 걸렸던 것 같으니까……."

"아무튼 이 사람이 쓰러지고 나서 아직 십오 분 이상은 경과하지 않았겠군요? 그런데 왼쪽 주머니라……."

섬 경감은 무릎을 꿇고 자신의 바지 뒷주머니에서 손전등을 꺼내 죽은 사내의 겉주머니를 한껏 벌리고는 안으로 불빛을 비쳤다. 그는 만족한 듯이 중얼거렸다. 이어서 손전등을 바닥에 내려놓은 뒤 큼직한 주머니칼을 꺼내 실밥 선을 따라 주머니를 신중히 잘라냈다. 손전등의 불빛 아래 물건 두 개가 비춰졌다.

섬 경감은 잘라낸 주머니에서 그 물건들을 꺼내지 않고 손대지 않은 채로 그대로 조사했다. 하나는 은제 안경집이었다. 경감은 시체의 얼굴로 시선을 옮겼다. 죽은 자는 안경을 끼고 있었다. 보랏빛을 띤 코에 안경이 약간 비스듬하게 걸려 있었다.

경감은 다시 주머니 쪽으로 눈길을 돌렸다. 두 번째 물건은 기묘한 것이었다. 그것은 지름이 3센티미터쯤 되는 작은 코르크 알이었는데, 적어도 쉰 개쯤은 될 듯한 평범한 바늘이 꽂혀 있었다. 각각의 바늘 끝이 코르크 알에서부터 5밀리미터쯤 튀어나와 있었으므로 이 흉기 전체의 지름은 4센티미터쯤이 되는 셈이었다. 모든 바늘 끝에는 짙은 갈색 물질이 묻어 있었다. 섬 경감은 주머니칼 끝으로 코르크를 찌른 뒤에 뒤쪽으로 돌려서 살펴보았다. 뒤쪽의 바늘 끝에도 똑같은 것이 묻어 있었다. 타르처럼 끈적끈적한 물질이었다. 경감은 몸을 앞으로 굽혀 냄새를 맡아보았다.

"지독한 담배 냄새야."

경감은 어깨 너머로 지켜보고 있는 더피에게 작은 목소리로 덧붙였다.

"일 년분의 봉급을 거저 준다 해도 맨손으로는 못 만지겠어."

경감은 몸을 바로 세우고 자신의 주머니를 뒤져 핀셋과 담뱃갑을 꺼냈다. 그리고 담뱃갑에서 담배를 모두 빼내 주머니에 넣었다. 핀셋으로 바늘이 꽂힌 코르크를 롱스트리트의 주머니에서부터 조심스레 들어 올려 그것을 자신의 빈 담뱃갑에다 옮겼다. 그런 뒤에 경감은 나직하게 더피 경사에게 뭔가 말했다. 그러자 경사는 곧 어디론가 가더니 이내 신문지를 구해서 돌아왔다. 경감은 대여섯 장이나 되는 신문지에 그 담뱃갑을 싸서 더피에게 내밀었다.

"이건 다이너마이트나 다름없네, 경사. 자네가 책임지고 조심해서 다루게."

경감은 엄한 표정으로 그렇게 말하고 자리에서 일어났다. 더피 경사는 긴장한 채 똑바로 서 있었다. 그러고는 손을 쭉 뻗어 꾸러미를 받아 들었다.

섬 경감은 롱스트리트 일행의 긴장된 시선을 무시하고 앞쪽으로 나아갔다. 운전사와 입구 근처에 서 있는 승객들에게 먼저 질문을 했다. 그런 뒤에 뒤쪽으로 돌아가 차장과 뒤쪽 승강구의 승객들에게도 같은 질문을 반복했다. 그리고 나서 제자리로 돌아온 경감은 더피에게 말했다.

"다행이군. 8번 애버뉴를 출발한 뒤로 이 전차에서 내린 승객은 아무도 없는 모양이야. 피살자가 승차하고 난 뒤 줄곧 말이야…… 흠, 모로와 시텐필드를 자기들 부서로 돌려보내도록 하게. 이곳에도 인원은 많이 있으니까 말이야. 바깥에다 경계선을 치도록 하고 손님들을 죄다 내리게 해야겠어."

더피는 섬뜩한 꾸러미를 든 채 뒤쪽 승강구로 가서 전차에서 내렸고, 이어서 차장이 곧바로 문을 닫았다.

오 분 뒤에 다시 뒤쪽 문이 열렸다. 전차 밖으로 튀어나온 철제 발판에서부터 차고의 바닥으로 건너가는 계단까지 순경과 형사가 두 줄로 늘어섰다. 섬 경감은 롱스트리트 일행을 따로 모아 먼저 내리도록 했다. 그들은 한 줄로 전차에서 묵묵히 내린 뒤에 경계선을 지나 건물 2층에 있는 별실로 호송되었다. 별실의 문이 닫히자 경관 한 명이 바깥에서 경비를 섰다. 실내에선 형사 두 명이 일행을 감시하고 있었다.

롱스트리트 일행을 내보낸 뒤에도 섬 경감은 전차의 나머지 승객들이 모두 내릴 때까지 지휘했다. 다른 승객들도 길게 줄을 지어 경계선을 지난 뒤 여섯 명가량의 형사들에게 호송되어 2층의 큰 방으로 들어갔다.

섬 경감은 텅 빈 전차 속에 혼자 서 있었다. 좌석에 누워 있는 시체는 눈부신 불빛 아래 일그러진 얼굴을 하고 괴상하리만치 두 눈을 크게 뜨고 있었다. 경감은 전차 밖에서 들려오는 구급차 소리에 정신을 차렸다. 흰 제복을 입은 두 젊은이가 차고 쪽으로 급히 달려왔고 땅딸막한 체구의 사내가 그 뒤를 따랐다. 그 사내는 유행이 지난 금테 안경을 코에 걸치고 구식의 작은 잿빛 모자를 쓰고 있었다. 그 모자챙의 뒤쪽은 위로 말려 있었고 앞쪽은 아래로 내려져 있었다.

경감은 뒤쪽 승강구의 손잡이를 움직여 차 문을 열고 고개를 밖으로 내밀었다.

"실링 선생, 여기요!"

땅딸막한 체구의 사내는 뉴욕 카운티의 검시관으로, 두 조수의 안내에 따라 숨을 몰아쉬며 들어왔다. 실링 검시관이 시체 위로 허리를 굽힐 때 섬 경감은 주의 깊게 왼쪽 주머니에서 은제 안경집을 들어냈다.

실링 검시관이 허리를 펴며 물었다.

"이 시체를 어디로 옮기는 게 좋겠소, 경감?"

"2층입니다."

그렇게 말하는 경감의 두 눈은 심술궂은 장난기로 번득였다. 그는 다시 무표정한 얼굴로 말을 이었다.

"일행이 있는 별실로 운반해주십시오. 그렇게 되면 아마 일이 재미있어질 테죠."

실링 검시관이 시체의 운반을 지시하는 동안 경감은 전차에서 뛰어내렸다. 경감은 형사 한 명을 불러서 지시했다.

"지금 당장 자네가 해줘야 할 일이 있네. 이 전차 안을 샅샅이 조사해주게. 티끌 한 조각도 빠짐없이 주워 모으게. 그리고 롱스트리트 일행과 다른 승객들이 경계선을 거쳐서 지나간 통로도 조사해주게. 누군가가 일부러 버린 것이 있는지를 알고 싶은 걸세. 알았지! 잘 좀 조사해보게나, 피바디."

피바디 경위는 싱긋 웃으며 돌아섰다. 섬 경감이 말했다.

"함께 가세, 경사."

더피는 여전히 신문지에 싼 흉기를 조심스레 손에 들고 서 있다가 멋쩍게 웃고 나서는 경감의 뒤를 따라 2층으로 통하는 층계를 올라갔다.

제4장

차고 건물의 별실
9월 4일 금요일 오후 6시 40분

차고에 딸린 건물의 2층 별실은 넓고 휑뎅그렁하며 음산한 기운이 감도는 방이었다. 사방 벽 쪽에는 벤치가 줄줄이 놓여 있었다. 롱스트리트 일행은 저마다 처량하고 긴장된 태도로 앉아 있었는데, 모두 한결같이 입을 다물고 있었다.

실링 검시관은 들것으로 시체를 나르는 두 조수에 앞서 섬 경감과 더피 경사를 따라 방으로 들어갔다. 그는 방 한쪽에 칸막이를 치게 한 다음 그 안쪽에 들것을 놓게 했다. 그리고는 조수 두 명과 함께 소리 하나 내지 않고 매우 능숙하게 작업을 해나갔다. 롱스트리트 일행은 마치 무언의 명령이라도 받은 듯이 시종일관 칸막이 쪽에는 눈길을 주지 않았다. 체리 브라운이 폴룩스의 떨리는 어깨에 기대어 흐느끼기 시작했다.

섬 경감은 양손을 굳건하게 뒷짐 지고 서서 무관심하달 수도 있을 정도의 침착한 태도로 롱스트리트 일행을 둘러보았다.

"여러분, 일행이 모두 이 방에 모이셨을 줄 압니다."

경감은 상냥하게 말을 이었다.

"이제부터 우리는 이 사건에 대해 차분하게 얘기를 나눌 수가 있을 것 같군요. 지금 여러분께서는 다소 흥분해 계시긴 해도 두세 가지 질문에 대답을 못 할 정도는 아니실 테죠?"

일행은 경감을 올려다보며 마치 초등학생처럼 얌전히 앉아 있었다.

"경사, 여기에 계신 어느 분께서 죽은 자가 할리 롱스트리트라고 신원을 확인해주었다면서? 그분이 어느 분이신가?"

더피 경사는 아내 곁의 의자에 앉아 미동조차 하지 않고 있는 존 드위트를 가리켰다. 지적을 당하고서야 드위트는 몸을 움직였다.

"알겠네."

이어서 섬 경감이 드위트를 바라보며 말했다.

"자 그럼, 전차 안에서 경사에게 얘기하려던 것을 지금 제게 얘기해주시지요. 조나스, 모두 받아 적게."

경감은 문 쪽에 몰려 있는 형사들 중 한 명에게 지시했다.

"먼저 성함을 밝혀주시지요."

"존 드위트라고 합니다."

그 태도와 목소리에서 결의와 자신감이 엿보였다. 섬 경감은 일행 중 몇몇의 얼굴에 언뜻 놀라는 빛이 스치는 것을 놓치지 않았다. 드위트의 그런 태도에 그들은 다소 기운을 얻은 모양이었다.

"고인은 나와 함께 회사를 공동으로 경영했습니다. 회사의 이름은 드위트 앤드 롱스트리트 사라고 합니다. 월가에서 주식 중개업을 전문으로 하는 회사죠."

"이 숙녀 분들과 신사 분들은요?"

드위트는 침착하게 일행들을 소개했다.

"어떤 이유로 그 전차를 타신 겁니까?"

드위트는 냉담하지만 정확한 어조로 42번 스트리트 횡단 전차에 승차한 것부터 약혼 파티, 파티의 모습, 롱스트리트의 자택 초대, 호텔 출발, 갑작스레 내린 세찬 비, 전차를 타기로 결정하기까지의 경위를 설명했다.

경감은 잠자코 듣고만 있다가 드위트가 얘기를 마치자 미소를 떠올리며 말했다.

"잘 알겠습니다, 드위트 씨. 그런데 아까 전차 안에서 제가 롱스트리트의 주머니에서 꺼낸 바늘이 꽂힌 그 기묘한 코르크 말입니다만, 전에 보신 일이 있으십니까? 아니면 그런 물건이 있다는 사실을 들은 적이라도?"

드위트는 고개를 가로저었다.

"다른 분들도 마찬가지입니까?"

모두 한결같이 고개를 끄덕였다.

"알겠습니다. 그럼 드위트 씨, 이제부터 제가 하는 말을 잘 듣고 대답해주시기 바랍니다. 당신과 롱스트리트와 다른 사람들이 42번 스트리트와 8번 애버뉴 모퉁이의 보석상 차양 아래에서 비를 피하는 동안, 당신이 롱스트리트에게 편지 한 통을 보여주었고, 롱스트리트가 왼손을 왼쪽 주머니에 넣었고, 안경집을 빼내 안경을 꺼냈고, 안경집을 다시 넣으려고 한 손을 주머니에 넣은 일이 있다고 했습니다. 그런데 그때 당신은 그의 왼손에 어떤 이상이 생긴 것을 알아차리지 못하셨나요? 그가 비명을 지르지 않던가요? 혹은 주머니에서 손을 급히 빼내지 않던가요?"

"전혀 그렇지 않았습니다. 아마도 당신은 흉기가 그의 주머니에 들어간 정확한 시간을 알고 싶은 거겠죠? 하지만 그때는 절대로 들어 있지 않았던 게 분명합니다, 경감님."

드위트는 침착하게 대답했다.

경감은 다른 사람들 쪽을 향했다.

"여러분 가운데서도 그때 이상한 사실을 깨달은 분은 안 계십니까?"

체리 브라운이 울먹이는 목소리로 말했다.

"그런 일은 없었어요. 저는 그이 곁에 있었으니까 그이가 그때 바늘에 찔렸다면 금세 알 수 있었을 거예요."

"좋습니다. 그럼 드위트 씨, 롱스트리트가 편지를 읽은 뒤 다시 주머니에 손을 넣어 안경집을 꺼내 안경을 집어넣고서, 다시 그러니까 네 번째인 셈이죠, 주머니에 손을 넣어 마지막으로 안경집에서 손을 뗐을 때, 그때도 비명을 질렀거나 바늘에 찔린 기색을 보이지 않았나요?"

드위트가 결연하게 말했다.

"맹세코 말할 수 있습니다, 경감님. 비명을 지르지도 않았고 아무런 이상한 기색도 보이지 않았습니다."

다른 일행들도 모두 그 말에 동의한다는 뜻으로 고개를 끄덕였다. 섬 경감은 구두 뒤꿈치로 서서 가볍게 몸을 움직였다. 경감은 여배우 쪽으로 몸을 틀며 말머리를 돌렸다.

"브라운 양, 드위트 씨의 얘기에 따르면, 편지를 돌려준 직후에 롱스트리트는 당신과 함께 전차 쪽으로 뛰어갔고 그때부터 비를 맞으며 전차를 탈 때까지 당신은 롱스트리트의 팔에 매달려 계셨다는데, 그게 사실입니까?"

여배우는 약간 몸을 떨며 입을 열었다.

"네. 저는 그이의 왼팔에 바짝 붙어 있었어요. 그리고 그이는 왼손을 주머니에 찔러 넣고 있었고요. 우리는 뒤쪽 승강구에 오를 때까지 쭉 그렇게 하고 있었어요."

"승강구에 올라타고서는 손을 보았나요? ······그의 왼손 말입니다."

"네. 잔돈을 꺼내려고 조끼 주머니로 손을 옮겨 넣을 때였어요. 하지만 잔돈이 없었어요. 우리가 전차에 막 올라탄 뒤에 그랬죠."

"그때 그의 손은 아무렇지도 않았나요? 상처를 입었거나 피가 나진 않았나요?"

"네, 전혀 아무렇지도 않았어요."

"드위트 씨, 롱스트리트에게 보였던 편지를 잠깐 보여주십시오."

드위트는 가슴께의 주머니에서 흙탕물에 더럽혀진 봉투를 꺼내 경감에게 건네주었다. 경감은 편지를 읽어나갔다. 그 편지는 웨버라는 이름의 고객이 보낸 일종의 항의 서한으로, 어느 날 어느 시각에 어떤 값으로 주식을 팔아줄 것을 의뢰했는데, 드위트 앤드 롱스트리트 사가 지시에 따르지 않았기 때문에 막대한 손실을 입었다고 불만을 토로하는 내용이었다. 결국 피해 당사자인 웨버는 회사 측에 직무태만의 죄가 있음을 주장하며 그 손실에 대한 배상을 요구하고 있었다. 섬 경감은 아무 말도 하지 않고 편지를 드위트에게 돌려주었다.

"그럼, 이제까지의 사실들이 대체로 정확하다는 건가요?"

"그렇습니다. 흉기는 롱스트리트가 전차에 올라탄 뒤 누군가가 주머니에 넣은 것입니다."

드위트가 담담한 어조로 대답했다.

그러자 경감은 무표정한 얼굴로 흰 이를 드러내 보였다.

"틀림없군요. 모퉁이에서 비를 피하는 동안에도 그는 주머니에 손을 네 번이나 넣었습니다. 그리고 전차를 타려고 일행이 거리를 가로질렀을 때, 당신은 롱스트리트 왼쪽에 브라운 양이 바싹 붙어 있는 것과 롱스트리트가 왼손을 문제의 왼쪽 주머니에 넣고 있는 것을 보았습니다. 만약 그때 무언가 이상한 일이 일어났다면 당신이나 브라운 양이 눈치채지 못했을 리가 없었을 겁니다. 또 전차 안에서 브라운 양이 그의 손을 보았을 때도 아무런 일이 없었습니다. 그러한 사실로 미루어 볼 때, 적어도 전차에 오르기 전에는 바늘이 꽂힌 그 코르크가 그의 주머니에 들어 있지 않았던 게 됩니다."

섬 경감은 턱을 어루만지며 생각에 잠겼다. 그런 뒤에 고개를 저으며 일행들 앞을 큰 걸음으로 서성이다가 이윽고 각자 전차 안에서 롱스트리트와 어떤 위치에 서 있었는지를 물었다.

경감은 일행들이 몇몇으로 나뉘어 흩어져 있었고 전차가 덜컹거리거나 승객들이 부단하게 움직일 때마다 흔들리거나 자리를 이동했음을 알았다. 이윽고 경감은 입을 다물었지만 실망한 듯한 기색은 조금도 보이지 않았다.

"브라운 양, 롱스트리트는 어째서 전차 안에서 안경을 꺼냈나요?"

체리 브라운이 힘없이 대답했다.

"신문을 읽기 위해서였겠죠."

드위트가 끼어들며 덧붙였다.

"롱스트리트는 언제나 선착장으로 가는 도중에는 석간의 주식란을 읽었습니다."

경감이 고개를 끄덕인 뒤 다시 물었다.

"그럼 롱스트리트가 비명을 지르며 손을 들여다본 것은 안경을 꺼냈을 때였나요, 브라운 양?"

"네. 깜짝 놀라며 어리둥절해했어요. 하지만 그뿐이었어요. 그때 전차가 몹시 흔들렸기 때문에 어째서 상처가 났는지 주머니를 살펴볼 새도 없이 그이는 손잡이를 잡았어요. 그는 긁힌 게 분명하다고 했어요. 그러면서 몹시 비틀거리는 것 같았어요."

"그런데 안경을 쓰고서 주식란을 읽기는 했나요?"

"신문을 펼치려고 했지만 결국은 그러지 못했어요. 그러니까, 그이는…… 제가 무슨 일이 일어났는지를 미처 깨닫기도 전에 쓰러지고 말았어요."

섬 경감은 미간을 찌푸렸다.

"날마다 그는 저녁 전차 안에서 주식란을 읽나요? 아니면 그때 신문을 펼치려 한 것은 뭔가 특별한 이유라도 있었기 때문인가요, 브라운 양? 그토록 붐비는 전차 안에서 신문을 펼친다는 건 좀 예의에 어긋나는 일인 것 같아서 말입니다……."

또다시 드위트가 냉담한 어투로 끼어들었다.

"그렇지 않습니다. 경감님은 롱스트리트를 모르기 때문에 그런 말씀을 하시는 겁니다. 그는 뭐든 자기가 하고 싶은 것은 하고 마는 친구죠. 경감님이 말씀하시는 것 같은 특별한 이유 따위가 그에게는 있을 리가 없습니다."

그러나 체리 브라운은 눈물 자국이 채 마르지 않은 얼굴로 뭔가 깊은 생각에 잠기는 눈치였다. 그러더니 말문을 열었다.

"이제야 생각이 났는데 아마도 거기엔 특별한 이유가 있었던 것 같아요. 그이는 오늘 오후에 신문을 샀어요. 아마도 최종판은 아니었던 것 같은데……. 어떤 주식에 대해 알아보았거든요. 틀림없이……."

경감은 여배우에게 기운을 불어넣듯이 힘주어 말했다.

"바로 그거예요, 브라운 양. 그건 어느 회사의 주식이었죠?"

"아마 그건…… 인터내셔널 메탈스의 주식이었던 것 같아요."

체리 브라운은 마이클 콜린스가 앉아 있는 벤치 쪽을 힐끗 훔쳐보며 말을 이었다. 그는 화가 난 표정으로 더러운 방바닥을 노려보고 있었다.

"그리고 인터내셔널 메탈스의 주가가 크게 폭락했음을 알게 되자 할리는 콜린스 씨가 급히 도움을 청할 거라고 말했어요."

"흐음, 콜린스 씨라?"

거구의 아일랜드인이 신음하는 듯한 소리를 냈다. 섬은 호기심 어린 시선으로 그 사내를 바라보았다.

"그럼 당신도 롱스트리트의 고객이었군요? 세무서 일만으로도 아주 바쁘실 줄 알았는데……. 콜린스, 이 사건과 어떤 연관이 있소?"

콜린스는 이를 드러내며 마뜩잖은 듯 말했다.

"당신이 상관할 문제가 아니오, 경감. 하지만 굳이 알고 싶다면 말하겠소. 롱스트리트가 인터내셔널 메탈스의 주식을 대량으로 구입하라고 일러줬소. 나를 위해 그 주의 상황을 관찰해왔다고 하면서 말이오. 그런데 제길, 오늘 바닥시세로 폭락하고 말았소."

드위트가 놀란 표정을 지으며 콜린스를 바라보았다. 그 모습을 본 섬 경감이 물었다.

"드위트 씨, 이 거래에 대해서 알고 있었습니까?"

"전혀 몰랐던 일입니다."

드위트는 정면으로 경감을 바라보며 말을 이었다.

"롱스트리트가 그 주식을 사라고 권했다니 정말 놀랍습니다. 지난주에 나는 그 주식이 폭락할 것을 내다보고 개인적으로 몇몇 고객들에게는 절대로 그 주식을 사지 말라고 충고했을 정도였으니까요……. 콜린스 씨, 그 주식이 폭락한 걸 처음으로 안 게 언제였습니까?"

"오늘 오후 1시 무렵이었소. 하지만 드위트, 롱스트리트의 일처리를 당신이 모르고 있었다는 건 대체 어찌 된 노릇이오? 어떻게 그런 엉터리 경영을 할 수가 있소? 이제 나는……."

"진정하시오."

섬 경감이 말을 이었다.

"진정하고 내 질문에 답해요. 당신은 메탈스 주의 폭락을 알게 된 오늘 1시부터 호텔에 가기 전까지 그사이에 롱스트리트와 만나 얘기를 나누었겠군요?"

"그렇소."

콜린스가 무뚝뚝하게 대답했다.

"어디서 만났습니까?"

"드위트 앤드 롱스트리트 사의 타임스 스퀘어 출장소에서 이른 오후에 만났소."

섬 경감은 다시 구두 뒤꿈치로 서서 가볍게 몸을 움직였다.

"싸우진 않았소?"

콜린스가 불쑥 소리쳤다.

"이런 제기랄! 농담하지 마시오, 경감! 내게 살인죄라도 덮어씌울 작정이오?"

"묻는 말에나 답하시오!"

"제길, 그런 일은 없었소."

그때 헤리 브라운이 외마디 소리를 질렀다. 섬 경감이 재빨리 돌아다보았다. 그러나 땅딸막한 체구의 실링 검시관이 셔츠의 소매를 걷어붙인 채 명랑하게 칸막이 뒤에서 나오는 모습이 눈에 띄었을 뿐이었다. 그리고 죽은 롱스트리트의 경직된 얼굴이 언뜻 보였다…….

"경감, 그 물건을 주시오……. 그 코르크인지 뭔지 흉기로 쓰였다는 것 말이오."

실링 검시관이 말을 꺼내자마자 섬 경감은 더피 경사에게 눈짓을 했다. 더피는 안도의 한숨을 내쉬며 꾸러미를 검시관에게 넘겼다. 실링은 꾸러미를 건네받고는 콧노래를 흥얼대며 다시 칸막이 뒤로 사라졌다.

체리 브라운은 자리에서 일어나 있었는데, 두 눈을 크게 뜬 채 얼굴을 몹시 일그러뜨리고 있었다. 그녀는 처음에 받은 충격에서는 이미 벗어난 듯했으나, 흙빛으로 굳어진 롱스트리트의 시체를 보고는 약삭빠르다고 할 만한 히스테리를 일으켰다. 일부러 그러는 것 같기도 했다. 그러고 나서 그녀는 갑자기 드위트 쪽으로 손을 뻗더니 덤벼들었다. 그녀는 드위트의 멱살을 잡고는 그의 창백해진 얼굴에 대고 날카롭게 소리쳤다.

"당신이 죽였어! 당신이 그이를 해치운 거야!"

사내들은 모두 놀란 표정으로 자리에서 일어났다. 섬 경감과 더피 경사가 달려들어 흥분한 그녀를 드위트한테서 떼어냈다. 그러는 동안에도 드위트는 줄곧 돌처럼 묵묵히 서 있었다. 진 드위트의 표정이 싸늘해졌다. 그녀는 입술을 굳게 다물고 호랑이 같은 기세로 여배우를 향해 달려들었다. 크리스토퍼 로드가 그녀의 앞을 가로막으며 낮은 목소리로 그녀를 달랬다. 그녀는 다시 자리에 앉아 걱정스러운 얼굴로 부친을 바라보았다. 임피리얼과 에이헌은 엄숙한 표정으로 드위트의 양쪽에 호위병처럼 자리를 차지하고 있었다. 콜린스는 불만에 가득 찬 얼굴을 하고 자기 자리에 앉았다. 폴룩스는 자리에서 일어나 빠른 어조로 체리 브라운의 귀에 대고 뭔가를 속삭였다. 체리는 점차 흥분을 가누는가 싶더니 이어서 흐느끼기 시작했다……. 드위트 부인만이 미동도 하지 않은 채 차가운 눈빛으로 이 광경을 지켜보고 있었다.

섬 경감은 흐느끼는 여배우를 내려다보았다.

"왜 그런 말을 했나요, 브라운 양? 어째서 드위트 씨가 그를 죽였다고 하신 겁니까? 드위트 씨가 롱스트리트의 웃옷 주머니에 그 코르크를 넣는 것을 보았습니까?"

"아뇨, 그렇진 않아요."

그녀는 흐느끼듯 대답하고는 고개를 가로저었다.

"몰라요, 모르겠어요. 저 사람이 할리를 싫어했다는 것을, 독사를 대하듯 싫어했다는 걸 알고 있었을 뿐이에요……. 할리가 여러 차례 그렇게 말했어요."

섬 경감은 맥 빠지는 표정을 지으며 상체를 일으켜 세우고는 더피 경사에게 의미 있는 눈짓을 보냈다. 더피는 노트에 메모를 하던 형사에게 손짓을 했고, 그 형사가 문을 열자 또 다른 형사 하나가 들어왔다. 폴룩스가 체리에게 몸을 구부리고 그 특유의 주문을 외는 듯한 어조로 위로의 말을 하고 있을 때에 섬 경감이 쩌렁쩌렁한 목소리로 말했다.

"내가 돌아올 때까지 여러분은 모두 여기서 기다리시오."

그런 뒤에 경감은 노트를 가진 조나스 형사와 함께 열린 문을 통해 성큼성큼 밖으로 나갔다.

제5장
차고 건물의 큰 방
9월 4일 금요일 오후 7시 30분

섬 경감은 곧바로 차고 건물의 큰 방으로 향했다. 경감은 거기에서 갖가지 기묘한 광경과 마주쳤다. 그 방에 수용된 남녀들은 제각각 서 있거나 앉아 있거나, 걸어 다니거나 지껄이거나, 초조해하거나 겁에 질려 있거나, 불쾌한 표정을 짓는 것같이 다양한 태도를 보였다. 경감은 경비를 서고 있는 한 형사에게 쓴웃음을 지어 보이고는 크게 발소리를 울려서 모두가 자기를 주시하게끔 했다. 그러자 사람들 모두 경감 쪽으로 몰려들었다. 숨을 헐떡이는 사람, 불만을 토하는 사람, 비난을 퍼붓는 사람, 질문을 해대는 사람, 욕을 내뱉는 사람······.

"물러서시오!"

경감이 버럭 소리를 질렀다.

"알겠습니까? 불평이나 넋두리나 변명은 받아들이지 않겠어요. 여러분이 협조해주셔야만 그만큼 빨리 여기서 나갈 수 있습니다. 주이트 양, 아가씨부터 먼저 시작하기로 하죠. 아가씨는 누군가가 살해된 자의 주머니에 무언가 집어넣는 것을 보지 못했나요? 그러니까 살해된 자가 당신 앞에 서 있었을 때 말이오."

그녀는 입술을 핥으면서 말했다.

"저는 그때 함께 탔던 분과 얘기를 하는 데 정신이 팔려 있었어요. 게다가 전차 안이 굉장히 무더워서……."

섬 경감이 버럭 소리를 질렀다.

"묻는 말에나 대답하세요! 봤나요, 못 봤나요?"

"모, 못 봤어요."

"만약에 누군가가 죽은 자의 주머니에 무언가를 집어넣었다면 당신이 알아차릴 수 있었다고 생각합니까?"

"아뇨, 그렇게는 생각하지 않아요. 그때 저는 일행과 얘기를 하고 있었기 때문에……."

섬 경감은 돌연 그녀 곁의 덩치 큰 사내 쪽으로 돌아섰다. 사내는 희끗한 머리와 묵직한 얼굴에 적의를 가득 담고 있었다. 롱스트리트가 전차 속에서 쓰러졌을 때 팔을 낚아챘던 사내였다. 스스로 자신을 소개한 바에 따르면 그는 로버트 클라크슨이라는 이름의 서기였다. 하지만 그는 자신이 롱스트리트의 옆에, 그것도 왼쪽에 있었음에도 불구하고 아무것도 눈치채지 못했다고 진술했다. 클라크슨의 푼더분한 얼굴에서 적의가 사라지자 이번에는 갑자기 불안에 사로잡혔는지 안색이 창백해지며 벌어진 입술이 우스꽝스럽게 경련을 일으켰다.

중년의 이탈리아인 안토니오 폰타나는 거무스름한 피부에 짙은 콧수염을 기른 이발사인데, 그는 일과를 마치고 귀가하던 도중이었다고 했다. 그러나 그 또한 별달리 도움이 되지는 못했다. 이탈리아 신문인 〈일 포폴로 로마노〉를 전차 안에서 줄곧 읽고 있었다고 했다.

이어서 신문을 받은 이는 찰스 우드라는 이름의 차장으로, 근무 번호는 2101번이며 오 년 전부터 제3번 애버뉴 철도 회사에서 근무해왔다. 그는 큰 키에 실팍해 보이는 체격을 지닌 붉은 머리의 사내로 나이는 아마도 쉰 살쯤 되어 보였다. 그는 죽은 자의 얼굴을 기억하고 있다고 말했다. 죽은 자가 8번 애버뉴에서 승차한 사람들 중의 한 명이라는 것과 그자가 전차에 올라탔을 때의 일도 기억한다고 말했다. 그리고 죽은 자가 1달러짜리로 열 명분의 요금을 지불한 사실도 말했다.

"그 사람들이 전차에 올라탔을 때 뭔가 이상한 점을 느끼지는 못했소?"

"아뇨. 그때는 전차 안이 워낙 만원이라서 차 문을 닫는 것과 차비를 받는 것 외에는 신경을 쓸 틈이 없었는걸요."

"전에도 전차 안에서 그 사내를 본 일이 있소?"

"예, 있습니다. 그는 자주 그 시간대에 전차를 이용하곤 했습니다. 오래된 단골 승객이었죠."

"이름은 알고 있나요?"

"아뇨, 모릅니다."

"죽은 자의 일행들 중에도 단골 승객이 있었소?"

"예. 키가 작고 빈약한 체격에 머리가 희끗한 사내인데, 죽은 사람과는 자주 함께 탔었죠."

"이름은 알고 있소?"

"아뇨, 모릅니다."

섬 경감은 천장을 노려보았다.

"이제부터 잘 생각해보고 대답해주시오, 우드 씨. 이건 중대한 문제요. 난 다만 틀림없는 사실을 알고 싶은 거요. 당신 말대로 그 일행들은 8번 애버뉴에서 탔어요. 그리고 당신은 차 문을 닫았소. 여기까지는 됐어요. 그런데, 그다음 정류장에서 타거나 내린 사람은 없었소?"

"없었습니다. 만원이라서 9번 애버뉴 모퉁이에선 문조차 열지 않았습니다. 그러니까 탄 사람은 없습니다. 물론 뒷문 쪽에

선 내린 사람도 없고요. 하지만 앞쪽은 모르겠어요. 그건 운전 사인 기네스가 알고 있을 겁니다."

경감은 여러 사람들 속에서 어깨가 넓은 아일랜드인 운전사를 찾아냈다. 운전사 기네스의 근무 번호는 409번이었으며 그는 팔 년 동안 이 철도 회사에서 일해왔다고 했다. 그리고 죽은 자를 전에 보았던 기억은 나지 않는다고 말했다.

"아무래도 찰스처럼 승객을 직접 상대하지는 않으니까요."

운전자 기네스가 덧붙였다.

"전혀 본 기억이 없다는 건가요?"

"글쎄요. 얼굴이 약간 낯익은 듯한 느낌도 없지는 않군요. 하지만 뭐, 그런 정도일 뿐입니다."

"8번 애버뉴를 지난 뒤에 앞문으로 내린 사람은 없었소?"

"차 문을 열지도 않았는걸요. 아시다시피 이 노선의 승객들 대부분은 종점까지 가서는 그곳 선착장에서 저지행 배로 갈아 탄답니다. 아무튼 그 뒤의 일은 더피 경사님이 잘 알고 계실 겁니다. 저와 함께 앞쪽에 있었으니까요……. 아마 경사님은 비번이셨나 보죠? 마침 함께 타고 계셨으니 운이 좋았지요."

섬 경감은 악의 없이 얼굴을 찌푸렸다.

"그렇다면 8번 애버뉴를 지난 뒤로 차 문은 앞뒤 어느 쪽이나 열린 적이 없는 셈이군요?"

"그렇습니다."

기네스와 우드가 함께 대답했다.

"알겠소. 물러가서 기다려주시오."

경감은 방향을 바꾸어 다른 사람들에게 질문하기 시작했다. 하지만 롱스트리트의 주머니에 누군가가 물건을 집어넣거나 그 밖에 수상쩍은 행동을 하는 것을 본 사람은 아무도 없는 것 같았다. 승객 두 사람이 애매한 진술을 했지만 흥분한 정신 상태에서 아무 이유 없이 짐작한 것이 분명했기 때문에 경감은 씁쓸한 표정을 지으며 무시해버렸다. 경감은 조나스 형사에게 이곳에 모인 사람들 모두의 이름과 주소를 기록할 것을 지시했다.

그때 두툼한 마대 자루를 짊어진 피바디 경위가 숨을 몰아쉬며 실내로 들어섰다.

"뭔가 수확이 있었나, 경위?"

섬 경감이 물었다.

"잡동사니들뿐입니다. 보십시오."

경위는 마대 자루 안의 물건들을 바닥에다 쏟아부었다. 종잇조각, 낡고 찢어진 신문지, 빈 담뱃갑, 심이 부러진 몽당연필, 타다 남은 성냥개비, 짓뭉개진 초콜릿 덩어리, 너덜너덜한 전차 시각표……. 모두가 흔해 빠진 잡동사니들뿐이었다. 코르크나 바늘 또는 그것들과 관계가 있을 법한 것은 아무것도 눈에 띄지 않았다.

"전차 안을 샅샅이 뒤졌습니다. 경계선 주위와 통로 쪽도 모조리 말입니다. 그러니까 이 사람들은 전차에서 내릴 때 몸에 지니고 있던 것을 아직 그대로 지니고 있다고 볼 수 있습니다."

섬 경감의 잿빛 눈이 번득였다. 그는 뉴욕 경시청에서 가장 알아주는 경감이었다. 그는 유연한 근육질의 체격, 뛰어난 순발력, 풍부한 상식, 권위가 깃든 음성을 지녔고 문자 그대로 출세가도를 달리고 있었다. 그는 경찰관으로서의 직무를 굳건히 수행하는 행동력 있는 사내였다.

"해야 할 일이 아직 한 가지 남아 있네."

경감은 턱을 약간 움직이면서 말했다.

"이 방에 있는 사람들을 모조리 수색하는 거네."

"뭘 찾아야 하는 겁니까?"

"코르크나 바늘 외에도 뭔가 그 사람한테 걸맞지 않은 것은 뭐든 찾게. 불평하는 자들에겐 억세게 밀어붙이게. 자, 당장 시작하지."

피바디 경위는 싱긋 웃더니 방을 나갔다. 그러고는 이내 형사 여섯 명과 여순경 두 명을 데리고 돌아왔다. 그는 벤치 위에 올라서서 외쳤다.

"자, 줄을 서세요, 여러분! 여자 분들은 이쪽으로, 남자 분들은 저쪽으로! 떠들어도 소용없습니다. 협조해주셔야 빨리 돌아갈 수 있습니다."

십오 분 동안 섬 경감은 벽에 기댄 채 담배를 피우며 눈앞에서 벌어지고 있는 심각하다기보다는 우스꽝스러운 장면을 지켜보았다. 여순경들이 야무진 손으로 거침없이 몸을 더듬으며 주머니를 들추고 지갑을 뒤지고 모자 안감이며 구두 바닥을 살필 때마다 여자들은 날카로운 목소리로 아우성쳤다. 그와는 달리 남자들 쪽은 고분고분한 태도였다. 한 사람씩 몸수색에서 벗어날 때마다 조나스 형사가 이름과 근무처와 집 주소를 물어서 받아 적었다.

때때로 섬 경감은 날카로운 시선으로 방을 나서는 사람들을 훑어보았다. 조나스한테서 물러나는 한 사내를 경감이 위압적인 태도로 불러 세웠다. 그 사내는 체구가 작고 안색이 나쁜 사무원 타입으로, 빛바랜 외투를 걸치고 있었다. 경감은 사내를 한쪽으로 데리고 가 외투를 벗으라고 명령했다. 헐렁한 갈색 트렌치코트를 벗는 사내의 입술은 파랗게 질려 있었다. 경감이 외투를 구석구석 조사하고 난 뒤 아무 말 없이 돌려주자 사내는 안도의 한숨을 내쉬고는 허겁지겁 방을 빠져 나갔다.

방은 어느새 텅 비고 말았다.

"수고한 보람이 없군요, 경감님."

피바디 경위가 낙담한 투로 말했다.

"방 안을 뒤져보게."

피바디와 형사들은 방 안 구석구석과 벤치 아래를 뒤지며 열심히 쓰레기들을 모았다. 섬 경감은 마대 자루에서 나온 쓰레기 더미 앞에 무릎을 꿇고 앉아 일일이 손으로 그것들을 들추었다.

그런 뒤에 경감은 피바디를 쳐다보며 어깨를 으쓱해 보이고는 냉큼 그 방을 나갔다.

제6장
햄릿 저택
9월 8일 화요일 오전 11시 20분

"부디 이해해주시기 바랍니다, 레인 씨."

섬 경감의 얘기가 거기까지 이르렀을 때 브루노 지방 검사가 끼어들며 입을 열었다.

"섬 경감은 아주 사소한 부분까지도 죄다 말씀드리고 있는 겁니다. 우리가 나중에 알아낸 것도 적지 않습니다만, 대개는 앞의 이야기를 방증하는 것들이며 또한 그다지 중요하지 않은 것들이어서 별로 신경 쓰지 않았습니다……."

"브루노 씨, 중요치 않은 것은 아무것도 없습니다. 아무리 하찮은 것에도 진실은 포함되어 있는 법입니다! 하지만 이제까지 들려주신 얘기는 참으로 훌륭했습니다."

드루리 레인이 말하며 커다란 안락의자에 파묻은 몸을 움직이고는 벽난로 쪽으로 긴 다리를 뻗었다.

"얘기를 계속하시기 전에 잠깐 기다려주시지요, 경감님."

두 방문객은 흔들리는 불꽃으로 진 그늘 속에서 레인이 지그시 두 눈을 감는 것을 보았다. 그는 무릎 위에서 양손을 가볍게 쥐었다. 희고 단아한 얼굴에는 미세한 움직임도 없었다. 지나간 시대의 정적이 흡사 딴 세상을 이루고 있는 듯한 실내의 높고 어두운 사방 벽에 드리워져 있었다.

퀘이시가 어두운 구석에서 낡은 양피지가 바삭거리는 것 같은 소리를 냈다. 브루노와 섬 경감은 그쪽으로 고개를 돌렸다. 꼽추 노인이 한쪽에서 낮은 소리로 키득키득 웃고 있었다.

두 방문객은 서로의 얼굴을 마주 보다가 성량이 풍부하고도 신중한 드루리 레인의 목소리가 들려오자 문득 정신을 차렸다.

"경감님, 이제까지의 얘기 가운데 좀 더 확실히 알고 싶은 것이 한 가지 있습니다."

"그것이 뭡니까, 레인 씨?"

"당신의 얘기에 따르면, 전차가 7번 애버뉴와 8번 애버뉴 사이를 달리고 있었을 때 비가 퍼붓기 시작했고, 롱스트리트 일행이 8번 애버뉴에서 전차에 탑승했을 때 차창은 완전히 닫혀 있었다고 했습니다. 그런데 그때 확실히 모든 차창이 닫혀 있었던가요?"

섬 경감이 뜻밖이라는 듯이 멍한 표정을 지었다.

"물론입니다, 레인 씨. 틀림없습니다. 더피 경사도 분명히 그렇게 말했습니다."

"좋습니다. 결국 모든 차창이 그때 이후 빈틈없이 닫혀 있었다는 거군요?"

"확실합니다, 레인 씨. 게다가 전차가 차고에 닿을 무렵엔 비가 더욱 세차게 쏟아졌습니다. 비가 내리기 시작한 뒤로 모든 차창은 완전히 닫혀 있었습니다."

"이젠 충분합니다, 경감님."

눈썹 아래로 드루리 레인의 움푹 파인 두 눈이 반짝 빛났다.

"자 그럼, 얘기를 계속하시지요."

제7장
차고 건물의 별실
9월 4일 금요일 오후 8시 5분

섬 경감의 얘기에 따르면, 전차 안의 다른 승객들이 돌아가고 나서부터 상황은 급속히 진전되었다.

큰 방에서 나온 섬 경감은 롱스트리트 일행이 처량한 모습으로 기다리고 있는 별실로 다시 들어섰다. 루이 임피리얼은 그야말로 신사다운 태도로 자리에서 곧바로 일어나더니 절도 있는 군대식 동작으로 뒤꿈치를 울리며 깍듯이 인사를 했다. 그런 뒤에 임피리얼은 더없이 정중한 태도로 말했다.

"경감님, 제 억측인지는 모르겠지만 모두 먹을 만한 것을 원하고 있다고 생각합니다. 아주 간단한 음식이라도 좋습니다. 하다못해 여자 분들에게만이라도 준비해주어야 한다고 생각합니다."

경감은 방 안을 둘러보았다. 드위트 부인은 의자에 앉아 반쯤 눈을 감은 채 굳은 표정으로 앉아 있었다. 진 드위트는 로드의 넓은 어깨에 기대어 있었다. 두 사람 모두 안색이 창백해 보였다. 드위트와 에이헌은 나직한 목소리로 열의 없이 얘기를 주고받고 있었다. 폴룩스는 상체를 앞으로 구부리고 앉아 맞잡은 양손을 무릎 사이에 끼우고 끊임없이 체리 브라운에게 뭔가를 속삭이고 있었다. 체리는 긴장된 표정으로 이를 악물고 있었으므로 평소의 아름다움은 전혀 찾아볼 수 없었다. 마이클 콜린스는 양손으로 얼굴을 감싸고 있었다.

"좋습니다, 임피리얼 씨. 딕, 아래에 내려가서 뭔가 먹을 것을 준비해 이분들께 갖다 드리게."

형사 한 사람이 임피리얼이 쥐어준 지폐를 받아 들고 방을 나갔다. 스위스인은 그로써 자기 임무를 다한 듯 매우 만족스러운 태도로 의자에 돌아가 앉았다.

"실링 선생, 소견을 들려주시겠습니까?"

검시관인 실링은 칸막이 앞에 서서 웃옷을 입고 있었다. 낡은 모자가 벗어진 머리 위에 기묘한 모양으로 얹혀 있었다. 검시관은 손가락으로 경감을 불렀다. 섬 경감은 방을 가로질러 그에게로 갔다. 그리고 두 사람은 칸막이 뒤로 들어가서 시체를 내려다보며 멈춰 섰다. 구급차를 타고 온 젊은 조수 한 명이 시체 곁의 벤치에 앉아 열심히 보고서를 작성하고 있었다. 또 다른 조수는 손톱을 깎으면서 가늘게 휘파람을 불었다.

실링 검시관이 즐거운 듯이 말했다.

"그런데 말이오, 경감……. 아주 멋진 수법이오. 참으로 멋져요. 호흡기 마비에 의한 사망인데 그거야 뭐 아무것도 아니오."

검시관은 왼손을 펴 들더니 오른손으로 왼손의 손가락 하나를 구부리며 말을 이었다.

"첫째, 독물이오."

실링은 그렇게 말하고 의자 쪽으로 턱짓을 해보였다. 노출된 흉기가 롱스트리트의 굳어진 발 쪽에 아무렇게나 놓여 있었다.

"코르크 알 둘레에 꽂힌 바늘 수는 모두 쉰셋인데, 코르크에서 돌출된 바늘 끝과 바늘귀엔 니코틴이 발라져 있소……. 농축된 니코틴 액인 것 같소."

"어쩐지 역한 담배 냄새가 난다 했어요."

섬 경감이 중얼거렸다.

"그랬을 거요. 갓 추출된 순액은 무색무취로 끈적끈적하오. 하지만 물에 담그거나 그냥 내버려두면 이내 암갈색으로 변하면서 담배 냄새가 난다오. 이 맹독이 직접적인 사인임이 분명하오. 물론 해부를 해서 달리 사인이 있는지 확인해봐야겠지만 말이오. 독물은 바늘에 손바닥과 손가락이 스물한 군데나 찔려 직접 체내로 들어갔소. 곧바로 혈관으로 들어간 셈이오. 듣기로는 이삼 분 동안은 견딘 것 같은데, 아마도 그건 이 사내가 골초여서 보통 사람 보다 니코틴에 대한 저항력이 더 컸기 때문일 거요. 둘째는 흉기 그 자체요."

실링이 두 번째 손가락을 구부려 보였다.

"이거야말로 경찰 박물관의 표본으로 삼을 만하오, 경감. 실로 대수롭지 않고 간단해 보이지만 독창적이며 끔찍한 흉기라오. 가히 천재적인 작품이라고 할 만해요. 셋째로는 독물의 출처에 관한 것인데……."

세 번째 손가락이 구부러졌다.

"경감에겐 유감인 얘기지만, 그것이 합법적인 곳에서 입수된 것이 아니라면 그 출처를 알 수 없을 것 같소. 순수한 니코틴은 구입하기가 어렵고, 내가 범인이라고 하더라도 약국에서 안 살 거요. 물론 엄청난 양의 담배에서 추출할 수도 있소. 보통의 담배엔 니코틴이 4퍼센트가량 들어 있으니까 말이오. 하지만 그렇기는 해도 니코틴 제조 전문가를 어떻게 구할 수 있겠소? 가장 좋은 방법은……."

그렇게 말하며 실링 검시관은 잘 알려진 살충액의 이름을 들었다.

"그걸 구입하면 그다지 고생하지 않고 니코틴을 추출해낼 수 있소. 본디 함유량은 35퍼센트인데, 증류하면 이 바늘에 발라져 있는 것 같은 수지의 끈적끈적한 것으로 추출할 수 있소."

"어쨌든 일반적인 입수 경로를 조사해봐야겠군요."

이어서 경감은 시무룩한 표정으로 질문을 했다.

"이 독성이 몸 안에 퍼지는 데는 얼마나 걸립니까?"

실링 검시관은 입을 오므렸다.

"보통의 경우라면 이삼 초밖에 안 걸릴 거요. 하지만 만약 이 니코틴이 순액이 아니고, 게다가 롱스트리트가 평소에 골초였다면 이삼 분은 걸렸을 거요. 실제로 그쯤의 시간이 걸렸다니 맞을 거요."

"직접적인 사인이 니코틴인 것만은 틀림없겠죠? 뭔가 다른……?"

"글쎄……. 나도 그리 속이 깨끗한 편은 아니지만, 경감, 이 사내는 건강 상태가 몹시 엉망이오. 아무튼 지독해요. 하지만 내장에 대해서는 해부한 뒤에 얘기하기로 합시다. 해부는 내일 할 거요. 자, 그럼 이상이오. 내 조수들한테 이 사내를 밖에 세워둔 차로 운반하라고 하겠소."

경감은 바늘이 꽂힌 코르크를 담뱃갑에 넣어 신문지로 싼 뒤 들고서 롱스트리트 일행 쪽으로 돌아갔다. 더피 경사에게 그 흉기를 돌려주고 나서 실링 검시관의 조수들이 모포로 싼 시체를 운반하는 데 방해가 되지 않게 한쪽으로 비켜섰다. 조수들 뒤로 실링이 싱글싱글 웃으며 따라 나갔다.

시체가 실려 나가자 방 안은 다시금 죽음과도 같은 침묵이 찾아들었다. 음식을 사러 나갔던 형사는 이내 돌아온 모양이었다. 일행은 샌드위치를 베어 물고 천천히 턱을 어기적거리거나 커피를 홀짝이며 마시고 있었다.

경감은 드위트에게 말을 걸었다.

"당신은 롱스트리트와는 공동 경영자 사이니까 아마 그 사람의 일상생활을 가장 잘 알고 계실 테죠? 차장은 자주 차 안에서 롱스트리트를 본 기억이 있다고 하는데, 이 점에 대해선 어떻게 생각합니까?"

드위트는 언짢은 표정을 지으며 대답했다.

"일상적인 업무 면에서 롱스트리트는 매우 규칙적이었어요. 특히 퇴근 시간은 말이죠. 분명히 말해서, 그는 장시간의 노동이라든가 힘이 드는 일은 좋아하질 않았습니다. 귀찮은 일은 거의 나한테 맡겼죠. 본사는 월가의 상점 거리에 있는데, 그곳에서의 일이 끝나면 우리는 언제나 스퀘어의 출장소로 돌아갔다가 거기서 웨스트 잉글우드로 갑니다. 롱스트리트는 대체로 6시 조금 전에는 언제나 출장소를 나섭니다. 항상 저지행 기차를 타요. 같은 차죠. 오늘도 습관 때문에 여느 때의 기차 시각에 닿을 수 있도록 파티를 일찍 끝내고 호텔을 나선 거라고 생각됩니다. 평소와 같은 전차를 탄 것도 그 때문이겠지요."

"당신도 자주 그 전차를 탔던 까닭을 이제야 알겠군요."

"그렇습니다. 회사에 늦게까지 있지 않을 경우에는 흔히 롱스트리트와 함께 웨스트 잉글우드로 돌아갔으니까요."

섬 경감은 한숨을 쉬었다.

"당신들은 모두 업무상의 일에도 자가용을 사용하지 않는 모양인데, 거기엔 특별한 이유라도 있나요?"

드위트는 쓴웃음을 지었다.

"뉴욕의 교통상황으로는 그러는 게 손해니까요. 하지만 잉글우드 역에는 자동차가 대기하고 있지요."

"다른 면에서도 롱스트리트는 규칙적이었습니까?"

"사소한 것에도 퍽이나 규칙적이었습니다. 사생활 면에선 무모하고 미덥지 못했지만요. 하지만 이미 말씀드린 것처럼 그는 언제나 같은 신문을 읽었고 언제나 주식란을 살펴보곤 했어요. 일하는 날에는 같은 종류의 양복을 입었고 시가나 담배의 종류도 정해져 있었습니다. 지독히도 많이 피워댔지요……. 아무튼 그는 사소한 것까지 거의 일정한 습관대로 행동했습니다."

그쯤에서 드위트는 두 눈을 차갑게 빛냈다.

"한낮에 되어서야 회사에 나온다는 점에서도 말입니다."

경감은 아무렇지도 않은 눈길로 드위트를 바라본 뒤에 담배에 불을 붙여 물었다.

"그는 글을 읽을 때는 안경을 써야만 했나요?"

"그렇습니다. 특히 잔글자를 읽을 때 말입니다. 그러나 그는 겉치레에 신경을 쓰는 사내여서 안경이 자신의 남성미를 떨어뜨린다고 생각했어요. 그래서 안경을 쓰지 않으면 불편한데도 외출이나 교제 때엔 절대로 안경을 쓰지 않았습니다. 그렇지만 글을 읽을 때는 안 쓸 수가 없었지요."

경감은 은근하게 드위트의 어깨에 한 손을 얹었다.

"드위트 씨, 툭 터놓고 말씀드리죠. 당신도 들었다시피 브라운 양은 롱스트리트를 죽인 것이 당신이라고 비난했어요. 물론, 별 뜻이 없는 말이라는 건 압니다. 하지만 브라운 양은 당신이 그를 미워하고 있었다고 힘주어 말했습니다. 그게 사실입니까?"

드위트는 몸을 움직여 경감의 두툼한 손을 자신의 어깨에서 떨쳐낸 다음 냉담한 표정으로 말했다.

"당신 말씀대로 툭 터놓고 말하는 식이 될는지 어떤지는 모르겠지만, 나는 그 친구의 죽음과는 아무런 관계가 없습니다. 나는 결백합니다."

경감은 드위트의 맑은 눈을 한동안 물끄러미 들여다보았다. 그런 뒤에 어깨를 으쓱하고는 다른 사람들 쪽으로 몸을 돌렸다.

"여러분, 내일 아침 9시에 드위트 앤드 롱스트리트 사의 타임스 스퀘어 출장소로 나와주시기 바랍니다. 좀 더 물어볼 게 있으니 한 분도 빠짐없이 모여주셔야겠습니다."

일행은 맥없이 일어나서 느릿느릿 문 쪽으로 걸어 나갔다.

"잠깐 기다려주십시오."

경감은 그들을 멈춰 세운 뒤 말을 이었다.

"대단히 죄송합니다만, 여러분 모두 몸수색을 받고 가시기 바랍니다. 더피 경사, 여자 분들을 위해 여순경 한 명을 불러오게."

일행은 한숨을 내쉬었고 드위트가 화난 목소리로 항의했다. 경감이 미소 지으며 말했다.

"누구든 감추고 있는 건 없으시겠죠?"

앞서 큰 방에서 행해졌던 일이 지금 또다시 경감의 눈앞에서 되풀이되었다. 남자들은 침착성을 잃었고 여자들은 얼굴을 붉히거나 화를 냈다. 드위트 부인은 그동안의 오랜 침묵을 깨고 빠른 어조의 스페인어로 경감의 넓은 가슴팍에 대고 대들었다. 경감은 눈썹을 치켜세우고 여순경에게 단호하게 손짓했다.

"성함과 주소를 말씀해주십시오."

몸수색을 당한 일행들이 나가려고 할 때 문 쪽에 있는 조나스의 나른한 목소리가 들렸다.

더피는 낙심한 표정을 지었다.

"도움이 될 만한 건 전혀 없었습니다. 바늘이나 코르크는 물론, 그럴듯한 것은 전혀 없었습니다."

경감은 방 한가운데 우뚝 버티고 서서 눈썹을 찌푸리며 입술을 깨물었다. 곧이어 그는 엄한 목소리로 명령을 내렸다.

"방 안을 뒤져봐!"

방 안 구석구석 수색이 행해졌다.

섬 경감은 부하들에게 둘러싸여 차고를 떠날 때에도 여전히 미간을 찌푸리고 있었다.

제8장
드위트 앤드 롱스트리트 사
9월 5일 토요일 오전 9시

토요일 아침, 섬 경감이 드위트 앤드 롱스트리트 사의 출장소에 들어섰을 때 긴장된 분위기는 그다지 감돌지 않았다. 직원들과 고객들이 바람처럼 들어선 경감을 놀란 눈빛으로 쳐다보았다. 하지만 어쨌든 회사의 업무는 평소대로 진행되고 있음을 알 수 있었다. 경감의 부하들이 먼저 도착해 있었으나 업무에 방해가 되지 않도록 조심해서 움직이고 있었다.

존 드위트의 명패가 붙어 있는 뒤쪽 별실에는 전날 저녁 모였던 롱스트리트 일행이 모두가 피바디 경위의 빈틈없는 감시를 받고 있었다. 더피 경사는 푸른 옷을 걸친 그 큼직한 등을 할리 롱스트리트의 명패가 붙은 유리문에 기대고 있었다. 이 유리문을 통해 옆방으로 갈 수 있었다. 경감은 부하들 전원을 향해 무뚝뚝하게 인사를 한 뒤 조나스를 손짓으로 불러서 함께 롱스트리트의 방으로 들어갔다. 거기에는 사람들의 눈길을 끌 만한 젊은 아가씨가 의자 가장자리에 초조하게 걸터앉아 있었다. 훤칠한 키에 탄력 있는 몸매의 미인이었지만 어쩐지 천박한 느낌이 드는 여자였다.

경감은 실내의 큼직한 책상 앞에 놓인 회전의자에 털썩 앉았다. 조나스는 한쪽 구석에 앉아 메모할 준비를 갖추었다.

"당신이 롱스트리트의 비서인가요?"

"네, 안나 플랫이라고 해요. 사 년 반 동안 롱스트리트 씨의 비서 일을 해왔습니다."

안나 플랫의 곧은 콧날 끝이 묘하게 빨갰고 두 눈은 젖어 있었다. 그녀는 그 눈에 구겨진 손수건을 갖다 댔다.

"정말 끔찍한 일이에요!"

"맞습니다."

경감은 우울한 미소를 지으며 말을 이었다.

"하지만 눈물은 이제 그치세요. 그리고 제가 묻는 몇 가지 질문에 대답해주세요. 당신은 죽은 사장에 관해서 잘 알고 있을 테죠? 사생활까지 말입니다. 롱스트리트와 드위트의 사이는 어땠나요?"

"그다지 좋지가 않았습니다. 늘 다투곤 했지요."

"그럴 경우 대개는 어느 쪽이 이겼죠?"

"물론 롱스트리트 씨였죠! 드위트 씨는 롱스트리트 씨가 일을 그르친다고 생각될 때는 늘 투덜거리셨지만 결국은 지고 말았어요."

"롱스트리트는 드위트를 어떻게 대했습니까?"

안나 플랫은 양손을 꿈적거렸다.

"사실대로 말씀드리죠. 롱스트리트 씨는 언제나 드위트 씨를 못살게 굴었어요. 드위트 씨가 사업적인 면에서 자신보다 뛰어났기 때문에 그것이 늘 마음에 안 들었던 거죠. 그래서 드위트 씨를 못살게 굴었고, 비록 회사에 손해가 날지라도 자기주장을 굽히지 않았어요."

경감은 그녀를 머리에서부터 발끝까지 훑어보았다.

"당신은 멋진 아가씨로군요, 플랫 양. 편안하게 얘기해봅시다. 드위트는 롱스트리트를 미워했나요?"

그녀는 다소곳이 시선을 떨구었다.

"그럴 거라고 생각해요. 그 이유도 알고 있어요. 공공연한 스캔들이지만 롱스트리트 씨는……."

그 대목에서 비서의 목소리가 굳어졌다.

"드위트 씨의 부인과 상당히 깊은 사이였습니다……. 드위트 씨도 아마 알고 계실 거예요. 물론 롱스트리트 씨나 다른 누구한테서도 드위트 씨가 거기에 대해 언급했다는 걸 듣지는 못했지만 말이에요."

"그럼 롱스트리트가 드위트 부인을 사랑했단 말인가요? 그렇다면 어째서 브라운 양과 약혼을 하게 된 거죠?"

"롱스트리트 씨는 자기 자신밖에는 사랑하지 않았던 사람이에요. 하지만 늘 여자 문제가 복잡했죠……. 드위트 씨 부인도 그중의 한 명이랄 수 있겠죠. 아마 여자란 대개가 그렇겠지만, 드위트 씨 부인도 롱스트리트 씨가 자신에게만 몰두하고 있다고 생각했을 거예요. 하지만 이런 일이 있었죠."

그녀는 마치 날씨를 화제 삼아 얘기하는 듯한 말투로 이야기를 계속했다.

"이 얘기가 아마 도움이 되실 거예요. 롱스트리트 씨는 언젠가 바로 이 방에서 진 드위트 양에게 치근댄 적이 있었죠. 그런데 그때 마침 로드 씨가 들어왔다가 그 장면을 보고선 롱스트리트 씨를 때려눕혀 큰 소동이 벌어졌답니다. 그러나 드위트 씨가 달려온 뒤 그들이 저를 내보냈기 때문에 뒷일은 어찌 되었는지 몰라요. 아마 그럭저럭 수습이 된 모양이더군요. 그게 두 달쯤 전의 일이었죠."

경감은 냉정하게 그녀를 평가했다. 그녀는 실로 더할 나위 없는 증인이었다.

"많은 도움이 되는군요, 플랫 양. 정말 고마워요. 그런데 롱스트리트가 드위트의 약점이라도 잡고 있었다고 생각하나요?"

그녀는 머뭇거렸다.

"거기까지는 모르겠어요. 하지만 이따금 롱스트리트 씨가 드위트 씨에게 많은 돈을 요구했던 사실은 알고 있어요. '개인적으로 빌리는 것'이라며 야비하게 웃으면서 매번 받아 챙기곤 했어요. 실은 일주일 전에도 드위트 씨에게 2만 5천 달러를 빌려 달라고 했답니다. 그때 드위트 씨는 거의 미칠 듯이 괴로워 보여서 저는 그가 기절이라도 하는 게 아닐까 걱정이 될 정도였어요."

"그럴 만도 했겠군요."

경감이 중얼거렸다.

"그래서 이 방에서 큰 소동이 벌어졌죠. 하지만 언제나 그랬듯 드위트 씨가 지고 말더군요……"

"위협조의 얘긴 없었나요?"

"드위트 씨는 '더는 도저히 못 하겠다.'라고 했어요. 중대한 결단을 내리지 않는다면 사업이 망할 거라고도 말했죠."

"1천 달러짜리 지폐로 스물다섯 장이라……?"

경감이 말을 이었다.

"롱스트리트는 그렇게 많은 현금으로 대체 뭣을 했을까요? 이 회사에서만도 굉장한 수입이 있었을 게 분명한데 말이오."

안나 플랫의 갈색 눈이 빛났다.

"아마도 롱스트리트 씨만큼 돈 씀씀이가 헤펐던 사람은 없을 거예요."

그녀는 심술궂은 어주로 말을 이었다.

"그는 노름과 사치에다 경마며 투기를 일삼았어요. 대개는 몽땅 털려버리고 말았죠. 그리고 자기 돈을 금세 다 써버린 뒤엔 드위트 씨한테 가서 손을 내밀곤 했어요. 말이 빌리는 거지 단 1센트도 갚는 걸 못 봤어요. 정말이에요. 게다가 수표를 지나치게 많이 발행했기 때문에 저는 뻔질나게 은행 측에다 전화를 넣어야 했어요. 그는 공채나 부동산 증서 같은 건 이미 옛날에 돈으로 바꿔버렸어요. 1페니도 남아 있지 않을 게 분명해요."

경감은 생각에 잠기며 유리가 깔린 책상 모서리를 손끝으로 토닥거렸다.

"결국 드위트는 한 푼도 돌려받지 못했고, 롱스트리트는 그의 단물만 빨아먹었다는 거로군요? 알 만하오!"

경감이 그녀를 빤히 쳐다보자 그녀는 갑자기 당황해하며 얼른 눈길을 떨구었다.

경감은 미소를 떠올리며 말했다.

"플랫 양. 당신이나 나나 어엿한 성인이오. 그러니 우리 툭 털어놓고 얘기해봅시다. 당신과 롱스트리트 사이에도 무슨 일이 있었죠? 당신은 상사의 말이라면 거역하지 않을 비서로 보이는데 말이오."

"무슨 말씀을 하시는 거예요!"

그녀는 펄쩍 뛰며 자리에서 일어났다

"자 앉아요, 앉으세요."

그녀가 의자에 다시 앉자 경감은 씩 웃었다.

"아무 일도 없었다고는 말하지 못하겠죠? 그래, 그와는 얼마나 함께 살았나요?"

"함께 살지는 않았어요!"

그녀는 소리쳤다.

"이 년쯤 사귀었을 뿐이에요. 당신이 경찰관이라는 이유만으로 제가 여기에 앉아 있어야 하는 건가요? 모욕을 당해도 괜찮단 말인가요? 나도 어엿한 숙녀라는 걸 잊지 마세요!"

"아, 알았어요. 그러니 진정하세요."

경감은 달래며 말을 이었다.

"부모님과는 함께 지내나요, 플랫 양?"

"부모님은 북부 지방 시골에 계세요."

"그럴 줄 알았습니다. 롱스트리트는 당신에게도 결혼 약속을 한 일이 있었겠죠? 틀림없이 그랬을 테죠. 아마 다른 여자와 잘되지 않아서 그랬겠죠. 그런 뒤에는 드위트 부인한테로 옮겨 갔고 당신은 버림을 받았을 거고요. 그렇지 않나요?"

"그건……."

그녀는 타일로 된 바닥을 일그러진 표정으로 노려보면서 입속말로 우물거렸다.

"……그래요."

"그렇긴 해도 당신은 무척 쾌활한 아가씨로군요."

경감은 감탄스러운 시선으로 그녀를 바라보며 말을 이었다.

"정말이오. 롱스트리트 같은 사내에게 버림을 받고서도 계속 그의 비서로 근무를 하고 있다니…… 정말 놀랍소."

그녀는 아무 말도 하지 않았다. 경감이 던지는 유도신문에 호락호락 걸려들지만은 않는 영리한 아가씨였다. 경감은 나직하게 콧노래를 흥얼거리면서 얌전하게 앉아 있는 단발머리 아가씨를 지그시 바라보았다. 경감은 목소리를 가다듬고 화제를 바꾸어 다시 얘기를 진행했다. 경감은 금요일 오후에 롱스트리트가 사무실을 나와 호텔 그랜트에 있는 체리 브라운의 방으로 가기 전에 마이클 콜린스가 분노로 달아오른 얼굴을 하고 사무실로 뛰어들어 롱스트리트를 사기꾼이라고 몰아세웠다는 사실을 그녀한테서 들을 수 있었다. 그때 드위트는 외출 중이었다. 안나 플랫의 얘기에 따르면, 콜린스는 롱스트리트가 자신에게 인터내셔널 메탈스에 투자할 것을 권한 데 대해 격렬히 비난을 퍼부었다. 또 콜린스는 자신이 손해 본 5만 달러를 변상하라고 거칠게 요구했다. 롱스트리트는 곤경에 처한 듯했지만 아일랜드인을 달랬다.

"걱정 말게, 마이클. 한 번 더 나를 믿어주게. 내가 드위트에게 어떻게든 해보도록 할 테니까 말이야."

그러자 콜린스는 롱스트리트가 곧바로 드위트와 이 문제를 처리할 것을 요구했다. 그러나 드위트는 외출 중이었다. 롱스트리트는 그날 저녁에 있을 자신의 약혼 파티에 콜린스를 초대했고, 자신은 그 자리에서 기회를 만들어 드위트와 이 문제를 의논하겠다고 약속했다.

안나 플랫의 얘기는 그것이 전부였다. 경감은 그녀를 내보내고 드위트를 방으로 불러들였다.

드위트는 안색이 창백했지만 마음을 굳게 먹은 듯 침착해 보였다. 경감은 곧바로 질문에 들어갔다.

"어젯밤 당신에게 물었던 것을 다시 묻겠습니다. 꼭 대답을 들어야겠습니다. 당신은 어째서 롱스트리트를 미워했나요?"

"강압적인 질문은 곤란합니다, 경감."

"그럼 대답을 하시지 않겠다는 건가요?"

드위트는 굳게 입을 다물고 있었다.

"좋습니다, 드위트 씨."

경감이 말을 이었다.

"하지만 당신은 지금 큰 실수를 저지르고 있다는 걸 아셔야 합니다. 부인과 롱스트리트의 사이는 어땠습니까? ……좋은 친구 사이였나요?"

"그렇소."

"그리고 따님과 롱스트리트…… 그 두 사람 사이에 뭔가 불쾌한 일은 없었던가요?"

"모욕적인 말은 삼가시오!"

"그럼, 당신 가족과 롱스트리트는 사이가 아주 좋았단 말입니까?"

"이것 봐요!"

드위트는 소리를 버럭 지르며 자리에서 일어났다.

"대체 당신이 노리는 게 뭐요?"

경감은 싱긋 웃으며 커다란 한쪽 발로 드위트의 의자를 찼다.

"진정하고 자리에 앉아요……. 당신과 롱스트리트는 서로가 대등한 공동 경영자였소?"

드위트는 자리에 앉긴 했지만 눈에는 핏발이 서 있었다.

"그렇소."

드위트는 애써 흥분을 억누르는 목소리로 대답했다.

"당신들은 언제부터 함께 사업을 했죠?"

"십이 년 전부터요."

"어떻게 해서 동업을 하게 된 건가요?"

"전쟁 전에 함께 남미에서 한몫 잡았기 때문이오. 광산 사업을 했었소. 그 뒤 미국에 돌아와서 함께 주식 중개업을 하게 된 거요."

"사업은 잘되었나요?"

"상당히 잘되었소."

경감은 여전히 즐거운 듯한 태도로 질문을 했다.

"그런데 어째서…… 두 사람 모두 성공했고 처음부터 재산도 있었으면서, 어째서 롱스트리트는 자주 당신에게 돈을 빌렸나요?"

드위트는 잠깐 뜸을 들이더니 되물었다.

"누가 그런 말을 하던가요?"

"질문을 하는 것은 이쪽이오, 드위트 씨."

"별것 아닌 얘기입니다. 가끔 그에게 돈을 빌려주긴 했지만 순전히 개인적인 문제였던 데다…… 액수도 대수롭지 않았고……."

"2만 5천 달러가 대수롭지 않은 액수란 말입니까?"

드위트는 불에라도 덴 듯 의자에서 몸을 움찔하며 뒤틀었다.

"어쨌든 그건 사적으로 편의를 봐준 것뿐이오."

"드위트 씨. 속이 뻔히 보이는 거짓말은 그만하시오. 당신은 롱스트리트에게 거액의 돈을 주어왔소. 돌려받지도 못하면서 말이오. 아니, 당신은 아마도 처음부터 갚을 걸 기대하지도 않았을 거요. 그 이유를 알고 싶은 거요. 대체……."

드위트는 화를 내며 의자에서 튕기듯이 일어났다. 그는 일그러지고 핏기가 가신 얼굴로 소리쳤다.

"이건 명백한 월권행위요! 이 문제는 롱스트리트의 죽음과 전혀 관계가 없소. 알겠소? 그리고 나는……."

"연극은 그만두시오. 나가서 기다려요."

드위트는 입을 벌린 채로 숨을 헐떡였다. 이윽고 그는 흥분을 억누르며 방에서 나갔다. 경감은 난감한 표정으로 그의 뒷모습을 바라보았다. 저 사내는 앞뒤가 맞지 않는 말을 하고 있다……. 경감은 드위트 부인을 불렀다.

드위트 부인과의 얘기는 짧았고 이렇다 할 성과도 없이 끝이 났다. 여성적인 매력은 한물간 이 여자는 거칠고 도전적인 데가 있었다. 그녀도 남편과 마찬가지로 별난 데가 있는 사람이었다. 집념이 강한 데다 뒤틀린 생각을 가슴에 품고 있는 듯한 여자였다. 그녀는 아무것도 모른다고 딱 잘라 부정했다. 롱스트리트와는 단순히 친교를 맺는 관계 이상은 아니라고 잡아뗐다. 롱스트리트가 그녀의 딸인 진 드위트에게 예사롭지 않은 관심을 갖고 있었다는 말을 경감이 넌지시 비치자 비웃듯이 말했다.

"그 사람은 언제나 성숙한 여자에게 더 관심을 가졌어요!"

이어서 그녀는, 체리 브라운은 교활하고 저급한 여배우이며 그 잘난 얼굴에 롱스트리트가 홀딱 반해버린 일 외에는 아무것도 아는 바가 없다고 말했다. 경감이 남편인 드위트가 협박당하고 있는 듯한 느낌을 받지는 않았느냐고 묻자 강하게 부인했다.

"천만에요! 그건 당치도 않아요."

경감은 속으로 드위트 부인을 욕했다. 경감은 그녀가 심술궂고 뒤틀린 성격의 여자임이 분명하다고 생각했다. 경감은 그녀에게 쉴 새 없이 질문을 퍼붓기도 하고 위협하거나 달래기도 했다. 그러나 그녀와 드위트가 육 년 전에 결혼했고, 진 드위트가 드위트의 전처소생이라는 사실 이외에는 아무것도 새로운 사실을 캐낼 수가 없었다. 경감은 그녀를 내보냈다.

드위트 부인은 자리에서 일어나기 전에 핸드백에서 휴대용 화장 케이스를 꺼내 열고서는 이미 진하게 화장을 한 얼굴에 다시 분을 바르기 시작했다. 하지만 손이 떨리는 바람에 케이스의 거울이 바닥에 떨어져 산산조각이 나고 말았다. 그녀는 침착성을 잃었고 립스틱을 바른 얼굴이 창백해졌다. 손으로 가슴에 성호를 긋고 겁먹은 눈빛으로 중얼거렸다.

"마드레 데 디오스 *성모 마리아시여-옮긴이*!"

그런 뒤 그녀는 제정신으로 돌아왔다. 그녀는 뒤가 켕기는 듯한 눈으로 섬 경감을 힐끗 바라보고선 깨진 거울을 피해 종종걸음으로 방을 나갔다. 경감은 웃음을 띤 채 거울 조각들을 주워서 책상 위에 던져 올렸다.

경감은 문으로 가서 프랭클린 에이헌을 불러들였다.

에이헌은 커다란 몸집을 가진 사내로 나이보다 젊어 보였다. 그는 몸을 반듯하게 세우고 들어왔다. 유쾌한 기색이 입가에 엿보였다. 두 눈은 부드럽고 밝은 빛을 띠고 있었다.

"앉으시지요, 에이헌 씨. 드위트 씨를 아신 건 언제부터였나요?"

"제가 웨스트 잉글우드에 살고부터죠. 그러니까 사귄 지 육 년째로군요."

"롱스트리트에 대해선 얼마나 아십니까?"

"그리 잘 알지는 못합니다. 모두 같은 동네에 살고 있기는 했지만, 저는 은퇴한 엔지니어라서 두 사람 중 어느 쪽과도 사업상의 교제는 없었어요. 하지만 드위트와 전 쉽게 서로 뜻이 맞았습니다. 어떻게 들릴지는 모르겠습니다만, 저는 롱스트리트와는 전혀 성격이 맞지 않았습니다. 그 친구는 사기꾼이나 다름없었어요. 큰소리를 잘 치고 활달해 보이긴 해서 어떻게 보면 사내답다고도 할 수 있겠죠. 하지만 뱃속 깊이 썩어 있었어요, 누가 그를 죽였는지는 모르겠지만 자업자득입니다!"

"어쨌든, 좋습니다. 어젯밤 체리 브라운 양이 드위트 씨를 비난한 것에 대해선 어떻게 생각합니까?"

경감은 무뚝뚝하게 물었다.

"말도 안 되는 얘기지요."

에이헌은 다리를 포개고 경감을 응시하며 말을 이었다.

"터무니없는 얘기예요. 히스테리가 심한 여자들이 흔히 내뱉는 헛소리에 지나지 않아요. 존 드위트와는 육 년 동안 사귀어왔어요. 그 사람은 결코 그런 짓을 할 사람이 아닙니다. 드위트는 남의 잘못에는 관대한, 문자 그대로 신사라 할 수 있습니다. 그가 살인을 할 수 있다고는 생각조차 할 수 없어요. 그의 가족을 제외하고는 나만큼 그 사람을 잘 알고 있는 사람은 없다고 말할 수 있을 겁니다. 드위트와는 일주일에 서너 번 체스를 두는 사이랍니다."

"체스라고요?"

경감은 흥미를 느낀 듯이 그렇게 반문하며 말을 이었다.

"그것 괜찮군요. 당신은 체스를 잘합니까?"

에이헌은 어이없는 표정으로 웃었다.

"그것참! 당신은 신문도 안 봅니까? 당신은 지금 체스 챔피언과 얘기를 하고 있는 겁니다. 삼 주일 전에 저는 대서양 선수권 대회에서 우승을 했죠."

"정말입니까?"

섬 경감이 외쳤다.

"챔피언을 만나다니 영광이군요. 잭 뎀프시권투 헤비급 챔피언-옮긴이와 악수를 한 일은 있지만요……. 그런데 드위트의 솜씨는 어떤가요?"

에이헌은 상체를 앞으로 내밀고 열심히 얘기하기 시작했다.

"아마추어로선 정말 대단한 솜씨입니다. 전부터 저는 그에게 대회에 나가볼 것을 진지하게 권해왔지요. 하지만 드위트는 수줍음을 잘 타는 숫기 없는 사내라서 말입니다. 굉장히 소극적인 성격이지요. 하지만 두뇌 회전은 더할 나위 없이 빠르죠. 대체로 직감적으로 게임을 하죠. 우린 정말이지 재미있는 게임을 펼친답니다."

"그는 신경이 예민하겠군요?"

"굉장하죠. 매사에 민감해요. 그는 휴식이 필요한 사람이에요. 롱스트리트 때문에 몹시도 괴로웠을 거라고 생각합니다. 물론 그와 그런 얘기를 한 일은 없습니다. 어쨌든 롱스트리트가 죽었으니 이제야말로 드위트는 분명히 새롭게 바뀔 겁니다."

"그렇겠군요. 협조해주셔서 감사합니다, 에이헌 씨."

경감이 얘기를 끝맺었다.

에이헌은 경쾌하게 자리에서 일어났다. 그는 자신의 큼직한 은시계를 들여다보았다.

"때마침 위장약 먹을 시간이로군요."

에이헌은 경감에게 환하게 웃어 보이며 말을 이었다.

"위가 좋지 않아서 말입니다……. 저는 채식주의자죠. 엔지니어로 일하던 젊은 시절에 쇠고기 통조림을 너무 먹은 탓이지요. 그럼 실례하겠습니다."

에이헌은 활달한 걸음걸이로 방을 나갔다. 경감은 조나스에게 코를 찡긋해 보이며 말했다.

"저런 친구가 위장병이라면 나는 미합중국 대통령이겠군. 괜한 신경과민이 분명해."

경감은 문으로 가서 체리 브라운을 들어오게 했다.

책상을 사이에 두고 경감과 마주 앉은 여배우는 어제와는 전혀 다른 모습이었다. 예전과 다름없는 명랑한 성격을 되찾은 것 같이 보였다. 얼굴엔 정성 들여 화장을 했고, 눈꺼풀에는 푸르스름한 아이섀도를 발랐으며 유행하는 검은 옷을 입었다. 대답도 시원시원했다. 그녀는 다섯 달 전쯤 어느 댄스파티에서 롱스트리트를 만났다. 그리고 그때부터 롱스트리트는 몇 달 동안 체리를 따라다녔고 이윽고 두 사람은 약혼을 발표하기에 이른 것이었다. 롱스트리트는 약혼한 뒤에는 체리에게 유리하게끔 곧바로 유언장을 고쳐 쓰겠다고 약속했고, 체리는 특히 이 점을 굳게 믿었다. 그녀는 롱스트리트가 큰 부자여서 몇백만 달러를 남겨놓은 줄로 순진하게 믿고 있는 듯했다.

그녀는 책상 위에 올려놓은 깨진 거울 조각들을 보고선 약간 미간을 찌푸리더니 이내 고개를 돌렸다.

그녀는 어젯밤에 드위트를 비난한 것은 일종의 히스테리에서 비롯된 것임을 인정했다. 전차 안에서는 정말로 아무것도 보지 못했으며, 단지 여성적인 직감에서 그를 비난한 것뿐이라고 했다. 경감은 씁쓸한 표정을 지었다.

"그렇지만 할리가 저에게 드위트가 자기를 미워한다고 자주 말했던 것은 사실이에요."

체리 브라운은 감미롭고도 조심스러운 목소리로 그렇게 말했다. 섬 경감이 그 이유를 묻자 그녀는 다만 어깨를 으쓱했는데 그 모습이 귀여워 보였다.

이윽고 경감이 그녀를 위해 직접 문을 열어주자 그녀는 몹시 애교스러운 눈웃음으로 호의에 답했다.

크리스토퍼 로드가 의젓한 태도로 방으로 들어왔다. 경감이 그의 앞에 우뚝 서자 두 사람은 서로를 뚫어지게 바라보았다. 로드는 자신이 롱스트리트를 때려눕힌 일이 있으며, 거기에 대해 조금도 후회하지 않는다고 분명히 말했다. 그 작자는 뱃속까지 썩어 있었던 만큼 그렇게 당한 것도 자업자득이라고 덧붙였다. 그 일이 있은 후, 로드는 자신의 직속 상사인 드위트에게 사표를 제출했으나 드위트가 그를 타일렀다. 또 로드는 자신이 진심으로 드위트를 좋아할뿐더러, 달리 생각해볼 때 만약 롱스트리트가 또다시 진에게 치근덕거린다면 자신이 그녀를 보호해주어야 할 것 같아서 사표를 거두는 것에 동의했다고 한다.

"소공자 역을 떠맡겠다는 거로군."

경감이 중얼거리고는 말을 이었다.

"그런데 드위트 씨는 꽤 성깔이 있어 보이던데, 어째서 자기 딸이 상처를 입을 수도 있는 그런 일을 그렇게 흐지부지하게 넘기고 말았을까?"

로드는 큼직한 두 손을 주머니에 찔러 넣고선 짤막하게 대답했다.

"저로서도 도무지 모르겠어요, 경감님. 전혀 그분답지가 않아요. 롱스트리트와 관련된 일을 제외하면, 그분은 매사에 예민하고 빈틈이 없으며 결단력이 있는 뛰어난 분입니다. 월가에서도 가장 일처리가 뛰어난 중개인 중 한 사람이죠. 딸의 행복과 평판에 대해서도 굉장히 신경을 쓰시고요. 딸에게 손을 대려고 한 그 늙은 고릴라 같은 놈에게는 당연히 한 방 먹여줬어야 마땅한데 오히려 그분은 흐지부지 덮어버리고 말았거든요. 저로서도 전혀 그 이유를 알 수가 없어요."

"그렇다면 결국 드위트 씨가 롱스트리트를 대할 때는 전혀 그의 성격과 맞지 않았다는 거로군?"

"정말이지 그분답지가 않았습니다."

이어서 로드는 자신은 그 까닭은 모르지만, 드위트와 롱스트리트는 그들 각자의 방에서 자주 다퉜다고 했다. 경감이 드위트 부인과 롱스트리트의 관계를 묻자 이 금발의 청년은 점잖게 허공을 바라볼 뿐이었다. 그리고 마이클 콜린스에 대해 물었을 때는 자신은 드위트 밑에서 일하고 있기 때문에 그와 롱스트리트와의 관계에 대해선 잘 알지 못한다고 대답했다. 롱스트리트가 콜린스에게 개인적으로 주식에 관한 조언을 한 사실을 드위트가 과연 몰랐을 수가 있느냐는 질문에, 로드는 롱스트리트가 한 짓이라면 충분히 그럴 수 있는 일이라고 대답했다.

경감은 책상 가장자리에 걸터앉았다.

"롱스트리트는 그런 일이 있은 뒤에도 진 드위트에게 치근덕거렸나?"

"네. 그때는 제가 그곳에 없었습니다만 나중에 안나 플랫 양이 얘기해주었습니다. 진이 롱스트리트를 밀쳐내고 사무실에서 뛰쳐나간 모양입니다."

로드는 불쾌한 표정을 지으며 대답했다.

"그 얘기를 듣고서 자네가 가만있지는 않았겠군?"

"물론이죠. 롱스트리트한테 가서 거칠게 항의했습니다."

"싸움이 벌어졌겠군?"

"네……. 심하게 다투었습니다."

"알겠네. 그만 나가보게."

경감은 갑자기 그렇게 얘기를 끝맺었다.

"그리고 드위트 양을 들여보내게."

그러나 진 드위트는 조나스 형사의 노트에 기록된 이제까지의 증언에 아무것도 더 보태주지 않았다. 그녀는 열심히 부친을 옹호할 뿐이었다. 섬 경감은 씁쓸한 표정으로 그녀의 얘기를 듣고 나서 그녀를 옆방으로 돌려보냈다.

"임피리얼 씨!"

그 스위스인은 워낙 덩치가 커서 입구가 꽉 찰 정도였다. 그는 완벽하다고 할 정도로 단정한 차림새를 하고 있었다. 그의 잘 다듬어진 반다이크 수염끝이 뾰족한 수염-옮긴이은 적어도 조나스에게는 강한 인상을 준 듯했다. 조나스는 경외심 어린 눈길로 이 사내를 바라보았다.

임피리얼의 밝은 두 눈이 책상 위에 놓인 깨진 거울 조각에 쏠렸다. 꺼림칙한 듯이 잠깐 얼굴을 찌푸리고 나서 섬 경감 쪽으로 고개를 돌리며 정중히 인사를 건넸다. 그는 드위트가 스위스 알프스 지방을 여행할 때 만나 사 년 동안 좋은 친구로 지내왔다고 했다.

"드위트 씨는 아주 친절한 분이십니다. 사업상의 일로 이 나라를 방문하기는 이번이 네 번째인데 체재 중에는 늘 드위트 씨 댁에서 신세를 지고 있지요."

그는 가지런한 치아를 드러내 보이며 말했다.

"당신네 회사의 이름은 뭡니까?"

"스위스 프리시전 인스트루먼츠 컴퍼니입니다. 저는 그곳의 총지배인이죠."

"알겠습니다, 임피리얼 씨. 그런데 이번 사건에 대해 무언가 도움이 될 만한 의견은 없으신가요?"

임피리얼은 갓 씻은 것처럼 깨끗한 양손을 펼쳐 보이며 대답했다.

"전혀 없습니다, 경감님. 롱스트리트 씨에 대해선 그저 피상적으로 알고 있는 정도이니까요."

경감은 임피리얼을 내보냈다. 스위스인이 나가자 그는 굳은 표정으로 소리쳤다.

"콜린스!"

체구가 큰 아일랜드인이 볼품없는 걸음걸이로 들어왔다. 양쪽 입술 끝이 불만스러운 듯이 축 처져 있었다. 경감의 질문에 대답할 때는 불쾌해하는 빛이 역력했고 퉁명스러웠으며 시원스럽지도 못했다. 경감은 그의 곁으로 다가가서 거칠게 팔을 움켜잡았다.

"나는 당신이 정치꾼의 끄나풀이라는 걸 잘 알고 있소!"

경감이 거친 어조로 말을 이었다.

"당신에게 이 말을 해줄 때를 기다리고 있었지. 당신이 오늘 이곳으로 증언하러 오지 않으려고 어젯밤에 잔재주를 피운 것을 나는 잘 알고 있단 말이오. 당신은 형편없는 저질 공무원이라고! 어젯밤에 당신은 롱스트리트를 이곳에서 만났을 때 싸움 따윈 하지 않았다고 말했소. 어젯밤엔 그냥 넘어갔지만 오늘은 그런 거짓말은 통하지 않소. 진실을 말하시오, 콜린스!"

콜린스는 분노를 억누르느라 부들부들 떨고 있었다. 그는 거칠게 경감의 손을 뿌리쳤다.

"꽤 잘난 경찰관이로군!"

콜린스가 고함치며 말을 이었다.

"내가 뭘 어쨌다는 거요? 그 친구에게 키스라도 했을 것 같소? 물론 화를 냈지. 그런 더러운 녀석은 지옥에나 굴러떨어져야 해! 그 녀석 때문에 난 파산했단 말이오!"

경감은 조나스에게 씩 웃어 보였다.

"방금 들은 얘기를 잊지 말고 적어두게나, 조나스."

경감은 부드럽게 아일랜드인을 바라보았다.

"그러니까 당신은 그자를 처치할 이유가 있는 셈이로군?"

콜린스는 차갑게 웃었다.

"정말 못 봐주겠군! 바늘이 잔뜩 꽂힌 코르크를 미리 준비해놓고서 주식이 떨어지길 기다리기라도 했다는 거요? 당신은 동네 순찰이나 도는 게 나을 것 같소, 경감. 당신한테 이번 사건은 역부족이오."

경감은 그 말을 무시하고 다만 이렇게 말했다.

"롱스트리트가 당신한테 귀띔한 사실을 어째서 드위트는 몰랐을까?"

콜린스는 불쾌한 듯이 대꾸했다.

"그건 오히려 내가 알고 싶은 거요. 어쨌든 형편없는 엉터리 회사야! 하지만 이것만은 분명히 말할 수 있소, 경감."

콜린스는 목의 힘줄을 세우며 고개를 앞으로 내밀었다.

"드위트에게 손해 본 것을 받아내고야 말 거요! 그렇게 하지 않곤 못 배기지."

경감은 중얼거리듯 말했다.

"이것도 적어두게, 조나스. 이자는 스스로 제 목에 밧줄을 걸려 하는군……. 콜린스, 당신은 인터내셔널 메탈스에 5만 달러나 투자했소. 도대체 그 많은 돈이 어디서 났소? 당신의 쥐꼬리만 한 봉급으로 5만 달러나 되는 거금을 쑤셔 넣을 수는 없었을 텐데 말이오."

"남의 일에 참견 말라고, 경감! 함부로 입을 놀리면 더는 가만 있지 않겠소!"

경감의 커다란 손이 콜린스의 멱살을 움켜잡고 잡아당겼다. 그러자 콜린스와 경감과의 얼굴 사이는 한 뼘도 안 될 정도로 좁혀졌다.

"그 더러운 입을 조심하지 않으면 당신이야말로 목뼈가 부러질 줄 알라고! 자, 당장 꺼져버려!"

경감은 화가 나서 으르렁거리는 목소리로 말했다.

경감이 콜린스를 밀어젖히자 콜린스는 화가 나서 씩씩거리며 거친 발걸음으로 방을 나갔다. 경감은 흥분한 몸을 추스르며 욕을 해대고 나서 찌를 듯한 콧수염을 기른 폴룩스를 불러들였다.

이 배우는 여윈 늑대 같은 이탈리아인의 얼굴을 하고 있었다. 경감은 잔뜩 주눅이 들어 있는 그를 화가 난 눈으로 노려보았다.

"잘 들으시오!"

경감이 커다란 손가락을 그의 옷깃 아래에 찔러 넣었다.

"당신과 꾸물거릴 시간은 없소. 이 사건에 대해 뭔가 짚이는 게 있소?"

폴룩스는 책상 위에 놓인 깨진 거울 조각을 힐끗 보더니 이탈리아어로 혼잣말을 투덜거렸다. 그는 경감을 두려워하면서도 도전적인 태도를 보이기도 했다. 그는 단조로운 연극 대사를 읊조리듯 말했다.

"아무것도 모릅니다. 어제도 체리나 나에게서 아무것도 알아내지 못했을 텐데요."

"전혀 아무것도 모른다, 그 말인가? 젖먹이 갓난애처럼?"

"여보세요, 경감님. 그 롱스트리트란 자가 그렇게 된 건 그자의 운명입니다. 체리의 앞날을 생각해볼 때는 차라리 잘된 일이고 말입니다. 그자는 브로드웨이에서도 이름난 건달로 알려져 있으니까요. 그를 아는 사람들은 이렇게 될 줄 내다보고 있었을 겁니다. 다 자업자득인 셈이죠. 정말입니다."

"당신은 체리 브라운 양을 잘 알고 있소?"

"물론이죠. 제 동료였으니까요."

"그녀를 위해 뭔가를 해줄 작정이오?"

"무슨 뜻이죠?"

"아무 뜻도 없소. 나가도 좋소."

폴룩스가 종종걸음으로 방을 나갔다. 그러자 조나스가 벌떡 일어나서는 방 안을 걸으며 거드름 피우는 폴룩스를 흉내 내 보였다. 경감이 문으로 가서 소리쳤다.

"드위트 씨! 잠깐만 다시 봅시다."

이제 드위트는 냉정을 되찾은 상태였다. 그는 마치 아무 일도 없었다는 듯이 행동했다. 문턱을 넘어서면서 그의 재빠른 시선이 책상 위에 놓인 깨진 거울 조각에 멎었다.

"누가 깨뜨린 겁니까?"

그는 날카롭게 물었다.

"모르셨습니까? 댁의 부인이 그랬습니다."

드위트는 앉으며 한숨을 쉬었다.

"정말 재수가 사납군요. 뒷일은 뻔합니다. 아내는 이 깨진 거울 문제로 몇 주일이나 신경질을 부릴 게 틀림없습니다."

"부인께선 미신을 믿나요?"

"대단합니다. 반쯤은 스페인 사람의 피가 섞여 있거든요. 장모가 스페인 사람입니다. 장인은 프로테스탄트인 데다가 장모 자신은 교회에서 이탈했으면서도 딸을 가톨릭으로 키웠지요. 그래선지 아내에겐 문제가 있어요."

경감은 깨진 거울 조각 하나를 책상 위에서 가볍게 튕겼다.

"당신은 그런 것을 믿지 않으리라고 생각합니다. 매우 실질적이고 빈틈없는 사업가라고 들었으니까요. 드위트 씨."

드위트는 자못 격의 없는 솔직한 시선으로 경감을 바라본 뒤에 부드럽게 말했다.

"제 친구들이 그렇게 말했나 보군요? 물론 그런 터무니없는 미신 따윈 믿지 않죠."

"드위트 씨, 제가 당신을 부른 것은 제 부하들이나 검찰청의 수사관들에게 협조를 부탁드리기 위해서입니다."

"그 점이라면 염려 마십시오."

"우린 롱스트리트의 개인적인 우편물은 물론 그의 사업 관계까지 조사해야 합니다. 은행 계좌며 그 밖의 모든 거래 관계를 말입니다. 이곳에 와 있는 제 부하들에게 가능한 한 협조해주셨으면 합니다."

"염려 마십시오."

"감사합니다."

섬 경감은 옆방에서 기다리고 있는 사람들을 모두 돌아가게 했다. 그리고 피바디 경위와 브루노 지방 검사의 조수 중 신중해 보이는 한 젊은이에게 뭔가를 재빨리 지시했다. 그런 뒤에 경감은 드위트 앤드 롱스트리트 사에서 무거운 발걸음으로 걸어 나갔다. 몹시 울적해 보이는 얼굴이었다.

제9장
햄릿 저택
9월 8일 화요일 오후 12시 10분

퀘이시는 벽난로에다 작은 통나무를 던져 넣었다. 벽난로는 불꽃을 뿜어내기 시작했다. 브루노 지방 검사는 일렁이는 불빛을 받고 있는 레인의 얼굴을 물끄러미 바라보았다. 레인은 희미한 미소를 떠올리고 있었다. 섬 경감은 심각한 표정으로 묵묵히 앉아 있었다.

"그게 전부입니까, 경감님?"

경감은 무뚝뚝하게 고개를 끄덕였다.

그러자 레인은 눈꺼풀을 떨구었다. 순간 근육의 긴장이 풀리는 듯하더니 마치 잠에라도 빠져드는 듯이 보였다. 경감은 우물쭈물했다.

"그러니까 제 얘기 중에 뭔가 석연찮은 구석이라도 있단 말씀인가요……?"

그 목소리에는 설사 뭔가 빠트린 부분이 있다고 해도 그것은 그다지 중요하지 않다는 주장이 담겨 있었다. 섬 경감에게는 어딘가 냉소적인 면이 있었다.

늘씬하고 조용한 명배우가 계속 움직이지 않자 브루노가 키득키득 웃었다.

"그는 당신 얘기를 들을 수 없어요, 섬. 눈을 감고 있으니까 말이오."

경감은 맥 풀리는 표정을 지었다. 그는 튀어나온 턱을 긁적이며 엘리자베스 왕조풍의 등받이가 높은 의자에서 몸을 내밀며 자세를 고쳐 앉았다.

드루리 레인은 눈을 뜨고 재빨리 두 방문객을 보더니 브루노가 깜짝 놀랄 정도로 갑작스레 자리에서 일어섰다. 레인은 몸을 반쯤 옆으로 틀었다. 벽난로의 불빛이 그의 예리하고 단정한 옆 얼굴에 그늘을 드리웠다.

"몇 가지 묻고 싶은 것이 있군요, 경감님. 실링 검시관의 부검 결과 새로 발견된 흥미로운 점은 없었나요?"

"아무것도 없습니다."

경감은 풀이 죽은 목소리로 대답했다.

"니코틴 분석 결과는 앞서 말씀드린 대로였습니다. 하지만 독물과 그 출처 조사는 전혀 진척되지 않고 있습니다."

"게다가……."

브루노가 덧붙였다. 레인은 본능적으로 고개를 그쪽으로 돌렸다.

"코르크나 바늘의 출처 또한 마찬가지입니다. 적어도 현재 단계로서는 찾아내질 못하고 있습니다."

"실링 검시관의 부검 보고서 사본을 갖고 계십니까, 브루노 씨?"

지방 검사는 공문서 같은 서류를 꺼내 레인에게 건네주었다. 레인은 그것을 벽난로에 가까이 가지고 가서는 허리를 굽히고 들여다보았다. 읽어 내려감에 따라 레인의 두 눈이 묘하게 빛났다. 그는 크게 소리를 내어 빠르게 읽기도 하고 소리 없이 읽기도 했다.

"질식사……. 혈액의 특징은 거무스름하다는 것. 흠…… 중

추신경, 특히 호흡중추 마비, 강력한 니코틴 중독의 결과가 분명함……. 폐와 간장의 충혈…… 뇌의 충혈이 현저함. 흠, 폐의 증상으로 볼 때 피해자는 담배에 대한 강력한 내성이 있음을 알 수 있음. 분명히 담배를 많이 피우는 자임. 이 내성 때문에 비흡연자는 즉사 또는 일 분 이내에 사망을 초래하는 표준 치사량임에도 불구하고 사망 시간이 연장되었음……. 육체상의 특징은 사망 직전에 쓰러지면서 생긴 듯한 좌측 무릎 종지뼈의 가벼운 타박상……. 구 년 경과된 맹장염 수술 흔적, 이십 년쯤 또는 그 이상 경과된 듯한 오른손 약지 끝 절단……. 당 함유도 정상. 뇌에 알코올 이상 함유. 신체로 말하자면, 한때는 건강한 체격과 체질을 가졌고 뛰어난 저항력을 가졌을 테지만, 그 후 지나친 방탕으로 건강을 해친 중년 남자의 신체임……. 흠, 신장 186센티미터, 사후 체중 96킬로그램…….'

레인은 중얼거리고 나서 서류를 지방 검사에게 돌려주었다.

"고맙습니다."

레인은 성큼성큼 벽난로 앞으로 돌아가 커다란 떡갈나무 선반에 몸을 기댔다.

"차고 건물의 별실에선 아무것도 찾아내지 못했던가요?"

"그렇습니다."

"웨스트 잉글우드의 롱스트리트 자택도 빠짐없이 수색했을 테죠?"

"물론입니다."

경감은 우물쭈물했다. 그 두 눈에는 장난기가 어려 있었고 반쯤은 익살스러운 따분함이 나타나 있었다.

"도움이 될 만한 건 아무것도 없었습니다. 편지를 많이 발견했습니다만, 롱스트리트의 여자 친구들한테서 온 것으로 대개

3월 이전의 것이었습니다. 영수증, 청구서같이 흔해 빠진 것들 뿐이었죠. 하인들한테서도 아무런 단서를 얻지 못했습니다."

"시내에 아파트를 빌리고 있었다던데 조사해봤나요?"

"물론입니다. 그냥 넘길 수 없는 곳이죠. 그리고 옛날의 정부들도 전부 조사해보았지만 아무것도 나오지 않았습니다."

레인은 신중히 방문객들을 바라보았다. 맑고 사려 깊은 눈이었다.

"경감님, 당신은 바늘이 꽂힌 코르크가 롱스트리트의 주머니에 들어간 것이 전적으로 전차를 타고 난 뒤의 일이지, 그 이전은 아니라는 것을 확신하십니까?"

경감은 곧바로 대답했다.

"그 점이 우리가 전적으로 확신하는 유일한 것입니다. 전혀 의심의 여지가 없습니다. 실은 그 코르크를 보고 싶어 하실 것 같아서 가지고 왔습니다."

"그것참 고맙습니다, 경감님! 정말 사려 깊으시군요."

성량이 풍부한 그 목소리에는 열의가 담겨 있었다. 경감은 웃옷의 주머니에서 단단히 포장한 작은 유리병을 꺼내 레인에게 건네주었다.

"뚜껑은 열지 말고 보십시오, 레인 씨. 매우 위험하니까요."

레인은 병을 벽난로의 불에 비치면서 오랫동안 내용물을 들여다보았다. 코르크 알에서 튀어나온 바늘 끝과 바늘귀에 거무스름한 물질이 칠해져 있었는데, 코르크 알은 그 자체로는 아무런 의미가 없는 듯이 보였다. 레인은 미소를 떠올리며 병을 경감에게 돌려주었다.

"물론 손으로 만든 흉기이며 게다가 실링 검시관의 말처럼 실로 천재적인 작품이로군요……. 승객들이 전차에서 내려 차고 건물에 수용되기 직전에도 여전히 비가 몹시 내리고 있었나요?"

"그렇습니다. 억수처럼 쏟아지고 있었지요."

"그럼, 경감님. 승객 중에 노동자 같은 사람은 없었습니까?"

섬 경감은 눈을 크게 떴다. 브루노 지방 검사도 놀라며 미간을 찌푸렸다.

"무슨 뜻입니까? ……노동자라뇨?"

"하수도공, 건축공, 미장공, 벽돌공…… 뭐 그런 사람들 말입니다."

경감은 어리둥절한 표정을 지었다.

"아뇨, 없었습니다. 모두 회사원이었습니다. 그런데 어째서 그런 말씀을……."

"그리고 전원을 샅샅이 조사하셨단 말씀이시죠?"

"물론입니다."

경감은 단호한 목소리로 말했다.

"이해하시기 바랍니다, 경감님. 당신 부하들의 능력을 의심해서 드린 말은 결코 아닙니다. 확인 삼아 다시 한 번 묻겠습니다. 전차의 승객, 전차 안, 혹은 모두 떠난 뒤의 차고 건물의 방들에서는 무엇 하나 이상한 점을 발견할 수 없었다는 거죠? 전혀 말입니다."

"분명히 말씀드렸다고 생각합니다만, 레인 씨."

경감은 무뚝뚝하게 대답했다.

"그렇긴 해도…… 날씨라든가 계절이라든가 관계자들의 신분 따위를 고려해볼 때 어쩐지 그 자리에 어울리지 않는 듯한 점들은 눈에 띄지 않았나요?"

"무슨 말씀이신지……?"

"예컨대 외투나 야회복이나 장갑 따위의 물건은 없었나요?"

"아, 알겠습니다! 하긴, 레인코트를 입은 사내가 있었습니다. 하지만 제가 직접 조사해봤는데 말씀드린 대로 이상한 점은 없었습니다. 그 밖에 당신이 말씀하시는 것 같은 그런 물건은 없었습니다. 그건 제가 확실히 보증할 수 있습니다."

드루리 레인의 두 눈이 번쩍 빛났다. 그는 열심히 두 방문객을 번갈아가며 바라보았다. 그가 온몸을 쭉 펴자, 고풍스러운 벽에 드리워진 그림자가 마치 그를 덮칠 것만 같았다.

"브루노 씨, 검찰청의 의견은 어떻습니까?"

브루노 지방 검사는 쓸쓰레한 미소를 떠올렸다.

"레인 씨, 아직은 특별히 이렇다 할 결정적인 의견이 없는 게 사실입니다. 이번 사건은 많은 관계자들이 제각기 동기가 있다고 볼 수 있으므로 무척 복잡합니다. 드위트 부인을 예로 들면 그녀는 분명히 롱스트리트의 정부였고, 롱스트리트가 자기를 버리고 체리 브라운과 약혼한 것에 대해 원망했을 겁니다. 펀 드위트의 모든 행동은 확실히 별난 데가 있습니다. 그리고 마이클 콜린스는 공무원으로서의 평판이 그다지 좋지 않은 데다가 교활하고 성급한 자입니다. 분명히 동기가 있다고 볼 수 있습니다. 로드 또한 애인을 지키려고 어쭙잖은 의협심으로 살인을 저질렀을지도 모릅니다."

브루노는 한숨을 쉬고 난 뒤 말을 이었다.

"하지만 전체적인 면에서 생각해보면 섬 경감이나 저나 아무래도 드위트 쪽이 가장 의심스럽습니다."

"드위트라······."

레인은 사려 깊은 목소리로 중얼거렸다. 그는 눈 한 번 깜빡이지 않은 채 지방 검사의 입술을 지켜보고 있었다.

"계속하시지요."

브루노 지방 검사는 초조한 듯이 눈썹을 모았다.

"그러니까 문제는…… 다른 용의자는 물론 드위트에게도 직접적인 증거가 전혀 없다는 점이죠."

이어서 경감이 불만스러운 투로 말을 받았다.

"롱스트리트의 주머니에 흉기를 집어넣는 일은 누구에게나 가능했다고 볼 수 있죠. 롱스트리트 일행뿐만 아니라 승객이라면 누구건 그렇게 할 수 있었단 말씀입니다. 그러나 모두 신문해 보았지만 그 일행들 외에 롱스트리트와 관계가 있는 다른 승객은 한 사람도 없었습니다. 단서가 될 만한 게 전혀 없습니다."

"그래서……."

지방 검사가 나서며 결론을 맺었다.

"경감과 제가 이렇게 찾아뵌 것입니다, 레인 씨. 크래머 사건에서도 저희가 미처 알아내지 못했던 점을 지적하셨죠. 그 놀라운 분석력으로 미루어 볼 때 이번에도 다시 한 번 그 실력을 발휘해주시리라고 생각했으니까요."

레인은 손을 내저었다.

"크래머 사건 따윈 초보적인 것이었죠, 브루노 씨."

레인은 생각에 잠긴 표정으로 두 방문객을 바라보았다. 무겁고 답답한 침묵이 그들을 에워쌌다. 구석에 앉아 있는 퀘이시는 열심히 주인을 지켜보고 있었다. 브루노 지방 검사와 섬 경감은 슬쩍 시선을 주고받았다. 두 사람 모두 실망한 듯했다. 경감은 비웃는 듯한 엷은 미소를 띠고 있었다. 마치 속으로는 '그것 보시오, 내가 이럴 거라고 하지 않았소!'라고 말하는 것 같았다. 브루노는 가볍게 어깨를 으쓱해 보였다. 드루리 레인의 맑게 울리는 목소리에 두 사람은 동시에 흠칫 고개를 들었다.

"그런데 말씀이죠."

레인은 부드럽고 즐거운 듯한 표정으로 두 사람을 바라보며 말을 이었다.

"이제부터 무엇을 해야 할지는 잘 알고 계시리라 봅니다."

이 조용한 말은 충격적인 효과가 있었다. 브루노는 저도 모르게 입이 벌어졌다. 섬 경감은 크게 한 방 얻어맞고 정신을 차리려는 권투선수처럼 고개를 가볍게 흔들었다.

"잘 알고 있다니요?"

경감은 펄쩍 뛰다시피 일어나며 외쳤다.

"레인 씨, 그렇다면 당신은……!"

레인은 조용히 말을 꺼냈다.

"진정하시지요, 경감님. 햄릿 부왕의 망령처럼 당신은 '죄지은 자처럼 무서운 부름'에 떨고 있군요. 이제부터 무엇을 해야 할지는 정해진 거나 다름없습니다. 경감님이 말씀하신 게 모두 사실이라면 이 범죄의 출처는 단 한 곳입니다."

"정말 놀랍군요."

경감은 신음했다. 그는 믿기지 않는다는 듯이 축 처진 두 눈으로 지그시 레인을 바라보았다.

"그러니까, 곧…… 섬 경감의 단순한 사실 설명만으로 당신은 누가 롱스트리트를 죽였는지를 아셨단 말씀인가요?"

지방 검사가 낮고 긴장된 목소리로 물었다.

레인의 매부리코가 움직였다.

"알 것 같습니다……. 믿으실 수밖에 없을 겁니다, 브루노 씨."

"네에!"

두 방문객은 동시에 긴장된 목소리를 토해냈다. 곧이어 조용해진 그들은 의미 있는 시선을 교환했다.

"믿어지지 않으실 테지만, 저 또한 근거가 있는 것은 아닙니다."

레인의 목소리는 매력적인 설득조로 바뀌어 있었다. 그는 경우에 따라 목소리를 자유자재로 구사했다.

"그럴 만한 이유에서, 지금 시점에서는 이 사건의 범인, 이제부터 이 인물을 X라고 부르기로 하죠. 아무튼 범인의 정체를 당신들에게 밝힐 수가 없습니다. 공범이 있는 듯도 하고요."

브루노 지방 검사는 날카로운 어조로 입을 열었다.

"하지만, 레인 씨. 우물쭈물하다가는 결국……."

드루리 레인은 꼼짝도 하지 않고 인디언처럼 붉은빛이 감도는 불빛 속에 서 있었다. 온화한 기색은 사라지고 얼굴은 파로스 섬에게 해에 있는 *대리석의 산지-옮긴이*의 대리석으로 새겨진 조각상처럼 뚜렷했다. 입술은 거의 움직이지 않았으나 목소리는 놀라울 만큼 분명했다.

"우물쭈물이라뇨? 물론 위험하지요. 하지만 범인의 정체를 미리 경솔하게 말해버렸을 경우에 비하면 그 절반도 위험하지 않다는 걸 아셔야 합니다."

경감은 불만스러운 표정으로 버티고 서 있었다. 넌더리가 난 듯해 보였다. 브루노는 멍하니 입을 벌리고 있었다.

"지금은 독촉하지 말아주십시오. 그런데 당신들에게 부탁드리고 싶은 것이 있습니다만……."

두 방문객의 얼굴에서 여전히 불신의 빛이 가시지 않자 레인의 목소리에도 초조한 기색이 엿보였다.

"우편으로든 인편으로든 피살자의 모습이 똑똑히 찍힌 사진을 보내주시지 않겠습니까? 물론 살아 있을 때의 모습으로 말입

니다."

"뭐, 좋습니다."

브루노가 우물거리듯이 말했다. 지방 검사는 실쭉해진 초등학생처럼 괜스레 다리를 고쳐 앉았다.

레인은 억양 없는 목소리로 덧붙였다.

"브루노 씨, 그리고 이번 사건의 진전 상황에 대해서도……계속해서 알려주십시오. 만약……."

여기서 레인은 충분히 사이를 두었다가 말을 다시 이었다.

"저와 의논한 것을 후회하지 않으신다면 말입니다."

레인은 잠깐 두 사람을 쳐다보았고 전처럼 온화한 빛을 두 눈에 떠올렸다.

두 방문객은 그렇지 않다는 투의 말을 모호하게 중얼거렸다.

"제가 있을 때건 없을 때건 퀘이시가 전화를 받을 겁니다."

레인은 벽난로의 연기에 그을린 선반 위로 손을 뻗어 초인종 줄을 당겼다. 얼굴이 벌겋고 배가 불룩 나온 키가 작은 노인이 제복 차림으로 요정처럼 불쑥 방으로 들어왔다.

"두 분께서는 저와 함께 식사를 하시지 않으시겠습니까?"

두 방문객은 완강하게 사양했다.

"그럼, 브루노 씨와 섬 경감을 차까지 모셔다 드리게, 폴스태프. 그리고 두 분께서 햄릿 저택을 찾아오시면 환영해드리는 것을 잊지 말게나. 한 분이시든 혹은 두 분이 함께 오시든 곧바로 나에게 알려주게……. 그럼 안녕히 가십시오, 브루노 씨, 그리고 섬 경감님."

레인은 상체를 가볍게 숙이며 인사를 했다.

브루노 지방 검사와 섬 경감은 묵묵히 하인의 뒤를 따랐다. 문 근처에 이른 두 사람은 마치 같은 실에 묶여 당겨지듯이 동시에 걸음을 멈추고 뒤를 돌아보았다. 드루리 레인은 낡은 벽난로 앞에서 고풍스러운 가구들에 둘러싸여 선 채로 정중한 작별의 미소를 떠올리고 있었다.

제2막: 제1장
지방 검찰청
9월 9일 오전 9시 20분

이튿날 아침, 브루노 지방 검사와 섬 경감은 브루노의 책상을 사이에 두고 자리를 마주했다. 그들은 골치 아픈 수수께끼를 앞에 두고서 서로의 눈을 쳐다보며 난처한 표정을 짓고 있었다. 모처럼 정돈된 서류들이 지방 검사의 손에 의해 어지럽게 흩어지고 말았다. 섬 경감의 뭉툭한 코는 창밖의 추위와 수사 상황이 호전되고 있지 않음을 잘 나타내주었다.

경감이 낮게 투덜거리며 말했다.

"이거야 원! 정말이지 두 손 다 들었소. 오늘 아침은 독물이고 코르크고 바늘이고 뭐고, 다 막다른 골목에 부딪히고 말았소. 니코틴은 구입한 것이 아니라 범인이 직접 손으로 만든 것이거나 실링 검시관이 말했던 살충제인가 뭔가에서 뽑아낸 것 같소. 어디에서도 단서라곤 찾을 길이 없소. 게다가 드루리 레인 씨를 만나느라고 괜한 시간만 낭비한 것 같소."

브루노는 그 의견에 반대했다.

"그렇지 않소, 섬. 난 그렇게는 생각하지 않아요. 그러니 그런 말은 마시오."

브루노는 두 손을 펼쳐 보였다.

"당신은 그 사람을 과소평가하고 있소. 사실 별난 데가 있는 사람이긴 하지. 그런 곳에 살면서 과거의 유령들에게 둘러싸여 셰익스피어 얘기나 읊어대고 말이오."

"그렇소! 내가 얘기하자면……."

섬 경감은 얼굴을 잔뜩 찌푸리며 말을 이었다.

"그는 증기 덩어리 같은 사람이오. 게다가 우리를 그 속에 가두려고 했단 말이오. 롱스트리트의 살인범을 알고 있다는 따위의 되지도 않는 소리나 지껄이면서 말이오."

"아니, 이봐요, 섬! 그건 그렇지가 않아요."

지방 검사가 항의했다.

"어쨌든 그는 자신의 입으로 내뱉은 말을 발뺌할 수 없다는 걸 알고 있소. 결국은 그 말을 실제로 증명해야만 한다는 것을 안단 말이오. 틀림없소. 그는 자신이 무슨 말을 했는지를 분명히 알아요. 실제로 단서를 잡고 있겠지만, 뭔가 특별한 까닭이 있어서 지금은 말할 수가 없는 걸 거요."

경감은 책상을 탕 내리쳤다.

"그럼, 나나 당신이나 둘 다 얼간이란 말인가? 어떻게 생각하오? 그가 단서를 잡았다고요? 대체 어떤 단서를 말이오? 그런 게 있을 리가 없소! 당신도 어제는 그렇게 생각하지 않았소."

"생각이란 바뀔 수도 있는 거요."

브루노는 자르듯이 말했다. 그런 뒤에 그는 다시 조용히 말을 이었다.

"크래머 사건 때 우리가 미처 깨닫지 못하고 지나쳤던 것을 그 사람이 얼마나 솜씨 좋게 짚어 냈는가를 잊어서는 곤란하오. 이 골치 아픈 사건 해결을 위해 조금이라도 도움을 받을 수만 있다면 나는 그걸 놓치고 싶지가 않아요. 게다가 협력을 부탁해놓고서 이제 와서 그걸 없었던 일로 할 수는 없는 노릇 아니오. 그러니까 섬, 갈 때까지 가봅시다. 그렇게 한다고 손해 볼 것도 없잖소……. 그런데, 무슨 새로운 보고라도 받았소?"

경감은 이빨로 담배를 질끈 깨물었다.

"콜린스가 또 말썽을 피웠소. 콜린스가 토요일 이후에 세 번이나 드위트를 찾아간 걸 부하가 알아냈소. 물론 드위트에게 돈을 뜯어내려는 거죠. 정말 녀석은 골칫덩어리요. 하긴, 이건 드위트가 걱정할 문제지만……."

브루노는 무심코 눈앞에 놓여 있는 편지를 뜯기 시작했다. 그는 처음 두 통을 사무용 서류바구니에 던져 넣었다. 세 번째로 싸구려 봉투에서 꺼낸 편지를 읽다가 그는 외마디 소리를 지르며 자리에서 벌떡 일어났다. 브루노가 묵묵히 편지를 읽어 내려감에 따라 경감의 눈이 가늘어졌다.

"기쁜 소식이오, 섬!"

브루노는 외치며 흥분한 목소리로 말을 이었다.

"이건 분명히 멋진 돌파구요! ……뭐야! 무슨 일이지?"

브루노는 방 안으로 들어온 비서에게 소리쳤다. 비서가 명함 한 장을 내밀자 브루노는 그것을 낚아채서 들여다보았다.

"그 친구가?"

그는 완전히 바뀐 듯한 목소리로 중얼거렸다.

"좋아, 바니. 그를 들여보내……. 섬, 여기에 그냥 있으시오. 이 편지에는 놀라운 것이 쓰여 있어요. 하지만 우선 그 스위스인이 무슨 볼일로 왔는지 만나보도록 합시다. 임피리얼이 찾아왔소."

비서의 안내를 받으며 거구의 스위스인 사업가가 미소를 머금은 채 들어왔다. 임피리얼은 여느 때와 같이 말끔한 옷차림을 하고 있었는데, 옷깃에는 싱싱한 꽃을 꽂았고 옆구리에는 시팡이를 끼고 있었다.

"안녕하십니까, 임피리얼 씨? 무슨 일로 오셨는지요?"

브루노는 신중하게 말했다. 방금 읽었던 편지는 이미 어디론가 치워져 있었다. 그는 양손으로 책상 가장자리를 움켜잡고 있었다. 경감도 스위스인에게 인사를 했다.

"안녕하세요, 검사님. 그리고 경감님?"

임피리얼은 브루노의 책상 곁에 있는 가죽 의자에 천천히 앉았다.

"잠시 동안만 시간을 내주시기 바랍니다, 브루노 씨."

임피리얼은 정중한 어조로 말을 이었다.

"저는 이제 미국에서 사업에 관한 용무를 마치고 스위스로 돌아갈 채비를 하고 있죠."

"그런가요?"

그렇게 말하며 브루노는 슬쩍 경감을 바라보았다. 경감은 임피리얼의 넓적한 등을 노려보고 있었다.

"이미 오늘 밤의 배표를 사놓았습니다."

스위스인은 눈썹을 찌푸리며 말을 이었다.

"그래서 짐을 운반하도록 운송점에 일러놓았는데, 당신네들 부하들이 날더러 떠나서는 안 된다고 하더군요."

"드위트 씨의 댁에서 떠나는 것 말씀인가요?"

임피리얼은 약간 초조한 기색을 보이며 고개를 저었다.

"아니죠, 이 나라를 떠나서는 안 된다는 겁니다. 그리고 내 짐도 움직여서는 안 된다는 거죠. 이건 정말 곤란합니다, 브루노 씨! 나는 사업가입니다. 나는 베른의 본사로 빨리 돌아가야만 합니다. 어째서 못 가게 하는 겁니까? 이건 정말……."

브루노는 책상을 가볍게 두드렸다.

"자 들어보세요, 임피리얼 씨. 당신네 나라에서의 사정은 어떤지 모르겠지만 당신은 지금 미국 경찰의 살인 사건 수사와 관련되어 있다는 것을 아셔야 합니다. 이건 살인 사건의 수사란 말입니다."

"아, 알고 있습니다. 하지만……."

"하지만이 아닙니다, 임피리얼 씨."

브루노는 자리에서 일어섰다.

"정말 유감입니다만, 할리 롱스트리트 살인 사건이 해결되든가 아니면 적어도 어떤 공식적인 결정이 내려지기까지는 이 나라에 머물러주셔야만 합니다. 물론 드위트 씨의 집에서 나와 다른 곳으로 숙소를 옮기는 것은 상관없습니다. 우리가 그것까지 못 하게 할 수는 없겠죠. 하지만 소환에 응할 수 있을 만한 곳에 계셔야만 합니다."

임피리얼은 일어서며 몸을 꼿꼿이 폈다. 그의 얼굴은 쾌활한 빛을 잃고서 일그러져 있었다.

"하지만 사업에 지장이 있단 말입니다!"

브루노는 어깨를 으쓱했다.

"좋습니다!"

임피리얼은 거친 동작으로 모자를 썼다. 그 얼굴은 드루리 레인 저택의 벽난로 불처럼 시뻘겠다.

"영사에게 직접 부탁해서 조처를 취하겠어요. 아시겠습니까? 나는 스위스의 시민이니까 당신들에게 억류당해야 할 이유가 없어요! 안녕히 계시오!"

그는 고개를 까딱해 보이고 나서 거칠게 문 쪽으로 걸어갔다. 브루노는 미소 지었다.

"그렇더라도 뱃삯은 환불받아 두시는 게 좋을 겁니다, 임피리얼 씨. 그렇지 않으면 손해를 볼 테니까요."

그러나 임피리얼은 대꾸도 않고 나가버렸다.

"자 그럼, 앉으시오, 섬. 그리고 이걸 보시오."

브루노는 주머니에서 편지를 꺼내 경감 앞에 펼쳐 보였다. 경감은 즉시 편지의 아래쪽을 힐끗 보았다. 서명은 없었다. 줄이 쳐진 싸구려 편지지에 색이 바랜 검정 잉크로 쓰여 있었는데 일부러 필적을 바꾼 것 같지는 않았다. 브루노 지방 검사 앞으로 보낸 것이었다.

나는 롱스트리트란 자가 살해되었을 때 그 전차에 타고 있었던 사람 중 한 사람이오. 그를 살해한 범인에 대해 나는 어떤 사실을 알고 있소. 나는 이 정보를 당신에게 전해드리고 싶소만 내가 알고 있다는 것을 범인이 눈치챌지도 모르기 때문에 몹시 두렵소. 이미 눈치를 챘을지도 모른다는 생각도 드오.

하지만 수요일 밤 11시에 당신이 직접 나와 만나든가 아니면 누군가를 보내준다면 그때 나는 내가 알고 있는 것을 죄다 얘기해주겠소. 그 시간에 위호켄 선착장의 대합실에서 기다리겠소. 내가 누구인가는 그때 알게 될 거요. 내 쪽에서 밝히겠소. 제발 나의 안전을 위해 비밀을 지켜주시오. 이 편지에 대해서는 외부인에게 절대로 말하지 말아주시오. 내가 얘기한 것을 범인이 눈치채게 되면 나는 나라에 대한 의무를 다한 탓으로 살해되고 말 것이오.

제발 나를 보호해주시오. 수요일에 만나보면 나를 만나기를 잘했다고 생각할 거요. 이건 중대한 문제요(이 부분에 선명하게 밑줄이 쳐져 있었다). 그때까지 스스로 내 몸을 지킬 작정이오. 경관과 만나는 것이 남들 눈에 띄지 않았으면 해서 약속 시간을 밤으로 정한 것이오.

경감은 신중하게 편지를 다루었다. 그는 편지를 책상 위에 내려놓고 봉투를 지그시 살펴보았다.

"뉴저지 주의 위호켄 우체국 소인이군요. 어젯밤이고…… 더러운 손자국투성이군. 그 전차를 타는 저지 주민의 한 사람이겠군. 이거 도대체 어떻게 생각해야 좋을지 모르겠군요, 브루노. 장난 편지인 것도 같고 그렇지 않은 것 같기도 하고……. 어떻게 생각하오?"

브루노는 천장을 올려다보며 입을 열었다.

"글쎄, 뭐라고 말하기가 힘들군요. 단서가 될 것 같기도 하고……. 어쨌든 만일을 위해서 가보겠소."

그는 기세 좋게 일어나 방 안을 서성거렸다.

"괜찮은 예감이 드는군요, 섬. 이자가 누군지는 모르지만 편지에 자기 이름을 밝히지 않았다는 사실이 그럴듯하단 말이오. 앞뒤도 맞지 않고 스스로는 대단히 중요한 인물이라도 된 듯 으스대고 있지만, 결국에는 자신이 비밀을 폭로하면 위험이 닥칠까 봐 벌벌 떨고 있는 거요. 더욱이 진부한 말만 늘어놓고 장황하게 같은 말을 되풀이하며 겁을 집어먹고 있어요. '만나자(meet)'는 단어의 철자에서는 t의 옆으로 긋는 작대기가 빠져 있고……. 정말이지, 이건 생각할수록 마음에 드는군요."

"글쎄……."

섬 경감은 좀 미심쩍어 했다. 하지만 곧 밝은 표정을 지었다.

"아무튼 드루리 레인의 도움 없이도 우리가 잘 해낼 수 있겠소. 그 사람의 어쭙잖은 조언 따위는 필요 없을 거요."

"어쨌든 잘됐소, 섬. 어쩌면 쉽게 기소할 수 있을지도 몰라요."

브루노는 만족스러운 듯이 두 손을 비벼댔다.

"그럼 당장에 강 건너 허드슨 카운티의 지방 검사인 렌넬스에게 연락을 취해주시오. 그리고 저지 경찰에다 만반의 태세를 갖추고 위호켄 터미널을 감시하도록 일러주시오. 어쨌든 관할권 문제로 일을 그르칠 순 없으니까 말이오. 그리고 모두 사복을 입으라고 하시오. 섬, 당신도 갈 테요?"

"두말하면 잔소리 아니겠소!"

경감은 즐거운 듯이 큰 소리로 외쳤다.

경감이 방을 나가자 브루노 검사는 책상 위의 수화기를 들고 교환원에게 햄릿 저택을 불러달라고 했다. 그는 벨 소리가 울릴 때까지 느긋하게 기다렸다.

"여보세요, 햄릿 저택인가요? 드루리 레인 씨는 계십니까? 저는 브루노 지방 검사입니다. 여보세요? 누구시죠?"

그러자 높게 떨리는 목소리가 들려왔다.

"퀘이시입니다. 레인 씨께서는 마침 바로 제 곁에 계십니다."

"아 참! 귀가 안 들린다고 했죠?"

브루노가 말을 이었다.

"그럼, 레인 씨에게는 뉴스가 있다고 전해주시오."

퀘이시가 전언을 한 마디 한 마디 되풀이하는 것이 들렸다.

퀘이시의 카랑카랑한 목소리가 이어졌다

"알았다고 하시는군요. 그럼, 하실 말씀은요?"

"살인범을 알고 있는 것은 레인 씨뿐만이 아니라고 전해주시오."

브루노는 의기양양하게 말했다.

퀘이시가 레인에게 이 말을 되풀이하는 동안 브루노는 열심히 귀를 곤두세웠다. 그리고 놀랄 만큼 또렷하게 레인의 말을 들을 수 있었다.

"브루노 씨에게 그건 정말 문자 그대로 뉴스라고 전해주게.

그리고 범인의 자백을 받아냈느냐고도 물어보게."

브루노는 퀘이시에게 익명의 편지 내용을 들려주었다. 전화 저편의 상대는 잠자코 듣고 있었는데, 이윽고 느긋하고 침착한 레인의 목소리가 들려왔다.

"직접 통화를 할 수 없는 것이 매우 유감이라고 브루노 씨에게 전하게. 또 오늘 밤 약속 장소에 내가 나가도 좋겠느냐고 물어보게."

"상관없습니다."

이어서 브루노는 퀘이시에게 물었다.

"이봐요……. 퀘이시, 레인 씨께서 놀라신 것 같지 않나요?"

브루노는 상대가 낮고 묘하게 웃는 소리를 들을 수 있었다. 마치 살찐 유령이 소리 죽여 웃는 듯한 웃음소리였다. 이윽고 웃음을 참느라 목소리를 떨면서 퀘이시가 말했다.

"아뇨, 사태의 추이를 매우 즐기고 계시는 듯합니다. 레인 씨는 언제나 의외의 일을 기대한다고 자주 말씀하시지요. 그러니까 레인 씨는……."

그러나 브루노 지방 검사는 "그럼 이만!" 하고는 재빨리 수화기를 내려놓았다.

제2장
위호켄 선착장
9월 9일 수요일 오후 11시 40분

뉴욕 중심가의 불빛은 맑게 갠 날 밤이면 검은 하늘을 배경으로 화려한 빛의 물결을 수놓는다. 하지만 수요일 밤에는 대낮부터 드리워진 안개의 장막에 싸여서 밤인데도 불빛을 잘 볼 수 없을 정도였다. 뉴저지 주 쪽의 부두에서는 이따금 보이다 말다 하는 전등 빛과 강 위의 음울한 안개 말고는 아무것도 보이지 않았다. 뱃머리에서 선미까지 하부 갑판에 휘황하게 불빛을 밝힌 배들이 갑자기 어딘가에서 불쑥 나타났다. 작은 배들이 유령처럼 강을 오르내리고 있었다. 그 배들은 안전을 위해 근처의 다른 배들에게 경적을 울렸지만 그 소리조차도 안개 속에 파묻히는 것 같았다.

위호켄 선착장 뒤쪽에 있는 커다란 차고 같은 건물의 대합실에는 사내들 열두 명이 모여 있었다. 사내들은 대부분 묵묵히 주위를 관찰하고 있었다. 그들의 한가운데에서 키 작은 나폴레옹 같은 모습의 브루노 지방 검사가 손목시계를 십 초 간격으로 들여다보며 초조한 듯이 실내를 서성거렸다. 섬 경감은 출입문 쪽과 어쩌다가 들어오는 사람들을 예리한 눈으로 점검했다. 실내는 아주 한산했다.

형사들한테서 좀 떨어진 자리에 드루리 레인이 혼자 조용히 앉아 있었다. 배나 기차를 기다리는 손님들은 레인의 이색적인 차림새에 놀라거나 때로는 신기해하는 눈길을 보냈다. 레인은 실로 침착한 모습으로 앉아 무릎 사이에 끼운 육중한 지팡이를 양손으로 움켜쥐고 있었다. 길고 검은 인버네스*망토가 달린 외투—옮긴이*를 입고 있었는데 망토가 어깨에 늘어져 있었다. 탐스러운 모발 위에는 곧은 챙이 달린 검은 펠트 모자가 얹혀 있었다. 섬 경감은 이따금 그 옷차림을 보면서, 복장과 모발로 미루어 볼 때는 몹시 나이가 든 것처럼 생각되는 데 비해 얼굴이며 몸매가 이 정도로 젊어 보이는 사람은 본 일이 없다는 생각을 했다. 이목구비가 뚜렷한 늠름하고도 온화해 보이는 얼굴은 서른다섯 살쯤 된 남자의 모습이라고도 할 만했다. 또 그 냉정한 모습은 강렬할 뿐더러 인상적이었다. 그는 통행인들의 호기심 어린 시선을 무시하는 것이 아니라 전혀 의식하지 않는 듯했다.

레인의 반짝이는 두 눈은 브루노 지방 검사의 입술에 쏠려 있었다.

브루노가 그의 곁으로 급히 다가와 앉았다. 그가 초조한 표정으로 말했다.

"이미 사십오 분이나 지났습니다. 일부러 나와주셨는데 헛걸음을 하게 해드린 것 같습니다. 저희는 밤을 새더라도 버틸 작정입니다만, 솔직히 말씀드리자면 어리석은 짓을 하고 있는 듯한 생각이 들기도 합니다."

레인은 그 특유의 낭랑하게 울리는 목소리로 대꾸했다.

"좀 걱정이 되기 시작하시나 보군요, 브루노 씨. 하지만 늦는 데는 그럴 만한 이유가 있겠죠."

"그럼 당신이 생각하시기로는……,"

브루노는 미간을 찌푸리며 말을 했다. 그때 밖에서 들려오는 거칠고 당황스러운 외침 소리에 실내 저편의 섬 경감과 더불어 몸을 긴장시켰다.

"무슨 소동입니까, 브루노 씨?"

레인이 부드럽게 물었다.

브루노는 상체를 앞으로 내밀며 귀를 기울였다.

"당신에게는 들리지 않았을 테지만…… 레인 씨, '사람이 떨어졌다!'라고 외치는 소리였습니다!"

드루리 레인은 재빨리 일어섰다. 섬 경감이 큰 소리로 울부짖듯이 외쳤다.

"선창에서 사고가 났소! 가봐야겠소!"

브루노도 무심결에 벌떡 자리에서 일어났다.

"섬, 난 부하들과 여기 있겠소. 일종의 유인책인지도 모르니까요. 게다가 그자가 올지도 모르고."

섬 경감은 이미 문 쪽으로 달려가고 있었다. 드루리 레인은 재빨리 그 뒤를 따라갔다. 이어서 형사 여섯 명가량이 우르르 실내를 빠져나갔다.

그들은 틈이 벌어진 판자 바닥을 건넌 뒤 외침 소리가 들려온 방향을 파악하려고 멈춰 섰다. 지붕이 붙은 선착장으로 여객선이 막 들어와서는 배의 옆구리를 부두 말뚝에 부딪히며 철판으로 된 상륙용 계단을 갖다 대려 하고 있었다. 섬 경감을 비롯해 레인과 형사들이 그곳에 이르렀을 때에는 이미 몇몇 사람들이 배에서 뛰어내리고 있었다. 한편 급히 터미널에서 빠져나가는 사람들도 있었다. 상부 갑판 위에 있는 조타실에는 금색 글씨로 '모호크'라는 배 이름이 쓰여 있었다. 하부 갑판의 북쪽, 활 모양으로 굽은 뱃전의 난간에서는 승객들이 몹시 북적대고 있었고, 우현의 벽에 나 있는 창에서도 승객들이 안개에 깔린 깊은 어둠 속을 내려다보고 있었다.

선원 세 사람이 승객들을 헤치고 뱃전으로 가려고 애를 썼다. 드루리 레인은 경감의 뒤를 따르면서 문득 금장 손목시계를 보았다. 11시 40분이었다.

섬 경감은 갑판으로 뛰어올라 뼈와 가죽뿐인 듯한 늙은 선원의 멱살을 움켜잡았다.

"경찰이오! 무슨 일이 일어난 거요?"

경감이 소리치자 선원은 흠칫하고 겁을 내는 듯했다.

"남자가 배에서 떨어졌습니다. 이 모호크호가 선착장로 미끄러져 들어가는 순간, 최상부 갑판에서 떨어진 모양입니다."

"그게 누군지 알고 있소?"

"아뇨, 모릅니다."

"레인 씨, 같이 가시죠. 부두 직원들이 떨어진 사람을 끌어올릴 겁니다. 그러니 우린 떨어진 지점으로 가봅시다."

경감이 말했다.

두 사람은 뱃전의 사람들을 비집고 나서며 선실 문 쪽으로 향했다. 순간 경감이 짧게 외마디 소리를 내며 멈춰 서더니 한 손을 쳐들었다. 하부 갑판 남쪽에서 왜소한 체구의 한 사내가 선착장으로 내리려는 중이었다.

"이봐요, 드위트 씨! 잠깐 기다리시오!"

외투로 단단히 몸을 감싼 드위트가 고개를 들고서 잠시 어리둥절해하더니 섬 경감 쪽으로 발길을 돌렸다. 그의 얼굴은 몹시 창백했고 조금 숨이 가쁜 듯했다.

"경감님이시군요! 그런데 여기는 어쩐 일이십니까?"

드위트는 천천히 말했다.

"볼일이 좀 있어서요."

경감은 느긋한 목소리로 말했으나 왠지 두 눈은 흥분으로 빛났다.

"그런데 당신은 웬일이시죠?"

드위트는 왼손을 외투 주머니에 찔러 넣으며 몸을 떨었다.

"집에 돌아가는 길이죠. 그런데 대체 무슨 일이 일어난 겁니까?"

"궁금하시면 함께 가십시다."

경감은 상냥하게 말을 이었다.

"그 전에 드루리 레인 씨를 소개하죠. 유명한 배우신데 지금은 우리를 도와주고 계시죠. 레인 씨, 이쪽은 드위트 앤드 롱스트리트 사의 공동 경영자인 드위트 씨입니다."

드루리 레인은 반가운 표정을 지으며 고개를 끄덕였다. 드위트의 어리둥절한 눈길이 배우의 얼굴에 못 박혔다. 이내 그의 두 눈에는 존경의 빛이 확연히 떠올랐다.

"정말 영광입니다!"

경감은 굳은 표정을 지었고 뒤를 따르던 형사들은 끈기 있게 기다렸다. 경감은 목을 길게 빼며 누군가를 찾는 듯하더니 이윽고 어깨를 으쓱했다.

"자, 갑시다."

경감은 날카롭게 말하고는 저돌적인 기세로 사람들 틈을 헤치고 나아갔다.

선실 내부는 혼란에 빠져 있었다. 경감은 배 한가운데에 있는 놋쇠를 댄 계단을 뛰다시피 올라갔고 다른 사람들도 서둘러 뒤따랐다. 그들은 타원형 모양의 상부 선실에 올라가 북쪽으로 난 문들 중 하나를 통해 어두운 상부 갑판으로 나갔다. 형사들은 손전등을 비추며 갑판을 조사하기 시작했다. 배의 중앙과 뱃머리 사이를 대충 훑어보던 중에 경감은 뱃전 쪽의 널찍한 갑판에서 몇 미터 떨어진 곳인 상부 조타실 바로 뒤쪽에서 길게 긁힌 듯한 자국을 발견했다. 형사들이 한꺼번에 손전등을 그 지점에 비췄다. 긁힌 자국은 십자형의 철제 난간에서 갑판을 뒤쪽으로 가로질러 선실 밖의 북서쪽 구석에 있는 칸막이 쳐진 작은 방으로 이어졌다. 이 작은 방의 서쪽과 남쪽 벽은 선실의 바깥쪽이었다. 북쪽 벽은 얇은 판자로 되어 있었다. 동쪽에는 벽이 없었다. 손전등의 불빛이 그 속으로 파고들었다. 갑판의 긁힌 자국은 그 방 안쪽에서 시작된 것이었다. 그 속에는 자물통이 달려 있는 도구 상자가 한쪽 벽에 고정되어 있었다. 구명구 몇 개와 빗자루와 양동이가 하나씩 그리고 그 밖의 자질구레한 물건들이 있었다. 쇠사슬이 활짝 트인 쪽의 중간쯤에 걸쳐져 있었다.

"상자 안을 조사해보자고. 열쇠를 얻어 와서 저 상자를 열어보게. 뭔가 있을지도 몰라."

형사 두 명이 달려갔다.

"그리고 짐, 아래로 내려가서 승객들 전원을 내리지 못하도록 하게."

섬 경감과 레인은 드위트를 데리고 난간까지 갔다. 난간 아래의 갑판 바닥이 뱃전 쪽으로 80센티미터쯤 뻗어 나와 있었다. 경감은 손전등을 들고 갑판의 긁힌 자국을 면밀히 살펴보았다. 잠시 뒤에 그는 레인을 올려다보았다.

"여기 묘한 게 있군요, 레인 씨. 구두 뒤꿈치 자국입니다. 갑판 위로 무거운 물건을 끌었나 봅니다. 시체일까……. 빌어먹을! 아무튼 구두 뒤꿈치에 긁힌 자국입니다. 살인 사건일지도 모르겠군요."

드루리 레인은 손전등 빛의 어슴푸레한 반사광 속에 떠오른 경감의 입술을 열심히 보고 있었다.

그들은 난간에 기대어 혼란스러운 아래쪽의 광경을 내려다보고자 했다. 경감은 곁눈질로 드위트를 관찰했다. 이 왜소한 체구의 주식 중개업자는 왠지 풀이 죽어 있는 듯했다.

경찰 보트가 선착장 끝에 와 멎었다. 경관들이 서둘러 미끈미끈한 말뚝 꼭대기로 기어 올라갔다. 강렬한 탐조등 두 개가 갑자기 빛을 내뿜어 선착장을 밝게 비추기 시작하자 안개 속에서도 선착장이 뚜렷이 떠올랐다. 상부 갑판도 훤히 밝아졌다. 탐조등의 불빛이 하부 갑판 아래까지 밝게 비추어 그곳의 광경도 속속들이 떠올랐다. 하부 갑판 바닥은 바깥쪽으로 불룩 나와 있어서 부두의 헐거워진 축축한 말뚝들과 서로 부딪치고 있었다. 그 나무로 된 말뚝들 아래로는 아무것도 보이지 않았다. 선착장 직원들과 선원들이 말뚝 위에 올라서거나 무릎을 굽힌 자세로 어둑어둑한 상부 조타실을 향해 큰 소리로 무언가를 지시했다. 배 안에서는 일순 우르릉하는 기계음이 났다. 배는 조금씩 옆으로 미끄러지며 북쪽 부두를 떠나 남쪽 부두로 움직였다. 조타실의 선장과 타수는 시체가 떠 있는 것이 분명한 물 위의 지점으로부터 배를 떨어뜨리려고 안간힘을 썼다.

"엉망으로 짓이겨졌을 테지."

경감은 심드렁한 목소리로 말했다.

"배가 말뚝에 닿기 직전에 떨어졌으니까 말이야. 배와 말뚝 사이에서 아마 박살이 났을걸. 그러고 나서 배가 움직였으니까 저 튀어나온 판자 아래로 미끄러져 들어갔겠지. 일이 성가시게 됐군. 아, 물이 보이기 시작하는군!"

배가 힘겹게 옆으로 비켜나자 기름이 둥둥 떠 있는 거무스름한 수면이 나타났다. 수면에는 거품이 부글부글 일고 있었다. 말뚝 위 어둠 속에서 불쑥 쇠갈퀴가 나타났다. 경관들과 선원들이 보이지 않는 시체를 수색하기 시작한 것이었다.

드위트는 경감과 레인 사이에 서서 아래에서 이루어지는 음산한 작업을 넋을 잃고 내려다보았다. 한 형사가 경감의 곁으로 다가왔다.

"뭐지?"

경감이 퉁명스럽게 물었다.

"도구 상자 속에는 아무것도 없습니다, 경감님. 그 방의 다른 곳에도 이렇다 할 것이 없었습니다."

"좋아. 갑판 위에 긁힌 구두 자국을 밟지 않도록 주의하라고."

얘기를 하는 도중에도 경감의 시선은 엉뚱한 방향으로 향해 있었다. 그는 힐끔힐끔 드위트를 관찰했다. 이 키 작고 나약해 보이는 사내는 왼손으로 밤안개에 젖은 축축한 난간을 움켜잡고 있었다. 오른손은 팔꿈치를 구부려 난간에 그냥 올려놓은 채였다.

"어떻게 된 거죠, 드위트 씨? 손을 다치신 것 같군요?"

드위트는 천천히 경감 쪽을 돌아보고 나서 희미하게 미소 지으며 자신의 오른손을 내려다보았다. 그런 뒤에 그 오른손을 뻗어 경감에게 내밀어 보였다. 레인도 그 손을 들여다보았다. 4센티미터가량의 상처가 집게손가락 첫 마디에 세로로 나 있었다. 상처에는 얇은 딱지가 앉아 있었다.

"클럽 체육관의 운동 기구에 다친 겁니다. 저녁 식사 전이었죠."

"허, 참!"

"클럽의 모리스 박사가 치료를 해주었습니다. 주의하라고 하더군요. 조금 아프긴 합니다."

아래쪽에서 갑자기 떠들썩한 소리가 들렸기 때문에 드위트와 섬 경감은 몸을 틀어 난간에 기댔다. 드루리 레인은 두 사람의 태도에 놀라며 그 또한 아래를 내려다보았다.

"찾았어!"

"조심하라고!"

로프가 말뚝들 사이로 내려졌고 거무스름한 수면 아래의 물체가 쇠갈퀴에 걸리는 듯싶었다.

삼 분쯤 지나자 수면 위로 축 처진 덩어리가 물을 줄줄 흘리며 떠올랐다. 그러자 이어서 몇 사람인가의 비명이 하부 갑판에서 들렸다. 의미 없는 중얼거림과 혼란스러운 외침이었다.

"아래로 갑시다!"

경감이 외쳤다. 세 사람은 함께 문으로 뛰어갔다. 드위트가 맨 먼저 갑판을 지나 문의 손잡이를 잡았으나 이내 그는 고통스러운 신음을 내질렀다.

"왜 그러십니까?"

경감이 다급하게 물었다. 드위트는 얼굴을 찌푸리며 오른손을 보았다. 경감과 레인도 그 상처에서 피가 줄줄 흐르는 것을 보았다. 상처가 짓뭉개지고 딱지가 몇 군데 터져 있었다.

"문을 열 때 오른손을 쓰지 말았어야 했는데……. 상처가 터지고 말았어요. 주의해야 한다고 모리스 박사가 말했는데 말입니다."

드위트는 신음했다.

"하지만 그렇다고 죽지는 않아요."

경감은 무뚝뚝하게 한마디 던지고는 드위트의 곁을 지나 계단을 뛰어 내려가기 시작했다. 도중에 경감이 뒤돌아보니 드위트가 가슴 주머니에서 손수건을 꺼내 오른손을 느슨히 싸매고 있었다. 드루리 레인은 외투 속에 턱을 파묻은 채로 있었다. 그의 눈은 그늘에 가려 보이지 않았으나 명랑하게 뭔가를 말하고 있었다. 이어서 두 사람은 경감의 뒤를 따라 계단을 내려갔다.

세 사람은 하부 선실을 지나 구조대원들이 범포를 펼쳐놓은 앞쪽 갑판에 이르렀다. 그 범포 위에는 아까의 그 덩어리가 놓여 있었는데, 흠뻑 젖은 채 악취가 나는 물이 고인 웅덩이에 잠겨 있었다. 이미 그것은 인간의 형상을 잃은 채, 짓이겨지고 피투성이가 되어 도무지 알아볼 수 없을 정도로 엉망이었다. 머리와 얼굴은 곤죽이 되어 있었다. 누워 있는 모양으로 볼 때 등뼈가 꺾인 듯했다. 한쪽 팔이 기묘할 정도로 납작해서 마치 불도저로 짓이긴 것 같았다.

드루리 레인의 얼굴은 전보다도 더 창백해져 있었다. 이 끔찍한 모습의 시체를 보고 있는 것만으로도 상당히 애를 먹고 있는 듯했다. 피비린내 나는 참상들에는 어지간히 익숙해져 있는 섬 경감조차도 혐오감이 이는 것을 막을 수 없어 한숨을 내쉬었을 정도였다. 드위트로 말하자면, 그는 어렴풋이 신음을 하더니 이내 고개를 돌렸다. 그 얼굴은 핏기가 싹 가셨을 정도로 창백했다. 그들 주위에는 선착장의 직원들, 선장, 조타수, 사복형사들, 제복을 입은 경관들이 모두 묵묵히 시체를 내려다보고 있었다.

배의 남쪽 끝 선실에서 흥분한 외침 소리가 들렸다. 승객들이 길쭉한 방에 억류된 채 감시받고 있었던 것이다.

시체는 엎어져 있었으나 하반신은 부자연스러운 형태로 한쪽으로 뒤틀린 채 위를 향하고 있었다. 머리는 괴기스러운 모양으로 갑판에 비스듬히 놓여 있었다. 범포에는 앞 챙이 달린 검은 모자가 놓여 있었는데, 그것도 물에 흠뻑 젖은 채였다.

경감은 무릎을 꿇고 한 손으로 시체의 몸통을 눌러보았다. 젖은 밀가루 부대처럼 물렁하고 탄력이 없었다. 경감은 시체를 옆으로 돌렸다. 형사 한 명이 그를 거들어 시체가 위를 향하게 했다. 붉은 머리에 체구가 건장한 사내의 시체였다. 얼굴이 짓뭉개져 있는 탓에 누구인지 알아볼 수는 없었다. 그런데 갑자기 경감이 놀란 표정으로 중얼거렸다. 죽은 자는 짙은 청색의 웃옷을 입고 있었다. 황동 단추가 두 줄로 달린 제복이었는데 주머니는 검은 가죽 테로 둘러쳐져 있었다. 경감은 잡아채듯이 갑판에서 모자를 움켜잡았다. 그것은 차장의 모자였다. 앞 챙 위에는 2101이라는 번호와 함께 '제3애버뉴 철도'라는 각인이 새겨져 있었다.

"이럴 수가……!"

경감은 뭔가를 말하려다 말고 입을 다물었다. 힐끗 드루리 레인 쪽을 쳐다보니 그도 상체를 굽히고 그 모자를 내려다보고 있었다.

경감은 모자를 놓고 이번에는 시체의 가슴 안주머니에 손을 찔러 넣었다. 이어서 물에 흠뻑 젖은 낡은 가죽 지갑이 나왔다. 경감은 그것을 샅샅이 뒤져본 뒤 벌떡 일어나며 험상궂은 얼굴을 빛냈다.

"바로 이 친구야!"

그는 외치고 나서 재빨리 주위를 둘러보았다.

브루노 지방 검사의 땅딸막한 모습이 외투 자락을 펄럭이며 터미널에서부터 선착장으로 바삐 걸어오고 있었다. 사복형사들이 그 뒤에서 허둥지둥 따라왔다.

경감은 몸을 틀어 한 형사에게 말했다.

"승객들을 억류하고 있는 선실의 경비를 더욱 엄중히 하라고 전하게!"

경감은 크게 팔을 뻗어 물에 젖은 지갑을 휘둘렀다.

"브루노! 빨리 오시오! 우리가 찾던 사내가 여기 있소!"

지방 검사는 있는 힘껏 달려왔다. 그는 배에 이르자 시체 주위에 모여 있는 사람들과 레인과 드위트를 급히 둘러보았다.

검사는 헐떡이며 말을 꺼냈다.

"그런데…… 누구란 말이오, 편지를 보낸 사람이……?"

"바로 이자요."

경감은 쉰 목소리로 말하고는 시체를 발로 툭툭 건드렸다.

"누군가가 한발 앞서 이렇게 만들어버린 거요!"

브루노는 다시금 시체를 내려다보다가, 웃옷의 황동 단추와 갑판에 있는 챙이 달린 모자를 보고는 눈이 휘둥그레졌다.

"차장……!"

브루노는 찬바람에도 아랑곳없이 모자를 벗고 비단 손수건을 꺼내 땀을 닦았다.

"정말이오, 섬?"

경감은 대답 대신 지갑에서 물에 젖어 흐늘흐늘해진 카드를 빼내 지방 검사에게 건네주었다. 드루리 레인은 재빨리 브루노의 뒤로 다가가 어깨 너머로 그것을 들여다보았다.

제3애버뉴 철도 회사가 발행한 네 귀퉁이가 둥그스름한 신분증으로 2101이라는 번호가 찍혀 있었고 아래에는 서명이 기재되어 있었다.

서명은 갈겨쓴 것이었지만 분명하게 알아볼 수 있었다. 그것은 찰스 우드라고 쓰여 있었다.

제3장
위호켄 터미널
9월 9일 수요일 오후 11시 59분

위호켄 터미널에 있는 서해안선의 대합실은 낡고 바람이 잘 통하는 2층 건물로 마치 거인국에서 옮겨다 놓은 창고 같았다. 천장에는 철제 빔들이 노출되어 있었는데, 하나하나가 서로 거칠게 엇갈려 있었다. 높다란 2층 벽은 난간으로 에워싸인 플랫폼으로 이어졌다. 이 플랫폼 끝에는 작은 사무실들로 통하는 복도가 나 있었다.

물에 불은 찰스 우드의 시체는 범포로 만들어진 들것에 실려 아직도 물을 뚝뚝 흘리면서 텅 빈 대합실과 2층의 플랫폼을 지나 역장실로 옮겨졌다. 대합실 쪽은 뉴저지 주 경찰이 통제하고 있었다. 모호크호의 남쪽 선실에 억류당해 있던 손님들은 경관에게 호위되어 대합실로 보내졌다. 그들은 거기서 형사들의 감시 아래 섬 경감과 브루노 지방 검사의 신문을 초조한 심정으로 기다렸다.

모호크호는 경감의 명령으로 부두에 매어져 있었다. 선착장 직원들이 긴급회의를 열어 배의 운항 예정을 변경한 탓에 배 몇 척이 안개 속에서 이동하고 있었다. 기차의 운행은 예정대로 행해도 좋도록 허락되었지만, 임시 매표소가 차고에 설치되었고 승객들은 부두 쪽 대합실을 이용해야만 했다. 승객들이 모두 빠져나간 모호크호는 불을 밝힌 가운데 형사들과 순경들로 붐볐다. 직원이나 경찰이 아닌 자는 승선할 수 없었다. 2층의 역장실에서는 몇몇 사람들이 시체를 둘러싸고 서 있었다. 브루노 지방 검사는 전화를 걸기에 바빴다. 처음으로 전화를 한 곳은 허드슨 카운티의 렌넬스 지방 검사의 집이었다. 브루노는 죽은 사내가 뉴욕에서 자신이 맡고 있는 할리 롱스트리트 살인 사건의 증인이었음을 짧게 설명했다. 그리고 뉴저지 주에서 일어나긴 했지만 찰스 우드 살인 사건의 예비 조사를 자기에게 맡겨달라고 했다. 렌넬스가 흔쾌히 동의하자 브루노는 곧 뉴욕 경찰청에 연락을 취했다. 섬 경감도 전화를 걸어 본부의 형사들을 더 보내라고 명령했다.

드루리 레인은 조용히 의자에 앉아 브루노의 입술이며, 한쪽 구석에 굳게 입을 다물고 쥐 죽은 듯이 앉아 있는 존 드위트의 창백한 얼굴이며, 섬 경감의 냉혹하고도 거친 움직임을 지켜보았다.

경감이 수화기를 놓았을 때 레인이 브루노를 불렀다.

"브루노 씨."

지방 검사는 시체의 발께로 가서 굳은 표정으로 시체를 내려다보다가 레인 쪽으로 고개를 돌렸다. 그 두 눈은 묘한 기대감으로 빛나고 있었다.

드루리 레인이 입을 열었다.

"브루노 씨, 찰스 우드의 서명은 자세히 조사해보셨습니까? ……신분증의 서명 말씀입니다."

"무슨 뜻이죠?"

레인은 부드럽게 설명하기 시작했다.

"익명의 편지를 보낸 자의 신원을 분명히 확인하기 위해서는 그렇게 하는 것이 가장 중요하다고 생각합니다. 경감님은 우드의 서명과 편지의 필적이 동일인의 것이라고 생각하시는 듯합니다. 물론 경감님의 의견도 지당하다고 생각합니다만, 그 점을 전문가가 보증해준다면 저로서는 더욱 안심이 되겠습니다."

경감은 씁쓸한 미소를 떠올렸다.

"동일인의 필적입니다, 레인 씨. 걱정 마십시오."

경감은 그렇게 말한 뒤에 우드의 시체 옆에 무릎을 꿇고서 양복점의 마네킹을 취급하는 것보다도 더 태연한 손놀림으로 시체의 주머니를 뒤졌다. 그러더니 곧 구겨지고 물에 젖은 종이쪽지 두 장을 찾아냈다. 한 장은 제3애버뉴 철도 회사의 사고 보고서였는데, 이날 오후에 있었던 자동차와의 충돌 사고 사실이 서명과 함께 자세히 적혀 있었다. 또 한 장은 우표에 소인이 찍힌 겉봉이 봉해진 편지였다. 경감은 봉투를 뜯고 내용물을 읽고 나서 브루노에게 건네주었다. 브루노는 그것을 읽고 나서 레인에게 보였다. 운전 기술에 관한 통신 교재를 보내달라는 내용의 편지였다. 레인은 양쪽의 필적과 서명을 조사했다.

"브루노 씨, 그 서명이 없는 편지를 갖고 계신가요?"

브루노는 지갑을 뒤져 편지를 꺼냈다. 레인은 근처에 있는 책상 위에 종이 석 장을 펼치고 눈도 깜박하지 않고 열심히 조사했다. 이윽고 그는 미소를 떠올리며 그것들을 브루노에게 돌려주었다.

"미안합니다, 경감님. 석 장 모두 틀림없는 동일인의 필적입니다. 사고 보고서도, 통신 교재 요청에 관한 편지도 우드가 쓴 것이 확실하니까 그것들과 필적이 같은 이상 그 익명의 편지를 쓴 것도 우드임이 틀림없을 겁니다……. 그렇긴 하더라도 전문가가 경감님의 의견을 보증할 필요는 있을 테죠."

섬 경감은 불만스레 뭔가를 중얼거리더니 다시금 시체 곁에 무릎을 꿇었다. 브루노 지방 검사는 종이쪽지 석 장을 지갑에 넣고서 또다시 전화기가 있는 쪽으로 갔다.

"실링 선생을 부탁합니다……. 실링 선생입니까? 브루노입니다. 위호켄 역에 있어요. 역장실이죠…… 그렇죠. 부두 뒤에 있는……. 급히 좀 와주십시오. ……네에? 그럼 그 일을 마치시고 되도록 빨리 좀 와주십시오. 4시라고요. 그럼 할 수 없군요. 허드슨 카운티 시체 안치소에 시체를 운반해놓을 테니 거기서 검시해도 좋습니다…… 그렇죠, 그렇죠, 당신이 와주시면 좋겠습니다. 찰스 우드의 시체입니다. 롱스트리트 사건의 전차 차장이죠. 알겠습니다, 그럼."

"한 가지 더 말씀드리고 싶군요, 브루노 씨. 찰스 우드가 모호크호에 승선하기 전에 선착장 직원이나 철도원 중 누군가와 얘기를 나누었거나 혹은 눈에 띄었을 수도 있지 않을까요?"

드루리 레인은 의자에 앉은 채 말했다.

"과연 그렇겠군요, 레인 씨."

브루노는 수화기를 들고 뉴욕 쪽의 선착장을 불러냈다.

"뉴욕 카운티의 브루노 지방 검사요. 지금 위호켄 역에서 걸고 있소. 살인 사건이 발생해서 그러는데…… 벌써 알고 있었소? ……즉시 좀 협조해줘야 할 일이 있어요…… 고맙소. 오늘 밤 '제3애버뉴 철도'의 42번 스트리트 선의 차장인 등록번호 2101번 찰스 우드를 보았거나 얘기를 나눈 일이 있는 선착장 직원이 있거든 보내주기 바라오……. 그리고 근무 중인 철도 경비원도 한 사람 보내주시오. 곧 경찰 보트를 그쪽으로 보내겠소."

브루노는 수화기를 내려놓은 뒤, 형사 한 명을 파견해서 모호크호 근처의 말뚝에 매인 경찰 보트의 책임자에게 명령을 전하게 했다.

지방 검사는 두 손을 문지르며 말했다.

"자, 그럼……. 레인 씨, 섬 경감이 시체를 조사하는 동안에 저와 함께 아래로 내려가주시지 않겠습니까? 처리해야 할 일이 잔뜩 쌓여 있습니다."

레인은 자리에서 일어섰다. 그는 한구석에 조용히 웅크리고 있는 드위트를 이제껏 곁눈으로 보고 있던 중이었다. 레인은 부드러운 바리톤 음성으로 말했다.

"드위트 씨도 함께 움직이는 게 좋지 않을까요? 이곳 광경은 아무래도 드위트 씨에겐 불쾌할 테니까요. 브루노 씨."

브루노의 두 눈이 테 없는 안경 뒤에서 반짝 빛났다. 이어서 그는 미소를 떠올렸다.

"물론입니다. 자, 함께 내려가시죠, 드위트 씨."

머리칼이 희끗희끗한 왜소한 체구의 주식 중개인은 인버네스 외투를 입은 레인에게 감사하는 표정을 지어 보였다. 드위트는 두 사람을 따라서 역장실을 나갔다. 세 사람은 플랫폼을 지나 아래층 대합실로 내려갔다.

그들이 나타나자 모두 잠잠해졌다. 지방 검사는 사람들을 향해 한 손을 들어 보였다.

"모호크호 조타수는 이리로 나와주시오. 잠깐 할 얘기가 있소. 선장도 마찬가지요."

조타수와 선장은 승객들 무리에서 무거운 걸음으로 걸어 나왔다.

"조타수 샘 애덤스라고 합니다."

조타수는 땅딸막하고 굳세 보이는 사내로 짧고 검은 머리에 황소 같은 얼굴을 하고 있었다.

"잠깐 기다리시오. 조나스, 어디 있지? 조나스!"

섬 경감의 서기 노릇을 하고 있는 형사는 수첩을 들고서 급히 나타났다.

"이제부터의 증언들을 기록하게……. 그래 애덤스, 그 시체의 확실한 신원을 알고 싶어서 묻는 거요. 갑판으로 끌어올린 시체를 당신도 보았겠죠?"

"네, 봤습니다."

"전에도 그 사내를 본 일이 있소?"

"셀 수 없을 정도죠."

조타수는 짐짓 의미심장하게 바지를 끌어올렸다.

"제게는 친구 같은 사내였죠. 머리가 엉망으로 부서졌지만 전차 차장인 찰스 우드라는 건 성서를 앞에 두고 맹세해도 좋습니다."

"어째서 그렇다고 생각하오?"

애덤스 조타수는 모자를 들어 올리고 머리를 긁었다.

"어째서라뇨? 그거야 그냥 알 수 있죠. 체구도 같고, 붉은 머리칼도 같고, 옷도 똑같고……. 꼭 짚어서 설명할 수는 없지만 아무튼 틀림없습니다. 게다가 저는 오늘 밤 배 위에서 그 친구와 얘기를 나눴거든요."

"그 친구를 만났단 말이오? 어디서? 조타실에서요? 그건 규칙 위반이 아니오? 아니, 좋소. 아무튼 죄다 얘기해주시오, 애덤스."

조타수는 헛기침을 하고 나서 근처에 있는 타구에 가래침을 뱉었다. 그런 뒤에 옆에 서 있는 선장을 힐끗 보았다. 그는 큰 키에 비쩍 마르고 햇볕에 그을린 얼굴을 한 선장에게 난처한 듯한 표정을 지어 보이며 입을 열었다.

"말씀드리죠. 저는 그 찰스 우드란 친구를 꽤 오래전부터 알고 지냈죠. 저는 이 항로에서 구 년 가까이 근무하고 있습니다……. 그렇죠, 선장님?"

선장은 무겁게 고개를 끄덕이고는 기막히게 정확한 솜씨로 타구에 침을 뱉었다.

"우드는 이곳 위호켄에 살고 있는 모양입니다. 전차 근무를 마치면 언제나 10시 45분 배를 탔으니까요."

"잠깐만……."

브루노는 의미 있는 시선으로 레인을 바라보며 고개를 끄덕였다.

"오늘 밤도 10시 45분에 배를 탔었소?"

조타수는 씁쓸한 표정을 지어 보이며 대답했다.

"그렇지 않아도 바로 거기에 대해 말하려던 참이었습니다. 네, 확실히 탔습니다. 어쨌든 몇 해 전부터 그 친구는 습관처럼 상부 승객용 갑판에 올라가 밤의 한때를 보냈다고나 할까요."

브루노가 얼굴을 찌푸리자 애덤스는 허둥지둥 말을 이었다.

"아무튼 찰스 우드가 올라와 인사를 하지 않으면 저는 아무래도 허전한 기분이 들곤 했죠. 물론 그 친구가 비번 때라든가 뉴욕에 묵는 날 밤에는 만날 수가 없었지만, 거의 언제나 ㅁㅎㅋㅎ를 탔었죠."

"그거 정말 재미있군요. 정말 재미있는 얘기지만 좀 빨리 말해줄 수 없겠소? 애덤스, 당신도 알다시피 지금 연재소설을 듣자고 이러는 건 아니니까 말이오."

지방 검사가 어쩔 수 없다는 듯이 재촉했다.

"예, 그러죠."

조타수는 자세를 바로 했다.

"예, 오늘 밤 우드는 10시 45분에 언제나처럼 우현의 상부 승객용 갑판으로 올라와서 제게 '아호이_{항해 중 다른 배나 사람의 주의를 끌기 위해 외치는 소리—옮긴이} 샘!' 하고 말을 걸었죠. 제가 뱃놈이기 때문에 언제나 '아호이'라는 말을 제 이름 앞에 갖다 붙이며 부르는 거죠. 장난을 좋아하는 친구거든요."

브루노가 다시 찌푸린 표정을 짓자 애덤스는 금세 정색을 하며 서둘러 말을 이었다.

"아, 알겠습니다……. 그래서 저도 '아호이'라고 대꾸해주고 나서 '끔찍스러운 안개로군, 찰스. 우리 할머니의 지독한 아일랜드 사투리처럼 말이야!' 하고 말해줬죠. 그러자 그 친구는 제게 큰 소리로 떠들어댔어요. 바로 지금 당신과 저와의 간격만큼 사이를 두고 그 친구의 얼굴이 보였습니다. 조타실 바로 곁에 있었기 때문에 방 안 불빛이 그 친구의 얼굴을 비쳤거든요. 그 친구는 '정말이야, 샘. 정말 지독한 밤이야.'라고 하더군요. 그래서 제가 '자네 근무 중엔 어땠나, 찰스?' 하고 물었더니 '글쎄, 그럭저럭 견딜 만했네.' 하고 그 친구가 말했어요. 그러고 나서는 '오후에 시보레하고 부딪쳤다네. 그래서 기네스가 잔뜩 화가 나서 상대 노파에게 욕을 퍼부었다네.' 하고 말했습니다."

그때 선장이 뻐쭉한 팔꿈치로 조타수의 퉁퉁한 옆구리를 쿡 찔렀다. 애덤스는 깜짝 놀라며 움츠러들었다.

"헛소리 말라고, 샘. 앞으로는 키를 잡고 딴짓을 했다간 그냥 안둘 테다!"

선장은 속이 텅 빈 듯한 저음의 목소리로 말했다.

애덤스는 선장을 돌아다보았다.

"또 옆구리를 찌르깁니까?"

브루노가 엄한 목소리로 둘 사이에 끼어들었다.

"그만들 두시오! 둘 다 그만두시오. 당신이 모호크호의 선장이오?"

"그렇습니다. 서터라고 합니다. 이 강에서만 이십일 년 동안 배를 몰았습니다."

키가 크고 비쩍 마른 사내가 굵은 목소리로 대답했다.

"이 조타수가 찰스와 얘기하는 동안 당신도 조타실에 있었소?"

"물론이죠. 그곳이 제 일터니까요. 게다가 오늘처럼 안개가 낀 밤에는 더욱 자리를 떠서는 안 되죠."

"우드가 애덤스와 얘기하고 있을 때 그 우드라는 사내를 봤소?"

"그렇습니다."

"분명히 10시 45분경이었소?"

"맞습니다."

"애덤스와 우드가 얘기를 마친 뒤에도 다시 우드를 보았소?"

"아뇨. 그 뒤에 본 것은 강에서 건졌을 때죠."

"죽은 자는 우드가 확실하오?"

"아직 드릴 말씀이 더 있는데요."

조타수인 애덤스가 호소하는 듯한 목소리로 끼어들었다.

"그 친구는 또 다른 얘기도 했습니다. 오늘 밤엔 꾸물거릴 틈이 없다고 했습니다. 저지에서 누굴 만날 약속이 있다면서 말입니다."

"틀림없겠죠? 당신도 그걸 들었소, 서터 선장?"

"이런 얼빠진 녀석도 때로는 진실을 말할 때가 있답니다. 그리고 그건 우드가 틀림없어요. 여러 번 본 적 있으니 확실합니다."

"애덤스, 우드한테서 꾸물거릴 틈이 없다는 얘기를 들었다고 했는데. 그렇다면 보통 때는 항상 꾸물거렸단 말이오?"

"늘 그렇지는 않았지만 기분이 좋을 땐, 특히 여름철엔 배로 두 번 왕복한 일도 있었죠."

"알겠소. 두 사람 모두 수고했어요. 물러들 가 있어요."

선장과 조타수는 돌아서려다가 드루리 레인의 명령조의 목소리에 멈춰 섰다. 브루노는 턱을 어루만졌다.

"잠깐이면 됩니다만, 브루노 씨. 제가 이 사람들에게 질문해도 괜찮겠습니까?"

"물론이죠, 레인 씨. 무엇이든 언제라도 좋으실 대로 하십시오."

"고맙습니다. 그럼 애덤스 씨…… 그리고 서터 선장."

두 선원은 입을 벌리고 레인의 망토며 검은 모자며 묘한 지팡이를 차례로 바라보았다.

"당신들은 우드가 얘기를 하며 서 있던 상부 갑판에서 그가 떠나는 것을 보았습니까?"

"봤고말고요. 신호에 따라 배를 움직이기 시작했을 때였습니다. 우드는 손을 흔들어 보이더니 상부 승객용 갑판의 차양 아래로 돌아갔죠."

애덤스가 곧 대답했다.

"맞습니다."

서터 선장이 큰 소리로 맞장구를 쳤다.

"밤에 불이 켜져 있을 때에는 조타실에서 상부 갑판이 정확히 얼마만큼 보이나요?"

서터 선장은 다시 타구에 침을 뱉으며 대답했다.

"그다지 잘 보이진 않죠. 승객용 갑판의 차양 위쪽은 전혀 안 보여요. 더욱이 안개라도 낀 밤에는 조타실 불빛이 반사되는 바끝쪽은 해저처럼 캄캄하니까요."

"그러니까 10시 45분에서 11시 40분까지는 상부 갑판에 사람이 있는 모습은 보지도 듣지도 못했겠군요?"

"안개 낀 밤에 배를 타고 강을 건너본 적 있습니까? 그러니까 제 얘기는 다른 배하고 부딪치지 않게 하는 것만으로도 무척 힘이 든다는 겁니다."

선장이 불만스러운 목소리로 말했다.

"그렇겠군요."

드루리 레인은 원래 있던 자리로 돌아갔다. 브루노는 눈썹을 찌푸리며 고갯짓으로 두 사람을 물러가게 했다.

지방 검사는 대합실 벤치 위에 올라서서 큰 소리로 말했다.

"상부 갑판에서 사람이 추락하는 것을 목격한 사람은 모두 이쪽으로 나와주십시오!"

승객 여섯 명이 서로의 얼굴을 쳐다보며 망설이다가 이윽고 브루노의 엄한 시선 아래로 쭈뼛쭈뼛 모여들었다. 그 여섯 사람은 약속이라도 한 듯이 모두 한꺼번에 입을 열기 시작했다.

"한 사람씩 말씀하시오, 한 사람씩!"

브루노는 날카롭게 소리치며 벤치에서 내려섰다. 그런 다음 땅딸막한 금발의 사내에게 시선을 던졌다.

"당신부터 대답해주시오. 이름이 뭐죠?"

"아우구스트 하브마이어라고 합니다."

땅딸막한 사내는 겁먹은 목소리로 대답했다. 그는 목사처럼 둥근 모자를 쓰고 가느다란 검은색 넥타이를 매고 있었는데, 옷차림은 초라하고 지저분했다.

"인쇄공입니다……. 집으로 돌아가는 중이었죠."

"인쇄공인데 귀가하던 도중이었단 말이군요."

브루노는 발뒤꿈치로 서서 몸을 흔들었다.

"좋아요, 하브마이어 씨. 그런데 배가 선착장에 들어갈 때 상부 갑판에서 사람이 떨어지는 걸 봤단 말이죠?"

"네, 봤습니다."

"그때, 당신은 어디에 있었소?"

그는 두꺼운 입술을 핥으면서 말했다.

"선실에 앉아 있었습니다. 그러니까 선실의 창 맞은편 벤치에 앉아 있었습니다. 배가 마침 선착장의 그 커다란 막대기 사이로 막 들어가려고 할 때……."

"말뚝 말이죠?"

"그렇습니다, 말뚝 쪽으로 말입니다. 그때 크고 검은 것이……. 사람 얼굴처럼 보였지만 분명치는 않았습니다. 상부 갑판 쪽에서 맞은편 창밖으로 떨어졌어요. 그러더니 으드득하며……."

하브마이어는 떨리는 윗입술에서 떨어지는 구슬 같은 땀방울을 닦았다.

"너무나 갑작스러운 일이어서……."

"당신이 본 것은 그게 다인가요?"

"네, 제가 '사람이 떨어졌다!' 하고 큰 소리로 외치자 다른 사람들도 보고 있었던 모양인지 모두 함께 외쳐대기 시작했죠……."

"당신은 이제 됐소, 하브마이어 씨."

땅딸막한 금발의 사내는 안도의 한숨을 쉬며 물러갔다.

"그럼, 다른 사람들도 지금 이 사람과 마찬가지입니까?"

브루노가 그렇게 묻자 모두가 한꺼번에 합창을 하듯이 그렇다고 했다.

"누군가 다른 것을 보았거나 떨어질 때의 얼굴을 본 사람은 없습니까?"

아무도 대답하지 않았다. 모두 의아한 표정으로 서로의 얼굴을 둘러볼 뿐이었다.

"좋습니다……. 조나스! 이 사람들의 이름과 직업과 주소를 적어두게."

조나스 형사는 사람들 속으로 들어가 매우 신속하게 승객 여섯 명을 신문했다. 하브마이어가 첫 번째로 입을 열어 주소를 말하고는 도망치듯 뒤쪽으로 물러났다. 두 번째 사내는 지저분한 차림의 키 작은 이탈리아인이었는데, 오래 입어 반들반들한 검은 옷에 검은 제모를 쓰고 있었다. 그는 주세페 살바토레라는 구두닦이였다. 그때는 어느 손님의 구두를 닦던 중이었고 창 쪽을 향하고 있었다고 했다. 세 번째는 군데군데 흙이 묻은 키 작은 아일랜드인 노파였다. 그녀는 타임스 스퀘어에 있는 한 사무실에서 잡역부로 일하고 있으며 이름은 마서 윌슨이라고 하는데, 일을 마치고 집으로 돌아가던 중이라고 했다. 그녀는 하브마이어의 곁에 앉아 있다가 같은 광경을 목격한 것이었다. 네 번째는 큰 체구에 화려한 격자무늬의 옷을 입은 헨리 닉슨이라는 이름의 사내였다. 그는 싸구려 보석을 팔러 다니는 세일즈맨이었는데, 사건이 일어났던 당시에는 선실 안을 서성거리고 있었다고 했다. 나머지 두 명은 젊은 아가씨들이었다. 메이 코엔과 루스 토비아스라는 이름의 여사무원들로 브로드웨이에서 뉴저지 주의 집으로 돌아가던 중이었는데, 그 당시에는 하브마이어와 윌슨 부인 근처의 의자에서 막 일어선 참이었다고 했다.

승객 여섯 명 중 어느 누구도 배에 탄 뒤 차장 제복을 입은 붉은 머리 사내를 본 일이 없다는 사실을 브루노는 알게 되었다.

여섯 사람 모두는 뉴욕 쪽에서 11시 30분 배에 승선했다고 귀가 아플 정도로 주장하였다. 모두가 상부 갑판에는 가지 않았다고 했고 윌슨 부인도 그렇다고 증언했는데, 그 이유는 승선 시간이 너무 짧은 데다 날씨도 지독히 나빴기 때문이라고 했다.

브루노는 그 여섯 사람을 대합실 저편에 몰려 있는 여느 승객들 쪽으로 돌려보내며 자신도 그들을 따라가서 나머지 승객들에게도 짧게 신문을 했다. 그러나 차장의 옷차림을 한 붉은 머리의 사내를 보았다는 승객은 없었다. 또 상부 갑판으로 간 사람도 없었다. 승객들 모두가 편도 표를 샀고 11시 30분에 뉴욕에서 승선했다고 주장했다.

브루노와 레인 그리고 드위트는 다시 2층의 역장실로 돌아갔다. 부하에게 둘러싸인 섬 경감이 의자에 앉아 사나운 눈초리로 찰스 우드의 엉망이 된 시체를 노려보고 있었다. 세 사람이 들어서자 경감은 흠칫하며 일어나더니 드위트를 보고는 무슨 말인가를 하려는 듯 입을 열려고 했다. 그러다가 이내 생각을 고쳤는지 다시 입을 다물어버리고는 가로놓인 시체 앞에서 뒷짐을 진 채 왔다 갔다 서성거리기 시작했다.

경감이 낮은 소리로 말했다.

"브루노 검사, 조용히 얘기했으면 하는 게 있어요."

지방 검사의 코끝이 벌름거렸다. 그가 경감 쪽으로 다가갔고 이어서 두 사람은 수군수군 얘기를 주고받았다. 경감과 얘기를 나누면서 브루노는 이따금 드위트의 얼굴을 탐색하듯이 힐끔거렸다. 결국 브루노는 단호히 고개를 끄덕이고는 성큼성큼 경감에게서 떨어져 나가 책상에 몸을 기대었다.

경감은 발소리를 쿵쾅거리며 걸어가서 잔뜩 찌푸린 얼굴로 드위트에게 질문을 던졌다.

"드위트 씨, 당신은 오늘 밤 몇 시에 모호크호를 탔습니까? 어떤 배를 탔지요?"

드위트는 정색을 하며 경감을 바라보았다. 그는 몹시 화가 난 표정으로 말했다.

"섬 경감, 그 질문에 대답하기 전에 대체 당신이 무슨 권리로 내 행동에 대해 캐묻는 건지 알고 싶군요."

"제발 시간 낭비를 하지 않게 해주셨으면 좋겠군요, 드위트 씨."

지방 검사가 조금 딱딱한 어조로 말했다.

드위트는 눈을 깜박였다. 이어서 그 두 눈이 드루리 레인의 얼굴을 바라보며 무언의 호소를 하는 듯했다. 그러나 명배우의 얼굴에는 격려의 빛도 비난의 빛도 떠오르지 않았다. 드위트는 어깨를 움츠리고는 다시 경감을 바라보며 말했다.

"좋습니다. 11시 30분 배를 탔습니다."

"11시 30분이라고요? 그렇게 늦은 시간에 귀가하게 된 것은 무슨 까닭입니까?"

"시내에 있는 증권거래소 클럽에서 저녁 시간을 좀 보냈소. 아까 만났을 때 말씀드렸을 텐데요."

"참, 그랬었죠."

경감은 담배를 입속 깊이 밀어 넣어 물고는 말을 이었다.

"강을 건너는 십 분 사이에 모호크호의 상부 승객용 갑판에 간 일이 있나요?"

드위트는 입술을 깨물었다.

"이번에도 나를 용의자로 모는 겁니까, 경감님? 가지 않았어요."

"배 안에서 찰스 우드 차장을 만나지는 않았습니까?"
"천만에요."
"만일 만났다면 그를 알아보았을 테죠?"
"그야 물론이지요. 전차 안에서 여러 번 본 적이 있으니까요. 더욱이 롱스트리트 사건 때문으로도 더욱 인상에 남았으니까요. 하지만 오늘 밤에는 절대로 보지 못했습니다."

경감은 종이 성냥을 꺼내 몹시 조심스레 담배에 불을 붙였다.
"전차 속에서 우드를 만나면 언제나 말을 걸곤 했습니까?"
"허 참, 경감님이라면 어떻게 하셨겠소?"

드위트는 즐기는 투로 되물었다.
"말을 걸었나요, 걸지 않았나요?"
"안 걸었습니다."

"그렇다면 그를 보면 알아보긴 하지만 얘기를 나눈 일도 없고 더욱이 오늘 밤은 보지도 못했다는 거군요……. 좋습니다, 드위트 씨. 그런데 아까 배에서 저와 만났을 때 당신은 내리려는 중이었어요. 당신은 뭔가 사건이 일어났다는 걸 분명히 알고 계셨을 겁니다. 그때 무슨 일이 일어났는지 알아보고 싶은 생각은 들지 않으셨나요?"

드위트의 입술에서 미소가 사라졌다. 얼굴은 긴장되었고 몹시 지친 듯이 보였다.

"그러고 싶은 생각은 들지 않았어요. 지쳐 있었기 때문에 서둘러 집으로 돌아가 쉬고만 싶었죠."
"지쳐 있었기 때문에 서둘러 집으로 돌아가 쉬고만 싶었다고요?"

경감은 과장된 몸짓을 섞어가며 말을 이었다.
"아주 그럴듯한 이유로군요……. 드위트 씨, 담배는 피우십니까?"

드위트는 눈을 크게 떴다.

"담배라고요?"

그는 화가 난 듯이 되묻고는 지방 검사 쪽으로 고개를 돌렸다.

"브루노 검사님!"

그는 큰 소리로 외치고 말을 이었다.

"정말 어처구니가 없군요. 이런 쓸데없는 질문에도 대답을 해야만 하는 겁니까?"

"어서 그 질문에 대답하도록 하시오."

브루노는 냉정한 목소리로 말했다.

드위트는 드루리 레인을 힐끗 보고서는 맥 빠진 눈길을 되돌렸다.

"그래요……. 피웁니다."

드위트는 천천히 대답했다. 피로한 기색이 완연해 눈꺼풀 밑이 가볍게 떨렸다.

"궐련인가요?"

"아뇨, 시가를 피웁니다."

"지금도 가지고 있습니까?"

드위트는 대답 대신 묵묵히 웃옷의 가슴 주머니 안에서 금빛 글씨가 선명히 새겨진 값진 가죽 담뱃갑을 꺼내 경감에게 건네주었다. 경감은 가죽 담뱃갑의 뚜껑을 열고서 속에 든 시가 세 개비 중에서 한 개비를 꺼내 자세히 조사했다. 시가에는 'J. O. DeW.'라는 글씨가 찍혀진 금빛 띠가 둘러져 있었다.

"개인용이로군요, 드위트 씨?"

"그렇소. 아바나의 휀거스 사에다 개인용으로 특별히 주문하고 있죠."

"띠도 말입니까?"

"그렇소."

"휀거스 사에서 띠도 둘러준단 말입니까?"

경감은 끈덕지게 물었다.

"정말 쓸데없는 질문을 하시는군요."

드위트는 짜증을 내며 말을 이었다.

"그런 무의미한 질문을 해서 어쩌자는 겁니까? 당신 머릿속은 몹시 음산하고 어리석은 생각들로 꽉 차 있는 것 같군요. 그래요, 휀거스 사가 띠를 두르고 그걸 또 박스에 넣어서는 배편으로 보내주고 있소. 대체 그게 어떻다는 거요?"

경감은 대꾸도 하지 않은 채 시가를 담뱃갑에 넣어서는 그대로 자신의 주머니 깊숙이 넣어버렸다. 담뱃갑을 이런 식으로 어이없이 빼앗겨버린 드위트는 안색이 흐려졌으나 그 작은 몸을 도전적으로 뒤로 젖히기만 할 뿐 아무 말도 하지 않았다.

경감이 상냥하게 말했다.

"한 가지 더 묻겠어요, 드위트 씨. 이 시가를 우드 차장에게 준 일이 있나요? 전차 속이든 혹은 그 밖의 어디서든 말입니다."

"아, 그 때문이군요. 이제야 알겠어요."

드위트는 신중한 목소리로 말했다.

모두 굳게 입을 다문 채 침묵을 지켰다. 섬 경감이 물고 있던 담배도 이젠 꺼졌다. 그는 사나운 눈초리로 주식 중개인을 지켜보고 있었다.

"그러니까, 결국……."

드위트는 감정을 억제하며 말을 이었다.

"지금 나를 수세에 몰고 있는 거군요? 그렇잖습니까, 경감님? 꽤 기막힌 수법을 쓰시는군요. 하지만 우드 차장에게 이 시가를 준 일은 없어요. 전차 속에서든 그 밖의 어디에서든 말입니다."

"좋습니다, 드위트 씨. 아주 깔끔한 답변입니다."

경감은 껄껄 웃고 나서 말을 이었다.

"그런데 말씀입니다, 나는 이 시체의 조끼 주머니에서 당신의 이니셜이 찍혀 있는 특제 시가를 찾아냈는걸요!"

드위트는 마치 이 일을 예상이라도 했던 것처럼 씁쓸한 얼굴로 가볍게 끄덕였다. 그는 뭔가를 말하려다 그만두더니 다시 입을 열고는 침울한 어조로 말했다.

"그렇다면 내가 이 사내의 살해범으로 체포된다는 말씀인가요?"

거기까지 말하고 그는 허탈하게 웃었다.

"지금 내가 꿈을 꾸고 있는 건 아니겠죠? 죽은 이 사내가 내 시가를 가지고 있었다니!"

드위트는 근처에 있는 의자에 무너지듯 주저앉았다.

"어느 누구도 당신을 체포한다고는 하지 않았어요, 드위트 씨……."

브루노가 냉정한 어조로 말했다.

이때 사람들 한 무리가 경찰서장 제복을 입은 사내에게 이끌려 입구에 나타났다. 브루노는 말을 멈추고 서장에게 눈인사를 했다. 이내 서장은 고개를 끄덕이고는 사라졌다.

"들어오십시오."

경감은 자못 상냥한 목소리로 말했다.

새로 온 사람들은 겁먹은 표정으로 슬금슬금 들어왔다. 그중 한 사람은 롱스트리트가 살해되었을 때 전차를 운전했던 아일랜드인인 패트릭 기네스 운전사였다. 두 번째로 들어온 사람은 초라한 옷차림에 챙이 달린 모자를 쓴 여윈 노인으로 피터 힉스라는 이름의 뉴욕 쪽 선착장 직원이었다. 세 번째 사람은 햇볕에 그을린 차량 검사원이었는데, 그가 근무하는 역은 42번 스트리트선과 맞붙은 선착장 터미널 밖에 있는 전차의 종착역이었다.

그들 뒤로는 형사 몇 명이 서 있었는데 피바디 경위도 그 속에 섞여 있었다. 더피 경사의 넓은 어깨도 피바디의 뒤쪽으로 슬쩍 엿보였다. 모두의 시선이 본능적으로 범포에 누워 있는 시체로 집중되었다.

기네스는 우드의 시체를 한번 힐끗 보고선 마른 침을 꿀꺽 삼키며 고개를 돌려버렸다. 속이 메스꺼운 듯했다.

"기네스 씨, 이 시체가 누구인지 공식적으로 확인해주시오."

브루노의 요청에 기네스는 더듬거렸다.

"저어, 저 머리는…… 분명히 찰스 우드예요."

"틀림없소?"

기네스는 떨리는 손으로 시체의 왼쪽 다리를 가리켰다. 바지는 배와 말뚝 사이에 끼여 찢겨 있었다. 왼쪽 다리는 구두와 양말만 신은 채 그대로 드러나 있었는데, 긴 상처 자국의 일부가 장딴지에 나 있었다. 나머지는 검은 양말에 가려져 보이지 않았다. 기묘하게 일그러지고 뒤틀린 모양의 상처는 갓 생긴 듯이 생생해 보였다.

기네스는 쉰 목소리로 말했다.

"저 상처는…… 저도 몇 번이나 본 일이 있습니다. 찰스는 회사에 갓 들어왔을 때부터 저 상처를 제게 보여줬죠. 같은 노선에서 함께 일하기 전부터 말입니다. 아주 옛날에 사고로 다친 상처라고 하더군요."

경감은 양말을 벗기고 끔찍한 상처 자국을 전부 드러냈다. 그 상처 자국은 발목 바로 위에서부터 무릎 바로 아래에까지 나 있었는데, 장딴지 중간쯤에서 휘어져 있었다.

경감이 물었다.

"이 상처 자국이 당신이 본 것과 분명히 똑같소?"

"그 상처가 분명합니다."

기네스는 힘없이 대답했다.

경감은 일어서며 무릎을 털었다.

"좋아요, 기네스 씨. 그럼 이번에는 힉스 씨에게 묻겠소. 오늘 밤 우드의 행동에 대해 뭔가 할 얘기가 있나요?"

말랐지만 굳세 보이는 늙은 선착장 직원이 고개를 끄덕였다.

"물론이죠. 찰스에 대해서라면 잘 알고 있죠. 거의 매일 밤 배를 타는 데다 대개는 저와 얘기를 나누다 가곤 했으니까요. 오늘 밤도 10시 30분 정도에 선착장 터미널에 들어와서 저와 잠시 얘기를 나누었죠. 그러고 보니, 그 친구는 그때 좀 초조해하고 있었던 것 같아요. 그저 잠깐 동안 얘기를 나누었을 뿐이지만요."

"그때가 10시 30분이었던 게 틀림없나요?"

"틀림없습니다. 시간에 대해서라면 두말하면 잔소리죠. 선착장 직원인 우리는 언제나 시간표대로 움직이니까요."

"무슨 얘기를 했나요?"

"글쎄…… 무슨 얘기를 했더라?"

힉스는 가죽 같은 입술로 쩝쩝 입맛을 다셨다.

"아, 그래요! 이제 생각이 납니다. 그 친구가 가방을 들고 있기에 어젯밤엔 뉴욕에서 묵었느냐고 물었습니다. 그 친구는 이따금 뉴욕에서 묵곤 했고 그럴 때면 좋은 옷을 가방에 넣고 다녔거든요. 하지만 그 친구는 그게 아니라고 했습니다. 전에 쓰던

가방의 손잡이가 망가져서 오늘 시간이 비었을 때 중고 가방을 샀다고 하더군요. 그러고 나서는……."

"어떤 가방이었죠?"

경감이 물었다.

힉스는 입을 오므렸다.

"어떤 가방이라뇨? 어디서든 살 수 있는 흔해 빠진 검은 싸구려 손가방이었죠. 모양은 네모난 거고요."

경감은 피바디 경위에게 몸짓으로 신호했다.

"아래층 대합실 손님 중에 힉스 씨가 말한 것 같은 가방을 휴대한 사람이 있는지 알아보게. 그리고 그런 가방이 모호크호에 있는지도 조사해보게. 상부 갑판과 조타실은 물론이고 그 밖에 곳도 남김없이 조사해보게. 그리고 또 경찰 보트에 있는 친구들더러 물속을 뒤져보라고 하게. 배 밖으로 던져버렸거나 혹은 떨어졌는지도 모르니까 말이야."

피바디는 재빨리 밖으로 나갔다. 경감은 다시 힉스에게로 고개를 돌렸다. 그러나 경감이 입을 열기 전에 드루리 레인이 먼저 부드럽게 말을 꺼냈다.

"죄송합니다, 경감님……. 힉스 씨, 우드가 당신과 이야기하는 동안 시가를 피운 적 있나요?"

힉스는 느닷없는 질문에 약간 놀란 듯했으나 이내 대답했다.

"물론입니다. 실은 오늘 밤만 해도 제가 한 개비 달라고 부탁했었죠. '크레모'를 피우고 있는 걸 보고선 견딜 수가 없어서 말입니다. 그랬더니 그 친구는 주머니를 뒤져……."

"조끼 주머니였을 테죠?"

레인이 그렇게 물었다.

"예, 처음엔 조끼 주머니를 뒤졌죠. 하지만 거기에 없자 곧바로 다른 주머니도 뒤졌습니다. 그러더니 이렇게 말하더군요. '이런, 하나도 남은 게 없군요, 피트. 이게 마지막이었던 모양이네요.'라고 말입니다."

"꽤 괜찮은 질문이군요, 레인 씨."

경감은 마지못한 듯이 말하고는 힉스 쪽을 향했다.

"분명히 그 시가는 '크레모'였단 말이죠? 게다가 다른 종류의 시가는 전혀 갖고 있지 않았고요?"

"방금 이분께 말씀드린 대로라니까요."

힉스는 불만스러운 듯이 말했다.

드위트는 고개를 들지 않았다. 그는 마치 돌이라도 된 것처럼 꼼짝 않고 의자에 앉아 있었다. 그 눈을 보면 그가 이제까지의 대화를 듣고 있었는지조차도 의심스러울 정도였다. 그의 눈은 금방이라도 튀어나올 듯이 핏발이 서 있었다.

섬 경감이 말을 이었다.

"기네스 씨, 우드는 오늘 밤 일을 마쳤을 때 그 가방을 가지고 있었소?"

"예, 갖고 있었어요. 힉스 씨가 말한 대로입니다. 우드는 밤 10시 30분에 일을 마쳤습니다. 그리고 그는 낮부터 내내 그 가방을 전차 안에 놔뒀어요."

기네스는 기운 없는 목소리로 대답했다.

"우드가 어디에 살고 있는지 알고 있소?"

"이곳 위호켄의 2075번지에 있는 하숙집입니다."

"친척은 있나요?"

"없는 것 같았어요. 혼자 사는 데다가 친척이 있다는 얘기도 들어본 일이 없어요."

"참! 그때 이런 일이 있었습니다."

선착장 직원인 힉스가 불쑥 끼어들었다.

"저하고 얘기하던 중에 갑자기 찰스가 차에서 내린 키 작은 노인을 손가락으로 가리키더군요. 그래서 보니까, 옷을 꽤 껴입은 그 노인은 매표소로 들어가 배표를 사더군요. 그런 뒤 표를 박스에 던지고는 대합실로 들어가 다른 사람들 눈에 띄지 않으려는 듯이 한쪽 구석 자리에 앉아 배를 기다리더군요. 그때 찰스가 몰래 귓속말로 제게 가르쳐주기를 저 노인은 주식 중개인인 존 드위트란 자인데, 자신이 일하는 전차 안에서 일어난 살인 사건과 관련이 있다고 했습니다."

"뭐라고요! 그리고 그때가 10시 30분경이었단 말이죠?"

경감이 흥분한 듯 말하며 드위트를 노려보았다. 드위트는 흠칫 놀라는 듯했으나 앉은 채로 상체를 앞으로 내밀고선 의자의 팔걸이를 양손으로 잡았다.

"힉스 씨, 얘기를 계속하세요."

"뭐 그러죠. 그러니까……."

힉스는 화가 날 정도로 천천히 말했다.

"찰스는 그 노인을 보더니 초조해하는 것 같았습니다."

"그때 드위트 씨도 찰스 우드를 보았나요?"

"아마 보지 못했을 겁니다. 그 노인은 줄곧 구석에 혼자 처박혀 있었으니까요."

"그 밖에 다른 일은 없었나요?"

"10시 40분에 배가 들어왔기 때문에 난 일을 해야만 했죠. 그때 드위트 노인이 입구로 들어가는 걸 봤습니다. 찰스도 작별 인사를 하고 그리로 들어갔고요."

"틀림없이 10시 45분발 배였단 말이죠?"

"나 원 참! 도대체 몇 번을 말해야 합니까!"

힉스는 짜증이 난 모양이었다.

"힉스 씨, 잠깐 비켜보시죠."

경감은 선착장 직원을 밀어젖히고 초조한 듯이 외투 자락을 만지작거리고 있는 드위트를 노려보았다.

"드위트 씨! 이쪽을 봐주시오."

드위트는 천천히 고개를 들었다. 그의 두 눈에는 경감도 깜짝 놀랄 정도로 곤혹스러운 빛이 서려 있었다.

"힉스 씨, 찰스 우드가 손가락으로 가리킨 것은 저 사람일 테죠?"

"맞아요. 저 사람이에요. 틀림없습니다."

"좋아요. 힉스 씨, 기네스 씨 그리고 당신…… 차량 검사원이라고 했죠? 이제 당신들은 됐어요. 아래층에 가서 기다리도록 하시오."

세 사내는 미련이 남기라도 하는 듯이 방 안을 힐끔거리며 미적미적 밖으로 나갔다. 드루리 레인은 갑자기 자리에 앉더니 지팡이에 몸을 기대고 우울한 눈매를 한 드위트의 말끔한 옷차림을 바라보았다. 레인의 맑은 두 눈 깊숙한 곳에 희미한 당혹감, 즉 판단하기 난처한 의문 같은 것이 깃들어 있었다.

"자 그럼, 존 드위트 씨."

경감은 으르렁거리는 투로 말하며 드위트 앞에 버티고 섰다.

"당신이 10시 45분 배를 타는 것을 본 사람이 있는데도 당신은 아까 11시 30분 배를 탔다고 했어요. 그 이유를 설명해주실까요?"

그때 브루노가 가볍게 몸을 틀며 진지한 얼굴로 끼어들었다.

"드위트 씨, 지금부터 당신이 하시는 말씀이 불리하게 작용될 수도 있음을 미리 알려드리는 바입니다. 당신의 진술은 빠짐없이 기록될 것입니다. 답변하기 싫으시면 그렇게 하셔도 좋습니다."

드위트는 마른침을 삼키고, 가는 손가락을 목깃 안에 집어넣더니 애써 미소를 떠올리려 했다. 드위트는 자리에서 일어나며 대답했다.

"이거 난처하게 돼버렸군요. 그렇습니다, 여러분. 실은 제가 거짓말을 했습니다. 10시 45분 배를 탔던 게 사실입니다."

"받아 적어겠지, 조나스?"

경감이 외치듯이 묻고서 다시 드위트 쪽으로 고개를 돌렸다.

"어째서 거짓말을 했죠?"

"그건…… 대답할 수 없습니다. 10시 45분 배에서 어떤 사람과 만나기로 약속이 돼 있었어요. 하지만 그 일은 완전히 개인적인 것입니다. 이 사건과는 아무런 관련이 없어요."

"그럼, 10시 45분 배에서 누군가와 만날 약속이 있었다면서 어째서 11시 40분까지 서성댔던 거요?"

"섬 경감님. 제발 그런 말투는 삼가주십시오. 만약 계속 그런 투로 말씀하신다면 저는 더는 아무 말도 하지 않겠습니다."

경감은 화를 내려다가 브루노가 재빨리 눈짓을 보내자 숨을 깊이 들이켰다. 그런 뒤에는 말투를 보다 부드럽게 바꿨다.

"알겠습니다. 자 그럼, 그 이유를 말씀해주실까요?"

"그렇다면 좋습니다. 그 이유는 만나기로 했던 사람이 약속 시간에 나타나지 않았기 때문에 두 번이나 배를 타며 기다렸던 겁니다. 하지만 그래도 나타나지 않아서 11시 45분에는 단념하고 집으로 돌아가기로 한 겁니다."

경감은 키득키득 웃었다.

"우리가 그걸 믿을 거라고 생각하십니까? 당신이 만나기로 했던 사람이 누구란 말입니까?"

"죄송하지만, 그건 말씀드릴 수 없어요."

브루노가 드위트에게 비난하는 투로 말하기 시작했다.

"알고 있습니까, 드위트 씨? 당신은 지금 자신을 곤경 속으로 몰아넣고 있습니다. 당신의 얘기는 매우 근거가 희박하다는 걸 알아야 합니다. 특별한 증거가 없는 한 지금의 당신 얘기는 받아들일 수 없습니다."

드위트는 팔짱을 끼고서 묵묵히 벽을 노려보았다.

경감이 재촉했다.

"그러니까 어떻게 해서 약속이 이루어졌는지를 말씀해주십시오. 편지로 한 약속이라면 그게 증거가 될 테고 구두로 한 약속이라면 증인이 있을 게 아닙니까?"

"약속은 오늘 아침 전화로 했습니다."

"그러니까 수요일 아침이란 말씀이죠?"

"그렇습니다."

"저쪽에서 전화가 걸려온 건가요?"

"그렇습니다. 월가의 제 사무실에서 전화를 받았죠. 하지만 우리 회사의 교환원은 외부에서 걸려오는 전화는 따로 메모해두질 않습니다."

"어쨌든 당신은 전화를 건 상대가 누군인지는 알고 있을 테죠?"

드위트가 대답을 하지 않자 경감이 질문을 이었다.

"그리고 배에서 빠져나가려고 했던 유일한 이유는 기다리다가 지쳐서 웨스트 잉글우드로 돌아가고 싶었기 때문이라는 건가요?"

"아마도 그걸 믿어주지는 않을 테죠······."

드위트가 중얼거리듯 말했다. 그러자 경감이 화가 난 듯 언성을 높였다.

"그걸 말이라고 하시오!"

이어서 섬 경감은 브루노 지방 검사의 한쪽 팔을 낚아채듯 잡아 이끌며 방 한쪽 구석으로 데리고 갔다. 두 사람은 낮고도 격한 어조로 얘기를 나누었다.

드루리 레인은 한숨을 내쉬고는 두 눈을 감았다.

그때 피바디 경위가 승객 여섯 명을 데리고 대합실에서 돌아왔다. 형사들이 그 뒤를 따라 검은 싸구려 손가방을 다섯 개나 들고는 역장실로 들어왔다.

"어떻게 됐나?"

경감은 피바디에게 빠른 어조로 물었다.

피바디는 싱긋 웃으며 대답했다.

"문제의 가방과 비슷한 걸 몇 개 가져왔습니다. 그리고 이 사람들은 가방을 빼앗겨서 화가 난 가방 주인들이죠."

"모호크호 쪽에선 찾지 못했나?"

"거기엔 가방 비슷한 것도 없었습니다. 경찰 보트 친구들도 아직까지는 찾아내지 못하고 있습니다."

경감은 문 쪽으로 가서 외쳤다.

"힉스 씨! 기네스 씨! 이리로 와주시오!"

선착장 직원과 전차 운전사는 계단을 뛰어 올라와 급히 방으로 들어섰는데 깜짝 놀란 듯한 모습들이었다.

"힉스 씨! 이 가방들을 살펴봐주시죠. 이 중에 우드의 가방이 있는지 말이오."

힉스는 마루 위의 가방들을 자세히 살펴보았다.

"글쎄요. 모두 그게 그거 같아서 뭐라고 말씀드릴 수가 없군요."

"기네스 씨는 어떻소?"

"저도 마찬가지입니다. 전부 비슷비슷하게 생겨서……."

"좋아요. 물러가 있으시오."

두 사람은 밖으로 나갔다. 경감은 털썩 자리에 앉아 그 가방들 중의 하나를 열어보았다. 잡역부 노파 마서 윌슨 부인이 낮게 뭐라고 투덜거리더니 코를 실룩거리기 시작했다. 경감은 더러운 작업복 뭉치와 도시락, 문고본인 소설책을 꺼냈다. 실망한 경감은 다음 가방을 집었다. 세일즈맨인 헨리 닉슨이 화를 내며 항의를 했다. 경감은 엄한 표정을 지어 보이며 그 항의를 묵살하고 가방을 열어 젖혔다. 그 속에는 싸구려 보석들과 하찮은 장신구, 자신의 이름이 인쇄된 주문장 따위가 가득 들어 있었다. 경감은 그 가방을 옆으로 팽개치고 다음 가방을 뒤졌다. 그 속에선 더러운 바지 한 벌과 공구류 몇 개가 나왔다. 경감은 고개를 들어 불안한 듯이 자신을 지켜보는 모호크호의 조타수 샘 애덤스를 바라보았다.

"당신 거요?"

"그렇습니다."

경감은 나머지 가방 두 개도 마저 조사했다. 하나는 거구의 흑인 부두 노동자인 엘리아스 존스의 것으로 옷가지와 도시락이 들어 있었다. 다음 가방에는 아기 기저귀 세 개와 반쯤 들어 있는 우유병, 싸구려 책, 안전핀 한 통 그리고 작은 담요가 들어 있었다. 토머스 코코란이라는 젊은 부부의 가방이었다. 남편은 잠이 든 갓난아기를 안고 있었다. 경감이 씩씩거리자 잠이 깬 아기가 눈을 동그랗게 뜨고 쳐다보다가 아빠의 품에서 몸을 꿈틀거리더니 이내 작은 머리를 아빠의 어깨에 파묻고 울어대기 시작했다. 아기의 요란한 울음소리가 역장실에 울려 퍼졌다. 형사 한 명이 킥킥거리며 웃었다. 경감은 씁쓰레한 미소를 지으며 승객 여섯 명에게 각기 가방을 돌려주고는 물러가게 했다. 드루리 레인은 누군가가 시체 위에 빈 자루 몇 장을 급히 덮는 것을 재미있다는 듯이 바라보고 있었다.

경감은 부하 한 명을 아래층으로 보내 전차 운전사 기네스와 차량 검사원과 선착장 직원인 피터 힉스를 돌려보내게 했다. 순경이 한 명 들어와서 피바디 경위에게 무엇인가 보고를 했다. 피바디는 한숨을 내쉬며 말했다.

"경감님, 강에서도 무엇 하나 찾아내지 못했습니다."

"쉽게 찾기는 글렀나 보군!"

더피 경사가 숨을 헐떡이며 발소리도 요란하게 계단을 올라왔다. 불그레한 손에는 무엇인가 휘갈겨 쓴 듯한 쪽지를 쥐고 있었다.

"아래층에 있는 사람들 전원의 이름과 주소입니다, 경감님."

브루노도 급히 다가가 경감의 어깨 너머로 승객의 명단을 들여다보았다. 두 사람은 함께 그 명단에서 무엇인가를 찾고 있는 듯했다. 이윽고 두 사람은 고개를 끄덕이며 은근한 눈짓을 주고받았고, 지방 검사의 입가에는 긴장이 감돌았다.

검사가 차갑게 입을 열었다.

"드위트 씨, 롱스트리트가 살해당했을 때 전차에 타고 있던 승객들 중에서 오늘 밤 배에 탔던 사람은 당신뿐이라는 것은 아무래도 흥미로운 사실이로군요!"

드위트는 눈을 껌뻑거리며 멍청한 표정으로 브루노를 올려다보았다. 하지만 이윽고 몸을 가볍게 떨고는 고개를 떨구었다.

드루리 레인이 차분한 목소리로 입을 열었다.

"브루노 씨, 당신이 말씀하시는 것은…… 아마도 사실일 겁니다. 하지만 입증은 불가능할 듯싶군요."

"네에? 어째서죠?"

경감이 고함치듯 말했다. 브루노는 미간을 찌푸렸다.

레인은 낮은 소리로 말을 이었다.

"경감님. 그 소동이 일어난 뒤 당신과 제가 모호크호에 다가갔을 때 우리는 승객 몇 명이 배에서 내리는 것을 보지 않았습니까? 그렇다면 그 사람들도 계산에 넣어야 하지 않을까요?"

"그 사람들을 찾으면 될 게 아닙니까?"

경감은 못마땅한 듯이 윗입술을 삐죽 내밀었다.

"그 사람들을 찾아내면 될 게 아니냐, 그 말입니다!"

경감은 자신 있는 투로 되풀이했다.

드루리 레인은 미소를 떠올렸다.

"그런 일을 합법적으로 밝힐 자신이 있으십니까? 과연 한 명도 빠짐없이 찾아냈다는 걸 밝힐 수가 있을까요?"

브루노는 경감에게 무엇인가를 속삭였다. 드위트가 또다시 감사의 뜻이 담긴 눈길로 드루리 레인을 바라보았다. 경감이 육중한 몸을 크게 흔들면서 더피 경사에게 무언가 명령을 내리자 경사는 곧바로 밖으로 나갔다.

경감은 손짓으로 드위트를 불렀다.

"함께 아래층으로 내려갑시다."

주식 중개인은 묵묵히 자리에서 일어나 경감보다 먼저 방 밖으로 나갔다.

삼 분쯤 뒤에 두 사람은 다시 역장실로 돌아왔다. 드위트는 입을 굳게 다물고 있었고 경감은 불만스러운 표정이었다.

경감이 브루노에게 속삭였다.

"틀렸소. 드위트의 꼬투리를 잡을 수 있을 정도로 그의 행동을 제대로 기억하고 있는 승객이 한 명도 없었소. 드위트가 구석에 혼자 있는 것을 본 듯하다는 자가 한 명 있긴 했지만, 드위트 자신은 그 엉터리 같은 약속을 핑계로 사람들 눈에 띄지 않으려고 그렇게 있었다고 주장하고 있소. 빌어먹을!"

"하지만 그게 오히려 우리에게 유리하오, 섬. 그 때문에 그에겐 우드의 시체가 상부 갑판에서 던져졌을 때의 알리바이가 없는 셈이니까요."

브루노가 대꾸했다.

"거기에다 드위트가 상부 갑판에서 내려오는 걸 보았다는 증인이 나오기만 하면 그만인데……. 그런데, 지금 당장은 드위트를 어떻게 처리하는 게 좋겠소?"

브루노는 고개를 저었다.

"오늘 밤은 그냥 돌려보냅시다. 행동을 취하기 전에 우린 좀 더 확실한 증거를 잡아야 해요. 두 명쯤 따라붙게 해서 감시하는 게 좋겠소. 설마 도망치지야 않겠지만요."

"그렇게 합시다."

경감은 드위트 쪽으로 성큼성큼 걸어가서 지그시 그를 바라보며 말했다.

"오늘 밤은 그만 돌아가도 좋습니다, 드위트 씨. 하지만 검사하고는 언제든 연락이 닿을 수 있어야 합니다."

드위트는 말없이 자리에서 일어나 기계적인 동작으로 외투의 먼지를 털고는 희끗한 머리에 모자를 썼다. 그런 뒤에 주위를 둘러보며 한숨을 내쉬고는 무거운 발걸음을 이끌고 역장실을 나갔다. 경감이 즉시 집게손가락을 세워 신호를 하자 형사 두 명이 급히 드위트의 뒤를 따라붙기 시작했다.

브루노 지방 검사는 외투를 걸쳤다. 방 안은 담배를 피우는 사내들의 얘기 소리로 떠들썩했다. 섬 경감은 시체를 내려다보고 서 있다가 허리를 굽히고서 으깨진 두개골을 덮은 빈 자루를 걷어버렸다.

"이 바보 같은 친구! 그 얼빠진 편지에다 롱스트리트를 죽인 자가 누구라고 써놓기라도 했어야 할 게 아닌가!"

경감이 혼잣말로 중얼거렸다.

브루노는 방을 가로질러 섬 경감에게 다가가 그의 다부진 팔을 건드렸다.

"섬, 그러다 머리가 이상해지겠소. 상부 갑판 쪽은 사진을 찍었소?"

"부하들이 지금 찍고 있는 중이오……."

그때 더피 경사가 숨을 헐떡이며 들어왔다.

"뭔가, 더피?"

더피는 묵직한 머리를 가로저으며 말했다.

"사건 직후에 빠져나간 승객에 대해선 전혀 알 수 없습니다. 몇 명쯤인지조차도 말입니다."

한참 동안 아무도 입을 열지 않았다.

"아아, 이런 빌어먹을 사건은 냅다 걷어차 버렸으면 좋겠어!"

경감이 멋쩍은 침묵 속에서 외쳤다. 그는 자신의 꼬리를 물려고 안달이 난 개처럼 몸을 빙 돌렸다.

"나는 부하들 몇을 데리고 우드의 하숙집으로 가봐야겠소. 브루노, 당신은 이제 집으로 돌아갈 거죠?"

"그럴 생각이오. 실링 검시관이 이번 검시도 잘해줬으면 좋겠군요. 나는 레인 씨와 함께 돌아가겠소."

검사는 돌아서서 모자를 찾아 쓴 뒤 레인을 찾느라고 두리번거렸다. 브루노는 어리둥절한 표정을 지었다.

드루리 레인은 이미 사라진 뒤였다.

제4장
섬 경감의 사무실
9월 10일 오전 10시 15분

경찰 본부의 섬 경감 사무실에는 커다란 몸집의 사내가 혼자 의자에 앉아 있었다. 그는 잡지를 뒤적이기도 하고 손톱을 깎기도 하고 시가의 끝을 질끈 깨물기도 하고 창밖의 흐릿한 하늘을 내다보기도 하는 둥 안절부절못했다. 문이 열리자 사내는 놀란 듯이 자리에서 벌떡 일어났다. 섬 경감의 엄한 얼굴은 창밖의 날씨처럼 음울했.

경감은 성큼성큼 사무실 안으로 들어오더니 모자와 외투를 옷걸이에 팽개치듯이 내던지고는 책상 뒤의 회전의자에 털썩 주저앉아 뭐라고 혼잣말을 중얼거렸다. 그는 자기 앞으로 조심스레 걸어 나오는 덩치 큰 사내를 완전히 무시하고 있는 듯했다.

경감은 우편 봉투를 뜯고 인터폰으로 몇 가지 명령을 내린 다음 남자 비서에게 편지 두 통을 받아 적게 했다. 그런 뒤에야 경감은 눈앞에서 머뭇거리고 있는 살팍진 사내에게 무뚝뚝하게 눈길을 보냈다.

"왜 그래, 모셔? 뭔가 할 말이라도 있나? 날이 저물기 전에 또 한 바퀴 더 돌아야 하잖아?"

모셔는 더듬거렸다.

"제가…… 모두 말씀드리지요……. 그러니까…… 저……."

"빨리 말하게, 모셔. 일에 관해 얘기하려는 거겠지."

덩치 큰 사내는 침을 삼켰다.

"명령대로 어제 하루 드위트의 뒤를 밟았죠. 밤중까지 내내 시내에 있는 증권거래소 클럽에서 시간을 보내더군요. 그러다가 10시 10분에 그곳에서 나와 택시를 잡더니 운전사더러 선착장으로 가자고 이르더군요. 그래서 저도 다른 택시를 잡아타고 곧바로 미행을 했습니다. 그런데 8번 애버뉴에서 42번 스트리트로 커브를 돌 때 그만 제가 탄 차가 다른 차와 부딪쳐 한바탕 큰 소동이 벌어지고 말았습니다. 저는 뛰쳐나가 다른 차로 갈아타고 42번 스트리트를 마구 달렸지만 드위트가 탄 차는 보이지 않더군요. 선착장에 간 것이 뻔하다고 생각되어 그대로 42번 스트리트를 달려서 선착장으로 갔는데 하필이면 그때 마침 배가 막 떠난 참이었습니다. 그래서 다음 배가 올 때까지 이 분쯤을 기다려야만 했죠. 아무튼 그렇게 해서 가까스로 위호켄에 닿아 서쪽 기슭의 대합실로 달려가 보았지만 드위트의 모습은 보이지 않더군요. 시간표를 보니 웨스트 잉글우드행 기차가 막 떠난 뒤였습니다. 그 뒤로는 한동안 떠나는 기차가 없었습니다. 저는 드위트가 틀림없이 그 웨스트 잉글우드행 열차를 탔을 거라고 생각했습니다. 그래서 저는 곧바로 떠나는 버스 편으로 웨스트 잉글우드로 갔던 겁니다만……."

"운이 나빴던 거야."

섬 경감은 부하의 실책을 너그럽게 덮어주었다.

"그래서 어떻게 됐나, 모셔?"

형사는 안도의 긴 한숨을 내쉬고는 얘기를 계속했다.

"제가 탄 버스가 그 기차보다 먼저 도착해 기차가 올 때까지 기다렸지요. 하지만 기차가 도착한 뒤에도 드위트의 모습은 보이지 않았어요. 어떻게 해야 좋을지 모르겠더군요. 결국 못 보고 놓쳐버렸거나 아니면 제가 탔던 택시가 사고가 난 틈에 다른 곳으로 내뺐을 거라고 판단했습니다. 그래서 본부에다 보고하려고 전화를 걸었더니 아래층의 킹이 전화를 받아 경감님은 사건 관계로 출동 중이시니 그곳에서 잠복한 채 상황을 살피라고 하더군요. 그래서 저는 드위트의 집 부근에서 잠복근무에 들어갔습니다. 새벽 3시쯤 되었을 때서야 드위트가 차를 타고 돌아오더군요. 그리고 그 뒤를 그린버그와 오할람이 미행해 와서는 제게 선착장에서 벌어진 살인 사건과 그 밖의 일들을 얘기해줬습니다."

"알겠네. 나가서 그린버그와 오할람한테서 임무를 인계받게."

모셔가 나가고 나서 잠시 뒤에 브루노 지방 검사가 성큼성큼 섬 경감의 사무실로 들어왔다. 그의 얼굴에는 피로한 기색이 역력했다.

"지난밤에 헤어진 뒤엔 어떤 일이 있었소?"

"허드슨 카운티의 렌넬스 지방 검사가 당신이 돌아간 직후에 그 역으로 왔었소. 그래서 그의 부하들과 함께 우드의 하숙집에 가봤어요. 하지만 단서가 될 만한 건 하나도 없었소. 죄다 쓸데없는 잡동사니들뿐이었소. 하긴 우드의 필적을 몇 개 찾아내긴 했어요. 참, 프릭이 그 익명의 편지와 우드의 필적을 대조해보겠다고 했는데 만나봤소?"

"아침에 만나봤어요. 프릭의 얘기로는 익명의 편지와 그 밖의 다른 필적들이 동일인의 것이 틀림없다고 하더군요. 그러니 투서의 주인공이 찰스 우드라는 것에는 의문의 여지가 없는 셈이오."

"게다가 우드의 방에서 찾아낸 필적도 내가 보기엔 같은 것인

듯하오. 여기 있으니 프릭에게 추가로 감정하도록 하죠. 그래야만 그 잘난 레인 씨가 만족해하시겠지. 성가신 늙으니 같으니!"

경감은 책상 너머로 긴 봉투를 던졌다. 브루노는 그것을 큼직한 지갑 속에 챙겨 넣었다.

"그리고 방에 있던 잉크병과 편지지도 가져왔소."

"필적이 일치한다는 게 그다지 중요한 건 아니지. 잉크도 종이도 검사를 끝냈는데 모두 같은 것이었소."

지방 검사가 지친 듯이 말했다.

경감은 책상 위의 서류를 아무렇게나 뒤지며 대꾸했다.

"잘됐군요. 오늘 몇 가지 추가 보고서가 들어와 있어요. 마이클 콜린스에 관한 것이 그중 하나요. 토요일 이후에 드위트를 몰래 찾아간 사실을 알고 있다고 부하가 다그쳤다는군요. 그랬더니 콜린스는 드위트를 찾아간 사실을 인정했답니다. 롱스트리트 때문에 주식에서 손해 본 돈을 받아내려고 드위트를 만났다는데 드위트가 차갑게 무시해버린 모양이오……. 이런 일로 그 늙은이를 비난할 수야 없겠죠."

"오늘은 드위트에 대한 생각이 달라진 거요?"

브루노는 그렇게 말하며 한숨을 내쉬었다.

경감은 성난 목소리로 말했다.

"천만에요! 또 다른 보고도 있단 말이오. 토요일 이래 드위트가 찰스 우드의 전차에 타는 걸 내 부하가 두 번이나 목격했어요. 모셔라는 부하인데, 그가 어젯밤에도 드위트를 미행했소. 안타깝게도 미행하던 중에 택시가 사고 나는 바람에 놓쳐버리긴 했지만 말이오."

"그거 재미있군요. 한편으론 매우 씁쓸하긴 하지만 말이오. 만약에 모셔가 끝까지 드위트를 미행할 수 있었다면 상황은 크게 달라졌겠군요. 어쩌면 살인을 직접 목격할 수 있었을지도 모르고요."

"하지만 나로선 드위트가 토요일 이래 두 번이나 우드의 전차에 탔다는 보고 쪽이 더 흥미로운데요."

경감은 여전히 성난 목소리로 말을 이었다.

"롱스트리트를 죽인 범인을 우드가 어떻게 알아냈을 것 같소? 살인 사건이 일어났던 날까지는 우드도 그걸 몰랐던 게 분명하오. 알고 있었다면 뭔가 한마디 했을 테죠. 브루노, 드위트가 그 전차에 두 번 탔다는 보고는 중요한 거요!"

브루노는 생각에 잠긴 표정으로 말을 했다.

"그렇다면 당신 얘기는 결국…… 우드가 뭔가를 들었을 거라 그 말이오? ……맞았어! 그러니까 모셔는 드위트가 전차 안에서 제삼자인 누군가와 함께 어울리는 걸 보았던 게 아니오?"

"그렇게 쉽사리 일이 풀릴 리야 있겠소. 전차 안에서 드위트는 혼자였던 모양이오."

"어쩌면 드위트가 떨어뜨린 어떤 물건을 우드가 발견한 걸까……. 섬, 이건 정말 조사해볼 만해요."

브루노는 미간을 모으며 말을 이었다.

"그자가 편지를 쓸 때 그렇게까지 겁을 집어먹진 말았어야 하는 건데! ……하긴 이젠 엎질러진 물인 셈이지. 그 밖에 달리 알아낸 것은 없소?"

"그뿐이오. 롱스트리트의 사무실 쪽 편지나 서류에 대해선 뭔가 새로운 게 없었소?"

"없소. 하지만 뭔가 흥미로운 걸 찾아내도록 손을 써놓긴 했지요."

지방 검사가 말을 이었다.

"그런데 섬, 롱스트리트의 유언장 따윈 전혀 없다는 사실을 알고 있소?"

"하지만 체리 브라운이 말하기로는……."

"그게 롱스트리트의 수법인 모양이오. 그자는 남을 위하는 척하면서 실은 자신의 이익밖에 모르는 자였던 거요. 사무실과 집, 임대한 아파트, 사서함, 클럽의 로커까지 죄다 뒤져봤어요. 하지만 유언장이 있을 법한 증거는 아무것도 나오지 않았소. 롱스트리트의 엉터리 변호사인 네그리도 롱스트리트가 유언장을 작성한 일은 없다고 했고요."

"체리 브라운을 속였던 거로군요. 다른 여자들과 마찬가지로 말이오. 그런데 롱스트리트에겐 친척이 아무도 없소?"

"전혀 없소. 아무튼 롱스트리트의 있지도 않은 재산이 또 한바탕 문제를 일으킬 것 같군요. 그자가 남긴 건 빚더미뿐이오. 유일하게 가치가 있는 거라곤 드위트 앤드 롱스트리트 사의 주식뿐이오. 물론 드위트가 그걸 사들이면 우리도 뭔가를 더 알게 될지도 모르겠지만"

브루노는 얼굴을 찌푸렸다.

"어서 오십시오, 실링 선생."

그때 마침 실링 검시관이 섬 경감의 방으로 들어왔다. 아무도 확인해보진 않았지만 그는 대머리임이 분명해 보이는 머리 위에다 기묘한 모자를 쓰고 있었는데, 두 눈가에는 과로 때문인지 불그레한 기미가 끼어 있었고 안경 속의 두 눈동자는 개개풀어져 있었다. 게다가 더러운 상아 이쑤시개로 연신 이를 쑤시고 있었다.

"안녕하시오, 두 분. '실링 선생은 밤샘을 하셨군요?'라고 물어봐주지 않겠소? 묻지 않는군. 그럴 줄 알았소."

검시관은 한숨을 쉬며 딱딱한 의자에 몸을 파묻었다.

"4시가 지나서야 허드슨 카운티의 시체 안치소에 갈 수가 있었단 말이오."

"검시 보고서는 끝냈습니까?"

실링은 가슴팍 주머니에서 긴 종이쪽지를 꺼내 경감 앞의 책상에다 던지고는 의자 등받이에 머리를 기대더니 이내 잠이 들어버렸다. 천진스러운 얼굴이 약간 일그러지며 토실토실한 주름이 생겼다. 멍하니 벌어진 입에는 이쑤시개가 그대로 걸려 있었다. 이윽고 그는 대책 없이 코를 골기 시작했다.

경감과 지방 검사는 깔끔하게 정리되어 있는 보고서를 재빨리 읽어보았다.

"아무것도 없군요."

경감이 중얼거렸다.

"흔해 빠진 잠꼬대에 불과해요. 여봐요, 선생!"

경감이 소리치자 실링의 둥글고 작은 눈이 가까스로 떠졌다.

"여기는 호텔 방이 아니란 말입니다. 졸리면 돌아가세요. 앞으로 스물네 시간쯤은 살인이 일어나지 않도록 해드릴 테니까요."

실링은 끙끙거리며 의자에서 몸을 일으켰다.

"제발 그렇게 좀 해주시오."

그는 비틀거리며 문 쪽으로 향하다가 이내 멈췄다. 눈앞에서 문이 열리더니 드루리 레인이 미소 띤 얼굴로 자기를 내려다보며 멈춰 선 것이었다. 실링은 놀라서 잠깐 멍하니 바라보다가 곧 격양된 목소리로 변명 비슷한 말을 늘어놓으며 옆으로 비켜섰다. 레인이 방 안으로 들어서자 의사는 커다랗게 하품을 하면서 방을 나갔다.

섬 경감과 브루노 지방 검사는 자리에서 일어났다. 브루노는 쓴웃음을 지었다.

"어서 오십시오, 레인 씨. 어젯밤에는 감쪽같이 사라져버리셨더군요. 어딜 가셨었나요?"

레인은 의자에 앉아 무릎 사이에 끼운 지팡이를 움켜잡았다.

"배우에게는 연극을 기대하셔야죠, 브루노 씨. 효과적인 무대 진행을 위한 첫 번째 원칙은 극적인 퇴장이랍니다. 유감스럽게도 어제의 제 퇴장에서 마음에 걸렸던 점은 없었습니다. 보아야 할 것은 모두 보았고 더 할 일도 없었기에 제 은신처 햄릿 저택으로 돌아갔을 뿐입니다……. 그런데 경감님, 좀 흐린 아침입니다만 기분은 어떠신가요?"

"뭐 그저 그렇군요."

경감은 형식적으로 대꾸하고는 말을 이었다.

"나이 드신 명배우께서 꽤 이른 아침에 나오셨군요. 서투른 배우라면……. 아 참 실례했습니다. 그러니까 배우들은 늦게까지 주무시는 것으로 알고 있었습니다만."

"좀 심한 말씀을 하시는군요, 경감님."

드루리 레인의 맑은 두 눈이 깜박거렸다.

"성배를 찾던 시대가 흘러가버린 뒤로 저야말로 가장 활동적인 직업인 중 한 사람이랍니다. 오늘 아침에도 6시 30분에 일어나 여느 날과 마찬가지로 아침 식사를 하기 전에 3킬로미터쯤 수영을 했으니까요. 그리고 나서 왕성한 식욕을 채운 다음, 퀘이시가 자랑스럽게 여기는 어제 만든 새 가발을 점검했고, 이어서 연출가인 크로포트킨과 무대장치가인 프리츠 호프와 연극 일을 의논했으며, 또 배달 온 우편물 한 다발을 읽었습니다. 게다가 셰익스피어와 관계가 있는 1586년과 1587년에 대해 흥미로운 연구를 하기도 했고요. 대충 그렇게 시간을 보내다가 지금 10시 30분에는 여기에 와 있는 거랍니다. 평일 아침치고는 좀 대단하죠, 경감님?"

경감은 억지로 쾌활한 듯이 대꾸했다.

"정말 대단하십니다. 그렇긴 해도 당신 같은 분들, 그러니까 은퇴한 사람들은 현실에 부딪쳐야 하는 우리 같은 사람들과는 달리 머리를 썩일 일은 없을 테죠. 예컨대…… 누가 우드를 죽였는가 따위로 말입니다. 아니 이제 그만두죠, 레인 씨. 이제는 그 X에 관한 얘기는 묻지 않기로 하겠습니다. 누가 롱스트리트를 살해했는지 당신은 이미 알고 계시니까요."

노배우는 낮은 목소리로 대답했다.

"섬 경감님, 브루투스의 말을 빌려서 대답해드리죠. '인내를 가지고 듣겠다. 그리고 이런 중대한 문제는 가능한 한 시간을 두고서 대답하겠다. 그때까지는 나의 친구여, 잘 생각해보는 게 좋지 않겠는가?'라고 말입니다."

레인은 소리 죽여 웃고 난 뒤에 말을 이었다.

"우드의 시체에 대한 검시 보고서를 가지고 계십니까?"

섬 경감과 브루노 지방 검사는 서로를 마주 보고 웃었고, 조금은 기분이 밝아졌다. 경감은 책상 위에 놓인 실링 검시관의 보고서를 집어서 묵묵히 레인에게 건네주었다.

드루리 레인은 그것을 받아들고 진지한 표정으로 열심히 읽어나갔다. 간결한 기록이었으나 신중한 독일풍의 장식체 글씨로 쓰여 있었다. 레인은 이따금 읽기를 멈추고는 눈을 감고 조용히 생각에 잠기곤 했다.

검시 보고서에 따르면, 우드는 물속에 던져졌을 때 숨이 끊어진 상태는 아니었지만 의식을 잃은 상태이긴 했다. 물속에 가라

앉은 뒤에 적어도 몇 초 동안은 숨이 끊어지지 않았다는 사실은 우드의 폐에 소량의 물이 들어 있었던 것으로 알 수 있으며, 그 전에 의식을 잃었다는 것은 으깨지지 않은 머리 부분에 명백한 타박상 흔적이 있다는 것으로 알 수 있다고 했다. 결론적으로 말하자면, 우드는 둔기에 맞은 뒤 정신을 잃었고, 배에서 물속으로 던져진 뒤에도 잠깐 동안 살아 있다가 결국은 모호크호와 말뚝 사이에 끼어 죽은 것이었다.

이어서 보고서에는 다음과 같이 쓰여 있었다. 폐 속의 니코틴 흔적으로 볼 때 담배를 많이 피우는 사람은 아니라고 할 수 있다. 왼쪽 발의 상처는 적어도 이십 년 전의 것으로 추측된다. 그것은 중간에서 구부러진 형태의 깊은 상처로, 비전문가의 손에 의해 어설프게 치료된 것으로 여겨진다. 혈액 속에 소량의 당분이 검출되나 당뇨병으로 판정할 정도는 아니다. 알코올 중독의 증거들을 분명히 찾아볼 수 있는 것으로 볼 때 평소 독한 술을 마셔왔을 것으로 여겨진다. 시체는 붉은 머리에 체격이 다부진 중년 남자의 모습이다. 그리고 굵은 손마디와 고르지 않은 손톱 모양으로 미루어 볼 때 생전에 손을 사용하는 노동에 종사했을 것으로 추측된다. 오른쪽 손목에 상당히 오래된 골절상의 흔적이 있는데 잘 아물어 있다. 왼쪽 둔부에 작은 점이 있으며, 이 년 전쯤에 맹장염 수술을 한 자국이 있다. 늑골에 금이 간 흔적이 있으나 최소한 칠 년 전의 것으로 충분히 아문 상태이다. 190센티미터쯤의 키에 몸무게는 91킬로그램이다.

드루리 레인은 보고서를 끝까지 훑어보고 나서 미소를 지으며 경감에게 돌려주었다.

"뭔가 도움이 될 만한 걸 찾으셨나요, 레인 씨?"

브루노가 물었다.

"실링 검시관은 아주 꼼꼼하게 일을 처리하는 분이시군요. 정말이지 훌륭한 보고서입니다. 그처럼 엉망이 된 시체에서 이토록 빈틈없는 검시 보고서를 작성할 수 있다는 것은 정말 대단한 일이죠. 그런데 존 드위트에 대한 혐의는 오늘 아침에는 어떻게 생각하시는지요?"

"흥미가 있으십니까?"

"물론입니다, 경감님."

"어제 그가 취했던 행동은…… 현재 검토 중입니다."

브루노가 서둘러 끼어들었다. 마치 이것이 질문에 대한 대답이라는 투였다.

"설마 제게 뭔가를 숨기고 계시는 건 아니겠죠, 브루노 씨?"

레인은 어깨의 망토를 바로잡으며 자리에서 일어났다.

"아니, 그럴 리야 절대 없으시겠죠……. 경감님, 롱스트리트의 사진을 보내주셔서 고맙습니다. 막이 내리기 전에 그것이 뭔가 도움이 될지도 모르겠습니다."

경감은 일순 기쁜 표정을 지었다.

"그것참 다행이로군요. 그런데 레인 씨, 브루노 검사와 저는 아무래도 드위트가 가장 유력한 용의자라고밖에는 말씀드릴 수 없을 것 같습니다."

"정말입니까?"

레인의 청회색 두 눈이 재빨리 경감한테서 지방 검사한테로 움직였다. 그리고 눈빛이 흐려지더니 레인은 지팡이를 꽉 움켜쥐며 말했다.

"자 그럼, 수고들 하십시오. 저도 오늘은 할 일이 많아서 이만 실례해야겠군요."

레인은 성큼성큼 방을 가로질러 문 쪽에 이르더니 뒤돌아보았다.

"하지만 아직은 드위트에 대해 특별한 행동을 취하지 않으시는 게 좋을 듯싶습니다. 우리는 지금 아주 어려운 시점에 놓여 있습니다. 감히 '우리'라는 표현을 쓸 수 있다면 말입니다."

그렇게 말하고 레인은 가볍게 고개를 숙인 뒤에 덧붙였다.

"부디 믿어주셨으면 합니다."

레인이 방 밖으로 나가 조용히 문을 닫고 사라지자 두 사람은 무심결에 고개를 설레설레 흔들었다.

제5장
햄릿 저택
9월 10일 목요일 오후 12시 30분

만약 섬 경감과 브루노 지방 검사가 목요일 정오에서 삼십 분쯤 지난 시각에 햄릿 저택에 있었다면 두 사람은 모두 자신들의 두 눈을 의심했을 것이다.

왜냐하면 자신들이 이제껏 보아온 모습과 비슷한 데라곤 절반밖에 없는 기묘한 모습의 레인을 보게 되었을 것이기 때문이다. 레인은 두 눈과 말투만 여느 때의 그와 같을 뿐, 퀘이시 노인의 교묘한 손재주에 의해 차림새와 얼굴은 평소의 그와는 전혀 다른 모습으로 바뀌고 있는 중이었다.

드루리 레인은 딱딱하고 등받이가 곧은 의자에 단정히 앉아 있었다. 그의 앞에는 여러 각도에서 그의 모습을 비춰주는 삼면경이 놓여 있었고 밝고 푸르스름한 전등 빛이 그의 얼굴을 비치고 있었다. 외부의 광선이 이 기묘한 방 안으로 비쳐들지 못하도록 창문 두 곳은 검은 커튼으로 가려져 있었다. 꼽추 노인은 립스틱과 분가루가 묻은 가죽 앞치마를 두른 채 주인 앞의 긴 의자에 무릎을 꿇고 있었다. 퀘이시의 오른쪽에 있는 육중한 탁자에는 안료와 분가루, 립스틱, 접시, 아주 가는 붓 그리고 다양한 색의 머리칼 다발과 함께 한 사내의 인물 사진도 놓여 있었다.

두 사람은 중세 활인화그림 속의 사람처럼 보이도록 분장을 하는 구경거리-옮긴이 속의 인물처럼 강한 조명 아래에 앉아 있었다. 작업대며 잡동사니들이 널브러져 있는 넓은 방 안은 파라셀수스의 실험실 같았다. 열려 있는 고풍스러운 벽장 안의 선반에는 갖가지 기묘한 물건들이 얹혀 있었다. 바닥에는 짧은 머리칼 다발들이 흩어져 있었고 다양한 색깔의 퍼티 조각들이 노인의 발뒤꿈치에 밟혀 짓이겨져 있었다. 전기 재봉틀을 본뜬 듯한 이상한 장치가 방 한쪽에 놓여 있었다. 그리고 한쪽 벽을 따라 쳐져 있는 굵은 철사들에는 크기나 모양, 색깔들이 각기 다른 적어도 쉰 개가 넘는 가발들이 매달려 있었다. 다른 쪽 벽의 움푹 파인 곳에는 실물 크기의 사람 머리 석고상들이 적당한 자리에 잔뜩 놓여 있었다. 그것들은 흑인, 몽고인, 코카서스인같이 다양한 인종이었으며 대머리인 것, 차분한 표정의 얼굴, 공포에 일그러진 얼굴, 기쁨, 놀라움, 슬픔, 고통, 비웃음, 분노, 결의, 애정, 체념, 악의와 같이 다양한 표정을 하고 있었다.

작업실 안에는 크기와 모양이 다른 여러 가지 전등이 있었지만, 레인의 머리 위에 있는 커다란 전등만이 빛을 내고 있었다. 그 전등 빛이 만들어낸 커다란 그늘에는 불가사의한 이야기가 간직되어 있는 듯했다. 레인은 꼼짝도 하지 않고 앉아 있었다. 손과 발이 모두 커다랗게 비치는 그의 그림자 또한 벽에서 꼼짝도 하지 않았다. 그와는 반대로 퀘이시는 잽싸게 움직이고 있었다. 마치 검은 액체가 흘러 다니는 듯, 퀘이시의 그림자는 벽 위에서 레인의 그림자와 맞붙기도 하고 떨어지기도 했다.

모든 광경이 음산한 연극의 장면들을 연상하게끔 했다. 방 한쪽에서 김을 뿜고 있는 물통들은 마치 현실 세계의 것이 아닌 듯했다. 김은 마치 세 마녀의 커다란 솥에서 솟아오르듯 벽을 타고 올라갔다. 그 광경은 《맥베스》의 장면들처럼 기분 나쁘고 불가사의한 느낌을 주기에 족했다. 벽에 비친 갖가지 그림자들을 옛

이야기에 비유한다면, 움직이지 않는 길쭉한 그림자는 마술에 걸린 사람의 그림자이고 잽싸게 움직이는 그림자는 꼽추 스벤갈리나 난쟁이 메스머, 반짝이는 옷을 입지 않은 멀린이라 할 수 있을 터였다.

사실 이 꼽추 노인은 안료와 파우더와 손재주를 이용해 여느때처럼 주인의 얼굴을 바꿔놓고 있을 뿐이었다. 레인은 삼면경에 비치는 자신의 모습을 살펴보았다. 그는 그다지 눈에 띄지 않는 데다 꽤 낡은 느낌이 드는 외출복을 입고 있었다. 퀘이시는 뒤로 물러나 앞치마에 손을 닦았다. 그리고 작은 두 눈으로 레인의 얼굴을 자세히 훑어보며 잘못된 곳이 없는지 살폈다.

"눈썹이 좀 굵은 것 같은데……. 게다가 자연스럽지 않은 것 같네, 퀘이시."

레인은 그렇게 말하고는 긴 손가락으로 가볍게 눈썹을 매만졌다.

퀘이시는 거뭇한 얼굴을 작은 도깨비처럼 찌푸리며 목을 젖히고는 마치 모델의 비율을 재는 초상화가 같은 태도로 한쪽 눈을 지그시 감았다.

"그런 것도 같군요. 게다가 위쪽 눈썹도 좀 처져 있고요."

쉰 목소리로 그렇게 말한 뒤에 퀘이시는 허리 벨트에 끈으로 매달아놓은 작은 가위를 꺼내 들고 조심스러운 손놀림으로 천천히 레인의 인조 눈썹을 자르기 시작했다.

"자아, 이젠 어떻습니까?"

레인은 고개를 끄덕였다. 퀘이시는 다시 살색의 퍼티 파우더를 한쪽 손바닥에 잔뜩 바르고는 주인의 턱을 매만졌다…….

오 분 뒤쯤 퀘이시는 뒤로 물러서서 가위를 내려놓은 뒤에 작은 두 손을 엉덩이 근처에 갖다 대며 뒷짐 진 자세로 섰다.

"아까보단 한결 낫지 않습니까, 주인님?"

노배우는 자신의 얼굴을 지그시 바라보았다.

"캘리밴*(템페스트)에 등장하는 반인반수의 하인-옮긴이*, 이번 일은 아주 중요하다네."

퀘이시는 요정처럼 싱긋 웃었다. 드루리 레인은 만족스러운 눈치였다. 레인은 퀘이시의 작업을 특별히 인정했을 때에만 그를 캘리밴이라고 불렀다.

"하지만…… 이만하면 됐네. 이번엔 머리 쪽이야."

퀘이시가 방 저쪽으로 가더니 전등을 켜고는 철사에 걸려 있는 가발들을 살폈다. 레인은 의자에서 자세를 편하게 취하더니 뭔가 할 말이 있다는 듯 낮은 목소리로 불렀다.

"캘리밴, 우리는 근본적으로 의견이 안 맞는 게 아닐까?"

"네?"

퀘이시는 돌아보지도 않고서 되물었다.

"분장의 진정한 역할에 대해서 말인데, 자네의 기막힌 솜씨 어딘가에 잘못이 있다면 그것은 자네가 지나치게 완벽을 기하려고 하기 때문이 아닐까?"

퀘이시는 철사에 걸린 덥수룩한 반백의 가발을 고른 뒤 전등을 끄고는 주인의 곁으로 되돌아왔다. 그리고 레인의 앞에 있는 긴 의자에 앉아 특이한 모양의 빗을 꺼내 들고 가발을 손질하기 시작했다.

"지나치게 완벽한 분장 따위는 없습니다요, 주인님. 세상은 엉터리 전문가들로 가득할 뿐이지요."

퀘이시가 말했다.

"자네의 솜씨를 탓하려는 건 아니네."

레인은 노인의 재빠른 손놀림을 지켜보며 말을 이었다.

"하지만 분장에서 세부적인 면은 그다지 중요하지 않다네. 말하자면 그런 건 소도구에 지나지 않지."

퀘이시는 불만스러운 표정을 지었지만 레인은 개의치 않고 말을 계속했다.

"정말이네. 평범한 사람들은 사물의 전체를 바라보는 본능이 있어. 자네는 그런 본능을 고려하지 않고 있네. 보통의 경우 사람들은 세부적인 면이 아닌 전체적인 면으로 사물을 바라보는 법이라네."

"하지만 말입니다. 그 세부적인 면도 중요합니다! 만약 세부적인 면에서 뭔가가 잘못되면 전체적인 면에도 영향을 끼치는 법이죠. 그렇게 되면 사람들은 어디가 잘못되었나 하고 그 부분을 찾습니다. 그러니까 세부적인 면에 완벽을 기해야 하는 건 당연합니다!"

퀘이시는 흥분한 듯이 큰 소리로 말했다.

"확실히 옳은 말이네, 캘리밴."

레인의 목소리에는 온화함이 깃들었고 애정이 담겨 있었다.

"그렇긴 하지만 자네는 아직도 내가 말하고자 하는 바를 제대로 이해하지 못하는 것 같군. 사람들이 이상하게 여길 정도로 분장의 세부적인 면이 조잡해도 좋다고는 결코 말할 수 없네. 그것은 분명한 사실이네. 분명 세부적인 면에도 완벽을 기해야겠지. 하지만 세부적인 면들이 모두 그래야 할 필요는 없다네. 알겠나? 분장이 아주 꼼꼼하다는 것은 모든 파도를 세세히 그려놓은 바다의 풍경이나 모든 잎사귀의 윤곽을 선명하게 그려놓은 나무와도 같은 거네. 모든 파도, 모든 잎사귀, 사람 얼굴의 주름살을 모두 하나하나 꼼꼼하게 그리는 것은 자칫 그림을 엉망으로 만들기 쉬운 법이라네."

"뭐 그야 그렇죠."

퀘이시가 마지못해 말했다. 그는 가발을 불빛 가까이에서 살펴보더니 고개를 젓고는 빗을 든 손을 경쾌하게 움직였다.

"그러니까 결론적으로 말하자면 안료나 파우더나 그 밖의 다른 도구들은 분장 그 자체가 아니라 분장다운 것을 창출하려고 있는 것이라 할 수 있네. 얼굴의 어느 부분을 특별히 강조해야 하는지에 대해선 알고 있겠지? 만일 나를 에이브러햄 링컨으로 변장시키려 한다면 점과 턱수염과 입술을 강조하고 다른 곳을 강조하려는 충동은 억제해야 할 거네. 성격을 완벽히 묘사하거나 다른 사람이 인정할 만한 리얼리즘이 있으려면 확실히 생명과 동작 그리고 몸짓이 필요하네. 예컨대 아무리 꼼꼼하게 그 어떤 모양이나 빛깔로 실물과 닮게 만들더라도 밀랍 인형은 생명이 없는 물질이라는 것은 분명한 사실이지. 하지만 그 인형이 부드럽게 팔을 움직이고 밀랍으로 만들어진 입술을 움직여 다양하게 말을 하고 유리로 된 눈동자도 자연스레 움직인다면 어떨까? 자네도 내가 무얼 말하려는 건지는 알 수 있을 거야."

"이제 알겠습니다."

퀘이시는 다시 한 번 가발을 밝은 불빛 쪽으로 들어 올리면서 말했다.

드루리 레인은 슬며시 눈을 감았다.

"내가 느끼는 연극의 영원한 매력은 바로 거기에 있다네……. 동작이나 목소리, 몸짓으로 생명을 불어넣는 것, 실재하는 듯한 인물을 창출해내는 거지. 벨라스코 _근대 미국의 극작가, 배우, 연출가—옮긴이_ 는 아무도 없는 무대에서조차도 이 인생을 재현하는 기술을 유감없이 잘 발휘했네. 예컨대 벽난로의 불꽃 따위에 의지하지 않고서도 온화한 분위기가 흐르는 무대를 연출하곤 했지.

무대장치가가 준비한 효과에 만족하지 않고도 평화롭고 안온한 분위기를 멋지게 연출해낸 거야. 그는 막이 오르기 전에 고양이를 묶어놓고는 움직이지 못하도록 했어. 그러다가 막이 올라가기 직전에 줄을 풀어주었지. 그리고 막이 올라가서 낯익은 장면이 나타나자 고양이는 무대에서 몸을 일으키고 울음소리를 낸 뒤 기지개라도 켜듯이 벽난로 앞으로 네 다리를 쭉 뻗었네. 곧 관객들은 대사 한 마디도 듣지 않고서도 고양이의 이 간단한 동작만을 보고 곧바로 그것이 평화롭고 아늑한 실내 장면임을 알 수 있었던 셈이네. 아마도 그때 벨라스코가 고용했던 무대장치가의 기술만으로는 결코 그 장면의 분위기를 그토록 잘 연출할 수는 없었을 거야."

"재미있는 일화로군요."

퀘이시는 주인에게 바짝 다가붙고는 레인의 잘생긴 머리에 능숙한 손놀림으로 가발을 씌웠다.

레인이 말을 이었다.

"정말 대단한 사람이었다네, 퀘이시. 인공적인 연극에 숨결을 불어넣는 일이라……. 특히나 엘리자베스 여왕 시대의 연극은 몇십 년 동안 각본과 배우의 연기에만 의지해왔다네. 모든 연극은 장치가 없는 빈 무대에 올려졌지. 단역 배우 한 명이 나뭇가지 하나를 들고서 무대를 살금살금 걷는 것만으로도 버남 숲이 던시네인 성으로 다가온다는 것을 나타내기에 충분했다네. 몇십 년 동안이나 관객들은 단지 그것만으로도 모든 상황을 이해했지. 나는 이따금 현대의 무대 기술이 너무 지나치지 않나 하고 생각한다네. 그런 점은 오히려 연극에 장애가 되지……."

"주인님, 다 마쳤습니다."

퀘이시가 배우의 정강이를 가볍게 쿡 질렀다. 그러자 레인은 눈을 떴다.

"끝났습니다, 주인님."

"알겠네. 거울에서 좀 비켜보게."

오 분 뒤에 의자에서 일어난 그는 차림새나 용모, 태도와 분위기로 볼 때 이미 드루리 레인이 아닌 전혀 다른 사람이 되어 있었다. 그는 성큼성큼 방을 가로질러 가서는 방 한가운데 있는 전등을 켰다. 그런 뒤에 가벼운 외투를 걸치고 이제까지와는 다른 반백 머리에 회색 중절모를 썼다. 그의 아랫입술은 앞으로 튀어나와 있었다.

퀘이시는 재미있다는 듯이 배를 잡고 웃음을 터뜨렸다.

"드로미오*셰익스피어 작품에 나오는 쌍둥이-옮긴이*에게 준비가 됐다고 전해주게. 자네도 준비하고."

그는 이미 목소리조차도 달라져 있었다.

제6장
위호켄
9월 10일 목요일 오후 2시

섬 경감은 위호켄에 도착하자 배에서 내려 주위를 둘러보았다. 뉴저지 주의 순경 한 명이 인기척이 없는 모호크호의 승강구 근처에서 한가하게 경비를 서고 있다가 그를 보자 차렷 자세를 취하며 경례를 했다. 경감은 가볍게 고개를 끄덕여 보인 뒤에 선착장의 대합실을 지나서 밖으로 나갔다.

그는 선착장으로 이어지는 자갈길을 지나 부두와 방파제에서부터 깎아지를 듯이 솟아 있는 절벽 꼭대기로 통하는 경사가 급한 비탈길을 터벅터벅 오르기 시작했다. 비탈길 위에서 자동차 몇 대가 천천히 아래로 내려와 경감을 스치며 지나갔다. 경감은 몸을 틀고 서서는 눈 아래로 아득히 펼쳐진 강과 그 너머로 솟아 있는 빌딩의 첨탑들을 지그시 바라보았다. 그러고는 다시 계속해서 비탈길을 올라갔다.

꼭대기에 이르자 경감은 교통순경 한 명에게 무뚝뚝한 바리톤 음성으로 길을 물었다. 그는 넓은 진입로를 가로지르고 조용하고 고풍스러운 가로수 길을 지나 이윽고 번화한 교차점에 이르렀다. 그곳이 바로 그가 찾는 곳이었다. 그는 북쪽으로 꺾어 들어갔다.

가까스로 목적지인 2075번지의 집을 찾았다. 목조건물인 그 집은 우유 판매점과 자동차 부품점 사이에 자리 잡고 있었다. 오랜 세월 탓인지 페인트가 벗겨져 너덜너덜했고 군데군데 손볼 곳이 있는 낡은 가옥이었다. 현관에는 고물이 다 된 흔들의자 세 개와 금방이라도 찌그러질 것만 같은 벤치 하나가 놓여 있었다. 문 앞 신발 깔개에 쓰여 있는 '방문객 환영'이라는 글씨는 거의 지워져가고 있었다. '남자 분을 위한 방 있음'이라고 쓰인 노란 간판 하나가 현관 기둥에 걸려 있었다.

경감은 잠깐 거리를 둘러본 뒤 옷매무새와 모자를 점검하고는 삐걱거리는 계단을 올라가 '관리인실'이라고 표시된 방의 초인종을 눌렀다. 찌그러진 벌집 같은 방에서 어렴풋이 초인종 소리가 들리더니 슬리퍼 끄는 소리가 났다. 문이 조금 열리면서 그 틈새로 여드름투성이의 코끝이 튀어나왔다. 이어서 드세 보이는 여자 목소리가 들렸다.

"어떻게 오셨나요?"

그 물음 뒤에는 크게 헐떡이는 소리와 숨죽인 웃음소리가 들렸다. 문이 완전히 열리면서 허름한 차림을 한 비대한 중년 여인이 모습을 드러냈다. 건물과 마찬가지로 지저분한 느낌을 주는 여자였다.

"경찰관이신가요? 어머나, 섬 경감님! 미안해요, 얼른 알아보질 못해서……."

여자는 억지 미소를 지어 보이며 열심히 지껄여댔으나 그 모습은 천박해 보일 뿐이었다. 그녀는 마구 수다를 떨며 옆으로 비켜서더니 무덤 같은 방으로 경감을 안내했다.

"정말 너무하시네요! 신문기자와 큼직한 카메라를 둘러멘 분들이 오전 내내 들락거리는 통에 저희는 도무지……."

여자는 계속 떠들어댔다.

"위층에는 누군가가 있소?"

경감이 물었다.

"여태까지도 버티고 있답니다, 경감님! 담뱃재로 카펫을 엉망으로 만들어놓고서 말예요."

여자는 계속 격앙된 어조로 말을 이었다.

"오늘 오전에 저는 사진을 네 번이나 찍었다고요……. 그런데, 경감님께선 그 가엾은 남자의 방을 한 번 더 보시려고 오신 건가요?"

"위층으로 안내해주시오."

경감은 무뚝뚝하게 말했다.

"아, 네!"

여자는 다시금 억지 미소를 떠올리고는 투박한 손가락으로 지저분한 스커트를 제법 솜씨 좋게 잡아 올리더니 얇은 카펫이 깔린 계단을 휘청거리듯이 올라갔다. 경감은 혼잣말을 중얼거리면서 따라 올라갔다. 위로 올라가자 불도그처럼 생긴 사내가 앞을 가로막았다.

"누구요, 머피 부인?"

사내는 어두컴컴한 계단 쪽을 내려다보면서 물었다.

"떠들지 말게. 나야."

경감은 퉁명스러운 목소리로 말했다. 사내는 미소를 떠올리며 싱긋 웃었다.

"죄송합니다. 잘 보이지가 않았어요. 아무튼 잘 오셨습니다. 지루해서 죽을 지경이었거든요."

"어젯밤 이후로 별일 없었나?"

"예, 아무런 일도 없었습니다."

사내는 2층 홀을 지나 뒤쪽 방으로 경감을 안내했다. 관리인인 머피 부인이 미적미적 따라왔다. 경감은 열려 있는 문에서 멈취 셨다.

 작고 음산한 방이었다. 빛바랜 천장에는 금이 가 있었고 벽은 낡고 더러웠으며 바닥에는 닳아 빠진 카펫이 깔려 있고 가구들도 죄다 낡아 빠진 것이었다. 세면대의 수도 파이프에는 녹이 슬어 있었고 하나뿐인 창문의 무명 커튼도 아주 오래된 것이 분명했다. 그러나 방 안의 냄새는 산뜻한 것으로 미루어 보아 평소에 청소를 잘하고 지내는 듯했다. 방 안의 가구로는 유행이 지난 철제 침대와 찌그러진 서랍장, 대리석이 박혀 있는 작고 견고한 탁자, 철사로 수리한 의자, 옷장 따위가 있었다.

 방 안으로 들어선 경감은 곧바로 옷장으로 다가가 이중으로 된 문을 열었다. 옷장 안에는 낡은 옷 세 벌이 단정히 걸려 있었다. 옷장 바닥에는 구두 두 켤레가 놓여 있었는데, 한 켤레는 아주 새것이었고 또 한 켤레는 낡은 것이었다. 위쪽 선반에는 밀짚모자가 종이봉투에 들어 있었고 비단 끈을 두른 펠트 모자가 땀으로 얼룩져 있었다. 경감은 재빨리 양복 주머니를 뒤져보기도 하고 구두와 모자를 살펴보기도 했지만 관심을 끌 만한 것을 아무것도 찾지 못하고는 실망한 듯이 굵은 눈썹을 찌푸리며 옷장 문을 닫았다.

 "틀림없겠지?"

 경감은 문 쪽의 머피 부인 곁에 서서 자신을 바라보고 있는 형사에게 중얼거리듯이 되물었다.

 "어젯밤 이후로는 아무도 손댄 사람이 없단 말이지?"

 형사는 고개를 끄덕였다.

 "결코 근무를 게을리하지는 않았습니다, 경감님. 어젯밤 경감님이 나가신 이후로 누구도 손을 댄 사람은 없습니다."

 싸구려 밤색 가방 하나가 옷장 옆에 놓여 있었는데 손잡이는 떨어져 나간 채였다. 경감이 그 가방을 열어보았지만 속은 텅 비어 있었다.

경감은 서랍장 앞으로 다가가 견고하고 묵직한 서랍들을 조사했다. 서랍 속에는 낡았지만 깨끗한 속옷 두세 벌이 들어 있었고 세탁된 손수건이 쌓여 있었다. 부드러운 칼라를 댄 줄무늬 셔츠가 여섯 장, 구겨진 넥타이가 두세 개 그리고 세탁된 양말 몇 켤레가 둘둘 말려 있었다.

경감은 서랍장에서 물러섰다. 밖은 쌀쌀한 날씨였지만 방 안은 밀폐되어 있었기 때문에 경감은 후끈거리는 얼굴을 손수건으로 닦아야 했다. 그는 방 한복판에 버티고 서서 얼굴을 찌푸리다가 대리석이 박힌 작은 탁자 쪽으로 갔다. 잉크병과 잉크가 말라붙은 펜, 싸구려 편지 쪽은 거들떠보지도 않았다. 그러나 마분지로 만든 로열 벵골 시가 상자만은 들어 올려서 그 안을 자세히 조사했다. 상자 안에는 시가가 딱 한 개비 남아 있었는데 손가락으로 집자 그대로 부서지고 말았다. 경감은 시가 상자를 내려놓고 더욱더 미간을 찌푸리고는 다시 한 번 방 안을 둘러보았다.

구석에 있는 세면대 위에는 몇 가지 물건들이 놓여 있는 선반이 있었다. 경감은 성큼성큼 그쪽으로 다가가서 선반을 내려다보았다. 찌그러진 자명종 시계는 바늘이 멎은 상태였다. 경감은 위스키가 사 분의 일쯤 들어 있는 연붉은색 병의 마개를 열고 냄새를 맡아보았다. 그리고 컵 하나와 칫솔, 녹슨 금속제 면도기 상자와 화장품 몇 가지, 아스피린이 담겨 있는 작은 병, 낡은 구리 재떨이 따위가 있었다. 경감은 재떨이에서 시가 꽁초를 집어 들고 재에 떨어져 있는 찢어진 라벨을 조사했다. 크레모 시가였다. 경감은 생각에 잠긴 얼굴로 뒤돌아보았다.

심술궂은 듯한 작은 두 눈으로 열심히 경감의 동태를 살피고 있던 머피 부인이 느닷없이 콧소리로 말했다.

"방이 이런 꼴이라 정말 미안해요. 이분이 청소를 못 하게 해서……."

"아니, 괜찮아요."

경감은 그렇게 말하고는 문득 뭔가 마음에 걸리는 게 있는 듯한 표정을 지으며 그녀에게 물었다.

"그런데 머피 부인, 우드를 찾아왔던 여자 손님은 없었습니까?"

머피 부인은 코웃음을 치며 여드름투성이 턱을 내밀었다.

"당신이 경찰관만 아니었다면 머리에 한 방 먹였을 거예요! 이 집에서 절대로 그런 일은 있을 수가 없다고요! 우리 집은 규율이 엄격하기로 소문난 집이에요. 하숙인들에게는 맨 먼저 이렇게 주의를 주지요. '여자 친구들을 불러들여서는 안 됩니다.'라고요. 부드럽지만 딱 부러지게 말하죠. 이 머피 부인의 하숙집에서는 절대로 몰지각한 행동은 용납될 수 없어요!"

"흐음."

경감은 방 안에 하나밖에 없는 의자에 털썩 걸터앉았다.

"그러니까 결국 여자는 온 적이 없었다는 거로군요……. 그렇다면 친척인 경우는 어떻습니까? 가령 누나라든가 여동생이 찾아온 일은 없었나요?"

머피 부인은 재빨리 대답했다.

"그렇다면 문제가 다르죠. 그런 경우라면 나무랄 순 없지요. 우리 집의 하숙인들 중에도 여자 형제가 찾아오는 사람이 몇 명 있어요. 또 친척 아주머니나 여자 사촌들이 방문하는 경우도 있죠. 하지만 우드 씨는 그런 일도 없었던 것 같군요. 저는 언제나 우드 씨야말로 누구보다도 모범적인 하숙인이라고 생각했답니다. 오 년이나 한집에서 살았지만 한 번도 말썽을 부린 일이 없었어요. 아주 조용하고 예의 바른 그야말로 신사였어요. 손님은 한 번도 찾아온 일이 없었어요. 어쨌든 그 사람하고도 얼굴을 마주치는 일이 드물 정도였어요. 오후부터 밤까지 뉴욕의 전차에서 근무했으니 말예요. 물론 저희 하숙집은 식사까지는 제공하지는 않아서 하숙인들은 모두 밖에서 식사를 하니까 우드 씨가 어떻게 식사를 하고 지냈는지도 전혀 몰라요. 그렇지만 그 가엾은 우드 씨는 언제나 제때에 방값을 꼬박꼬박 치렀고 제게 폐를 끼친 일도 없었을 뿐더러 술에 취해 돌아온 일도 없었답니다. 그야말로 집에 있는지 없는지조차도 알 수 없을 정도로 얌전한 하숙인이었죠. 그래서 저는……."

그러나 섬 경감은 의자에서 일어나 우람한 등이 여자 쪽으로 향하게 몸을 틀어버렸다. 그녀는 수다를 떨다가 말고는 두꺼비처럼 눈을 껌벅거렸다. 그러더니 한차례 눈을 흘기고선 형사 앞을 지나 방 밖으로 휑하니 나가버렸다.

"닳아빠진 할망구 같으니라고!"

형사는 기둥에다 대고 빈정거렸다.

"여자 형제나 친척 아주머니 같은 사람을 드나들게 하는 하숙집이야 얼마든지 있고말고."

형사는 야릇한 표정을 지으며 킥킥거렸다.

그러나 경감은 웃지 않았다. 그는 방 안을 돌아다니며 한쪽 발로 닳아 빠진 카펫을 툭툭 건드려보았다. 그러던 중 카펫의 가장자리 한쪽이 약간 불룩해 있는 것을 발견하고 경감은 눈을 빛냈다. 하지만 카펫을 젖혀보니 바닥의 판자가 뒤틀려서 조금 위로 올라와 있을 뿐이었다. 경감은 침대 쪽으로 가까이 가서 잠시 망설이더니 털썩 무릎을 꿇고 침대 아래로 기어 들어가 장님처럼 무턱대고 바닥을 더듬기 시작했다. 형사가 말을 걸었다.

"경감님, 거들어드릴까요?"

그러나 경감은 대꾸도 않고서 카펫을 잡아당겼다. 형사는 바닥에 엎드려 침대 밑으로 손전등을 비췄다. 경감은 의기양양하게 중얼거렸다.

"있다!"

형사가 카펫 끝을 젖히자 경감은 얇고 노란 표지의 작은 수첩을 움켜잡았다. 두 사람은 먼지를 뒤집어쓰고 침대 아래에서 기어 나왔고, 그 먼지를 터느라 또 한 번 애를 먹어야 했다.

"은행 통장이군요, 경감님?"

그러나 경감은 아무 대답도 하지 않고서 급히 통장을 넘겨보았다. 통장에는 몇 해 전부터 조금씩 예금한 금액들이 기재되어 있었다. 예금을 인출한 일은 한 번도 없었고, 한 번에 10달러 이상의 예금을 한 일도 없었다. 대부분이 5달러였다. 기재된 예금 총액은 945달러 63센트였다. 그리고 통장 한가운데에는 깨끗이 접혀 있는 5달러짜리 지폐가 한 장 들어 있었는데, 그것은 아마도 찰스 우드가 죽는 바람에 미처 예금하지 못한 돈이 분명한 듯했다. 경감은 통장을 주머니에 넣고 형사 쪽으로 몸을 돌리며 물었다.

"언제 비번인가?"

"내일 새벽 4시입니다. 그때 근무 교대입니다."

"그럼 내일 오후 2시 30분에 본부로 전화하도록 하게. 그때 자네에게 특별히 지시할 일이 있으니까 말이야. 알겠나?"

"알겠습니다. 정확히 2시 30분에 전화하겠습니다."

섬 경감은 방을 나가 밟을 때마다 돼지 새끼처럼 끽끽대는 계단을 내려가서 그 집을 나왔다. 머피 부인이 기세 좋게 현관을 쓸고 있었다. 그녀는 연기처럼 자욱한 흙먼지 속에서 여드름으로 빨갛게 된 코를 킁킁거리면서 경감이 지나가는 길을 내주느라 한쪽으로 비켜섰다.

거리로 나온 경감은 예금 통장의 겉면을 들여다본 다음 주위를 한번 둘러보고는 큰길을 가로질러 남쪽으로 걸어갔다. 세 블록을 지났을 때 찾던 건물이 나타났다. 인조 대리석으로 지은 작은 은행이었다. 경감은 안으로 들어가 'S~Z'란 푯말이 붙은 출납 창구로 갔다. 나이가 지긋한 남자 직원이 고개를 들었다.

"이 창구의 담당자요?"

경감이 물었다.

"그렇습니다만, 무슨 용건이신가요?"

"이 부근에 살았던 찰스 우드라는 전차 차장이 살해당한 사건에 관한 신문기사를 읽으셨을 테죠?"

담당 직원은 이내 고개를 끄덕였다.

"나는 그 사건을 담당하고 있는 강 건너 뉴욕 경찰 본부 살인과의 섬 경감이오."

직원은 알겠다는 듯이 다시 고개를 끄덕이며 말했다.

"아, 그러시군요! 우드 씨는 저희 은행의 고객이셨죠, 경감님. 오늘 조간에 실린 그 사람의 사진을 봤을 때는 정말이지 깜짝 놀랐습니다."

경감은 주머니에서 우드의 예금 통장을 꺼냈다.

"그럼 저기……."

창살 안의 금속 명패를 힐끗 보고서 경감은 말을 이었다.

"애슐리 씨, 이 창구를 맡은 지는 얼마나 됩니까?"

"이 창구에서만 팔 년 동안 일했습니다."

"그렇다면 계속해서 우드를 상대했겠군요?"

"그렇습니다."

"이 통장을 보니 우드는 일주일에 한 번씩은 예금을 한 것 같은데, 그렇다고 딱히 무슨 요일을 정해놓은 것 같지는 않군요. 아무튼 예금주인 그에 대해서 무엇이든 좋으니 기억나시는 대로 얘기해주었으면 좋겠소."

"얘기할 만한 게 별로 없군요. 말씀하신 것처럼 우드 씨는 매주 한 번 이곳을 다녀갔습니다. 제가 기억하기로는 단 한 번도 거른 일이 없었습니다. 게다가 거의 같은 시간대에 왔어요……. 1시 30분이나 2시경이었죠……. 신문기사를 보고서 그 시간대가 뉴욕으로 일을 하러 가기 직전이었다는 걸 알게 되었습니다."

섬 경감은 눈썹을 찌푸렸다.

"우드는 언제나 직접 예금을 하러 왔었나요? 그 점을 분명히 알고 싶소. 그리고 언제나 혼자였나요?"

"그렇습니다. 다른 사람과 같이 온 일은 한 번도 없습니다."

"고맙소."

경감은 은행에서 나와 길을 거슬러 머피 부인의 하숙집 근처로 되돌아갔다. 우유 판매점에서 세 집 건너에 문구점이 있었다. 경감은 안으로 들어갔다.

졸음이 가득한 얼굴의 주인 노인이 느릿느릿 다가왔다.

"머피 부인의 하숙집에 살았던 찰스 우드라는 사내를 알고 있소? 어젯밤 선착장에서 살해당한 사람이오만."

노인은 흥분한 듯이 두 눈을 깜박거렸다.

"물론이죠! 우리 가게 손님이었죠. 시가나 종이 등을 사곤 했어요."

"주로 어떤 시가를 사 갔죠?"

"크레모와 로열 벵골입니다. 대개 이 두 가지였죠."

"얼마나 자주 여길 들렀죠?"

"거의 날마다 낮에 왔습니다. 그러니까 일하러 가기 전이었죠."

"알겠어요. 그런데, 누군가와 함께 이곳에 들른 일은 없었소?"

"없었습니다. 항상 혼자 왔어요."

"필기구도 여기에서 사 갔단 말이죠?"

"그렇습니다. 자주는 아니지만 종이며 잉크 따위를 사 갔죠."

경감은 웃옷의 단추를 채우기 시작했다.

"이 가게를 이용한 것은 언제부터였나요?"

주인 노인은 지저분한 흰머리를 긁적거렸다.

"아마 네댓 해쯤 된 것 같습니다. 근데 댁은 신문기자인가요?"

그러나 경감은 묵묵히 가게를 나왔다. 그는 보도에서 잠시 멈춰 섰다. 몇 집 건너에 잡화점이 있는 것을 본 경감은 무거운 발소리를 내면서 그곳으로 향했다. 하지만 거기서도 우드가 단골손님으로 옷가지를 사 갔다는 것밖에 알아내지 못했다. 그리고 언제나 혼자 들른 것은 이곳에서도 마찬가지였다.

한층 더 얼굴을 찌푸리며 가게에서 나온 경감은 차례로 근처의 세탁소, 구두 수선점, 신발 가게, 식당, 약국 등을 돌아다니며 탐문해보았다. 하지만 어느 가게에서도 우드를 몇 해 동안 지출액수는 작지만 꾸준히 들르는 착실한 단골손님으로 기억할 뿐이었다. 게다가 어느 곳에서나 그가 누군가와 함께 들른 것을 본 일은 없다는 한결같은 대답뿐이었다. 식당에서조차도 마찬가지였다.

약국에서 경감은 몇 가지 질문을 더 했다. 그러나 약사는 우드의 요청으로 약을 조제한 기억은 없다고 했다. 만약 몸이 아파서 이곳에 있는 의사의 처방을 받았더라도 약은 뉴욕에서도 조제할 수 있으니 아마 그랬을 것 같다고 했다. 경감의 부탁으로 약사는 인근 다섯 블록 내에 있는 내과의사 열한 명과 치과의사 세 명의 명단을 작성해주었다.

경감은 순서대로 탐문해나갔다. 그는 모든 의사에게 같은 식으로 같은 질문을 되풀이했다.

"어젯밤 위호켄 선착장에서 찰스 우드라는 42번 스트리트의 전차 차장이 피살됐다는 소식을 신문에서 읽으셨겠죠? 그는 이 부근에 살고 있던 사람입니다. 그리고 저는 이 사건의 수사를 맡고 있는 섬 경감이라고 합니다. 현재 피살자의 사생활이나 교우관계, 방문객들에 대해 알아보고 있는 중입니다. 우드가 이곳으로 진찰을 받으러 왔다든가 몸이 아파서 왕진을 요청한 일은 없었나요?"

의사 중 네 명은 이 살인 사건 기사를 읽지 못했고 우드에 관해서도 전혀 알지 못한다고 했다. 나머지 일곱 명은 신문기사를 읽긴 했지만 우드를 만난 일도 없고 뉴스를 접하기 전까지는 우드라는 사람에 대해서는 전혀 아는 바가 없다고 했다.

경감은 턱을 바짝 죄며 실망한 표정을 지었으나 계속해서 명단에 적혀 있는 치과의사 세 명을 찾아 나섰다. 첫 번째 집에서는 삼십오 분이나 기다린 끝에 가까스로 치과의사를 만날 수 있었다. 진료실 한구석에서 만난 그 치과의사는 경감이 신분증을 보여주기 전까지는 질문에 응할 수 없다고 버텼다. 그 치과의사의 눈빛에서 무언가 기대할 수 있겠다고 판단한 경감은 엄한 표정을 지으며 위협하듯이 다그쳤다. 치과의사는 마지못해 중얼중얼 대답했지만 결국 찰스 우드에 대해서는 아무것도 모른다는 대답이었다. 경감의 기대는 마치 물거품처럼 꺼져버리고 말았다.

나머지 두 치과의사도 찰스 우드에 대해 아무것도 모르기는 마찬가지였다.

경감은 크게 한숨을 쉬고는 비탈 위의 넓은 진입로로 되돌아가 선착장으로 향하는 구부러진 비탈길을 다시 내려가서 뉴욕행 배를 탔다.

뉴욕

섬 경감은 뉴욕에 닿자마자 곧바로 제3애버뉴 철도 회사로 향했다. 그는 고뇌에 찬 표정으로 번잡한 거리를 헤치며 걸었다.

커다란 건물 안으로 들어가 인사과장에게 면회를 청하자 잠시 뒤에 넓은 사무실로 안내되었다. 인사과장은 까다로워 보이는 인상의 사내로 얼굴에는 깊은 주름이 파여 있었다. 그는 재빨리 걸어 나오며 한 손을 내밀었다.

"섬 경감님이시죠?"

그는 다소 흥분한 어조로 물었다. 경감은 끄덕였다.

"앉으십시오, 경감님."

과장은 먼지투성이 의자를 끌어내며 경감을 억지로 앉히다시피 했다.

"찰스 우드에 관한 일로 오셨겠죠? 그 친구는 정말 안됐어요."

과장은 책상 뒤에 앉아 시가의 끝을 잘랐다. 경감은 차가운 표정으로 상대를 쳐다보았다.

"현재 피살자의 신변을 조사하고 있는 중입니다."

경감은 굵은 목소리로 그렇게 말했다.

"정말이지 끔찍한 일입니다. 하지만 저로서도 도무지 영문을 알 수 없군요. 찰스 우드는 모범적인 직원이었죠. 조용한 성격에 착실하고 믿을 만한 사람이었어요. 그야말로 어느 한 군데 나무랄 데 없는 직원이었죠."

"그러니까 한 번도 말썽 따윈 일으킨 일이 없었다는 말씀이군요, 클로프 씨?"

과장은 진지한 얼굴로 상체를 앞으로 내밀었다.

"경감님, 분명히 말씀드립니다만 그는 우리 회사의 보배였습니다. 근무 중에 술을 마신 일도 없었고, 이곳에 있는 모두가 그를 좋아했습니다. 근무 성적도 우수한 모범 직원이어서 사실은 좀 더 나은 자리에 앉혀도 좋을 정도였습니다. 그래서 얼마 뒤엔 검사계로 승진시키려는 참이었죠……."

"그야말로 말 잘 듣는 일꾼이었단 말씀이죠, 클로프 씨?"

"그런 뜻으로 드린 말씀은 아닙니다, 경감님. 어쨌거나 성실하고 믿을 만한 사람이었습니다. 인사 기록을 보시겠습니까? 우리 회사에 들어온 뒤로는 한 번도 결근한 일이 없었죠. 승진하려고 꽤 노력했나 봅니다. 그러니 저희로서도 되도록이면 밀어주려고 했죠. 게다가 그게 우리 회사의 방침과도 일치하고요. 우리 회사 방침은 승진에 대한 의욕을 보이는 직원은 뒤를 밀어준다는 주의죠."

경감은 가벼운 헛기침을 하며 계속 과장의 얘기를 들었다.

"정말이지 지각이나 조퇴 한 번 없었습니다. 휴가도 사양하고 근무수당을 챙겼죠. 그리고 다른 차장이나 운전사 친구들은 언제나 가불을 해달라고 떼를 쓰는 게 보통인데 찰스 우드만큼은 그런 일이 전혀 없었습니다. 오히려 저금을 하고 있었어요. 언젠가 제게도 한번 예금 통장을 보여준 적이 있었습니다."

"이 회사에서는 얼마 동안 근무했습니까?"

"오 년입니다. 근무 기록을 보여드리죠."

클로프는 의자에서 벌떡 일어나 문 쪽으로 달려가더니 밖으로 고개를 내밀고는 외쳤다.

"이봐, 존, 찰스 우드의 근무 기록을 가져다주게!"

잠시 뒤에 그가 긴 서류를 들고 책상으로 돌아왔다. 경감은 책상에 팔꿈치를 괴고는 기록을 훑어보기 시작했다.

"여기를 보시죠."

클로프는 손가락으로 서류의 한곳을 짚으며 말을 이었다.

"오 년쯤 전에 입사해서 동부 3번 애버뉴 선에서 일하기 시작했는데, 삼 년 반 전부터 자원해서 운전사인 팻 기네스와 함께 지금의 노선으로 옮겼네요. 위호켄에 살았기 때문에 그 노선이 편리했던 거죠. 어떻습니까? 잘못을 저지른 기록은 어디에도 없지 않습니까?"

경감은 잠깐 동안 생각에 잠기더니 과장을 바라보며 물었다.

"그런데 클로프 씨, 그의 사생활은 어땠나요? 뭐든 말씀해주시죠. 예컨대 친구나 친척이나 동료에 대해서 말입니다."

클로프는 고개를 저었다.

"그런 것은 잘 모르겠습니다만, 사생활 면에서도 그다지 나쁜 소문을 들은 기억은 없습니다. 사람들과는 잘 지내긴 했지만, 제가 알기로는 함께 외출하는 일은 없었던 것 같습니다. 아마 가장 친한 친구라면 기네스였을 겁니다. 잠깐만 기다려주십시오."

그렇게 말하고서 과장은 서류를 뒤집었다.

"보시죠, 입사지원서입니다……. 친척은 없는 걸로 되어 있군요. 이걸로 질문에 대한 답이 되리라고 봅니다만."

"좀 더 확실한 걸 알고 싶소."

경감은 중얼거리듯이 말했다.

"아마도 기네스라면……."

"그럴 것 없소. 필요할 땐 내가 직접 기네스를 만날 테니까요."

경감은 자신의 중절모를 집어 들며 말을 이었다.

"그럼, 이만 가봐야겠어요. 협조해주셔서 고마웠소."

인사과장은 경감의 손을 힘껏 잡고서 문밖까지 따라 나와 거듭 협조하겠다고 강조했다. 경감은 과장의 손을 뿌리치고 작별 인사를 나누었고, 이윽고 거리의 모퉁이를 돌았다.

경감은 누군가를 기다리는 듯이 그 모퉁이에 서서 몇 번이나 손목시계를 들여다보았다. 십 분이 지나자 차창에 커튼이 드리워진 길쭉하고 검은 링컨 리무진이 경감 앞에 미끄러지듯이 다가와 멈춰 섰다. 제복을 입은 깡마른 젊은 운전사가 이를 드러내고 웃으며 비상 브레이크를 걸고는 차에서 뛰어나와 뒤쪽 문을 열고 곁에 섰다. 그는 여전히 싱글거리고 있었다. 섬 경감은 재빨리 거리를 둘러보고는 차에 올라탔다. 구석 자리에 웅크리고 앉은 퀘이시 노인은 여느 때보다도 더욱 요정 같은 표정을 지은 채 태평스레 잠을 자고 있었다.

운전사는 문을 닫고 운전석 쪽으로 돌아가 자기 자리에 올라탔고 이내 차는 경쾌하게 출발했다. 퀘이시는 흠칫 눈을 뜨더니 정신을 차렸다. 그는 섬 경감이 깊은 생각에 잠긴 채 곁에 꼼짝 노 않고 앉아 있는 것을 보았다. 괴물 석상 같은 꼽추 노인 퀘이시는 갑자기 미소를 떠올리며 허리를 굽혀 차 바닥에 장치된 칸막이를 열었다. 그리고 그 속에서 커다란 금속 상자를 들어내며 허리를 폈다. 상자 뚜껑 안쪽에는 거울이 붙어 있었다.

 섬 경감은 넓은 어깨를 흔들었다.

"오늘은 정말 바쁜 하루였다네, 퀘이시."

그렇게 말한 뒤에 경감은 모자를 벗고 퀘이시가 꺼낸 상자 안에 한 손을 집어넣고 안을 뒤지더니 무엇인가를 꺼냈다. 그리고는 익숙한 동작으로 얼굴에 크림 같은 용액을 바르고서 문지르기 시작했다. 퀘이시는 그 앞에 거울을 받쳐주고 부드러운 천 조각을 내밀었다. 경감은 번들거리는 얼굴을 그 천으로 문질렀다. 그러자 잠시 뒤에 섬 경감의 얼굴은 온데간데없이 사라져버리고 그 대신 퍼티 파우더 같은 것이 조금 붙어 있긴 했지만 드루리 레인의 단정하고 날카로운 얼굴이 미소를 지으며 나타났다.

제7장
웨스트 잉글우드의 드위트 저택
9월 11일 금요일 오전 10시

금요일 아침, 반짝이는 햇살 아래 길쭉하고 검은 링컨 리무진이 포플러가 늘어서 있는 조용한 주택가를 나아가고 있었다. 붉게 물든 포플러 잎들은 햇살을 받으며 금방이라도 떨어질 듯이 달려 있었다.

드루리 레인은 차창 밖을 내다보면서, 웨스트 잉글우드는 아직 고급 주택가로는 틀이 잡히지 않지만 건축상으로는 나무랄 데가 없는 동네라고 퀘이시에게 감상적인 평을 했다. 집들마다 대지가 널찍한 데다가 저마다 독특한 건축미를 뽐내고 있었다. 퀘이시는 아무리 그래도 햄릿 저택에 비할 바는 못 된다고 퉁명스레 말했다.

그들이 탄 차는 손질이 잘된 아담한 저택 앞에 멈춰 섰다. 현관이 여러 군데 있는 식민지풍의 하얀 저택 주위에는 넓은 잔디가 깔려 있었다. 레인은 여전히 인버네스 외투 차림에 검은 모자를 쓰고 지팡이를 쥔 모습으로 차에서 내리더니 퀘이시를 손짓해 불렀다.

"저도 들어가야 합니까?"

퀘이시는 내키지 않는 듯이 물었다. 자랑으로 여기는 가죽 앞치마를 걸치고 있지 않았기 때문에 왠지 자신이 없는 투였다. 그는 중산모를 쓰고 벨벳 칼라가 달린 짧은 외투에 갓 맞춘 구두를 신고 있었는데, 차에서 내려섰을 때 얼굴을 찌푸리는 걸로 보아 구두 끝이 거북한 모양이었다. 퀘이시는 신음하면서 레인의 뒤를 따라 현관으로 향했다.

키 큰 노인이 그들을 맞아들여 잘 닦인 복도를 지나 식민지풍의 우아한 거실로 안내했다.

레인은 자리에 앉았고 퀘이시는 그 뒤에서 머뭇거렸다. 레인은 주위를 둘러보면서 묵묵히 고개를 끄덕였다.

"드루리 레인입니다. 주인 분들은 안 계십니까?"

레인이 집사에게 말했다.

"네, 지금은 아무도 안 계십니다. 드위트 씨는 뉴욕에 계시고, 따님께서는 쇼핑을 나가셨습니다. 그리고 드위트 부인께서는……."

노인은 문득 헛기침을 했다.

"진흙 마사지라는 걸 받으러 가신 모양입니다. 그래서……."

드루리 레인은 미소를 떠올렸다.

"아, 좋습니다. 그런데 당신은……?"

"조겐스라고 합니다. 오랫동안 드위트 씨를 모셔온 이 댁의 집사입니다."

레인은 천을 씌운 의자에 몸을 편하게 고쳐 앉았다.

"마침 잘됐군요. 조겐스 씨, 잠깐 물어볼 말이 있습니다만."

"제게 말씀입니까?"

"롱스트리트 사건 담당인 브루노 지방 검사 아실 테죠? 그분이 제게 독자적으로 조사할 수 있는 권한을 인정해주셨습니다. 그래서 저는……."

순간 노인의 얼굴에서 굳은 표정이 사라졌다.

"실례지만, 당신이 바로 연극배우이신 드루리 레인 씨입니까?"

레인은 조금 묘하게 초조한 태도로 말했다.

"맞아요, 그렇습니다. 관심을 가져주셔서 감사합니다. 그런데 몇 가지 질문을 했으면 싶습니다. 되도록 정확하게 대답해주셨으면 합니다. 그러니까 드위트 씨는……."

조겐스는 다시 굳은 표정을 지었다.

"드위트 씨에 관해서는 제가 함부로 말씀드릴 수 없습니다."

"정말 훌륭하신 태도입니다, 조겐스 씨."

레인은 집사를 뚫어지게 쳐다보며 말을 이었다.

"하지만 제가 여기에 오게 된 이유가 바로 드위트 씨를 돕기 위해서라는 걸 분명히 말씀드릴 수 있습니다."

조겐스는 희미하게 안도의 미소를 지었다.

"지금 드위트 씨는 저 끔찍스러운 롱스트리트 살인 사건에 휘말려 있습니다. 피살자와 가까운 관계라는 이유로 말입니다. 그 두 분의 관계를 분명히 알 수 있다면 롱스트리트를 죽인 범인을 체포하는 데 도움이 될 정보를 얻을 수 있을 것입니다. 롱스트리트는 이곳을 자주 방문했습니까?"

"아뇨, 좀처럼 그런 일은 없었습니다."

"무슨 이유라도 있나요, 조겐스 씨?"

"잘은 모르겠습니다. 아가씨께서는 롱스트리트 씨를 좋아하지 않았죠. 그리고 솔직히 말씀드리자면 드위트 씨께서도 롱스트리트 씨에게 억눌리고 있는 것 같았고……."

"그렇군요. 그런데 드위트 부인은 어땠습니까?"

순간 집사는 말을 더듬었다.

"저어……."

"얘기하기가 곤란한가 보군요?"

"네, 아무래도 말씀드리지 않는 게 좋을 것 같습니다."

"과연 훌륭하십니다……. 퀘이시, 힘들게 서 있지 말고 거기 앉게."

퀘이시는 주인 곁에 앉았다.

"조젠스 씨, 드위트 씨를 모신 지 얼마나 되시나요?"

"십일 년이 넘습니다."

"드위트 씨는 사교적인 분이신가요? 그러니까 사람들 사귀기를 좋아하시는 편입니까?"

"글쎄요……. 그렇지는 않으신 것 같습니다. 이 동네에 사시는 에이헌 씨가 유일한 친구분이랄 수 있죠. 하지만 드위트 씨를 깊이 사귀어보면 실은 아주 성격이 밝으신 분이라는 걸 알 수 있습니다."

"그런데 이 댁엔 늘 드나드는 손님은 없나요?"

"거의 없습니다. 물론 임피리얼 씨가 요즘 와 계시지만 그분 또한 특별한 손님이랄 수 있죠. 이제껏 서너 번 오셨을 뿐입니다. 드위트 씨는 손님을 초청하는 경우가 아주 드문 편입니다."

"아주 드물다고 하셨죠? 그럼 이따금 묵게 되는 손님은 아주 특별한 손님이겠군요? 아마 사업상의 손님일 테죠?"

"그렇습니다. 하지만 그런 분도 그리 많지는 않답니다. 아주 오랜만에 어쩌다 한 번 정도죠. 최근에는 남미에서 사업 관계로 오셨다가 묵고 가신 분이 계셨습니다."

드루리 레인은 무언가 생각에 잠기는 듯했다.

"얼마쯤 전이었나요?"

"한 달쯤 묵으셨다가 한 달 전쯤에 떠나셨습니다."

"전에도 이곳에 온 일이 있는 사람이었나요?"

"제가 기억하기로는 오신 일이 없었습니다."

"남미라……. 남미의 어느 곳인지 아십니까?"

"그건 모르겠습니다."

"정확히 언제 떠났습니까?"

"8월 14일로 기억하고 있습니다만."

레인은 잠깐 동안 잠자코 있었다. 다시 입을 열었을 때는 매우 흥미를 느낀 듯한 목소리로 천천히 질문했다.

"그 남미 사람이 이곳에 머무는 동안에 롱스트리트가 이곳에 온 일이 있었습니까?"

조겐스는 곧바로 대답했다.

"그렇습니다. 그때는 자주 드나들었습니다. 마퀸차오 씨가 오신 다음 날 밤엔 밤새 계셨죠. 그분의 성함이 펠리페 마퀸차오라고 합니다. 드위트 씨와 롱스트리트 씨, 마퀸차오 씨께선 한밤중이 넘어서까지 서재에 함께 계셨습니다."

"물론, 무슨 얘기를 나누는지는 듣지 못했을 테죠?"

조겐스는 흠칫 놀라는 듯했다.

"그야 물론이죠!"

"당연한 얘기를 제가 물었군요."

그러더니 드루리 레인은 중얼거렸다.

"펠리페 마퀸차오……? 외국인 같군요. 그는 어떤 사람이었나요? 그에 관해 얘기해주실 수 있겠습니까?"

집사는 헛기침을 했다.

"물론 외국인이었습니다. 스페인 사람 같더군요. 거무스름한 피부에 키가 크고 짧고 검은 콧수염을 기른 분이었습니다. 흑인이나 인디언처럼 얼굴이 매우 거무스름했습니다. 그리고 좀 특이한 신사 분이었죠. 말수가 적었고 집에 머무는 시간도 그리 많지 않았습니다. 이 댁 분들과 식사를 함께 하시는 일도 거의 없었고요. 새벽 4시나 5시까지 돌아오시지 않거나, 아예 들어오시지 않는 날도 있었습니다."

레인은 미소를 떠올렸다.

"그렇게 별나게 행동을 하는 손님에 대해 드위트 씨는 어떤 반응을 보였습니까?"

집사는 난처한 표정을 지었다.

"드위트 씨는 마퀸차오 씨의 출입에 대해서는 개의치 않는 것 같았습니다."

"그 사람에 대해 달리 알고 계시는 것이 있으십니까?"

"글쎄요……. 스페인 억양으로 영어를 구사하셨죠. 짐이라곤 커다란 여행 가방 하나밖에 없었습니다. 밤이 되면 드위트 씨와 때로는 롱스트리트 씨와도 함께 모여 몇 번인가 은밀한 회의를 하는 듯했습니다. 드위트 씨께서는 다른 손님이 찾아와도 거의 의례적으로만 마퀸차오 씨를 소개하는 데 그쳤습니다."

"에이헌 씨도 그 사람을 알고 있는 듯했습니까?"

"아뇨."

"임피리얼 씨는요?"

"임피리얼 씨는 그 당시엔 이 댁엔 안 계셨습니다. 마퀸차오 씨가 떠나고 나서 얼마 뒤에 도착하셨으니까요."

"그 남미 손님이 이 댁에서 떠난 뒤에 어디로 갔는지 알고 있습니까?"

"그건 모릅니다. 손수 여행 가방을 들고 나가셨지요. 드위트 씨를 제외하면 이 집에서 저보다 더 그 손님에 대해 알고 있는 사람은 없을 겁니다. 아가씨나 드위트 부인께서도 저보다는 모르실 거라고 생각합니다."

"그런데 남미 사람이라는 건 어떻게 아셨죠?"

조겐스 집사는 양피지 같은 쭈글쭈글한 손을 입으로 가져가며 기침을 했다.

"제가 있는 자리에서 드위트 부인이 드위트 씨께 물어보시더군요. 그때 드위트 씨께서 그렇게 말씀하셨습니다."

드루리 레인은 고개를 끄덕이며 눈을 감았다. 이윽고 눈을 다시 뜨고선 명확한 어조로 물었다.

"최근 몇 해 동안에 남미에서 온 듯한 손님은 달리 더 없었습니까?"

"없었습니다. 이 댁 손님들 가운데서는 마퀸차오 씨가 유일하게 스페인계 손님이었습니다."

"알겠습니다, 조겐스 씨. 대단히 고마웠습니다. 그리고 또 한 가지 더 부탁드릴 게 있습니다. 드위트 씨에게 전화해서 제가 급한 용무로 오늘 점심 식사를 함께했으면 한다고 전해주셨으면 합니다."

"잘 알겠습니다."

조겐스는 작은 탁자 쪽으로 가서 침착하게 다이얼을 돌린 뒤에 드위트를 불러냈다.

"주인님이신가요? 조겐스입니다. ……그렇습니다. 드루리 레인 씨께서 지금 와 계십니다. 오늘 점심을 함께했으면 좋겠다고 하십니다만. 급한 용무가 있으시답니다……. 그렇습니다. 드루리 레인 씨께서는 급한 용무라고 하셨습니다……."

조겐스는 레인을 힐끗 돌아다보며 말했다.

"정오에 증권거래소 클럽에서 만나면 좋겠다고 하십니다만?"

레인의 눈이 빛났다.

"정오에 거래소 클럽이라……? 네, 좋습니다."

레인과 퀘이시는 밖으로 나와 리무진에 올라탔다. 레인은 거북스러운 듯이 기를 쓰고 칼라를 잡아당기고 있는 퀘이시에게 말했다.

"방금 생각한 건데 말일세, 퀘이시. 자네는 뛰어난 관찰력을 지니고 있으면서도 오랫동안 썩히고 있는 것 같아. 어때, 임시로 탐정이 되어보지 않겠나?"

"무슨 말씀을 하시든, 주인님. 지금은 이놈의 빌어먹을 칼라 때문에……."

차가 움직이기 시작했다. 결국 퀘이시는 주름진 목에서 거칠게 칼라를 떼어냈다. 레인은 키득키득 웃었다.

"뭐 대단한 일은 아니라네. 하찮은 일을 시켜서 미안하네만, 자네는 아직 이 방면으로는 초보자이니까……. 오늘 오후 나는 여러 가지로 바빠서 그러니 그동안에 자네가 뉴욕에 있는 모든 남미 지역의 영사관과 연락을 취해주길 바라네. 남미 사람으로 키가 크고 거무스름한 피부에 수염을 길렀으며 어쩌면 인디언이나 흑인의 피가 섞여 있는지도 모르는 펠리페 마퀸차오라는 사람을 만난 일이 있는 영사관 직원을 찾아내는 일이네. 퀘이시, 말 안하더라도 알겠지만 이 일은 신중히 해야 하네. 내가 이쪽을 알아보고 있다는 걸 섬 경감이나 브루노 검사에게는 알리고 싶지 않단 말이네. 알겠나?"

"마퀸차오?"

퀘이시는 격양된 목소리로 말했다. 그는 노인 특유의 갈색 손가락으로 턱수염을 휘감으며 말을 이었다.

"대체 철자가 어떻게 되죠?"

드루리 레인은 퀘이시의 질문은 안중에도 없고 자기의 생각에만 몰두해 있는 듯이 말을 이었다.

"그 이유는 말일세, 섬 경감과 브루노 검사가 존 드위트의 집사를 신문하는 데까지 생각이 미치지 못한다면 일부러 가르쳐 주어도 소용없기 때문이네."

"그 집사는 말이 너무 많더군요."

퀘이시는 마치 한평생을 듣기만 하면서 살아온 사람처럼 자못 엄숙하게 말했다.

"아냐. 결코 만만히 봐선 안 될 사람이네."

드루리 레인은 중얼거리듯이 말을 이었다.

"오히려 그는 말이 너무 적었네."

제8장
증권거래소 클럽
9월 11일 금요일 정오

드루리 레인의 등장은 충분히 사람들의 눈길을 끌 만큼 장중하기는 했지만 결코 미리 계획된 것이 아님은 분명했다. 월가의 증권거래소 클럽의 딱딱한 공기 속으로 들어서는 것만으로도 그는 단번에 열광적인 분위기를 조성해냈다. 라운지에서 골프를 화제 삼아 열심히 얘기하던 사내 세 명은 레인의 모습을 보자 스코틀랜드 게임에 관한 화제는 슬그머니 자취를 감추고 말았다. 흑인 종업원은 인버네스 외투 차림의 레인을 보자 놀라서 눈을 둥그렇게 떴다. 책상 뒤에 앉아 있던 사무원도 깜짝 놀라며 펜을 떨어뜨렸다. 소문은 순식간에 퍼져 나갔다.

사내들은 레인의 곁을 괜히 어슬렁거리면서 그의 이색적인 차림새를 신기한 듯이 곁눈질했다.

레인은 짧은 한숨을 쉬면서 로비에 있는 의자에 앉았다. 그러자 머리가 희끗한 사내가 급히 달려와서 그에게 최대의 경의를 표하며 깊숙이 허리를 굽혔다.

"어서 오십시오, 레인 씨."

레인은 가벼운 미소를 떠올렸다.

"이렇게 찾아주셔서 정말 영광입니다. 제가 이곳의 지배인입니다. 필요한 일이 있으시면 무엇이든 말씀만 하십시오. 시가가 필요하신가요?"

"아니, 괜찮습니다. 성대를 보호해야만 하니까요."

레인은 손을 내저었다. 능숙한 어조로 명랑하게 말했지만 말투는 몹시 기계적이었다.

"드위트 씨와 약속이 되어 있습니다만, 아직 안 오신 모양이죠?"

"드위트 씨 말입니까? 죄송하지만, 아직 안 오셨습니다……."

지배인은 드위트가 드루리 레인을 기다리게 하는 것이 괘씸하기 이를 데 없다는 투로 말했다.

"기다리시는 동안이나마 시중을 들어드리겠습니다."

"무척 친절하시군요."

레인은 의자에 등을 기대며 이제 그만 혼자 있고 싶다는 듯이 눈을 감았다. 지배인은 몹시 우쭐한 기분으로 뒤로 물러나며 넥타이를 매만졌다.

이때 작은 체구의 드위트가 급히 로비로 들어섰다. 드위트의 얼굴은 몹시 창백했다. 불안과 긴장이 어우러진 절박한 느낌이 얼굴에 잘 나타나 있었다. 그는 표정을 바꾸지 않은 채 지배인의 미소 띤 얼굴에 알은체를 하고선 저쪽에 있는 레인에게 부러운 듯한 시선을 보내면서 서둘러 다가갔다.

"드위트 씨께서 오셨습니다."

지배인이 말했다.

그러나 레인이 아무런 반응을 보이지 않자 그는 다소 기분이 상한 모양이었다. 드위트는 지배인에게 물러가라고 손짓을 하고는 레인의 단단한 어깨를 가볍게 두드리자 그제야 노배우는 눈을 떴다.

"아, 드위트 씨!"

레인은 반가운 표정으로 곧바로 자리에서 일어섰다.

"기다리시게 해서 죄송합니다, 레인 씨. 다른 약속을 거절하느라…… 그만 늦어버렸습니다."

드위트는 부자연스러운 어조로 말했다.

"뭐, 괜찮습니다."

레인은 인버네스 외투를 벗으면서 말했다. 제복 차림의 흑인이 급히 뛰어와서는 레인의 인버네스 외투와 모자와 지팡이, 게다가 드위트의 외투와 모자까지 참으로 익숙한 솜씨로 받아 들었다. 두 사람은 지배인의 안내를 받으며 로비에서 클럽의 식당으로 들어갔다. 식당에서는 웨이터들의 우두머리쯤으로 보이는 이가 직업적인 무표정을 거두고 미소를 지으며 드위트의 요구에 따라 식당 안 별실로 그들을 안내했다.

가벼운 점심 식사가 이어졌다. 드위트는 등심 살코기를 먹는 둥 마는 둥 하는 동안 드루리 레인은 로스트비프의 큼직한 덩어리를 거뜬히 먹어치웠다. 그동안 레인은 심각한 얘기는 한 마디도 하려 들지 않았다. 드위트는 레인이 자신을 만나려고 한 목적을 알아내려고 애썼다. 하지만 그때마다 레인은 가벼운 기분으로 식사를 하지 않으면 소화가 잘 되지 않는다는 핑계로 화제를 돌리기 일쑤였다. 드위트는 억지 미소를 지어 보였고, 레인은 경쾌하고 유창하게 얘기를 계속했다. 마치 영국식 고기 요리를 맛보느라 바빠서 정작 중요한 얘기는 안중에도 없는 듯했다. 레인은 드위트에게 자신이 무대에 처음 섰을 무렵의 뒷얘기를 해주거나 저명한 연극배우인 오티스 스키너, 윌리엄 파버샴, 부스, 피스크 부인, 에텔 배리모어 등에 관한 인상적인 일화를 들려주기도 했다.

식사가 계속됨에 따라 노배우의 이야기 솜씨에 드위트의 굳은 표정도 한결 부드러워졌다. 드위트가 흥미로운 표정으로 귀를 기울이자 레인도 편안하게 얘기를 계속했다.

커피를 마시고 나서 드위트가 시가를 권했으나 레인은 정중하게 거절하며 말했다.

"드위트 씨, 알고 보니 당신은 무뚝뚝하지도 않고 뭐, 병적인 분도 아니시군요."

드위트는 흠칫하고 놀랐으나 달리 말은 하지 않고 시가 연기만을 내뿜었다.

"정신과 의사를 찾아가서 물어볼 필요도 없이, 당신의 얼굴이나 최근의 행동만으로 미루어 보더라도 좋지 않은 그늘이 엿보이군요. 아마도 만성 우울증이신 것 같은데 선천성은 아니시겠죠?"

"과거에 힘겨운 생활을 했던 때가 있었기 때문입니다."

드위트는 중얼거리듯이 대꾸했다.

"제 생각이 옳았군요."

레인의 목소리는 사람을 설득하려는 어조로 바뀌고 있었다. 레인은 긴 손을 테이블보 위에 얹어놓고는 조금도 움직이지 않았다. 드위트의 시선은 그 손에 못 박혀 있었다.

"드위트 씨, 제가 이렇듯 당신과 한 시간이나 얘기를 나눈 가장 큰 이유는 당신과 친해지고 싶었기 때문입니다. 당신을 좀 더 알고 싶습니다. 그리고 어설픈 방법인지도 모르겠습니다만, 제 나름대로 당신을 도와드리고 싶기 때문입니다. 당신은 실제로 여러 가지 도움이 필요하신 것 같아서……."

드위트는 시선을 들지 않고 어두운 표정으로 말했다.

"친절하신 말씀 고맙게 생각합니다. 현재 제가 궁지에 몰려 있다는 것은 저도 잘 알고 있습니다. 브루노 지방 검사나 섬 경감도 저를 의심하고 있습니다. 저는 늘 감시를 당하고 있죠. 우편물에조차도 손을 뻗고 있는 것 같습니다. 그리고 당신만 하더라도 저희 집 하인들을 신문하셨지요…….”

"그건 집사뿐입니다. 게다가 그것도 정말이지 당신을 위해서였습니다."

"……섬 경감도 집사를 신문했습니다. 당신도 아시겠지만, 저는 지금의 제 입장을 잘 알고 있습니다. 물론 당신은 경찰 측과는 좀 다르신 것 같기도 합니다만……. 그러니까 좀 더 인간적이라고나 할까요?"

드위트는 어깨를 으쓱한 뒤에 말을 이었다.

"놀라실지 모르겠습니다만, 수요일 밤부터 저는 당신에 대해서 상당히 많은 생각을 해봤습니다. 여러 차례 저를 변호해주시기도 했고…….”

레인은 진지한 표정으로 얘기를 가로막았다.

"그렇다면 한두 가지 질문을 해도 괜찮겠습니까? 저는 이번 사건 수사에 공식적으로 관계하지는 않습니다. 동기는 어디까지나 개인적인 것이고 진실을 밝히고자 하는 것이 최후의 목적일 뿐이지요. 좀 더 앞으로 나아가기 위해서는 아직도 알아야만 할 일이 몇 가지 있습니다…….”

드위트는 재빨리 고개를 들었다.

"앞으로 나아간다고요? 그렇다면 이미 무언가 알고 계신 게 있으신가요?"

"두어 가지 근본적인 문제를 알고 있습니다, 드위트 씨."

드루리 레인은 웨이터를 손짓해 불렀다. 웨이터는 흥분한 듯이 달려왔다. 레인은 커피를 한 잔 더 주문했다. 드위트의 시가는 이미 불이 꺼진 채로 손가락 끝에 매달려 있었다. 레인에게 정신이 팔려 있어 그것도 잊은 모양이었다. 레인은 희미하게 미소를 떠올렸다.

"무례를 범하는 게 아닌지 모르겠습니다만, 저는 어느 아름다운 귀부인이 한 말과는 다른 의견을 갖고 있습니다. 드위트 씨, 그건 어리석은 얘기죠! 세비네 부인*서간집으로 유명한 18세기 프랑스의 귀부인-옮긴이*은 불멸의 셰익스피어를 마치 커피의 향기와도 같이 덧없다고 했습니다."

레인은 부드러운 어조로 계속 말을 이었다.

"이것을 수사의 진전이라고 할 수 있다면, 저는 롱스트리트와 우드를 죽인 인물을 알고 있습니다."

순간 드위트는 레인에게 한 방 얻어맞기라도 한 듯이 얼굴이 파랗게 질렸다. 손가락 사이에서 시가가 떨어졌다. 드위트는 레인의 맑은 시선을 받으며 눈을 깜박거렸고, 놀란 나머지 숨을 들이켜며 냉정을 되찾으려고 애썼다.

"롱스트리트와 우드를 죽인 범인을 알고 계신다고 하셨습니까?"

그는 목이 졸리는 양 가까스로 낸 듯한 목소리로 말을 이었다.

"그렇다면 레인 씨, 어째서 손을 쓰시지 않는 것입니까?"

"지금 손을 쓰고 있는 중입니다, 드위트 씨."

레인은 조용히 대답했다.

드위트는 꼼짝도 하지 않았다.

"유감이지만, 융통성 없는 정의를 상대로 하고 있는 거죠. 그 녀석을 납득시키려면 물적 증거가 필요하답니다. 도와주시지 않으시겠습니까?"

드위트는 곧바로 대답하지 않았다. 그의 얼굴은 고뇌에 차 있었다. 마주 앉은 이 색다른 검찰관의 무표정한 얼굴 저 밑바닥에 있는 것을 애써 찾아내려 하고 있었다. 레인이 얼마만큼 알고 있는지, 정확히 말해서 무엇을 알고 있는지를 찾아내려는 듯했다. 이윽고 드위트는 아까와 마찬가지로 긴장한 목소리로 말했다.

"제가 할 수만 있는 일이라면……."

"그만한 용기가 있으신가요, 드위트 씨?"

모든 것이 멜로드라마 같아서 약간은 조잡스러운 느낌이 없지 않았다. 노배우의 마음속 깊은 곳에서는 어떤 혐오감과도 같은 것이 꿈틀거렸다.

드위트는 계속해서 잠자코 있었다. 드위트는 그 속에서 살인자의 이름을 찾기라도 하려는 듯이 다시금 레인의 눈을 지그시 들여다보았다. 그런 뒤에 불안스레 떨리는 손으로 성냥을 긋고는 꺼진 시가에 불을 붙였다.

"가능한 한 말씀드리겠습니다, 레인 씨. 그렇지만 그 뭐랄까, 저는 마치 두 손을 묶인 것 같은 형편이라서 아무래도 말씀드릴 수 없는 것이 한 가지 있습니다……. 그러니까 수요일 밤에 만나기로 약속이 되어 있던 사람에 관한 부분입니다만."

레인은 가볍게 고개를 가로저었다.

"드위트 씨, 이 사건에서 가장 흥미 있는 점을 한 가지 빠뜨리신다면 일은 점점 복잡하게 됩니다. 그렇지만 어쨌든 그 점은 접어두도록 하죠."

레인은 잠깐 뜸을 들이며 말을 이었다.

"현재로서 제가 알고 있는 것을 말씀드리지요. 당신과 롱스트리트는 남미에서 광산업으로 재산을 모았고 이곳 미국으로 돌아와서는 적지 않은 자본이 드는 주식 중개업을 시작했다는 사실입니다. 그러고 보면 당신들은 광산업으로 한몫 크게 잡으셨던 것 같습니다. 그게 전쟁 전의 일이라고 알고 있습니다만?"

"그렇습니다."

"그 광산은 남미의 어느 나라에 있는 것이었나요?"
"우루과이랍니다."
"우루과이라……?"
레인은 두 눈을 반쯤 감으며 말을 이었다.
"그럼 마퀸차오 씨도 우루과이 사람입니까?"
드위트는 놀라서 입이 벌어졌다. 그리고 의혹 어린 눈길로 레인을 바라봤다.
"마퀸차오에 대해선 어떻게 아셨죠? 물론 조겐스가 말했을 테죠. 정말 어쩔 수 없는 늙은이로군. 미리 주의를 주었어야 했는데……."
드위트가 투덜대자 레인이 날카롭게 말했다.
"그렇지 않습니다, 드위트 씨. 조겐스는 나무랄 데 없는 사람입니다. 충실한 당신의 하인입니다. 당신에게 도움이 된다고 생각했기 때문에 제게 가르쳐준 것뿐입니다. 그런 점은 당신도 본받았으면 좋겠군요. 적어도 제 의도를 의심하는 게 아니라면 말입니다."
"그럴 리가 있겠습니까. 아무튼 실례했습니다……. 그렇습니다. 마퀸차오는 분명히 우루과이 사람입니다."
드위트는 괴로워하는 듯했다. 그 눈은 한동안 침착성을 잃고서 이리저리 헤매다가 가까스로 본디의 냉정함을 되찾았다.
"하지만 레인 씨, 마퀸차오에 대해서는 더는 묻지 말아주셨으면 합니다."
"그러나 묻지 않을 수가 없군요."
레인의 두 눈에는 아무런 저의도 엿보이지 않았다.
"마퀸차오는 누구입니까? 그는 어떤 일을 하는 사람입니까? 그리고 댁에 머무는 동안에 했던 별난 행동에는 어떤 뜻이 있는 거죠? 이 질문들만큼은 꼭 대답해주셔야겠습니다."

드위트는 테이블보 위에다 숟가락으로 의미 없는 무늬를 그리면서 낮은 목소리로 말했다.

"굳이 들어야겠다면 말씀드리죠. 하지만 대단한 얘기는 못 됩니다. 순전히 사업 관계로 만났던 거죠. 그러니까 마퀸차오는 남미에 있는 공익사업 용지의 시찰원인데 공채 발행을 취급해달라고 우리 회사로 찾아왔던 것입니다. 그건 완전히 합법적인 사업이죠. 그래서 저는……."

"그래서 당신은 롱스트리트와 그 공채 발행을 돕기로 했단 말입니까?"

레인은 무표정하게 물었다.

"네, 뭐 고려해보기로 했죠."

드위트의 숟가락은 테이블보 위에 기하학적인 도형을 그리느라 바쁘게 움직였다. 모서리, 곡선, 구형, 마름모꼴…….

"고려해보기로 하셨다고요?"

레인은 무뚝뚝하게 되물으며 질문을 이었다.

"그런데 어째서 그는 그렇게 오랫동안 댁에 머물러야 했습니까?"

"글쎄요. 저로서도 확실한 건 알 수 없습니다. 아마도 다른 금융 기관과도 교섭을 하느라 그렇게 된 게 아닌가 싶습니다만……."

"그의 주소를 가르쳐주실 수 있습니까?"

"실은 저도 정확히는 모릅니다. 그는 여기저기를 여행하는 중입니다. 게다가 한곳에 오래 머물지도 않고 말입니다……."

레인은 갑자기 킥킥 웃었다.

"당신은 그다지 거짓말에 능숙하지 못하시군요, 드위트 씨.

아무래도 얘기를 계속하는 것은 헛수고 같습니다. 저까지 당혹스러워지는 듯한 거짓말로 당신이 혼란에 빠지기 전에 이쪽에서 얘기를 그만두기로 하죠. 그럼 이쪽에서 저는 물러가죠, 드위트 씨. 사람을 판단할 수 있는 능력이 있다고 자부하던 저로서는 당신의 태도로 말미암아 호된 경험을 한 듯하군요."

레인은 자리에서 일어났다. 웨이터가 얼른 달려와서 의자를 뒤로 당겨주었다. 레인은 그에게 미소를 지어 보인 다음, 고개를 떨구고 있는 드위트를 바라보며 여느 때와 다름없는 상냥한 목소리로 말했다.

"하지만 언제라도 생각이 달라지시면 제가 살고 있는 허드슨 강기슭의 햄릿 저택으로 와주십시오. 그럼 이만 실례하겠습니다."

마치 사형 선고라도 받은 양 침울한 모습으로 있는 드위트를 남겨두고 레인은 그 자리를 떠났다.

웨이터를 앞세우고 테이블 사이를 빠져 나가다가 레인은 잠깐 멈춰 서서 혼자 빙긋이 미소 짓고는 다시 걸음을 옮겨 식당을 나왔다. 드위트가 아직 앉아 있는 테이블에서 그다지 멀지 않은 자리에 한 사내가 식사를 하고 있었다. 사내의 얼굴은 벌겠고 기분이 나빠 보였다. 그는 레인과 드위트가 얘기를 나누는 동안 내내 앞으로 몸을 내밀고 귀를 곤두세우며 염치도 없이 얘기를 엿들으려 했다.

로비에서 레인은 웨이터의 어깨를 두드렸다.

"드위트 씨와 내가 앉아 있던 테이블 근처에 있는 저 불그레한 얼굴의 사내는 이 클럽 회원인가요?"

웨이터는 당황스러운 표정을 지었다.

"아닙니다, 형사입니다. 배지를 내밀며 막무가내로 들어온 겁

니다."

레인은 다시 미소를 떠올리며 웨이터 손에 지폐를 쥐여준 뒤에 느긋한 걸음걸이로 안내 데스크 쪽으로 갔다. 담당 직원이 벌떡 자리에서 일어났다.

드루리 레인이 말했다.

"먼저, 클럽 소속인 모리스 박사가 계신 곳으로 안내해주십시오. 그런 뒤에는 클럽 간사가 계신 곳도 안내해주시기 바랍니다."

제9장
지방 검찰청
9월 11일 금요일 오후 2시 15분

같은 날 오후 2시 15분에 드루리 레인은 활기찬 발걸음으로 센터 스트리트를 걷고 있었다. 한쪽으로는 경찰 본부의 거대한 담벼락이 솟아 있었고 또 한쪽으로는 뉴욕 변두리의 외국인 상점들이 즐비해 있었다. 레인은 뉴욕 카운티의 주임 검사가 있는 10층 건물인 137호 건물 앞에 이르러서 곧바로 안으로 들어갔다. 그는 복도를 거쳐 엘리베이터를 타고는 위층으로 올라갔다.

레인의 표정은 언제나 그렇듯이 잘 억제되어 감정이 드러나지 않았다. 그는 무대에서 평생 동안 쌓아온 훈련 덕분에 곡예사가 사지를 마음대로 다루듯이 얼굴 근육을 다룰 수 있었던 것이다. 그러나 지금은 아무도 그를 눈여겨보지 않았기 때문에 레인의 두 눈 속에는 무언가 의미가 담긴 번득임이 일었다. 마치 숲속에 몸을 숨기고 엽총을 겨누고 있는 사냥꾼처럼 예리한 활기와 냉철한 이성이 빚어내는 묘한 흥분과 기대감이 뒤섞인 번득임이었다. 누구든 이 두 눈을 들여다본다면 이 두 눈의 주인이 불구의 몸으로 불편한 생활을 하고 있다고는 도저히 상상도 할 수가 없을 것이다. 그 무엇인가가 그의 자아를 눈뜨게 하고, 신선한 활력으로 그 존재를 자극하고, 자신감과 활기와 날렵함으로 가득 찬 새로운 물줄기로 생명의 흐름을 이끌었던 것이다.

그러나 그가 브루노 지방 검사의 사무실에 딸린 대기실 문을 열고 들어섰을 때는 그 번득임은 사라지고 여느 때처럼 예스러운 옷차림을 한 나이보다 젊어 보이는 인물로 돌아가 있었다.

직원이 당황한 듯이 인터폰에 대고 전했다.

"네 알겠습니다, 브루노 검사님."

그러고 나서 직원은 뒤돌아보았다.

"앉으십시오. 브루노 검사님께서 대단히 죄송하다고 전해달라고 하십니다. 지금 경찰청장님과 회의 중이십니다. 잠시 기다려주시겠습니까?"

레인은 고개를 끄덕이고는 자리에 앉아 턱을 지팡이 손잡이 위에 올려놓았다.

레인이 눈을 감고 조용히 십 분쯤 기다렸을 때, 브루노의 전용실 문이 열리며 브루노에 뒤이어 건장한 체격에 키가 큰 경찰청장이 따라 나왔다. 직원은 벌떡 자리에서 일어났으나 레인은 졸고 있는 듯 앉은 채로 있었다. 브루노는 웃으면서 레인의 어깨를 툭 건드렸다. 차분한 잿빛 눈을 뜨더니 레인은 곧 자리에서 일어났다.

"브루노 씨."

"안녕하십니까, 레인 씨?"

브루노는 신기한 듯이 레인을 바라보고 있는 경찰청장에게 몸을 틀며 말했다.

"이쪽은 레인 씨입니다. 그리고 이쪽은 버비지 청장님이시고요."

"뵙게 되어 영광입니다, 레인 씨."

청장은 쩌렁쩌렁한 목소리로 그렇게 말하며 레인의 손을 잡고 크게 흔들었다.

"레인 씨, 저도 언젠가 당신을 뵌 적이 있지요."

"버비지 청장님, 그렇게 말씀하시니 마치 제가 화려했던 과거의 그늘 속에 살고 있는 듯이 여겨지는군요."

레인은 자연스러운 미소를 떠올리며 대꾸했다.

"당치도 않습니다! 지난날과 조금도 변하시지 않으셨어요. 여전히 멋지십니다. 브루노 검사가 당신의 새로운 재능에 대해서 얘기를 해주었습니다. 선생께서 자신 안에서 어떻게 그런 재능을 발견하셨는지는 브루노 검사로서도 알 수 없는 새로운 사실인 모양이더군요."

청장은 머리를 크게 흔들고는 말을 이었다.

"저희로서는 알 수 없을 테죠. 섬 경감도 여러 가지로 얘기해 주긴 했습니다만."

"늙은이의 주책이죠. 하지만 버비지 씨, 브루노 검사는 정말 도량이 넓은 분입니다."

순간 레인의 눈가에 주름이 모아졌다.

"이제야 생각났습니다만 당신의 이름은 참으로 멋지군요. 리처드 버비지라고 하면, 당시 가장 유명한 배우로 셰익스피어의 생애에서 가장 친했던 세 명의 친구 중 한 사람이었죠."

청장은 마냥 기쁜 표정을 지었다.

레인은 버비지 청장과 잠시 얘기를 나누고서 헤어졌다. 그러고는 브루노를 따라 그의 방으로 들어갔다. 섬 경감이 수화기를 들고서 전화통을 잡아먹을 듯한 모습으로 미간을 잔뜩 찌푸리고 있었다. 그는 인사말 대신에 굵은 눈썹을 움직였는데, 여전히 귀는 수화기에 대고 있었다. 레인은 경감 앞에 자리를 잡고 앉았다.

"지금 듣고 있네."

경감이 말했다. 이어서 수화기에서 흘러나오는 말을 듣는 동안 경감은 얼굴이 점차 벌게지며 주체할 수 없는 분노가 당장이라도 폭발할 듯했다.

"이봐, 누굴 바보로 만들 셈인가! 분명히 말하라고. 입 닥쳐! 내가 자네에게 지시할 게 있다고 오늘 오후 2시 30분에 전화를 걸라고 했다고? 머리가 어떻게 된 모양이군! 아니면 술에라도 취한 건가? ……뭐라고, 내가 분명히 그렇게 말했다고? 이봐, 잠깐 기다려."

섬 경감은 몸을 틀며 브루노를 바라보았다.

"이 얼빠진 녀석은 내 부하인데 확실히 머리가 좀 돈 모양이오, 녀석은……. 이봐, 이보라고! 내가 카펫을 들어 올리는 걸 도와줬다고? 무슨 카펫을 말인가? 이런 얼빠진 녀석이! 잠깐 기다려."

경감은 상대에게 소리 질렀고 다시 브루노에게 말했다.

"도무지 터무니없는 소리를 지껄이고 있소. 어제 내가 위호켄에 있는 우드의 하숙방을 조사했다는 거요. 가만있자, 그러고 보니 전혀 헛소리만은 아닌지도 모르겠군. 누군가가 장난을 친 것인지도 모르니까……."

그렇게 말하며 경감은 드루리 레인에게로 눈길을 돌렸다. 레인은 상냥하고 장난기 어린 표정으로 경감을 바라보고 있었다. 경감의 턱은 축 늘어져 있었지만 열띤 두 눈에서는 지적인 눈빛이 번득였다. 이어서 쓴웃음이 그의 얼굴에 번지더니 경감은 전화에 대고 신음하듯이 말했다.

"알겠네. 지금 한 말은 취소하지. 그 방이나 잘 지키게."

경감은 수화기를 내려놓고 레인 쪽을 돌아보며 책상 위에다 탕 하고 소리 나게 팔꿈치를 갖다 댔다. 브루노는 놀라서 두 사람을 번갈아 보았다.

"그러니까 레인 씨께서 나로 변장했단 말씀이군요?"

"경감님, 이제까지 저는 당신에게 유머 감각이 있는지 의심하고 있었습니다. 하지만 앞으로는 영원히 그 의심마저 없애버려야겠군요."

레인은 엄숙하게 대꾸했다.

"대체 무슨 일이 있었던 거요?"

브루노의 질문에 경감은 담배를 고쳐 물며 말했다.

"부하 녀석 얘기로는, 그러니까 어제 내가 위호켄의 하숙집에 가서 머피 부인을 만났고 우드의 방을 수색해 카펫 아래에서 은행 통장을 찾아냈다는 거요. 그리고 그걸 내 밑에서 자그마치 육년 동안이나 일한 그 녀석이 거들어줬다 그 말이오. 그런 뒤에 나는 밖으로 나가버렸다고 하더군요. 이를테면 기적이 일어난 거죠. 왜냐하면 위호켄에 있는 동안, 나는 동시에 이 센터 스트리트의 내 사무실에서 당신과 얘기를 하고 있었으니 말이오!"

브루노는 레인을 보자 웃어대기 시작했다.

"그건 좀 심하군요, 레인 씨. 게다가 위험하기도 하고요."

"천만에요. 전혀 위험하진 않아요."

레인은 부드럽게 말을 이었다.

"제 친구는 당대 최고의 분장사니까요, 브루노 씨……. 그리고 경감님, 당신에겐 사과를 드리지요. 하지만 어제 제가 당신으로 변장한 데에는 중대하고 확고한 이유가 있었기 때문입니다. 당신 부하에게 전화를 걸라고 한 것은 좀 유치한 장난이었지만 말입니다."

"다음에 변장할 때는 내게도 꼭 좀 보여주십시오. 아무래도 위험하니까요……."

경감은 중얼거리듯이 말을 이었다.

"뭐 그건 그렇고, 그 예금 통장이나 넘겨주십시오."

레인은 웃옷 안주머니에서 통장을 꺼내 경감에게 건넸다. 경감은 그것을 받아 들고 안을 살폈다.

"경감님, 가까운 시일 안에 더욱 놀랄 만한 인물을 당신에게 보여드리게 될지도 모르겠습니다."

경감은 예금 통장에 끼어 있던 5달러짜리 지폐를 집어내며 싱긋 웃었다.

"아무튼 당신은 정직한 분이시군요."

그렇게 말하고서 경감은 통장을 브루노에게 던져주었다. 브루노는 그것을 들춰본 뒤 서랍에 넣었다.

"오늘 제가 이렇게 찾아온 것은 우리의 친애하는 경감님께서 당황하는 것을 보자는 것이 아닙니다. 실은 부탁드릴 일이 두어 가지 있어서입니다. 첫째는 우드가 살해되었을 때 배에 탔던 승객 명단의 사본을 얻고자 합니다."

브루노는 책상 맨 위 서랍을 뒤지더니 레인에게 얇은 종이 다발을 건네주었다. 레인은 그것을 접어서 주머니에 넣었다.

"그리고 또 한 가지 부탁은 지난 몇 달 동안에 신고된 행방불명자 전원에 관한 빈틈없는 기록을 얻었으면 합니다. 그리고 앞으로 신고되는 행방불명자에 관한 것도 그때그때 입수할 수 있었으면 좋겠습니다. 어떻습니까, 들어주실 수 있겠습니까?"

경감과 지방 검사는 서로 마주 보았다. 브루노는 어깨를 으쓱했고, 경감은 맥이 빠진 표정을 지으며 수화기를 들어 실종조사계에 지시했다.

"완전한 기록을 받아 보시게 될 겁니다, 레인 씨. 그때그때 햄릿 저택으로 보내드리지요."

"고맙습니다, 경감님."

브루노는 뭔가를 망설이는 듯이 헛기침을 몇 번 했다. 레인은 호기심 어린 두 눈으로 브루노를 바라보았다.

지방 검사가 입을 열었다.

"지난번에…… 당신은 우리가 결정적인 행동을 취하고자 할 때는 미리 알려달라고 하셨죠?"

"결정이 된 건가요? 어떻게 말입니까?"

레인이 물었다.

"존 드위트를 찰스 우드 살인 사건의 범인으로 체포하기로 결정했습니다. 경감과 저는 기소할 수 있는 충분한 단서가 있다는 점에서 의견 일치를 보았습니다. 청장님도 이 결정에 동의했습니다. 우선 기소는 틀림없을 겁니다."

레인의 표정이 진지해졌다. 매끄러운 양 볼에 긴장감이 감돌았다.

"그렇다면 당신과 섬 경감님께서는 드위트가 롱스트리트를 죽였다고 믿는 거로군요?"

"물론입니다. 당신의 말을 빌리면 이 X라는 인물은 전체의 배후에 있습니다. 두 범행이 동일인에 의해 행해진 데에는 의심할 여지가 없죠. 범행 동기 또한 장갑처럼 딱 들어맞고요."

섬 경감이 대답했다.

레인이 잠자코 듣다가 입을 뗐다.

"그럴듯하군요, 경감님. 정말이지 그럴듯합니다, 경감님. 그런데 언제 행동을 취하실 예정인가요, 브루노 씨?"

"서두를 필요는 없겠지요. 존 드위트는 도망칠 수 없을 테니까요. 하지만 내일 중으로 체포할 작정입니다. 적어도 그동안에 우리 생각을 바꿀 만한 일이 일어나지 않는다면 말입니다."

"그렇게 할 수밖에는 없으신가요?"

"그렇습니다."

브루노는 얼굴을 일그러뜨리며 미소 지었다.

"레인 씨, 경감과 제가 햄릿 저택으로 당신을 찾아가서 롱스트리트 사건의 줄거리를 대충 말씀드렸을 때, 당신은 어떤 해답을 얻었다고 하셨습니다. 그렇다면 우리가 이번에 드위트를 체포하는 것은 당신의 그 해답과 일치합니까?"

노배우는 생각에 잠긴 목소리로 입을 열었다.

"다소 유감스럽군요. 아무래도 좀 성급한 결정 같습니다……. 기소할 수 있는 단서가 있다고 하셨는데, 얼마만큼 강력한 단서입니까?"

"드위트의 변호사가 얼마간은 불면증에 시달려야 할 정도의 힘은 있죠."

지방 검사는 그렇게 응수하며 말을 이었다.

"드위트의 공판이 시작되면 검찰 측은 대강 이렇게 주장할 것입니다. 확인할 수 있었던 한에서 그는 우드와 같은 시간에 승선해 두 번 왕복한 뒤 살인이 일어난 시간까지 모호크호에 있었던 유일한 인물입니다. 이것은 매우 중요한 사실입니다. 게다가 그는 살인 사건이 발생한 직후에 배에서 빠져 나가려 했던 사실을 인정했습니다. 또 배를 타고 두 번 왕복했으면서도 처음엔 그 사실을 숨겼는데, 우리는 이 점도 강조할 겁니다. 물론 그가 나중에 그 이유를 댔지만 신빙성이 약할 뿐만 아니라 전혀 입증할 수도 없는 것이었죠. 무엇보다 누군가를 만날 약속이 되어 있었다고 하면서도 그것을 뒷받침할 진술을 스스로 거부하고 있다는 것은 어처구니없는 얘기입니다. 그것이 날조된 구실에 지나지 않는다는 것은 두 가지 사실로 더욱 명백해집니다. 곧 그 약속 상대가 나타나지 않았다는 사실과 약속이 이루어진 전화 기록을 확실히 알아낼 수 없었다는 사실입니다. 따라서 전화니 약속 상대니 하는 것은 드위트가 지어낸 얘기라는 느낌이 강합니다. 어떻습니까, 레인 씨? 이러한 주장을 어떻게 생각하십니까?"

"과연 그럴듯한 얘기지만 거의 모두 직접 증거는 못 되는군요. 아무튼 계속해서 말씀해보시죠."

브루노의 얼굴이 예민하게 떨렸으나 그는 천장을 올려다보고는 다시금 얘기하기 시작했다.

"살인 현장인 상부 갑판으로 접근하는 것은 드위트에게는 어려운 일이 아니었을 것입니다. 물론 배에 타고 있던 자라면 누구라도 가능한 일이지만, 문제는 10시 55분 이후 드위트의 행방을 확인해줄 수 있는 증인이 없다는 것입니다. 게다가 피살자의 몸에서 나온 시가는 드위트 자신이 자신의 것이라고 인정했습니다. 띠에 새겨진 이니셜로 보더라도 그의 것임이 틀림없죠. 그런데 그는 어디서도 우드에게 시가를 준 일은 없었다고 진술했습니다. 일단 자신을 방어하고 볼 작정으로 그렇게 말한 모양인데, 사실은 이것도 우리에게 있어서는 유리한 논증의 근거가 됩니다. 살인 사건 이전에 어딘가 다른 곳에서 우드에게 시가를 줬다고 말하면 시체에서 시가가 나온 이유를 설명할 수 있겠지만, 그는 그런 여지를 스스로 배제한 셈이니까요."

레인은 가볍게 양손을 마주치며 침묵의 갈채를 보냈다.

"더욱이 우드는 배에 타기 전에는 그 시가를 갖고 있지 않았다는 사실이 밝혀졌으므로 그것은 배 안에서 받은 것임이 분명합니다."

"받은 것이란 말입니까, 브루노 씨?"

브루노는 입술을 깨물었다.

"적어도 그것이 타당한 해석이겠지요."

브루노가 설명을 덧붙였다.

"시가로 추정해보건대 저는 드위트가 배 안에서 우드를 만나 얘기를 나누었을 거라고 생각합니다. 그렇게 생각하면 드위트가 두 번 왕복한 사실이나, 우드와 드위트가 승선하고 나서 우드가 살해될 때까지의 경과 시간도 설명이 되는 셈입니다. 그리고 문제의 시가는 얘기를 나누는 과정에서 드위트가 권했거나 우드 쪽에서 달라고 했을 테죠."

"잠시만요, 브루노 씨. 그렇다면 결국 드위트는 자신에게 혐의가 돌아올 기막힌 증거물을 상대방의 몸에 남긴 것도 잊고 살인을 했다는 말씀인가요?"

레인이 상냥하게 물었다.

그 말에 브루노는 싱긋 웃었다.

"그렇습니다, 레인 씨. 인간이란 살인을 할 때에는 자기도 모르게 다소 어리석은 짓을 하기 마련입니다. 틀림없이 드위트는 잊어버렸을 겁니다. 아마도 몹시 흥분해 있었기 때문이겠지요."

브루노가 말을 이었다.

"다음은 동기의 문제입니다. 물론 드위트가 우드를 죽인 이상 롱스트리트 살인 사건과 연관 지어 생각해야 합니다. 여기에 대해서 직접 증거로 들 수 있는 것은 아무 것도 없습니다만, 동기로 볼 때 관련이 있음은 명백한 사실입니다. 우드는 롱스트리트의 살해범을 알고 있다는 내용의 편지를 우리에게 보냈고, 그것을 밀고하려 가는 도중에 살해된 겁니다. 곧 그는 누군가에 의해 입이 봉해진 것입니다. 그의 입을 봉해야만 했던 인물은 오직 한 사람, 다름 아닌 롱스트리트의 살해범일 뿐입니다. 그러므로 배심원 여러분."

브루노는 장난스러운 어조로 말을 계속했다.

"드위트가 우드를 죽였다면 롱스트리트를 죽였던 것 또한 그가 되는 셈입니다."

그때 섬 경감이 끼어들었다.

"이것 봐요, 브루노. 레인 씨는 당신의 얘기 따위는 전혀 믿지 않는 눈치요. 결국 시간 낭비인 셈이오……."

"경감님!"

레인은 가볍게 비난하는 투로 말을 이었다.

"제 태도를 오해하지 마시기 바랍니다. 브루노 씨는 필연적인 결론을 지적하고 계십니다. 그 점에는 저 또한 전적으로 같은 의견입니다. 찰스 우드를 죽인 자가 롱스트리트의 살해범이라는 데에는 의심의 여지가 없습니다. 물론 이러한 결론에 이른 브루노 씨의 논법이 맞고 틀리고는 별개의 문제입니다만."

"그럼, 당신도 드위트가……!"

브루노가 놀라며 말했다.

"아무튼 얘기를 계속해주시지요."

브루노는 얼굴을 찌푸렸고 경감은 의자에서 고쳐 앉으면서 레인의 잘난 옆얼굴을 노려보았다.

어색한 침묵을 깨며 지방 검사가 말을 이었다.

"드위트가 롱스트리트를 살해한 동기는 지극히 분명합니다. 그 두 사람 사이에는 드위트 부인의 스캔들, 롱스트리트가 진 드위트에게 치근덕거렸던 일, 그리고 무엇보다 중요한 사실로 롱스트리트가 오래전부터 무엇인가를 구실로 드위트를 협박하고 있었던 일 따위가 원인이 되어 적의가 감돌고 있었습니다. 그리고 굳이 동기를 따지지 않고서도 분명히 말할 수 있는 일이 있습니다. 그것은 드위트가 있는 누구보다도 롱스트리트의 습관을 잘 알고 있었다는 겁니다. 전차 안에서 석간신문의 주식란을 읽는 것과 또 그러기 위해서는 안경을 꺼내야 한다는 것 말입니다.

그렇기 때문에 그는 독바늘이 꽂힌 코르크 알에 롱스트리트가 언제 손이 찔릴지 정확히 계산할 수 있었을 것입니다. 그럼 롱스트리트를 살해한 것이 드위트라는 것을 우드는 어떻게 알았을까요? 그건 두 범행 사이에 드위트가 적어도 두 번은 우드가 일하는 전차를 탔다는 사실로 미루어 짐작할 수 있습니다."

"그게 정확한 단서가 될 수 있을까요. 브루노 씨?"

레인이 묻자 브루노는 얼굴을 찌푸리며 대답했다.

"물론 그 점을 확신할 순 없습니다. 드위트는 우드가 일하는 전차를 탔을 때 두 번 다 혼자였습니다. 하지만 우드가 어떻게 알게 되었느냐 하는 것까지 해명해야 할 필요는 없다고 생각합니다. 그가 알았다는 사실만으로도 논증을 펼치기에 충분하니까요. 결국 요점을 말하자면 검찰 측이 주장하는 가장 강력한 논거는 바로 이것입니다. 롱스트리트가 살해되었을 때 그 전차 속에 있었고 우드가 살해되었을 때 또한 그 배 안에 있었던 인물은 현재까지 밝혀진 범위 안에서는 드위트뿐이라는 것입니다!"

"그야말로 기막힌 논증이오."

섬 경감이 성난 목소리로 대꾸했다.

"법적인 견지에서 보아도 흥미로운 것이지요."

지방 검사는 깊이 생각에 잠긴 표정으로 대꾸하고는 말을 이었다.

"시가에 대한 사실이 강력한 증거라 할 수 있죠. 그 밖에 드위트에 관한 추정이나 상황 판단으로 보더라도 배심원들이 기소 평결을 내릴 것은 확실합니다. 그렇게 되면 적어도 제가 큰 실수를 하지 않는 한 드위트도 느긋하게 있을 수만은 없겠지요."

"영리한 변호사라면 교묘하게 반박할 수 있을 겁니다."

레인이 부드럽게 의견을 표시했다.

"그 말씀은 드위트가 롱스트리트를 죽였다는 직접적인 증거가 하나도 없다는 뜻인가요? 그러니까 누군가가 드위트를 모호크로 유인했고, 드위트는 어떤 이유가 있어서 그 상대를 밝힐 수 없으며, 그 시가는 계획적으로 우드의 시체에 넣어졌다. 곧 드위트는 우드의 살해범이라는 누명을 뒤집어쓰고 있다는 그런 말씀인가요?"

브루노는 미소를 떠올리고는 계속해서 말을 이었다.

"물론 변호인 측은 그렇게 주장할 테죠, 레인 씨. 하지만 변호인 측이 드위트를 불러냈다는 그 사람을 살아 있는 증인으로 내세우지 못한다면 이것은 문제가 되지 않습니다. 그런 주장을 해 봤자 아무 소용도 없죠. 드위트는 입을 다물고 아무것도 말하려 하지 않으니 말입니다. 드위트가 태도를 근본적으로 바꾸지 않는 한 지극히 불리할 뿐입니다. '심리학'조차도 우리 편이라고 할 수 있죠."

"자, 이제 우리 얘기는 그쯤으로 끝냅시다. 그럼, 레인 씨. 이제는 당신 의견을 들려주시지 않겠습니까?"

섬 경감이 뜨악한 표정으로 말했다. 그의 말투는 더할 나위 없이 도전적이었다.

레인은 눈을 감고 미소 지었다. 이윽고 그가 눈을 떴을 때 그 두 눈에서는 강한 빛이 번득였다. 그는 의자에 앉은 채 몸을 뒤틀고 두 사람 쪽을 보면서 말했다.

"아무래도 당신들은 숱한 연출가가 희곡과 그 해석에 관해 범하는 것과 똑같은 오류를 죄와 벌에 관한 태도에서 범하고 계신 것 같군요."

경감은 노골적으로 키득키득 웃어댔다. 브루노는 찌푸린 표정으로 의자에 등을 기댔다.

레인은 두 손을 지팡이 꼭대기에 포개서 얹고는 부드럽게 말했다.

"그 오류란 대체로 이런 것입니다. 당신들이 문제에 접근하는 방법은 마치 우리가 어렸을 때 뒷걸음질을 치면서 몰래 서커스장의 텐트 안으로 들어가려고 하는 것과 마찬가지입니다. 이렇게 말하면 이해가 잘 안 가시겠지요? 그렇다면 희곡에 비유해 설명하는 게 나을지도 모르겠군요."

레인이 잠시 뜸을 들인 뒤에 말을 이었다.

"이른바 무대 예술가라 불리는 우리는 주기적으로 햄릿을 다시 공연한다는 연출가의 발표를 접할 때마다 새삼 이 작품이 불후의 명작임을 느낍니다. 하지만 좋게 말해 엉뚱한 연출가가 맨 먼저 하는 일이 뭔지 아십니까? 그는 우선 분주하게 변호사들과 의논해서 실로 놀랄 만한 법률 문서를 작성합니다. 거기에는 완전히 엉망으로 난도질한 고전극에 그 유명한 배리모어나 햄던이 주연으로 출연한다는 사실이 적혀 있습니다. 교묘하게 시류를 탄 선전이죠. 주안점은 전적으로 배리모어나 햄던에게 두고, 인기를 끄는 것도 어디까지나 배리모어나 햄던이지요. 대중들의 반응 또한 마찬가지입니다. 대중들은 배리모어나 햄던이 열연하는 것은 보지만 희곡 그 자체의 뛰어난 매력은 완전히 간과하고 맙니다."

레인은 얘기를 계속했다.

"게디스는 이렇듯 스타에게만 치우치는 폐단을 바로잡으려고 뛰어난 신인 배우 매시에게 햄릿 역을 시켰습니다. 하지만 이 모험적인 시도도 다른 의미에서 희곡을 망쳐버렸습니다. 게디스는 예술가의 영감에 따라 매시가 아직 햄릿 역을 연기해본 일이 없다는 점에 착안했습니다. 게다가 희곡의 해석자로서 명성을 얻기 위한 것이 아니라 자기 자신을 위해서도 흥미로운 햄릿을 보여주고 싶어 했죠. 이런 극작가의 본디 의도는 어느 정도 되살릴 수 있었습니다. 그러나 한편으로 대사를 멋대로 손질하고 매시를 엉뚱한 방향으로 지도하여 햄릿을 사색형이 아닌 스포츠맨형으로 만들어버렸습니다. 햄릿을 솜털이 보송보송한 청년으로 만들어 희곡을 망쳐버렸던 것입니다."

레인은 한숨을 쉬고서 얘기를 계속했다.

"이렇듯 스타 편중주의는 모든 시대를 통틀어 가장 위대한 극작가에게 냉혹하기만 합니다. 영화에서도 같은 경향을 볼 수 있습니다. 조지 알리스는 역사물의 주연으로 출연했죠. 하지만 관객들은 신기하게도 목소리와 육체를 가지고 되살아난 디즈레일리를 보려고 모여드는 것일까요? 아니면 알렉산더 해밀턴을 보기 위해서일까요? 그렇지 않습니다. 관객들은 새로운 배역을 멋지게 소화해내고 있는 조지 알리스를 보려고 몰려드는 것입니다."

레인은 쉬지 않고 얘기를 이어갔다.

"이처럼 주안점은 그릇된 곳에 놓여 있고 접근 방법은 잘못되어 있습니다. 당신들의 근대적인 범죄 수사 방법 또한 무턱대고 알리스를 떠받들거나 햄릿 역을 배리모어에게 맡기는 것처럼 주안점이 엉뚱한 곳에 놓인 불합리한 방법일 뿐입니다. 연출가는 셰익스피어가 조화롭게 만들어놓은 작품의 특징에 배리모어가 적합한지 어떤지는 생각해보지도 않고, 햄릿을 왜곡하고 깎아내고 조화를 깨뜨려 배리모어에게 적합하도록 뜯어고칩니다. 경감님과 지방 검사님도 이와 비슷한 오류를 범하고 있습니다. 당신들은 범죄의 확실한 특징을 조사하여 존 드위트가 적합한지 여부를 판단하지 않고, 멋대로 범죄 쪽을 왜곡하고 깎아내고 조화를 깨뜨려 존 드위트에게 적합하도록 뜯어고치고 있는 것입니다. 가설을 지나치게 끼워 맞추려 하다 보니 설명할 수 없는 크고 작은 갖가지 사실들이 애매하게 남아 있는 겁니다. 언제나 확실한 사실만을 취합해서 범죄 그 자체를 고찰하는 입장에 서서 문제를 풀어 나가야만 합니다. 만약 어떤 가설이 아직 해결되지 않은 사실과 모순된다면 그것은 그 가설이 잘못되어 있는 탓입니다. 아시겠지요?"

"얘기 잘 들었습니다, 레인 씨."

브루노는 미간을 찌푸렸지만 그 태도는 미묘하게 바뀌고 있었다. 그는 말을 이었다.

"실로 멋진 비유이고 근본적으로 그것이 진실임을 의심치 않습니다. 하지만 도대체 우리가 그러한 방법을 쓸 수 있는 기회가 얼마나 되겠습니까? 우리는 행동해야만 합니다. 현재 우리는 상사와 신문, 대중한테서 압박을 받고 있습니다. 어느 정도 모호한 점이 있더라도 그것이 우리가 잘못된 게 아니라 증인들이 말을 하지 않았거나 혹은 사건과는 관계가 없는 하찮은 것이기 때문입니다."

"그 의견에는 논란의 여지가 있군요……. 하지만 브루노 씨."

레인이 갑작스레 말했다. 레인은 다시금 침착하고 불가사의한 표정을 지으며 말을 이었다.

"이 유쾌한 토론은 이제 그만 끝내고 저도 법적 조치를 취하는 일에 동의하겠습니다. 아무튼 찰스 우드의 살해범으로 드위트 씨를 체포하십시오."

레인은 자리에서 일어나 미소를 짓고서 고개 숙여 인사를 한 뒤에 서둘러 방에서 나갔다.

브루노는 복도의 엘리베이터 앞까지 레인을 배웅하고는 시무룩한 얼굴로 돌아왔다. 섬 경감은 의자에 앉은 채로 상대방을 바라보고 있었으나 그 얼굴에서 여느 때의 거친 표정은 찾아볼 수 없었다.

"섬, 어떻게 생각하오?"

"달리 도리가 없지 않소? 처음에는 늙은이의 허풍이라고 생각했는데 듣고 보니……."

경감은 일어서서 방 안을 서성이며 말을 이었다.

"아무래도 지금의 연설은 늙은이의 단순한 잠꼬대만은 아닌 것 같소. 하지만 잘 모르겠소……. 그런데 재미있는 보고를 받았소. 레인이 오늘 드위트와 점심을 함께했다고 하오. 조금 전 당신이 레인을 배웅하러 나간 사이에 모셔가 보고를 했지요."

"드위트와 점심을 했다고요? 하지만 레인은 그런 말은 한 마디도 내뱉지 않았잖소?"

지방 검사는 중얼거리듯이 말을 이었다.

"드위트에 관해 뭔가 숨기는 것이 있는지도 모르겠군."

"그렇다고 드위트와 작당을 해서 무슨 음모를 꾸미는 것 같지는 않소. 모셔의 얘기로는 레인이 돌아간 뒤에 드위트는 마치 주인에게 야단맞은 개처럼 침울해 있었다니까 말이오."

경감은 심각한 표정으로 말했다.

브루노는 한숨을 쉬고서 회전의자에 걸터앉았다.

"하기는 뭐, 결국은 그도 우리 편이겠죠. 어쨌든 레인이 뭔가를 알아낼 가능성이 조금이라도 있다면 우리는 그에게 단단히 달라붙어서 마시기 싫은 약이라도 참고 마실 수밖에 없소. 그렇긴 해도……."

그는 또다시 얼굴을 찌푸리며 말을 이었다.

"그런 약은 너무 쓰단 말이오!"

제10장
햄릿 저택
9월 11일 금요일 오후 7시

드루리 레인이 걸을 때마다 창백한 그의 뺨이 몹시 흔들렸다. 그는 코사크 사람처럼 생긴 깡마른 사내를 데리고 햄릿 저택 안에 있는 자신의 전용 극장으로 들어갔다. 극장은 큰 홀과 나란히 난 복도를 따라가서 멋진 유리 벽을 지나 드나들게 되어 있었다. 이곳은 여느 극장처럼 온통 번쩍이는 금빛으로 치장된 것이 아니라 주로 청동과 대리석으로 꾸며져 있었다. 그 중앙에는 멋진 조각상들이 서 있었다. 유명한 가워 경(卿) 기념비의 청동 복제품이 대좌 위에 있는 셰익스피어의 좌상을 에워싸고 있었고, 한 단 낮은 둘레에는 각각 맥베스 부인, 햄릿, 할 왕자, 폴스태프의 상이 서 있었다. 극장 맞은편에는 묵직한 청동 문이 있었다.

레인은 줄곧 몸짓을 섞어가며 얘기를 해대는 동행인의 입을 열심히 보면서 큰 키를 억지로 굽히듯 몸을 구부려 그 문을 열었다. 이어서 그들은 극장 안으로 들어갔다. 그 극장 안에는 특별석도, 로코코 양식의 장식도, 높은 천장에서 늘어져 있는 호화로운 크리스털 샹들리에도, 발코니도, 눈길을 끌 만큼 웅장한 벽화도 없었다.

무대 위에서는 더러운 작업복 차림에 머리가 벗어진 젊은이가 사다리 위에 올라가 기묘한 인상주의 배경 그림의 한복판에 힘차고 분방한 손놀림으로 붓질을 하고 있었다. 그 배경 그림의 양쪽으로는 묘하게 찌그러진 집들이 있는 뒷골목이 그려져 있었다. 레인은 객석 맨 뒤에서 걸음을 멈추고는 젊은이의 작품을 감상하면서 입을 열었다.

"훌륭하네, 프리츠! 정말 마음에 드네."

텅 빈 극장임에도 불구하고 레인의 목소리는 조금도 메아리 치지 않았다.

레인은 맨 뒷줄의 좌석에 앉으면서 함께 온 사내에게 말했다.

"그런데 안톤 크로포트킨. 자네는 자네 나라 사람들의 작품이 지닌 잠재적인 가치를 과소평가하려는 경향이 있네. 그 그로테스크한 것 아래에는 진짜 러시아적인 정열이 숨어 있단 말이네. 이번 희곡을 영어로 번역한다면 그런 슬라브적 정열은 약해지고 만다네. 그리고 자네가 열심히 주장하듯이 앵글로색슨의 배경에 맞추어 희곡을 고쳐 쓴다고 하더라도……."

그때 청동 문이 소리를 내며 안쪽으로 열리더니 꼽추 노인 퀘이시의 작은 모습이 극장 안으로 뒤뚱뒤뚱 들어왔다. 크로포트킨이 몸을 틀자 레인은 그 러시아 젊은이의 시선을 쫓았다.

"퀘이시로군. 자네가 극의 신성함을 더럽혀보겠다 그건가?"

레인이 정겨운 목소리로 물으며 두 눈을 가늘게 떴다.

"지친 것 같군. 불쌍한 콰지모도, 무슨 문제가 생겼나?"

퀘이시는 크로포트킨을 보고 무뚝뚝하게 알은체를 하고는 레인에게로 다가갔다. 그는 화가 난 듯이 말했다.

"아주 버거운 하루였습니다. 정말이지 지쳐버렸어요!"

레인은 마치 어린애를 달래듯이 꼽추 노인의 손을 가볍게 토닥거렸다.

"그래서 일은 잘됐나?"

퀘이시의 가죽 같은 얼굴에서 하얀 이가 번득였다.

"잘될 리가 있습니까? 도대체 남미 영사들이란 한마디로 어처구니가 없어요. 한 사람도 시내에 없더군요……. 덕분에 저는 전화통에 매달려서 세 시간 동안 꼬박 헛고생만 했습니다."

"이보게, 퀘이시. 자넨 수도승의 인내심을 배울 필요가 있겠군. 우루과이 영사와도 통화해봤나?"

"우루과이? 우루과이라고요?"

노인은 격양된 목소리로 말을 이었다.

"기억이 안 나는군요. 우루과이라? 그것도 남미 쪽 나라인가요?"

"그렇다네. 부딪혀보게. 틀림없이 잘 풀릴 걸세."

퀘이시는 얼굴을 찌푸리고 밉살스러운 표정을 짓더니 덩치 큰 러시아 젊은이의 옆구리를 괜히 꾹 찌르고는 재빨리 극장에서 나갔다.

"밥맛없는 늙은이 같으니라고! 대체 무슨 일로 남의 옆구리를 찌르고 야단이야!"

십 분쯤 지나 레인과 크로포트킨과 프리츠가 새로운 희곡에 대해 한창 토론하고 있을 때 퀘이시가 싱글거리며 극장으로 돌아왔다.

"정말 멋진 제안이었습니다, 주인님. 우루과이 영사는 10월 10일 토요일까지는 돌아오지 않는다는군요!"

크로포트킨은 자리에서 일어나더니 발소리도 요란하게 통로를 지나 사라졌다. 레인은 미간을 찡그리면서 중얼거리듯이 말했다.

"운이 나쁘군. 역시 휴가라던가?"

"그렇습니다. 현재 본국에 있답니다. 게다가 영사관에는 제대로 대답을 해줄 수 있는 사람, 아니 대답할 마음이라도 있는 사람은 한 사람도 없는 듯했습니다. 영사의 이름은 후안 아호스라고 하더군요. 철자는 A-J-O-S……."

그때 프리츠가 생각에 잠긴 얼굴로 끼어들었다.

"사실을 말씀드리자면…… 레인 선생님, 저는 이 작품에서 한 가지 실험을 해보고 싶습니다."

"아호스는……."

퀘이시는 눈을 깜박이면서 도중에 끊긴 자기 얘기를 이으려 했다.

"어떤 실험을 말인가, 프리츠?"

레인이 물었다.

"무대의 측면을 칸막이로 막아보면 어떻겠습니까? 기술적으로는 그다지 어렵지 않습니다만."

"방금 전화가 걸려 왔습니다……."

퀘이시는 열심히 자기 얘기를 하려고 했으나 레인은 프리츠의 얼굴만 보고 있을 뿐이었다.

"한번 생각해볼 만도 하군, 프리츠. 그러니까 자네는……."

그때 퀘이시가 레인의 한쪽 팔을 잡아당겼다. 레인은 그제야 고개를 돌렸다.

"아, 퀘이시로군! 아직 할 말이 더 남았나?"

"그래서 지금 말씀드리려는 것 아닙니까."

퀘이시가 불만스러운 표정으로 말을 이었다.

"섬 경감이 방금 존 드위트를 체포했다고 전화로 알려 왔습니다."

레인은 관심 없다는 듯이 한 손을 내지었다.

"어리석은 노릇이지. 하지만 뭔가엔 도움이 되겠지. 그 밖에 다른 얘기는 없었나?"

꼽추 노인은 손바닥으로 벗어진 머리를 쓰다듬었다.

"서둘러 기소하고 싶지만 재판소가 10월까지는 쉬기 때문에 공판까지는 한 달가량 걸릴 것 같답니다."

"그렇다면 후안 아호스가 느긋하게 휴가를 즐기게 놔둬도 되겠군. 자네도 이젠 좀 쉬어야겠지, 캘리밴……. 자 그럼, 프리츠. 자네의 영감을 검토해보기로 하세."

제11장
라이먼, 브룩스 앤드 셸던 법률 사무소
9월 29일 화요일 오전 10시

펀 드위트 부인은 꼬리를 도사린 암표범처럼 응접실에서 서성대고 있었다. 표범 무늬 옷에 표범 무늬 모자를 쓰고 표범 무늬가 있는 기묘한 구두를 신었다. 그녀의 검은 두 눈동자에는 악의에 찬 암표범의 잔인한 빛이 번득였다. 공들여 화장한 나이 든 얼굴은 몇 세기에 걸쳐 잔혹한 역사를 간직한 미개 부족의 토템 가면과도 같았다. 게다가 그 화장 아래의 얼굴에서는 강렬한 공포의 빛이 새어나오고 있었다.

법률 사무소의 직원이 응접실 문을 열고 브룩스가 들어오라고 한다고 전할 때, 드위트 부인은 차분히 의자에 앉아 있었다. 이제까지의 동작은 다만 자신의 관능미를 북돋우기 위한 연기에 지나지 않았던 것이다. 그녀는 미소를 띠면서 표범 무늬 핸드백을 집어 들고서 직원을 따라 법률 서적이 가득 꽂힌 책장이 즐비한 긴 복도를 지나 '브룩스 전용'이라고 적힌 개인 사무실 문 앞에 이르렀다.

라이어넬 브룩스는 그 이름에 걸맞게 사자 같은 풍채의 사내였다. 희끗헤지기 시작한 금빛 머리칼은 거칠게 헝클어져 있었다. 수수한 옷차림이었으며 그 두 눈에는 무언가 고민하는 듯한 어두운 빛이 서려 있었다.

"앉으십시오, 부인, 기다리게 해서 죄송합니다."

부인은 딱딱한 태도로 앉았고 브룩스가 담배를 권하자 거절했다. 브룩스는 책상 끝에 걸터앉아 시선을 돌리면서 불쑥 말을 시작했다.

"어째서 오시라고 했는지 아마 궁금하셨을 겁니다. 매우 심각한 용건이라 저로서도 어떻게 말씀드려야 좋을지 곤란하군요. 하지만 드위트 부인, 저는 다만 중간에서 드위트 씨의 뜻을 전해 드릴 뿐이라는 점을 부디 이해해주시기 바랍니다."

"네, 알겠어요."

부인은 붉게 칠한 입술을 거의 움직이지 않다시피 하며 대답했다. 브룩스는 결심을 굳힌 듯이 말을 꺼냈다.

"저는 현재 구류 중이신 드위트 씨를 날마다 만나 뵙고 있습니다. 물론 살인 혐의를 받고 있기 때문에 법률상 보석은 허용되지 않습니다. 그분은 이번 구류를…… 뭐랄까요, 철학적 냉정함으로 견디고 계십니다. 그러나 이것은 제가 말씀드리고자 하는 용건과는 관계가 없습니다. 실은 어제 드위트 씨한테서 당신에게 다음과 같은 내용을 전해달라는 부탁을 받았습니다. 드위트 씨께서는 이번 살인 혐의가 벗겨져 석방되면 곧바로 당신에게 이혼 소송을 제기하시겠답니다."

그녀의 두 눈에는 조금의 동요도 일지 않았다. 뜻밖의 충격을 받은 것 같은 기색은 전혀 찾아볼 수 없었다. 다만 스페인계의 커다란 두 눈 깊은 곳에서 무언가 끓어오르는 것이 있었다. 브룩스는 서둘러 얘기를 진행했다.

"드위트 부인, 만일 당신께서 별다른 문제를 일으키지 않고 조용히 이혼에 합의하신다면 드위트 씨께서는 앞으로 당신이 독신으로 지내는 한 일 년에 2만 달러씩 지급해드리겠다고 하셨습니다. 부인, 아무래도 이번 경우는……."

브룩스는 발을 바닥에 내리고 책상 뒤쪽으로 돌아가며 말을 이었다.

"상황이 상황이니만큼, 드위트 씨는 매우 관대한 제안을 하는 거라고 생각됩니다."

"만약 제가 맞소송을 하면요?"

드위트 부인은 차가운 목소리로 말했다.

"한 푼도 받지 못하고 헤어져야 할 겁니다."

여자는 미소 지었다. 그러나 두 눈 깊숙한 곳의 불꽃은 사라지지 않은 채 입술만 뒤틀렸기 때문에 미소는 추악해지고 말았다.

"브룩스 씨, 당신이나 드위트나 지나치게 낙관적인 듯싶군요. 이혼에는 위자료라는 게 있는 줄로 아는데요?"

브룩스는 의자에 앉아 침착하게 담배에 불을 붙였다.

"하지만 부인, 위자료는 한 푼도 받으실 수 없습니다."

"변호사인 당신이 대체 무슨 말씀을 하시는 건가요?"

그녀의 화장한 양 볼이 불길처럼 타올랐다.

"버림받은 아내는 당연히 위자료를 받을 자격이 있다고요!"

브룩스는 그녀의 찢어질 듯한 금속성의 목소리에 움찔했다. 인간미라고는 전혀 느껴지지 않는 완전히 기계적인 말투였다.

"하지만 당신은 버림받은 아내에 해당하지 않습니다, 부인. 만일 이 제의에 반대해서 재판을 하게 된다면 법정의 동정은 당신 쪽보다는 드위트 씨 쪽으로 기울 겁니다. 적어도 이건 확실합니다."

"좀 더 분명히 말씀해주세요."

브룩스는 어깨를 으쓱했다.

"원하신다면 말씀해드리죠……. 부인, 뉴욕 주에는 이혼의 소인(訴因)으로 인정되는 게 오직 한 가지 있습니다. 드위트 씨는 증거를 쥐고 계십니다. 제 입으로 말씀드려야 한다는 게 유감입니다만, 그것은 바로 부인의 부정입니다!"

그 말을 듣고도 그녀는 매우 침착했다. 왼쪽 눈꺼풀이 조금 늘어졌을 뿐이었다.

"어떤 증거가 있죠?"

"한 증인이 선서를 하고 서명 진술서를 작성했습니다. 그중에는 올해 2월 8일 아침, 교외로 주말여행을 간다고 한 당신이 할리 롱스트리트와 함께 그의 아파트에 있는 것을 봤다는 증언이 포함돼 있습니다. 그 증언에 따르면, 오전 8시경 당신은 얇은 잠옷 차림이었고 롱스트리트 씨는 파자마 차림이었는데 증인이 목격한 바로는 당신들이 명백한 불륜 관계였다는 것입니다. 좀 더 자세히 말씀드릴 수도 있습니다, 부인. 증인은 더 자세한 부분까지도 진술했으니까요."

"됐어요. 그걸로도 충분해요."

그녀는 낮은 목소리로 말했다. 두 눈 속의 불꽃이 흔들렸다. 긴장이 무너지자 비로소 인간적인 모습이 드러나며 그녀는 소녀처럼 몸을 떨기 시작했다. 그러다가 불쑥 고개를 쳐들고서 말했다.

"그 비열한 증인이 대체 누구죠? 여자인가요?"

"저에겐 그걸 말씀드릴 수 있는 권한이 없습니다, 부인. 당신이 무슨 생각을 하시는지 알겠습니다. 당신은 지금 제 얘기를 단순한 협박이나 속임수라고 생각하시는 거죠?"

브룩스는 긴장한 채 차가운 어조로 말을 이었다.

"우리는 분명히 그 진술서를 갖고 있으며 그것을 뒷받침할 증인도 확보하고 있습니다. 그 증인은 전적으로 믿을 수 있는 사람이지요. 게다가 롱스트리트의 아파트에서 일어난 그 일은 아마 그것이 마지막이었을 테지만 결코 그때가 처음은 아니었다는 사실도 입증할 수 있습니다. 부인, 거듭 말씀드리지만 상황이 상황이니만큼 드위트 씨의 제의는 지극히 관대한 것이라 볼 수 있습니다. 이런 일들을 많이 취급해본 제 경험으로 미루어 볼 때 이 제의를 받아들이는 게 현명하다고 생각됩니다. 당신이 이의 없이 드위트 씨의 제의에 응하신다면, 독신으로 지내시는 한 언제까지나 일 년에 2만 달러의 금액이 들어오는 겁니다. 잘 생각해보시기 바랍니다."

브룩스는 단호한 태도로 의자에서 일어서며 그녀를 내려다보았다. 그녀는 깍지 낀 손을 무릎 위에 올려놓고 바닥을 내려다보며 앉아 있었다. 그러다가 이윽고 말없이 의자에서 일어나 문 쪽으로 걸어갔다. 브룩스는 문을 열어주고 응접실까지 함께 가서 엘리베이터의 버튼을 눌렀다. 두 사람은 묵묵히 엘리베이터를 기다렸다. 이윽고 엘리베이터가 도착하자 브룩스는 천천히 말했다.

"이틀 내로 답변해주셨으면 합니다……. 변호사를 통해서 대신 전하셔도 좋습니다."

그러나 그녀는 마치 브룩스 따위는 안중에도 없다는 태도로 그의 곁을 지나치며 엘리베이터에 올라탔다. 엘리베이터 보이가 이를 드러내고 히죽 웃었다. 브룩스는 그 자리에 선 채로 생각에 잠겼다.

젊은 동료 로저 셸던이 응접실 문밖으로 곱슬머리를 내밀고는 물었다.

"돌아갔나요? 어떻게 됐습니까?"

"기가 막힐 노릇이네. 태연히 듣고 있더군. 보통 담이 센 여자가 아니야."

"그렇다면 오히려 드위트에게는 잘된 셈이군요. 울고불고 난리를 치진 않을 테니까요. 그런데 여자 쪽에서 맞대응할 것 같습니까?"

"그건 모르겠네. 그보다도 증인이 안나 플랫이라는 것을 눈치챈 것 같은 느낌이 드네. 플랫 양도 그날 아침 침실을 들여다보았을 때 부인에게 들킨 것 같다고도 했고 말이야."

그는 잠깐 입을 다물다가 다시 중얼거리듯이 말했다.

"이봐, 로저. 아무래도 느낌이 좋지 않아. 안나 플랫을 누구한테 감시하게 하는 게 좋을 것 같네. 그녀를 믿고 있을 수만은 없어. 드위트 부인이 그녀를 매수한다면 그녀가 증인석에서 진술을 부인하는 것쯤은 당연한 일일 테니까 말이야."

두 사람은 복도를 지나서 브룩스의 방까지 걸어갔다. 셀던이 말했다.

"벤 칼람에게 지시해놓죠. 그 사람이 이런 일은 잘하니까요. 그런데 라이먼이 맡은 드위트 사건 쪽은 어떻답니까?"

브룩스는 머리를 저었다.

"어렵다네. 정말 어려운 일이야. 그는 대단한 골칫거리를 떠맡은 셈이지. 사실 드위트의 석방 가능성이 얼마나 희박한지 알기만 한다면, 드위트 부인은 이혼 소송 따위에는 신경 쓸 필요도 없겠지. 이혼당하는 것보다 미망인이 될 가능성이 훨씬 더 크니까!"

제12장
햄릿 저택
10월 4일 일요일 오후 3시 45분

드루리 레인은 허리춤에 양손을 가볍게 걸치고서 주위에 감도는 꽃향기를 맡으며 영국식 정원을 거닐고 있었다. 그의 곁에는 누런 얼굴에 누런 이를 우물거리면서 퀘이시가 따르고 있었다. 퀘이시는 여느 때처럼 침묵을 지키고 있었다. 그도 그럴 것이 주인이 입을 꾹 다물고 있었기 때문이다. 게다가 퀘이시는 이제껏 주인의 기분에 맞춰 행동해왔다.

"여보게 퀘이시, 내가 짜증을 내는 것 같더라도 개의치 말게나."

레인은 퀘이시의 울퉁불퉁한 머리를 보려고도 하지 않은 채 중얼거렸다.

"때때로 나 역시 초조해진다네. 우리의 위대한 스승 셰익스피어는 서두르지도 않을 뿐더러 서둘러서도 안 될 '시간'이라는 것에 관한 많은 명언을 남기셨지. 예컨대……."

레인은 웅변조로 말을 이었다.

"'시간은 모든 죄인을 심판하는 재판관, 모든 걸 시간에 맡기도록 합시다.' 이것이야말로 아름다운 로절린드의 대사 중에서도 으뜸가는 진실이다. 그리고 '시간은 교활하게 숨긴 것을 폭로하고, 과오를 폭로하며, 비웃는 자를 끝내 부끄럽게 만든다.' 이건 썩 멋들어진 말은 아니지만 어김없이 핵심을 찌르고 있지.

그리고 '시운의 변천이 복수를 초래하도다.'라고도 했는데, 이 것 또한 진실이라네……."

 두 사람은 기묘한 형태를 한 고목나무 앞에 이르렀다. 그 고목은 가지가 많이 달린 회색의 굵은 줄기 두 개로 갈라져 있었고 그들의 머리쯤 높이에는 기괴한 혹이 솟아올라 있었다. 두 가닥의 나무 밑동 사이는 움푹 파여서 마치 의자처럼 되어 있었다. 레인은 거기에 걸터앉으며 퀘이시에게도 곁에 앉으라고 손을 내밀었다.

 레인이 중얼거리듯이 말했다.

 "퀘이시 나무……. 그래, 이건 자네의 육체적 결함에 바친 기념물이었지……."

 레인은 눈을 반쯤 내리감았다. 퀘이시는 근심스러운 듯이 상체를 앞으로 내밀면서 레인 곁에 걸터앉았다.

 "걱정이 되시나 보군요."

 퀘이시는 중얼거리고 나서 괜히 경솔하게 말을 내뱉었다는 듯이 자신의 구레나룻을 당겼다. 드루리 레인은 흘낏 곁눈질을 하면서 말했다.

 "그렇게 생각하나? 그렇다면 자네는 나보다도 더 나를 잘 알고 있다고 할 수 있지……. 하지만 여보게 퀘이시, 이렇게 시간이 가기를 기다려야 한다는 건 그다지 유쾌한 일은 아니로군. 우리는 지금 정체 상태에 빠져 있네. 도무지 아무런 변화도 일어나지 않고 있네. 그리고 과연 앞으로도 그 어떤 변화가 일어날지 스스로도 의심스러운 지경이네. 우린 지금 스핑크스와도 같이 불가사의한 인간의 변화상을 지켜보고 있는 거라네. 전에는 감춰진 공포에 떨던 존 드위트가 이제는 감춰진 어떤 힘에 따라 굳센 사내가 되어버렸네. 도대체 어떤 강장제를 먹었기에 그의 영혼이 무쇠처럼 굳건해진 걸까? 어제 그를 만났는데 그는 마치 요가 수도자처럼 보였네. 너무나도 초연하고 침착하며 한 점 고뇌도 없어 보이는 그 모습은 마치 동양의 밀교 신자들이 평안한 경지에 이르러 죽음을 기다리고 있는 듯이 보였다네. 참으로 이상한 일이야."

"아마도 석방될 겁니다."

퀘이시가 삐걱거리는 목소리로 말했다. 레인이 곧바로 대꾸했다.

"어쩌면. 체념의 태도는 로마적인 극기심에서 비롯된 것인지도 모르지. 그 사내의 본질에는 무쇠 세포가 감추어져 있었다고 볼 수 있지. 흥미로운 성격이야. 그 밖의 일은 전혀 알 수 없어. 그러니 나로선 아무것도 할 수가 없단 말이네. 멍청한 연극 해설자 노릇밖에는 말이야……. 실종조사계 친구들은 매우 친절했지만 그 보고서는 포프가 말하는 표절 시인만큼도 쓸모가 없어. 천진한 구석이 있는 섬 경감은 고지식한 끈기로 지옥의 배를 탄 승객 전원의 사생활을 조사했지만 주소와 신원은 말할 것도 없고 배후 관계도 모두 의심할 여지가 없다는 보고를 해왔네. 이것 또한 막다른 골목이야. 하긴 어차피 별 의미는 없지! 현장에서 모습을 감춘 사람들을 파악할 길이 없으니까 말이야……. 어디든지 등장하는 마이클 콜린스는 파프누티우스*광야에서 평생을 보내며 은둔 생활을 한 성직자—옮긴이*의 동굴을 찾아가는 회개자 같은 열의를 갖고 법의 무덤에 있는 드위트를 방문하고 있지. 하지만 아직 영혼의 구원은 얻지 못했다네, 퀘이시……. 브루노 지방 검사는 또 한 번 당황했는지 라이어넬 브룩스 변호사를 통해 이렇게 알려 왔다네. 드위트 부인은 둥지 속에 틀어박힌 채 당장으로선 남편의 제의에 대해 가타부타 결정을 내릴 것 같지는 않다고 말이네. 정말이지 그녀는 약삭빠르고 위험한 여자라네, 퀘이시……. 그리고 비록 수상쩍은 무대에 서긴 하지만 나와는 동료라고도 할 수 있는 체리 브라운 양은 줄곧 지방 검사 사무실에 나타나 드위트를 기소하는 데 협력하겠다고 하지만, 조심스럽게 교태를 부리는 것 외에는 검찰관에게 달리 제공할 수 있는 게 없네. 하기야 증인석에서 그 미끈한 종아리를 내보이거나 가슴팍을 살짝 엿보인다면 그것 또한 유력한 자료가 될 수 있을 테지……."

주인에 대한 경외심으로 침묵하고 있던 퀘이시가 감연히 입을 열었다.

"주인님, 이것이 4월경의 일이라면…… 저는 주인님께서 햄릿의 독백을 연습하시는 중이라고 생각했을 겁니다."

드루리 레인은 한숨을 내쉬면서 말을 계속했다.

"게다가 가엾은 찰스 우드는…… 뉴저지 주에 영원한 유산으로 945달러 63센트를 남겼다네. 권리를 주장하는 자가 한 사람도 나타나지 않았기 때문이지. 미처 예금을 하지 못하고 통장 사이에 끼워뒀던 5달러 지폐는 보관소에서 곰팡내가 짙어갈 뿐이겠지……. 아, 퀘이시. 우리는 실로 놀라움으로 가득 찬 시대를 살고 있다네!"

제13장
프레더릭 라이먼의 집
10월 8일 목요일 오후 8시

드루리 레인의 리무진이 웨스트엔드 애버뉴에 있는 어느 아파트 앞에서 멎자 도어맨이 차에서 내린 노배우를 맞으며 로비로 안내했다.

"라이먼 씨를 부탁합니다."

도어맨은 인터폰에 대고 레인이 도착했음을 알렸다. 이어서 레인은 엘리베이터로 안내되어 16층에서 내렸다. 그러자 한 일본인이 이를 드러내며 한껏 웃는 얼굴로 인사를 하고서는 복층식 아파트 안으로 안내했다. 중키에 정장 차림을 한 꽤 잘생긴 사내가 레인을 맞이했다. 둥근 얼굴에 턱 밑에는 흰 상처 자국이 나 있었고 이마는 넓었고 머리숱은 적었다. 일본인이 레인의 외투와 모자를 받아 들었다. 두 사람은 악수를 나누었다.

"당신의 명성은 일찍부터 듣고 있었습니다, 레인 씨."

서재의 안락의자로 레인을 안내하며 라이먼이 말했다.

"이렇게 방문해주셔서 정말 영광입니다. 드위트 사건에 관심을 갖고 계시다는 것은 라이어넬 브룩스한테서 이미 들어서 잘 알고 있습니다."

그는 서류와 법률 서적이 쌓여 있는 널찍한 책상 뒤의 자리로 돌아가 앉았다.

"이번 일에 꽤 어려움이 많으실 테죠, 라이먼 씨?"

라이먼은 의자에 비스듬히 기대앉은 채 초조한 듯이 턱의 상처 자국을 매만지기 시작했다.

"어려움이라고요?"

그는 우울한 표정을 지으며 책상 위를 둘러보았다.

"도무지 손을 쓸 수가 없는 형편입니다, 레인 씨. 저로서는 최선을 다하고 있지만 말입니다. 저는 몇 번이나 드위트에게 태도를 바꾸지 않는 한 달리 방법이 없다는 걸 거듭 강조했습니다. 하지만 그는 여전히 입을 열려고 하지 않습니다. 이미 공판이 시작되어 며칠이 지났는데도 드위트에게서는 무엇 하나 들을 수가 없으니 정말로 답답한 노릇입니다."

레인은 이해가 간다는 듯이 한숨을 내쉬었다.

"라이먼 씨, 당신은 유죄 판결이 내려지리라 보십니까?"

라이먼은 잔뜩 얼굴을 찌푸렸다.

"이대로 간다면 도리가 없지 않습니까?"

그는 두 손을 벌려 보이고는 말을 이었다.

"브루노는 최상의 설득력을 발휘해서 논고를 펼치고 있습니다. 그는 굉장히 뛰어난 검사죠. 게다가 아주 강력한 상황 증거를 배심원들에게 제시하고 있습니다. 저는 선량하고 진실한 배심원들 열두 명의 모습을 지켜보았는데 그들은 확실히 브루노의 주장에 공감하는 듯했습니다. 그에 비해 이쪽은 참으로 모든 상황이 불리하기만 합니다."

레인은 변호사 눈 아래에 그늘이 지는 것을 보았다.

"라이먼 씨, 드위트가 그 문제의 전화를 건 장본인의 정체를 밝히지 않으려는 것이 겁을 먹고 있기 때문이라고 보십니까?"

"모르겠습니다."

라이먼이 초인종을 누르자 일본인이 손에 쟁반을 받쳐 들고 조용히 들어왔다.

"레인 씨, 무얼 좀 드시지요. 크림 코코아나 아니스 술을 좀 드시겠습니까?"

"그보다는 블랙커피나 한잔 마시고 싶군요."

일본인이 물러갔다.

라이먼은 눈앞에 종이를 한 장 집어 들며 말을 이었다.

"솔직히 말씀드리자면……, 드위트는 처음부터 애를 먹이고 있습니다. 그가 아예 체념하고 있는 건지, 아니면 뭔가 달리 빠져나갈 방법이라도 있다는 건지 저로서는 도무지 알 수가 없습니다. 만약 체념하고 있다면 그는 이미 자기의 운명을 확정해버린 셈입니다. 하지만 저는 최선을 다했습니다. 아시고 계시겠지만, 오늘 오후 브루노는 검사 측의 논고를 모두 마쳤습니다. 내일부터는 제가 변론을 시작하게 되죠. 오늘 폐정 후에 판사실에서 그림 판사를 만났는데 말을 잘 않더군요. 브루노 쪽은 아주 자신만만한 것 같았습니다. 이미 이긴 거나 다름없다고 큰소리치는 것을 저희 직원 중 한 사람이 듣기도 했답니다. 그렇지만 저는 변호사 일을 하며 얻은 경험에 따라 언제나 이렇게 생각하고 있습니다. '*Bei so grosser Gefahr kommt die leichteste Hoffnung in Anschlag.*(커다란 위기에 맞닥뜨렸을 때에는 아무리 사소한 희망이라도 놓쳐서는 안 된다.)'라고 말입니다."

"셰익스피어에 견줄 만한 게르만 정신주의로군요. 그래서 어떤 변론을 계획하고 계십니까?"

레인이 중얼거리듯이 말했다.

"브루노의 논고의 이면을 공격하는 수밖에 달리 방법이 없습니다. 곧, 모든 것은 미리 계획된 모함이라고 항변하는 것입니다."

라이먼이 말을 이었다.

"저는 이미 반대신문 때에도 어떤 한 가지 점을 들어서 브루노의 약점을 찔렀습니다. 롱스트리트 사건 뒤에 드위트가 두 번이나 우드의 전차에 탔다는 점을 인정하더라도 그것만으로 우드가 어떻게 해서 드위트의 범죄 사실을 알게 되었는지는 설명이 되지 않는다는 점입니다. 이 점을 들어서 배심원들 앞에서 브루노를 몰아세웠죠. 요컨대 드위트가 그 전차에 탔던 것은 습관적인 행동이었을 뿐이라는 거죠. 그리고 이 점은 배심원들도 전적으로 납득하는 눈치였습니다. 하지만 이러한 브루노의 약점에도 불구하고 우드의 시체에서 나온 시가라는 직접 증거만은 어쩔 도리가 없었습니다. 이게 골칫거리죠."

레인은 일본인이 건네주는 커피 잔을 받아 들고 생각에 잠긴 채로 마셨다. 라이먼은 리큐어 잔을 만지작거리다가 어깨를 으쓱하고는 말했다.

"그뿐만이 아닙니다. 드위트의 가장 나쁜 적은 다름 아닌 그 자신이라고 말할 수 있습니다. 어디에서도 우드에게 시가를 준 일이 없다고 경찰에 말하지만 않았더라도 충분히 배심원들을 납득시킬 수 있을 만한 변호를 펼칠 수가 있었을 겁니다. 더욱이 그날 밤의 얼빠진 거짓말이라니……. 정말이지 한심합니다."

그는 작은 술잔의 술을 홀짝거리며 마셨다.

"처음엔 배를 한 번 탔을 뿐이라고 해놓고선 나중에 가서 두 번 왕복했음을 인정했고, 전화로 불러낸 인물이 있다는 미심쩍은 얘기도 했고……. 솔직히 말해서 법정에서 이 점을 비웃은 브루노를 탓할 수는 없습니다. 드위트라는 인간을 잘 모른다면 나 또한 그 사실을 믿지 못할 테니까요."

레인이 부드럽게 말을 시작했다.

"하지만…… 그 증거 앞에서는 드위트에 대한 당신의 개인적 평가를 배심원들에게 납득시킬 수 없으시다는 말씀이시죠? 지당한 말씀이십니다……. 라이먼 씨, 오늘 밤의 얘기로 미루어 볼 때 당신이 최악의 사태를 예상하고 계신 것은 분명한 듯하군요. 하지만 어쩌면……."

레인은 미소를 머금은 채 커피 잔을 내려놓고 말을 이었다.

"우리가 힘을 합친다면 괴테의 그 '사소한 희망'을 이용할 수 있을지도 모릅니다."

라이먼은 고개를 가로저었다.

"말씀은 감사합니다만 그 방법을 모르겠군요. 법률적으로 말해서 제가 할 수 있는 최선의 방도는 브루노의 상황 증거에다 가능한 한 많은 의문을 제기하여 그 결과에 미심쩍은 점이 있다는 이유로 배심원이 무죄 평결을 내리도록 만드는 것뿐입니다. 쉽지 않은 일이지만 이것이 최선의 공격 방법입니다. 드위트가 한사코 입을 다물고 있는 이상, 그의 무죄를 입증하고자 아무리 떠들어봤자 공연한 시간 낭비일 뿐이겠죠."

레인은 두 눈을 감았다. 라이먼은 입을 다물고서 상대방의 잘생긴 머리를 신기한 듯이 바라보았다. 노배우는 눈을 떴다. 라이먼은 그 잿빛의 두 눈동자 깊숙한 곳에서 놀라움의 빛이 번득이는 것을 확인했다.

레인이 말했다.

"라이먼 씨, 이것은 정말이지 저로서는 놀랄 만한 일입니다. 이 사건을 조사하고 있는 예리한 두뇌의 소유자들이 모두 저 보잘것없어 보이는 베일을 꿰뚫어 보고 그 아래에 가로놓여 있는 진실을 잡으려고 하지 않으니까요. 적어도 내게는 사진처럼 명료해 보이는데 말입니다."

어떤 빛이 라이먼의 얼굴에 떠올랐다. 그것은 다름 아닌 희망의 빛, 어렴풋한 기대의 빛이었다.

라이먼은 재빨리 질문을 했다.

"그러시다면, 저희가 전혀 모르는 중요한 사실을 파악하고 계신다는 말씀인가요? 드위트의 무죄를 입증할 수 있는 그 어떤 것을 말입니까?"

레인은 양손을 마주 잡았다.

"라이먼 씨, 당신은 드위트가 우드를 죽이지 않았다고 진심으로 믿습니까?"

"그건 좀 달갑잖은 질문이군요."

변호사는 불만인 듯이 중얼거렸다.

레인은 머리를 흔들고는 미소를 지었다.

"좋습니다. 그럼 그 점은 별개로 하고…… 방금 제가 언급한 사진처럼 명료해 보이는 진실에 대해 말씀드리겠습니다. 당신은 제가 마치 새로운 사실이라도 발견한 듯 그 자리에서 결론지으셨죠? 라이먼 씨, 제가 알고 있는 것은 섬 경감이든 브루노 검사든 또한 당신 자신이든, 그 사건이 일어난 밤에 관한 사실들과 상황들을 빈틈없이 조사한다면 알 수 있는 것일 뿐입니다. 드위트는 상당히 영리한 두뇌를 가졌으므로 조건만 다르다면, 아마도 자기 자신이 이 사건의 중심인물이 아니었다면 진실을 간파했으리라 생각합니다."

라이먼은 더 참지 못하고 의자에서 벌떡 일어났다.

"제발 어서 말씀해주십시오, 레인 씨! 대체 그게 뭐란 말입니까? 아아…… 저는 이제야 다시 희망을 품기 시작했습니다!"

그는 흥분해서 외쳤다.

레인은 싱긋 미소 지었다.

"앉으시지요, 라이먼 씨. 그럼 잘 들으시기 바랍니다. 뭣하시다면, 메모를 하시는 것도 좋겠지요."

"잠깐만 기다려주십시오, 잠깐만요!"

라이먼은 선반 쪽으로 달려가서 기묘하게 생긴 기계를 안고서 곧 돌아왔다.

"구술용 녹음기를 가져왔습니다. 마음껏 얘기해주십시오, 레인 씨. 그러면 제가 그걸 밤새 검토해서 내일 아침엔 한번 그 위력을 발휘해보겠습니다!"

라이먼은 책상 서랍에서 검은 밀랍 원통을 꺼내 기계에 장치하고서 레인에게 송화기를 건넸다. 레인은 녹음기를 향해 조용히 말하기 시작했다. 9시 30분에 레인이 돌아갔다. 라이먼은 흥분을 감추지 못했다. 번쩍이는 두 눈에서 피로한 기색은 전혀 찾아볼 수 없었고 그의 손은 어느새 전화기를 움켜잡고 있었다.

제14장
형사재판소
10월 9일 금요일 오전 9시 30분

작은 키의 노인인 그림 판사가 검은 법복을 몸에 두른 채 위엄 있게 법정 안으로 들어서자 정리가 나무망치를 두드렸다. 이어서 개정을 알리는 소리가 들리고 사람들의 움직임이며 속삭임이 멎자 법정 밖의 복도에까지 미친 정숙한 분위기 속에서 찰스 우드 살해 용의자인 존 드위트의 다섯 번째 공판이 시작되었다.

 법정은 방청객들로 가득 차 있었다. 판사석 앞의 울타리 안에는 법정 속기사의 책상 양옆으로 테이블 두 개가 있었다. 그 한쪽에는 브루노 지방 검사와 섬 경감 그리고 부하들 몇 명이 앉아 있었고, 또 한쪽에는 프레더릭 라이먼, 존 드위트, 라이어넬 브룩스, 로저 셀던 그리고 법률사무소 직원들 여남은 명이 앉아 있었다. 그리고 울타리 너머 방청석의 가득 들어찬 인파 속에는 군데군데 낯익은 얼굴들이 자리하고 있었다. 배심원석에서 그다지 멀지 않은 한쪽 구석에 드루리 레인이 꼽추 노인 퀘이시와 함께 앉아 있었다. 법정 다른 쪽에는 프랭클린 에이헌, 진 드위트, 크리스토퍼 로드, 루이 임피리얼, 드위트의 집사인 조겐스가 무리 지어 앉아 있었다. 그들과 그다지 떨어지지 않은 곳에는 검은 상복 차림의 체리 브라운과 음울한 표정의 폴룩스가 자리했다. 마이클 콜린스는 입술을 깨물고 혼자 앉아 있었다. 롱스트리트의 비서 안나 플랫도 외따로 있었다. 그리고 훨씬 뒤쪽의 좌석에는 베일로 얼굴을 가린 펀 드위트 부인이 불가사의한 표정을 하고서 꼼짝도 않고 앉아 있었다.

준비가 갖춰지자 원기를 회복한 라이먼이 힘차게 자리에서 일어나 테이블 뒤에서 걸어 나왔다. 그는 자못 유쾌한 듯이 배심원석을 한번 둘러보고 지방 검사를 향해 싱긋 웃고 난 뒤에 입을 열었다.

"재판장님, 변호인 측의 첫 번째 증인으로 피고인 존 드위트 씨를 신청하는 바입니다!"

브루노가 놀란 눈을 하고서 의자에서 엉거주춤 일어섰다. 법정 안에 웅성거림이 번지자 섬 경감은 당황한 듯이 고개를 흔들었다. 지금까지 자신감에 차서 침착하게 앉아 있던 지방 검사의 얼굴에 희미한 불안의 빛이 스쳤다. 그는 섬 경감 쪽으로 고개를 돌리며 한 손으로 입을 가리고는 속삭였다.

"라이먼이 대체 무슨 꿍꿍이속으로 저러는지 모르겠소. 살인 사건 재판에서 피고를 증인으로 끌어내다니! 이건 우리 쪽에 공격의 기회를 주는 거나 다름없잖소."

섬은 어깨를 으쓱해 보였다. 브루노는 의자에서 자세를 고쳐 앉으며 중얼거렸다.

"분명히 뭔가 노리는 게 있는 모양이오."

존 드위트는 침착한 목소리로 선서를 격식대로 끝마친 뒤에 이름과 주소를 말하고는 증인석에 앉아 두 손을 맞잡고 질문을 기다렸다. 법정은 쥐 죽은 듯이 조용해졌다. 드위트의 작은 체구와 너무나 침착해서 거의 무관심에 가까운 태도는 몹시도 불가사의해 보였다. 배심원들은 모두 앞으로 몸을 내밀었다.

라이먼이 다정한 어조로 말했다.

"당신의 나이는 몇 살입니까?"

"쉰한 살입니다."

"직업은요?"

"주식 중개업입니다. 롱스트리트 씨가 사망하기 전에는 드위트 앤드 롱스트리트 사의 공동 대표였습니다."

"드위트 씨, 9월 9일 수요일 밤 당신이 사무실을 나와서 위호켄 선착장에 도착하기 전까지의 일을 법정과 배심원 여러분께 말씀해주십시오."

드위트는 거의 평상시에 대화하는 것처럼 말해나갔다.

"저는 5시 30분에 타임스 스퀘어 출장소를 나와 지하철을 이용해서 월가의 증권거래소 클럽으로 갔습니다. 저녁 식사 전에 가벼운 운동을 할 생각으로 체육관으로 갔지요. 수영이나 할까 하고요. 그런데 체육관에서 운동 기구에 오른손 집게손가락을 다치고 말았습니다. 피가 났고 길고 흉한 상처가 생겼지요. 클럽 의사인 모리스 박사가 곧 응급처치로 피를 멎게 해주고는 상처를 소독해주었습니다. 모리스 박사가 손가락에 붕대를 감아주려고 했지만 저는 그럴 것까지는 없다고 생각해서······."

"잠깐만요, 드위트 씨."

라이먼이 부드럽게 말을 가로막았다.

"손가락에 붕대를 감을 것까지는 없다고 생각하신 것은 당신이 체면에 신경을 쓰는 분이시기 때문에······."

그때 브루노가 펄쩍 뛰듯이 일어나더니 유도신문이라고 큰 소리로 이의를 제기했다. 그림 판사가 그 이의를 인정했다. 라이먼은 미소 지으며 말했다.

"그럼 붕대를 감지 않은 데에는 뭔가 다른 이유가 있었습니까?"

"그렇습니다. 그날 밤엔 늦게까지 클럽에 있을 작정이었습니다. 그래서 모리스 박사의 응급처치로 지혈도 되었는데 굳이 보기 흉하게 붕대를 감아 불편을 느끼고 싶지 않았던 것입니다. 게다가 붕대를 감고 있으면 무슨 일인지 묻는 친구들의 질문에 일일이 대답해야 하죠. 저는 그런 일에는 꽤 예민한 성격이거든요."

브루노가 다시 자리에서 일어났다. 떠들썩하게 한바탕 논쟁이 벌어졌다. 이윽고 그림 판사는 지방 검사를 자리에 앉게 하고 라이먼에게 질문을 계속하도록 몸짓으로 일렀다.

"드위트 씨, 말씀을 계속해주십시오."

"모리스 박사는 제게 손가락을 굽히거나 부딪치면 상처가 터져 다시 출혈이 있을 테니 주의하라고 말했습니다. 그래서 저는 수영을 포기하고서 약간 불편한 손놀림으로 옷을 입고 저녁 식사를 함께 하기로 약속한 친구 프랭클린 에이헌과 클럽의 식당으로 갔습니다. 우리는 식사를 마친 뒤에 제가 아는 다른 사업상의 친구들과 함께 클럽에서 시간을 보냈습니다. 콘트랙트 브리지를 한판 하지 않겠느냐고들 했지만, 저는 손가락을 다친 탓에 거절해야만 했지요. 그러다가 10시 10분에 클럽을 나와 택시로 42번 스트리트 끝머리에 있는 선착장 터미널로 갔습니다……."

다시 브루노가 자리에서 일어나 그 증언은 '부적절, 무관계, 불필요'한 것이라고 강하게 이의를 제기하며 피고의 증언 전부를 기록에서 삭제할 것을 요구했다.

라이먼이 말했다.

"재판장님, 방금 진술된 피고의 증언은 적절하고 또한 관련성이 있으며 고발된 범죄에 대해 피고의 무죄를 입증할 수 있는, 변론 전개상 매우 중요한 것입니다."

다시 한 번 잠시 동안의 논쟁이 벌어졌다. 그림 판사는 지방 검사의 이의를 기각하고 라이먼에게 질문을 계속하게 했다. 그러나 라이먼은 브루노 쪽으로 돌아보며 상냥하게 말했다.

"브루노 검사, 증인에게 묻고 싶은 것이 있으시면 말씀하십시오."

브루노는 잠깐 망설이며 얼굴을 찌푸렸으나, 이윽고 자리에서 일어나더니 사나운 기세로 드위트를 공격하기 시작했다. 브루노는 십오 분 동안 법정을 들끓게 하며 드위트를 공격하여 진술을 뒤흔들어 롱스트리트와 관련된 사실을 캐내려고 안간힘을 썼다. 이 공격들에 라이먼은 가차 없이 이의를 제기했고 그때마다 판사의 지지를 얻었다. 마침내 그림 판사의 힐책을 받은 뒤에야 지방 검사는 맥 빠진 표정으로 자리에 앉으며 이마의 땀을 닦았다.

드위트는 그 어느 때보다도 창백한 얼굴로 증언대에서 내려와 변호인 측 테이블의 자기 자리로 되돌아갔다.

"변호인 측의 두 번째 증인으로 프랭클린 에이헌 씨를 신청합니다."

라이먼의 발언에 드위트의 친구는 그때까지 앉아 있던 사람들 무리 속에서 멍한 표정으로 일어났다. 그는 서둘러 통로를 나와 방청석의 칸막이를 지나 증언대로 나갔다. 선서를 끝낸 그는 벤저민 프랭클린 에이헌이라고 정식 이름을 밝힌 뒤에 웨스트 잉글우드의 자기 주소를 말했다. 라이먼은 두 손을 주머니에 찔러 넣고서 부드럽게 물었다.

"에이헌 씨, 당신은 어떤 직업에 종사하고 계십니까?"

"은퇴한 엔지니어입니다."

"피고에 대해서 잘 아십니까?"

에이헌은 드위트 쪽을 보면서 싱긋 미소 지었다.

"네, 육 년 동안 사귄 친구입니다. 우리는 한동네에 살고 있고 그는 저의 가장 친한 친구입니다."

"에이헌 씨, 질문에만 대답해주시기 바랍니다……. 그럼, 9월 9일 수요일 밤, 거래소 클럽에서 피고와 만나셨습니까?"

라이먼이 날카롭게 말했다.

"네, 만났습니다. 드위트 씨가 한 말은 모두 사실입니다."

"에이헌 씨, 제발 질문에만 대답해주십시오."

라이먼은 또다시 날카롭게 말했다.

의자의 팔걸이를 움켜잡고 있던 브루노는 묵묵히 몸을 뒤로 기대어 마치 전에는 한 번도 본 적 없다는 듯이 에이헌의 얼굴을 바라보았다.

"그날 밤 저는 거래소 클럽에서 드위트 씨를 만났습니다."

"몇 시에, 어디에서 그를 처음 만났습니까?"

"7시 조금 전쯤 식당 휴게실에서 만났습니다. 그래서 곧바로 식사를 하러 안으로 들어갔습니다."

"그럼 당신은 그때부터 10시 10분까지 줄곧 피고와 함께 있었습니까?"

"그렇습니다."

"피고는 방금 자신의 증언대로 10시 10분에 당신과 헤어져 클럽을 나갔습니까?"

"그렇습니다."

"에이헌 씨, 당신은 드위트 씨의 친구이니만큼 그가 체면에 신경을 쓰는 성격인지 아닌지를 아시죠?"

"물론입니다. 어렵잖게 말할 수 있죠. 그는 체면에 신경을 쓰는 성격입니다."

"그렇다면 그가 손에 붕대를 감지 못하게 한 건 그의 성격으로 미루어 볼 때 당연하겠군요?"

"물론이죠!"

에이헌이 순순히 대답하자마자 브루노가 자리에서 일어나 이 질문과 답변에 이의를 제기했다. 판사는 그 이의를 인정했고 기록은 양쪽 모두에서 삭제되었다.

"그날 밤 식사 도중에 드위트 씨가 손가락을 다친 것을 알았습니까?"

"네, 식당에 들어가기 전부터 알게 되어 제가 그 이유를 물어봤습니다. 드위트 씨는 체육관에서 다쳤다고 하면서 다친 손가락을 제게 보여주었습니다."

"손가락을 보셨단 말씀이죠? 그럼, 그때 그 손가락의 상처 상태는 어땠습니까?"

"갓 생긴 듯했고 보기 흉한 모양이었습니다. 손가락 안쪽으로 4센티미터쯤의 길이로 깊은 상처가 나 있었습니다. 피는 이미 멎어 있었고요……. 그러니까 상처의 피가 멎어서 갓 생긴 딱지가 나 있었죠."

"식사 중에나 또는 그 뒤에 혹시 그 상처와 관계된 일이 일어나지 않았습니까?"

에이헌은 턱을 어루만지며 잠자코 생각에 잠겼다. 그러다가 문득 고개를 들었다.

"드위트 씨는 그날 밤 내내 그 다친 오른손을 약간 거북해하는 듯했습니다. 그리고 식사 때에도 왼손밖에 쓰지 못했습니다. 웨이터가 드위트 씨의 고기를 대신 썰어주어야만 했죠."

"브루노 검사, 이제 질문하시죠."

브루노는 증인석 앞을 큰 걸음으로 서성거렸다. 에이헌은 조용히 기다렸다. 브루노는 턱을 내밀고 적의 어린 시선으로 에이헌을 바라보며 말했다.

"방금 당신은 피고의 가장 친한 친구라고 증언했습니다. '가장 친한 친구'라고 말입니다. 그런데 에이헌 씨, 가장 친한 친구를 위해 위증을 하시지는 않으시겠죠?"

배심원석에서 누군가 소리 죽여 웃었고 그와 동시에 라이먼이 웃으면서 자리에서 일어나 이의를 제기했다. 그림 판사는 그 이의를 인정했다.

브루노는 '자, 아무튼 내가 무슨 얘기를 하고 싶었는지는 모두 머릿속에 넣었겠죠?' 하는 투로 배심원들을 둘러보았다. 그런 그는 에이헌 쪽으로 몸을 틀었다.

"그날 밤 10시 10분에 당신과 헤어지고 나서 피고가 어디로 가려 했었는지 알고 계셨습니까?"

"몰랐습니다."

"당신이 피고와 함께 나가지 않은 것은 어떤 이유에서였습니까?"

"드위트 씨가 누구와 만날 약속이 있다고 했기 때문입니다."

"누구를 말입니까?"

"거기에 대해선 말하지 않았습니다. 물론 저도 묻지 않았고요."

"피고가 클럽을 나간 뒤에 당신은 무엇을 했습니까?"

라이먼이 다시 자리에서 일어나 지겨운 듯 씁쓰레하게 웃으면서 이의를 제기했다. 그림 판사가 다시 이의를 인정했다. 브루노는 약간 못마땅한 몸짓으로 증인을 놓아주었다.

라이먼은 자신에 넘친 모습으로 앞으로 나갔다.

"세 번째 증인으로……."

그는 일부러 느긋하게 검찰 측의 테이블로 시선을 옮기며 말을 이었다.

"섬 경감을 신청합니다."

섬 경감은 흡사 사과를 훔치다가 들킨 소년처럼 몸을 흠칫 움츠렸다.

그는 브루노를 보았다. 브루노가 고개를 설레설레 흔들었다. 경감은 발소리도 요란하게 앞으로 나아가며 라이먼을 노려보았고, 선서를 하고 나서 증인석에 앉은 뒤에는 불만스러운 표정으로 기다렸다.

라이먼은 마치 이 상황을 즐기고 있는 것처럼 보였다. '어떻습니까? 저는 저의 의뢰인의 변호를 위해서라면 저 위대한 섬 경감을 불러내는 것조차 조금도 두렵지가 않단 말입니다.'라고 말하는 듯이 미소 띤 표정으로 배심원들을 둘러보았다. 그는 장난치듯이 섬을 향해 손가락을 흔들었다.

"섬 경감님, 당신은 찰스 우드의 시체가 발견되었을 때 모호크호의 수사를 담당하셨죠?"

"그렇소!"

"시체가 강에서 올라오기 직전에 당신은 어디에 있었습니까?"

"배 북쪽인 상부 갑판 난간에 있었소."

"그때 혼자 있었습니까?"

"아뇨!"

섬은 이를 악물고 울부짖듯이 대답했다.

"그럼 누구와 함께 있었습니까?"

"피고와 드루리 레인 씨와 함께 있었소. 갑판에는 부하도 몇 명인가 있었지만 나와 함께 난간 쪽에 있었던 사람은 피고와 레인 씨뿐이었소."

"그때 당신은 드위트 씨의 손가락 상처를 보았습니까?"

"그렇소!"

"어떻게 보게 되었습니까?"

"그때 그는 난간에 기대 있었는데 왼손으로 난간을 꼭 쥔 채 오른손은 팔꿈치를 구부려 난간에 그냥 올려놓고 있었소. 아무래도 그 모양이 거북스러워 보여서 내가 물었더니 그가 말하길 그날 밤 클럽에서 다쳤다고 했소."

"그 상처를 주의해서 보았습니까?"

"'주의해서'라니, 무슨 뜻이죠? 상처는 보았소. 방금 그렇게 대답했잖소?"

"아아 경감님, 화는 내지 마십시오……. 그때 보았던 상처의 모양을 설명해주실 수 있겠습니까?"

섬은 순간 당황한 눈길로 아래쪽에 있는 지방 검사를 내려다보았다. 그러나 브루노는 턱을 괴고서 귀를 기울이고만 있었다. 섬이 어깨를 으쓱하고는 대답했다.

"다친 손가락은 약간 부풀어 있었고 상처는 갓 생긴 듯했소. 말라붙은 딱지가 상처 전체를 덮고 있었소."

"상처 전체를 말입니까, 경감님? 그러니까 딱지는 완전히 하나였고 한 군데도 터진 곳이 없었단 말씀이죠?"

섬의 찌푸린 얼굴에 놀라는 빛이 떠올랐다. 그의 목소리에서 적의가 사라졌다.

"그렇소. 꽤 잘 굳어 있는 듯이 보였어요."

"그럼 그 상처는 어지간히 아물어 있었다는 건가요?"

"그렇소."

"그럼 당신이 본 상처는 아주 갓 생긴 상처는 아니었겠군요?

곧, 그 난간 쪽에서 보기 직전에 찢어지거나 해서 생긴 상처는 아니었단 말씀이시죠?"

"질문의 의도를 잘 모르겠습니다. 의사가 아니라서 말입니다."

라이먼은 윗입술을 당기며 웃었다.

"좋습니다, 경감님. 그럼 질문의 방법을 바꾸기로 하죠. 당신이 본 상처는 갓 입은 새 상처였습니까?"

경감은 몸을 꿈틀거리며 말했다.

"그건 어리석은 질문이오. 딱지가 생겨 있었다고 했는데 갓 입은 상처일 수야 없지 않소?"

라이먼이 싱긋 웃었다.

"그렇습니다. 저는 바로 그 점을 듣고 싶었던 겁니다······. 그럼 이제부터는 당신이 드위트 씨의 상처를 보고 난 뒤에 일어난 일에 대해 법정과 배심원분들께 말씀해주시기 바랍니다."

"마침 그때 시체가 쇠갈퀴에 걸렸기 때문에 우리는 하부 갑판으로 통하는 문으로 뛰어갔소."

"그때 드위트 씨의 상처와 관계된 일이 뭔가 일어나지 않았던가요?"

"일어났소. 피고가 먼저 문에 이르러서 손잡이를 잡았는데 그 순간 피고는 작은 신음을 내질렀어요. 그래서 보니까 다친 손가락의 상처가 터져 피가 흐르고 있더군요."

섬은 시무룩한 표정으로 대답했다.

라이먼은 몸을 앞으로 내밀고 섬의 건장한 무릎을 툭툭 가볍게 치면서 한 마디 한 마디 힘주어 말했다.

"피고가 단지 문의 손잡이를 잡았을 뿐인데도 딱지가 터져서 상처에서 피가 흘러나왔단 말씀이죠?"

섬이 머뭇거리자 브루노는 절망적으로 고개를 흔들었다. 그 눈에는 비통한 빛마저 떠올라 있었다.

"그렇소."

섬이 우물거리듯이 대답했다.

라이먼은 틈을 주지 않고 질문을 계속했다.

"피가 흐르기 시작한 뒤에도 그 상처를 보았나요?"

"드위트는 잠깐 동안 손수건을 찾느라 손을 든 채로 있었소. 그래서 보니까 딱지가 군데군데 터지고 그 터진 틈새에서 피가 흐르고 있었어요. 그래서 그는 손수건으로 손을 싸맸고 그런 뒤에 우리는 하부 갑판에 도착했소."

"경감님, 당신은 그때 본 피가 흐르는 상처가 그 직전에 난간 쪽에서 본 터지지 않은 상처와 완전히 동일한 것임을 증언하실 수 있겠습니까?"

"그렇소."

섬은 체념한 듯이 대답했다.

그러나 라이먼은 집요하게 질문을 계속했다.

"그렇다면 새로운 상처는 하나도 없었다는 겁니까? 긁힌 정도의 상처도 말입니다."

"그렇소."

"이것으로 됐습니다, 경감님……. 자, 브루노 검사, 반대신문을 하시죠."

그렇게 말한 뒤에 라이먼은 배심원들에게 의미 있는 미소를 지어 보이고서 물러났다. 브루노는 초조한 듯이 고개를 내저었고 섬은 증인석에서 내려왔다. 브루노의 표정에는 '혐오' '경악' '이해'라고 할 만한 감정이 복잡하게 뒤섞여 있었다. 라이먼이 다시 앞으로 나오자 흥분해서 몸을 앞쪽으로 내밀고 있던 방청객들은 서로 수군덕거렸고 신문기자들은 기록하느라 정신이 없었다. 정리는 큰 소리로 정숙할 것을 명했다. 브루노 지방 검사는 슬그머니 고개를 돌리며 누군가를 찾는 듯이 법정을 둘러보았다.

라이먼은 침착하고 자신에 찬 태도로 모리스 의사를 증언대로 불러냈다. 거래소 클럽 소속의 근엄한 중년 사내인 의사는 방청석에서 나와 선서를 하고 휴 모리스라는 이름과 주소를 말한 뒤에 증인석에 앉았다.

"당신은 의사이시죠?"

"그렇습니다."

"근무처는요?"

"증권거래소 클럽에서 전속 의사로 근무합니다. 벨뷔 병원의 파견 의사이기도 하고요."

"의사로서의 경력은 어떻게 되십니까?"

"뉴욕 주에서 의사 면허를 받은 이래로 이십일 년 동안 일해 오고 있습니다."

"피고를 잘 아십니까?"

"그렇습니다. 그가 거래소 클럽의 회원이 된 이래 지금까지 십 년 동안을 알고 지냈습니다."

"모리스 씨, 당신도 이미 9월 9일 밤 운동 기구에 오른손 집게 손가락을 다친 드위트 씨의 상처에 관해 앞서 나온 증인들의 증언을 들으셨을 겁니다. 체육관에서 일어났던 일에 대한 이제까지의 증언들은 당신의 지식과 소신에 비추어 볼 때 모든 점에서 정확한 것입니까?"

"그렇습니다."

"피고가 붕대를 거절하자, 다친 손가락에 주의를 주신 것은 어떤 이유에서였습니까?"

"다친 손가락을 갑자기 구부리게 되면 아물려던 상처가 다시 터질 수 있는 상태였기 때문입니다. 그 상처는 집게손가락의 위쪽 관절에까지 뻗어 있었습니다. 예컨대 그날 밤이었다면 그냥 손을 쥐는 것만으로도 상처의 양쪽이 부풀어 아물어가던 상처의 딱지가 터지고 말았을 겁니다."

"결국 손에 붕대를 감으려고 하신 것은 그런 이유에서였군요?"

"그렇습니다. 상처의 부위도 노출되어 있어 터지기 쉬웠으므로 약을 적신 붕대를 감아두면 설사 상처가 터진다고 하더라도 곪는 것을 방지할 수 있죠."

"잘 알겠습니다, 모리스 씨."

라이먼은 재빨리 말을 이었다.

"그런데 모리스 씨, 앞서 증언한 섬 경감이 배의 난간 앞에서 본 상처와 딱지의 상태를 설명하는 것을 들으셨을 테죠? 그래서 여쭤보는 겁니다만, 섬 경감이 처음 본 그런 상처가 십오 분 전에 터져 있었을 수도 있는 것입니까?"

"그 말씀은 곧, 십오 분 전에 터져 있던 상처가 경감이 설명한 그런 상태로 될 수 있겠느냐는 질문이십니까?"

"그렇습니다."

"그런 일은 절대로 일어날 수 없습니다."

의사는 힘주어 대답했다.

"어째서 그렇습니까?"

"설사 상처가 터졌던 것이 한 시간 전이라 하더라도 섬 경감님이 말씀하신 것처럼 딱지가 온전하게 하나로 이어져서 완전히 말라붙어 있을 수는 없는 노릇입니다."

"그렇다면 섬 경감의 설명으로 미루어 볼 때 당신이 클럽에서 치료하신 그 상처는 피고가 문의 손잡이를 잡기 전까지는 터지지 않았다고 생각하십니까?"

그때 브루노가 사나운 기세로 이의를 제기했다. 그러나 그와 동시에 모리스 의사가 침착하게 대답했다.

"그렇게 생각합니다."

격렬한 논쟁이 오가는 동안 라이먼은 상당한 반응을 일으키며 수군대는 배심원들을 의미 있는 눈길로 둘러보았다. 라이먼은 조용히 회심의 미소를 지었다.

"모리스 씨, 섬 경감이 피고의 상처를 보기 몇 분 전에, 피고가 상처에 손상을 입지 않고서 91킬로그램의 물체를 잡아 올려 그걸 난간 너머로, 그것도 폭이 80센티미터 가까이나 되는 벼랑 저쪽으로 내던질 수 있었을까요?"

다시 브루노가 벌떡 일어나 분노에 찬 목소리로 이의를 제기했다. 그러나 판사는 전문적인 의견을 구하는 방금 질문은 변호인 측의 논증과 관계가 있는 것으로 간주하고 브루노의 이의를 기각했다.

모리스 의사가 말했다.

"그건 절대로 불가능합니다. 상처가 터지지 않고서 방금 얘기하신 것과 같은 그런 일이 일어날 수는 없다고 봅니다."

라이먼은 명백한 승리의 미소를 떠올리며 당당하게 브루노를 바라보았다.

"브루노 검사, 반대신문을 하시죠."

법정 안은 흥분에 싸였고, 브루노는 아랫입술을 지그시 깨물고는 의사를 노려보았다. 검사는 우리에 갇힌 맹수처럼 증언대 앞을 서성거렸다.

그림 판사가 법정 안에 정숙을 명하며 나무망치를 두드렸다. 브루노는 법정이 조용해질 때까지 기다렸다가 입을 열었다.

"모리스 씨, 당신은 선서를 하셨고 전문적인 지식과 경험에 입각해 앞서와 같은 증언을 하셨습니다. 곧 피고의 상처가 앞서 섬 경감이 설명한 것과 같이 아문 상태였다면 피고가 상처에 손상을 입지 않고 오른손을 사용해 91킬로그램의 물체를 난간 너머로 던질 수는 없다고……."

"재판장님, 이의가 있습니다. 검사의 질문은 증인이 긍정한 질문과 일치하지 않습니다. 증인이 긍정한 앞서의 질문에는 80센티미터 정도의 튀어나온 부분이 있다는 말이 있었습니다."

라이먼이 침착하게 말했다.

"질문을 정정하시오, 검사."

그림 판사가 말했다.

브루노는 거기에 응했고, 모리스 의사가 부드럽게 대답했다.

"그 질문에 이미 저는 그렇게 생각한다고 대답했습니다. 그러한 제 의견에 제 명예를 걸어도 좋습니다."

변호인 측 자리로 돌아온 라이먼은 브룩스에게 속삭였다.

"브루노 저 친구 불쌍하게 됐군. 저렇게 당황하는 꼴은 이제껏 본 일이 없단 말이야. 그 점을 반복할수록 배심원들에게 점점 더 강한 인상만 주게 될 텐데 말이야!"

그러나 브루노는 아직 꺾이지 않았다. 그는 사나운 기세로 물었다.

"그런데 모리스 씨, 당신은 어느 쪽 손을 말씀하셨던가요?"

"물론, 손가락을 다친 오른손이지요."

"그러나 앞서 설명한 행동을 하는 데 있어서 만약 피고가 왼손을 사용했다면 오른손의 상처는 터지지 않았을 테죠?"

"물론 오른손을 쓰지 않았다면 상처는 터지지 않았을 겁니다."

브루노는 배심원석을 지그시 바라보았다. 마치 이렇게 주장하는 듯했다. '자, 아시겠죠, 여러분? 이 야단스러운 소동도 결국에는 아무런 의미가 없단 말입니다. 드위트는 왼손을 사용한 거니까요.' 그는 모호한 미소를 떠올리며 자리로 돌아가 앉았다. 그러자 모리스 의사는 증언대에서 내려서려고 했다. 하지만 라이먼이 재빨리 증인의 재신문을 요청했다. 의사는 재미있다는 듯이 다시 자리에 앉았다.

"모리스 씨, 방금 검사는 피고가 왼손만으로 시체를 처리했을 거라고 암시했습니다. 그렇다면 당신의 견해로는 피고가 왼손만을 사용해 오른손의 상처에 신경을 쓰면서, 의식을 잃은 데다 91킬로그램이나 나가는 찰스 우드의 몸을 들어 올리고, 게다가 난간 너머 튀어나온 부분 저편으로 내던져 배에서 떨어뜨릴 수 있었다고 생각하십니까?"

"그렇게 생각하지 않습니다."

"어째서입니까?"

"저는 의사로서 드위트 씨에 대해 잘 알고 있습니다. 우선 첫 번째로 그가 오른손잡이라서 왼손의 힘은 여느 오른손잡이들의 경우와 마찬가지로 훨씬 약하다는 것을 알고 있습니다. 또 키가 작고 가냘파 체중은 불과 52킬로그램밖에 안 되는 힘이 약한 사람이라는 걸 알고 있습니다. 이런 사실로 미루어 볼 때 52킬로그램의 사람이 단지 한 손만으로, 그것도 약한 쪽의 손을 사용하여 지금 말씀하신 대로 91킬로그램의 몸을 처리한다는 것은 불가능하다고 할 수 있습니다."

법정 안의 흥분은 걷잡을 수 없을 정도였다. 신문기자 몇 명이 법정 밖으로 뛰쳐나갔다. 배심원들도 고개를 끄덕이며 흥분한 어조로 얘기를 주고받았다. 브루노가 자리에서 일어나 달아오른 얼굴로 뭐라고 외쳐댔으나 아무도 그에게 주목하지 않았다. 가까스로 소란이 진정되었을 때, 브루노는 쉰 목소리로 보다 정확한 의학적 의견을 알아보기 위해 두 시간의 휴정을 요구했다.

그림 판사가 외쳤다.

"앞으로 남은 공판 중에 이처럼 수치스러운 소란을 되풀이할 경우에는 전원 퇴정을 명하고 입구를 폐쇄하겠소! 휴정 요구에 동의하여 오후 2시까지 휴정하겠습니다."

나무망치를 두드리는 소리가 났다. 모두 기립하여 그림 판사가 자기 방으로 물러가길 기다렸다. 다시 큰 소란이 일었다. 바닥을 울리는 구두 소리와 서로 격론을 하는 떠들썩한 소음이 소용돌이쳤다. 배심원들이 퇴정했다. 드위트는 여느 때와는 달리 평정을 잃고서 숨을 몰아쉬며 의자에 앉아 있었다. 그 창백한 얼굴에는 아직도 믿기지 않는 듯한 표정이 엿보였지만 그 가운데에서도 안도의 빛이 떠올라 있었다. 브룩스는 프레더릭 라이먼의 손을 잡고서 펌프질하듯이 위아래로 흔들며 성공적인 변론을 축하했다.

"몇 년 동안 이토록 눈부신 변론은 들어본 적이 없었네, 프레드!"

소용돌이치는 혼란 속에서 검찰 측 테이블 앞에 앉은 브루노 지방 검사와 섬 경감은 반쯤은 우스꽝스러운 부아를 억누르며 서로 마주 보았다. 신문기자들이 변호인 측의 테이블을 둘러쌌다. 정리 한 사람이 기자들에 에워싸인 드위트를 보호하느라 애를 먹고 있었다.

섬 경감이 앞으로 몸을 기울이며 신음하듯이 말했다.

"브루노, 꼴이 말이 아니게 됐소. 아무래도 당신은 좋은 웃음거리가 된 거 같군요."

"그건 당신도 마찬가지라고, 섬! 당신 또한 좋은 웃음거리라고. 어쨌든 증거를 수집하는 것은 당신 역할이었으니까. 그리고 난 그것을 제출했을 뿐이지."

브루노가 뜨악하게 대꾸했다.

"그건 나도 부정하지 않겠소."

경감은 미간을 찌푸리며 말을 이었다.

"아무튼 우리는 두 사람 다 뉴욕에서 으뜸가는 바보가 된 셈이오."

브루노는 서류를 가방에 아무렇게나 쑤셔 넣으며 화가 잔뜩 난 목소리로 말했다.

"당신은 누구보다 사건 내용을 잘 알고 있었으면서도 그런 빤한 진실에 한 번도 달려들려고 하지 않았소."

"그거야 나도 할 말이 없소. 나도 정말 멍청한 놈이오. 하지만 당신도 마찬가지요. 그날 밤 드위트가 손수건으로 손을 싸매고 있는 걸 보고서도 무엇 하나 물어보지 않았으니."

경감이 낮고 무거운 목소리로 대꾸했다.

갑자기 브루노가 가방을 떨어뜨리며 두 눈을 빛냈다.

"이것이 프레더릭 라이먼의 머리에서 나왔을 리 없어! 빌어먹을, 이번 일은 뻔하오! 이건 틀림없이……."

경감도 성난 목소리로 맞장구를 쳤다.

"맞았소! 물론 레인이오. 제기랄! 보기 좋게 우릴 한 방 먹였소. 하긴 이것도 그 늙은이를 믿지 않았던 탓이겠지만 말이오."

두 사람은 의자에 앉은 채로 몸을 돌려 썰렁해진 법정을 둘러보았다. 레인의 모습은 어디에도 보이지 않았다.

브루노가 허전한 듯한 목소리로 말했다.

"도망쳐버렸군. 저기에 있었는데……. 섬, 어쨌든 이번 일은 우리의 실수요. 레인은 처음부터 말렸으니까요."

그는 문득 어리둥절한 표정으로 중얼거렸다.

"하지만…… 그도 나중에는 우리가 드위트를 기소하길 바라는 눈치였잖소? 그러면서도 그동안 줄곧 이 결정적인 비책을 숨기고 있었다니. 어쨌든 이상해요."

"나도 마찬가지요."

"대체 어째서 드위트의 목숨을 담보로 하는 이런 위험한 짓을 한 걸까요?"

"그건 그렇지가 않소. 그 결정적인 비책이 있었으니 걱정할 게 없었을 거요. 곧 드위트를 구해낼 수 있다고 확신했던 거지. 하지만 어쨌든 이 점만큼은 분명히 말해두겠소."

경감은 냉담하게 말하더니 자리에서 일어나 원숭이 같은 두 팔을 벌리고 털북숭이의 마스티프처럼 몸을 부르르 떨며 말을 이었다.

"이제부터 이 섬 경감은 드루리 레인 할아범의 말씀이라면 얌전히 듣기로 하겠소! 특히 X의 사건에 관해서는 더더욱 말이오!"

제3막: 제1장
리츠 호텔의 스위트룸
10월 9일 금요일 오후 9시

드루리 레인은 파티의 주인공인 존 드위트의 얼굴을 가만히 지켜보고 있었다. 드위트는 친구들 한 무리에 둘러싸여 밝게 얘기를 나누고 있었는데, 거리낌 없는 농담이 던져질 때마다 재치 있게 받아넘기곤 했다.

게다가 드루리 레인은 연구에 연구를 거듭한 결과 마침내 찾고자 하는 것을 발견한 과학자처럼 아늑한 내적 만족감을 느끼고 있었다. 존 드위트가 성격 연구의 재료로 상당히 흥미로운 윤곽을 드러냈기 때문이다. 여섯 시간 사이에 그는 차갑고 딱딱한 갑옷으로 무장한 인간에서 생기 있고 재치에 넘치는 사람, 총명한 동료, 상냥한 파티의 주인공이 되어 있었다. 목소리가 그렁거리는 노인 배심원장이 여윈 턱을 빠르게 떨면서 감옥의 빗장을 여는 '무죄'라는 주문을 외친 순간, 드위트는 가냘픈 가슴을 펴고 안도의 한숨을 내쉼과 동시에 침묵의 갑옷을 벗어던져 버린 것이었다.

결코 그는 오늘 밤만은 내성적인 인간이 아니었다! 이제부터 축하의 인사말과 웃음소리와 술잔 부딪치는 소리로 가득 찬 석방 축하연이 시작되기 때문이다.

사람들은 리츠 호텔의 스위트룸에 모여 있었다. 한쪽 방에는 접시와 술잔과 꽃들이 놓인 길쭉한 테이블이 준비되어 있었다.

진 드위트의 얼굴은 싱싱한 장밋빛으로 물들어 있었고 그녀 옆에는 크리스토퍼 로드가 서 있었다. 프랭클린 에이헌은 친구 드위트의 가냘픈 몸을 내려다보며 서 있었고, 멋쟁이 루이 임피리얼, 라이먼과 브룩스도 있었다. 그리고 드루리 레인이 그들과 떨어진 곳에 홀로 서 있었다.

드위트가 양해를 구하고서 잡담을 주고받던 동료들한테서 빠져나왔다. 방 한쪽 구석에서 두 사내가 마주 보았다. 드위트는 어디까지나 겸손한 태도였고 레인은 쾌활하고 자연스러운 표정이었다.

"레인 씨, 죄송합니다. 좀처럼 빠져나오기가 힘이 들어서요. 아무튼 뭐라고 감사의 말씀을 드려야 좋을지 모르겠습니다."

레인은 가볍게 웃었다.

"라이먼 씨 같은 입이 무거운 변호사도 때로는 충동적으로 쓸데없는 말을 하는 모양이군요."

"우선 앉으시지요, 레인 씨……. 그렇습니다. 프레더릭 라이먼에게서 들었습니다. 찬사를 받아야 할 사람은 자신이 아니라 당신이라고 하더군요. 정말 놀라운 솜씨로 진실을 파헤쳐주셨습니다. 정말 훌륭하십니다."

드위트의 날카로운 눈에 흥분의 빛이 떠올랐다.

"누구든 생각해낼 수 있는 일이죠."

"아닙니다. 결코 누구나 할 수 있는 일은 아닙니다, 레인 씨."

드위트는 행복한 한숨을 쉬었다.

"오늘 밤 당신이 저의 초대에 응해주신 것을 제가 얼마나 큰 영광으로 여기고 있는지 아마 모르실 겁니다. 당신이 이런 모임에는 관심이 없으시고 좀체 참석을 하지 않으신다는 것은 저도 잘 알고 있지요."

"그렇습니다."

레인이 미소를 떠올리며 말을 이었다.

"하지만 드위트 씨, 이번에는 사정이 좀 다릅니다. 분명히 저는 참석했습니다. 그러나 제가 이 자리에 참석한 것은 단순히 즐거운 모임이나 당신의 간곡한 초대에 이끌려서만은 아닙니다."

그 어떤 어두운 그림자가 드위트의 얼굴을 스쳤으나 다음 순간 이내 사라졌다.

"실은 문득 이런 생각이 들었기 때문입니다……."

레인은 여느 때와는 달리 훨씬 약한 목소리로 말을 이어갔다.

"당신이 제게 어떤 얘기를 털어놓고 싶어 할지도 모른다고 말입니다."

드위트는 곧바로 대답하지 않았다. 그는 주위를 돌아보았다. 명랑한 애기 소리에 귀를 기울였고, 나긋나긋하고 아름다운 자기 딸의 모습을 바라보았으며, 방 저편에서 들려오는 에이헌의 조용한 웃음소리를 들었다. 야회복 차림의 웨이터가 연회장의 미닫이문을 열었다.

드위트는 고개를 돌려서 한 손을 슬며시 두 눈에 갖다 댔다. 그러고는 눈꺼풀을 누르며 생각을 정리하려는 듯이 꼼짝도 하지 않았다.

"저어…… 레인 씨, 당신은 정말 예사롭지 않은 분이시군요."

그는 눈을 뜨고 배우의 엄숙한 얼굴을 뚫어지게 바라보더니 말을 이었다.

"레인 씨, 당신에게 모든 걸 맡기기로 하겠습니다. 그러는 수밖에는 방법이 없을 것 같군요."

그 목소리에는 굳은 결의가 담겨 있었다.

"그렇습니다. 사실 당신에게 긴히 말씀드리고 싶은 것이 있습

니다."

"과연 그러셨군요."

"하지만 지금은 말씀드릴 수가 없습니다."

드위트는 강하게 고개를 저었다.

"길고도 따분한 얘기이니까요. 그걸로 모처럼 맞는 이 밤을 엉망으로 만들고 싶진 않습니다. 당신이나 저 자신, 두 사람 모두를 위해서 말입니다."

그의 잿빛 손에 경련이 일었다.

"오늘 밤은 저로서는 특별한 밤입니다. 저는 끔찍한 운명에서부터 가까스로 벗어났습니다. 진이…… 제 딸이……."

레인은 천천히 고개를 끄덕였다. 그는 드위트의 공허한 눈에 비친 것은 진의 모습이 아니라 펀 드위트의 모습이 틀림없으리라고 생각했다. 비탄의 원인은 아마도 자신의 아내가 이곳에 없다는 사실 때문이리라. 드위트는 그 특유의 강한 인내심으로 배신한 아내를 아직도 사랑하고 있음이 틀림없다고 레인은 속으로 생각했다.

드위트는 천천히 일어섰다.

"부디 오늘 밤은 저 친구들과 어울려주셨으면 합니다. 나중에 모두 함께 웨스트 잉글우드의 제 집으로 가기로 되어 있답니다. 간단한 축하가 준비되어 있으니까요……. 만약 주말을 저희와 함께 지내주신다면 필요로 하시는 건 무엇이든 마련하겠습니다. 브룩스도 오늘 밤은 저희 집에 묵기로 했답니다. 잠자리는 조금도 불편하지 않게 해드릴 수 있습니다."

이어서 드위트는 전혀 다른 말투로 덧붙였다.

"그리고 내일 아침이 되면 단둘이 있을 수 있습니다. 그때, 저는 당신이 오늘 밤 마법과도 같은 직관으로 제가 말하리라 예상하신 그 얘기를 모두 들려드리겠습니다."

레인은 일어나서 드위트의 어깨에 가볍게 손을 얹었다.

"잘 알겠습니다. 모든 것을 잊으십시오. 적어도 내일 아침까지는 말입니다."

"언제나 내일 아침이란 있는 거겠죠?"

드위트는 중얼거렸다. 그들은 발걸음을 옮겨 다른 사람들 틈에 섞였다. 레인은 어쩐지 명치 근처가 메슥거렸다. 따분하군……. 당장에 그는 지루함을 느꼈다. 그는 사람들 속에서 미소를 떠올리고 있었지만 야회복 차림의 웨이터가 사람들을 연회장으로 안내하는 동안 문득 그의 머리 한구석에 작은 빛이 반짝이기 시작했다. 그는 생각에 잠겼다.

'내일이 오고, 내일이 오고 또 내일이 와서…… 이 세상 최후의 한순간까지…….' 빛이 밝게 흔들렸다. '……티끌로 돌아가는 죽음의 날까지.'*(맥베스)의 유명한 대사―옮긴이* 그는 한숨을 쉬었고, 자신의 팔에 라이먼의 팔이 감기는 것을 깨닫고는 다시 미소를 떠올리며 사람들을 따라 연회장으로 향했다.

즐거운 파티였다. 에이헌은 미안해하면서 야채 요리를 특별 주문했는데, 이미 토케이 포도주에 입을 대고 있었다. 그러고는 임피리얼에게 어느 체스 시합에 대해 열심히 설명했다. 그러나 임피리얼은 그 얘기에는 거의 무관심했고 테이블 너머로 진 드위트에게 재치 있는 말을 속삭이는 데에만 열심이었다. 라이어넬 브룩스의 금발 머리는 방 한쪽의 종려나무 잎사귀 그늘에서 현악단이 연주하는 매끄러운 선율에 따라 가볍게 흔들리고 있었다.

크리스토퍼 로드는 옆자리의 진을 곁눈질하면서 하버드 대학 축구팀의 예상 성적에 대해 이야기했다. 드위트는 조용히 앉은 채 사람들의 이야기 소리, 바이올린의 선율, 방, 식탁, 요리, 안온함 따위의 모든 것을 즐기고 있었다. 레인은 그런 드위트를 자세히 지켜보고 있었다. 그리고 포도주로 얼큰해진 라이먼이 자신에게 일어나서 뭐든 한마디 해달라는 요청을 해왔을 때는 가볍게 뿌리쳤다.

식사가 끝나고 커피와 흡연을 즐기는 시간이 되자 프레더릭 라이먼이 갑자기 일어나더니 손뼉을 치며 사람들을 주목하게 했다. 그는 술잔을 들어 올리며 말했다.

"평소와 같으면 저는 건배 따위의 습관은 경멸합니다. 그것은 치마 속에 풍성한 틀을 대고 어릿광대들이 판을 치던 지난 시대의 낡아 빠진 유물이기 때문이지요. 하지만 오늘 밤은 건배를 할 멋진 명분이 있습니다. 한 사람의 석방을 축하하는 자리이기 때문이죠."

그는 환한 미소를 띤 표정으로 드위트를 내려다보았다.

"존 드위트의 영원한 건강과 행운을 위하여!"

모두 술잔을 비웠다. 드위트가 몸을 비틀거리며 자리에서 일어났다.

"저는……."

그의 목소리는 서두에서 끊겼다. 드루리 레인은 미소를 짓고 있었지만 메슥거리는 가슴의 증세는 더욱 심해졌다.

"프레드와 마찬가지로 내성적인 사람입니다."

별 이유도 없이 사람들이 웃었다.

"하지만 여러분께 이 자리에 있는 한 분을 소개하고자 합니다. 지난 몇십 년 동안 몇백만이나 되는 지식인들에게는 동경의 대상이었고 수많은 관중 앞에 서면서도 그 누구보다도 수줍음을 잘 타시는 분, 바로 드루리 레인 씨입니다!"

모두 다시금 술잔을 비웠다. 레인은 다시 미소를 지어 보였지만 사실은 어디론가 멀리 도망가버리고 싶은 심정이었다. 그는 자리에 앉은 채로 울림이 좋은 바리톤의 목소리로 말했다.
　"이런 경우를 당하고도 어렵잖게 이겨내는 분들이 저는 정말 부럽습니다. 무대 위에서는 냉정을 잃지 않습니다만, 이 같은 자리에서 침착성을 유지할 수 있는 기술은 아직껏 익히지 못한 탓에……."
　"제발 부탁합니다, 레인 씨!"
　에이헌이 소리를 질렀다.
　"어쩔 수 없군요."
　레인은 자리에서 일어났다. 그의 두 눈이 이제까지의 따분함을 물리치고 빛을 발하기 시작했다.
　"뭔가 설교조의 말씀을 드려야 할 것 같은데, 제가 전문으로 취급하는 것은 승려의 경문이 아니라 대본이기 때문에 아무래도 제 설교에는 연극 용어가 튀어나오고 말 듯합니다."
　레인은 자신의 옆에서 조용히 귀를 기울이고 앉아 있는 드위트에게로 고개를 돌리고 말했다.
　"드위트 씨, 당신은 인간의 감정에 가장 상처를 받을 무서운 경험을 했습니다. 생사를 결정짓는 것이지만 오류가 있을 수도 있는 평결을 피고석에 앉아 끝없는 세월을 보내는 것 같은 심정으로 묵묵히 기다렸습니다. 이것은 확실히 이 사회의 가장 불가사의한 형벌입니다. 그와 같은 고통에 처해도 위엄을 잃지 않고 견뎌낼 수 있었다는 것은 너무나도 장한 일입니다. 저는 프랑스의 저술가 시에예스가 공포정치 시대에 무엇을 했는가라는 질문을 받고서 대답한 약간 익살스러우면서도 비극적인 말이 생각납니다. 그가 한 대답은 '살아 있었다.'였습니다. 이것이야말로 기개와 달관을 지닌 인간이 아니면 해낼 수 없는 대답이 아닐까요?"

레인은 깊이 한숨을 들이켜고 전혀 표정을 바꾸지 않은 채로 모두를 둘러보았다.

"아마도 인내하는 용기보다 더 위대한 미덕은 없을 것입니다. 이 말이 진부하다는 것 자체가 이 말이 진리임을 보증하는 것입니다."

모두 한결같이 조용했는데 그중에서도 드루위트는 손가락 하나 움직이지 않았다. 그는 이 의미심장한 말이 파도처럼 자신의 몸속으로 스며들어 자기 몸의 일부가 되는 것을 느끼고 있는 듯했다. 그러한 말들이 오직 자신에게로만 향하고 자신에게만 의미를 지니고 또한 자신만을 위로해주고 있다고 느끼는 듯했다.

드루리 레인은 머리를 들어 올리며 말을 이었다.

"저의 버릇대로 오랜 옛날부터 내려오는 훌륭한 금언을 끌어내어 이 명랑한 모임에 어두운 그늘을 드리우더라도 용서해주시리라 믿습니다. 어차피 저로 하여금 지껄이게 만든 것은 여러분이니까요……."

그는 목소리에 힘을 주며 이야기를 진행했다.

"셰익스피어의 작품 가운데에서 그 진가를 충분히 인정받지 못하는 작품의 하나인 《리처드 3세》에는 악인의 이면에 자리 잡고 있는 선에 대해 묘사한 구절이 있습니다. 그 깊은 통찰력은 얄밉다는 생각이 들 정도입니다."

그는 고개를 숙이고 있는 드루위트의 머리를 천천히 내려다보았다.

"드위트 씨, 지난 몇 주일 동안의 경험은 다행히도 당신에게서 살인 혐의를 거두게 해주었습니다. 하지만 그것으로 큰 문제가 해결된 것은 아닙니다. 왜냐하면 우리 주변 어딘가에는 이미 두 사람의 목숨을 지옥으로 보낸, 아니 살해된 사람들을 위해서는 천국이라고 말하고 싶습니다만, 여하튼 그러한 살인자가 정체를 감춘 채 숨어 있기 때문입니다. 그런데 이 살인자의 성격이나 그의 영혼에 대해 생각해본 사람이 우리 중 몇이나 있을까요? 비록 진부한 생각일지는 몰라도 그 인간에게도 영혼이 있고 우리의 정신적 안내자들의 말을 믿는다면 그의 영혼 또한 불멸의 것입니다. 우리 대부분은 살인자를 보통의 인간과는 다른 괴물로 생각하고 있습니다. 우리 자신의 마음속 깊숙한 곳에도 아주 사소한 자극에 따라 살인을 저지를 수 있는 약점이 도사리고 있음을 깨닫지 못하는 것입니다……"

방 안의 공기를 무겁게 만드는 침묵이 감돌았다. 레인은 주저 없이 얘기를 계속했다.

"그럼, 여기서 셰익스피어의 가장 흥미로운 극적 인물인 피에 굶주린 불구자 리처드 3세를 작자가 어떻게 관찰했는지 살펴보기로 합시다. 인간의 탈을 쓴 귀신이 있다면 그것은 바로 리처드 3세일 것입니다. 그런데 모든 것을 꿰뚫어 볼 수 있는 안목을 지닌 셰익스피어는 대체 그의 무엇에 주목했던 걸까요? 리처드 3세 자신의 통렬한 독백 속에서 그걸 찾아보기로 하죠……"

갑자기 레인은 태도와 표정과 목소리를 바꾸었다. 그 변화가 너무도 교묘하고 느닷없어서 모두 공포에 가까운 기분에 휩싸이며 그를 지켜보았다. 교활, 잔혹, 거칠게 날뛰는 사악한 마음, 오랜 세월에 걸친 극도의 실망이 이제까지의 유쾌한 얼굴을 불길한 주름과 그림자로 덮어버렸다. 드루리 레인은 이제까지와는 전혀 다른 끔찍한 인물 속으로 완전히 용해돼 버리고 말았다. 일그러진 입이 벌어지더니 멋진 목청에서 잔뜩 목이 조인 듯한 목소리가 새어 나왔다.

"다른 말(馬)을 달라. 이 상처를 묶어다오! 아아, 살려주십시오, 하느님!"

그 목소리는 고통에 겨운 목구멍에서 찢어질 듯이 쥐어짜는 애처로운 외침으로 높아졌다. 그러다가 갑자기 그 목소리는 억양이 약해지더니 격정도 없고 절망도 없는, 거의 들리지 않을 정도로 낮아졌다.

"아아, 꿈이었구나……."

모두 매혹당한 채 멍청히 넋을 잃고 있었다. 그 목소리는 중얼거리는 투로, 그러나 명료하게 계속되었다.

"'아아 겁쟁이 양심 같으니, 어째서 이다지도 나를 괴롭히느냐. 등불이 파랗구나. 한밤중인 모양이다. 식은땀으로 온몸이 떨려온다. 뭘 겁내는 거지? 나 자신을? 나 이외에는 아무도 없잖아. 리처드는 리처드를 사랑하지. 나는 곧 나니까. 어디 살인자라도 와 있단 말인가? 바보같이……. 아니지 그래, 내가 바로 살인자야. 그럼 도망쳐야지……. 뭐라고, 내가 내 자신으로부터? 그렇지, 커다란 이유가 있지……. 복수가 두렵거든. 뭐, 내가 나를 복수한다고? 아아, 나는 나를 사랑하는데. 어째서냐고? 내가 나 자신에게 뭐 잘해준 것이라도 있기 때문인가? 아아, 그게 아냐! 나는 저 가증스러운 죄악을 저질러온 나 자신을 미워하고 있다고! 나는 악인이야. 그런데도 아닌 척 시치미를 떼고 있지. 자기 얘기를 좋게 말하려는 어리석은 놈이라고. 이 멍청아, 우쭐대지 마라…….'"

흐트러진 어조로, 당장이라도 끊어질 듯이 헤매던 목소리가 느닷없이 다시 높아지면서 비극적인 자책의 외침으로 끓어올랐다.

"내 양심은 천 갈래의 혀를 가졌고, 그 혀 하나하나가 갖가지 얘기를 하지. 그런데 한결같이 나를 악인이라고 아우성치고 있어. 위선이야. 더할 나위 없는 위선이라고. 온갖 죄가, 무거운 죄 가벼운 죄 할 것 없이 온갖 죄가, 유죄 유죄! 하고 외쳐대면서 법정으로 한꺼번에 밀어닥치고 있어. 이젠 끝장이야……. 나를 사랑하는 자는 아무도 없어. 내가 죽더라도 누구 하나 나를 동정하지 않을 거야. 그렇지, 남이 뭣 때문에 나를 동정한단 말인가. 나조차도 나 자신에게는 아무런 동정도 느낄 수가 없는데!"

누군가가 한숨을 쉬었다.

제2장
위호켄 역
10월 9일 금요일 오후 11시 55분

이제 몇 분만 있으면 자정이 될 무렵이었다. 드위트 일행은 위호켄의 서해안선 종착역으로 들어섰다. 창고 같은 잿빛 대합실에는 노출된 철제 빔들이 종횡으로 천장을 가로지르고 있었고, 플랫폼은 벽을 따라 높게 이어져 있었다. 대합실 내에는 사람 그림자가 드물었다. 역 구내로 통하는 출입구 가까이 있는 수화물 취급소에서는 담당 직원이 꾸벅꾸벅 졸고 있었으며, 매점 안에서는 한 사내가 하품을 하고 있었다. 등받이가 달린 긴 벤치는 모두 텅 비어 있었다.

일행은 명랑하게 웃고 떠들며 안쪽으로 들어갔다. 호텔에서 미리 양해를 구하고 자기 아파트로 돌아간 프레더릭 라이먼 외에는 모두 변함없는 얼굴들이었다. 진 드위트와 로드가 매점으로 달려가자 임피리얼이 웃으면서 그들 뒤를 따랐다. 로드는 커다란 사탕 한 상자를 사서 과장된 동작으로 인사를 하며 진에게 내밀었다. 임피리얼도 거기에 지지 않으려는 듯이 잡지를 한 아름 사서는 구두 뒤꿈치 소리를 울리면서 달려가 그녀에게 선사했다. 모피로 몸을 감싼 진은 눈을 반짝이면서 화사한 얼굴에 미소를 머금었다. 그리고 양손을 각기 하나씩 두 사내의 한쪽 팔에 걸치며 그들을 벤치 쪽으로 이끌었다. 세 사람은 벤치에 앉아 지껄이기도 하고 초콜릿을 먹기도 했다.

나머지 네 사람은 매표소 창구 쪽으로 어슬렁어슬렁 걸어갔다. 드위트는 매점 위의 큰 시계를 올려다보았다. 시계 바늘이 12시 4분을 가리키고 있었다.

드위트가 밝은 목소리로 말했다.

"흠, 다음 기차가 출발하는 것은 12시 13분이니까…… 아직은 시간이 좀 남았군요. 그럼, 잠깐 실례하겠습니다."

매표소 창구 앞에서 레인과 브룩스는 드위트와 에이헌 뒤에 한 걸음 물러나 있었다. 에이헌은 드위트의 팔을 잡으며 말했다.

"이봐요, 존. 내가 내겠소."

드위트는 웃으면서 에이헌의 팔을 뿌리치고 매표소 직원에게 말을 걸었다.

"웨스트 잉글우드, 편도로 여섯 장 주시오."

"존, 우린 모두 일곱 사람이에요!"

에이헌이 옆에서 말했다.

"알아요. 하지만 난 50회 회수권을 갖고 있으니까 괜찮소."

역무원이 창구에서 기차표 여섯 장을 내밀었을 때 드위트의 표정이 갑자기 어두워졌다. 하지만 곧 미소 지으며 아무렇지도 않은 듯이 말했다.

"당국에다 지난 회수권의 손해 배상을 청구해야겠소. 기한이 지나버렸소. 내가 이번 일로 교도소에 있는 바람에……."

그는 도중에 말을 문득 끊고서 역무원에게 말했다.

"50회 회수권을 주시오."

"성함은요?"

"존 드위트, 웨스트 잉글우드까지요."

"알겠습니다, 드위트 씨."

직원은 상대의 얼굴을 보려고도 하지 않은 채 바삐 일손을 움직였다. 이윽고 날짜가 찍힌 길쭉한 회수권 다발을 창구에서 내밀었다. 드위트가 지갑에서 50달러 지폐를 꺼낼 때 진의 맑은 목소리가 울렸다.

"아버지, 기차가 오고 있어요!"

직원이 재빨리 거스름돈을 내주자 드위트는 그걸 바지 주머니에 쑤셔 넣고 기차표 여섯 장과 회수권을 손에 든 채로 함께 있던 세 사람을 뒤돌아보았다.

"뛰어야 할까요?"

라이어넬 브룩스가 물었다. 네 사람은 서로의 얼굴을 바라보았다.

"아뇨, 아직 시간은 충분합니다."

드위트는 그렇게 대답하며 기차표와 새 회수권을 조끼의 왼쪽 윗주머니에 넣고서 웃옷의 단추를 채웠다.

그들은 대합실을 빠져나가 진, 로드, 임피리얼과 합류해 지붕이 덮인 역 구내의 싸늘한 공기 속으로 나아갔다. 12시 13분발 구간 열차가 들어왔다. 일행은 쇠창살로 된 개찰구를 지나 긴 콘크리트 플랫폼을 나아갔다. 다른 승객들 몇몇이 띄엄띄엄 그들 뒤를 따라왔다. 맨 뒤쪽 객차에는 등불이 꺼져 있었으므로 그들은 계속 걸어가 뒤쪽에서 두 번째 객차에 올라탔다.

여남은 명의 다른 승객들도 같은 객차 안에 각각 자리를 잡고 앉았다.

제3장
위호켄-뉴버그 구간 열차
10월 10일 토요일 오전 12시 20분

일행은 두 그룹으로 나누어 앉았다. 진과 로드 그리고 기사도에 충실한 임피리얼은 객차의 꽤 앞쪽에 앉아서 잡담에 여념이 없었고, 드위트와 레인과 브룩스와 에이헌은 객차의 중간쯤 좌석에 서로를 마주 보며 묵묵히 앉아 있었다.

열차가 아직 위호켄 역을 출발하지 않고 있을 때, 드위트의 얼굴을 멍하니 바라보고 있던 변호사가 맞은편에 앉은 드루리 레인한테로 고개를 돌리고는 불쑥 말했다.

"저어, 레인 씨. 오늘 밤 당신이 들려주신 말씀 가운데 몹시 흥미로운 부분이 있습니다. 죽음의 형벌을 내릴 것인가, 아니면 석방하여 새로운 인생을 부여할 것인가 하는 배심의 평결을 피고석에서 기다리는 그 짧은 한순간을 '끝없는 세월'이라고 압축해 말씀하셨죠. 끝없는 세월이라! 정말 멋진 말이에요, 레인 씨."

"과연 적절한 말입니다."

드위트가 맞장구쳤다.

브룩스는 드위트의 침착하기만 한 얼굴을 힐끗 훔쳐보았다.

"당신도 그렇게 생각하십니까?"

"그때 저는 언젠가 읽었던 어떤 소설이 생각났습니다. 앰브로즈 비어스의 작품이었다고 생각합니다. 무척 이색적인 얘기였습니다. 교수형을 당하는 사내를 묘사한 것이었는데, 숨이 끊어지기 직전의 그 뭐랄까, 분자적이라고도 할 수 있는 그 짧은 한순간에 이 사내의 머릿속에는 자신의 일생 동안에 일어났던 온갖 일들이 생생히 떠오르는 거였죠. 그러니까 '문학'에는 당신이 말씀하신 바로 그 '끝없는 세월'이란 사고방식이 있습니다. 아마 그 밖의 많은 작가들도 그걸 다루었을 겁니다."

"그 작품은 저도 읽은 기억이 나는군요."

레인이 대답했다. 브룩스 옆에서 드위트가 고개를 끄덕였다.

"시간에 관한 문제는 몇 년 전부터 학자들이 주장하고 있듯이 상대적인 것입니다. 예컨대 꿈이란 잠에서 깨어났을 때에는 밤새도록 꾼 듯한 생각이 들지만 어떤 심리학자들의 주장에 따르면 실은 잠들어 있는 반무의식의 상태와 잠에서 깨어나 의식을 되찾을 때의 경계 선상에서 한순간에 꾸는 것이라고 합니다."

"그건 저도 들은 일이 있습니다."

에이헌이 말했다. 그는 드위트와 브룩스의 맞은편에 앉아 있었다.

브룩스가 다시 드위트를 바라보면서 말을 이었다.

"그런데 내가 정말 알고 싶은 것은…… 그 묘한 심리 현상이 당신의 경우에는 어떠했는가 하는 것이오, 존. 우리 중 대부분이 그렇겠지만, 오늘 평결을 받기 직전에 당신이 무슨 생각을 했는지가 궁금했어요."

"아마도, 드위트 씨는 말하고 싶지 않으시겠죠."

느누리 데인이 부드럽게 말했다.

"아뇨, 그렇지 않습니다."

주식 중개인의 두 눈은 빛났고 얼굴에는 생기가 돌았다.

"그 순간 저는 저의 전 생애에 걸쳐서 가장 놀라운 경험을 했습니다. 그건 비어스의 이야기와 방금 레인 씨가 말씀하신 꿈에 대한 이야기를 모두 입증할 수 있는 경험이라 할 수 있습니다."

"설마, 그 순간에 당신의 전 생애가 뇌리를 스치고 지나갔다는 것은 아니겠죠?"

에이헌이 매우 회의적인 표정으로 말했다.

"이건 정말 엉뚱하고도 기묘한 얘기입니다만……."

드위트는 빠른 어조로 말하면서 녹색 쿠션에 등을 기댔다.

"한 사람의 정체를 알게 되었던 겁니다. 구 년쯤 전에 저는 뉴욕에서 어떤 살인 사건을 재판하는 배심원으로 선발된 일이 있었습니다. 그때 피고는 덩치는 컸지만 보잘것없는 노인이었습니다. 그는 어느 싸구려 하숙집에서 한 여자를 찔러 죽인 혐의를 받고 있었습니다. 일급 살인 사건으로 담당 지방 검사는 이 사건이 계획적 범행이었음을 확실히 입증했고, 이 사내의 범죄 행위에 대해서도 의문의 여지가 없었습니다. 그러나 그 짧은 공판이 이루어지는 동안 내내, 그리고 그 뒤 배심원실에서 그의 운명을 토의하고 있을 때에도 저는 어딘가에서 그 피고와 만난 일이 있었던 것 같은 기분이 들었습니다. 이럴 경우에는 누구나 다 그럴 테지만, 저 또한 기를 쓰고 머리를 쥐어짜서 그의 정체를 떠올리려 해보았습니다. 하지만 그가 누구인지, 어디서, 언제 만났는지 무엇 하나 생각이 나지 않았습니다."

강하게 증기를 내뿜는 소리가 나고 크게 한 번 흔들리더니 기차는 덜컹거리며 출발하기 시작했다. 드위트는 약간 목소리를 높였다.

"얘기하자면 길지만 간단히 말씀드리죠. 제출된 증거로 보아 이 사내가 유죄라는 대체적인 의견에 동조해서 저도 유죄 표를 던졌고, 배심의 평결이 있은 뒤에 사내는 그대로 형을 선고받아

처형되었습니다. 그 이후 나는 그 사건을 까맣게 잊고 있었습니다."

기차는 정거장을 벗어나기 시작했다. 드위트가 얘기를 잠시 멈추고서 입술을 축이는 동안 누구 한 사람도 입을 열지 않았다.

"그런데 묘한 일이 일어난 겁니다. 제 기억으로는 그 후 구 년의 세월이 흐르는 동안 저는 그 사내에 대해서나 그 사건에 대해서 두 번 다시 생각한 적이 없습니다. 그런데 오늘 배심원장이 제게는 너무나도 중대한 평결을 내리려 할 때, 그러니까 곧 재판장의 질문 마지막 음절과 배심원장의 답변 첫마디 사이의 그 터무니없을 만큼 짧은 순간이었습니다. 돌연 이렇다 할 이유도 없이, 지금은 흙이 되었을 그 사내의 얼굴이 떠올랐고 그와 동시에 그 사내가 누구였는지 그리고 저와는 어디에서 만났는가 하는 의문이 죄다 풀렸던 것입니다. 그 일을 완전히 잊고서 구 년이나 지난 뒤에 말입니다."

"그래, 그는 누구였습니까?"

브룩스가 호기심 어린 표정으로 물었다.

드위트가 미소를 머금었다.

"아까도 말했듯이 기묘한 일입니다. 이십 년 전쯤에 남미를 떠돌아다닐 무렵, 저는 베네수엘라의 사모라 지방에 있는 바리나스라는 곳에 머무른 일이 있었지요. 그런데 어느 날 밤, 숙소로 돌아가던 중에 어두운 골목길을 지나다가 사나운 격투가 벌어지는 소리를 듣게 되었습니다. 그 무렵의 저는 나이도 젊었고 지금보다는 훨씬 대담했죠. 게다가 저는 권총을 가지고 있었습니다. 저는 가죽 케이스에서 권총을 뽑아 들고서 소리가 나는 골목 안쪽으로 달려갔습니다. 그랬더니 허름한 옷을 입은 두 혼혈아가 한 백인 사내를 습격하고 있는 중이었습니다. 혼혈아 중 한 명이 백인 사내의 머리 위로 단검을 치켜들기에 저는 권총을 쏘았습니다. 총알은 빗나갔지만 두 노상강도는 겁이 났던 모양인지 이미 몇 군데나 상처를 입고 쓰러져 있는 백인 사내를 남겨둔 채 그대로 도망쳐버렸습니다. 심한 상처를 입었을 거라고 생각하면서 그 백인 사내에게 다가갔습니다. 그러자 그는 몸을 일으켜 더러워지고 피로 얼룩진 면바지를 손으로 툭툭 털며 고맙다는 내용의 말을 무뚝뚝하게 우물거렸습니다. 그러고는 다리를 절면서 어둠 속으로 사라졌습니다. 저는 그때 그 사내의 얼굴을 언뜻 보았을 뿐입니다. 그러니까 이십 년 전에 제 손으로 생명을 구해주었던 사내가 그로부터 십 년쯤 뒤에 제 손으로 전기의자로 보냈던 바로 그 사내였던 것입니다. 이것을 하늘의 섭리라고 해야 할까요?"

잠시 이어진 침묵을 깨며 드루리 레인이 말했다.

"두고두고 음미할 가치가 있는 얘기입니다."

기차는 군데군데 불빛이 흩어져 있는 암흑 속을 돌진하고 있었다. 위호켄의 교외였다.

드위트가 계속해서 말을 이어갔다.

"그런데 이상한 것은 이 감질났던 수수께끼가 풀린 것이 하필이면 나 자신의 생명이 위기에 처했을 때였다는 점입니다! 게다가 그 사내의 얼굴은 그토록 오래전에 딱 한 번 봤을 뿐인데 말입니다."

"정말 놀라운 얘기입니다."

브룩스가 말했다.

"인간의 두뇌는 죽음 직전에 더욱 놀라운 일을 해낸답니다."

레인은 잠시 뜸을 들이다가 말을 이었다.

"여덟 달 전쯤에 저는 오스트리아 빈에서 일어났던 살인 사건을 상세히 다룬 기사를 신문에서 읽었는데 이런 내용이었습니다. 어느 사내가 호텔 방에서 사살된 채 발견되었습니다. 그리고 빈 경찰은 어렵잖게 피해자의 정체를 알 수 있었습니다. 피해자는 과거에 경찰의 정보원으로 일한 적이 있는 범죄 조직 출신의 사내였습니다. 범죄의 동기는 명백히 복수였으며 아마도 이 사내의 밀고로 혼이 났던 어떤 범죄자의 소행으로 여겨졌습니다. 신문기사에 의하면, 피해자는 죽기 전 몇 달 동안이나 그 호텔에 체류해 있었는데 거의 방 밖으로는 나가지 않았고 식사도 방으로 날라다 먹었을 정도였다고 했습니다. 누군가가 두려워서 숨어 있었던 것이 분명했습니다. 피살된 시체가 발견되었을 때는 마지막으로 먹다 남은 음식이 탁자 위에 그대로 놓여 있었습니다. 그리고 피해자는 그 탁자에서 2미터쯤 떨어진 곳에서 총에 맞았고 그것이 치명상이 되었습니다만 그 자리에서 즉사한 것은 아니었습니다. 그 사실은 총에 맞은 지점에서부터 시체가 쓰러져 있던 탁자 아래까지 양탄자 위에 핏자국이 이어져 있는 것으로 확인되었습니다. 그런데 현장의 상황에는 이상한 점이 한 가지 눈에 띄었습니다. 탁자 위의 설탕 통이 엎어졌고 설탕이 식탁보 위에 흩어져 있었는데, 피살된 사내의 손에도 설탕이 한 움큼 가득 쥐어져 있었던 것입니다."

"재미있군요."

드위트가 중얼거렸다.

"그 상황만을 설명하기는 쉬울 듯했습니다. 사내는 탁자에서 2미터쯤 떨어진 지점에서 총을 맞은 뒤에 탁자 쪽으로 기어가 필사적으로 몸을 일으켜 설탕 통의 설탕을 산신이 움켜쥔 다음에야 죽은 것입니다. 하지만 그 사내는 어째서 그런 행동을 취했을까요? 그 설탕에는 대체 어떤 뜻이 담겨 있는 걸까요? 죽기 직전에 사내가 취한 필사적인 행동을 어떻게 설명해야 좋은 걸까요? 그 빈에서의 통신은 '빈 경찰은 어리둥절해했다.'라는 말로 끝을 맺고 있었습니다."

드루리 레인은 사람들에게 미소 지으며 계속 말했다.

"저는 이 도전적인 의문에 대한 해답이 떠올랐으므로 곧바로 빈에 편지를 보냈습니다. 그리고 이삼 주쯤 지나서 그곳 경찰 책임자가 보낸 답장이 도착했는데, 범인은 내 편지가 도착하기 전에 체포되었지만 피해자와 설탕의 문제는 제 편지에 의해서 비로소 밝혀졌다는 내용이 쓰여 있었습니다."

"그 편지에다 어떤 해답을 적어 보내셨습니까? 저라면 도저히 그 정도의 사항만으로는 답을 낼 수 없겠는데요."

에이헌이 물었다.

"저도 그렇습니다."

브룩스도 그렇게 덧붙였다.

드위트는 입을 묘하게 일그러뜨린 채 심각한 표정을 짓고 있었다.

"드위트 씨, 당신은 어떻게 생각하십니까?"

레인이 다시 미소를 떠올리며 물었다.

"설탕 그 자체가 무엇을 의미하는 건지는 모르겠지만 한 가지 점만은 분명하다고 생각합니다. 죽어가던 그 사내의 행동은 살인자의 정체에 대한 단서를 남기기 위한 것이었다는 점입니다."

레인이 찬사를 보내고서 얘기를 계속했다.

"훌륭합니다! 맞았습니다. 드위트 씨. 그럼 지금부터 설명해 드리죠. 잘 들으세요. 그 설탕은 설탕 그 자체로써의 단서였을까요? 곧, 피해자는 범인이 단것을 좋아하는 사람임을 가리키려 했을까요? 아니면 범인이 당뇨병 환자라는 의미일까요? 물론 그렇지 않습니다. 저는 그렇게 생각하지 않았습니다. 왜냐하면 이 단서는 의심할 여지없이 경찰에 알리려고 남긴 것입니다. 그리고 죽어가는 피해자의 입장에서 보면 경찰이 그것을 추리하면 충분히 밝혀낼 가망이 있는 단서를 남겼으리라 생각되기 때문입니다. 한편, 설탕은 이 밖에도 달리 어떤 것을 나타낼 수 있었을까요? 분말 설탕과 비슷하게 생긴 것은 무엇일까요? 그렇습니다. 그것은 백색의 결정 물질입니다! 그래서 나는 빈 경찰의 책임자에게 이렇게 써 보냈습니다. 설탕은 범인이 당뇨병 환자임을 가리키기 위한 것인지도 모르지만 더욱 가능성 있는 해석은 범인이 코카인 상용자라는 것을 가리키기 위한 것일 거라고 말입니다."

모두 레인을 뚫어지게 바라보고 있었다. 드위트가 가볍게 허벅지를 치면서 말했다.

"그렇지, 코카인 또한 하얀 결정 분말이지!"

레인이 계속 얘기했다.

"체포된 범인은, 이곳 미국의 대중지에도 곧잘 코카인 중독자로서 우스꽝스러운 화젯거리를 제공하는 사람 중의 하나였습니다. 답장을 보낸 그곳 경찰의 책임자는 그 사실을 알려주며 제게 거창한 찬사를 잔뜩 늘어놓더군요. 하지만 저는 그 수수께끼를 해결한 것이 그다지 대단한 일이라고는 생각하지 않습니다. 그보다도 제가 흥미를 느낀 것은 피살된 사내의 심리입니다. 그 사내가 남들보다 뛰어난 지능을 갖고 있었다고는 생각되지 않습니다. 그런데도 그의 두뇌 어딘가에서 절묘한 생각이 번득였던 것입니다. 그리고 그는 죽기 직전의 아주 짧은 순간에 범인에 대해서 자신이 남길 수 있는 유일한 단서를 남겼던 것입니다. 곧, 이처럼 죽기 직전의 비할 바 없이 성스러운 순간에 인간의 두뇌는 한없이 비약하는 것입니다."

"맞습니다, 정말 그렇습니다. 정말 재미있는 이야기였습니다, 레인 씨. 하지만 당신은 앞서의 그 추리를 대단한 것이 못 된다고 말씀하셨지만, 당신에게는 사물의 표면에서 내부를 꿰뚫어 볼 수 있는 비범한 재능이 있다고 생각합니다."

드위트가 말했다.

에이헌도 입을 열었다.

"만약 빈에 계셨더라면 경찰의 골칫거리를 무척이나 흡족하게 해결해주셨겠죠."

노스 버건의 거리가 어둠 속으로 사라졌다.

레인은 한숨을 쉬었다.

"저는 곧잘 이런 생각을 한답니다. 만약 인간이 자신의 생명을 노리는 상대와 직면했을 때, 아무리 모호한 것일지라도 상대의 정체를 나타낼 수 있는 단서를 남길 수만 있다면 죄와 벌의 문제도 무척 간단해질 수 있을 거라고 말입니다."

"아무리 모호한 것이라도 말입니까?"

브룩스가 따지듯이 물었다.

"물론입니다, 브룩스 씨. 어떤 단서라도 전혀 없는 것보다는 낫지 않겠습니까?"

그때 모자챙을 깊이 눌러쓴 크고 억세게 생긴 사내가 객차의 앞쪽 문으로 들어섰다. 창백하고 초췌한 얼굴의 사내는 얘기를 나누고 있는 네 사람들 쪽으로 비틀거리며 다가오더니 녹색 바둑무늬 천을 씌운 좌석 등받이에 털썩 기대앉고는 기차의 흔들림에 몸을 맡긴 채 다른 사람들의 어깨 너머로 존 드위트를 노려보았다.

레인은 얘기를 멈추고서 당혹한 듯이 그 사내를 흘끗 바라보앉다. 이윽고 드위트는 불쾌한 듯한 목소리로 말했다.
"콜린스 씨."
노배우는 새로운 흥미를 갖고서 그 사내를 바라보았다. 브룩스가 말했다.
"취했군요, 콜린스 씨. 왜 그러시오?"
"당신에겐 볼일이 없소, 엉터리 변호사 양반."
콜린스는 혀 꼬부라진 목소리로 말했다. 그의 두 눈은 핏발이 서리고 광기를 띠고 있었다. 그는 두 눈의 초점을 가까스로 드위트에게 맞추며 정중한 태도를 보이려고 애쓰며 말했다.
"드위트 씨, 당신과 단둘이서 얘기하고 싶소."
콜린스는 모자챙을 젖혀 올리면서 애써 미소를 지어 보이고자 했다. 하지만 그것은 역겨운 억지 미소로만 보였다. 드위트는 연민과 혐오가 뒤섞인 표정으로 상대의 얼굴을 바라보았다.
두 사내가 번갈아가며 말을 하는 탓에 레인의 잿빛 두 눈은 콜린스의 험상궂은 얼굴에서 드위트의 섬세하게 주름진 얼굴로 바쁘게 오가야 했다.
"잘 들어요, 콜린스 씨."
드위트는 약간 음성을 낮추고 말했다.
"몇 번이나 말했다시피 그 건에 대해서는 무엇 하나 해줄 수 없소. 그건 당신도 잘 알고 있을 거요. 그런데 어째서 이렇게 훼살을 놓는 거요? 설마 당신이 지금 우리를 방해하고 있다는 것을 모르지는 않겠죠? 아신다면 점잖게 돌아가시오."
콜린스의 입이 힘없이 일그러지더니 핏발 선 두 눈에 눈물이 맺혔다. 그는 중얼거리듯이 말했다.
"이봐요, 드위트 씨. 당신이 꼭 들어줘야 할 얘기가 있소. 이 일이 나에겐 얼마나 중대한 일인지 당신은 모를 거요. 이건 죽느냐 사느냐의 문제요."

드위트는 망설였다. 다른 사람들은 제각기 시선을 다른 곳으로 돌렸다. 콜린스의 애처로운 모습과 비굴한 태도는 차마 보기에도 딱했던 것이다. 콜린스는 드위트가 망설이는 것을 보자 한 가닥 희망을 걸고서 필사적으로 애걸했다.

"약속하겠소. 단둘이서 얘기하게만 해준다면 다시는 성가시게 굴지 않기로 맹세하겠소. 이번이 마지막이오. 제발 부탁이오!"

드위트는 냉정한 시선으로 상대의 얼굴을 바라보며 말했다.

"정말입니까, 콜린스 씨? 다시는 성가시게 굴지 않겠지요? 이렇게 쫓아다니며 귀찮게 구는 일도 없을 테고요?"

"그렇소. 믿어주시오!"

핏발이 선 두 눈에 불타오른 한 가닥 희망의 빛은 처절했다. 드위트는 한숨을 쉬고 자리에서 일어나 함께 있던 세 사람에게 양해를 구했다. 그리고 두 사내는 객차 뒤쪽을 향해 통로를 걸어갔다. 드위트는 고개를 숙이고 걸었고, 콜린스는 외면하는 드위트의 얼굴을 들여다보며 몹시 빠른 어조로 몸짓까지 섞어가며 호소하는 투로 열심히 지껄였다. 그러던 중 갑자기 드위트는 걸음을 멈추더니 콜린스를 통로에 남겨놓은 채 일행 세 명이 있는 쪽으로 돌아갔다.

일행들 쪽으로 돌아온 드위트는 조끼 왼쪽 윗주머니에 손을 넣더니 새로 구입한 회수권 다발은 그냥 두고 기차표 여섯 장을 꺼내 에이헌에게 건네주며 말했다.

"차장이 오면 보여줘요. 저 사람하고 헤어지려면 시간이 좀 걸릴지도 모르니까요. 내 것은 나중에 보이겠소."

에이헌이 고개를 끄덕였다. 드위트는 콜린스가 처량한 모습으로 서 있는 객차 뒤쪽으로 돌아갔다. 드위트가 다가가자 콜린스는 갑자기 기운을 내며 장황하게 호소하기 시작했다. 그들이 출입구를 지나 뒤쪽 승강구 쪽으로 나가는 모습이 잠깐 희미하게 엿보였다. 이어서 나머지 세 사람은 콜린스와 드위트가 맨 뒤에 붙은 어두운 객차의 앞쪽 승강구 쪽으로 건너가는 것을 마지막으로 아무것도 볼 수 없었다.

"콜린스는 불장난을 하다가 손가락을 크게 덴 꼴이죠. 이젠 틀렸어요. 저런 친구를 도와준다면 드위트는 바보예요."

브룩스가 말했다. 에이헌도 말을 이었다.

"롱스트리트의 터무니없는 조언 때문에 입은 손실을 아직도 드위트에게서 보상받으려는 생각인 모양이군요. 하지만 어쩌면 드위트가 그를 딱하게 여겨 무슨 대책을 세워줄지도 모르겠군요. 오늘 밤은 기분도 좋은 데다 목숨을 건졌다는 커다란 기쁨 때문에 롱스트리트가 저지른 실수를 대신 보상해줄 마음이 들 만도 하니까요."

드루리 레인은 아무 말도 하지 않았다. 그는 고개를 돌려 뒤쪽 승강구 쪽을 바라보았지만 이미 두 사내의 모습은 보이지 않았다. 그때 앞 출입구에서 차장이 들어와 차표를 검사하기 시작했으므로 모두 다시 자세를 바로 앉으며 긴장을 풀었다. 앞쪽에 앉은 로드가 중간에 앉은 일행이 차표를 가지고 있다고 차장에게 말하고는 뒤를 돌아보며 손으로 가리켰다. 그러나 드위트의 모습이 보이지 않자 놀라는 눈치였다. 차장이 다가왔다. 에이헌이 차장에게 차표 여섯 장을 건네주면서 일행 중 한 사람은 잠시 자리를 비웠으나 곧 돌아올 거라고 설명했다.

"알겠습니다."

차장은 그렇게 말하면서 차표에 펀치 자국을 내어 그것을 에이헌이 앉아 있는 위쪽의 차표꽂이에 끼우고선 그대로 뒤쪽으로 나아갔다.

세 사람은 별 내용이 없는 잡담을 주고받았는데 곧 그 화제도 바닥이 나고 말았다. 에이헌이 양해를 구하고서 자리에서 일어나더니 두 손을 주머니에 찔러 넣은 채 통로를 서성대기 시작했다. 레인과 브룩스는 유언에 관한 얘기에 열중하기 시작했다. 레인은 지난날 셰익스피어 극 공연으로 유럽을 순회하고 있을 당시에 겪었던 기묘한 예를 한 가지 들었고, 브룩스는 모호한 유언이 성가신 법률문제를 일으킨 몇 가지 예를 들었다.

기차는 요란한 소리를 내며 달리고 있었다. 레인은 두 번이나 고개를 돌려 뒤를 돌아보았다. 하지만 드위트나 콜린스의 모습은 보이지 않았다. 노배우의 이마에 희미하게 주름이 잡혔다. 브룩스와의 대화가 잠깐 끊긴 동안 레인은 지그시 생각에 잠겼다. 그러나 곧 자신의 어리석은 생각을 떨쳐버리려는 듯이 고개를 젓고는 다시 입을 열었다.

그들이 탄 구간 열차는 해컨색 교외의 보고타 역에 휘청거리듯이 멈춰 섰다. 레인은 창밖을 내다보았다. 기차가 다시 움직이기 시작했을 때 그의 이마에는 아까보다 더 깊은 주름이 잡혀 있었다. 그는 자신의 시계를 들여다보았다. 바늘은 12시 36분을 가리키고 있었다. 브룩스가 이상하다는 듯이 그를 지켜보았.

레인이 갑자기 자리에서 일어섰다. 너무나 갑작스러운 동작이어서 브룩스는 자신도 모르게 깜짝 놀라는 소리를 입 밖으로 뱉어냈다.

"죄송합니다, 브룩스 씨."

레인이 재빨리 말을 이었다.

"아마 제 신경이 좀 예민해져서 그런 건지도 모르겠습니다만 아무래도 드위트 씨가 돌아오지 않는 것이 몹시 마음에 걸리는군요. 저쪽에 좀 가보고 오겠습니다."

"뭔가 불상사라도 생겼다고 보십니까?"

브룩스가 놀라며 되물었다. 그도 자리에서 일어나 레인과 함께 성큼성큼 통로를 걸어 나갔다.

"정말이지 별일 없기를 바랍니다만."

두 사람은 초조한 듯이 서성대는 에이헌의 옆을 지나갔다.

"무슨 일이십니까?"

에이헌이 묻자 브룩스가 빠른 어조로 말했다.

"레인 씨께서는 드위트 씨가 돌아오지 않는 게 이상하답니다."

"당신도 같이 갑시다, 에이헌 씨."

레인이 앞장선 채 세 사람은 뒤쪽 출입구를 빠져나가 곧바로 그 자리에서 멈춰 섰다. 하지만 승강구 쪽에는 아무도 없었다. 세 사람은 흔들리는 차량 연결기를 지나 마지막 객차의 승강구 쪽으로도 가보았지만 거기에도 아무도 없기는 마찬가지였다.

세 사람은 얼굴을 마주 보았다. 에이헌이 중얼거렸다.

"이상하군요. 대체 어디로 갔을까요? 저는 두 사람 중 누구도 돌아오는 것을 못 봤는데요. 당신들도 마찬가지일 테죠?"

"특별히 신경을 쓰고 있지는 않았지만 아무튼 돌아오지 않았던 건 분명한 것 같소."

레인은 두 사람의 말에는 아무런 주의도 기울이지 않았다. 그는 한쪽 문으로 다가가 위쪽의 유리를 통해 빠르게 뒤로 밀려가는 어두운 교외 풍경을 내다보았다. 이윽고 그쪽에서 물러 나온 레인은 어두워서 거의 아무것도 분간할 수 없을 것 같은 맨 뒤 객차의 문으로 다가가 유리창 너머로 내부를 들여다보았다. 이 객차는 종점인 뉴버그까지 끌고 가는 여분의 차량으로 내일 아침 러시아워 때에 위호켄행 객차로 사용하려는 것이 분명했다. 레인은 긴장된 얼굴로 분명하게 말했다.

"저는 이 안으로 들어가 보겠습니다. 브룩스 씨. 문이 닫히지 않도록 해주십시오. 안이 몹시 어두우니까요."

레인은 문의 손잡이를 잡고 밀었다. 문은 쉽게 열렸다. 잠겨 있지 않았다. 아무런 조명도 없는 어둠에 익숙해지려고 세 사람은 눈을 가늘게 떴다. 그동안 실로 아무것도 보이지 않았다. 레인이 갑자기 옆으로 고개를 돌렸고, 순간 그는 숨을 들이켰다.

문의 왼쪽에 칸막이 방이 있었다. 여느 객차의 입구에서나 흔히 볼 수 있는 작은 칸막이 방이었다. 객차의 앞쪽 벽과 차내의 맨 앞좌석의 등이 닿는 벽이 두 개의 칸막이 역할을 하고 있었고, 바깥쪽에는 보통의 객실 창이 있었으며, 그 맞은편인 레인이 서 있는 쪽에는 칸막이가 없었다. 이 칸막이 방에는 차내의 다른 부분과 마찬가지로 긴 좌석 두 개가 마주 보게 놓여 있었다. 앞쪽 벽과 마주보는 좌석의 창가 쪽 쿠션에 앉아 고개를 한껏 숙이고 있는 사람은 존 드위트였다.

레인은 어둠 속에서 눈을 가늘게 떴다. 주식 중개인은 마치 잠들어 있는 듯이 보였다. 레인은 브룩스와 에이헌에게 등을 떠밀리다시피 해서 두 좌석 사이로 들어가 드위트의 어깨를 가만히 눌러보았다. 하지만 응답이 없었다.

"드위트 씨!"

레인은 날카로운 목소리로 부르며 움직이지 않는 몸을 흔들었다. 역시 응답이 없었다. 하지만 이번에는 드위트의 머리가 조금 흔들리며 두 눈이 보였다. 그리고 곧 다시 아까처럼 꼼짝도 하지 않았다.

그 두 눈은 어둠 속에서도 공허하게 떠 있는 죽은 사람의 눈이었다. 레인은 허리를 굽히고 그의 심장 부근을 더듬었다.

레인은 허리를 펴고서 손가락을 비비며 칸막이 방에서 나갔다. 에이헌은 후들후들 떨면서 꼼짝도 하지 않는 드위트의 으스스한 모습을 바라보고 있었다. 이윽고 브룩스가 떨리는 목소리로 말했다.

"죽었군요."

레인이 말했다.

"제 손에 피가 묻었습니다. 브룩스 씨, 문을 잡고 계시기 바랍니다. 불빛이 필요하니까요. 적어도 전등을 켤 때까지는 그렇게 하고 계셔야 합니다."

그는 에이헌과 브룩스의 옆을 지나 승강구 쪽으로 나갔다.

"두 분 모두 시체에 손을 대서는 안 됩니다."

레인은 엄하게 주의를 주었다. 두 사람 모두 본능적으로 몸을 움츠린 채 공포에 질린 듯이 시체에서 눈을 떼지 못했다.

레인은 머리 위를 둘러보다 찾고 있던 것을 발견하고는 긴 팔을 위로 뻗었다. 그는 손에 쥔 것을 힘주어 몇 번 당겼다. 그것은 비상신호기였다. 요란스러운 브레이크 소리와 함께 기차는 돌연 엎어질 듯이 미끄러지더니 차체를 떨며 급정거했다. 에이헌과 브룩스는 쓰러지지 않으려고 상대의 몸을 꽉 붙잡았다.

레인은 차량 연결기를 지나 불빛이 환한 앞쪽 객차의 문을 열고서 잠시 동안 그곳에 가만히 서 있었다. 임피리얼은 지금은 혼자 앉아 졸고 있었고 로드와 진은 머리가 맞닿을 만큼 바짝 붙어 앉아 있었다. 다른 승객들은 대부분 졸고 있기나 책을 읽고 있었다. 앞쪽 출입구의 문이 벌컥 열리더니 차장 두 명이 레인을 향해 달려왔다. 곧바로 승객들은 잠에서 깨어나기도 하고 읽고 있던 잡지며 신문을 무릎 위에 내려놓았다. 심상치 않은 사태가 발생했음을 깨달은 것이었다. 진과 로드가 깜짝 놀라며 고개를 들었다. 임피리얼이 의아한 표정을 지으며 자리에서 일어났다.

차장 두 명이 달려왔다.

"누가 비상신호기를 당겼습니까? 대체 무슨 일입니까?"

앞장선 체구가 작고 성급해 보이는 늙은 차장이 소리치듯이 질문을 해댔다.

"차장, 중대한 사고가 발생했어요. 함께 가십시다."

레인이 목소리를 낮추어 말했다.

진과 로드와 임피리얼이 달려왔다. 다른 승객들도 어리둥절한 표정으로 질문을 해대며 모여들었다.

"진 양, 당신은 오지 않는 편이 좋아요. 로드 씨, 드위트 양을 데리고 자리로 돌아가 주세요. 임피리얼 씨도 여기에 그대로 계십시오."

레인은 의미 있는 시선을 로드에게 던졌다. 로드는 얼굴빛이 변했으나 곧 어쩔 줄 모르는 진의 손을 잡아끌듯이 하며 제자리로 돌아갔다. 덩치가 큰 또 다른 차장이 몰려드는 승객을 뒤로 밀어내며 말했다.

"자리로 돌아가세요, 아무 말씀도 마시고. 자, 어서 각자 자리로 돌아가세요."

레인은 두 차장을 데리고 맨 뒤쪽 객차로 돌아갔다. 브룩스와 에이헌은 아까와 같은 자세 그대로 화석처럼 꼼짝도 하지 않고 서 드위트의 시체에 시선을 못 박고 있었다. 한 차장이 뒤쪽 차량의 벽 스위치를 누르자 전등이 켜지며 어두웠던 차내의 모습이 한꺼번에 환하게 떠올랐다. 세 사람은 앞을 가로막듯이 서 있는 브룩스와 에이헌을 밀어내며 차내에 들어갔다. 키가 큰 차장이 문을 닫았다.

체구가 작고 나이가 더 들어 보이는 듯한 늙은 차장이 칸막이방에 들어가 몸을 굽히자 조끼의 사슬에 매달린 무거운 금시계가 드리워졌다. 그는 메마른 손가락으로 죽은 사람의 왼쪽 가슴을 가리키며 외치듯이 말했다.

"탄환 자국이에요. 살인입니다!"

차장은 허리를 펴고는 레인을 바라보았다. 레인이 조용히 말했다.

"아무 데도 손을 대지 말아야 합니다, 차장 양반."

레인은 지갑에서 명함을 꺼내 늙은 차장에게 주었다.

"저는 최근에 일어난 몇 가지 살인 사건의 수사 고문으로 관계하고 있습니다. 그러므로 이번 사건에도 권한이 있다고 생각합니다."

늙은 차장은 수상쩍다는 듯이 명함을 들여다보았다. 그는 이윽고 명함을 레인에게 되돌려주고 나서 모자를 벗고는 새하얀 머리를 긁적거렸다.

그는 퉁명스러운 목소리로 말했다.

"글쎄요. 난 잘 모르겠소. 그게 사실인지 아닌지 내가 어떻게 안단 말입니까. 나는 이 열차의 선임 차장인 만큼 언제 무슨 일이 일어나든 내가 책임자라는 것은 법적으로도……."

브룩스가 불쑥 끼어들었다.

"이것 봐요. 이분은 드루리 레인 씨란 말이오. 롱스트리트와 우드의 살인 사건을 돕고 계시는 분이라고요. 당신도 신문을 보았으면 알 게 아니오."

"그렇습니까?"

노인은 턱을 문질렀다. 브룩스는 격앙된 목소리로 계속했다.

"이 피살자가 누군지 알기나 하시오? 롱스트리트의 동업자인 존 드위트란 말이오."

"뭐라고요?"

차장은 소리쳤다. 그는 반쯤 가려진 드위트의 얼굴을 의아한 듯이 들여다보더니 이윽고 고개를 끄덕였다.

"그러고 보니 기억이 나는군요. 이 사람은 낯이 익어요. 오래전부터 이 열차를 이용한 사람이죠. 알겠습니다, 레인 씨. 모든 걸 당신에게 맡기겠어요. 그럼 우리는 어떻게 할까요?"

이 대화가 오가는 동안 레인은 묵묵히 서 있었는데 그의 두 눈은 초조한 듯이 반짝이고 있었다. 레인이 소리쳤다.

"곧바로 출입문과 창문을 모두 닫고 감시하도록 하십시오. 그리고 기관사에게는 가장 가까운 역까지 곧장 열차를 몰고 가라고 전하십시오."

"가장 가까운 역은 티넥입니다."

키 큰 차장이 끼어들며 말하자, 레인이 대꾸했다.

"어디라도 좋습니다. 아무튼 전속력으로 달리라고 하십시오. 그리고 뉴욕 경찰에 전화해서 섬 경감에게 알리도록 하십시오. 본부나 자택에 있겠죠. 가능하면 뉴욕 지방 검사인 브루노 씨에게도 연락을 취하도록 하십시오."

"역장에게 그렇게 전하죠."

늙은 차장은 심각한 표정으로 말했다.

"좋습니다. 자, 티넥에 도착하면 아무튼 필요한 조처를 취해서 이 열차를 대피선에 넣도록 하십시오. 그런데 차장, 당신의 이름은?"

"팝 보텀리라고 합니다. 그럼 레인 씨, 지시대로 하겠습니다."

노인은 진지한 표정으로 대답했다.

"아셨지요, 보텀리 씨? 곧 그렇게 해주십시오."

레인이 다짐 삼아 덧붙였다.

두 차장은 문으로 향했다. 보텀리가 부하 차장에게 말했다.

"나는 기관사에게 알리러 갈 테니 자네는 출입구 쪽을 맡게. 알았지, 에드?"

"염려 마십시오."

두 사람은 차내에서 나가 앞 객차의 출입구에서 웅성거리고 있는 승객을 헤치며 달려 나갔다. 차장들이 나가버리자 침묵이 찾아들었다. 에이헌은 갑자기 기운이 빠진 듯이 통로 맞은편에 있는 화장실 문에 몸을 기댔고 브룩스도 출입문에 등을 기댔다. 레인은 어두운 표정으로 드위트의 시체를 살펴보았다.

레인이 말했다.

"에이헌 씨, 내키지 않으시겠지만 드위트 씨의 절친한 친구분이셨으니 그의 딸인 진 양에게 이 일을 얘기해주십시오."

잔뜩 긴장해 있던 에이헌은 입술을 축이더니 묵묵히 객차에서 나갔다. 브룩스는 다시 문에 등을 기댔고 레인은 시체 옆에 보초처럼 서 있었는데 두 사람 모두 입을 다문 채 꼼짝도 하지 않았다. 앞쪽 객차에서 어렴풋한 비명 소리가 들려왔다.

잠시 뒤에 열차가 육중한 강철의 몸을 떨면서 서서히 움직이기 시작했을 때에도 두 사람은 계속 같은 자세로 서 있었다.

밖은 캄캄했다.

그 후, 티넥의 대피선

열차는 눈부신 전등을 밝힌 채 티넥 역 구내의 녹슨 대피선의 어둠 속에 거대한 벌레처럼 누워 있었다. 하지만 정거장은 바쁘게 뛰어다니는 사람들의 그림자로 활기를 띠었다. 어둠 속에서 자동차 한 대가 요란한 엔진 소리를 내며 질주해 와서는 선로 옆에 급정거했다. 이어서 그 속에서 덩치 큰 사내들 몇 명이 급히 뛰쳐나오더니 멈춰 선 열차 쪽으로 곧장 달려갔다. 섬 경감, 브루노 지방 검사, 실링 검시관 그리고 형사 몇 명이 도착한 것이었다.

그들은 밝은 불빛을 받으며 열차 밖에서 웅성거리고 있는 승무원들과 기관사와 역 직원으로 보이는 한 무리의 사람들 옆을 바삐 지나쳤다. 도중에 한 사내가 랜턴을 들이대자 섬 경감은 얼굴에 비치는 불빛을 손으로 막았다. 이윽고 그들 일행은 맨 뒤쪽 차량의 닫힌 승강구에 이르렀고 섬 경감은 단단한 주먹으로 문을 두들겼다.

"왔어요!"

누군가가 그렇게 말하는 소리가 안쪽에서 어렴풋이 들리더니 보험팀 차장이 문을 당겨 열고 문짝을 측면에 고정했다. 이어서 개폐식 승강구 발판을 당겨 올리자 철제 층계가 나타났다.

"경찰이십니까?"

"시체는 어디 있소?"

경감의 뒤를 따라 일행은 층계를 올라갔다.

"여깁니다. 맨 뒤 차량입니다."

경감 일행은 맨 뒤 차량으로 몰려 들어갔다. 레인은 아직도 움직이지 않고 있었다. 사람들의 시선이 시체의 얼굴에 모아졌다. 옆에는 관할 경찰관과 티넥의 역장과 키 큰 차장이 서 있었다.

"피살되었다고요? 레인 씨, 도대체 어떻게 된 일입니까?"

섬 경감이 레인을 바라보며 질문을 했다.

레인이 몸을 조금 움직이며 대답했다.

"돌이킬 수 없는 일이 벌어졌습니다, 경감. 실로 대담한 범죄예요. 정말 대담합니다."

윤곽이 뚜렷한 레인의 얼굴이 다소 초췌해 보였다.

모자를 뒤로 젖혀 쓰고 외투의 앞자락을 풀어 헤친 실링 검시관이 시체 곁으로 다가가 무릎을 꿇었다.

"만졌습니까?"

실링은 바삐 시체를 더듬어보면서 말했다.

"레인 씨, 당신에게 묻는 겁니다."

브루노가 덧붙였다. 레인은 기계적으로 대답했다.

"몸을 흔들어보았습니다. 그랬더니 그의 머리가 옆으로 기울었다가 다시 제자리로 돌아갔습니다. 이어서 몸을 구부리고 심장 근처를 만져보니 제 손에 피가 묻어나더군요. 그 밖에는 전혀 손대지 않았습니다."

모두 입을 다문 채 실링 검시관을 지켜보았다. 실링은 탄환 자국의 냄새를 맡아본 뒤 웃옷을 잡아당겼다. 탄환은 왼쪽 가슴 주머니가 있는 곳에서 웃옷을 뚫고 곧장 심장에 들어가 있었다. 웃옷이 가벼운 소리를 내며 찢어졌다.

"웃옷, 조끼, 와이셔츠, 내의를 거쳐 심장을 곧바로 꿰뚫었소. 실로 깨끗한 상처요."

실링 검시관이 말했다. 옷들에는 그다지 피가 많이 묻어 있지 않았다. 어느 옷에나 탄환 자국 둘레에만 불규칙한 모양으로 붉게 젖은 테두리가 나 있을 뿐이었다.

"죽은 지 약 한 시간쯤 지난 것 같소."

실링이 말을 잇고서 손목시계를 들여다보았다. 이어서 시체의 팔과 다리의 근육을 만져보았고, 조심스럽게 무릎 관절을 구부리려고 했다.

"그렇소. 사망 시각은 12시 30분. 그보다 몇 분쯤 이전이 될지도 모르지만 거기까지는 정확히 알 수 없어요."

모두 드위트의 얼어붙은 듯한 얼굴을 뚫어지게 바라보고 있었다. 그 얼굴은 일그러지고 뒤틀려 있는 탓에 몹시 흉하고 부자연스러운 표정이 되어 있었다. 그 표정의 의미를 이해하기란 어렵지 않았다. 그것은 노골적인 공포였다. 눈꼬리는 치켜 올라가 있었고 턱 근육에는 긴장된 주름이 잡혀 있었는데, 그 주름들 한 가닥 한 가닥에 기력을 잃게 하는 절망의 독소가 스며들어 있는 듯했다.

실링 검시관이 가볍게 소리를 질렀다. 모두의 시선은 그 끔찍한 시체의 얼굴에서부터 검시관이 손으로 들어 올리며 가리키고 있는 시체의 왼손으로 일제히 모아졌다.

"이 손가락을 보시오."

실링이 말했다. 모두 그것을 보았다. 가운뎃손가락이 집게손가락 위에 겹쳐져서 기묘한 모양으로 딱딱하게 얽혀 있었고 엄지손가락과 나머지 두 손가락은 안쪽으로 구부러진 채 굳어 있었다.

"대체 이건 또 뭐람."

섬 경감이 성난 목소리로 말했다. 브루노는 눈을 크게 뜨면서 몸을 굽혔다. 브루노가 신음하듯이 외쳤다.

"맙소사! 도대체 내 머리나 눈이 어떻게 된 건가? 아니면 이게 대체 뭐야? 허 참."

그는 웃음을 터뜨리며 거듭 말을 이었다.

"이건 말도 안 돼! 지금이 중세 유럽도 아니고……. 이건 악마의 눈을 피하려고 한 표시잖아!"

모두 잠자코 있었다. 이윽고 섬 경감이 중얼거렸다.

"이건 마치 탐정소설 같잖아. 그렇다면 틀림없이 이곳 화장실에는 기다란 이빨을 가진 중국인 녀석이 숨어 있겠군!"

하지만 아무도 웃지 않았다. 실링 검시관이 말했다.

"이게 무얼 의미하는 건지는 알 수 없지만 아무튼 이렇게 되어 있군요."

이어서 실링은 얽힌 손가락들을 풀고자 얼굴이 시뻘게지도록 끙끙거렸다. 이윽고 그는 어깨를 으쓱했다.

"사후 경직 상태요. 널빤지처럼 딱딱해져 있소. 드위트는 가벼운 당뇨병 증세가 있었던 모양이오. 아마 본인도 모르고 있었겠지만 말이오. 이렇게 빨리 사후 경직이 온 것은 그 때문이오."

실링은 곁눈질로 올려다보면서 말했다.

"경감, 손가락을 이렇게 한번 겹쳐보시오."

모두 동시에 경감을 바라보았다. 경감은 묵묵히 오른손을 내밀어 가까스로 가운뎃손가락을 집게손가락 위로 겹쳐 보였다.

"그대로 꼭 누르시오, 경감. 드위트가 하고 있는 것처럼 말이오. 그렇게 잠시만 있어요."

경감은 힘주어 손가락을 눌렀다. 그의 얼굴이 다소 불그레해졌다.

검시관이 무뚝뚝하게 말했다.

"꽤 힘이 들지요, 경감? 이런 이상야릇한 경험은 처음이오. 죽은 뒤에도 떨어지지 않을 만큼 단단히 얽혀 있으니 말이오."

"이게 악마의 눈을 피하려고 한 표시라는 해석을 받아들일 수야 없지. 마치 삼류 소설 같잖소. 그건 정말 말도 안 되는 얘기요."

경감이 손가락을 풀면서 말했다.

"그럼 달리 설명을 한번 해보시오."

브루노가 말하자 경감이 끙끙거리며 대답했다.

"흐음, 어쩌면 범인이 직접 드위트의 손가락을 이렇게 만들었는지도 모르지요."

"바보 같은 소리 마시오. 그거야말로 말도 안 되는 소리예요. 도대체 범인이 무슨 이유로 이런 짓을 한단 말입니까?"

브루노가 외치듯이 말했다.

경감은 대충 얼버무리고 나서 곧 레인 쪽으로 고개를 돌리며 물었다.

"뭐, 그야 곧 알게 될 테죠……. 레인 씨의 생각은 어떻습니까?"

"이 사건에서 우린 제타토르라도 찾아야 할까요?

레인은 몸을 움직였다. 그러고는 몹시 피로한 표정으로 말을 이었다.

"아무래도 존 드위트 씨는 오늘 밤에 제가 들려준 대수롭잖은 얘기를 몹시 진지하게 받아들인 것 같습니다."

경감은 그 설명을 들어보려 했으나 실링이 휘청거리며 일어나는 바람에 입을 다물었다. 검시관이 말했다.

"자, 이제 이곳에서의 내 일은 끝났소. 딱 한 가지 분명히 말할 수 있는 게 있소. 그는 즉사한 거요."

레인은 오래만에 활발한 동자을 보이며 검시관의 필을 붙잡았다.

"즉사한 것이 분명하단 말이죠?"

"네, 틀림없어요. 탄환은 아마 38구경일 텐데, 그게 심장의 우심실을 관통했습니다. 그리고 외부적으로 볼 때는 그게 유일한 상처이고요."

"머리는 아무 이상이 없습니까? 그 밖의 폭행 흔적이라든가 타박상 같은 것은?"

"그 밖에는 아무런 이상이 없습니다. 심장에 한 방 맞고 즉사한 겁니다. 단지 그뿐입니다. 실제로도 이 한 방이면 즉사하기에 충분하죠. 정말 이렇게 깔끔한 한 방은 몇 달 만에 처음 봅니다."

"그렇다면 드위트 씨가 죽음의 고통에 몸부림치다가 손가락을 이런 모양으로 꼬았다고 할 수는 없겠군요?"

실링 검시관은 약간 흥분한 투로 대꾸했다.

"들어보세요, 레인 씨. 제가 방금 즉사했다고 하지 않았습니까? 그런데 어떻게 죽음의 고통이 있을 수 있겠어요? 총알이 심실을 꿰뚫으면 등불이 꺼지듯이 순식간에 숨통이 끊어지고 맙니다. 그로써 인생은 끝장나는 거죠. 인간은 모르모트와는 다르니까요."

레인은 웃지 않았다. 그는 섬 경감을 돌아보았다.

"경감님, 성미 급한 의사 양반의 의견 덕분에 한 가지 흥미로운 점이 분명해졌습니다."

"그게 무슨 뜻이죠? 이 사내가 즉사한 것이 어떻다는 겁니까? 즉사한 시체는 이제껏 수도 없이 보았습니다만 새로운 점은 아무것도 없었습니다."

"하지만 여기에는 새로운 점이 있습니다."

레인은 그렇게 말했다. 브루노가 궁금한 듯한 표정을 지었지만 레인은 그 이상 아무 말도 하지 않았다.

경감은 고개를 흔들고는 실링 검시관의 옆을 지나 앞으로 나갔다. 그리고 시체 위로 몸을 굽히더니 천천히 옷가지를 조사하기 시작했다. 레인은 경감의 얼굴과 시체가 보이는 곳으로 위치를 옮겼다.

"이게 뭐지?"

경감이 중얼거렸다. 그는 드위트의 웃옷 안주머니에서 묶은 편지 몇 통과 수표장, 만년필, 시간표 그리고 철도 회수권 두 다발을 찾아냈다.

레인이 조용히 말했다.

"그건 그가 구류당해 있는 동안에 기한이 끝나버린 50회 회수권 다발이고, 또 하나는 오늘 밤 우리가 열차에 오르기 전에 새로 구입한 회수권 다발입니다."

경감은 고개를 끄덕이고 묶은 회수권 다발의 펀치 자국이 난 면들을 펼쳤다. 각 장의 모서리 부분이 접혀 있었고 겉장이나 안쪽 모두 낙서가 가득했다. 그 낙서들은 펀치 자국 주위며 인쇄 활자 위에 덧쓴 것인데 어느 것이나 모두 기하학적인 도형들이라서 드위트의 꼼꼼한 성격을 잘 드러내주었다. 회수권은 대부분이 찢겨 있었다. 경감은 새 회수권 다발을 조사했다. 그것은 한 번도 사용하지 않은 것으로, 펀치 자국이 없이 드위트가 역에서 구입한 그대로라고 레인이 말했다..

"이 열차의 차장은 누구요?"

섬 경감이 질문하자 곧바로 푸른 차장 제복을 입은 노인이 대답했다.

"접니다. 이름은 팝 보털리. 이 열차의 선임 차장입니다. 무슨 용무이십니까?"

"이 사내를 알고 있소?"

"글쎄요……. 당신들이 도착하기 전에 여기 계시는 레인 씨에게는 낯이 익은 것 같은 얼굴이라고 말씀드렸습니다만 아, 이제 생각이 났습니다. 이 사람은 몇 년 전부터 이 열차를 이용한 것 같아요. 아마 웨스트 잉글우드에 사는 사람일 겁니다."

보텀리는 말끝을 길게 끌며 대답했다.

"오늘 밤에도 열차 안에서 보았소?"

"보지 못했습니다. 제가 검표하러 다녔던 객차에는 타지 않았어요. 에드, 자네는 어떤가?"

"아뇨, 오늘 밤에는 보지 못했는걸요."

체격이 건장한 부하 차장이 조심스레 말을 이었다.

"저도 이 사람은 잘 알고 있지만 오늘 밤에는 보지 못했습니다. 이 앞 객차에 갔을 때 일행이 몇 분 있었는데, 그 가운데 키가 큰 분이 승차권을 여섯 장 내놓으며 동행이 또 한 사람 있는데 잠시 자리를 비웠다고 하더군요. 하지만 그 뒤에도 보지 못했습니다."

"결국 검표를 못 했단 얘기군요?"

"어디 있는지 몰랐으니까요. 아마도 화장실에 갔을 거라고 생각했죠. 설마 이런 캄캄하고 텅 빈 객차 안에 있을 줄은 생각지도 못했습니다. 여긴 아무도 들어오지 않는 곳이니까요."

"드위트를 안다고 했죠?"

"네, 이름이 드위트라는 것까지는 몰랐지만 이 열차를 자주 이용했기 때문에 얼굴은 기억하고 있습니다."

"얼마나 자주 이용했소?"

에드라 불렸던 차장은 모자를 벗고서 벗어진 이마를 가볍게 두드리면서 골똘히 생각에 잠겼다.

"딱히 얼마나 자주 탔는지는 기억이 나지 않는군요. 종종 이용했다고밖에 말씀드릴 수 없군요."

팝 보텀리가 활기찬 작은 몸을 내밀었다.

"아, 그건 알 수 있을 것 같습니다. 지히고 이 친구는 날마다 야간 근무를 하거든요. 그러니까 이 사람이 우리 열차에 몇 번 탔는지 쯤은 알 수 있습니다. 그 묶은 회수권 다발을 좀 보여주십시오."

그는 모서리 부분이 접힌 회수권 다발을 경감의 손에서 낚아채듯이 가져가서는 그것을 펼친 뒤에 다시 경감에게 내밀며 보여주었다. 다른 사람들도 다가가서 경감의 어깨 너머로 그것을 들여다보았다.

보텀리는 차표를 뜯어내고 남은 반쪽을 가리키면서 수다스럽게 설명했다.

"자, 보십시오. 손님이 한 번 승차할 때마다 차표를 한 번씩 뜯어내는데, 만일을 위해 차표와 남은 반쪽의 두 군데에 펀치를 찍죠. 그러므로 제가 찍은 이 둥근 모양의 펀치 자국 수와 에드가 찍은 십자 모양의 펀치 자국의 수를 더하기만 하면 됩니다. 그러면 이 사람이 이 열차를 몇 번 탔는지 알 수 있죠. 어쨌거나 이 열차의 차장은 우리 두 사람뿐이니까요. 아시겠습니까?"

경찰은 묶은 회수권 다발을 자세히 조사했다.

"꽤 재치가 있군요. 전부 펀치 자국이 마흔 개 나 있소. 마흔 개 중 절반은 뉴욕행일 테죠. 펀치 자국이 다른 걸 보니 말이오."

"그렇습니다. 아침 열차는 차장이 다르죠. 그리고 차장은 제가기 다른 펀치를 갖고 있거든요."

늙은 보텀리 차장이 대답했다. 경감은 재빨리 계산하고는 말했다.

"알겠소. 그러니까 웨스트 잉글우드로 돌아가는 것이 스무 회, 그 스무 회 중 당신들 두 사람의 펀치 자국이 열세 개 있군요. 그러니까 열세 번 승차한 셈이겠군요. 그럼 결국 6시경의 보통 통근 열차 쪽보다 이 열차를 이용한 적이 많았던 셈이군요."

"흐흠, 나도 이만하면 탐정 못지않은걸요. 이봐요들, 아셨겠죠? 펀치는 거짓말을 하지 않는단 말씀이에요."

노인이 싱글거리며 말했다.

그가 우쭐대며 크게 웃는 소리에 브루노가 얼굴을 찌푸리며 말했다.

"범인은 틀림없이 보통의 통근 열차보다 이 열차를 더 자주 이용하는 드위트의 습관을 알고 있었던 거예요."

"아마도 그럴 테죠."

섬 경감은 넓은 어깨를 뒤로 젖히며 말을 이었다.

"그럼 이쯤에서 다른 사항들도 알아보도록 해야겠군요. 레인 씨, 오늘 밤 여기에서 대체 무슨 일이 일어났습니까? 그리고 드위트는 어째서 이 객차에 오르게 된 겁니까?"

레인은 고개를 저었다.

"무슨 일이 일어났는지는 저도 모릅니다. 다만 열차가 위호켄을 떠난 지 얼마 되지 않았을 때 마이클 콜린스가……."

"마이클 콜린스라고요?"

섬 경감이 외쳤다. 브루노 지방 검사가 가까이 다가왔다.

"그럼 이 사건에 콜린스가 관련되어 있단 말입니까? 왜 진작 말씀하시지 않으셨죠?"

"아아 경감님, 좀 진정하시지요. 콜린스가 열차에서 빠져나갔는지 어쨌는지는 모르겠습니다. 다만 드위트의 시체를 발견하자마자 차장들로 하여금 아무도 열차에서 빠져나가지 못하게 하도록 조처했습니다. 비록 시체를 발견하기 전에 그가 열차에서 빠져나갔다고 하더라도 도망치지는 못합니다."

섬은 못마땅한 듯이 투덜거렸고 레인은 침착한 어조로 콜린스가 마지막으로 드위트와 담판을 지으려고 간청했을 때의 상황을 들려주었다.

"그래서 두 사람은 이 객차 안으로 들어왔다는 거죠?"

섬이 캐묻자 레인이 대꾸했다.

"그렇게 말하지는 않았습니다, 경감님. 그랬을지도 모르겠지만 이건 어디까지나 당신의 상상입니다. 우리가 마지막으로 두 사람을 본 것은 그들이 앞 객차의 뒤쪽 승강구를 지나 이 객차의 앞쪽 승강구 쪽으로 건너가는 것뿐입니다."

"뭐, 좋습니다. 그거야 곧 알게 되겠죠."

경감은 몇몇 형사들에게 열차 안을 수색해 행방이 묘연한 마이클 콜린스를 찾도록 지시했다.

"시체는 여기 놔둘 거요, 경감?"

실링 검시관이 물었다. 섬은 묻는 말에 무뚝뚝하게 대답했다.

"뭐, 그냥 내버려두죠. 그럼 저쪽으로 가서 신문을 좀 해봅시다."

시체 옆에 한 형사를 남겨두고 모두 줄을 지어 죽음의 차량에서 빠져나갔다.

진 드위트는 의자에 주저앉아 로드의 어깨에 기댄 채 흐느껴 울고 있었다. 에이헌, 임피리얼, 브룩스 세 사람은 놀란 표정을 힌 체 몹시 긴장하고 있있다.

다른 승객들은 이미 앞쪽 차량으로 옮겨가고 있었다.

실링 검시관이 조용히 통로를 걸어가 훌쩍거리고 있는 진 드위트를 내려다보더니 말없이 자기 가방을 열어 작은 병을 꺼냈다. 그리고 로드에게 물을 한 컵 가져오게 하고는 마개를 연 작은 병을 진의 코에 갖다 댔다. 그녀는 숨이 막힌 듯이 움찔거리면서 눈을 깜박거리더니 몸을 떨면서 고개를 돌렸다. 로드가 물을 가지고 돌아오자 그녀는 목마른 어린애처럼 게걸스럽게 마셔댔다. 실링은 그녀의 머리를 가볍게 두드리며 무언가를 삼키게 했다. 이윽고 그녀는 잠잠해졌고 눈을 감고 로드의 무릎에 머리를 두고 누웠다.

섬 경감은 녹색 벨벳 천을 씌운 좌석에 앉더니 다리를 뻗었다. 브루노 지방 검사는 그 옆에 선 채 브룩스와 에이헌을 손짓으로 불렀다. 두 사람은 지친 듯한 몸짓으로 자리에서 일어났는데 긴장한 탓에 얼굴이 창백해져 있었다. 브루노 지방 검사의 질문에 브룩스는 호텔에서의 파티와 위호켄으로 가는 도중의 일, 역에서의 일, 기차를 탔을 때의 일, 콜린스가 다가왔던 일 등을 짤막하게 설명했다.

"드위트는 어떤 상태였습니까? 기분이 좋았나요?"

브루노가 물었다.

"더할 수 없이 기분이 좋아 보였습니다. 그렇게 즐거워하는 모습은 저도 처음 봤습니다. 공판, 불안을 넘겨 가까스로 평결을 받고 전기의자 신세를 면하게 되자마자 이런 일이 생기다니."

에이헌 나직하게 말하더니 몸을 떨었다. 순간 분노의 빛이 브룩스의 얼굴에 번졌다.

"이거야말로 드위트의 결백을 증명하는 가장 뚜렷한 증거가 아닐까요, 브루노 씨? 만약 당신이 그따위 터무니없는 혐의로 체포하지 않았더라면 그는 아마 무사했을지도 모릅니다!"

브루노는 잠깐 동안 침묵하다가 다시 질문했다.

"드위트 부인은 어디 있습니까?"

"그녀는 우리와 함께 어울리시 않았습니다."

에이헌이 쌀쌀하게 대답했다.

"아마도 이번 사건은 그녀에겐 좋은 소식이겠죠."

브룩스가 그렇게 말했다.

"무슨 뜻입니까?"

"이젠 이혼당할 일이 없을 테니까요."

브룩스는 차가운 어조로 대답했다. 브루노 지방 검사와 섬 경감은 시선을 교환했다.

"그럼 그녀는 처음부터 이 열차에는 타지 않았단 말입니까?"

"제가 알고 있는 한은 그렇습니다."

브룩스는 고개를 돌렸다. 에이헌도 고개를 가로저었다. 브루노는 레인을 보았고 레인은 어깨를 으쓱했다.

그때 형사 한 명이 다가와서 콜린스는 어디에도 보이지 않는다는 보고를 했다.

"이봐! 아까의 그 차장들은 어디 있지?"

경감은 푸른 제복의 사내들을 손짓해서 불렀다.

"보텀리 씨, 키가 크고 얼굴이 불그레한 아일랜드인을 보지 못했소? 오늘 밤 검표할 때 본 기억이 없소?"

"그 사내는 펠트 모자를 깊숙이 눌러쓰고 두터운 외투를 입었는데 좀 취해 있었어요."

레인이 경감에 이어 조용히 말했다.

보덤리 차장은 고개를 서있나.

"그런 사내를 검표한 적은 없어요. 자넨 어떤가, 에드?"

부하인 키 큰 차장도 머리를 가로저었다.

섬 경감이 자리에서 일어났다. 그는 요란한 발걸음으로 앞 차량으로 가더니 드위트 일행과 같은 객차 안에 있었던 몇몇 승객들에게 큰 소리로 질문하기 시작했다. 하지만 콜린스나 그의 행동을 기억하는 사람은 아무도 없었다. 섬 경감이 자리로 다시 돌아와 앉으며 물었다.

"콜린스가 다시 돌아와서 이 객차 안을 지나가는 것을 본 사람은 없습니까?"

"그가 이곳으로 다시 돌아오지 않았던 것은 확실합니다, 경감님. 아무래도 뒤쪽의 두 승강구 중 한 곳으로 빠져나간 게 분명합니다. 문을 열고 뛰쳐나가는 건 어려운 일이 아니죠. 아마 콜린스는 드위트와 함께 사라진 뒤 이 비극이 일어나기 전 어딘가에서 기차가 정차했을 때 빠져나간 듯합니다."

레인이 대답했다.

섬 경감은 늙은 차장에게서 열차 시간표를 받아 다른 열차 시각을 조사해보았다.

시간표를 조사한 결과 콜린스는 리틀 페리, 리지필드 파크, 웨스트뷰 혹은 보고타에서도 정차 중인 열차에서 빠져나갈 수 있었다는 결론이 나왔다.

"좋아."

경감은 그렇게 말하며 부하 한 명에게 지시했다.

"두 명쯤 데리고 이 역들의 선로를 조사해봐. 콜린스의 뒤를 쫓으란 얘기야. 이 역들 중의 어딘가에서 내려 뭔가 단서를 남겨놓았는지도 몰라. 보고는 전화로 티넥 역으로 하게."

"알겠습니다."

"시간상 뉴욕으로 돌아가는 열차는 탈 수 없었을 거야. 그러니 역 근처의 택시 운전사들에게 탐문하는 걸 잊지 말라고."

형사는 떠났다.

섬 경감은 두 차장 쪽을 바라보며 말했다.

"잘 생각해보시오. 리틀 페리나 리지필드 파크나 웨스트뷰나 혹은 보고타에서 내린 사람은 없었소?"

차장들은 그 역들마다 몇몇 승객들이 내렸다고 대답했으나, 내린 사람들의 수나 인상에 대해서는 전혀 기억하지 못했다.

"얼굴을 보면 몇 사람쯤은 기억이 날지도 모르겠군요. 하지만 늘 타고 다니는 승객들이라도 이름까지는 알 수 없는 노릇이죠."

보텀리 차장이 느린 어조로 말하자 거기에 에드 톰슨 차장이 덧붙였다.

"하물며 다른 사람들이야 더 말할 것도 없고요."

"이봐요 섬, 콜린스든 누구든 역에서 열차가 정차했을 때 누구의 눈에도 띄지 않게 열차에서 빠져나갈 수는 있었을 거요. 열차가 역에 멈추기를 기다렸다가 플랫폼 쪽이 아닌 선로 쪽의 문을 열고 뛰어내린 다음 아래에서 문을 닫기만 하면 되니까요. 그리고 어쨌거나 이 열차에는 차장이 둘밖에 없으니까 내리는 사람을 모조리 살필 수는 없었을 거요."

브루노가 말했다.

경감이 성난 목소리로 맞장구쳤다.

"물론이오. 누구든 마음만 먹으면 가능한 일일 테죠. 제기랄! 범인이 권총을 들고 시체를 내려다보면서 우뚝 서 있는 광경을 좀 보고 싶군. 그런데 그 권총은 어디 있는 거지? 더피, 뒤 차량에서 권총을 찾아냈나?"

경사는 고개를 저었다.

"열차 안을 샅샅이 뒤져봐. 놈은 권총을 남기고 갔을지도 몰라."

그때 레인이 끼어들었다.

"경감님, 열차가 지나온 선로 주변도 수색하게 하는 것이 좋을 것 같군요. 범인이 열차 밖으로 권총을 내던져 선로 주변 어딘가에 떨어져 있을 수도 있으니까요."

"그렇군요. 더피, 선로 주변도 수색해보게!"

경사는 무거운 발걸음으로 사라졌다.

경감은 골치가 아픈 듯이 한 손을 이마로 가져갔다.

"이제부터가 큰일이군요."

그는 드위트 일행 여섯 명을 노려본 뒤 말을 이었다.

"임피리얼 씨! 이쪽으로 좀 와보시죠."

스위스인은 자리에서 일어나 느릿느릿 걸어왔다. 눈가에는 피로한 기색이 역력했고 수염도 지저분하게 헝클어져 있었다.

경감은 빈정대는 투로 물었다.

"뭐, 형식적인 질문이니 안심해도 좋아요. 당신은 열차 안에서 뭘 하고 있었나요? 어디에 앉아 있었죠?"

"한동안 드위트 양과 로드 씨와 함께 있었는데 방해가 되는 것 같아서 자리를 옮겼습니다. 그런 뒤에는 깜박 잠이 들었고요. 그리고 잠에서 깨어나 보니 레인 씨는 출입구에 서 있었고 차장 두 사람이 내 자리를 지나치며 달려가더군요."

"잠을 잤다고요?"

경감이 되묻자 임피리얼은 눈썹을 치켜세우며 날카롭게 대답했다.

"그렇습니다. 거짓말을 한다고 보십니까? 배와 기차를 번갈아 타는 바람에 골치가 아팠다고요."

경감이 비웃듯이 말을 이었다.

"아, 알았어요. 알았다고요. 그렇다면 다른 사람들이 뭘 하고 있었는지는 모르겠군요?"

"죄송하지만 나는 잠을 자고 있었으니까요."

경감은 스위스인의 곁을 지나 로드가 진을 안고 있는 좌석으로 다가가 몸을 굽히고는 진의 어깨를 툭툭 건드렸다. 로드가 불쾌한 표정으로 올려다보았고 진은 눈물로 얼룩진 얼굴을 들었다.

"죄송하지만 드위트 양, 몇 가지 질문에 응해준다면 도움이 될 것 같소만."

경감이 무뚝뚝한 목소리로 그렇게 말했다.

"대체 왜 그러시오! 그녀는 지금 몹시 지쳐 있단 말이오!"

로드가 거칠게 항의했다. 경감이 노려보자 로드는 마지못해 입을 다물었다. 진 드위트가 가냘픈 목소리로 말했다.

"뭐든 말씀드리죠, 경감님. 범인을 찾아내기 위한 거라면 뭐든지 말이에요. 그러니 반드시 범인을 찾아내주세요."

"그건 내게 맡겨요, 드위트 양. 자 그럼, 열차가 위호켄 역을 떠난 뒤로 당신과 로드 군은 무얼 하고 있었나요?"

그녀는 질문의 뜻이 선뜻 이해가 되지 않는지 멍한 표정으로 경감을 쳐다보았다.

"우리는 잠시도 떨어져 있지 않았어요. 처음엔 임피리얼 씨도 함께 계셨지만 도중에 그분은 어디론가 가셨어요. 그리고 우리는 계속 얘기를 나누었어요. 아버지가 변을 당하는 줄도 모르고 말예요."

그녀는 입술을 깨물었고 두 눈에 눈물이 넘쳐흘렀다.

"알겠습니다. 그러고는요?"

"로드가 저를 여기에 남겨두고 어디론가 갔었어요. 그래서 저는 잠시 동안 혼자 있었어요."

"당신을 혼자 놔두고 말입니까? 그랬었군요. 그런데 그가 어디로 가던가요?"

경감은 진에게 질문하며 로드를 힐끔 바라보았지만 그는 잠자코 앉아 있을 뿐이었다.

"저 문밖으로 나갔어요."

그녀는 객차의 앞쪽 문을 멍하니 손가락질했다.

"어디로 간다고 말하지는 않았어요. 아니, 말했던가요, 로드?"

"아냐, 말하지 않았어."

"임피리얼 씨가 당신들 곁을 떠난 뒤로는 그를 다시 본 적이 없었습니까?"

"아뇨, 로드가 자리를 비운 뒤에 한 번 본 적이 있어요. 뒤를 돌아보니 몇 칸 뒤의 좌석에서 잠들어 계시더군요. 또 에이헌 씨께서 서성대고 계시는 것도 보았습니다. 그런 뒤에 로드가 돌아왔고요."

"그게 언제쯤이었나요?"

그녀는 한숨을 쉬었다.

"잘 생각이 나지 않는군요."

경감은 허리를 폈다.

"로드 군, 자네하고 저쪽에서 얘기를 좀 나누고 싶군. 저어, 임피리얼 씨! 아니, 실링 선생이라도 좋아요. 여기서 잠깐 드위트 양을 돌봐주시지 않겠습니까?"

로드가 내키지 않는 얼굴로 일어서자 땅딸막한 체구의 실링 검시관이 대신 그 자리에 앉았다. 실링은 즉시 스스럼없는 어조로 진 드위트에게 말을 건네기 시작했다.

두 사내는 통로를 걸어갔다. 경감이 입을 열었다.

"자 그럼, 로드 군. 솔직하게 얘기해주게. 어딜 갔었나?"

로드는 침착한 어조로 대답했다.

"그럴 만한 사정이 있었습니다, 경감님. 기차를 타기 전에 그러니까 배로 강을 건널 때 배 안에서부터 좀 신경이 쓰였던 일이 있었습니다. 체리 브라운과 그 괴상한 남자 친구 폴룩스가 같은 배에 타고 있는 걸 보았거든요."

"정말인가?"

경감은 천천히 고개를 끄덕이고는 브루노 쪽을 바라보며 말을 이었다.

"브루노, 잠깐 이리로 좀 와보시오."

지방 검사가 다가왔다.

"로드 군이 일행들과 함께 오던 중에 배 안에서 체리 브라운과 폴룩스를 보았다고 하오."

브루노는 휘파람을 불었다. 로드가 계속해서 말했다.

"그뿐만이 아닙니다. 선착장 터미널에서도 또 한 번 보았습니다. 그때 두 사람은 뭔가 말다툼을 하고 있는 듯했습니다. 그 뒤로 나는 줄곧 주의를 기울였습니다. 어쩐지 몹시 수상쩍은 생각이 들었기 때문이죠. 하지만 역 대합실에선 보지 못했습니다. 열차에 올라탈 때에도 그 두 사람이 타는 걸 보지 못했지만 그래도 계속 주의를 기울였습니다. 열차가 움직이기 시작하자 갑자기 걱정이 되었기 때문입니다."

"어째서?"

로드는 얼굴을 찌푸리며 대답했다.

"그 브라운이란 여자는 닳을 대로 닳은 여자죠. 롱스트리트 사건을 조사당할 땐 드위트 씨에게 미친 듯이 비난을 퍼부었잖아요. 그걸로 보아 드위트에게 무슨 짓을 저지를지 모를 것 같았어요. 아무튼 그래서 진한테 양해를 구하고 잠깐 자리를 비웠던 겁니다. 그 두 사람이 기차에 타지 않았다는 걸 분명하게 확인하고 싶었기 때문입니다. 그러나 역시 살펴본 결과 두 사람은 기차에 없었습니다. 그래서 안심하고 자리로 돌아왔지요."

"저 맨 뒤 객차도 둘러보았나?"

"아뇨! 설마 그런 데에 있으리라고는 생각조차 못 했으니까요."

"그때는 열차가 어디쯤 달리고 있을 때였나?"

"알 게 뭡니까. 그런 걸 기억할 필요는 없었으니까요."

로드는 어깨를 으쓱했다.

"자네가 자리로 돌아왔을 때 다른 사람들은 뭘 하고 있던가?"

"그러니까, 에이헌 씨는 여전히 서성대고 있었던 것 같아요. 그리고 레인 씨와 브룩스 씨는 얘기를 나누고 있었던 것 같군요."

"그때 임피리얼 씨가 뭘 하고 있었는지는 보지 못했나?"

"글쎄요, 기억이 나지 않는군요."

"이제 됐네. 어서 드위트 양에게로 돌아가게. 자넬 기다리고 있을 테니까."

로드가 서둘러 사라진 뒤에 브루노 지방 검사와 섬 경감은 잠시 나직한 목소리로 얘기를 나누었다. 이윽고 경감은 앞쪽 문을 지키고 있는 형사를 불렀다.

"더피에게 열차 안에 체리 브라운과 폴룩스가 타고 있는지 조사해보라고 전하게. 더피가 그들의 얼굴을 알고 있을 거네."

형사가 떠난 지 얼마 뒤에 더피 경사의 육중한 체구가 차내로 들어왔다.

"경감님, 없습니다. 그들과 비슷한 사람들을 봤다는 사람도 없습니다."

"알겠네, 더피. 이세아밀로 자네기 맡아야 할 일이 생겼네. 즉시 누구든 보내. 아니, 자네가 직접 하는 게 좋겠어. 곧바로 시내로 돌아가서 두 사람의 발자취를 캐보도록 하게. 여자는 그랜트 호텔에 머물고 있네. 만약 거기에 없으면 폴룩스의 소굴인 나이트클럽 몇 군데를 뒤져보라고. 어쩌면 술집 같은 데 있을지도 모르지. 아무튼 뭔가 알아냈으면 전화를 해줘. 그리고 필요하다면 밤샘이라도 할 각오를 하게."

더피 경사는 이를 드러내어 웃어 보이더니 기운차게 몸을 흔들며 나갔다.

"자, 그럼 브룩스를 만나볼까."

경감과 지방 검사는 통로로 되돌아왔다. 브룩스와 레인은 함께 앉아 있었다. 브룩스는 차창으로 역 구내를 바라보고 있었고 레인은 좌석 등받이에 머리를 기대고 눈을 감고 있었다. 경감이 맞은편 좌석으로 다가가 앉자 레인은 눈을 떴는데 그 두 눈에서 이상하리만큼 강렬한 빛이 뿜어져 나왔다. 브루노는 잠깐 망설이다가 이내 앞쪽으로 되돌아가는가 싶더니 곧장 앞 차량으로 나아갔다.

"어떻습니까, 브룩스 씨? 저는 지금 녹초가 될 지경인데 말입니다. 이 지긋지긋한 사건 덕분에 자다 말고 달려왔으니까요. 그런데 브룩스 씨."

섬 경감이 나른한 어조로 말했다.

"네, 말씀하세요."

"당신은 열차 안에서 뭘 하고 계셨습니까?"

"드위트와 콜린스가 어떻게 된 건지 보고 와야겠다며 레인 씨가 자리에서 일어설 때까지 죽 이 자리를 떠나지 않았습니다."

경감이 레인 쪽을 바라보자 레인은 고개를 끄덕였다.

"뭐, 좋습니다."

그렇게 말한 뒤에 경감은 고개를 돌렸다.

"에이헌 씨!"

에이헌은 자기 이름이 불리자 무거운 걸음걸이로 다가왔다.

"열차가 출발한 이후로 줄곧 당신은 뭘 하고 계셨습니까?"

에이헌은 멋쩍은 듯이 웃었다.

"옛날에 했던 술래잡기라도 하는 겁니까, 경감님? 뭐, 달리 이렇다 할 만하게 뭘 하진 않았습니다. 레인 씨와 브룩스 씨와 함께 한동안 이런저런 얘기를 나누다가 갑갑해 자리에서 일어나 통로를 왔다 갔다 했을 뿐입니다."

"그때 누군가 뒤쪽 문으로 빠져나가는 걸 보지는 못했습니까?"

"솔직히 말해서 저는 망을 보고 있었던 건 아니었으니까요. 그런 뜻으로 물으신 거라면 수상쩍은 것은 아무것도 보지 못했습니다, 경감님."

"그럼 수상쩍지 않은 것은 보았다는 얘기입니까?"

경감이 격앙된 목소리로 물었다.

"아뇨, 아무것도 보지 못했습니다. 수상쩍지 않은 것도 말입니다, 경감님. 실은 그때 저는 독특한 갬빗체스에서 작은 말을 버림으로써 유리한 국면으로 이끄는 초반의 수─옮긴이에 관해 생각하고 있었습니다."

"뭐라고요?"

"갬빗, 체스에서의 수죠."

"아 참, 당신은 체스의 명수죠. 좋습니다, 에이헌 씨."

경감이 돌아보자 레인이 눈에 호기심을 띠고 그를 바라보고 있었다.

"경감님, 다음은 말할 것도 없이 저를 신문하실 테죠?"

레인의 말에 경감은 너그럽게 웃어 보였다.

"당신이 이 열차 안에서 무언가를 보셨다면 벌써 얘기하셨겠죠. 아무것도 못 보셨을 겁니다. 그 점이 실로 애석하군요, 레인 씨."

"정말이지 이렇게 부끄럽고 면목이 없기는 처음입니다. 이런 끔찍한 사건을 코앞에서 일어나게 내버려두었으니."

레인은 고개를 숙이고 자신의 손을 물끄러미 내려다보았다.

"이렇게 가까이에서 말입니다."

레인은 고개를 들었다.

"불행히도 브룩스 씨와 너무 유쾌하게 얘기를 나누던 중이어서 그만 신경을 쓰지 못했습니다. 그러나 차츰 걱정이 되기 시작했어요. 그래서 결국은 저 어두운 객차를 조사하지 않고는 못 배기게 되었던 거죠."

"이 차 안의 상황도 제대로 신경 쓰지는 못하셨겠죠?"

"면목 없게 되었습니다만 그렇습니다, 경감님."

섬 경감은 자리에서 일어섰다. 브루노 지방 검사가 다시 차내로 돌아와서 통로 맞은편 좌석에 등을 기댔다.

브루노가 말했다.

"다른 승객들도 심문해봤지만, 이 차량에 타고 있었던 승객들 모두가 아무것도 기억하지 못해요. 통로를 누가 지나갔고 누가 지나가지 않았는지 전혀 기억나지 않는다는 거요. 저렇게 무심한 사람들은 처음 봤소. 물론 다른 차량에 있었던 사람들이야 말할 것도 없었소. 빌어먹을!"

"어쨌든 승객들 명단은 작성해둡시다."

경감은 부하들 쪽으로 가서 명령을 내리기 시작했다. 그가 돌아올 때까지 모두 침묵했다. 레인은 생각을 집중할 때는 늘 그렇듯이 눈을 감고 앉아 있었다.

형사 한 명이 경감에게로 달려와 흥분한 듯이 얘기했다.

"경감님, 단서를 잡았답니다. 동료 한 명한테서 방금 콜린스의 행적을 알아냈습니다. 전화가 왔습니다!"

단조롭던 공기가 순식간에 긴장으로 팽팽해졌다. 섬이 소리쳤다.

"좋았어! 그래, 뭐라고 말하던가?"

"리지필드 파크 역에서 콜린스가 택시를 잡아타고 뉴욕 쪽으로 가는 걸 본 사람이 있었답니다. 그래서 틀림없이 집으로 돌아갔을 거라고 생각하고 행동을 취했더니 역시 집에 도착해 있었다고 합니다. 택시로 곧장 귀가한 것 같답니다. 운전사는 아직 돌아오지 않았지만 곧 찾을 수 있을 거라는군요. 지금 동료들이 콜린스의 아파트 앞을 지키고 있는 중인데 명령을 기다리고 있답니다."

"좋아, 아주 잘됐군. 전화는 아직 끊지 않았겠지?"

"네, 아직 연결되어 있습니다."

"도망치려고 하기 전에는 그냥 감시만 하라고 전하게. 한 시간쯤 안으로 내가 거기에 도착할 테니까. 하지만 그 아일랜드 녀석을 놓치게 되면 사표를 쓸 각오를 하라고 이르게!"

형사는 서둘러 열차에서 나갔다. 경감은 기쁜 듯이 커다란 발로 바닥을 두드렸다. 다른 형사가 들어왔다. 경감은 기대하는 표정으로 그를 바라보며 물었다.

"그래, 어떻게 됐나?"

형사는 고개를 가로저었다.

"권총은 아직 찾지 못했습니다. 열차 안에는 어디에도 없습니다. 승객들도 모조리 조사해봤지만 헛수고였습니다. 선로 주변을 수색하고 있는 동료들에게시도 아직 아무런 소식이 없습니다. 열심히 수색하고는 있지만 밖이 워낙 어두워서."

"계속 수고하는 수밖에 없겠지. 아니, 더피!"

경감은 몹시 놀라는 표정을 지었다. 뉴욕에 있어야 할 더피 경사가 불쑥 객차 안으로 들어섰기 때문이었다.

"대체 어찌된 건가, 더피?"

더피는 모자를 벗고 이마의 땀을 닦았다. 하지만 얼굴은 이를 드러내며 웃고 있었다.

"경감님, 약간의 추리력을 발휘해봤습니다. 브라운이란 여자가 그랜트 호텔에 묵고 있다면 거기까지 가기 전에 전화로 먼저 확인해보는 게 좋겠다는 생각이 들었죠. 경감님이 곧 여기를 떠날 것 같았기에 되도록이면 그 전에 뭔가 보고를 드려야겠다고 생각해서죠."

"좋아, 그래서?"

"분명히 있답니다, 경감님! 호텔에 있답니다. 폴룩스 녀석과 함께요!"

더피는 큰 소리로 말했다.

"그래, 언제 돌아왔다던가?"

"프런트 직원 얘기로는 제가 전화를 걸기 조금 전에 돌아와 함께 방으로 올라갔답니다."

"그럼 아직도 그대로 있겠군?"

"그렇습니다."

"좋아, 잘됐어. 콜린스에게 가는 도중에 들러보겠네. 자네는 먼저 가서 거길 지키고 있게. 택시를 잡아타고 가도록 하게."

더피 경사는 객차 밖으로 나가려다 낯선 얼굴의 사내들과 마주쳤다. 그들은 보통 키에 담황색 머리의 사내를 뒤따라 객차 안으로 급히 들어서는 중이었다.

"이봐요! 어디를 가는 거요?"

더피가 소리쳤다.

"비키시오! 나는 이곳의 지방 검사요."

더피는 투덜대며 객차 밖으로 뛰쳐나갔다. 브루노가 급히 앞으로 나서며 담황색 머리의 사내와 가볍게 악수를 나누었다. 그는 버건 카운티의 지방 검사인 콜이라고 자신을 소개했다. 그는 브루노의 메시지를 받고서 자다가 허겁지겁 달려왔다며 가볍게 푸념했다. 브루노는 콜을 맨 뒤의 객차로 안내했고 그곳에서 콜은 이미 완전히 경직된 드위트의 시체를 살폈다. 두 검사는 정중한 태도로 법적 관할권에 관해 논의하기 시작했다. 브루노는 드위트가 살해된 곳은 버건 카운티가 분명하지만 이 사건은 의심할 여지없이 허드슨 카운티의 우드 살해 사건 및 뉴욕 카운티의 롱스트리트 살해 사건과 관련이 있음을 지적했다. 두 사람은 서로를 노려보았다.

그러나 결국 콜이 지고 말았다.

"다음 사건은 아마도 샌프란시스코 쪽이 될지도 모르겠군요. 뭐 좋아요. 브루노 씨. 아무튼 이번 사건은 당신에게 양보하겠소. 그리고 가능한 한 협력도 해드리겠소."

두 사람은 발길을 되돌렸다. 갑자기 열차는 소동의 중심이 되었다. 뉴저지 주 병원의 구급차에서 인턴 두 명이 뛰쳐나와 실링 검시관의 지휘 아래 드위트의 시체를 열차 밖으로 들어냈다. 잠시 뒤에 실링은 지친 모습으로 손을 흔들며 구급차와 함께 사라졌다.

열차 안의 한곳에 모인 승객 전원은 섬 경감의 엄한 지시에 따라 주소와 성명을 밝힌 다음에야 풀려났다. 그런 뒤에 그들은 급히 마련된 임시 열차 편으로 비넥 역을 떠났다.

"잊지 말기 바랍니다. 현장이 발견되기 이전에 내린 승객들을 찾는 일 말이에요."

브루노는 콜과 함께 앞 객차에 서서 얘기를 나누다가 다짐 삼아 그렇게 덧붙였다. 콜 검사는 어두운 표정으로 말했다.

"물론 해보는 데까지는 해보겠소만, 솔직히 말해서 결과는 기대하지 않는 게 좋을 것 같군요. 죄가 없는 사람들이야 출두하겠지만 범인의 경우엔 그들 속에 끼어 있었다고 하더라도 나서지 않을 게 뻔하니까요."

"또 한 가지 더 부탁할 게 있어요, 콜 씨. 범인이 권총을 열차 밖으로 버렸을지도 모른다는 생각에서 지금 섬 경감의 부하들이 선로 주변을 수색하고 있어요. 당신들 쪽에서 교대 팀을 보내 수색이 계속될 수 있도록 해주지 않겠소? 이제 곧 날이 밝을 테니까 수색하기도 한결 쉬워질 겁니다. 물론 드위트의 일행도 다른 승객들과 마찬가지로 조사해봤지만 권총은 나오지 않았어요."

콜은 고개를 끄덕인 뒤 열차에서 나갔다.

모두 원래의 객차에 모여 있었다. 섬 경감은 외투에 팔을 끼우느라 끙끙댔다. 그러고는 레인에게 말을 건넸다.

"그런데 레인 씨, 이번 사건을 어떻게 보십니까? 이제까지의 생각에는 변함이 없으신 겁니까?"

"그러니까 당신은 지금도 여전히 누가 롱스트리트와 우드를 살해했는지 알고 있다고 생각하십니까?"

브루노도 끼어들어 그렇게 질문을 보탰다.

레인은 드위트의 시체를 발견한 이래 처음으로 미소를 떠올렸다.

"저는 롱스트리트와 우드를 살해한 범인뿐만 아니라 드위트 씨를 살해한 범인도 누구인지 알고 있습니다."

두 사람은 할 말을 잃고서 레인의 얼굴을 뚫어지게 바라보았다. 이어서 섬은 레인을 만난 이래 두 번째로, 강렬한 펀치를 맞은 권투 선수처럼 머리를 설레설레 내저으며 말했다.

"정말이지 당신에겐 두 손 들었습니다."

"하지만 레인 씨, 무슨 수를 써야 하지 않겠습니까?"

브루노가 항의조로 말을 이었다.

"알고 계신다면 얘기를 해주십시오. 그놈을 잡아야 하지 않겠습니까? 언제까지나 이러고 있을 수만은 없습니다. 대체 범인은 누구입니까?"

레인의 얼굴이 갑자기 흐려졌다. 대답하는 목소리에도 난처한 기색이 엿보였다.

"유감스럽지만 아직은 대답해드릴 수가 없군요. 이해가 안 되시더라도 저를 믿으셔야만 합니다. 지금 X의 정체를 밝히는 것은 아무런 도움도 될 수 없습니다. 좀 더 참아야 합니다. 제가 위험한 도박을 하고 있는지도 모르겠습니다만, 자칫 서두른다면 일을 망칠 뿐입니다."

브루노는 신음했다. 그는 도리 없다는 표정으로 섬 경감을 바라보았다. 경감은 집게손가락을 입에 물고서 생각에 잠겨 있다가 문득 결심한 듯이 레인의 맑은 눈을 바라보며 말했다.

"알겠습니다, 레인 씨. 무엇이든 말씀대로 따르겠습니다. 저는 제 입장에서 힘껏 애를 써보겠습니다. 그건 브루노 검사도 마찬가지일 겁니다. 만약 당신을 믿었다가 실패하게 되더라도 사내답게 책임을 지겠습니다. 어쨌든 우리는 완전히 진퇴양난에 빠졌으니까요."

레인은 사뭇 얼굴을 붉혔다. 이것이 그가 처음으로 드러내

보인 감정적인 응답의 표시였다.

"하지만 그 미치광이 같은 살인자를 그냥 놔두었다간 또 다른 살인이 일어날지도 모릅니다."

브루노가 마지막으로 필사적인 공격을 가하듯이 말했다.

"브루노 씨, 그 점이라면 자신 있게 말씀드릴 수 있습니다."

레인은 냉정한 확신에 가득 찬 목소리로 말을 이었다.

"이제 살인은 더 일어나지 않습니다. X는 목적을 달성했으니까요."

제4장
뉴욕으로 돌아가는 길
10월 10일 토요일 오전 3시 15분

브루노 지방 검사와 섬 경감 그리고 부하들 한 무리는 경찰차 몇 대에 나눠 타고 티넥 역의 대피선에서 뉴욕으로 출발했다.

오랫동안 두 사람은 입을 다문 채 머릿속에서 소용돌이치는 갖가지 생각에 잠겨 있었다. 캄캄한 저지 시의 전원 지대가 흐르듯이 스쳐 지나갔다.

브루노 지방 검사가 입을 열었다. 그러나 그 말은 요란한 배기음에 묻혀버렸다.

"뭐라고요?"

경감이 소리쳐 물었고 이어서 두 사람은 머리를 모았.

브루노는 경감의 귓가에다 바싹 대고 크게 소리쳤다.

"레인이 드위트를 죽인 범인을 어떻게 알아냈을 거라고 생각하오?"

"롱스트리트와 우드 살해범을 알아낸 것과 같은 식일 테죠."

경감이 큰 소리로 말했다.

"만약 그가 정말로 알고 있다면……."

"아니, 분명히 알고 있소. 그는 자신 있는 투였소. 우리로서는 짐작도 안 가는데 말이오……. 하지만 어떤 식으로 생각하고 있는지는 알 것 같소. 아마도 범인은 처음부터 롱스트리트와 드위트 그 누 사내의 목숨을 노리고 있었다, 뭐 그런 식일 거요. 그러고 중간에 우드 사건이 끼어든 것은 그때 상황 때문에 벌어진 일이고요. 곧 범인이 우드의 입을 봉하려고 어쩔 수 없이 죽였다는 말이지요."

"그러니까 동기는 상당히 옛날로 거슬러 올라간다 그 말이군."

브루노는 천천히 고개를 끄덕이며 말했다.

"아무래도 그런 것 같소. 그래서 레인은 살인이 더는 일어나지 않는다고 장담했던 게 틀림없소. 범인의 입장에선 롱스트리트와 드위트가 처치되었으니까 일은 끝났다, 뭐 그런 얘기겠죠."

"아무튼 드위트에게는 생전에 미안하게 됐소."

브루노는 반쯤 혼잣말로 중얼거렸다. 경감도 같은 생각이었다. 드위트, 무언가 원인을 알 수 없는 일로 희생당한 사내……. 질주하는 차 안에서 두 사람은 침묵을 지키고 있었으나 서로의 기분은 결코 다르지 않을 것이었다.

잠시 뒤에 경감이 모자를 벗고서 이마를 툭툭 두드려대기 시작했다. 브루노는 어이가 없는 듯 그를 쳐다보며 물었다.

"왜 그러시오? 기분이 안 좋소?"

"드위트가 수수께끼로 남긴 그 손가락 모양을 생각하고 있는 거요."

"아, 그것 말이오?"

"묘한 일이에요, 브루노. 정말이지 묘한 일이오. 뭐가 뭔지 도무지 모르겠소."

"하지만 드위트가 일부러 손가락을 그렇게 하고 죽었다는 걸 어떻게 알 수 있소? 아무런 의미가 없는 것인지도 몰라요. 그저 우연히 그렇게 된 것일 수도 있소."

브루노가 말을 이었다.

"그럴 리가 없소. 우연이라니, 말도 안 돼요! 내가 손가락을 그런 식으로 만들어보는 걸 당신도 보았지 않소? 겨우 삼십 초 동안을 그렇게 하고 있었는데도 꽤 애를 먹었소. 경련이 나서 손가락을 그런 모양으로 하고 있을 수가 없어요. 당치도 않지. 실링도 그렇게 생각했기에 나더러 실험을 해보라고 한 거요. 참, 그렇지!"

경감은 자세를 고쳐 앉으며 지방 검사의 얼굴을 수상쩍은 듯이 쳐다보았다.

"당신은 분명히 악마의 눈이라는 묘한 말을 하면서 꽤 의미심장한 표정을 지었는데!"

브루노는 멋쩍은 듯이 웃었다.

"생각해보니 아무래도 그럴 리는 없을 것 같소. 어쨌든 있을 수 없는 일이니까요. 너무나 공상적이고 전혀 현실성이 없는 얘기였소."

"그럴 테죠. 아무튼 도무지 이유를 알 수 없는 노릇이오."

"하지만 또 누가 알겠소? 가령 말이오, 섬……. 물론 내가 믿고 있는 건 아니지만……"

"알아요, 알겠다고요."

"그럼, 그 겹쳐진 손가락 모양이 정말 악마의 눈을 피하려고 한 주술이었다고 가정해봅시다. 모든 가능성을 죄다 생각해보는 것도 나쁘지는 않으니까. 드위트는 총에 맞아 즉사한 거요. 그렇다면 한 가지 사실만은 분명히 말할 수 있소. 곧, 그 손가락 모양은 드위트가 총에 맞기 전에 고의로 그렇게 만든 게 틀림없다는 거요."

"하지만 현상에서도 내가 밀했다시피, 드위트가 죽은 뒤에 범인이 일부러 손가락을 그렇게 만들어놓았는지도 모르는 일이 오."

경감이 불만스러운 듯이 대꾸했다.

"그럴 리가 없소!"

브루노는 소리치며 말을 이었다.

"먼저 피살된 두 사람에게는 그런 짓을 하지 않았는데 어째서 이번만은 그런 짓을 했단 말이오?"

"뭐, 그거야 좋을 대로 생각하시오. 난 다만 정공법으로 생각할 뿐이오. 형사답게 모든 가능성과 잡동사니를 긁어모아서 말이오."

경감은 여전히 퉁명스럽게 말했다.

브루노는 그 말을 무시하고 자기 의견을 말했다.

"만약 드위트가 고의로 그런 표시를 남겼다면 그는 범인을 알고 있었던 게 틀림없어요. 그래서 범인의 정체를 알리려는 단서를 남기려고 했던 거요."

"거기까지는 좋아요. 하지만 그런 건 어린애라도 알 수 있죠, 브루노!"

지방 검사가 말을 계속했다.

"잠자코 들어봐요. 아직 얘기가 끝나지 않았으니 말이오. 그리고 또 악마의 눈에 관해 얘기하자면, 드위트는 미신을 믿는 사람이 아니었소. 그 자신이 당신에게 그렇게 말한 적도 있고 말이오. 섬, 그러니까 이건……."

경감은 느닷없이 자세를 고쳐 앉으며 말을 했다.

"아, 알겠소! 드위트는 범인이 미신을 믿는 자라는 걸 나타내려고 그런 표시를 남긴 거요! 흠, 이건 그럴듯하군! 드위트에게도 척 들어맞고요. 드위트는 영리한 사내였소. 재빠르고 빈틈없는 장사꾼이었고……"

"레인도 그렇게 생각할 것 같소?"

브루노가 생각에 잠기면서 물었다.

"레인?"

그 순간 경감의 흥분은 찬물 세례를 받은 듯이 가라앉고 말았다. 그는 굵은 손가락으로 거칠게 턱을 문질렀다.

"글쎄, 지금 생각해보니 그렇게 자신할 수만은 없을 것 같소. 아무래도 미신이라는 건……."

브루노가 한숨을 쉬었다.

오 분쯤 지나자 경감이 문득 생각이 난 듯이 물었다.

"대체 제타토르라는 게 뭐요?"

"한 번 노려보는 것만으로도 사람을 해칠 수 있는 주술사라오. 아마 나폴리의 전설에 등장하는 인물일 거요."

다시금 두 사람은 무거운 침묵에 빠져들었고 차는 계속해서 질주했다.

제5장
웨스트 잉글우드의 드위트 저택
10월 10일 토요일 오전 3시 40분

차가운 달빛 아래 웨스트 잉글우드가 곤히 잠들어 있을 무렵, 대형 경찰차 한 대가 동네 한가운데를 지나 시들어가는 가로수가 이어진 옆길로 접어들고 있었다. 주(州) 경관이 탄 오토바이 두 대가 그 차의 양옆에서 호위하며 달리고 있었고 그 뒤로는 형사들을 가득 태운 소형차 한 대가 따라붙고 있었다.

그 행렬은 잔디밭 사이를 빠져나가 드위트의 집으로 이어지는 주차장 입구에서 멈추었다. 대형차에서는 크리스토퍼 로드의 부축을 받고 있는 진 드위트와 프랭클린 에이헌, 루이 임피리얼, 라이어넬 브룩스, 드루리 레인이 내렸는데 모두 입을 굳게 다물고 있었다.

오토바이를 탄 경관들은 엔진을 끄고 오토바이를 세운 뒤 안장에 걸터앉아 한가하게 담배를 피우기 시작했다. 소형차에서 형사들이 우르르 내리더니 큰 차에서 내린 일행을 에워쌌다.

그중 흰 형사가 위압적인 내노로 말했다.

"모두 집 안으로 들어가시오. 콜 지방 검사의 명령이니 모두 한데 모여 있어요."

에이헌이 투덜거렸다. 자신은 바로 이웃에 살고 있으므로 아침까지 드위트의 집에 남아 있어야 할 이유가 없다는 것이었다. 다른 사람들은 드위트의 집 현관 쪽으로 천천히 걸음을 옮기기 시작했지만 레인은 그 자리에 선 채 머뭇거렸다. 거만한 형사가 고갯짓을 하자 다른 형사 한 명이 에이헌의 곁으로 다가갔다. 에이헌은 어깨를 으쓱하고는 일행의 뒤를 따랐다. 레인은 엷은 미소를 지으면서 에이헌 뒤를 따라 어두운 길을 걸어 나갔다. 일행들 뒤에서 형사들이 무거운 걸음걸이로 따라왔다.

반쯤 옷을 걸친 조겐스가 현관문을 열고 그들을 맞아들이며 어리둥절한 표정을 지었다. 하지만 아무도 그에게 설명하는 사람이 없었다. 일행은 형사들과 함께 식민지 시대 양식의 거실로 들어가 저마다 절망하고 지친 표정으로 의자에 몸을 파묻었다. 조겐스는 한 손으로 단추를 마저 채우면서 또 한 손으로는 전등을 켰다. 드루리 레인은 한숨을 내쉬고 자리에 앉고서는 지팡이를 움켜쥔 채 눈을 빛내며 다른 사람들을 둘러보았다.

조겐스가 머뭇거리며 진 드위트에게 다가갔다. 그녀는 로드의 팔에 감싸인 채 소파에 비스듬히 앉아 있었다. 집사는 조심스레 물었다.

"실례합니다만, 진 아가씨······."

"무슨 일이죠?"

그렇게 묻는 그녀의 목소리가 여느 때와는 너무나 다른 어조여서 노인은 자기도 모르게 움찔했지만 계속 말했다.

"무슨 일이 있었습니까, 아가씨? 그리고 이분들은······. 실례지만, 주인님께서는 어디에 계시는 건지요?"

"조겐스, 저리로 물러가 있게."

로드가 언짢은 투로 말했다.

진이 뚜렷한 목소리로 말을 이었다.

"돌아가셨어, 돌아가셨단 말이야."

조겐스는 새파랗게 질리며 무언가에 홀린 듯이 허리를 굽힌 자세로 그대로 움직이지 않았다. 이윽고 이 끔찍스러운 소식을 확인이라도 하려는 듯이 두리번두리번 주위를 둘러보았다. 하지만 사람들은 고개를 돌려버리거나 혹은 오늘 밤의 끔찍한 사건으로 인해 감정이 메마른 듯이 무표정한 눈길을 보낼 뿐이었다. 그는 아무 말도 하지 않은 채 그 자리에서 물러나려고 했다.

그러자 그 앞을 주임 형사가 막아서며 물었다.

"드위트 부인은 어디 있소?"

늙은 집사는 눈물 어린 흐릿한 눈으로 멍하니 상대를 쳐다보았다.

"드위트 부인? 사모님 말씀인가요?"

"그렇소. 지금 어디 있소?"

집사는 몸을 긴장시켰다.

"2층에서 주무시고 계시는 것 같습니다만."

"그녀는 밤새 계속 집에 있었소?"

"아뇨, 그렇지는 않았던 것 같습니다."

"어디를 다녀온 거요?"

"그건 모르겠는데요."

"언제 돌아왔소?"

"제가 자고 있을 때 돌아오셨습니다. 열쇠를 잊으셨는지 제가 내려갈 때까지 계속 벨을 눌렀어요."

"흠, 그래서요?"

"아마도 그때가 지금부터 한 시간 반쯤 전이었을 겁니다."

"정확히는 모른단 말이오?"

"예."

"잠깐 기다리시오."

형사는 진 드위트를 바라보았다. 그녀는 자세를 바로 한 채 두 사람의 대화에 열심히 귀를 기울이고 있었다. 형사는 그러한 그녀의 태도를 의아하다는 듯 보았다. 그는 예의를 갖춰 말하려고 했지만 결국은 어색한 꼴로 입을 열고 말았다.

"저어…… 아가씨, 오늘 밤에 일어난 일을 당신이 직접 드위트 부인께 말씀드리지 않겠습니까? 알려드리기도 해야겠고 또 저도 물어볼 말이 있어서요. 콜 지방 검사의 명령이니까요."

"날더러 말하라고요?"

진 드위트는 고개를 치켜들고 신경질적으로 웃으며 거듭 물었다.

"날더러 말인가요?"

로드가 부드럽게 그녀를 흔들면서 그녀의 귓가에 뭐라고 속삭였다. 그러자 날카롭던 눈빛이 사라지며 그녀는 몸을 떨었다. 그러고는 거의 속삭이듯 말했다.

"조겐스, 드위트 부인을 깨워서 내려오라고 하세요."

형사가 기세 좋게 말을 막았다.

"아니, 됐습니다. 제가 가겠습니다. 이봐요, 방으로나 안내해 주시오."

조겐스는 발을 끌며 거실에서 나갔고 그 뒤를 형사가 따라갔다. 아무도 입을 열지 않았다. 에이헌이 자리에서 일어나 방 안을 서성거리기 시작했다. 외투를 입은 채로 있던 임피리얼은 더욱 단단히 옷깃을 여몄다.

"불을 피우는 것이 좋겠군요."

드루리 레인이 상냥한 어조로 말했다.

에이헌은 문득 멈춰 서더니 실내를 둘러보았다. 그리고 그제야 추위를 느낀 듯이 갑자기 몸을 떨었다. 이어서 그는 난처한 듯이 주위를 눌러보면서 잠시 망설이다가 벽난로 앞으로 가서 무릎을 꿇더니 떨리는 손으로 불을 지피기 시작했다. 마침내 장작더미에 불꽃이 탁탁 튀는 소리가 나기 시작했고 불꽃의 그림자가 벽에 어른거렸다. 만족할 만큼 불길이 일자 에이헌은 일어나서 무릎을 털고 다시금 서성거리기 시작했다. 임피리얼은 외투를 벗었다. 멀리 한쪽 구석의 안락의자에 깊숙이 몸을 파묻고 앉아 있던 브룩스는 의자를 불 가까이로 끌고 갔다.

갑자기 모두 고개를 들었다. 문간 쪽에서 당황한 목소리가 따뜻한 방 안 공기를 흔들며 들려왔던 것이다. 그들은 어색하고 부자연스러운 자세로 그쪽으로 고개를 돌렸다. 그러고는 모두 조각처럼 기묘하고 무심한 표정으로 무슨 일인가가 일어나기를 기다리며 지켜보았다. 이윽고 드위트 부인이 미끄러지듯 거실로 들어섰고 뒤이어 형사와 아직도 겁먹은 듯 멍해 보이는 조겐스가 들어왔다.

그녀의 미끄러지는 듯한 걸음걸이는 다른 사람들의 모습과 마찬가지로 부자연스럽고 꿈의 속도처럼 비현실적이었지만, 그럼에도 불구하고 사람들은 그녀의 출현 덕분에 불길했던 그날 밤의 공포와 속박에서 해방되었다. 모두 여유가 생긴 듯했다. 임피리얼이 자리에서 일어나 예의 바르게 머리를 숙였다. 에이헌은 가볍게 인사를 하면서 뭐라고 중얼거렸다. 로드는 진의 어깨를 껴안은 팔에 힘을 주었다. 브룩스는 난로 앞으로 다가갔다. 오직 드루리 레인 혼자만이 그대로의 자세를 유지하고 있었는데 귀머거리답게 긴장한 태도로 고개를 쳐들고 소리가 나는 어떤 작은 움직임도 놓치지 않고 간파하겠다는 듯이 예리하게 눈을 빛내고 있었다.

펀 드위트는 이국적인 가운을 잠옷 위에 급히 걸친 모습이었다. 여전히 윤기가 흐르는 검은 머리가 어깨 위에서 매끄럽게 넘실대고 있었다. 그녀는 대낮의 햇살 아래에서 볼 때보다 한층 아름다웠다. 얼굴 화장은 지워졌으나 난로에서 새어 나오는 불빛이 나이의 흔적을 희미하게 했다. 그녀는 불안한 표정으로 멈춰 서더니 조겐스와 비슷한 시선으로 주위를 둘러보았다. 그러다가 진의 모습을 발견하자 두 눈을 기묘하게 좁히고서 실내를 가로질러 가 힘없이 늘어져 있는 의붓딸의 몸 위로 허리를 굽혔다.
"진……, 난…… 정말이지……."
그녀는 속삭였다.
하지만 진은 고개도 들지 않고 계모를 보려고도 하지 않은 채 차가운 목소리로 대답했다.
"제발 저리로 가세요."
펀 드위트는 진에게 따귀라도 얻어맞은 듯이 뒷걸음질 쳤다. 그러고는 곧장 말도 없이 거실에서 나가려고 했다. 그녀의 뒤에 서서 잠자코 지켜보고 있던 형사가 그녀의 앞을 가로막으며 말했다.
"부인, 몇 가지 여쭤볼 말씀이 있습니다."
그녀는 별수 없이 멈춰 섰다. 임피리얼이 급히 의자를 가져다주자 그녀는 거기에 앉아 난롯불을 바라보았다.
무겁고 답답한 침묵 속에서 형사가 헛기침을 했다.
"오늘 밤 몇 시에 돌아오셨습니까?"
그녀는 숨을 들이마셨다.
"그건 왜 물으시죠? 왜죠? 설마 당신은……."
"질문에 대답해주십시오."
"2시 조금 지나서였어요."
"그럼 두 시간쯤 전이로군요?"
"그래요."

"그런데 어딜 갔다 오신 겁니까?"
"그냥 드라이브를 하고 왔을 뿐이에요."
"드라이브라고요?"
형사의 목소리에는 노골적인 의혹이 스며들어 있었다.
"누구와 함께 있었습니까?"
"혼자였어요."
"몇 시에 집에서 나갔습니까?"
"저녁 식사 뒤에 한참 있다가 나갔어요. 그러니까 7시 30분쯤일 거예요. 나는 내 차를 타고 드라이브를……."
그녀는 목소리를 길게 끌었다. 형사는 끈기 있게 기다렸다. 그녀는 마른 입술을 축이고는 다시 얘기를 계속했다.
"뉴욕까지 그냥 드라이브를 했어요. 그러다가 성당 앞에 차를 세웠죠……. 성 요한 성당이었어요."
"암스테르담 애버뉴와 110번 스트리트의 모퉁이군요?"
"그래요. 거기서 차를 세우고는 성당으로 들어갔어요. 그리고 성당 안에서 한참 동안 앉아서 생각을 하면서……."
"대체 그게 무슨 말씀이십니까, 부인? 일부러 뉴욕의 고지대까지 차를 몰고 가서 두 시간이나 성당에 앉아 있었단 말씀입니까? 몇 시에 그 성당에서 나왔습니까?"
형사는 거친 어조로 말했다.
그녀는 잉킬진 목소리로 내꾸했다.
"대체 그게 어쨌다는 건가요? 결국 내가 그이를 죽이기라도 했다는 건가요? 흥, 그런 모양이군요……. 알겠어요, 모두 그렇게 생각하나 보군요. 이렇게들 둘러앉아 나를 지켜보면서 심판하고 있는 거로군요……."
그녀는 더는 참지 못하겠다는 듯이 흐느끼기 시작했다. 그녀의 풍만한 어깨 부근이 일렁거렸다.

"몇 시에 성당에서 나왔습니까?"

그녀는 잠깐 동안 더 흐느끼고는 눈물을 참으면서 가까스로 대답했다.

"10시 30분이나 11시경이었어요……. 정확한 시간은 모르겠어요."

"그런 뒤에 무얼 했습니까?"

"계속해서 드라이브를 했을 뿐입니다."

"저지로는 어디를 지나서 돌아왔습니까?"

"42번 스트리트의 선착장으로 해서 돌아왔어요."

형사는 어이없다는 듯이 휘파람을 불고는 그녀를 바라보았다.

"일부러 뉴욕의 그 끔찍한 교통 체증 속을 지나서 돌아왔단 말씀인가요? 어째서입니까? 어째서 125번 스트리트의 선착장으로 해서 돌아오지 않으셨나요?"

그녀는 대답이 없었다.

형사가 눈을 빛내며 말했다.

"이건 꼭 설명해주셔야겠습니다."

그녀의 눈빛이 흐릿해졌다.

"설명이라고요? 아무것도 설명할 게 없어요. 어째서 그렇게 돌아오게 되었는지는 나도 모르겠어요. 다만 차를 몰다가 그렇게 되었을 뿐이에요. 생각에 몰두해서……."

"생각에 몰두하셨다고요? 대체 무엇에 관한 생각이었습니까?"

형사는 거듭 눈을 빛내며 물었다.

그녀는 의자에서 일어나며 가운을 여미며 말했다.

"도가 좀 지나친 것 같군요. 무슨 생각을 하든 그긴 내 자유란 말이에요. 자, 비키세요. 이제 내 방으로 돌아가겠어요."

형사가 그녀 앞으로 바싹 다가서는 바람에 그녀는 멈칫하며 멈춰 섰다. 그녀의 뺨에서 핏기가 가셨다.

"안 됩니다. 당신은……."

그 순간 형사의 말을 막으며 드루리 레인이 쾌활하게 말했다.

"제 생각엔 부인의 말씀이 옳으신 것 같군요. 부인께선 아무래도 좀 흥분해 계신 듯하니 가급적이면 질문은 내일 아침으로 미루는 게 좋을 것 같습니다만."

형사는 뚫어지게 레인의 얼굴을 보고 나서 헛기침을 하며 그녀에게서 물러섰다.

"알았습니다."

형사는 불만스러운 표정으로 마지못해 덧붙였다.

"실례했습니다, 부인."

펀 드위트가 사라지자 모두 다시 무관심한 분위기에 빠져 들었다.

4시 15분쯤에 누군가가 살짝 들여다보았다면 드루리 레인이 기묘한 일을 하는 것을 보았을 것이다.

그는 혼자 드위트의 서재에 있었는데 외투는 의자 위에 내던져진 채였다. 늘씬한 체구가 일정한 순서에 따라서 방 안을 오갔고 시선은 이쪽저쪽으로 바삐 움직였고 손은 끊임없이 주변을 더듬었다. 방 한가운데에는 조각이 새겨진 커다랗고 고풍스러운 호두나무 책상이 놓여 있었다. 레인은 책상의 서랍을 차례로 열어보며 서류를 들추며 기록이나 문서를 차근차근 조사해나갔다. 그는 거기서 만족할 만한 것을 발견하지 못한 것이 분명했다. 책상 앞을 떠나 다시 세 번째로 벽에 있는 금고 쪽으로 향했기 때문이다.

　그는 다시 금고의 손잡이를 만져보았지만 여전히 열 수가 없었다. 그는 단념하고 방향을 바꾸어 책상 앞으로 가서 한 단씩 천천히 주의 깊게 조사하기 시작했다. 책장과 책 사이를 들여다보거나 여기저기서 책을 빼내 펼쳐보기도 했다.

　책장을 죄다 살펴보고 난 뒤에 그는 우뚝 서서 생각에 잠겼다. 그러더니 예리하게 번쩍이는 눈길로 다시 금고 쪽으로 향했다.

　그는 서재의 입구로 다가가 문을 열고 밖을 내다보았다. 형사 한 명이 복도에서 서성거리고 있다가 인기척을 듣고서 재빨리 돌아다보았다.

"집사는 아직 아래층에 있습니까?"

"알아보겠습니다."

　형사가 내려가더니 잠시 뒤에 발을 질질 끌며 걷는 조겐스를 데리고 돌아왔다.

"부르셨습니까, 레인 씨?"

　드루리 레인은 서재 문의 옆 기둥에 기대었다.

"조겐스 씨, 금고의 다이얼 번호를 아십니까?"

　조겐스는 펄쩍 뛸 듯이 놀랐다.

"제가요? 당치도 않으신 말씀입니다!"

"그럼 부인께서는 아시나요? 혹은 진 양이라도?"

"아마 모르실 겁니다."

"그것참 묘하군요."

　형사는 복도 저쪽으로 어슬렁거리며 멀어져갔고, 레인은 쾌활한 어조로 말을 이었다.

"그건 어째서 그렇습니까?"

"네, 실은 드위트 씨께서는…… 저어…….."

집사는 난처한 듯이 말을 이었다.

"좀 이상한 일이긴 합니다만, 드위트 씨께서는 오랫동안 저 금고를 혼자서만 사용해오셨기 때문입니다. 또 다른 금고가 2층 침실에도 있기 때문에 사모님이나 아가씨는 거기에다 보석류를 보관해두시지요. 그러니까 결국 이 서재의 금고 번호를 아시는 분은 현재로선 드위트 씨의 변호사이신 브룩스 씨뿐인 것 같습니다."

"브룩스 씨라……?"

드루리 레인은 생각에 잠기는 투로 말을 이었다.

"그럼 그분을 불러주시겠습니까?"

조겐스는 물러갔다. 그리고 잠시 뒤에 반백의 금발을 헝클어뜨리고 수면 부족으로 눈이 충혈된 라이어넬 브룩스와 함께 되돌아왔다.

"레인 씨, 무슨 일이십니까?"

"네, 이 방에 있는 금고의 다이얼 번호를 아는 분이 현재로선 당신뿐이라고 해서 말입니다."

브룩스의 두 눈에 경계하는 빛이 어렸다.

"가르쳐주실 수 없겠습니까?"

레인의 부탁에 변호사는 턱을 어루만졌다.

"좀 미묘한 부탁이로군요, 레인 씨. 도덕적으로 볼 때 가르쳐드려도 괜찮을는지 모르겠습니다. 더욱이 법률적으로도……. 아무래도 제 입장이 좀 난처하군요. 다이얼 번호는 꽤 오래전에 드위트 씨한테 들어서 알고는 있습니다만, 드위트 씨가 제게 말하길 저 금고 안에는 가족들에게 보이고 싶지 않은 기록이 있으므로 만약에 자신에게 무슨 일이 일어나더라도 공적인 수속 없이는 금고를 열지 못하게 하고 싶다고 했습니다."

"놀랍군요, 브룩스 씨."

레인이 중얼거리듯이 말을 이었다.

"그런 얘기를 들으니 한층 더 열어보고 싶군요. 게다가 제겐 그럴 만한 권한이 있으니까요. 만약 지방 검사에게라면 가르쳐주실 수 있으실 테죠?"

레인은 미소를 지었으나 그 시선은 변호사의 턱 근육의 움직임을 살피고 있었다.

"유언장을 보시고 싶으시다면 그건 이제 전적으로 공적인 일이므로……."

브룩스가 힘없이 말했다.

"유언장을 보려는 게 아닙니다. 저 금고 안에 무엇이 들어 있는지 알고 계십니까? 아마도 이번 사건들의 모든 수수께끼를 풀 수 있는 열쇠가 될 만한 뭔가 중요한 것이 분명히 들어 있을 것입니다."

"아뇨, 저는 모릅니다! 뭔가 기묘한 것이 들어 있으리라고는 전부터 생각하고 있었습니다만, 물론 드위트 씨에게 물어보려고 했던 적은 없었습니다."

"제 생각으로는, 브룩스 씨……."

레인은 아까와는 전혀 다른 목소리로 말을 이었다.

"아무래도 제게 다이얼 번호를 가르쳐주시는 편이 좋으실 것 같군요."

브룩스는 망설이며 시선을 돌렸다. 그러나 이윽고 어깨를 으쓱하고는 일련의 숫자를 중얼거렸다. 레인은 진지하게 그 입술을 바라보고 나서 고개를 끄덕이더니 더는 아무 말도 하지 않고 서재 안으로 들어가 브룩스의 코앞에서 문을 닫아버렸다.

노배우는 급히 방을 가로질러 금고 앞으로 다가갔다. 잠시 동안 다이얼을 돌린 끝에 마침내 작고 묵직한 금고 문이 열리자, 그는 잠깐 기대 어린 눈빛을 빛내더니 조심스레 내부를 조사하기 시작했다.

십오 분 뒤에 드루리 레인은 금고 문을 닫고 다이얼을 빙글 돌린 다음 책상 앞으로 돌아왔다. 그의 손에는 작은 봉투가 들려 있었다.

레인은 책상 앞의 의자에 앉아 봉투의 겉봉을 살펴보았다. 보통 글씨체로 쓰인 수신인 칸에는 존 드위트의 이름이 적혀 있었고, 뉴욕 시 그랜드 센트럴 우체국의 소인이 찍혀 있었는데 날짜는 올해 6월 3일 자였다. 레인은 봉투를 뒤집어보았지만 발신인은 적혀 있지 않았다.

레인은 봉투가 뜯어진 곳에 조심스레 손가락을 밀어 넣어 편지지 한 장을 꺼냈다. 글씨는 봉투의 것과 같았고 잉크는 푸른색이었다. 윗부분에는 6월 2일의 날짜가 적혀 있었다. '잭!'이라고 존 드위트의 애칭을 당돌하게 부르며 편지는 시작되고 있었다.

잭!
나한테서 편지를 받는 것도 이것이 마지막이 될 것이다.
누구에게나 좋은 때란 있기 마련이다. 이제 곧 내게도 그런 때가 온다.
빚을 갚을 각오를 하라. 자네가 첫 번째가 될지도 모른다.
6월 2일

그리고 달리 맺는말도 없이 단지 '마틴 스토프스'라는 서명이 끝에 쓰여 있을 뿐이었다.

제6장
그랜트 호텔의 스위트룸
10월 10일 토요일 오전 4시 5분

더피 경사가 터무니없을 만큼 널찍한 등을 체리 브라운의 객실 문에 기대고서 근심스러운 표정의 뚱뚱한 사내와 조심스레 얘기를 나누고 있을 때였다. 섬 경감과 브루노 지방 검사 그리고 그들의 부하들이 그랜트 호텔의 12층 복도를 급한 걸음으로 걸어왔다.

더피는 근심스러운 표정의 사내를 호텔 보안원이라고 소개했다. 호텔 보안원은 섬 경감의 날카로운 눈빛을 보자 더욱 근심스러운 표정을 지었다.

"별 이상은 없었소?"

경감이 거친 어조로 물었다.

호텔 보안원이 우물우물 말을 했다.

"네, 조용합니다. 쥐 죽은 듯이 조용해요. 하지만 뭔가 잘못된 건 아닐 테죠, 경감님?"

"정말이지 아무 소리도 나지 않습니다. 둘이서 잠들어버린 것 같습니다."

더피 경사가 덧붙였다.

그러자 보안원이 금세 얼굴빛이 달라지며 말했다.

"저희 호텔에서는 절대 그런 짓은 용납되지 않습니다."

경감은 그 말을 무시하고서 마뜩잖게 물었다.

"이 방에는 또 다른 출입구가 있나?"

"저쪽에 문이 있죠."

더피가 건장한 팔을 들어 올리며 가리켰다.

"그리고 물론 비상구도 있습니다. 그쪽은 아래에서 감시하고 있습니다. 만약의 경우에 대비해 옥상에도 한 사람 배치해두었습니다."

"그렇게까지 할 필요는 없을 것 같은데. 도망치려고 하지는 않을 테니까 말이야."

브루노가 말했다.

"그거야 알 수 없는 일이오."

경감이 무뚝뚝하게 대꾸하며 말을 이었다.

"모두 준비는 됐겠지?"

경감은 복도의 앞뒤를 살펴보았다. 복도에는 그의 부하들과 호텔 보안원 말고는 아무도 없었다. 부하 두 명이 재빨리 옆의 문으로 다가갔다. 그쯤에서 경감은 문을 두드렸다.

방 안에서는 아무런 소리도 들리지 않았다. 경감은 문에 바짝 귀를 대고 잠시 안쪽의 동태를 살피다가 이번에는 마구 두드려댔다. 호텔 보안원이 항의를 하려다가 이내 생각을 바꾼 듯이 입을 다물고는 복도를 서성대기 시작했다.

한참 뒤에 낮게 속삭이는 듯한 인기척이 어렴풋이 경감 귀에 들려왔다. 그는 심술궂은 미소를 떠올리며 기다렸다. 이윽고 방 안 어딘가에서 전등 스위치 켜는 소리에 이어 희미한 발소리가 들려오더니 빗장이 풀리는 소리가 났다. 경감은 부하들에게 눈짓으로 주의를 주었다. 문이 겨우 5센티미터쯤 열렸다.

"누구세요? 무슨 일이죠?"

체리 브라운의 초조하고 흥분한 듯한 목소리가 들려왔다.

경감은 문틈으로 커다란 구두 끝을 들이밀고 비틀었다. 그러고는 육중한 손으로 문을 눌러대자 문은 마지못해 열렸다. 밝은 실내에는 얇은 비단 네글리제를 입고 작은 맨발에 공단 천으로 된 슬리퍼를 신은 체리 브라운이 실로 아름답게, 그러나 몹시 불안한 모습으로 서 있었다.

그녀는 경감의 얼굴을 보자마자 숨을 크게 들이마시면서 본능적으로 뒤로 물러섰다.

"어머나, 섬 경감님!"

그녀는 눈앞에 경감이 서 있다는 것이 믿기지 않는 듯이 몹시 가냘픈 목소리로 말을 이었다.

"대체 무슨 일이시죠?"

"아무것도 아니오. 아무것도 아니라고."

경감은 그렇게 말하면서 방 안을 둘러보았다. 그는 여배우가 머무는 스위트룸의 거실에 서 있었다. 실내는 꽤 지저분했다. 찬장 위에는 비어 있는 진 병과 조금 남은 위스키 병이 놓여 있었다. 테이블 위에는 담배꽁초가 흩어져 있었고 진주로 장식된 야회용 핸드백이 놓여 있었다. 그리고 더러워진 술잔들과 뒤집힌 의자가 하나 눈에 띄었다. 그녀는 경감의 얼굴에서 입구 쪽으로 시선을 돌렸다. 이어서 그녀는 복도에 있는 브루노 지방 검사와 무뚝뚝한 얼굴의 사내들을 보고서는 눈이 휘둥그레졌다.

침실로 통하는 문은 닫혀 있었다.

경감은 싱긋 미소 지으며 말했다.

"자 브루노, 어서 들어오시오. 그리고 자네들은 밖에서 기다리게."

지방 검사는 실내로 들어서며 손을 뒤로 돌려 문을 닫았다.

그녀는 여성 특유의 침착성을 다소 되찾았다. 두 뺨에도 다시 생기가 돌아왔고 한 손으로는 아무렇지도 않은 듯이 머리칼을 쓸어 넘겼다.

"흥! 숙녀의 방으로 쳐들어오기엔 아주 좋은 시간이로군요, 경감님. 대체 이게 무슨 짓이죠?"

그녀는 싸늘하게 말했다.

"괜한 시간 낭비는 말자고요, 숙녀님."

섬은 쾌활한 어조로 말을 이었다.

"혼자 있는 거요?"

"그게 당신과 무슨 상관이죠?"

"혼자 있느냐고 물었소."

"쓸데없는 간섭은 마세요."

경감은 싱글거리면서 거실을 가로질러 또 다른 방문 쪽으로 향했고 그러는 동안 브루노는 벽에 기대선 채로 있었다. 여배우는 당황한 표정으로 작게 소리치면서 달려가서는 문에 등을 기대며 경감을 가로막았다. 그녀는 화가 나 있었다. 스페인계 특유의 두 눈이 이글이글 불타올랐다.

그녀가 외치듯 말을 이었다.

"정말 뻔뻔하시군요! 먼저 영장을 보여주세요! 그렇지 않고는……."

그 말이 채 끝나기도 전에 경감이 커다란 손을 그녀의 어깨에 얹고는 밀어젖혔다. 그러자 눈앞의 문이 열리더니 폴룩스가 전등 불빛에 눈을 깜박거리며 방에서 나왔다.

"이제 됐어, 됐다고."

폴룩스는 갈라지는 목소리로 말을 이었다.

"떠들어봤자 별수 없을 테니까……. 대체 무슨 일이죠?"

폴룩스는 온몸에 착 달라붙는 비단 잠옷을 입고 있었다. 낮 동안의 정성스러운 치장은 몽땅 사라지고 없었다. 듬성듬성한 머리카락은 머릿기름에 뭉쳐져 곤두서 있었고 바늘처럼 끝이 뾰족하던 콧수염도 무참히 풀이 꺾여 있었다. 튀어나온 두 눈 아래는 건강치 못한 거무스름한 기미로 그늘져 있었다.

체리 브라운은 고개를 치켜들고는 흐트러진 테이블 위에서 담배 한 개비를 골라내 불을 붙이더니 탐닉하듯 연기를 내뿜었다. 그러고는 그대로 테이블에 걸터앉아 다리를 흔들었다. 폴룩스는 단지 우뚝 서 있을 뿐이었지만 자신의 처량한 몰골이 마음에 걸리는 듯이 쭈뼛쭈뼛 번갈아가며 발을 뗐다 붙였다 했다.

경감은 체리 브라운에서 폴룩스에게로 시선을 돌리고는 즉시 이 사내를 냉정히 평가하기 시작했다. 아무도 입을 열지 않았다.

무거운 침묵을 깨며 경감이 입을 열었다.

"자, 두 사람 모두 오늘 밤에 어디에 있었는지 들어보기로 할까요?"

체리가 코웃음을 쳤다.

"그런 걸 알아서 어쩌자는 거죠? 그보다도 어째서 갑자기 우리 일에 관심을 갖게 되었는지가 궁금하군요."

경감은 사나운 불그레한 얼굴을 그녀 앞에 불쑥 내밀었다.

"이것 봐요, 숙녀님."

경감은 냉정하게 말을 이었다.

"당신과 나는 뜻이 잘 통할 것 같소……. 적어도 당신만 고집을 부리지 않는다면 말이오. 하지만 고집을 부린다면 당장이라도 그 귀여운 몸뚱어리를 마디마디 분질러드리겠소. 그러니 자, 대답하시오. 쓸데없는 고집은 그만 부리고!"

경감은 엄한 눈길로 그녀의 눈을 들여다보았다. 그녀는 가벼운 웃음소리를 내더니 밀했다.

"글쎄요……. 오늘 밤엔 쇼가 끝나자 폴룩스를 만났고 그러곤 둘이서 이리로 왔죠."

"허튼수작 말라고!"

경감이 소리쳤다. 브루노는 폴룩스가 경감의 어깨 너머로 여자에게 눈짓을 보내는 것을 보았다.

"당신들이 이곳에 도착한 것은 2시 30분경이오. 그때까지 어디 있었소?"

"경감님, 왜 그렇게 화를 내시죠? 우리는 분명히 이곳에 왔어요. 하지만 쇼를 마치고 곧장 호텔로 돌아왔다고는 말하지 않았어요. 나는 뭐 그런 뜻으로 말한 게 아니라고요. 도중에 우리는 45번 스트리트의 술집에 들렀어요. 그런 다음에 이리로 온 거라고요."

"그럼 오늘 밤에 위호켄 선착장에서 배를 타지 않았단 말이오? 자정 조금 전에 말이오."

폴룩스가 신음했다.

"당신도 말이오!"

섬은 버럭 고함치며 말을 이었다.

"당신도 함께 있었소. 저지 쪽의 선착장에서 당신들 두 사람을 본 사람이 있다고!"

체리와 폴룩스는 체념한 듯이 서로 얼굴을 마주 보았다. 여자가 천천히 말했다.

"그게 어쨌다는 거죠? 그게 뭐 잘못되기라도 했단 말인가요?"

경감은 성난 목소리로 말했다.

"물론 잘못된 일투성이지. 둘이서 무얼 할 작정이었소?"

"어머나, 그냥 배를 타본 것뿐이라고요."

경감은 지겹다는 듯이 코웃음을 쳤다.

"정말 기가 막히는군. 당신들을 정말 멍청하군. 그따위 말을 내가 믿을 거라고 생각하오?"

경감은 한쪽 발로 바닥을 세게 내리쳤다.

"언제까지 이런 식으로 말장난을 할 거요? 짜증이 나서 더는 참을 수가 없군. 이것 보라고. 당신들은 그 배를 타고 저지 쪽에서 내린 뒤에 드위트 일행을 미행했단 말이야!"

그러자 폴룩스가 중얼거렸다.

"체리, 사실대로 말하는 게 좋겠어. 그러는 수밖에는 없다고."

체리 브라운이 경멸하는 눈길로 폴룩스를 노려보았다.

"흥! 이제 보니 겁쟁이로군요. 겁먹은 아이처럼 죄다 지껄여대겠단 말인가요? 우리는 아무것도 잘못한 게 없단 말이에요. 게다가 꼬리를 잡힌 것도 아니잖아요! 무엇 때문에 그런 우는소리를 할 필요가 있어요?"

"하지만 체리……."

폴룩스는 쩔쩔매면서 두 손을 벌렸다.

경감은 두 사람이 다투도록 그냥 내버려두었다. 그는 잠깐 동안 테이블 위에 놓여 있는 야회용 진주 핸드백을 바라보다가 마침내 집어 들고는 무게를 가늠하듯 생각에 잠겼다. 그러자 다투고 있던 두 남녀는 마치 마법에라도 걸린 듯이 말다툼을 딱 멎었다. 체리는 핸드백을 쥔 경감의 큰 손이 위아래로 움직이는 것을 초조하게 바라보았다.

"그거 이리 줘요."

그녀는 갈라지는 목소리로 말했다.

경감은 싱긋 웃으며 대꾸했다.

"꽤 무거운 물건이 들어 있는 것 같소만? 1톤쯤은 나가겠는걸. 대체 뭐가 들었기에……."

경감의 손이 백을 열고 안으로 파고들자 체리는 낮고도 동물적인 비명을 질러댔다. 폴룩스는 얼굴빛이 달라지며 발작적으로 한 발을 앞으로 내디뎠다. 브루노는 기대서 있던 벽에서 몸을 떼며 조용히 경감의 곁으로 다가갔다.

경감의 손끝에 진주조개로 장식된 작은 권총이 걸려 올라왔다. 그는 이 무기를 능숙하게 조작해서 내부를 살폈다. 탄환은 세 발이 들어 있었다. 경감은 연필에 손수건을 감아 총신 안으로 찔러 넣어 비빈 후 살펴봤다. 하지만 총신에서 빠져나온 손수건은 깨끗했다. 그러자 그는 총구를 코끝에 대고서 냄새를 맡아보았다. 그는 고개를 저으며 권총을 테이블 위에 내던졌다.

"휴대 허가증은 갖고 있어요."

여배우는 그렇게 말하고는 입술을 핥았다.

"보여주실까?"

그녀는 찬장 앞으로 가서 서랍을 뒤지더니 테이블이 있는 곳으로 되돌아왔다. 경감은 휴대 허가증을 확인하고 그녀에게 돌려주었다. 그녀는 다시 자리에 앉았다.

경감은 폴룩스에게 말머리를 돌렸다.

"자, 이번엔 당신 차례요. 확실히 하도록 하자고. 당신들은 드위트 일행을 미행했소. 이유가 뭐였지?"

"도무지…… 무슨 말씀을 하시는지 모르겠군요."

경감은 권총을 내려다보았다.

"이 권총 덕분에 귀여운 체리 양이 난처한 입장에 처하게 된다는 걸 모르시오?"

체리가 침을 삼켰다.

"그게 무슨 뜻이죠?"

폴룩스는 멍한 표정으로 물었다.

"존 드위트가 오늘 밤 서해안선 열차 안에서 총에 맞아 죽었소."

브루노 지방 검사가 말했다. 실내로 들어온 이래 그가 입을 연 것은 이번이 처음이었다.

"살해됐단 말이오."

"살해되었다고요?"

체리와 폴룩스는 동시에 그렇게 내뱉으며 겁에 질린 표정으로 서로의 얼굴을 마주 보았다.

"누가 죽였나요?"

체리가 속삭이듯 물었다.

"그걸 당신들이 모른다고?"

체리 브라운의 도톰한 입술이 떨리기 시작했다. 순간 폴룩스가 처음으로 느닷없는 행동을 취해 경감과 지방 검사를 놀라게 했다. 그는 경감이 미처 손을 쓸 사이도 없을 만큼 재빨리 테이블로 달려들어 권총을 낚아챘던 것이다. 브루노가 잽싸게 옆으로 비켜섰고, 경감의 한 손은 재빨리 뒷주머니로 갔으며, 여배우는 비명을 질러댔다. 하지만 폴룩스는 소동을 일으키려고 한 게 아니었다. 그는 조심스레 총신을 들고 있을 뿐이었다. 경감의 손도 뒷주머니에서 멈췄다.

"자, 보세요!"

폴룩스는 손잡이 쪽을 경감에게 돌려서 권총을 내밀며 말을 이었다.

"보세요, 경감님! 이 속에 든 탄환을 잘 보십시오. 이건 실탄이 아니란 말입니다. 공포탄이라고요!"

경감은 권총을 낚아챘다.

"하긴 그렇군."

경감이 중얼거렸다. 브루노는 체리 브라운이 마치 폴룩스를 처음 보는 사람처럼 바라보고 있음을 깨달았다.

너무 열심히 설명하려는 바람에 폴룩스는 말을 더듬었다.

"내가 지난주에 바꿔놨죠. 체리는 이제까지 모르고 있었던 셈이고요. 그러니까 저는…… 저는 체리가 실탄을 넣은 권총을 휴대하고 다니는 게 어쩐지 꺼림칙했던 겁니다. 여자란…… 여자란 아무래도 이런 일엔 조심성이 모자라니까요."

"그런데 어째서 세 발밖에 들어 있지 않은 거요, 폴룩스? 이 탄창의 비어 있는 한 곳에는 실탄이 들어 있었을지도 모르는 일 아니오?"

브루노가 질문했다.

"아닙니다, 절대로 들어 있지 않습니다!"

폴룩스가 외치듯이 말을 이었다.

"어째서 전부 채워 넣지 않았는지는 잘 모르겠습니다만 어쨌든 그것밖에 넣지 않았던 건 사실입니다. 게다가 우리는 오늘 밤 그 열차를 타지도 않았단 말입니다. 저지 쪽의 선착장까지 가긴 했지만 거기서 발길을 돌려서 다음 배로 뉴욕으로 돌아왔습니다. 안 그래, 체리?"

그녀는 말없이 고개를 끄덕였다.

경감은 핸드백을 다시 집어 들었다.

"기차표를 사지는 않았소?"

"물론이죠. 매표소 근처에도 가지 않았으니까요."

"하지만 드위트 일행의 뒤를 밟긴 했잖소?"

폴룩스의 왼쪽 눈꺼풀이 묘하게 떨리기 시작했다. 경련은 점차 심해졌지만 폴룩스는 거북이처럼 입을 다물고 있었다. 체리는 눈을 내리 깔고서 카펫을 내려다보고 있었다.

경감은 어두운 침실로 들어갔다. 잠시 뒤에 그는 빈손으로 나오더니 제멋대로 거실을 뒤지고 돌아다녔다. 아무도 입을 여는 사람은 없었다. 마침내 경감은 두 사람에게 등을 보이고 무거운 발소리를 내면서 문 쪽으로 향했다.

브루노가 말했다.

"두 사람 다 언제든 출두 명령에 응할 수 있게 해두시오. 그리고 쓸데없는 짓을 하면 곤란하다는 걸 명심하시오!"

이어서 브루노도 경감의 뒤를 따라 복도로 나왔다.

경감과 지방 검사가 나오자 기다리고 있던 부하들은 기대 어린 눈빛을 빛냈다. 그러나 경감은 머리를 젓고는 곧장 엘리베이터로 향했고, 브루노가 지친 표정으로 그 뒤를 따랐다.

"어째서 권총을 압수하지 않았소?"

브루노가 물었다.

경감은 집게손가락으로 엘리베이터의 버튼을 눌렀다.

"압수해봤자 무슨 소용이 있겠소?"

경감이 퉁명스레 답했다. 호텔 소속 보안원이 곧바로 뒤에 따라붙었는데 근심스러운 표정은 더욱더 심각해져 있었다. 더피 경사가 어깨로 그를 밀어냈다. 경감이 말을 덧붙였다.

"아무 소용없는 일이오. 실링 검시관은 피살자의 총상이 38구경에 의한 것인 듯하다고 했소. 그런데 아까의 그 권총은 22구경이었단 말이오."

제7장
마이클 콜린스의 아파트
10월 10일 토요일 오전 4시 45분

동트기 전의 어슴푸레한 여명 속에서는 이 도시가 뉴욕이라고 믿기지 않을 정도였다. 이따금 헤드라이트를 빛내며 돌아다니는 택시밖에는 아무것도 눈에 띄지 않는 산길처럼 어둡고 음산한 거리를 경찰차 한 대가 맹렬한 기세로 질주하고 있었다.

마이클 콜린스는 웨스트 78번 스트리트의 아파트에 틀어박혀 있었다. 경찰차가 보도 가장자리로 미끄러지듯 멈춰 서자 건물 그늘에서 한 사내가 뛰쳐나왔다. 차 안에서 섬 경감의 뒤를 이어 브루노와 형사들이 뛰어내렸다.

건물 그늘에서 뛰어나온 사내가 말했다.

"아직 집 안에 있습니다. 집에 돌아온 뒤로는 한 번도 밖으로 나오지 않았습니다."

경감이 고개를 끄덕였고 이어서 모두 로비로 뛰어들었다. 수위실에 앉아 있던 제복 차림의 노인이 놀라며 숨을 들이켰다. 형사들이 졸고 있던 엘리베이터 보이를 흔들어 깨웠고 보이는 서둘러 그들을 위층으로 안내했다.

그들이 8층에서 내리자 다른 형사가 나타나 의미 있는 손짓으로 한쪽 문을 가리켰다. 모두 말없이 둥글게 진을 쳤다. 브루노는 흥분한 나머지 한숨을 내쉬면서 시계를 보았다. 경감이 사무적인 어조로 말했다.

"빈틈은 없을 테지? 난폭하게 굴지도 모르니까 말이야."

경감은 문 앞으로 다가가 초인종을 눌렀다. 안쪽에서 벨이 울리는 소리가 희미하게 들렸다. 이내 발소리가 들리더니 사내의 갈라진 목소리가 들려왔다.

"누구요? 누구냐고?"

"경찰이오! 문을 여시오!"

경감이 큰 소리로 그렇게 외쳤다. 짧은 침묵이 흐른 뒤 이윽고 쥐어짜낸 듯한 외침이 들렸다.

"너희한테 잡힐 것 같으냐! 어림없어!"

이어서 발소리가 다시 들리는가 싶더니 얼어붙은 나뭇가지가 부러지는 듯한 날카로운 총성이 울려 퍼졌다. 그러고는 이내 무언가 둔탁하게 쓰러지는 소리가 들렸다.

모두 미친 듯이 움직이기 시작했다. 경감은 한 걸음 물러나 크게 숨을 들이마시고는 문짝에다 힘껏 몸을 내던졌다. 하지만 문이 단단했던 탓에 꿈쩍도 하지 않았다. 더피 경사와 건장한 형사 한 명이 경감과 함께 뒤로 물러섰다. 세 사내는 동시에 맹렬한 기세로 문을 향해 돌진했다. 문은 흔들렸으나 열리지는 않았다.

"다시 한 번!"

경감이 외쳤다. 결국 네 번째의 공격으로 문이 열렸고, 그들은 어둡고 긴 현관홀 안으로 돌진해 들어갔다. 현관홀 맞은편에 밝게 전등이 켜진 방으로 통하는 문이 있었다.

그 방과 현관홀 사이의 바닥에 잠옷 차림의 마이클 콜린스가 쓰러져 있었다. 오른손 곁에 내팽개쳐진 둔탁하고 검은 권총에서는 아직도 연기가 피어오르고 있었다.

경감은 무거운 발소리를 울리면서 그에게로 다가갔다. 그는 콜린스의 한쪽 옆에 황급히 무릎을 꿇고는 가슴에 귀를 갖다 댔다. 경감이 외쳤다.

"아직 살아 있다! 방으로 옮기게!"

형사들은 축 늘어진 사내의 몸을 불이 켜져 있는 거실로 운반해 긴 의자 위에 내려놓았다. 창백한 얼굴을 한 콜린스는 눈을 감고서 이를 드러낸 늑대처럼 입술이 오그라든 채 크게 숨을 헐떡이고 있었다. 머리의 오른쪽은 헝클어진 머리카락과 흘러내리는 피밖에는 아무것도 보이지 않았다. 얼굴의 오른쪽도 온통 피로 붉게 물들어 있었고, 피는 오른쪽 어깨에까지 흘러내려 잠옷을 붉게 물들였다. 경감이 상처를 만지자 이내 손끝에 피가 묻어났다.

"두개골을 관통하지는 않았소."

경감이 신음하듯 말을 이었다.

"머리 가장자리를 스쳤을 뿐이고 그 충격으로 기절한 모양이오. 바보 같은 녀석!······의사를 부르게······. 이봐요, 브루노. 아마도 사건은 해결될 모양이오."

부하 한 명이 방을 뛰쳐나갔다. 경감은 성큼성큼 방을 가로질러 권총을 주워 올렸다.

"38구경이오. 이제 됐소."

경감은 만족스러운 표정을 지었다가 이내 얼굴이 흐려지며 말을 이었다.

"그런데 한 발밖에는 쏘지 않았는걸. 방금 자살하려고 쏜 것뿐이오. 그리고 총알은 어디로 간 거지?"

"이쪽 벽에 박혀 있습니다."

형사 한 명이 끼어들며 벽의 회반죽이 벗겨진 부분을 손으로 가리켰다.

경감이 총알을 파내려 할 때 브루노가 말했다.

"현관홀에서 거실 쪽으로 달려가며 쏜 모양이오. 그래서 총알은 곧장 방을 가로질러 벽에 박혔고, 총을 잘못 쏘고서 녀석은 곧바로 바닥에 쓰러진 거요."

경감은 짜부라진 총알을 파내면서 얼굴을 찌푸렸다. 이윽고 그는 총알을 주머니에 넣고는 권총을 조심스레 손수건에 싸서 한 형사에게 건네주었다. 8층 복도 쪽에서 떠들썩한 소리가 들렸다. 모두 뒤돌아보니 자다가 뛰쳐나온 듯한 구경꾼들 몇 명이 겁먹은 표정으로 집 안을 들여다보고 있었다.

형사 두 명이 밖으로 나가 구경꾼들과 실랑이를 하고 있을 때, 의사를 부르러 갔던 형사가 구경꾼들을 헤치고서 안으로 들어섰다. 잠옷 위에 가운을 걸치고 검은 가방을 든 점잖아 보이는 사내가 그 뒤를 따라 나타났다.

"의사 선생이신가요?"

경감이 물었다.

"그렇습니다. 이 아파트에 살고 있지요. 그런데 무슨 일입니까?"

형사들이 옆으로 물러서자 긴 의자 위에 꼼짝 않고 누워 있는 사내의 모습이 의사 눈에 들어왔다. 더는 아무 말도 묻지 않고서 의사는 쭈그리고 앉았다.

손을 재빨리 놀리면서 의사가 말했다.

"더운 물을 가져오세요!"

형사 한 명이 재빨리 욕실로 들어가 김이 오르는 물을 한 냄비 들고 왔다.

오 분쯤 치료하고 나서 의사는 일어섰다.

"조금 심한 찰과상을 입었을 뿐입니다. 곧 의식을 회복할 겁니다."

그는 상처를 탈지면으로 닦아내고 소독을 한 뒤 머리 오른쪽의 머리칼을 잘라냈다. 그런 뒤에 다시 한 번 상처를 닦아내고 나서 침착한 표정으로 상처를 꿰매고 머리에 붕대를 감았다.

"나중에 좀 더 치료를 받아야겠지만 지금 당장은 이것으로 충분할 겁니다. 깨고 나면 머리가 몹시 아파서 괴로워하겠지만 말입니다. 아, 깨어나는군요."

콜린스는 갈라지는 목소리로 힘없이 신음하며 몸을 떨었다. 눈동자가 움직이며 눈이 떠졌다. 의식이 회복됨에 따라 그의 두 눈에서는 놀라울 만큼 많은 눈물이 넘쳐났다.

"걱정할 것 없습니다."

의사는 가방을 닫으면서 무뚝뚝하게 말했다.

의사는 돌아갔다. 형사 한 명이 콜린스의 겨드랑이 아래에 손을 넣어 몸을 반쯤 일으켜 세우고는 목 밑으로 베개를 밀어 넣었다. 콜린스는 신음하며 핏기 없는 한 손을 머리로 가져가 붕대를 만져본 다음 다시 힘없이 긴 의자에 축 늘어졌다.

경감이 그의 곁에 앉으며 말했다.

"콜린스, 어째서 자살하려고 했소?"

콜린스는 바짝 마른 혀로 입술을 핥았다. 얼굴의 오른쪽에 마른 피가 가득 달라붙은 그의 모습은 굉장히 흉측할 뿐 아니라 우스꽝스러워 보였다.

"물 좀……."

콜린스는 입속말로 중얼거렸다.

경감이 고개를 들고 눈짓을 하자 형사 한 명이 컵에 물을 떠와서 콜린스의 머리를 조심스레 받쳐 들었다. 이어서 그 아일랜드인은 벌컥벌컥 냉수를 들이켠 뒤 남은 물에다 코를 헹궜다.

"어떻소, 콜린스?"

경감이 묻자 콜린스는 헐떡이며 말했다.

"잡혔군, 마침내 잡히고 말았어. 어차피 다 틀렸어……."

"그럼 인정하는 거요?"

콜린스는 뭔가 말하려다 말고 고개를 끄덕였다. 그러더니 갑자기 놀란 듯이 여느 때처럼 흉포한 빛을 띤 두 눈을 치켜떴다.

"인정하다니, 뭘 말이오?"

경감은 퉁명스레 웃으며 말했다.

"이제 뻔한 연극은 그만두는 게 좋지 않겠소, 콜린스? 당신이 존 드위트를 죽인 게 분명하잖소!"

"내가 죽였다니……?"

콜린스는 공허하게 말을 내뱉었다. 이어서 그는 자리에서 몸을 일으키려 꿈틀댔으나 경감이 손으로 가슴을 누르자 미친 듯이 떠들어댔다.

"대체 무슨 말을 하는 거요? 내가 드위트를 죽였다니? 내가 말이오? 난 드위트가 죽은 사실조차 몰랐소! 당신들 머리가 어떻게 된 게 아니오? 아니면 나에게 죄를 뒤집어씌울 셈이오?"

경감은 순간 당혹스러운 표정을 지었다. 브루노가 몸을 움직였다. 콜린스의 시선이 그쪽으로 향했다. 브루노가 차분한 어조로 달래듯이 말했다.

"콜린스, 둘러댄다고 해서 조금도 당신에게 도움이 되지는 않아요. 아까 경찰이 왔다는 소리를 듣고 당신은 '너희한테 잡힐 것 같으냐!'라고 외치며 자살하려고 했잖소. 당신이 결백하다면 그런 말을 했을 리가 없어요. 그리고 조금 전에도 '마침내 잡히고 말았어.'라고 말했잖소. 그게 범행의 자백이 아니고 뭐란 말이오? 거짓말을 해도 소용이 없어요. 당신이 취한 행동 자체가 죄가 있음을 드러내고 있단 말이오."

"하지만 난 절대로 드위트를 죽이지 않았소!"

"그럼 어떻게 경찰이 올 것을 예상이라도 한 듯이 행동했소? 어째서 자살하려고 했소?"

경감이 엄하게 추궁했다.

"그건……."

콜린스는 아랫입술을 깨물며 브루노를 노려보았다.

"당신들이 알 바 아니오."

그는 뒤틀린 어조로 말을 이었다.

"아무튼 나는 살인 따윈 아무것도 모르오. 나하고 헤어질 때 드위트는 멀쩡했단 말이오."

그는 갑작스레 머리가 아파왔는지 신음하며 두 손으로 머리를 감쌌다.

"그럼 오늘 밤 드위트를 만난 사실은 인정하는 거요?"

"그래요, 분명히 만났소. 본 사람도 많소. 오늘 밤 열차 안에서 만났소. 그런데 정말 열차 안에서 살해되었단 말이오?"

"허튼수작 마시오. 어째서 뉴버그 구간 열차를 탔지?"

경감이 물었다.

"드위트의 뒤를 밟았기 때문이오. 그건 인정해요. 밤새 그를 뒤쫓았소. 드위트가 다른 사람들과 함께 리츠 호텔에서 나오는 걸 보고 그들 뒤를 밟아 역으로 갔던 거요. 나는 이미 오래전부터 드위트를 만나려고 애썼소. 심지어 드위트가 구류 중이었을 때에도 말이오. 아무튼 그때 나는 차표를 사서 기차를 탔소. 그리고 열차가 출발하자 곧바로 드위트의 자리로 찾아가 사정했단 말이오. 그때 드위트는 사내 세 명과 함께 있었소. 변호사인 브룩스 외에 두 사람, 그중 한 명은 에이헌이었소."

"그건 우리도 알고 있소. 그 객차에서 승강구로 나간 뒤엔 무얼 했소?"

콜린스는 핏발이 선 눈을 크게 떴다.

"롱스트리트 때문에 피해 본 것을 보상해달라고 간청했소. 롱스트리트는 날 속였소. 그리고 그건 드위트의 회사이기도 하니까 당연히 드위트 녀석에게도 책임이 있는 거요. 그리고 내게는 그 돈이 어떻게 해서든 필요했단 말이오. 그런데 녀석은 내 말을 들어주려고도 하지 않고 자기로선 도저히 어떻게 해줄 수 없다고 했소……. 빌어먹을, 그 녀석은 냉혹하기 이를 데 없었소."

억누르고 있던 분노가 목소리에 배어 나왔다.

"나는 무릎을 꿇다시피 하고 애걸을 했지만 소용이 없었어요."

"그때 당신들은 어디에 서 있었소?"

"다른 차량의 승강구에 있었소. 불이 켜 있지 않은 객차의 승강구였소……. 그래서 결국 난 기차에서 내리기로 마음먹었소. 단념하고 만 거죠. 기차가 리지필드 파크 역에 막 닿을 무렵이었소. 기차가 정차하자 난 선로 쪽 문을 열고 뛰어내렸소. 그리고 손을 뻗어 문을 다시 닫고 선로를 가로질러 갔소. 이미 그때는 뉴욕으로 돌아가는 열차가 끊겼다는 걸 알았기 때문에 택시를 잡아타고 곧장 집으로 돌아온 거요. 맹세컨대 그뿐이오."

그는 베개에 기대어 크게 숨을 몰아쉬었다.

"당신이 기차에서 내릴 때 드위트는 여전히 그 승강구에 있었소?"

경감이 물었다.

"그렇소. 날 보고 있었소. 빌어먹을 녀석……."

콜린스는 지그시 입술을 깨물었다.

"나는…… 나는 녀석에게 울화통이 치밀었소. 하지만 살인을 할 만큼 화가 나 있지는 않았소……. 절대로 그렇지는 않았소."

그는 말을 더듬었다.

"우리가 그 말을 믿을 거라고 생각하오?"

"어쨌든 나는 그를 죽이지 않았단 말이오!"

콜린스의 목소리가 비명처럼 드높아졌다.

"선로로 뛰어내린 다음 문을 닫을 때, 녀석이 손수건으로 이마를 닦는 걸 보았단 말이오. 그러고는 녀석이 손수건을 주머니에 넣고 캄캄한 객차 쪽의 문을 열고 안으로 들어가는 것도 보았소. 분명히 난 보았소. 거짓말이 아니오!"

"그가 자리에 앉는 것도 보았소?"

"그건 못 보았소. 이미 기차에서 내린 뒤였으니까."

"어째서 불이 켜져 있는 차량을 지나 차장이 열어주는 앞쪽의 문으로 내리지 않았소?"

"시간이 없었기 때문이오. 기차는 그때 이미 역에 정차해 있었단 말이오."

"당신은 그에게 울화통이 치민다고 했소. 그렇지 않소? 그건 그와 싸웠기 때문이 아니오?"

경감이 질문을 계속 해댔다.

그러자 콜린스가 언성을 높였다.

"어떻게 해서든 내게 덮어씌울 작정이오? 난 정말로 솔직히 얘기하고 있다고요, 경감. 물론 밀다툼은 했소. 분명히 난 화가 나 있었으니 말이오. 화를 내지 않을 수가 없었소. 드위트 녀석도 화를 냈었소. 녀석은 틀림없이 그 캄캄한 객차 안으로 들어가 머리를 식힐 작정이었을 거요. 드위트도 몹시 흥분해 있었으니까 말이오."

"그때 권총을 가지고 있었소, 콜린스?"

"천만에요!"

"그러니까 당신은 그 캄캄한 객차 안에는 들어가지 않았다는 거요?"

경감이 물었다.

"들어가지 않았다고요!"

아일랜드인이 울부짖듯 말했다.

"역에서 차표를 샀다고 했는데 어디 한번 봅시다."

"홀에 있는 옷장 속의 외투 안주머니에 있소."

더피 경사가 홀의 옷장을 뒤져 이내 차표를 찾아서 가져왔다.

경감과 지방 검사는 그것을 들여다보았다. 서해안선의 편도 승차권으로 펀치 자국은 나 있지 않았다. 지정된 구간은 위호켄에서 웨스트 잉글우드까지였다.

"차장의 펀치 자국이 없는 건 어찌 된 까닭이오?"

경감이 물었다.

"내가 내릴 때까지 차장이 차표 검사를 하지 않았기 때문이오."

"뭐, 좋소."

경감은 몸을 일으키고선 두 팔을 벌리고 커다란 몸짓으로 하품을 했다. 체력이 다소 회복되었는지 콜린스는 몸을 고쳐서 앉은 자세를 취했다. 그는 잠옷 상의를 뒤져 담배를 꺼냈다.

"콜린스, 어쨌든 이걸로 일단락된 것 같은데 기분은 어떻소?"

콜린스는 입을 우물거렸다.

"조금 나아진 듯하오. 머리가 몹시 지끈거리긴 하지만."

"좋아요. 기분이 나아진 듯하다니 다행이오. 뭐 그렇다면 구급차를 부를 필요두 없겠군요."

"구급차?"

"그렇소. 자, 일어나서 옷을 입으시오. 우리와 함께 본부까지 가줘야겠소."

순간, 콜린스는 입에서 담배를 떨어뜨렸다.

"그럼…… 당신들은…… 당신들은 나에게 살인죄를 뒤집어씌우겠다는 거요? 난 죽이지 않았다고 말했잖소! 난 사실대로 말한 거란 말이오, 경감! ……맹세코……."

"아무도 당신을 드위트 살해범으로 체포하겠다고는 하지 않았소."

섬 경감은 브루노 지방 검사을 보며 눈을 찡긋하고는 말을 이었다.

"중요 증인으로서 함께 가자는 것뿐이오."

제8장
우루과이 영사관
10월 10일 토요일 오전 10시 45분

드루리 레인은 어깨 뒤로 망토를 검은 구름처럼 휘날리며 활기차게 인도에 지팡이를 내짚었다. 그는 바다 내음을 흠씬 들이켜면서 배터리 파크를 천천히 걸어가고 있었다. 물씬 풍기는 바다 내음 속에서 아침 햇살이 기분 좋게 얼굴을 비추었다. 그는 포대(砲臺) 벽 옆에서 발길을 멈추고는 갈매기 떼가 기름이 둥둥 떠 있는 수면 위로 날아 내려와 떠다니는 오렌지 껍질을 부리로 쪼아대는 광경을 바라보았다. 정기선 한 척이 수면에서 약간 기울어진 채로 천천히 물을 가르며 바다를 향해 나아가고 있었다. 허드슨 강의 유람선이 요란스러운 기적을 울렸다. 바람이 점차 강해지고 있었다. 드루리 레인은 다시 한 번 바다 내음을 한껏 들이켜며 심호흡을 하고는 망토를 단정히 여몄다.

그는 한숨을 쉬며 시계를 보더니 방향을 바꾸어 걸음을 옮겼다. 그는 공원을 가로질러 광장을 향해 걸어 나갔다.

십 분 뒤에 레인은 간소하게 꾸민 어느 방에 앉아 모닝코트를 입은 작은 체구의 거무스름한 라틴계 사내에게 책상 너머로 미소를 보내고 있었다. 그 사내의 옷깃에는 싱싱한 꽃송이가 반짝였다. 후안 아호스는 갈색 얼굴에 새하얗게 빛나는 치아에다 광채 나는 검은 눈과 우아한 콧수염을 가진 쾌활한 사내였다.

그는 유장한 영어로 밀했다.

"실로 영광입니다. 레인 씨. 우리 영사관을 방문해주시리라고는 전혀 생각지도 못했습니다. 지금도 기억이 납니다. 제가 젊었던 수행원 시절에 당신은……."

"정말 친절하시군요, 아호스 씨. 휴가에서 돌아오신 지 얼마 안 되어 몹시 바쁘신 줄로 압니다만 실은 좀 묘한 자격으로 이렇게 찾아뵙게 되었습니다. 최근에 이곳 뉴욕 근교에서 일어난 일련의 살인 사건 소식을 아마 당신도 우루과이에 계시는 동안 들으셨으리라 생각됩니다만?"

"살인 사건이라고 하셨습니까, 레인 씨?"

"그렇습니다. 어쩌면 흥미롭다고도 할 수 있는 살인 사건이 최근 세 건이나 일어났습니다. 그리고 저는 지방 검사가 맡고 있는 그 일련의 사건 수사에 비공식적으로 협력하고 있는 중입니다. 합당한지 어떤지는 아직 알 수 없습니다만 제가 조사한 바로는 한 가지 단서가 떠올랐습니다. 그래서 그것과 관련해 당신한테서 도움을 받을 수 있을 것 같아 이렇게 방문하게 된 것입니다."

아호스는 미소를 떠올렸다.

"제 힘이 닿는 일이라면 무엇이든 도와드리겠습니다, 레인 씨."

"펠리페 마퀸차오라는 이름을 들어보셨습니까? 우루과이 사람입니다만."

단정하고 체구가 작은 영사의 눈이 매우 뚜렷이 반짝였다. 상대는 밝은 어조로 말했다.

"제대로 찾아오셨군요, 레인 씨. 마퀸차오에 대해 알고 싶단 말씀이죠? 그 예의 바른 사람이라면 만난 적도 있고 얘기를 나눈 적도 있습니다. 그런데 그의 어떤 점을 알고 싶으신지요?"

"만나게 된 동기와 흥미롭다고 생각되는 것이라면 무엇이든 좋으니 들려주셨으면 합니다."

아호스는 두 손을 벌렸다.

"뭐 그러시다면 모두 말씀드리죠, 레인 씨. 수사에 도움이 될지 어떨지는 당신이 직접 판단하시고요……. 펠리페 마퀸차오는 우루과이 사법부의 요원 중 한 명으로 매우 유능한 인물입니다."

레인의 눈썹이 치켜 올라갔다.

"마퀸차오는 몇 달 전에 본국에서 뉴욕으로 출장을 왔지요. 몬테비데오 형무소에서 탈출한 어떤 탈옥수의 행방을 수사하려고 우루과이 경찰로부터 파견됐습니다. 그 탈옥수는 마틴 스토프스라는 이름의 사내였죠."

드루리 레인은 몹시 나직한 목소리로 입을 열었다.

"마틴 스토프스라…… 점점 흥미가 당기는군요, 아호스 씨. 스토프스라는 영국식 이름의 사내가 우루과이 형무소에 수감된 데에는 어떤 사정이 있는 건가요?"

아호스는 옷깃에 꽂힌 꽃향기를 맡으면서 말했다.

"제가 알고 있는 내용은 마퀸차오를 통해 알게 된 것뿐입니다. 그는 제게 완전한 범죄 조서 사본도 보여주었고 자신이 알고 있는 사실도 들려주었죠."

"아호스 씨, 그 내용을 제게 들려주셨으면 고맙겠군요."

"말씀드리죠……. 1912년에 지질학적인 훈련과 상당한 기술 교육을 받은 마틴 스토프스라는 청년이, 그 고장 태생인 브라질계의 젊은 아내를 살해한 죄로 우루과이의 한 법정에서 종신형을 선고받았습니다. 그와 함께 광맥 시굴 작업을 하던 동료 세 명이 매우 유력한 증언을 했기 때문에 유죄 판결이 내려진 것입니다. 그들은 몬테비데오에서 정글을 지나 상당히 긴 계곡을 거슬러 올라가야 하는 깊은 오지의 광산에서 일하고 있었습니다. 그 동료들의 증언에 따르면 자신들은 스토프스가 아내를 죽이는 광경을 목격하고서 그를 때려눕혀 결박한 뒤에 간신히 보트로 계곡을 내려와서 경찰에 인도할 수 있었다는 겁니다. 당시 그들은 더위로 인해 더더욱 끔찍한 상태가 된 여자의 시체와 두 살 난 스토프스의 딸도 데리고 왔습니다. 흉기로 사용된 마체테도 제출되었지요. 스토프스는 아무런 항변도 하지 않았습니다. 일시적인 착란 증세를 일으켜 허탈 상태에 빠져 있었던 까닭에 항변을 할 수가 없었던 겁니다. 당연히 그는 유죄 판결을 받았고 감옥에 보내졌습니다. 그리고 그의 어린 딸은 재판소를 통해 몬테비데오의 수녀원에 맡겨졌답니다. 스토프스는 모범수였습니다. 차츰 착란 증세에서 회복되었고 현실을 받아들인 탓인지 교도관들을 성가시게 구는 일도 없었습니다. 하지만 다른 죄수들과 친하게 사귀는 것 같지는 않았죠."

"공판 중에 범행 동기는 밝혀졌나요?"

레인이 조용히 물었다.

"그것이 묘하게도 분명치가 않았습니다. 동기를 추측해볼 수 있는 거라곤 스토프스가 아내와 심한 말다툼을 하던 끝에 죽였다는 동료들의 증언뿐이었으니까요. 그의 동료 세 사람은 살인이 일어나기 직전까지는 오두막에 있지 않았는데, 비명을 듣고 달려가 보니 마침 스토프스가 마체테로 아내의 머리를 후려치고 있었다는 겁니다. 아마도 쉽게 흥분하는 성격의 사내였던 모양입니다."

"그래서 결국 어떻게 되었습니까?"

아호스는 한숨을 쉬었다.

"복역 후 십이 년째 되던 해에 스토프스는 대담하기 이를 데 없는 탈옥을 감행해 교도관들을 당황하게 만들었습니다. 분명히 오랜 세월에 걸쳐 신중하게 계획한 탈옥이었습니다. 이 부분에 관해 좀 더 자세히 얘기해드릴까요?"

"아닙니다. 그럴 필요는 없을 것 같군요."

"그야말로 그는 땅속으로 꺼져버린 듯이 감쪽같이 모습을 감췄습니다. 남미 전역을 샅샅이 뒤졌지만 행방은 묘연했습니다. 아마도 깊은 오지로 들어가 험한 정글 속을 헤매던 끝에 죽었으리라는 것이 일반적인 추측이었습니다. 이것이 제가 마틴 스토프스에 관해 말씀드릴 수 있는 전부입니다……. 브라질 커피라도 한잔 드시겠습니까, 레인 씨?"

"아니, 괜찮습니다."

"그럼 우루과이의 진미인 마테차를 내오도록 할까요?"

"아뇨, 괜찮습니다. 그보다도 마퀸차오 씨의 일과 관련된 다른 얘기가 더 있다면 듣고 싶군요."

"네, 한편 당국의 기록에 따르면 스토프스의 세 동료는 대전 중에 그 광산을 팔아버렸다는군요. 아주 좋은 자원이 나는 망간 광산이었나 봅니다. 더욱이 전시 중이라 군수품 제조에 쓰이는 망간은 매우 귀중했을 테죠. 아무튼 그들은 광산을 팔고서 큰 부자가 되어 이곳 미국으로 귀국했답니다."

"귀국했다고 하셨습니까, 아호스 씨?"

레인은 어조를 바꾸며 물었다.

"그럼 그들은 미국인이었군요?"

"아, 죄송합니다. 제가 그만 그 세 사람의 이름을 말씀드리는 걸 깜박 잊있군요. 그들의 이름은 할리 롱스트리트와 존 드위트 그리고…… 맞아요! 윌리엄 크로켓……."

"잠깐만요, 아호스 씨."

레인의 눈이 빛났다.

"최근 이곳에서 살해된 사내들 중 두 사람이 드위트 앤드 롱스트리트 사의 공동 경영자였다는 사실을 알고 계십니까?"

순간 아호스의 검은 눈이 휘둥그레졌다.

"그것참!"

영사가 외치고는 말을 이었다.

"정말 놀랍습니다. 그럼, 결국 그들의 예감이……."

"뭐라고요?"

레인은 재빨리 물었다. 영사는 두 손을 벌렸다.

"금년 7월 우루과이 경찰 앞으로 뉴욕의 소인이 찍힌 익명의 편지가 날아들었습니다. 그리고 나중에 드위트는 자신이 그걸 보냈음을 인정했습니다. 그 편지의 내용은 탈옥수 스토프스가 현재 뉴욕에 있으니 우루과이 당국이 수사하기 바란다는 것이었습니다. 물론 당국에서는 책임자가 바뀌긴 했지만 낡은 기록을 뒤져서 곧 진위 조사에 착수했는데, 마퀸차오가 그 담당자로 임명되었고 제가 협조하게 된 것입니다. 마퀸차오는 스토프스의 옛 동료 가운데 한 명이 이런 정보를 우루과이로 보낸 게 틀림없다는 판단을 내리고 먼저 그들의 행방을 조사했습니다. 그런 끝에 롱스트리트와 드위트가 뉴욕에 살고 있으며 그것도 상당한 부자라는 사실을 알게 된 것입니다. 마퀸차오는 윌리엄 크로켓의 행방도 알아내려고 노력했으나 이것은 실패로 끝나고 말았습니다. 그들 세 사람이 함께 미국에 돌아온 뒤에 크로켓은 외따로 떨어져 나갔던 것입니다. 동료들과 다퉜기 때문인지 아니면 자기 몫을 혼자서 마음대로 쓰고 싶었기 때문인지 어느 쪽인지는 알 수 없습니다. 혹은 그 둘 중 어느 쪽에도 해당되지 않는지도 모르고요. 물론 이 모든 것이 억측에 지나지 않습니다만."

"결국 그렇게 되어 마퀸차오 씨가 드위트와 롱스트리트에게 접근하게 된 것이로군요?"

레인은 부드럽게 다음 말을 재촉하였다.

"그렇습니다. 그는 드위트에게 접근해 얘기를 털어놓았고 그 편지도 보여주었습니다. 그러자 드위트는 한동안 망설이다가 결국은 자신이 그 편지를 보낸 장본인임을 인정했습니다. 그리고 또한 그는 마퀸차오에게 미국에 있는 동안 자기 집에 머물며 그곳을 일종의 수사본부로 이용하도록 권했습니다. 당연한 얘기지만 마퀸차오는 무엇보다도 스토프스가 뉴욕에 있다는 사실을 드위트가 어떻게 알았는지를 캐물었습니다. 그러자 드위트는 스토프스의 서명이 쓰여 있는 협박장을 보였던 것입니다……."

"잠깐만 기다려주시죠, 아호스 씨."

드루리 레인은 길쭉한 지갑을 꺼내더니 드위트의 서재 금고에서 발견한 편지를 꺼내 아호스에게 건네주며 말을 이었다.

"이게 그 편지인가요?"

영사는 크게 고개를 끄덕였다.

"맞습니다. 마퀸차오는 그 후 보고에서 이걸 저에게 보였고 사진으로 사본을 만든 뒤 드위트에게 돌려주었답니다. 드위트와 롱스트리트 그리고 우루과이 수사 요원인 마퀸차오, 그렇게 세 사람은 웨스트 잉글우드에서 여러 차례 협의를 했습니다. 물론 마퀸차오 혼자서는 아무래도 활동하는 데에 한계가 있기 때문에 즉시 미국 경찰의 협력을 요청할 작정이었습니다. 하지만 관련된 두 사람은 그렇게 하면 이 일이 신문에 나게 뇌어 실국에는 자신들의 옛날 신분만 알려질 게 뻔하다고 했죠. 살인 사건에 관한 과거사 따위가 드러나면 좋을 게 없다는 거죠. 그들은 그렇게 하소연하면서 미국 경찰에 알리는 일만은 피해야 한다고 주장했습니다……. 흔히 있는 경우죠. 마퀸차오는 어떻게 해야 좋을지 몰라서 저에게 의논하러 왔습니다. 결국 우리는 그 두 사람의 입장을 생각해서 그들의 희망대로 해주기로 정했습니다. 두 사람 모두 오 년쯤 전부터 이따금씩 그와 비슷한 편지를 받아왔으며 모두가 뉴욕의 소인이 찍혀 있었다고 했습니다. 그때마다 그들은 그 편지들을 모두 찢어버렸는데 그때까지 받은 편지보다도 훨씬 더 협박성이 강한 최후의 편지를 받게 되자 드위트는 몹시 불안해져서 그걸 보관해두었던 모양이었습니다. 그 뒤의 얘기는 간단히 말씀드리지요, 레인 씨. 마퀸차오는 성과 없는 수사로 한 달을 보낸 뒤에 저와 그 두 사람에게 수사가 실패로 끝났음을 알리고 결국은 완전히 그 일에서 손을 떼고 우루과이로 돌아간 겁니다."

레인은 생각에 잠긴 표정으로 물었다.

"그럼 그 크로켓이라는 인물의 행방은 전혀 알 수가 없었다는 겁니까?"

"마퀸차오가 드위트에게 들은 바에 따르면 그들 세 사람이 함께 우루과이를 떠나 미국으로 돌아온 뒤에 크로켓은 아무 말도 없이 혼자 어디론가 떠나버렸답니다. 그런 뒤에 크로켓은 주로 캐나다에서 이따금 두 사람 앞으로 편지를 보내왔다고 합니다. 하지만 지난 육 년 동안은 그 연락마저 뚝 끊기고 말았다는 겁니다."

"물론 그 모든 얘기는 죽은 두 사람한테서 나왔던 것이겠죠? 그런데 아호스 씨, 스토프스의 어린 딸이 그 후 어떻게 되었는지는 기록에 남아 있지 않았습니까?"

레인의 물음에 아호스는 고개를 가로저었다.

"어느 시기까지의 것밖에 없습니다. 왜인지는 모르겠지만 아무튼 여섯 살 때 그 몬테비데오의 수녀원을 떠났다는 사실만 알고 있습니다. 그 후 그 애가 어떻게 되었는지는 전혀 듣지 못했습니다."

드루리 레인은 한숨을 쉬며 일어나서는 책상 옆에 앉아 있는 작은 체구의 영사를 내려다보았다.

"당신은 오늘 '정의'를 위해 실로 적절한 도움을 주셨습니다."

아호스는 흰 치아를 드러내 보이며 싱긋 웃었다.

"그렇게 말씀해주시니 더할 수 없이 기쁘군요, 레인 씨."

"그리고 괜찮으시다면……"

레인은 망토의 깃을 가다듬으며 말을 이었다.

"한 번 더 도움을 주셨으면 합니다. 가능하시다면 본국에 전보를 쳐서 스토프스의 지문과 인물 사진 그리고 신상서 등을 전송받아 주셨으면 고맙겠습니다. 윌리엄 크로켓에 관해서도 흥미가 있으니 그의 것도 함께 입수할 수 있었으면 좋겠습니다."

"당장에 지시해놓겠습니다."

"귀국은 작긴 하지만 기업 정신이 왕성한 나라인 만큼 근대적 과학 설비가 잘 갖춰져 있으리라 봅니다."

레인이 미소 띤 얼굴로 그렇게 말했다. 그들은 문 쪽으로 걸어갔다.

아호스가 놀란 듯이 말했다.

"물론이죠! 어디에서도 볼 수 없는 훌륭한 장비들로 사진을 전송해 올 겁니다."

"그렇다면 더할 나위 없겠습니다."

드루리 레인은 그렇게 말하며 고개를 숙였다.
그는 거리로 나와 공원을 향해 걸었다.
"더할 나위 없겠어……."
그는 들뜬 기분으로 그렇게 혼잣말로 되풀이했다.

제9장
햄릿 저택
10월 12일 월요일 오후 1시 30분

섬 경감은 퀘이시의 안내를 받으며 구부러진 복도를 지나 숨겨져 있다시피 한 엘리베이터 앞으로 나갔다. 엘리베이터는 햄릿 저택의 주요 망루 안을 달나라행 로켓처럼 날아 올라가 꼭대기 근처의 작은 층계참에서 두 사람을 토해냈다. 경감은 퀘이시를 뒤따라 런던탑처럼 고풍스러운 돌계단을 굽이돌며 오른쪽 끝에 쇠빗장이 걸린 떡갈나무 문에 이르렀다.

퀘이시는 걸쇠와 무거운 쇠빗장을 상대로 낑낑거리다가 가까스로 빗장을 벗기고는 노인답게 숨을 헐떡이면서 문을 밀쳐 열었다. 두 사람은 견고한 돌벽으로 둘러쳐진 망루의 정상에 발을 내디뎠다.

드루리 레인은 곰 가죽 위에서 거의 벌거벗은 모습으로 드러누워 두 팔로 눈을 가려 머리 위로 쏟아지는 햇살을 차단하고 있었다.

섬 경감은 갑자기 우뚝 섰고 퀘이시는 싱긋 웃으며 사라졌다. 경감은 드루리 레인의 모습을 보며 햇살에 그을린 활기찬 피부며 젊음이 넘치는 늠름한 근육에 놀라지 않을 수 없었다. 엷은 금빛의 솜털 외에는 체모가 눈에 띠지 않는 갈색의 매끄럽고 탄탄한 피부를 활짝 드러내놓고 늘씬하게 드러누워 있는 그의 모습은 한창 나이의 젊은이를 연상하기에 족했다. 하지만 아무래도 늘씬하고 탄탄한 육체에 흰 머리카락은 몹시 어울리지 않게 느껴졌다.

이 노배우가 체면치레로 갖춘 것이라곤 허리에 두른 흰 천 조각뿐이었다. 갈색의 양발도 그대로 드러내고 있었는데, 깔개 옆에는 사슴 가죽 슬리퍼가 놓여 있었다. 그 한쪽에는 푹신한 접의자가 놓여 있었다.

경감은 침울한 표정으로 고개를 내젓고는 외투 앞깃을 조금 여몄다. 10월의 공기는 싸늘했고 망루 위에는 바람이 꽤 세차게 불어대고 있었다. 그는 성큼성큼 앞으로 나아가 누워 있는 레인에게로 다가갔다. 다가가서 보니 레인의 피부는 매끄럽기만 할 뿐 전혀 소름이 돋아 있지 않았다.

빈틈없는 직관 같은 것이 작용했는지 레인은 눈을 떴다. 어쩌면 경감이 그를 내려다보며 다가섰을 때 그늘이 드리워졌기 때문인지도 몰랐다.

"경감님!"

레인은 곧 몸을 일으켜 앉으며 늘씬하고 탄탄한 두 다리를 끌어안았다.

"어서 오십시오. 이런 꼴이라 죄송합니다. 그 접의자를 이쪽으로 당겨서 앉으시지요."

그는 싱긋이 웃으며 말을 이었다.

"괜찮으시다면 그 거추장스러운 것들을 벗으시고 저와 함께 이 곰 가죽 위에서 일광욕을 하시는 게 어떻겠습니까?"

경감은 재빨리 의자에 앉으며 말했다.

"아뇨, 저는 이대로 있겠습니다. 이렇게 바람 부는 데서라면 사양할 수밖에요."

경감은 히죽 웃으며 말을 이었다.

"레인 씨, 쓸데없는 참견인 것 같습니다만 대체 올해 연세가 어떻게 되십니까?"

레인은 밝은 햇살 속에서 눈을 가늘게 떴다.

"예순입니다."

경감은 고개를 저었다.

"저는 쉰 넷입니다. 하지만 이거 부끄럽군요……. 정말이지, 부끄러워서 옷을 벗고 몸을 내보일 수가 없군요. 당신에 비하면 저 같은 건 축 처진 늙은이랍니다!"

"경감님, 그건 아마도 당신이 몸을 돌볼 시간이 없었기 때문이죠. 저에겐 시간과 기회가 있습니다. 여기서는……."

그는 손짓으로 망루 아래의 장난감 같은 광경을 가리켰다.

"여기서는 마음에 내키는 대로 뭐든 할 수 있습니다. 제가 마하트마 간디 식의 장식을 허리에 두르고 있는 이유는 퀘이시가 좀 수줍음을 타는 성격이라서 말입니다. 만약 제가 완전히 벌거숭이가 된다면 지독한 충격을 받기 때문이죠. 그 밖에 다른 이유는 아무것도 없습니다. 불쌍한 퀘이시! 스무 해 전부터 이 태양의 향연을 함께하자고 권해왔습니다만……. 그 친구가 가리개 천 하나만 걸친다면 정말 볼만할 겁니다. 어쨌든 그는 상당히 나이가 들었으니까요. 아마도 자기 자신이 몇 살인지도 정확히는 모를 겁니다."

경감은 한숨을 쉬며 입을 열었다.

"정말이지 당신처럼 놀라운 분은 처음 봤습니다. 그건 그렇고, 수사는 잘 진전되고 있습니다. 오늘은 그 후의 진전 상황을 보고하러 왔습니다. 특히 중요한 것이 한 가지 있습니다."

"콜린스에 관한 것입니까?"

"그렇습니다. 토요일 새벽에 콜린스의 집에 들이닥쳤을 때의 일은 브루노 지방 검사한테서 들으셨겠죠?"

"네, 자살을 하려 했다니 참으로 어리석은 친구로군요. 그런데 그는 지금 구류 중입니까?"

"생명에 관계된 문제이니까요. 그런데 아무래도 저는 풋내기 형사 같은 기분이 듭니다. 저는 어둠 속을 헤매듯이 얘기하고 있지만 당신은 이미 모든 것을 훤하게 알고 있는 것 같으니 말입니다."

경감은 굳은 표정을 지으며 말했다.

"경감님, 당신은 오랫동안 제게 반감을 품고 계셨습니다. 제가 알지도 못하면서 잘난 척한다고 생각하고 있었겠지요. 하긴 그것도 무리는 아니죠. 지금도 당신은 제가 침묵하고 있는 것이 어쩔 수 없는 사정 때문인지 아니면 단지 그럴듯한 속임수에 지나지 않는지 모르고 계십니다. 그런데도 불구하고 지금은 저를 믿고 있습니다. 이건 정말이지 분에 넘치는 영광입니다, 경감님. 아무튼 우리는 서로가 이 끔찍한 일련의 사건들에서 당분간은 도망칠 수가 없습니다. 적어도 해결이 될 때까지는 말입니다."

섬 경감이 우울한 듯이 말을 이었다.

"뭐 그야 그렇겠죠. 어쨌든 콜린스 쪽은 이렇습니다. 그 녀석의 소행을 조사해봤더니 녀석이 어째서 그토록 기를 쓰고 주시 손해를 메우려고 했는지를 알게 되었습니다. 소득세 담당이라는 직책을 악용해 주정부의 공금을 유용해왔던 겁니다."

"정말입니까?"

"이건 분명합니다. 이제까지 유용한 액수가 10만 달러쯤인지 어쩌면 그 이상인지 아직 정확한 건 모릅니다. 아무튼 적은 액수는 아닙니다, 레인 씨. 녀석은 그런 공금을 빼내서 증권 투자를 했던 것입니다. 그런데 손해를 보게 되자 점점 더 헤어날 수 없는 수렁에 빠지게 되었고 결국에는 롱스트리트가 인터내셔널 메탈스의 주를 사라고 권하자 다시 5만 달러를 유용하게 되었던 것입니다. 그로서는 생사가 걸린 일대 도박이었던 것 같습니다. 아마도 그때까지의 손실액을 만회해 유용한 공금을 메우려는 속셈이었나 봅니다. 그러다가 결국 외부에서 문제를 눈치채게 되었고 장부를 조회하는 조사가 은밀히 시작되었던 모양입니다."

"콜린스가 직접 조사당하지는 않았단 말입니까? 어떻게 그럴 수 있었나요?"

경감은 입을 꾹 다물었다가 말했다.

"녀석으로서는 그다지 어려운 일은 아니었죠. 서류를 변조해서 몇 달 동안이나 발각되지 않도록 막아왔던 거죠. 그리고 또 뇌물로 싸구려 정치가들을 마구 이용하기도 했고요. 그러다가 결국엔 더는 손을 쓸 수도 없는 궁지에 내몰리게 된 셈이죠."

"인간성의 단면을 증명하는 멋진 실례로군요. 울컥하기 쉽고 외고집일뿐더러 감정에 지배당하기 쉬운 사내였던 만큼 이제까지의 인생은 아마도 남을 짓밟으려는 충동의 연속이었을 겁니다. 따라서 그가 지나온 길에는 그의 책략에 의해 쓰러진 사람들의 시체가 무수히 널려 있을 테죠……. 브루노 씨의 얘기에 따르면 그는 무릎을 꿇고 애원을 했다더군요. 그도 결국은 패배자인 셈입니다, 경감님. 그도 완전히 짓밟히고 만 것입니다. 어떻게 보면 이로써 그는 사회에 대해 일찌감치 죗값을 치르기 시작한 것이기도 합니다."

레인은 중얼거리듯 말했다. 하지만 경감은 그다지 감명을 받은 것 같지 않았다

"그럴지도 모르죠. 어쨌든 우리로서는 상당히 강력하게 그를 범인이라고 주장할 수 있습니다. 이것 또한 정황 증거뿐입니다만 그게 큰 걸림돌이 되지는 않으리라 봅니다. 동기 면에서 볼 때 롱스트리트에 대해서나 드위트에 대해서나 마찬가지로 아주 충분합니다. 녀석이 롱스트리트를 살해한 것은 그에게 속은 데 대한 복수라고 볼 수 있습니다. 그리고 드위트를 살해한 것은 롱스트리트에게 속아서 더는 어쩔 수 없는 최악의 궁지에 몰린 끝에 롱스트리트로 말미암은 손해를 보상해달라고 요구했다가 거절당하자 자포자기 상태에서 범행을 저지른 것이라고 볼 수 있습니다. 이렇듯 정황에 따라 두 공동경영자를 살해한 범인으로는 분명히 콜린스를 지목할 수 있습니다. 게다가 우드를 살해한 것에서도 모순이 나타나진 않습니다. 모호크호가 도착한 직후에 사라진 몇몇 승객 중의 한 사람이 그 녀석이었다고 하더라도 그다지 이상할 건 없으니까요. 현재 그날 밤 콜린스의 행적을 조사하고 있는 중입니다만 녀석은 알리바이를 대지 못하고 있습니다……. 그리고 공판을 하게 되면 우리가 녀석의 아파트에 들이닥쳤을 때의 수상쩍은 거동을 증거로 내세울 수 있습니다. 녀석이 외쳐댔던 말이며 자살을 기도한 점을 말입니다."

레인은 늘씬한 두 팔을 뻗치고 미소를 떠올렸다.

"법정에서 지방 검사의 뛰어난 말솜씨에 걸려들면 콜린스는 의심할 여시없이 범인으로 보이겠군요. 하지만 콜린스가 새벽 5시경에 경찰이 문을 두드리자 당황해서 이성을 잃고 자신의 공금 유용이 들통 나서 횡령죄나 중절도죄로 체포되는 줄로 지레짐작하고 그런 행동을 취했을 가능성은 없다고 보십니까? 그의 심리 상태를 고려해본다면 그가 외쳐댔던 말이나 자살을 시도한 점도 설명이 가능하지 않을까요?"

경감은 머리를 긁적였다.

"실은 오늘 아침에 콜린스에게 횡령에 대해 추궁했더니 바로 그러한 대답을 했습니다. 그런데, 그걸 어떻게 아셨습니까?"

"그거야 어린애라도 알 수 있는 일이죠."

"제가 보기에 당신은 콜린스가 진실을 말하고 있다고 생각하시는 것 같군요. 그러니까 곧 녀석이 범인이 아니라고 생각하시는 것 같습니다. 사실을 말씀드리자면 브루노가 당신에게 의견을 물어보자고 해서 이렇게 찾아온 것입니다. 물론 우리는 콜린스를 살인죄로 기소하고 싶습니다. 하지만 브루노의 입장으로는 지난번과 같은 실수를 되풀이하고 싶지 않은 겁니다."

섬은 진지한 표정으로 말했다.

"경감님! 브루노 씨는 결코 콜린스가 드위트의 살해범임을 증명할 수 없습니다."

드루리 레인은 맨발인 채로 일어서서 구릿빛 가슴을 펴며 말했다.

"그렇게 말씀하실 줄 알았습니다."

경감은 한쪽 손을 주먹 쥐고는 침울한 표정으로 손을 바라보면서 말을 되뇌었다.

"하지만 우리의 입장도 생각해주십시오. 신문을 보셨습니까? 드위트를 기소하는 잘못을 저질러서 우리가 얼마나 호되게 당하고 있는지 아십니까? 신문기자들이 그 일을 드위트 살해 사건과 연결 짓고 있기 때문에 우리는 그들을 피해 다니는 형편입니다. 우리끼리 얘기입니다만, 제 목도 위태로운 상태고요. 오늘 아침에 경찰청장한테서 호된 질책을 당했습니다."

레인은 저 멀리 흐르는 강물을 내려다보며 부드럽게 입을 열었다.

"만약 조금이라도 당신이나 브루노 씨에게 도움이 된다면 어째서 제가 알고 있는 것을 이 자리에서 말씀드리지 않겠습니까? 그러나 경감님, 게임은 이제 마지막 단계에 들어서고 있습니다. 당장이라도 게임이 끝났다는 호루라기가 울리려 하고 있습니다. 목이 위태롭다고 하셨지만…… 당신이 범인을 체포해서 넘기기만 한다면 경찰청장도 당신을 어찌지는 못할 겁니다."

"제가 말입니까?"

"그렇습니다, 경감님."

레인은 벌거벗다시피 한 몸을 거친 돌벽에 기댔다.

"그런데 그밖에 다른 새로운 소식은 없습니까?"

경감은 곧바로 대답하지 않았다. 이윽고 전혀 자신이 없는 듯한 어조로 말을 이었다.

"굳이 대답을 강요할 뜻은 없지만, 이 사건들에 당신이 단정적인 어조로 말씀하신 것은 이번으로 세 번째입니다. 콜린스가 범인이 아니라는 걸 어떻게 그처럼 확신을 갖고서 단언할 수 있습니까?"

"설명하자면 얘기가 길어집니다, 경감님."

레인은 부드럽게 말을 이었다.

"그러나 한편 저로서도 암시만 할 게 아니라 실제로 입증을 해야만 할 때가 닥친 것 같군요. 오늘 오후에라도 당신들의 콜린스 유죄론을 뒤엎어 보일 수 있을 것으로 생각합니다."

경감은 이를 드러내 보이며 웃었다.

"듣던 중 반가운 말씀이군요, 레인 씨. 당장에 기분이 좋아졌습니다……. 아 참! 그 밖의 새로운 사실에 대해 물으셨죠? 우선 첫 번째로는 실링 검시관이 드디어 드위트의 시체에서 탄환을 꺼냈습니다. 처음의 의견대로 38구경이었죠. 그리고 두 번째 것은 좀 시원찮습니다. 버건 카운티의 콜 지방 검사는 현장 발견 전에 열차에서 내린 승객들을 찾아내지 못했습니다. 그리고 그의 부하들과 우리 부하들이 선로 주변을 샅샅이 뒤졌지만 어디에서도 권총을 발견하지 못했습니다. 물론 브루노는 콜린스가 범인이라고 의심하고 있는 만큼 콜린스의 권총이 그 흉기라고 생각하고 있습니다. 그래서 현재 드위트의 시체에서 꺼낸 탄환을 콜린스의 권총에서 발사된 탄환과 비교하는 현미경 검사가 진행 중에 있습니다. 그러나 두 탄환이 다르다고 해도 그 사실로 콜린스의 무죄가 증명되지는 않습니다. 드위트를 다른 권총으로 살해했을 수도 있으니까요. 어쨌든 브루노는 그렇게 주장하고 있습니다. 브루노의 생각으로는 만약 콜린스가 다른 권총을 사용했다면 그날 밤 녀석은 그 권총을 지닌 채 택시에 올라탔고 택시가 뉴욕으로 건너가는 배에 실려 있는 동안에 강에다 던졌을 거라고 보는 겁니다."

"그럴듯한 발상이군요. 아무튼 계속 얘기해주십시오, 경감님."

"그래서 그 증거를 잡으려고 콜린스를 뉴욕으로 태우고 갔던 택시 운전사를 조사해 강을 건널 때 배를 이용했는지 여부와, 이용했다면 콜린스가 배 위에서 차를 내렸는지도 조사해보았습니다. 하지만 운전사는 콜린스가 당시에 어떤 행동을 취했는지 전혀 기억하지 못했습니다. 그가 분명하게 증언한 것은 열차가 리지필드 파크 역을 막 출발할 무렵에 콜린스가 자신의 택시에 탔다는 것뿐입니다……. 새롭다 할 사실도 아닙니다만 세 번째로 들 수 있는 것은, 롱스트리트의 업무상 서류와 개인적인 문서를 전부 조사해봤지만 이렇다 할 것을 전혀 찾아내지 못했다는 겁니다. 그러나 네 번째 것은 매우 흥미롭습니다. 드위트의 사무실에서 그의 서류를 조사하다가 굉장한 걸 발견했습니다. 이미 지불이 끝난 전표인데 거기에 의하면 지난 십사 년 동안에 매년 두 장씩 수표를 발행해 윌리엄 크로켓이란 이름의 사내에게 송금된 것으로 되어 있었습니다."

레인은 꼼짝도 하지 않았다. 그의 잿빛 눈이 경감의 입 모양을 지켜보는 동안에 담갈색으로 변했다.

"윌리엄 크로켓이라……. 경감님, 굉장한 소식이 있을 조짐이로군요. 그 수표의 액수는 어느 정도였으며 지불 은행은 어디였습니까?"

"액수는 각기 달랐습니다만 어느 것이나 1만 5천 달러 이상이었습니다. 그리고 모두 같은 은행에서 지불되었는데 캐나다 몬트리올의 콜로니얼 트러스트 은행입니다."

"캐나다라고요? 한층 더 흥미롭군요. 그런데 수표 발행인의 서명은 어떻게 되어 있었습니까? 드위트 개인이었습니까, 아니면 회사 명의였습니까?"

"드위트와 롱스트리트가 함께 서명한 것이니 회사 명의라고 할 수 있겠지요. 우리도 이점에 대해 생각해보았습니다. 처음엔 드위트가 협박을 당하고 있는 것이 아닌가 하는 생각이 들었는데 아무래도 두 사람이 함께 걸려들었다고 보는 게 맞는 것 같습니다. 어떤 이유로 반년마다 수표들이 발행되있는지 설명하는 기록은 어디에서도 찾아볼 수 없었습니다. 다만 두 사람 모두 반액씩 개인 입출금 계정으로 처리되어 있었습니다. 세금 관계 기록도 모두 조사해보았습니다만 빈틈이 없었습니다."

"크로켓 쪽도 조사했습니까?"

"물론입니다, 레인 씨. 캐나다 쪽 친구들은 우리를 제정신이 아니라고 생각했을 겁니다. 그 전표들을 발견한 뒤부터 줄곧 들볶아대기만 했으니까요. 그런데 이상한 일이 있었습니다. 몬트리올 경찰 당국을 통해 조사해본 바로는 윌리엄 크로켓이라는 사내는 수표마다 직접 이서를 해서 수취했다고 합니다."

"다른 사람이 이서한 적은 없었단 말입니까? 그렇다면 모두 필적도 같았겠군요?"

"그건 틀림없습니다. 그렇지 않아도 거기에 대해 지금 말씀드릴 생각이었습니다만, 이 크로켓이란 사내는 캐나다의 여러 곳에서 우편으로 그 수표를 예금한 뒤에 다시 그 예금을 다른 수표로 바꿔서 인출했습니다. 돈을 받는 대로 곧바로 써버린 게 분명합니다. 은행으로부터 크로켓의 인상착의라든가 거처에 대해서는 아무것도 알아내지 못했습니다. 다만 크로켓이 자신에 관한 계산서와 지불증서를 몬트리올 중앙우체국 사서함으로 우송하도록 요청해놓았다는 사실만을 알아냈을 뿐입니다. 그래서 곧 그 사서함을 조사해봤지만 수사에 도움이 될 만한 것은 전혀 찾아내지 못했습니다. 조사했을 당시에 사서함은 비어 있었고 누가 언제 열고 갔는지 기억하는 사람은 아무도 없었습니다. 그래서 드위트 앤드 롱스트리트 사의 사무실 쪽을 다시 조사해본 결과 그 수표들은 모두 처음부터 그 중앙우체국 쪽으로 우송되었다는 것을 알게 되었습니다. 우체국에서는 윌리엄 크로켓이 누군지, 어떻게 생긴 사람인지, 어째서 수표를 받아가고 있는지 알고 있는 사람이 전혀 없었습니다. 그리고 사서함 쪽은 일 년 계약으로 사용료는 해마다 선불로 지급하게 되어 있었는데 이것 또한 우송되고 있었습니다."

"정말이지 화가 치미는 일이로군요. 당신과 브루노 씨도 몹시 기분이 나빴겠군요."

"지금도 마찬가지입니다."

경감이 투덜대듯 말을 이었다.

"조사를 하면 할수록 점점 더 의문에 휩싸이게 되거든요. 그 크로켓이란 녀석이 사람들 앞에 모습을 드러내지 않으려고 했던 것은 바보라도 알겠지만 말입니다."

"말씀대로 사람들 앞에 모습을 드러내지 않으려고 한 것은 어쩌면 본인의 희망이라기보다 드와이트와 롱스트리트의 요청을 받았기 때문인지도 모릅니다."

"과연 그럴 수도 있겠군요! 거기까진 미처 생각하지 못했습니다. 아무튼 이 크로켓 건은 도무지 오리무중입니다. 살인 사건과는 관계가 없는지도 모른다고 브루노는 생각하고 있습니다. 확실히 그렇게 생각할 만한 전례는 많습니다. 살인 사건이란 반드시 그 본 줄거리에 헷갈리기 쉬운 불필요한 군더더기가 붙어 있는 법이니까요. 그렇긴 하더라도 역시 진짜로 의미 있는 무언가가 있을지도 모르죠. 어쨌든 크로켓이 두 사람을 협박해 왔다면 살인 동기는 있는 셈입니다."

"하지만 경감님, 그 생각을 '황금 알을 낳는 거위'라는 재미있는 이야기와 대조해서 살펴보면 어떨까요?"

경감은 얼굴을 찌푸리며 답했다.

"살인 동기가 협박이란 설이 우습다는 것은 저도 인정합니다. 무엇보다도 마지막 수표를 발행한 것이 올해 6월로 되어 있는 만큼 크로켓은 분명히 과거와 마찬가지로 반년분의 돈을 받았던 셈입니다. 그러니까 황금 알을 낳는 거위를 죽일 까닭이 없겠죠. 더욱이 그 마지막 수표는 금액이 가장 많았거든요."

"그러나 거꾸로 당신의 협박설을 그대로 밀고 나갈 경우, 크로켓에겐 죽일 수 있는 거위가 이제 더는 없었다고도 볼 수 있습니다. 올해 6월의 수표가 그가 받을 수 있는 최후의 것이었다면 어떻게 되겠습니까? 송금은 이것으로 마지막이라고 드위트와 롱스트리트한테서 통고를 받았다면 말입니다."

"그 말씀은 분명히 일리가 있군요……. 물론 크로켓과의 통신 기록도 조사해봤지만 아무것도 발견되지 않았습니다. 하긴 통신 기록 따위를 남기지 않도록 주의했을 게 뻔하니 이것만으로는 아무런 의미도 없을 테죠."

레인은 가볍게 고개를 저었다.

"어쨌든 당신이 얘기한 사실만으로 판단할 때 협박설에는 동의하기 어렵군요. 어째서 송금한 액수가 제각기 달랐을까요? 협박이었다면 으레 정해진 액수를 보낼 텐데 말입니다."

"그 말씀도 역시 일리가 있군요. 사실 올해 6월의 수표만 하더라도 금액이 1만 7,864달러였습니다. 어째서 아귀가 딱 맞는 액수가 아니었는지 모르겠습니다."

레인이 미소를 떠올렸다. 그러고는 저 아래에서 나무들 사이를 누비며 반짝이는 가는 실처럼 흐르는 허드슨 강을 아쉬운 표정으로 내려다보았다. 그는 깊게 한숨을 쉬고는 사슴 가죽 슬리퍼에 발을 꿰었다.

"자, 아래로 내려가십시다, 경감님. 우리는 아마도 '생각해왔던 일을 행동으로 옮길 때가 왔노라.'라는 대목에 이른 것 같습니다. 그러므로 '생각해왔던 일을 해야만 하노라.'라고 해야겠죠."

두 사람은 망루의 계단으로 향했다. 경감은 상대의 벌거벗은 가슴을 보면서 싱긋 웃었다.

"맙소사, 레인 씨! 저까지도 당신에게 물든 모양입니다. 연극 대사가 좋아질 줄은 꿈에도 생각하지 못했으니까요. 그 셰익스피어란 자는 세상 물정을 꽤 잘 아는군요. 방금 하신 대사는 《햄릿》에 나오는 걸 테죠?"

"경감님, 먼저 내려가시지요."

두 사람은 어두운 망루 안으로 들어가 구부러진 돌계단을 내려가기 시작했다. 레인은 경감의 넓은 등 뒤에서 미소를 떠올리며 말했다.

"그 덴마크인의 대사를 마구 인용하는 저의 버릇에서 용감한 판단을 내리셨군요. 하지만 틀리셨습니다, 경감님. 방금 것은 《맥베스》에서 인용한 거랍니다."

십 분 뒤에 두 사람은 레인의 도서실에 앉아 있었다. 레인은 맨몸 위에 잿빛 가운을 걸치고 커다란 뉴저지 주의 지도를 들여다보며 생각에 잠겨 있었고, 섬 경감은 몹시 어리둥절한 표정으로 그것을 바라보고 있었다. 땅딸막하고 두루뭉술한 불고기 푸딩 같은 모습을 한 레인의 집사 폴스태프가 양옆이 책들로 가득 차 있는 통로로 사라졌다.

레인은 한동안 지도를 물끄러미 들여다보다가 이윽고 그것을 옆으로 밀어내고는 매우 만족스러운 미소를 떠올리며 경감에게로 고개를 돌렸다.

"경감님, 마침내 순례를 떠날 때가 왔습니다. 이건 매우 중요한 순례이죠."

"이것이 마지막 순례입니까?"

"아뇨……. 마지막 순례는 아니랍니다."

레인은 중얼거리듯 말을 이었다.

"아마도 마지막에서 두 번째 순례가 되겠죠. 이번에도 역시 제가 하는 말을 믿어주셔야만 합니다, 경감님. 드위트의 피살은 예상했던 일인데도 그 어떤 직접적인 방법으로도 막을 수가 없었습니다. 그 사건 이래로 저는 제 자신의 능력을 의심하기 시작했던 것 같습니다……. 이건 변명 같습니다만, 드위트의 죽음은……."

그는 문득 입을 다물었다. 경감은 이상한 듯이 레인의 얼굴을 응시했다. 레인은 어깨를 으쓱했다.

"자, 이제부터 진짜 막을 올립시다! 저는 타고난 연극쟁이 기질 때문인지 클라이맥스는 완벽하게 내보이고 싶답니다. 그러므로 제가 말하는 대로 해주십시오. 다행히 운이 좋으면 당신들의 콜린스 유죄론을 뒤엎을 만한 멋진 증거를 보실 수가 있을 겁니다. 이건 당연히 지방 검사님을 방해하는 일이겠지만, 사람의 생명은 지켜야 하니까 어쩔 수 없겠죠. 그럼 경감님, 여기에서 즉시 전화로 적당한 연락을 취해주시기 바랍니다. 오늘 오후 가능한 한 빨리 경찰 팀을 위호켄으로 출동시켜 우리와 만날 수 있게 해주십시오. 그리고 준설 장비를 가진 인원도 포함해주십시오."

경감은 의아한 표정을 지으며 물었다.

"준설 장비라고요? 그럼 훑는 겁니까……? 강바닥을요? 시체를 찾으려고 말입니까?"

"어떤 사태에든 대비해둘 필요는 있죠……. 무슨 일인가, 퀘이시!"

가죽 앞치마를 허리에 두른 꼽추 노인이 커다란 마닐라 봉투를 손에 들고 어정어정 도서실로 들어왔다. 그는 가운 속에 아무것도 입지 않은 레인의 모습을 못마땅한 눈길로 바라보았고, 레인은 날렵하게 봉투를 낚아챘다.

봉투에는 영사과이란 글씨가 인쇄되어 있었다.

"우루과이에서 온 거랍니다."

퀘이시는 섬 경감을 보고 쾌활하게 말했으나 상대는 멍청한 얼굴로 앉아 있을 뿐이었다. 레인은 봉투를 찢고서 뒷면에 종이를 덧대 뻣뻣하게 만든 사진 몇 장과 장문의 편지를 꺼냈다. 그는 그 편지를 읽고 나서 책상 위에 내던졌다.

경감은 호기심을 감출 수가 없었다.

"지문 사진인 모양이군요?"

"이건 말입니다, 경감님. 마틴 스토프스라는 가장 흥미로운 인물의 지문 사진입니다."

레인은 사진을 흔들며 대꾸했다.

"그렇군요. 저는 또 사건에 관계있는 것인 줄 알았습니다."

"경감님, 이거야말로 사건이랍니다!"

경감은 강한 빛에 눈앞이 어찔해진 토끼처럼 멍청한 눈길로 레인의 얼굴을 쳐다보았다.

"하지만…… 대체 무슨 사건 말입니까? 우리가 지금 수사 중인 살인 사건들 말입니까? 레인 씨. 도대체 마틴 스토프스란 누굽니까?"

경감은 다급하게 물었다.

레인은 충동적인 행동을 했다. 한쪽 팔로 경감의 건장한 어깨를 껴안은 것이었다.

"경감님, 제가 당신보다 더 유리한 점이 바로 여기에 있는 겁니다. 그런데 이거 웃어서 죄송합니다. 이러는 건 예의가 아니죠……. 마틴 스토프스가 바로 우리가 그토록 찾아왔던 그 X랍니다. 할리 롱스트리트, 찰스 우드, 존 드위트를 이 지상에서 말살해버린 책임을 져야 할 인물입니다."

섬 경감은 숨을 삼키고 눈을 깜짝거리면서 멍할 때 내보이는 독특한 몸짓으로 머리를 내저었다.

"마틴 스토프스, 마틴 스토프스, 롱스트리트와 우드와 드위트를 죽인 범인……."

경감은 그 이름을 혀끝으로 굴리면서 생각에 잠겼다.

"그럴 리가 없어요!"

경감은 갑자기 그렇게 외치며 말을 이었다.

"그런 사내에 대해서는 들어본 적이 없어요! 그런 이름은 단 한 번도 나오지 않았단 말입니다!"

"이름이 그렇게도 중요합니까, 경감님?"

레인은 그 사진들을 마닐라 봉투 속에 다시 집어넣었다. 경감은 귀중한 서류나 되는 듯이 그것을 응시하며 무의식적으로 손가락들을 구부렸다.

"이름이야 어찌 됐든 상관없습니다, 경감님. 게다가 당신은 여러 차례 마틴 스토프스를 만났단 말씀입니다!"

제10장
보고타 부근
10월 12일 월요일 오후 6시 5분

 몇 시간이나 수색을 계속하면서 섬 경감은 아주 맥이 빠지고 말았다. 드루리 레인의 예지력이나 추리력에 대한 신뢰는 커졌다고는 하더라도 마음속에서 거센 동요가 일어나는 것을 억누를 수는 없었다. 종교재판 시대의 유물 같기도 한 묘하게 생긴 장비를 갖춘 사내들 한 무리가 오후 내내 서해안선을 가로지르는 뉴저지 주의 강들을 따라 깊은 강바닥 여기저기를 휘저어대고 있었다. 준설 작업이 계속해서 실패로 끝남에 따라 경감의 얼굴에는 점차 못마땅한 빛이 떠올랐다. 레인은 준설 작업을 감독하며 찾고자 하는 것이 있음 직한 물속 지점을 이것저것 제안할 뿐 다른 말은 아무것도 하지 않았다.

 흠뻑 젖고 몹시 지친 수색대가 보고타 거리에 가까운 강에 이르렀을 때 이미 날은 완전히 어두워져 있었다. 임무를 띤 사내들이 뛰쳐나갔다. 곧바로 섬 경감의 마술적인 권위로 새로운 도구가 조달되었다. 강력한 탐조등이 선로 옆 몇 군데에 장치되어 잔잔한 수면에 빛을 던졌다. 오후 내내 쉴 새 없이 일을 한 삽 모양의 철제 장비가 다시 움직이기 시작했다.

 레인과 시무룩한 표정의 섬 경감은 수색대원들의 기계적인 동작을 지켜보면서 어깨를 나란히 하고 서 있었다.

 "이건 건초 더미에서 바늘 찾기로군요. 절대로 발견될 리가 없습니다, 레인 씨."

경감은 투덜거렸다.

그때 운명의 신들이 경감의 비관적인 말을 동정이라도 한 듯이, 선로에서 6미터쯤 떨어진 지점의 보트에서 작업하던 사내들 중 한 명이 소리를 질렀다. 그 목소리가 레인의 대답을 삼켰다. 탐조등 하나가 그 보트로 빛을 던졌다. 삽에 떠올려진 것은 이제까지와 마찬가지로 끈적끈적한 오물과 물풀과 자갈이 섞인 진흙이었지만, 이번에는 그 속에서 강한 조명을 받아 반짝거리는 무엇인가가 있었다.

경감은 환성을 지르며 무작정 둑을 달려 내려갔다. 한층 침착한 태도로 레인이 그 뒤를 따라 내려갔다.

"그게 뭔가?"

경감이 소리쳤다.

보트가 조용히 그에게로 다가왔고 수색대원 중 한 명이 진흙이 잔뜩 묻은 손으로 번쩍이는 물건을 내밀었다. 경감은 자기 옆으로 다가온 레인의 얼굴을 경외하는 눈길로 올려다보았다. 그런 뒤에 고개를 설레설레 흔들고 그 물건을 살펴보기 시작했다.

"38구경이 틀림없겠죠?"

레인이 부드럽게 묻자 섬이 외치듯이 말했다.

"예, 바로 이겁니다. 틀림없습니다! 오늘은 정말이지 운이 좋습니다! 한 방만 쐈군요. 이 탄환을 조사해보면 드위트의 시체에서 꺼낸 것과 같을 게 틀림없습니다!"

그는 물에 젖은 권총을 마치 귀여운 듯이 어루만지고는 손수건으로 싸서 웃옷 주머니에 넣었다.

"자아, 모두 주목하세! 드디어 찾아냈다! 이젠 장비를 정리하고 여기서 철수하기로 한다!"

그는 지친 몰골의 대원들을 향해 소리쳤다.

경감과 레인은 오후 내내 그들을 태우고 돌아다닌 경찰차가 있는 곳으로 선로를 따라 돌아갔다.

"그런데, 레인 씨……."

경감이 뜸을 들인 뒤 말을 이었다.

"제가 정리를 좀 해보겠습니다. 마침내 드위트를 살해하는 데 사용된 것과 동일한 구경의 권총이 그날 밤 열차가 가로질렀던 강 속에서 발견된 셈입니다. 발견된 위치로 보아 이 권총이 범행을 저지른 뒤에 열차에서 강물 속으로 던져졌다는 것은 쉽게 알 수 있습니다. 물론 범인에 의해서 말입니다."

레인이 그 말을 받았다.

"다른 가능성도 생각해볼 수 있습니다. 범인이 보고타나 그 이전에 열차에서 내려 저 강까지 가거나 돌아가든가 해서 권총을 던졌을 경우입니다. 물론 저는 단지 또 하나의 가능성을 지적하고 있을 뿐입니다. 아무래도 열차에서 던졌다고 하는 편이 훨씬 더 자연스러운 견해겠죠."

"당신은 일단 무엇이든 생각해보시는군요. 저도 그 말씀에 동의합니다."

두 사람은 경찰차가 있는 곳에 도착해 한숨 돌린 듯이 검은 문짝에 몸을 기댔다. 레인이 말했다.

"어쨌든 서 상에서 권총이 발견되었으니 이로써 콜린스가 유죄일 가능성은 없어진 셈입니다."

"그럼 이제 콜린스는 완전히 결백하다는 말씀입니까?"

"그렇습니다, 경감님. 그 열차는 0시 30분에 리지필드 파크 역에 도착했습니다. 콜린스는 열차에서 내려 택시를 탔는데 그때는 열차가 아직도 시야에 보일 때였습니다. 이 점이 중요합니다. 그리고 그 후 그의 알리바이는 택시 운전사의 증언으로 확실합니다. 열차 진행 방향과는 정반대 쪽인 뉴욕으로 그를 싣고 갔으니까요. 그러니까 열차가 강을 가로지른 시각인 0시 35분보다 이전에 열차에서 권총을 던졌을 리는 없는 것입니다. 비록 걸어와서 권총을 던졌다 하더라도 당연히 열차보다 먼저 강까지 올 수는 없었을 것입니다. 더욱이 콜린스가 걷거나 자동차를 타고 강까지 와서 권총을 버린 뒤 열차가 보이는 동안에 리지필드 파크 역으로 다시 돌아갈 수는 없는 일이 아니겠습니까! 리지필드 파크 역과 강 사이의 거리는 대략 1,600미터쯤, 왕복 3,200미터쯤이 됩니다. 물론 다른 가능성을 생각해볼 수도 있습니다. 예컨대 권총을 범행 시각보다 훨씬 뒤에 강에 버렸다고 말입니다. 곧 콜린스가 범행을 저지르고서 몇 시간이나 지난 다음에 다시 돌아가서 강에다 권총을 버렸다는 것입니다. 일반적인 경우라면 생각해볼 수 없는 일도 아니죠. 하지만 이번의 경우는 특수해서 그렇게 생각할 수는 없습니다. 콜린스는 택시로 곧장 뉴욕의 아파트로 돌아갔으며, 그 이후의 행동은 완전히 경찰에 의해 감시당하고 있었기 때문입니다. 그렇기 때문에 이로써 콜린스 씨는 이번 무대에서는 완전히 퇴장한 셈입니다."

갑자기 경감이 의기양양하게 소리쳤다.

"뭔가 빠트리신 점이 있습니다, 레인 씨! 방금 하신 말씀은 분명히 옳습니다… 콜린스 자신이 권총을 강에 던질 수는 없습니다. 하지만 공범이 있었다면 어떨까요? 콜린스가 드위트를 사살하고 그 권총을 공범에게 건네주고는 열차에서 빠져나갔다면 말입니다. 그리고 자신이 내린 뒤 오 분쯤 지나 열차가 강을 가로지를 때 권총을 던져버리도록 공범에게 지시해놓았다면 말입니다. 어떻습니까, 레인 씨?"

레인은 미소 띤 얼굴로 말했다.

"자, 자, 침착하십시오, 경감님. 우리는 줄곧 콜린스의 법적인 입장에 대해 검토하고 있습니다. 저도 공범의 가능성을 미처 생각하지 못한 것은 아닙니다. 결코 그렇지 않습니다. 이 문제에 대해서는 제가 당신에게 다음과 같이 되묻는 것만으로도 충분할 겁니다. 그렇다면 대체 그 공범자는 누구입니까? 그걸 법정에서 밝힐 수 있습니까? 그럴듯한 추측 이외에 배심원들에게 제출할 것이 있습니까? 거듭 말씀드리지만 이 새로운 증거가 나온 이상 콜린스 씨가 드위트의 살해범으로 유죄가 될 가능성은 없어진 셈입니다."

"그렇군요."

경감은 다시 우울한 표정을 지으며 시인한 뒤 말을 계속했다.

"그렇군요. 브루노와 저도 누가 공범자인지는 알 수가 없는 노릇이니까요."

"그것도 공범자가 있을 경우의 일이겠죠, 경감님."

레인은 냉정한 어조로 지적했다.

수색대원들이 모여들기 시작하자 경감은 경찰차에 올라탔다. 레인이 뒤따라 차에 탔고 다른 차에서도 대원들이 올라타자 수색대는 장비를 실은 트레일러를 끌고 위호켄을 향해 돌아가기 시작했다. 드루리 레인은 느긋하게 긴 다리를 뻗었다.

레인이 말했다.

"경감님, 심리적 관점에서 보더라도 공범설은 빈약합니다."

경감이 신음하자 레인이 다시 입을 열었다.

"그럼 콜린스가 드위트를 죽이고 공범에게 권총을 주며 자신이 리지필드 파크 역에서 내린 뒤 오 분쯤 지나면 버리라고 지시했다는 설을 검토해보기로 하죠. 적어도 여기까지는 좋습니다. 하지만 이 가설은 콜린스가 완전한 알리바이를 만들려고 생각했을 때에만 성립할 수 있는 것입니다. 다시 말해서 콜린스가 열차 진행 방향과는 반대쪽으로 되돌아갔던 장소에서부터 다시 그 열차로 오 분이 더 걸리는 선로가의 지점에서 권총이 반드시 발견되어야 한다는 게 전제가 되어야 합니다. 하지만 권총이 그가 내린 역에서 열차 진행 방향으로 오 분이 더 걸리는 지점에서 발견되지 않는다면 콜린스의 알리바이는 없어지는 셈입니다. 그러므로 콜린스가 이 모든 것을 계획했다고 한다면 권총이 발견되어야 한다는 점을 확실히 해두어야 했을 것입니다. 그러나 우리가 권총을 발견한 지점은 신의 은총과도 같은 행운이 작용하지 않았다면 영원히 찾아내지 못했을 강물 속이었습니다. 콜린스가 알리바이 조작을 꾀했다는 추정과 이렇듯 명백히 권총이 발견되지 않도록 전력을 기울인 사실이 어떻게 어울릴 수 있을까요? 당신은 이렇게 말할지도 모르겠군요. 공범자는 선로 주변에 떨어뜨릴 작정으로 권총을 차창 밖으로 내던졌지만 우연히도 강물에 떨어졌다고 말입니다. 하지만 콜린스의 알리바이를 성립시키기 위해서라면 나중에 발견되기 쉽도록 내던져야 하는데 어째서 공범자는 열차에서 6미터쯤이나 벗어난 곳으로 권총을 내던진 걸까요? 우리가 권총을 발견한 장소는 정확하게 선로에서 6.1미터 떨어진 강물 속이었습니다. 콜린스의 공범자가 그렇게 멀리 던졌을 리는 없습니다. 이럴 경우 공범자는 권총을 던지지 않고 다만 창가에서 아래로 떨어뜨렸어야 합니다. 그렇게 해야 권총이 선로에서 벗어난 곳에 떨어지지 않고 나중에 쉽사리 발견될 수 있을 테니 말입니다."

"곧 당신은 권총을 발견하기 쉽도록 버린 게 아니라는 점을 명확히 입증하시는 셈이로군요. 그러니까 콜린스는 절대로 결백하다는 말씀이시죠?"

경감이 중얼거리듯 말했다.

"그렇습니다, 경감님."

"이제 저는 두 손 들 수밖에 없겠습니다. 브루노와 제가 X라고 생각하고 누군가를 잡아들일 때마다 당신이 수포로 돌아가게 만드는군요. 이것이 정석처럼 계속되고 있네요. 이제 저에게 사건은 더욱더 복잡해지고 말았습니다."

드루리 레인이 재빨리 대꾸했다.

"아니, 그 반대입니다. 우리는 마침내 대단원에 이르고 있는 중입니다."

제11장
햄릿 저택
10월 13일 화요일 오전 10시 30분

퀘이시는 햄릿 저택 안에 있는 자신의 가발 제작실에서 선 채로 전화를 받고 있는 중이었다. 드루리 레인은 그 옆 의자에 편한 자세로 앉아 있었다. 어두운 색의 차양이 드리워져 있는 탓에 창문에서는 약한 햇살이 흔들리고 있었다.

노인은 격앙된 목소리로 지껄였다.

"하지만 브루노 씨, 레인 씨는 그렇게 말씀하시고 계십니다. 네, 그렇습니다……. 네, 오늘 밤 11시에 섬 경감님과 함께 레인 씨를 마중하러 오시기 바랍니다……. 아, 잠깐 기다려주십시오."

퀘이시는 수화기를 자신의 앙상한 가슴에 갖다 댔다.

"주인님, 브루노 씨가 경관은 사복 차림을 해야 하는 건지, 그리고 목적은 무엇인지를 물으십니다만……."

"지방 검사에게 이렇게 전하게. 경관은 사복 차림이어야 하고 목적은 뉴저지 주로 가벼운 나들이를 가는 것이라고……. 그리고 이번 사건과 관련이 있는 가장 중요한 용건으로 웨스트 잉글우드행 서해안선을 탈 것이라고 전하게."

레인은 나른하게 퀘이시에게 말했다.

퀘이시는 눈을 깜박이며 수화기를 다시 들고서 그대로 전했다.

밤 11시

그날 밤, 햄릿 저택의 도서실에 모인 경관들 중에서 섬 경감만이 가장 마음이 편해 보였다. 아마도 다른 사람들보다 이 집의 주인과 친숙하기 때문일 것이다. 브루노 지방 검사는 초조한 목소리로 뭐라고 중얼거리며 고풍스러운 의자에 앉았다.

땅딸막한 모습의 폴스태프가 머리를 숙이고 브루노의 앞으로 나아갔다.

"무슨 일이오?"

"죄송합니다만, 잠시만 더 기다려주십사는 드루리 레인 씨의 전갈입니다."

브루노는 맥 빠진 표정으로 고개를 끄덕였다. 경감이 혼자 킥킥거리며 웃었다.

기다리는 동안 경관들의 시선은 신기한 듯이 넓은 방 안을 더듬고 있었다. 천장은 몹시 높았고 삼면의 벽은 바닥에서 천장까지 닿은 책장들에 가려져 있었다. 책장에는 몇 천권의 책들이 가득 꽂혀 있었고 각 책장들의 윗단에는 도서실용 사다리들이 걸쳐져 있었다. 기묘하고 고풍스러운 형태의 발코니가 도서실을 완전히 둘러싸고 있었는데, 구석 두 군데에 설치되어 있는 나선형 철제 계단으로 올라가게 되어 있었다. 책들은 고대 영어로 새긴 청동 표지로 분류되어 있었다. 지금은 아무도 앉아 있지 않지만 도서실의 한쪽 구석에 있는 둥근 책상은 틀림없이 도서 관리인의 자리일 것이다. 책장이 없는 벽에는 골동품 몇 개가 놓여 있었다. 브루노는 초조한 듯이 자리에서 일어나 서성대기 시작했다. 그는 벽의 중앙에 자리 잡고 있는 두텁게 니스가 칠해진 데다 판유리로 덮인 오래된 도면을 바라보았다. 왼쪽 아래에 쓰여 있는 장식체 글자에 따르면 그것은 1501년의 세계 지도였다. 그 벽의 바닥에는 엘리자베스 왕조 시대의 의상 컬렉션이 각각 별개의 케이스에 넣어진 채 나란히 놓여 있었다.

갑자기 도서실의 문이 열리자 모두가 돌아다보았고 깡마른 퀘이시가 조용히 안으로 들어섰다. 그는 햇볕에 그을리고 깊은 주름이 파인 얼굴에 무언가를 기다리는 듯한 미소를 담고서 문을 넓게 연 채로 문고리를 손으로 잡고 있었다.

윗부분이 아치형으로 된 문으로 키가 크고 건장한 데다 얼굴이 불그레한 사내가 큰 걸음으로 들어와서 사나운 눈초리로 모두를 바라보았다. 사내는 강인한 턱을 지녔는데 볼이 약간 늘어져 있었고 눈언저리에는 명백한 방탕의 그늘이 드리워져 있었다. 그는 올이 굵은 옷을 입었는데 큼직하고 활동적인 바지와 신사복 재킷 차림이었다. 그는 두 손을 덮개가 없는 주머니에 찔러 넣은 채 모두를 노려보았다.

이 사내의 출현은 당장에 강한 효과를 드러냈다. 브루노 지방 검사는 바닥 위에 얼어붙은 채 시신경이 대뇌에 보낸 신호가 믿어지지 않는다는 듯이 분주하게 눈을 깜박거렸다. 그러나 브루노의 반응이 단순히 믿을 수 없다는 투였다면, 섬 경감의 반응은 보다 더 미묘하고 심각한 것이었다. 그의 바위 같은 턱이 어린애의 턱처럼 부들부들 떨리며 축 늘어졌다. 그런 뒤에도 그의 턱은 여전히 약하게 떨리고 있었다. 평소에는 위엄 있고 냉정하던 두 눈도 공포의 열기에 들떠 불타올랐다. 그는 분주하게 두 눈을 몇 번이고 깜박거렸다. 얼굴에서 핏기는 완전히 가셔 있었다.

"이…… 이럴 수가……."

경감은 나직하고 쉰 목소리로 말을 너듬었다.

"히…… 차…… 학리 롱스트리트!"

다른 사람들은 미동도 하지 않았다. 문가의 망령이 나직하고 기분 나쁜 웃음소리로 침묵을 깨뜨렸다. 모두 저도 모르게 등줄기가 오싹해짐을 느꼈다.

"아아, 이토록 장엄하고 아름다운 궁전에 거짓이 깃들어 있을 줄이야!"

할리 롱스트리트가 말했다.

드루리 레인의 멋들어진 목소리로…….

제12장
위호켄-뉴버그 구간 열차
10월 14일 수요일 오전 12시 18분

 기묘한 여행이었다……. '역사'라는 상상력이 없는 깡마른 말(馬)이 똑같은 일을 되풀이했던 것이다. 그때와 같은 장소, 그때와 같은 어두운 밤, 그때와 같은 시각, 그때와 같은 소음.
 자정에서 십팔 분이 지난 시각, 드루리 레인이 소집한 경찰 일행은 시발역과 노스 버건 사이를 달리는 위호켄-뉴버그 구간 열차의 뒤쪽 차량 중의 하나에 탑승해 있었다. 드루리 레인, 섬 경감, 브루노 지방 검사 그리고 동행한 경찰 일행들 이외에 객차 안에 다른 승객들은 그다지 없었다.
 레인은 두툼한 외투에 몸을 잔뜩 파묻고 펠트 모자의 넓은 챙을 깊숙이 내려 쓰고 있었기 때문에 얼굴은 거의 보이지 않았다. 그는 섬 경감 옆의 창가 자리에 앉아 머리를 차창에 기댄 채 침묵하고 있었다. 얼핏 보기에는 잠이 든 것 같기도 했고 뭔가 혼자서 생각에 잠겨 있는 것 같기도 했다.
 맞은편에 앉아 있는 지방 검사와 옆자리의 경감도 말이 없었다. 두 사람 모두 몹시 신경이 곤두서 있었다. 그 긴장감이 주위에 앉아 있는 부하들에게까지 전해진 탓인지 모두 그다지 말도 하지 않고 딱딱한 자세로 앉아 있었다. 그들은 그것이 어떤 것인지 알지 못하면서도 힘찬 클라이맥스를 기다리고 있는 듯했다.
 경감은 마음이 진정되지 않았다. 그는 차창에 기댄 레인의 미리를 흘끗 보고는 한숨을 쉬면서 자리에서 일어났다. 무거운 발소리를 내며 앞으로 나아갔다. 그러나 금세 잔뜩 흥분된 얼굴로 되돌아왔다. 그는 자리에 앉자 몸을 앞으로 구부리며 브루노에게 속삭였다.

"알 수 없는 노릇이군요……. 지금 앞쪽 객차에 에이헌과 임피리얼이 타고 있는 것을 봤어요. 레인에게 말할까요?"

브루노는 외투에 감싸인 레인의 머리를 유심히 바라보다가 어깨를 으쓱했다.

"모든 걸 그가 하는 대로 그냥 맡겨두는 게 좋을 것 같소. 다 생각하는 게 있는 모양이니까요."

열차가 무거운 차체를 떨면서 멈췄다. 브루노는 창문으로 밖을 내다보았다. 열차는 노스 버건 역에 도착해 있었다. 섬 경감은 시계를 보았다. 정확히 밤 12시 20분이었다. 정거장의 흐릿한 조명 속에서 몇몇 승객들이 열차에 오르는 모습이 보였다. 신호용 랜턴들이 흔들리고 여기저기서 문이 닫히는 소리가 요란스레 나더니 열차는 다시 움직이기 시작했다.

얼마 뒤에 객차의 앞쪽에서 차장이 나타나 검표를 시작했다. 경찰 일행에게 다가온 차장은 그들을 알아보고 미소를 지었다. 경감은 무뚝뚝하게 고개를 끄덕이고는 일행의 요금을 현금으로 지불했다. 차장은 가슴께의 바깥 주머니에서 복식 승차권 몇 장을 꺼내 가시런히 모아서 두 군데 펀치 자국을 냈다. 그런 다음 그것들을 반으로 찢어서 한쪽은 경감에게 주고 다른 한쪽은 자신의 다른 주머니에 넣었다.

잠이 든 건지 생각에 잠겨 있는지 알 수 없었던 드루리 레인이 이 순간을 놓치지 않고 돌연 행동을 개시했다. 그는 재빨리 자리에서 일어나 은폐용이었던 모자와 외투를 벗어 던지고 몸을 홱

틀어 차장에게 똑바로 얼굴을 향했다. 상대는 멍한 눈길로 바라보았다. 레인은 한 손을 웃옷 주머니에 찔러 넣고 은제 안경집을 꺼내 소리 내어 뚜껑을 열고선 안경을 꺼냈다. 하지만 그는 그것을 쓰지 않고서 다만 무언가 생각에 잠긴 듯한 기묘한 상태로 차장을 지켜볼 따름이었다. 그 얼굴……. 억세 보이면서도 눈언저리가 늘어졌고 방탕으로 지쳐버린 듯한 그 얼굴은 차장을 완전히 사로잡은 듯했다.

그것은 차장에게 기묘한 영향을 주었다. 그의 한 손은 펀치를 든 채 허공에서 멎었다. 그는 눈앞에 있는 이 기분 나쁜 모습을 훑어보았는데, 처음에는 영문을 모르고 바라보았으나 마침내는 그 어떤 끔찍한 것을 알아낸 듯 공포의 빛이 그의 얼굴에 번졌다. 그의 입이 쩍 벌어졌으며 동시에 그 건장한 몸이 축 늘어졌고 곧바로 포도주 빛 얼굴이 창백해졌다. 그의 입에서 질식할 듯한 목소리로 단 한 마디가 새어 나왔다.

"롱스트리트……."

그뿐이었다. 그는 온몸의 신경이 마비된 듯 그 자리에 화석처럼 굳어버렸다. 할리 롱스트리트의 인조 입술이 미소를 머금었고 그의 오른손에서 은제 안경집과 안경이 떨어졌다. 그는 그것들은 가뿐하게 낚아채서 주머니 속에 도로 집어넣었다. 그러고는 곧 뭔가 흐릿한 금속제의 물건을 꺼냈다……. 일순 레인이 잽싸게 상대의 손목을 덮치는가 싶더니 이어서 나직하게 찰칵하는 금속성의 소리가 났다. 차장은 눈앞의 미소 띤 얼굴에서 눈길을 떨어뜨리고는 맥이 빠진 듯이 멍하니 손목에 채워진 수갑을 내려다보았다.

여기서 드루리 레인은 다시 미소를 지었다. 이번에는 방금 이루어진 이 짧고도 극적인 장면을 꼼짝도 하시 않은 채 숨죽이고 지켜보던 섬 경감과 브루노 지방 검사의 얼굴을 향한 미소였다. 그들은 믿기지 않는 듯이 흐릿한 표정을 짓고 있었다. 두 사람의 이마에 잔주름이 떠올랐다. 그들은 레인에게서부터 차장에게로 시선을 옮겼다. 차장은 떨리는 혀끝으로 입술을 핥으면서 좌석의 등받이에 기댄 채 몸을 웅크리고 있었다. 그는 자신의 손목에 채워진 수갑을 믿기지 않는다는 듯이 내려다보면서 절망감과 수치심이 뒤섞인 참담한 표정을 짓고 있었다.

드루리 레인이 조용히 섬 경감에게 말했다.

"경감님, 부탁드린 스탬프를 가지고 오셨습니까?"

경감은 묵묵히 주머니에서 양철 뚜껑이 달린 스탬프와 백지 메모장을 꺼냈다.

"이 사람의 지문을 채취해주십시오, 경감님."

섬은 비틀거리면서 일어섰다. 그는 여전히 믿기지 않는다는 표정으로 레인의 지시에 따랐다. 레인은 풀이 죽어 있는 차장 옆에 서서 그와 마찬가지로 좌석에 몸을 기댔다. 경감이 차장의 맥 빠진 손을 잡아 스탬프에 갖다 대는 동안 레인은 좌석에 벗어 던진 외투를 집어 들고 주머니 하나를 뒤져 월요일에 받은 마닐라 봉투를 꺼냈다. 경감이 차장의 축 늘어진 손가락을 종이에다 갖다 대고 누르자 레인은 봉투에서 우루과이에서 전송되어 온 지문 사진을 꺼내 싱긋 웃으며 들여다보았다.

"다 됐습니까, 경감님?"

경감은 아직 채 마르지도 않은 차장의 지문이 찍힌 종이를 레인에게 건네주었다. 레인은 그것을 사진과 나란히 들고 고개를 기울이고서 소용돌이 모양을 자세히 비교해보았다. 그런 뒤에 그 지문 종이를 사진과 함께 경감에게 되돌려주었다.

"어떻습니까. 경감님? 당신은 이런 것을 몇천 번이나 비교해

보셨으리라 생각합니다만."

경감은 두 지문을 주의 깊게 비교했다.

"동일한 것 같군요."

"물론 동일합니다."

브루노는 비틀거리며 자리에서 일어났다.

"레인 씨, 누굽니까……? 대체 이자가……?"

레인은 수갑이 채워진 사내의 팔을 조심스럽게 잡으며 대답했다.

"브루노 지방 검사님 그리고 섬 경감님, 가장 불행한 신의 아들의 한 사람인 마틴 스토프스 씨입니다."

"하지만……?"

"일명 에드워드 톰슨으로 서해안선 구간 열차의 차장이죠."

"하지만……?"

"그리고 배에 타고 있었던 알려지지 않은 신사……."

"하지만 그래도……?"

레인은 마지막으로 부드럽게 덧붙였다.

"또 일명 찰스 우드랍니다."

"찰스 우드!"

섬 경감과 브루노 지방 검사는 거의 동시에 외쳤다. 두 사람은 몸을 틀어 웅크리고 있는 포로를 응시했다. 브루노가 나직하게 중얼거렸다.

"하지만 찰스 우드는 죽었을 텐데……?"

드루리 레인이 조용히 웃으며 말했다.

"브루노 씨, 당신의 머릿속에선 죽었을 겁니다. 그리고 경감님, 당신의 머릿속에서도 죽었을 테죠. 하지만 제 머릿속에서는 멀쩡하게 살아 있었답니다."

무대 뒤에서 – 설명
햄릿 저택
10월 14일 수요일 오후 4시

처음과 마찬가지로 눈 아래 저 멀리로 허드슨 강이 흐르고 있었고 그 강 위로 흰 돛을 단 돛단배와 증기선이 평화롭게 오가고 있었다. 다섯 주 전과 마찬가지로 섬 경감과 브루노 지방 검사를 태운 자동차는, 우아하게 단장한 옛이야기 속의 성처럼 단풍 든 수풀에 둘러싸여 덧없고도 미묘한 아름다움을 보이는 햄릿 저택을 향해 좁고 구불구불한 길을 쉬지 않고 기어오르고 있었다.

다섯 주!

저 멀리 상공에 구름 사이로 모습을 드러내고 있는 망루와 성벽과 총안(銃眼), 교회의 첨탑……, 그리고 낡고 고풍스러운 다리와 초가지붕의 오두막과 혈색이 좋고 키 작은 다리지기 노인……, 요란스레 열리는 철문, 다리, 깨끗하게 펼쳐진 자갈길, 지금은 적갈색으로 변한 떡갈나무 숲, 대저택을 에워싼 돌담…….

그들은 다리를 지나 떡갈나무로 만든 바깥 현관에서 폴스태프의 영접을 받았다. 마치 중세 영주 저택의 응접실인 듯한 드넓은 방으로 들어서면 머리 위에는 거대하고 고풍스러운 대들보들이 가로질러 있고 번쩍이는 철갑을 두른 기사상들과 엘리자베스 왕조풍의 육중한 가구들이 놓여 있었다. 기괴한 가면들과 거대한 샹들리에 아래에는 대머리에 구레나룻을 기른 꼽추 노인 퀘이시가 있었다…….

쾌적한 온기에 감싸인 드루리 레인의 방에서 두 사람은 벽난로에 발끝을 들이밀며 편안한 자세로 몸을 녹였다. 레인은 벨벳 웃옷을 입고 있었다. 일렁이는 불빛이 반사되어 그는 여느 때보다도 젊고 멋있어 보였다. 퀘이시가 벽의 작은 송화기에 대고 뭐라고 중얼거리자 곧이어 장밋빛 뺨을 가진 폴스태프가 향기로운 리큐어 혼합주가 담긴 술잔을 쟁반에 얹어 들고 상냥하게 웃으며 나타났다. 카나페는 섬 경감의 염치없는 약탈로 순식간에 없어졌다.

모두 흡족한 기분으로 벽난로 앞에 자세를 바로 하고 앉았다. 폴스태프가 조리실로 물러가자 드루리 레인이 입을 열었다.

"돌이켜보니 저는 지난 몇 주 동안 혼자 우쭐해서 알쏭달쏭한 말들을 늘어놓았던 것 같습니다. 아마도 두 분께서는 그 설명을 들으러 오신 걸로 생각되는군요. 벌써 또 다른 살인 사건이 발생했다고는 생각되지 않으니까요."

"네, 물론 그렇습니다. 하지만 지난 서른여섯 시간 동안 제가 경험한 바로 미루어 보아 만약 의논드리지 않으면 안 될 사건이 또다시 발생한다면 그때에는 주저 없이 당신에게 도움을 청하러 올 것은 분명합니다. 좀 빙 돌려서 말씀드린 것 같습니다만 어쨌든 제 말의 참뜻은 이해해주시리라 믿습니다. 레인 씨. 경감이나 제가 얼마나 감사하고 있는지……. 정말이지 뭐라고 감사의 말씀을 드려야 좋을지 모르겠습니다."

브루노가 중얼거리듯이 말했다.

섬 경감이 쓴웃음을 지으며 덧붙였다.

"말하자면, 당신 덕분에 우리 두 사람의 목이 붙어 있게 됐습니다."

"천만에요. 당치도 않습니다."

레인은 가볍게 손을 내저으며 화제를 돌렸다.

"신문을 보고 스토프스가 자백을 한 걸 알았습니다. 어떤 신문사가 이 사건에 제가 관계되어 있다는 걸 어디서 어떻게 냄새를 맡았는지……, 그 바람에 저는 온종일 집요한 기자들에게 둘러싸여 공격을 받느라 혼이 났습니다. 그런데 스토프스의 자백에서는 뭔가 흥미로운 것이 있었습니까?"

"저희에겐 흥미로운 것들이 많았습니다. 하지만 당신은 이미 자백의 내용을 알고 계시리라 봅니다. 도무지 어떻게 알아내셨는지는 저로서는 짐작도 못 하겠지만요."

"아니, 그렇지 않습니다. 마틴 스토프스에 대해서는 까닭을 알 수 없는 점들이 무척 많습니다."

레인이 미소 지으며 대꾸했다.

두 사람은 고개를 저었다. 레인은 설명하지 않았다. 그리고 마틴 스토프스에 대해 얘기해달라고 브루노에게 재촉했다. 이윽고 브루노가 1912년경 우루과이에서 유명하진 않았지만 열성적인 젊은 지질학자였던 스토프스의 얘기를 시작하자 레인은 잠자코 귀를 기울였다. 그러나 몇 가지 세부적인 점에서는 흥미가 이끌렸는지 재치 있게 질문을 하여 우루과이 영사 후안 아호스한테서 듣지 못했던 정보를 끌어냈다.

그리하여 레인은 다음과 같은 사실들을 알게 되었다. 1912년에 그 망간 광산을 발견한 사람은 마틴 스토프스였다. 당시 그는 동료인 크로켓과 함께 미개의 오지를 돌아다니며 광맥을 찾던 중에 마침내 그 망간 광산을 발견한 것이었다. 그러나 광맥을 발견하긴 했지만 발견자인 스토프스나 동료인 크로켓은 모두 무일푼인 처지여서 채굴을 하자면 자본이 필요했다. 그래서 스토프스는 자신들보다 적은 몫을 갖는다는 조건으로 다른 동업자들을 받아들였는데, 그들이 바로 크로켓의 소개로 알게 된 롱스트리트와 드위트였다. 스토프스는 자백을 하며, 그 후 자신이 저질렀다고 알려진 범죄, 곧 마체테로 아내를 살해했다는 범죄는 크로켓이 저지른 것임을 고통스럽게 밝혔다. 어느 날 밤, 스토프스가 가까운 광산에 나가고 오두막에 없는 동안 크로켓은 취중에 욕정을 자제하지 못하고 스토프스의 아내를 겁탈하려고 했다. 하지만 그녀가 심하게 저항하자 결국은 죽이고 만 것이었다. 그러자 롱스트리트는 이 기회를 이용해 스토프스에게 살인죄를 뒤집어씌워 제거할 음모를 꾸몄고 그에 따라 세 사람은 스토프스를 고발하게 된 것이었다. 아무도 이 광산이 스토프스의 소유임을 몰랐으므로 그 후 그들은 그 광산을 자기들 것으로 만들어버렸다. 광산은 아직 등기가 되지 않았던 것이다. 당시 크로켓은 자신의 범행으로 전전긍긍하던 참이라 두말없이 롱스트리트의 음모에 찬동했다. 그리고 스토프스에 따르면 드위트는 그럴 생각은 없었으나 롱스트리트의 협박에 못 이겨 음모에 말려들었다.

아내의 죽음이라는 충격과 동료들한테서 배신당했다는 참담한 현실이 젊은 지질학자를 제정신이 아니게 만들어버렸다. 유죄가 확정되어 투옥된 뒤에야 그는 비로소 정상적인 정신으로 돌아왔다. 그러나 사태는 이미 자신의 힘으로는 어떻게도 돌이킬 수 없다는 것을 깨달아야 했다. 그 순간부터 그의 사상과 야심과 포부는 모조리 모진 복수심으로 바뀌었다. 남은 인생의 전부를 탈옥과 세 악당을 죽이는 데 바칠 결심을 하게 되었다고 그는 고백했다. 감옥에서 탈옥했을 때 그는 몹시 늙어 있었다. 몸은 전과 다름없이 튼튼했으나 혹독한 수형 생활도 노쇠은 일어보지 못할 정도로 변해 있었다. 하지만 그 덕분에 스토프스는 복수의 날에 이르러도 자신이 목적하는 희생자들이 자기를 알아보지 못하리라는 확신을 가지게 되었다.

브루노가 마지막으로 덧붙였다.

"그러나 레인 씨, 이러한 사실들은 당신이 사건을 해결한 그 초자연적인 방법에 비하면 현재의 저희에겐 그다지 중요한 문제가 아닙니다. 적어도 저에게는 초자연적이라고 여겨지는군요. 도대체 어떤 방법으로 그토록 불가사의한 해결에 이르신 겁니까?"

레인은 고개를 저으며 대꾸했다.

"초자연적이라고요? 저는 기적 따위는 믿지 않습니다. 물론 스스로 행한 적도 없고요. 이번의 실로 흥미로운 수사 과정에서 제가 거둔 성공은 모두 관찰된 바를 깊이 생각하고 생각한 직접적인 결과일 뿐입니다. 그럼 먼저 개괄적으로 설명을 해드리죠. 우리가 직면했던 세 가지 살인 사건 중에서 가장 간단한 것은 첫 번째 사건이었습니다. 뜻밖이십니까? 그러나 롱스트리트의 기묘한 죽음을 에워싼 정황을 생각해보면 이상하리만큼 명확한 결론이 나옵니다. 기억하시겠지만, 저는 그때의 정황을 전해 듣는 방법으로 알게 되었습니다. 흔히 탐탁지 않게 여기는 방법이죠. 곧 저는 범죄 현장에 없었으므로 직접 관찰을 하지 못하는 불리한 상황에서 생각해야만 했던 겁니다. 하지만……."

레인은 경감 쪽을 향해 정중하게 허리를 굽히며 말을 이었다.

"경감님의 설명이 더없이 명확하고 자세했던 터에 저는 마치 제 자신이 그 장소에 있었던 것처럼 드라마의 구성 요소를 뚜렷하게 머리에 그릴 수가 있었습니다."

그는 눈을 빛내며 설명을 계속했다.

"전차 안에서 발생했던 그 살인 사건에서는 의심할 여지가 없는 결론이 하나 나왔습니다. 그것은 당장에 알 수 있는 것이었습니다. 어째서 그토록 명확한 점을 당신들이 미처 생각하지 못했는지 저로서는 지금도 이해하기 어렵군요. 그것은 곧, 흉기가 그렇게 위험한 성질의 것인 이상 누구든 맨손으로 다루었다간 다룬 사람 자신이 독침에 찔려 치명상을 입을 게 뻔하다는 점입니다. 경감님, 당신도 그 코르크 알에 박힌 바늘에 찔리지 않으려고 몹시 주의를 기울였습니다. 그 때문에 핀셋으로 집어서 유리병에 넣었을 정도입니다. 경감님이 그 흉기를 제게 보여주었을 때, 저는 범인이 그걸 전차 안으로 가지고 들어갈 때든 롱스트리트의 주머니에 몰래 집어넣을 때든 자신의 손이나 손가락을 보호하려면 뭔가 피복물을 사용했을 게 분명하다는 것을 바로 깨달았습니다. 저는 이 점을 바로 깨달았다고 했습니다만, 실은 그 흉기를 보지 않았더라도 경감님의 설명이 매우 정확했으므로 이 명백한 사실을 깨닫지 못했을 리는 없었을 겁니다. 그렇다면 당연히 이런 의문이 나옵니다. 손을 보호하는 피복물로써 일반적인 것은 무엇인가? 물론 장갑입니다. 그럼 장갑이 어떻게 범인이 필요한 조건들을 충족하는가? 분명히 장갑은 실제적으로 범인이 뜻하는 바를 실현하는 데 적합합니다. 장갑은 질긴 천으로 되어 있고 더욱이 가죽으로 만들어진 경우에는 완전하게 피부를 보호합니다. 그리고 일상적인 물건이므로 다른 부자연스러운 피복물에 비해 눈에 두드러지지도 않습니다. 게다가 용의주도하게 계획된 범죄이니만큼 일부러 범인이 사람들의 눈을 끄는 기묘한 피복물을 만들어 사용했을 리는 없습니다. 일상적으로 사용되는 장갑이라면 목적에 맞아떨어질 테니 말입니다. 물론 장갑 이외에도 일부러 만들 필요도 없고 일상적으로 쓰는 것을 하나 더 들 수 있습니다. 바로 손수건입니다. 하지만 손수건을 손에 감는 방법으로는 손을 자유롭게 사용할 수 없을뿐더러 남의 눈에도 띄기 쉽고 무엇보다도 손을 독침으로부터 확실히 보호할 수 없습니다. 저는 또 범인이 경감님께서 행한 것과 같은 방법, 곧 핀셋으로 코르크 알을 다룬 게 아닐까도 생각해보았습니다. 하지만 길게 생각해볼 것도 없이 그건 불가능합니다. 그런 방법으로 자신의 피부는 독침에서 보호할 수 있을지 모릅니다. 하지만 만원 전차 안에서, 더욱이 아주 짧은 한정된 시간 내에 너무도 위태롭고 정교하게 조작해야 하는 그런 방법으로 목적을 달성할 수 있을 리는 만무합니다. 그래서 저는 범인이 롱스트리트의 주머니에 독침이 꽂힌 코르크 알을 몰래 집어넣었을 때에는 장갑을 끼고 있었을 게 틀림없다고 확신했습니다."

섬 경감과 브루노 지방 검사는 서로의 얼굴을 마주 보았다. 레인은 눈을 감고 나지막하고 억양이 없는 어조로 설명을 이어나갔다.

"그 코르크 알이 롱스트리트가 전차에 오른 뒤에 주머니에 넣어진 것임은 일행들의 증언에 따라 명백합니다. 또 두 번의 예외적인 상황이 있긴 했지만, 롱스트리트가 승차한 이래 출입문이든 창문이든 모두 닫힌 채였습니다. 그렇다면 범인은 전차에 타고 있다가 그 뒤에 경감의 신문을 받은 사람 중 한 명이 틀림없다는 것 또한 분명해집니다. 왜냐하면 롱스트리트와 그 일행이 전차에 탑승한 이래 한 사람을 제외하고는 내린 사람이 없었고, 그 한 사람마저도 더피 경사의 명령으로 전차에서 내렸다가 다시 돌아왔기 때문입니다. 또 차장과 운전사를 포함해 전차에 타고 있었던 사람들 전원을 모조리 검사했지만 그들의 몸에서든 나중에 그들을 신문한 차고의 방에서든 장갑은 발견되지 않았습니다. 그리고 기억하시겠지만, 그들이 전차에서 차고로 이동할 때 경관들과 형사들이 줄지어 지키고 섰던 경계선을 지나갔습니다. 그 뒤에 그 주변도 조사해봤지만 아무것도 발견되지 않았습니다. 경감님, 기억을 더듬어보십시오. 당신이 이 사건의 상황 설명을 끝내자 저는 당신에게 장갑을 가지고 있던 사람은 없었는지를 일부러 물었습니다. 그랬더니 당신은 분명히 없었다고 대답했습니다. 이건 곧, 범인은 그대로 전차 안에 있었는데 범행에 사용했을 것이 틀림없는 물건이 범행 후에는 발견되지 않는 기묘한 상황이었습니다. 창문으로 버렸을 리는 없습니다. 롱스트리트 일행이 승차하기 전부터도 창문은 한 번도 열린 적이 없었으니 말입니다. 그리고 전차의 출입문 밖으로 버렸을 리도 없습니다. 범행 후에는 더피 경사 혼자만이 출입문을 여닫았는데 결코 그런 일은 없었습니다. 만약 있었다면 당연히 보고를 했을 테죠. 또 장갑이 파손되거나 산산조각이 났을 리도 없습니다. 그런 경우에도 그 조각은 발견되어 보고되었을 테니까요. 공범자에게 건네주었거나 아무것도 모르는 사람에게 슬쩍 옮겼다 하더라도 틀림없이 발견은 되었을 겁니다. 공범자라고 해서 그런 상황에서 범인보다 교묘히 처리할 수 있는 것도 아니고, 아무것도 모르는 사람에게 슬쩍 옮겼다 하더라도 나중에 몸을 수색당할 때는 나왔을 테니까요. 그렇다면 이 유령과도 같은 장갑은 어떻게 사라진 걸까요?"

드루리 레인은 방금 폴스태프가 주인과 손님들을 위해 날라온 김이 나는 커피를 만족스러운 듯이 마셨다.

"실은 저는 좀 재미있기까지 했습니다. 브루노 씨, 아까 기적이라는 표현을 쓰셨는데 그때야말로 저는 하나의 기적에 직면했던 셈입니다. 그러나 저는 기적에 대해서는 좀 회의적인 편이어서 이 장갑의 행방도 현실적인 방법으로 해명해보려고 했습니다. 저는 모든 처리 방법을 검토하여 하나씩 지워나가다가 마지막으로 하나만 남겼던 것입니다. 이렇게 해서 마지막에 남은 방법은 우리가 익히 알고 있는 논리학의 법칙으로 볼 때도 올바른 방법임이 틀림없습니다. 장갑이 전차에서 던져졌을 리도 없고 전차 안에도 없었다면 누군가 차에서 내린 자에 의해 빠져나간 거라고밖에는 생각할 수 없습니다. 그런데 차에서 내린 자는 단 한 사람밖에 없었습니다! 바로 차장인 찰스 우드였습니다. 더피 경사가 본부에 사건을 보고하라고 모로 순경에게 보냈던 것입니다. 시텐필드 순경이 제9번 애버뉴의 교통 근무 중에 달려오자 더피 경사가 그를 전차 안으로 받아들였지만 그 뒤에 전차에서 내린 적은 없습니다. 차장인 우드와 함께 마지막으로 전차에 탔던 모로 순경도 마찬가지였습니다. 그러니까 범행 후 두 사람이 그 전차에 올라탔지만 두 사람 모두 경관이며, 한편 범행이 일어난 뒤 전차에서 내린 인물은 찰스 우드 한 사람 이외에는 아무도 없는 셈입니다. 물론 우드가 전차로 되돌아왔다는 사실은 의미가 없습니다. 그래서 저는 가당치도 않고 터무니없고 정신 나간 생각 같지만 전차 차장인 찰스 우드가 범행 현장에서 장갑을 가지고 나가 어딘가에서 처분했다는 결론을 내렸습니다. 처음에는 당연히 묘한 기분이 들었습니다. 하지만 이 추리는 너무나도 엄밀하고 타협의 여지가 없는 것이어서 결론으로 인정하지 않을 수 없었던 것입니다."

"정말 놀랍습니다."

지방 검사가 감탄하며 말했다. 레인은 나직하게 웃으며 얘기를 계속했다.

"그렇게 볼 경우, 전차 밖으로 장갑을 가지고 나가 처분한 찰스 우드는 범인이거나 아니면 전차 안이 혼잡한 틈을 타서 범인한테서 장갑을 건네받은 공범자이거나 둘 중의 하나라는 얘기가 됩니다. 기억하고 계시겠지만, 경감님의 상황 설명을 다 듣고 났을 때 저는 이제부터 무엇을 해야 할 건지는 정해진 거나 다름없다고 말씀드렸습니다. 하지만 거기에 대한 설명은 자제했지요. 그때는 아직 우드가 범인이라기보다는 단순한 공범자일 가능성이 더 컸기 때문입니다. 그러나 어느 쪽이었던 간에 그가 죄를 범했다는 점은 확신하고 있었습니다. 만약 우드 자신도 모르는 사이에 장갑이 그의 주머니에 넣어졌다고 하더라도, 곧 공범 의식 따위가 없었다고 한다면, 장갑은 몸수색을 했을 때 그의 몸에서 당연히 나왔거나 혹은 그 전에 우드 자신이 발견해서 알렸을 겁니다. 곧 그가 알리지도 않았고 그의 몸에서 발견되지도 않았으니 그 장갑은 그가 모로 순경에게 가려고 전차에서 내린 이후에 고의로 처분했다고밖에 볼 수 없는 것입니다. 자신을 위해서든 남을 위해서든 문제의 장갑을 고의로 처분했다면 그건 죄를 범한 것입니다."

"선명하군요……. 마치 그림처럼 선명합니다."

섬 경감이 중얼거렸다.

레인은 상냥하게 얘기를 계속했다.

"우드의 유죄를 논리적으로 드러내는 것으로 심리적인 요소도 있습니다. 당연한 일입니다만 전차에서 내려 장갑을 처분할 기회가 주어지리라는 것을 그가 미리 짐작했을 리는 없습니다. 오히려 여러 가지 가능성을 검토했을 것이고, 수색을 당하면 장갑은 발견될 것이고 버릴 기회가 없을 가능성도 각오하고 있었을 겁니다. 그러나 이것이 범인이 계획한 가장 미묘한 점들 가운데 하나인 겁니다. 왜냐하면 비록 우드가 장갑을 갖고 있다는 것이 발견된다 하더라도, 게다가 실제로도 그랬듯이 다른 사람들에게서는 전혀 장갑이 발견되지 않는다 하더라도, 자신은 의심받을 염려가 없다고 안심했던 것입니다. 곧, 보통 사람이 만약 무더운 한여름에 장갑을 끼고 다니거나 갖고 있다면 이상하게 생각되겠지만, 차장이라면 근무 중에 장갑을 사용하는 것은 자연스럽습니다. 하루 종일 돈을 만져야 하는 차장인 그는 자신이 장갑을 가지고 있더라도 당연하게 여겨지리라는 심리적인 이점이 있었던 것입니다. 저는 또한 이 확고부동한 추리의 실을 더듬어서 장갑에 대한 처음의 생각이 절대로 옳다는 것을 확신하게 되었습니다. 우드가 손을 보호하려고 사용했던 물건을 처분할 기회가 없을지도 모른다고 생각했다면 분명히 장갑 같은 가장 평범한 물건을 사용했을 것입니다. 만약 손수건을 사용한다면 독의 얼룩이 묻을 염려가 있습니다. 또 한 가지 생각해야 할 점이 있습니다. 우드의 입장에서 볼 때 하필이면 출입문이나 창문을 닫아야만 하는 비 오는 날에 범행할 계획을 세웠을 리는 없습니다. 오히려 그는 맑게 갠 날을 예상하고 계획을 세웠을 것입니다. 맑게 갠 날이라면 창문이나 출입문으로 장갑을 버려 처분할 기회도 충분히 있었을 것이고, 전차 안의 승객들 중 누구라도 장갑을 버릴 수 있을 것으로 경찰이 생각하리라는 것도 당연히 계산에 넣었겠죠. 또 맑은 날이라면 아마 도중에 타고 내리는 승객들도 많을 테니 경찰은 범인이 도망쳐버렸다고 생각할 수도 있을 겁니다. 그렇다면 어째서 맑은 날이면 이토록 유리한 조건들이 갖추어지는데도 하필이면 그는 비 오는 날을 택해서 롱스트리트를 죽였을까요? 이 점이 저를 좀 애먹였습니다. 하지만 좀 더 깊이 생각해보니 비가 오든 오지 않든 그때가 범인에게는 다시없을 좋은 기회였음을 알게 되었습니다. 곧 롱스트리트는 그때 많은 일행들과 함께 있었고 그 일행들 모두가 곧바로 의심의 대상이 되리라는 것을 알았기 때문입니다. 아마 그는 이 믿기지 않을 정도로 좋은 기회에 눈이 어두워져서 악천후가 초래하는 복잡한 상황 따위는 깜박 잊고 말았을 것입니다. 물론 그는 차장이었기 때문에 여느 범인이라면 바랄 수 없는 이점 두 가지를 가지고 있었습니다. 첫째는 누구나 알다시피 차장의 웃옷에는 거스름돈을 넣는 가죽 주머니가 여러 개 있으므로 그중 하나에다 사용할 때까지 흉기를 넣어두더라도 절대로 위험하지 않습니다. 아마도 그는 여러 주일 동안 언제든 사용할 수 있도록 독 바늘이 꽂힌 코르크 알을 주머니에 넣어두고 있었을 겁니다. 둘째는 자신이 차장이기 때문에 희생자의 주머니에 흉기를 슬쩍 넣을 수 있는 기회를 확실히 잡을 수 있다는 겁니다. 그 42번 스트리트의 전차라면 승차하는 사람은 누구든지 차장 옆을 지나가야만 하기 때문입니다. 더욱이 러시아워의 승강구 부근은 몹시 혼잡하므로 더욱 유리했을 겁니다. 우드를 유죄로 간주할 경우 이 두 가지의 심리적인 확증을 추가할 수 있으리라 봅니다."

브루노가 입을 열었다.

"정말 불가사의하군요. 정말이지 몸이 떨릴 정도입니다, 레인 씨. 스토프스의 자백은 모두가 당신이 말씀한 것과 같습니다. 그런데 당신은 그와 단 한 차례도 얘기를 나눈 적이 없으니까 말입니다……. 스토프스의 자백에 따르면 그 코르크 알은 자신이 직접 만들었다고 하며, 독물은 실링 검시관의 추측대로 어디서나 구할 수 있는 살충액을 사다가 여러 차례 끓여서 순수 니코틴 함유량이 높은 점액을 추출했다고 합니다. 그리고 바늘을 거기에 담근 것입니다. 그는 롱스트리트가 뒤쪽 승강구 근처에 서서 일행의 요금을 지불하고 거스름돈을 기다리는 동안에 동스트리트의 주머니에다 그 흉기를 몰래 집어넣었습니다. 또 그는 날씨가 좋을 때 범행을 할 계획이었지만 그때처럼 많은 일행들과 함께 전차에 오른 롱스트리트를 보니 비가 내림에도 불구하고 롱스트리트의 일행들을 용의자로 몰고 싶은 유혹을 뿌리칠 수가 없었다고 했습니다."

"학자라면 물질에 대한 정신의 승리라고 레인 씨를 칭송할 만하군요."

섬 경감이 그렇게 덧붙였다.

레인이 미소를 떠올리며 말했다.

"허, 쟁쟁한 현실주의자한테서 그런 찬사를 듣게 되다니 영광입니다, 경감님……. 그럼 얘기를 계속하기로 하죠. 그런 이유로 저는 당신의 상황 설명을 모두 듣고 나서 우드가 이 살인 사건과 관련이 있음을 확신했습니다. 하지만 그가 살인범인지 아니면 단순한 공범으로 제2의 미지의 인물 앞잡이에 지나지 않는지는 알 수가 없었죠. 물론 이것은 익명의 편지가 날아들기 전의 일이었습니다. 그런데 그 익명의 편지가 날아왔을 때 우리는 불운하게도 그 편지를 보낸 자가 우드인 줄 몰랐고 필적 감정으로 그 사실이 판명되었을 때에는 제2의 비극을 막기엔 이미 때가 늦었습니다. 편지가 왔을 때 우리는 범죄와는 무관한 목격자가 우연히 사건에 관련된 위험스럽고도 중요한 사실을 알게 되어 생명의 위험을 무릅쓰고 경찰을 만나려는 것으로 생각했습니다. 하지만 그 후 그 편지를 쓴 자가 범죄와 무관하다고는 할 수 없는 우드라는 것을 알았을 때, 저는 그 편지를 분석한 끝에 그것이 뜻하는 바는 다음과 같은 점들밖에 없다고 생각했습니다. 첫째는 그 자신이 범인이면서 경찰에 허위 정보를 제공해 무고한 사람에게 혐의를 뒤집어씌우고 자신은 혐의를 벗으려는 경우입니다. 둘째는 우드가 공범자인 상황에서 진범을 가르쳐주려고 했거나 아니면 진범의 사주를 받아 무고한 자를 함정에 빠뜨리려고 했던 경우입니다. 그런데 여기에 기묘한 일이 벌어졌습니다. 우드 자신이 피살돼버린 것입니다."

레인은 손끝을 마주 대고 다시 두 눈을 감았다.

"이런 모순에 부딪히자 저는 편지에 대한 두 가지 해석을 다시 생각해봐야만 했습니다. 가장 먼저 해결해야 할 문제는 이런 것이었습니다……. 우드가 공범자가 아니라 롱스트리트를 살해한 범인이라고 한다면 어째서 그 당사자가 모호크호에서 피살되었으며 또한 누가 그를 죽인 것인가?"

레인은 무언가를 회상이라도 하듯 미소를 떠올리며 말을 이었다.

"이 문제는 흥미로운 추리를 잇달아 가능케 했습니다. 저는 곧 세 가지의 가능성이 있음을 깨달았습니다. 첫째는 우드 자신이 범인이긴 하지만 공범자가 있어서 그 공범자가 그를 살해했다……. 곧, 공범자는 자신이 진범은 아니지만 우드가 자신을 롱스트리트를 살해한 진범이나 주동자로 몰까 봐 두려워서 살해한 경우입니다. 둘째는 우드의 단독 범행으로 공범자는 없지만 무고한 인물에게 누명을 뒤집어씌우려고 하다가 그 상대에게 피살된 경우입니다. 셋째는 우드가 롱스트리트 사건과는 아무런 관계도 없이 미지의 인물에 의해 피살된 경우입니다. 저는 이러한 가능성들을 하나하나 철저히 분석해보았습니다. 첫째의 경우…… 이것은 받아들이기 어렵습니다. 롱스트리트를 살해한 주범이나 주동자로 죄를 뒤집어쓰게 될 것을 두려워한다면 오히려 진범인 우드를 살려두는 것이 공범자에겐 유리할 것입니다. 죄를 뒤집어씌웠을 경우 다시 그 죄를 우드에게 벗어넌실 수가 있으니까요. 하지만 그를 죽여버려서는 최초의 살인 사건의 공범인 자신이 새 살인범이 되는 셈이니, 이렇게 되면 중죄를 모면할 수는 더욱 없어지고 주범의 범죄를 폭로할 기회조차 아주 없어지고 맙니다. 둘째의 경우…… 이것 또한 있을 수도 없는 일입니다. 왜냐하면 롱스트리트를 죽였다고 밀고하여 죄를 뒤집어씌우려는 우드의 속셈을 사건과는 아무런 관계가 없는 무고한 사람이 알게 되었다고는 생각할 수 없습니다. 설사 비록 알았다 하더라도 살인 누명을 쓰지 않으려고 살인을 범할 리는 없기 때문입니다. 셋째의 경우…… 롱스트리트 사건과는 아무 관계도 없는 이유로 미지의 인물에 의해 우드가 살해되었을 가능성도 분명 생각해볼 수는 있지만, 그것은 서로 무관한 살인 동기가 나란히 이웃해 있었다는 놀랄 만한 우연의 일치를 뜻하므로 지극히 희박한 가능성이라고밖에 할 수 없습니다. 그래서 저는 이상하다는 생각이 들었던 거죠."

레인은 잠시 벽난로의 불길을 바라보더니 다시 눈을 감고서 말을 이었다.

"저는 가장 엄밀한 논리의 선을 따라 가능성을 계속 검토하고 있었으므로 분석 결과가 이렇게 나오자 이 해석은 잘못된 것이며 우드가 롱스트리트 사건의 진범이 아니라는 결론을 내릴 수밖에 없었습니다. 제가 고찰한 세 가지 가능성은 전혀 받아들일 수 없는 불만족스러운 것이었기 때문입니다. 그래서 저는 추리의 본디 흐름에 몸을 맡기고 가능성이 있는 또 다른 해석을 생각해보게 된 것입니다. 곧 우드가 롱스트리트를 죽인 진범이 아니라 공범이며, 진범을 밀고할 생각으로 편지를 보냈을 가능성을 말입니다. 이렇게 생각하면 연이어 일어난 우드의 피살 건은 완전히 납득할 수 있게 됩니다. 곧 진범은 우드가 배신할 것임을 눈치채고서 입을 봉하려고 그를 살해했다는 논리적인 추정인데, 여기에는 모순이 전혀 없습니다. 그러나 저는 갈대숲에서 빠져나가지 못하고 있었습니다. 실제로는 더욱 깊은 추리의 늪 속으로 빠져 들어갔던 셈입니다. 그 이유는 만약 이 가설이 옳다고 한다면 이렇게 자문하지 않으면 안 되기 때문입니다. 어째서 공범으로 롱스트리트를 살해하는 데 합세했던 우드가 진범을 배신하여 경찰에 접근하려 했는가를 말입니다. 진범의 정체를 밝혀봤자 자신의 역할은 숨길 수 없습니다. 경찰의 추궁을 받고 자백을 해야만 하든가 체포된 진범이 보복하기 위해 필사적으로 폭로할 게 뻔하니까 말입니다. 하지만 이렇듯 자신이 위험에 빠지게 될 것임을 알면서도 우드가 살인자의 정체를 폭로하려 했다면 그 까닭은 무엇일까요? 단 하나의 대답은 그가 롱스트리트를 살해하는 데 합세하긴 했으나, 죄를 뉘우쳤거나 겁이 났거나 해서 진범을 고발해 제 몸을 조금이라도 지키려고 했다는 겁니다. 이치에 닿긴 하지만 어쩐지 미진한 느낌이 드는 대답이죠. 여기까지 추리를 해보니 선택의 여지가 없는 결론이 나왔습니다. 곧 우드가 경찰에 편지를 보낸 것과 롱스트리트 살해의 공범자라는 사실로 미루어 볼 때, 가장 타당한 해석은 우드가 배신하려 했기 때문에 진범에게 살해당했다는 겁니다."

레인은 한숨을 쉬더니 벽난로의 장작 받침쇠 쪽으로 발을 뻗었다.

"어쨌든 간에 제가 취해야 할 행동은 분명해진 셈이었습니다. 저는 우드의 생활과 과거 경력을 조사하여 그가 공범으로 거들어준 상대의 정체를 밝히기 위한 단서를 찾아야만 했던 것입니다. 우드와 또 한 사람이 롱스트리트 사건에 관계되어 있다면 바로 그 인물이야말로 진범일 것입니다. 그런데 저는 이 점을 조사하다가 새로운 전환점을 맞이했던 것입니다. 처음에는 헛수고처럼 여겼으나 거의 생각지도 않았던 곳에서부터 새로운 분야가 열렸는데 놀랍게도……. 아니, 우선은 순서대로 말씀드리죠. 경감님, 제가 실례를 무릅쓰고서 당신으로 변장해 위호켄에 있는 우드의 하숙집에 갔던 일을 기억하시겠죠? 제가 그렇게 했던 것은 무언가 깊은 계획이 있어서가 아니라 당신의 인품과 권위를 빌린다면 번거로운 과정을 생략하고서 조사를 진행할 수 있었기 때문입니다. 물론 사전에 어디서 뭘 찾아야겠다고 정해놓은 건 아니었습니다. 방을 조사했지만 그다지 이상한 것은 없었습니다. 시가, 잉크, 종이, 은행 통장. 그러나 여기에 우드의 기막힌 솜씨가 발휘되어 있었던 것입니다. 그는 자신이 만들어내려고 했던 '환영'에 가장 그럴듯한 색채를 가미하기 위해 통장을 남겼고, 자신에게는 상당한 것이었음이 틀림없는 액수의 예금을 포기한 것입니다! 은행에도 가보았지만 그 예금액은 고스란히 남아 있었습니다. 또 예금을 규칙적으로 하고 있었기에 이 예금 통장 자체에 대해서는 실로 의심할 여지도 없었습니다. 저는 그 하숙집 인근의 상인들을 찾아다니며 그의 생활에 은밀한 교제가 있었다는 단서나 혹은 누군가와 함께 있는 것을 본 사람이 있는지를 알아내려 했습니다. 하지만 아무것도 없었습니다. 전혀 아무것도 말입니다. 그다음엔 근처의 의사와 치과의사들을 찾아갔었는데 여기에서 저는 흥미가 끌렸습니다. 그는 한 번도 의사의 신세를 진 적이 없던 모양이었습니다. 어떻게 그럴 수가 있나 하고 저는 잠시 생각해보았지만, 그때 만났던 어느 약사의 논리처럼 뉴욕 쪽의 의사에게 진료를 받았을 수도 있다는 생각에서 문득 머리를 스친 의혹을 털어냈습니다. 그런 뒤에 저는 여전히 정체를 알 수 없는 의혹의 그림자를 쫓아 우드가 소속

되어 있었던 제3애버뉴 철도 회사로 찾아가 인사과장을 방문했습니다. 그리고 거기에서 정말 뜻밖으로 기괴하고도 믿기 어려운, 그러나 무척이나 흥미로운 사실을 알게 되었습니다. 기억하고 계시겠지만, 모호크호에서 살해된 우드라고 인정된 사내의 시체를 검시한 실링 검시관의 보고서에 따르면 그 사내는 이 년 전쯤에 맹장염을 수술한 자국이 있는 것으로 되어 있었습니다. 그런데 인사과장의 얘기와 우드의 근무 기록으로 확인해본 결과 우드는 살해당하기 전인 지난 오 년 동안 단 한 번의 결근이나 휴가도 없이 줄곧 회사로 출근한 게 분명했습니다."

레인의 목소리는 열기를 띠었고, 브루노 지방 검사와 섬 경감은 노배우의 환한 표정에 매료된 듯이 몸을 앞으로 내밀었다.

"도대체 어떻게 이 년 전쯤에 맹장수술을 받은 적이 있는 우드가 살해당하기 전의 오 년간 결근 한 번 하지 않았을 수가 있을까요? 누구나 알고 있듯이 맹장수술을 받는다면 적어도 열흘간은 입원을 해야 합니다……. 열흘도 좀처럼 드문 가장 짧은 입원 일수이고, 대개의 사람들은 이 주일에서 육 주일간 일을 하지 못합니다. 이 의문에 대한 해답은 맥베스 부인의 야심처럼 타협의 여지가 전혀 없는 것이었습니다. 이 모순은 한 점의 의심도 없이 우드의 것으로 여겨졌던 시체, 곧 이 년 전에 맹장수술을 한 자국이 있는 시체가 결코 우드의 것이 아님을 입증하는 것입니다. 이 새로운 발견으로 저의 눈은 그야말로 활짝 열렸습니다. 곧 우드는 피살되지 않았습니다. 계획적이고도 교묘한 방법으로 자신이 피살된 것처럼 꾸민 것이었습니다. 다시 말해서 이것은 곧 우드가 아직도 살아 있다는 것을 말해주는 것이었습니다."

잠시 무거운 침묵이 감돌자 섬 경감이 기묘하게 흥분된 표정으로 한숨을 쉬었다. 레인은 미소 지으며 낮은 목소리로 다시 얘기를 이어나갔다.

"즉시 두 번째 사건의 모든 요소들은 질서정연하게 재정리되었습니다. 우드는 아직도 살아 있다는 분명한 사실에 따라 그가 직접 써 보낸 편지는 일종의 위장이었으며 경찰로 하여금 자신이 피살된 것처럼 믿게 하기 위한 준비 공작이었음을 알 수 있었습니다. 곧 처음부터 롱스트리트를 살해한 자가 누구라고 알릴 생각은 없었던 것입니다. 범인을 알려주겠다고 약속한 뒤에 그가 피살되어 발견된다면 경찰은 범인이 그의 입을 봉하려고 죽였다고밖에는 생각할 수 없게 됩니다. 이렇듯 우드는 자신을 정체불명의 범인에게 피살된 제삼자로 꾸며서 자신을 무대에서 완전히 말살해버렸습니다. 그러므로 편지와 물속 시체의 트릭은 진범인 자신에 대한 경찰의 수사를 완전히 불가능하게 만들려는 우드의 교묘한 술책이었던 겁니다. 아무튼 이 중대한 결론으로 인해 추리의 실은 계속 풀릴 수 있었습니다. 두 번째 범행으로 우드가 자신을 말살한 이유는, 뒤이어 벌어진 세 번째 범행을 생각해볼 때 명백해집니다. 곧 그는 에드워드 톰슨으로서 증인으로 불려 나갈 수도 있으며, 그와 동시에 첫 번째 살인 사건의 증인인 찰스 우드로서도 불려 나갈 수 있었던 것입니다. 같은 장소, 같은 시각에 그가 어떻게 두 인물로 행세할 수 있겠습니까? 그러므로 그는 자신을 말살해야만 했던 것입니다. 그리고 여기에는 또 한 가지 다른 이유가 더 있습니다. 우드의 자기 말살 계획은 문자 그대로 일석이조라고 할 수 있었습니다. 그는 찰스 우드로서의 자신을 말살했을 뿐만 아니라 또 한 명의 알려지지 않은 인물, 곧 선착장에서 우드의 옷을 입고 시체로 떠오른 사내도 죽였던 것입니다. 이 점에 대해 알아보기로 합시다. 우드의 것이라고 간주되었던 시체는 한쪽 종아리에 기묘한 상처가 나 있었고 붉은 머리였습니다. 그 밖의 특징은 손상이 심해서 알아볼 수가 없을 정도였습니다. 그런데 우드는 분명히 붉은 머리카락이었으며, 전차 운전사 기네스의 증언에 따르면 우드 또한 다리에 그런 기묘한 상처 자국이 있었다고 했습니다. 하지만 발견된 시체는 우드가 아닙니다. 붉은 머리는 우연히 같을 수도 있겠지만 상처 자국은 그렇게 생각할 수 없습니다. 그렇다면 우드의 상처는 가짜임이 분명합니다. 전차 차장으로 일하게 된 직후 기네스에게 그 상처 자국을 보였을 때부터 적어도 지난 오 년 동안 가짜 상처 자국을 지니고 있었던 것입니다. 그렇다면 그는 시체가 발견되면 의문의 여지없이 우드로 여겨지도록 하려고 머리칼과 상처라는 적어도 두 가지 점에 있어서는 모호크호에서 피살될 사내와 같은 특징을 하고 있었던 것입니다. 그렇게 볼 때 선착장의 범행은 적어도 오 년 전부터 계획되었던 게 틀림없습니다. 또 그 범행은 롱스트리트 사건의 결과였으므로 롱스트리트 사건 또한 오 년 내지 그 이전부터 계획되었던 게 틀림없다고 볼 수 있습니다. 그리고 여기서 한 가지 결론을 더 내릴 수 있을 것 같습니다. 우드가 배에 타고 있는 것을 본 사람이 있었지만 사실 우드는 피살되지 않았습니다. 그러므로 그는 변장을 하여 배에서 도망쳤을 것입니다. 아마도 경감님께서 배에 타고 있던 사람들에게 금족령을 내리기 전에 배에서 빠져나간 사람들 중 한 명이었든가, 그렇지 않으면……"

브루노 지방 검사가 끼어들었다.

"그렇습니다, 레인 씨. 추측하시는 바와 같습니다. 그는 배에 억류되었던 사람들 속에 끼어 있었습니다. 스토프스가 자백하길 자신은 보석 세일즈맨인 헨리 닉슨으로 변신해 있었답니다."

드루리 레인이 중얼거리듯 맞장구쳤다.

"헨리 닉슨으로요? 기막힌 솜씨로군요. 그는 배우가 되었다면 좋았을 것입니다. 다른 사람으로 변신하는 데 천부적인 재능이 있군요. 범행 후에 우드가 배에 있었는지 없었는지 저는 몰랐습니다. 그러나 세일즈맨인 닉슨으로 변신해 있었다는 말을 듣고 보니 모든 게 잘 맞아떨어집니다. 그는 전차 차장 우드로서 배에 가지고 들어간 싸구려 가방을 세일즈맨인 닉슨의 신분으로 다시 가지고 나온 것입니다. 가방이 필요했던 이유는 세일즈맨으로 변신하기 위한 도구나 피해자를 기절시키기 위한 둔기, 피해자의 의류를 강물에 가라앉히는 데 필요한 무거운 물체 따위를 운반하기 위해서였겠죠……. 참으로 기막힌 솜씨입니다. 세일즈맨이라면 조사를 당할 때 주거가 일정치 않거나 집을 자주 비우는 편이라도 직업상 의심받을 염려는 없습니다. 게다가 미리 싸구려 보석 따위를 담은 가방을 갖고 있으면 자연스럽고 그럴듯하게 보입니다. 물론 피해자의 의류와 둔기는 추를 매달아 버리고 세일즈맨 차림을 하고 있었겠죠. 그러고 보니 자신의 가짜 이름이 인쇄된 주문장까지 갖추고 있었고 과거에 이따금 그가 숙박했다는 것을 증명할 수 있는 하숙집 주소도 가지고 있었습니다. 우드가 새 가방을 구입했던 이유는 닉슨으로 변신하기 위해서였다고 볼 수 있습니다. 세일즈맨으로 변신하고서 우드의 것으로 심삭뇌는 헌 가방을 배에서 가지고 나갈 수는 없는 노릇이었으니까요. 그는 이 속임수를 보다 완전하게 하려고 일부러 헌 가방의 손잡이를 부수기까지 했던 것입니다. 경찰에 억류되기 전에 배에서 빠져나가지 못할 경우의 대비책은 실로 치밀하기 짝이 없을 정도입니다. 그도 그럴 것이 경찰이 손을 뻗치기 전에 배에서 빠져나갈 기회가 있을지 어떨지는 예측할 수 없는 일이며 게다가 이렇게까지 철저히 준비를 했는데 막판에 가서 위험을 초래하고 싶진 않았을 테니까요."

"정말 놀랍습니다, 레인 씨. 이토록 놀라운 추리는 이제껏 들어본 적이 없습니다. 사실을 말씀드리자면, 레인 씨……. 처음에 저는 당신을 허세나 부리는 시대착오적인 늙은이쯤으로 생각했습니다. 하지만 이건 도저히 사람의 능력이라고 할 수가 없습니다!"

섬이 중얼거리듯 말했다.

브루노는 엷은 입술을 핥고서 말을 받았다.

"나도 동감이오, 섬. 나는 이번 사건의 전모를 알게 된 지금도 레인 씨가 어떻게 세 번째 사건을 해결했는지는 도무지 모르겠소."

레인은 거리낌 없이 웃으며 희고 잘 뻗은 한 손을 들었다.

"아, 여러분. 그렇게 서두르시면 곤란합니다. 세 번째 사건에 관해 얘기하기 전에 두 번째 사건에 관한 얘기를 마저 해야겠군요. 저는 그 단계에서 역시 우드는 공범에 불과한가 아니면 진범인가를 자문해보았습니다. 선착장에서 건져 올린 시체가 우드가 아니라는 걸 알기 전까지는 모든 징후가 공범에 가까웠는데 이제는 진범임이 유력해졌습니다. 우드가 롱스트리트를 살해한 진범이라고 다시 생각하게 된 데에는 세 가지의 분명한 심리적 이유가 있습니다. 첫째, 우드는 어떤 정체불명의 인물을 살해하려고 그 인물의 특징을 오 년 전부터 자신의 몸에 지니고 있었습니다. 이것은 분명히 살인자인 진범이 취할 행동이지 단순한 앞잡이인 공범이 취할 행동이 아닙니다. 둘째, 익명의 편지를 보내고 자신을 없애기 위해 시체의 위장 공작을 행한 것은 공범보다도 진범의 계획이라고 보아야 합니다. 셋째, 모든 사건과 정황, 기만책은 분명히 우드의 안전이 보장되도록 계획되어 있습니다. 이것 또한 우드가 공범이라기보다는 진범으로서 계획적인 행동을 한 것임을 나타내고 있습니다. 어쨌든 두 번째 사건 뒤의 정세는 이렇습니다. 롱스트리트와 정체불명의 사내를 죽인 우드는 자신이 피살된 것처럼 여겨지게 하는 교묘한 방법으로 자신의 말살을 꾀했고, 아울러 이 위장극에 존 드위트를 계획적으로 말려들게 해놓고 자신은 여전히 살아 있었던 것입니다."

드루리 레인은 자리에서 일어나 벽난로 옆에 늘어져 있는 초인종의 끈을 당겼다. 폴스태프가 방으로 들어오자 뜨거운 커피를 더 가져오게 이르고는 다시 자리에 앉았다.

"그다음 의문점은 어째서 우드는 드위트를 배로 유인해내고 시가를 이용해 상대에게 죄를 덮어씌우려 했는가 입니다. 시가를 이용해 드위트를 궁지에 빠트린 걸로 보아 드위트를 배로 유인한 것은 우드가 분명합니다. 그런데 그 이유는 둘 중의 하나였습니다. 첫째는 드위트가 롱스트리트에게 적의를 갖고 있다는 것을 동기로 드위트를 가장 유력한 용의자로 경찰이 믿게끔 하기 위해서였다. 두 번째가 중요합니다만, 우드가 롱스트리트를 살해한 동기가 드위트에게도 마찬가지로 적용되기 때문이다. 이 두 가지죠. 그리고 후자인 경우, 만약 계획대로 드위트가 체포되더라도 재판 결과 그가 무죄로 석방된다면 우드는 본디 의도대로 드위트를 공격할 것임은 모든 점으로 보아 예상할 수 있었습니다. 바로 이런 이유에서……."

레인은 폴스태프의 뭉툭한 손에서 커피 잔을 건네받고 두 방문객에게도 몸짓으로 권했다.

"저는 드위트가 결백하다는 걸 알면서도 그가 재판을 받도록 내버려두고자 했던 것입니다. 드위트가 법적 수단에 의한 단죄의 위기에 놓이는 동안 그의 신변은 우드의 공격에서부터 안전할 수 있기 때문입니다. 물론 두 분께서는 저의 기묘한 태도에 어리둥절하셨겠죠. 실로 역설적인 얘기이죠. 드위트를 하나의 위험에 던져 넣음으로써 또 하나의 보다 확실한 위험으로부터는 건져냈던 셈이니까요. 그와 동시에 저는 숨 돌릴 시간적 여유를 얻을 수 있는 이점이 있었습니다. 그 평온한 시간에 생각을 잘 정리하여 진범을 체포할 수 있는 증거를 찾아내려고 한 것입니다. 물론 저는 그때 우드가 어떤 인물로 변신해 있을지는 전혀 짐작도 하지 못했습니다……. 또 한 가지 이점이 있었습니다. 곧 저는 드위트가 자신의 생사가 걸린 재판의 고뇌를 견디지 못해 결국은 자신의 가슴속에만 간직하고 있었을 게 틀림없는 그 어떤 사실들, 곧 우드라는 사내와 그늘에 가려진 불투명한 동기에 관한 그 어떤 사실들을 털어놓을지도 모른다고 기대했던 것입니다. 하지만 재판이 드위트에게 불리해지고 그의 생명이 위기에 처하자, 저는 저 자신의 수사가 아직 진전이 없는데도 드위트의 손가락 상처 이야기를 밝혀 상황을 바꿔야만 했습니다. 여기서 제가 말씀드리고 싶은 것은 만약 제가 드위트의 손가락 상처에 관한 사실을 파악하고 있지 않았더라면 저는 결코 두 분께서 그를 기소하게 내버려두지는 않았을 거라는 점입니다. 그리고 브루노 씨, 만약 당신의 고집이 보통이 아니었더라면 저는 제가 알고 있는 것을 모두 털어놓고 말았을 겁니다. 어쨌거나 드위트는 석방되었고 그와 함께 드위트의 신변에 닥칠 위험을 지체 없이 고려해야 할 때가 되었습니다."

레인의 표정이 흐려졌고 목소리에는 곤혹감이 어렸다.

"그날 밤 이후, 저는 몇 번이나 드위트의 죽음이 제 책임이 아니라고 스스로를 설득했습니다. 물론 저는 모든 예방책을 취할 작정이었습니다. 그래서 저는 그와 함께 웨스트 잉글우드에 있는 그의 자택에 가는 것을 기꺼이 승낙했고, 그날 밤은 거기에서 묵을 생각이었습니다. 하지만 제가 얼마나 어이없게 당하게 될지 예측할 수는 없었습니다. 변명 같습니다만, 설마 석방된 바로 그날 밤에 우드가 드위트를 공격할 줄은 몰랐다고 말할 수밖에 없습니다. 요컨대 우드가 이번에는 어떤 인물로 변신해 있을지, 어디에 있을지를 몰랐으므로 저는 그가 드위트를 죽일 기회를 찾아내기까지는 몇 주일이나 혹은 몇 달쯤은 걸릴 것으로 생각했습니다. 그러나 우드는 제가 생각했던 것 이상으로 뛰어난 기회주의자였습니다. 그는 드위트가 석방된 그날 밤에 기회를 찾아내 그것을 포착했습니다. 이렇듯 우드는 제 생각을 앞질러서 완전한 기습을 행했습니다. 콜린스가 접근해 왔을 때 저는 전혀 걱정을 하지 않았습니다. 콜린스가 우드가 아니라는 것을 알고 있었기 때문입니다. 하지만……."

그의 밝은 눈 속에 자책의 빛이 어렸다.

"저는 이 사건에서 진정한 승리를 주장할 수는 없습니다. 저는 생각보다 예리하지 못했고 범인의 잠재력에 대응할 만한 주의력도 부족했습니다. 저는 아직도 풋내기 탐정에 지나지 않는 듯합니다. 만약 제가 또 다른 사건에 관여할 기회가 있다면……."

그는 한숨을 쉬고 말을 이었다.

"그날 밤 드위트의 초대에 응한 또 하나의 이유는 다음 날 아침에 그가 제게 중대한 얘기를 하겠다고 약속했기 때문입니다. 이제 와서는 분명해졌습니다만, 그때 저는 그가 드디어 자신의 과거의 비밀을 얘기할 마음이 생긴 것이라고 생각했습니다. 그 비밀은 스토프스가 당신들에게 고백한 얘기에 있습니다. 또 그

것은 제가 드위트를 방문한 남미인의 발자취를 더듬어서 알아
낸 얘기이기도 합니다. 참, 그에 대해서는 모르실 테죠, 경감님?
이것은 아호스라는 우루과이 영사가……."

 브루노 지방 검사와 섬 경감은 놀란 표정으로 레인을 바라보
았다.

 "남미인……? 우루과이 영사? 그런 사람들에 대해서는 들어
본 적이 없는데요?"

 섬 경감이 다급하게 물었다.

 "경감님, 그 얘기는 나중에 하기로 하죠."

 레인이 말을 이었다.

 "그렇게 해서 저는 우드가 아직도 살아 있다는 것 또한 그가
단순한 공범이 아니라 진범임을 증명하는 거라고 결론을 내렸
습니다. 그것도 오랜 세월에 걸쳐 범죄 계획을 치밀하게 세우
고, 복잡한 한 부분 한 부분을 풍부한 상상력과 대담무쌍하고 완
벽에 가까운 방법으로 조종하는 기막힌 살인자인 것입니다. 그
러나 이러한 확신을 가졌음에도 불구하고 막상 그를 어디에서
찾아낼 것이냐 하는 문제에 부딪히자 앞이 캄캄하기만 했습니
다. 찰스 우드로서의 그가 지상에서 사라진 것은 알고 있었지만
다음에 어떤 모습으로 변신해 나타날지는 알 수 없었습니다. 저
로서는 공허한 추측만 할 뿐이었죠. 하지만 저는 그가 나타날 것
을 굳게 믿고서 그때를 기다렸습니다. 그리고 세 번째 살인 사건
이 일어나게 되었습니다."

 레인은 김이 나는 커피를 마시며 기분을 새로이 가다듬었다.

 "드위트가 그처럼 지체 없이 살해된 점에 다른 몇몇 요소들을
결부해 생각해보면, 이 범행 또한 치밀하게 계획된 것이며 아마
도 앞서의 두 범행과 동시에 계획된 것임을 분명히 알 수 있습

니다. 제가 드위트 살해 사건을 해결하게 된 것은, 그날 밤 서해 안선의 대합실 매표소에서 에이헌과 브룩스와 제가 보는 앞에서 드위트가 50회 회수권을 샀다는 사실에 근거한다고 해도 좋습니다. 만약 드위트가 그 회수권을 사지 않았더라면 이 사건을 만족스러운 대단원으로 이끌 수 있었을지 의문입니다. 범인이 롱스트리트를 살해한 동일 인물인 스토프스임을 알면서도 그가 과연 누구로 변신하여 드위트를 살해할지는 알 수 없는 노릇이었기 때문입니다. 가장 중요한 점은 드위트가 몸에 지니고 있던 그 회수권의 위치였습니다. 역에서 그는 다른 일행들을 위해 구입한 승차권과 함께 그 회수권을 조끼의 왼쪽 윗주머니에 넣었습니다. 나중에 콜린스와 뒤쪽 차량으로 갈 때 그는 같은 주머니에서 일행들의 승차권을 꺼내 에이헌에게 주었습니다. 그때 새로 구입한 자신의 50회 회수권은 주머니에서 꺼내지 않았습니다. 그런데 경감님께서 드위트의 시체를 조사할 때 놀랍게도 그 회수권은 조끼 왼쪽 윗주머니가 아니라 웃옷 안주머니에서 나왔던 것입니다!"

레인은 씁쓰레하게 미소 지으며 말을 이었다.

"드위트의 시체는 심장을 관통당해 있었습니다. 탄환은 웃옷 왼쪽 윗주머니와 와이셔츠와 내의를 차례로 꿰뚫었습니다. 결론은 누구든 알 수 있습니다. 총에 맞었을 때 그 회수권은 조끼 왼쪽 윗주머니에는 없었던 것입니다. 만약 거기에 있었다면 탄환의 흔적이 나 있었을 텐데, 우리가 발견했을 때 그 회수권에는 탄환이 관통한 자국도 없고 아무런 흠집도 없었습니다. 그래서 곧바로 저는 자문해보았습니다. 드위트가 총에 맞기 전에 그 회수권이 한쪽 주머니에서 다른 쪽 주머니로 옮겨졌다는 것을 어떻게 설명해야 좋은가를 말입니다. 그 시체의 상태를 떠올려

보십시오. 드위트의 왼손은 가운뎃손가락과 집게손가락이 겹쳐져 무언가 표시를 만들고 있었습니다. 실링 검시관이 드위트가 즉사했다고 단언한 만큼 그 겹쳐진 손가락들은 세 가지의 중요한 결론을 나타냅니다. 첫째, 드위트는 총에 맞기 전에 그 표시를 만들었을 것입니다. 즉사이므로 죽음의 고통은 없었기 때문이죠. 둘째, 그는 오른손잡이인데 왼손으로 그 표시를 만들었으므로 그때는 오른손을 사용할 수 없는 상태였을 것입니다. 셋째, 그가 만든 표시는 인위적인 노력을 필요로 하므로 무언가 이 사건과 관련된 뚜렷한 목적 아래 만들어졌음이 분명합니다. 여기서, 이 세 번째 점을 좀 더 생각해보기로 합시다. 드위트가 미신을 믿는 사내였다면 그 손가락은 악마의 눈을 피하기 위한 표시였다고 생각할 수도 있겠죠. 자신이 피살의 위기에 처한 것을 깨닫고서 본능적으로 악을 쫓는 미신적인 행위를 했다고 말입니다. 하지만 드위트는 전혀 미신을 믿지 않았습니다. 그러므로 그 인위적으로 만들어진 표시는 그 자신에 관한 것이 아니라 범인에 관한 것이 분명합니다. 또 그것은 말할 것도 없이 드위트가 콜린스와 함께 나가기 얼마 전에 드위트와 브룩스와 에이헌과 저 이렇게 네 사람이 함께 화제로 삼은 얘기의 결과입니다. 그때 우리가 화제로 삼은 얘기는 죽음 직전에 인간의 두뇌가 해내는 놀라운 사고력에 관한 것이었고, 저는 어떤 피살자가 살해되기 직전에 범인의 정체를 나타내는 표시를 남긴 얘기를 했습니다. 그래서 죽음의 위기에 처한 가엾은 드위트는 그 얘기를 떠올리고 저에게, 아니 우리에게 범인의 정체를 나타내는 표시를 남긴 거라고 저는 확신했습니다."

브루노는 밝은 표정을 지었다. 섬 경감이 약간 흥분한 어소로 말했다.

"우리 두 사람이 생각했던 그대로입니다!"

그러나 경감은 이내 표정이 흐려지며 말을 이었다.

"하지만, 그렇다고 해도…… 대체 그 표시가 어떻게 우드를 나타내는 것입니까? 우드가 미신을 믿는 자란 말입니까?"

"경감님, 드위트의 손가락 표시는 미신적인 의미에서 우드나 스토프스를 나타내는 것이 아닙니다."

레인이 말을 이었다.

"사실, 저는 그런 식으로는 한 번도 생각해보지 않았습니다. 너무나도 엉뚱한 생각이니까요. 하지만 그때는 과연 그 손가락 표시가 무엇을 뜻하는지 알지 못했습니다. 사실대로 말하자면, 사건이 완전히 해결될 때까지 저는 드위트의 그 손가락 표시와 범인을 연결 지을 수가 없었습니다……. 부끄럽게도 그 연관성은 처음부터 제 눈앞에 뒹굴고 있었는데도 말입니다……. 어쨌든, 그 손가락 표시의 타당한 해석은 그것이 범인의 정체를 나타내고 있다는 것뿐이었습니다. 하지만 보십시오! 범인의 정체에 관한 단서를 남긴 것은 드위트가 누가 범인인지를 알고 있었다는 겁니다. 곧, 그 가해자만이 지닌 특징을 나타낼 수 있을 만큼 상대를 잘 알고 있다는 거죠. 이 문제에 관해서는 좀 더 강력한 추정을 내릴 수 있었습니다. 그 손가락 표시는 그 자체가 어떤 의미를 가지든 간에 그것이 왼손으로 만들어졌다는 사실로 볼 때, 흔히 무엇에든 사용하는 오른손은 앞서 말씀드린 바와 같이 피살되기 직전에는 쓸 수가 없었다는 것을 알 수 있습니다. 그렇다면 드위트는 그때 어째서 오른손을 쓰지 못했을까요? 현장에는 격투를 한 흔적도 없었습니다. 오른손으로 상대를 방어하려고 했는지도 모르지만, 그렇게 하면서 동시에 왼손으로 그처럼 인위적인 노력이 필요한 표시를 만든다는 것은 불가능한 일입니다. 이 문제를 좀 더 그럴듯하게 설명할 수는 없을까 하고 저는 자문해보았습니다. 드위트의 시체에서는 그가 오른손을 사용할 수 없는 상태임을 설명해줄 수 있는 어떤 특징이 없었을까요? 그렇습니다, 있었습니다! 새로 구입한 회수권이 한쪽 주머니에서 다른 쪽 주머니로 옮겨져 있었던 것입니다. 저는 곧 여러 가지 가능성을 검토해보았습니다. 예컨대 드위트가 피살되기 얼마 전에 자신의 손으로 그 새 회수권을 다른 주머니로 옮겨 넣었다고 생각해볼 수 있습니다. 곧, 주머니에서 주머니로 회수권을 옮겼다는 것인데 이것은 사건 자체와는 아무런 관계도 없습니다. 또 이것으로는 피살될 때 오른손을 사용할 수 없었다는 점도 설명할 수 없습니다. 그러나 피살당할 바로 그때에 회수권을 옮겼다고 생각해본다면 오른손을 사용하지 못했던 이유, 보통이라면 오른손을 사용했을 텐데도 왼손을 사용해 표시를 만든 이유를 단번에 설명할 수가 있습니다. 이것은 모든 사실과 맞아떨어집니다. 그래서 더욱 면밀히 검토할 필요가 있었습니다. 그럼 그 결과는 어떠했을까요? 첫째는 다음과 같은 추정에 도달했습니다. 피살될 때 드위트는 회수권을 사용하기 위해 손에 쥐고 있었다는 겁니다. 그런데 콜린스가 드위트와 헤어질 때까지 차장은 그들이 있는 곳까지 검표하러 오지 않았다는 것이 밝혀졌습니다. 그날 밤 당신들이 아파트에서 콜린스를 체포했을 때, 그는 펀치 자국이 나지 않은 기차표를 가지고 있었으니까요. 차장이 그들에게 왔다면 콜린스의 차표는 당연히 차장에게 건네졌을 것입니다. 그러므로 드위트가 어두운 객차에 들어갈 때에 검표하는 차장은 아직 그가 있는 곳에 오지 않았던 것입니다. 물론 저는 이 사실을 그날 밤의 열차 안에서는 몰랐습니다. 경감님이 콜린스를 체포할 때까지는 그가 차표를 그냥 가지고 있었다는 걸 몰랐으니까요. 하지만 저는 나중에 확인된 이 가설을 적용하여 추리를 진행했습니다. 드위트가 어두운 객차 안으로 들어갈 때까지 차장은 그에게 오지 않았다는 가설 말입니다. 저는 드위트가 죽기 직전에 회수권을 꺼내 오른손에 쥐고 있었다고 추측했습니다. 그러면 나중에 사실로 확인된 이 가설에 비추어 볼 경우, 그의 행동을 가장 자연스럽게 설명할 수 있는 것이 무엇이겠습니까? 그 대답은 간단합니다. 차장이 다가왔던 것입니다……. 그런데 차장 두 사람은 모두 드위트에게는 가지 않았다고 진술했습니다. 그렇다면 저의 추측이 틀렸을까요? 아닙니다. 반드시 그렇게 볼 수만은 없습니다……. 만약 차장 중 한 명이 범인이어서 드위트에게 다가갔을 경우는 그가 범인이기 때문에 거짓말을 했을 수 있는 겁니다."

브루노 지방 검사와 섬 경감은 레인의 입술에서 유연하고도 멋진 목소리로 조용하게 흘러나오는 탁월한 분석에 매혹당해 긴장된 표정으로 몸을 앞으로 내밀고 있었다.

"자, 그럼, 이 추정은 밝혀진 사실들과 모두 어김없이 맞아떨어질까요? 그렇습니다. 첫째, 이 추정에 따라 손가락 표시가 왼손으로 만들어진 이유를 설명할 수 있습니다. 둘째, 어째서 오른손을 사용하지 않았는지를 설명할 수 있습니다. 셋째, 드위트의 회수권에 펀치 자국이 나지 않은 이유를 설명할 수 있습니다. 차장이 범인이라면 드위트를 죽인 뒤에 상대가 회수권을 손에 쥐고 있는 것을 깨달았다고 하더라도 펀치 자국을 낼 수는 없습니다. 그렇게 하면 펀치 자국이 중대한 증거가 되어 차장 자신이 살아 있는 드위트와 최후로 만난 자임이 밝혀집니다. 그 결과 자신의 유죄가 드러날 위험도 있으며, 설사 그렇게까지는 되지 않는다고 하더라도 적어도 살인 사건의 수사에는 어쩔 수 없이 말려드는 셈입니다. 당연한 얘기지만, 이것은 계획적인 살인자에게 있어서는 바람직하지 못한 사태입니다. 넷째, 이 추정에 따라 회수권이 웃옷 안주머니에 들어 있었던 이유도 설명할 수 있습니다. 차장이 범인이라면 펀치 자국을 낼 수 없는 것과 마찬가지로 드위트의 손에 회수권을 남겨둘 수가 없습니다. 즉사하고서 회수권을 손에 쥐고 있다는 것은 드위트가 다가오는 차장에게 회수권을 보이려고 꺼낸 직후에 피살되었다는 것을 뜻하므로 범인으로서는 결코 방치할 수 없습니다. 그렇다고 범인인 차장이 그것을 가져갈 수도 없는 노릇입니다. 표지에 찍힌 날짜로도 알 수 있듯이 그것은 새것이고 그날 밤에 구입하는 것을 본 사람도 있습니다. 따라서 소지품 중에서 회수권이 사라졌다는 것을 알 수 있고, 그럴 경우 경찰은 '회수권-차장'이라는 위험한 연상을 하기 쉽습니다. 그렇습니다. 범인인 차장으로서는 자신에게 의심이 갈 만한 것이라면 무엇 하나 현장에 남겨서는 안 되었던 것입니다. 그렇다면 가장 안전한 방법은 자신이 그 회수권을 가지고 갈 것이 아니라 드위트의 시체에 그대로 남겨두는 것입니다. 그런데 이때 그걸 어느 주머니에 넣을 것인가가 문제가 됩니다. 어쩌면 범인인 차장은 드위트가 회수권을 평소 어느 주머니에 넣고 다니는지 알고 있었을지도 모릅니다. 그렇지 않다면 드위트의 주머니를 여기저기 뒤져보며 평소 넣고 다녔음 직한 주머니를 찾았을지도 모릅니다. 웃옷 안주머니에서 기한이 끝난 묵은 회수권을 발견했다면 그것과 함께 그 새 회수권을 넣는 것이 가장 자연스러웠을 테죠. 설사 드위트가 새 회수권을 조끼 주머니에서 꺼냈음을 차장이 알고 있다고 하더라도 그가 그 회수권을 다시 거기에 넣어둘 수는 없는 노릇입니다. 그 조끼 주머니는 이미 드위트의 몸을 관통한 탄환이 뚫고 지나갔기 때문입니다. 탄환 자국이 없는 그 회수권을 거기에다 넣는다면 살해 후에 넣어진 것임이 분명해지니, 범인인 차장으로서는 이것 또한 피하고 싶은 일입니다. 다섯째, 이 추정에 따라 넷째의 결과로써 그 회수권에 탄환의 흔적이 없는 이유를 설명할 수가 있습니다. 회수권을 겨냥해서 총을 한 발 다시 쏜다고 하더라도 최초에 쏘았을 때에 주머니에 들어 있었다면 구멍이 뚫렸을 만한 곳에 정확히 맞을 리가 없습니다. 게다가 두 발째의 총성을 다른 사람들이 들을 염려도 있습니다. 또 객차 안에서 두 발째 총을 쏘면 어딘가에 탄환이 남아서 나중에 발견될 것입니다. 아무튼 그런 식의 조치는 너무 복잡하고 번거로운 데다가 시간 낭비이며 어리석은 짓입니다. 그래서 그는 깊이 생각한 끝에 가장 자연스럽고 안전하게 여겨지는 방법을 선택했던 셈입니다. 이 추정은 적어도 여기까지는 모든 세부 사항들과 맞아떨어집니다."

레인이 말을 이었다.

"그런데 범인이 열차의 차장이라는 확증은 있는 것일까요? 그렇습니다. 여기에는 매우 유력한 심리적 확증이 있습니다. 열차 안의 차장은 사실상 눈에 띄지 않는 존재나 다름없기 때문입니다. 곧 차내의 어디에 있더라도 의심을 받지 않으며 누구 하나 그의 행동을 주의 깊게 보거나 기억할 수 있는 사람이 없다는 것입니다. 우리 일행 중 한 사람이 그런 행동을 했다면 눈에 띄었을 것이며 실제로도 몇 번인가 눈에 띄기도 했지만, 범인이 차장이었기 때문에 실제로 그가 행동했듯이 차내를 통과해서 어두운 객차 쪽으로 들어가도 누구 하나 기억하지 못했던 겁니다. 따라서 그는 아무런 증거도 남기지 않고 행동할 수 있었던 거죠. 사실 저도 주의를 기울이고 있었는데도 차장한테는 눈길이 미치지 못했습니다. 콜린스가 열차에서 내린 뒤에 차장은 제 옆을 지나쳐서 어두운 객차 쪽으로 들어갔을 테죠. 하지만 아직도 저는 그가 제 옆을 지나쳤던 기억이 떠오르지 않습니다. 또 하나의 확증이 있습니다. 흉기가 사라졌다가 나중에 발견된 사실입니다. 그 권총은 열차 안에서는 발견되지 않았습니다. 범행이 일어난 지 오 분쯤 뒤에 열차가 통과한 강에서 발견되었습니다. 그렇다면 범행 후 범인이 오 분을 기다렸다가 권총을 버린 것은 단순한 우연이었을까요? 정말로 우연히, 그것도 기차가 통과하는 강에다 버리게 된 걸까요? 범인으로서는 범행 직후에 권총을 버리는 쪽이 더욱 안전했을 것입니다. 하지만 그는 오 분간을 기다렸습니다. 어째서일까요? 그것은 어두운 밤인데도 불구하고 범인이 열차에서 흉기를 버리기에 더없이 좋은 장소인 그 강의 위치를 알고 있었기 때문입니다. 곧 범인은 그 일대의 지형에 매우 밝았던 것입니다. 그렇다면 열차에 타고 있는 사람들 중에서 그와 같은 사실을 가장 잘 알고 있을 만한 사람은 누구이겠습니까? 그것은 말할 것도 없이 매일 밤 같은 시각에 같은 길을 통과하는 열차의 승무원들 중 한 명일 것입니다. 기관수, 제동수, 차장……. 차장…… 물론 차장입니다! 전적으로 심리적인 것이지만 차장이 범인이라는 설이 가장 유력합니다. 그리고 또 하나의 확증이 있습니다. 이것이야말로 가장 강력한 것이며 동시에 분명하게 범인을 지적하는 것입니다. 하지만 이것은 조금 뒤에 말씀드리기로 하겠습니다. 물론 사건 당시에 저는 흉기에 관해 범인 쪽의 입장에 서서 추리를 해보았습니다. 곧, 저는 제가 만약 범인인 차장이었다면 권총을 어떻게 처분했을지, 그리고 발견될 기회를 최소한으로 줄이려면 어떻게 했을지를 자문해보았던 것입니다. 그 결과, 선로 옆이라든가 선로 위와 같은 사람 눈에 띄기 쉬운 장소는 경찰도 맨 먼저 찾을 것이므로 단념해야만 했습니다. 그러나 선로 연변에는 흉기를 처분할 수 있을 뿐만 아니라 달리 수고를 하지 않아도 발견되지 않게 감출 수 있는 자연스러운 은닉 장소가 있었습니다. 그건 바로 강이었습니다! 그래서 저는 지도를 조사해 흉기 처분이 가능한 범위에서 선로 연변의 강줄기를 전부 알아냈고 그것을 토대로 드디어 흉기를 찾아내는 데 성공했던 것입니다."

레인은 활기찬 목소리로 말을 이었다.

"자 그럼, 두 명의 차장 중 어느 쪽이 범인이겠습니까? 톰슨일까요? 보텀리일까요? 열차 안의 그 구역이 톰슨의 담당이라는 점을 제외한다면 두 사람 중 어느 쪽이 더 의심스러운가에 관한 직접적인 증거는 없습니다. 아, 하지만 잠깐 기다려주십시오! 저는 세 번째 사건의 범인이 차장이라고 결론을 내렸는데, 첫 번째 사건의 범인도 차장이었습니다. 그런데 여기서 이 두 사람의 차장이 동일 인물, 곧 우드라는 것이 가능할까요? 그렇습니다. 전혀 무리 없이 가능합니다. 롱스트리트와 선착장의 피살자와 드위트, 이 세 사람은 의심할 여지없이 동일인의 손에 의해 살해된 것입니다. 그런데 우드에게는 어떤 신체적 특징이 있었습니까? 붉은 머리와 상처……. 하지만 머리 색 따위는 쉽게 바꿀 수 있고 상처는 가짜가 분명하므로 제가 아는 한은 키가 크고 건장하다는 점입니다. 늙은 차장 보텀리는 키가 작고 왜소합니다. 하지만 톰슨은 키가 크고 건장합니다. 그러므로 톰슨이 우리가 찾는 상대인 것입니다. 그래서 저는 다음과 같은 결론에 도달했습니다. 드위트는 찰스 우드와 동일인임이 틀림없는 톰슨에 의해 피살되었다고 말입니다. 그러나 이 우드 톰슨이라는 인물은 도대체 누구일까요? 분명히 세 번의 살인은 모두 동일한 동기에 따른 것이며, 그 동기는 적어도 오 년이나 어쩌면 그보다 훨씬 이전에 싹튼 것입니다. 그러므로 다음에 해야 할 일은 분명해졌습니다. 드위트와 롱스트리트의 과거를 조사해 그들을 살해하려고 몇 해씩이나 계획을 짤 만큼 충분한 동기를 가진 미지의 인물을 찾아내는 것입니다. 지금에는 두 분께서도 스토프스가 어떤 인물인지를 알고 계시지만 그 당시의 저는 그들의 과거에 대해서는 아무것도 몰랐습니다. 저는 드위트의 집사인 조겐스에게 캐물은 끝에 바로 얼마 전에 남미에서 이상한 손님이 와서 드위트의 집에 머물다 떠났음을 알게 되었습니다. 이것이 단서였습니다, 경감님. 그리고 여기서부터 당신이 저보다 뒤지게 된 거죠. 아무튼 이것은 유력한 단서처럼 보였으므로 저는 은밀히 남미 각국의 영사들 쪽을 더듬어보았고 그러다가 마침내 뉴욕 주재 우루과이 영사인 호안 아호스의 얘기를 들을 수 있었던 것입니다. 이제는 두 분께서도 아시는 얘기입니다만, 저는 그때 비로소 롱스트리트와 드위트를 다른 두 인물과 연결 지을 수 있었습니다. 곧 탈옥수인 마틴 스토프스와 드위트 앤드 롱스트리트 사의 은밀한 공동 경영자인 윌리엄 크로켓 말입니다. 이 두 사람 중 스토프스가 우드-톰슨임이 분명했습니다. 그리고 그의 동기 또한 명백했습니다. 그것은 세 사람 모두에게 해당되는 복수였습니다. 그래서 저는 스토프스가 차장이며 배에서 살해된 붉은 머리의 사내가 크로켓이라고 결론을 내렸습니다. 스토프스는 크로켓을 살해하려고 과거 오 년 동안이나 붉은 머리와 종아리의 상처를 준비해왔습니다. 그리고 크로켓의 시체가 발견되었을 때에는 시체가 몹시 짓뭉개진 탓에 다른 부분은 식별하기 어려워서 우드로 판단했던 것입니다. 아호스의 얘기를 듣기 훨씬 전에, 그러니까 그 시체가 우드의 것이 아니라는 추리를 한 뒤에 제가 실종조사계의 보고를 부탁드렸었죠? 그것은 우드가 정체불명의 사내를 살해한 것이므로 그 보고 속에 피살된 사내의 정체에 관한 단서가 있을지도 모른다고 생각했기 때문입니다. 하지만 아호스의 얘기를 듣고서 그 정체불명의 사내가 크로켓임을 알게 되었습니다. 우드가 다른 범행들과 관계없이 그 정체불명의 사내의 몸을 단순히 도구로만 이용했을 리는 없습니다. 왜냐하면 우드는 최소한 오 년 전부터 상대의 상처와 머리카락 색을 흉내 내 범행을 준비해왔던 셈이니까요. 하지만 어떻게 해서 크로켓이 스토프스에게 유인되어 살해당했는지는 아직도 알 수가 없습니다. 브루노 씨, 스토프스는 여기에 대해 뭔가 설명을 했습니까?"

지방 검사는 쉰 목소리로 레인의 물음에 대답했다.

"그렇습니다. 스토프스는 크로켓한테는 자신의 필적을 알리고 싶지 않다는 특별한 이유에서 한 번도 협박 편지를 보내지 않았습니다. 그리고 느닷없이 크로켓한테 편지를 보내 자신을 드위트 앤드 롱스트리트 사에서 쫓겨난 경리 직원이라고 자처했습니다. 그러고는 매년 두 번씩 두 공동 경영자가 보내고 있는 수표는 거액이긴 하지만, 크로켓이 회사 순수익의 삼 분의 일을 배당받아야 마땅한 걸로 볼 때 두 사람한테 크게 속고 있는 것이라고 했습니다. 옛날 그들 세 사람이 미국에 돌아왔을 때, 크로켓은 두 동료에게 사업이 잘되면 자신에게도 합당한 이익금을 분배해줄 것을 요구했습니다. 롱스트리트와 드위트는 분별력이 없고 무책임한 크로켓에게 우루과이에서의 음모를 폭로당하느니 그에게도 사업을 시작하는 데 필요한 자본금의 삼 분의 일을 내게 해서 장차 발생할 이익금의 삼 분의 일을 주기로 했던 것입니다. 그 후 롱스트리트는 몇 차례나 이 약속을 파기하고자 했지만 드위트가 끝까지 막는 바람에 오랫동안 지속될 수 있었던 것 같습니다. 아무튼 그 편지에서 쫓겨난 경리 직원을 자처한 스토프스는 자신이 그 부정의 증거를 잡고 있으니 크로켓이 뉴욕으로 온다면 적당한 값에 그걸 넘기겠다고 미끼를 던졌다고 합니다. 아울러 스토프스는 그 편지에서 그 두 명의 동료가 옛날의 살인 건으로 자신을 당국에 넘기려는 음모를 꾸미고 있을지도 모른다는 생각이 들도록 은근히 암시했습니다. 그리고 뉴욕으로 오겠다면 〈타임스〉의 인사란으로 연락을 취할 테니 주의해서 보라고 덧붙였답니다. 크로켓은 그 책략에 감쪽같이 속아서 분노와 불안에 떨면서 뉴욕으로 왔고 〈타임스〉에 실린 통신문을 보았던 것입니다. 그 통신문의 내용은 은밀히 호텔에서 나와 10시 45분발 위호켄행 배의 상부 갑판 북쪽에서 만나자는 것과 남의 눈에 띄지 않게 주의하라는 것이었습니다. 물론 거기에서 범행이 저질러진 거고요."

섬 경감이 끼어들며 말을 받았다.

"그뿐만이 아닙니다. 스토프스는 자신이 어떻게 드위트를 속였는가에 대해서도 얘기했습니다. 정말 교활하기 짝이 없는 녀석입니다. 그 수요일 아침에 스토프스는 크로켓으로 행세해 드위트에게 전화를 걸어서는 급한 볼일이 있으니까 오늘 밤 10시 45분발 배의 하부 갑판에서 만나자는 협박조의 통고를 했습니다. 그리고 크로켓에게 한 것과 마찬가지로 드위트에게도 남의 눈에 띄지 않게 주의하라고 덧붙였습니다. 곧 스토프스는 드위트와 크로켓이 서로 마주치지 않도록 주의를 기울였던 것입니다."

레인이 중얼거리며 대꾸했다.

"재미있군요. 그래서 드위트가 배에서 만날 약속을 했던 상대가 누구였는지를 밝히지 않으려 했군요. 드위트로선 크로켓이 우루과이 시절의 추악한 비밀을 털어놓을까 두려웠을 테니 침묵을 지킬 수밖에 없었겠죠. 더욱이 스토프스 쪽은 드위트가 침묵할 것을 미리 간파하고 있었고 말입니다. 아무튼 스토프스는 실로 교묘하게 드위트를 사건에 끌어들인 겁니다."

레인은 의미심장하게 말을 이었다.

"정말이지 저는 이 스토프스란 사내의 굉장한 변신 능력과 대담무쌍함에는 줄곧 놀랐습니다. 이것들은 결코 충동적이거나 격정에 못 이겨 저지른 이른바 감정 폭발적인 범행이 아닙니다. 오랜 세월에 걸쳐 고뇌하고, 강철같이 단련된 동기에서 비롯된 냉철하고 계획적인 범행입니다. 그 사내는 위대한 인물이 될 만한 소질이 있습니다. 두 번째 범행 때에 그가 해야만 했던 일을 살펴봅시다. 그는 우선 상부 갑판에서 우드로서 크로켓과 만나야 했습니다. 그리고 크로켓을 그 작은 칸막이 방 근처로 유인하여 가방에서 꺼낸 둔기로 때려 쓰러뜨립니다. 그런 다음 자신의 옷을 실신한 크로켓에게 입히고 자신은 가방에서 꺼낸 다른 옷, 곧 세일즈맨인 닉슨의 옷으로 갈아입습니다. 그런 뒤 벗겨낸 크로켓의 옷을 가방에서 꺼낸 추에 매달아 강물 속에 던집니다. 그리고 모호크호가 위호켄의 선창에 접근할 때까지 기다렸다가 실신한 크로켓의 몸을 선체와 선창의 말뚝 사이에 끼어서 짓뭉개지도록 던져 넣습니다. 그런 뒤에 재빨리 하부 갑판으로 내려가 세일즈맨인 닉슨으로서 사람들과 함께 '사람이 떨어졌다!' 하고 소리를 지릅니다……. 이 모든 것은 뛰어난 두뇌와 대담한 성격의 소유자만이 계획하고 행할 수 있는 일입니다. 물론 옷을 갈아입는 위험한 작업도 살인을 위해 강을 왔다 갔다 두 번 왕복함으로써 꽤 간단해졌을 것입니다. 아마도 첫 번째 왕복을 하는 동안에 크로켓을 기절시키고 옷을 갈아입히고 그런 다음 크로켓의 원래 옷을 처분했을 겁니다. 또 밤이 깊어 캄캄한 데다 짙은 안개가 끼었던 점과, 아울러 42번 스트리트와 위호켄 사이를 오가는 배의 소요 시간이 짧은 탓에 좀처럼 승객들이 상부 갑판으로는 나오지 않는다는 점도 큰 도움이 되었을 것입니다. 게다가 그는 흡족할 만큼 천천히 작업을 할 수 있었습니다. 필요할 경우 네 번 왕복을 했더라도 경찰은 역시 위호켄 쪽에서 기다리고 있었을 테니까요."

레인은 찌푸린 표정으로 목에 손을 갖다 대며 말을 이었다.

"저도 이제 꽤 늙었나 봅니다. 옛날에는 몇 시간이나 계속해서 대사를 읊어도 끄떡없었는데 말입니다⋯⋯. 아무튼 추리를 계속하도록 하죠."

레인은 몇 달 전에 스토프스가 드위트에게 보낸 협박 편지 한 장을 드위트가 살해당했던 날 밤에 웨스트 잉글우드에 있는 그의 저택에서 찾아낸 경위를 짧게 설명하고는 그 편지를 꺼내 두 방문객에게 내보였다.

"물론 이걸 찾아내기 전에 이미 저는 사건의 수수께끼를 풀었습니다. 설사 이걸 찾아내지 못했더라도 역시 수수께끼는 풀렸을 겁니다. 우드와 톰슨이 동일인임을 이미 알고 있었으니까요. 하지만 법적 견지에서 보면 이 편지는 중요한 것입니다. 얼핏 보기에도 스토프스의 필적이 우드의 편지나 신분증의 서명에서 본 적 있는 우드의 필적과 같았습니다. 거듭 말씀드립니다만, 이 필적이 일치한다는 사실은 단지 법률적인 확증에 필요한 것이지 추리적 해결을 위해서는 필요하지 않습니다. 그러나 저는 여기서 제가 해결한 것을 검찰 측의 눈으로 보아야만 했습니다. 우드와 스토프스와 톰슨이 동일인임을 알고 있다는 것과 그것을 증명한다는 것은 별개의 문제입니다. 그래서 호안 아호스에게 우루과이 정부에 전보를 쳐서 스토프스의 지문 사진을 구해줄 것을 요청했습니다. 경감님, 톰슨이 체포되었을 때 제가 당신에게 가장 먼저 부탁드린 것은 지문을 채취해달라는 것이었습니다. 그리고 당신이 채취한 톰슨의 지문은 전송되어 온 스토프스의 지문 사진과 어김없이 일치했습니다. 그러므로 톰슨은 스토프스였으며 또한 필적이 일치한다는 점에서 우드는 스토프스였다는 법적 증거가 갖춰진 셈입니다. 따라서 톰슨이 우드라는 것은 누구나 내릴 수 있는 결론이죠. 이로써 사건은 완전히 풀렸던 것입니다."

레인은 다시금 목소리에 힘을 담아 말을 이었다.

"그렇지만 아직도 몇 가지 모호한 점이 남아 있습니다. 스토프스가 어떻게 우드, 닉슨, 톰슨이라는 세 명의 인물로 변신하여 무리 없이 행세할 수 있었을까요? 아무래도 저는 이 점이 다소 이해가 가지 않습니다."

"스토프스는 그 점에 대해서도 분명히 자백했습니다."

브루노 지방 검사가 말을 이었다.

"그건 생각보다 어려운 일은 아니었던 것 같습니다. 그는 우드로서 오후 2시 30분부터 10시 30분까지 전차 차장으로 근무를 하고, 그런 다음에는 톰슨으로서 자정인 12시부터 오전 1시 40분까지 열차의 임시 고용직 차장으로 단시간 교대 근무를 했던 것입니다. 열차 근무에 들어가기 전에 옷을 갈아입거나 변신하기에 편리하도록 우드라는 이름으로 위호켄에 살았고, 자신이 근무하는 열차의 종점인 웨스트 하버스트로에서 톰슨으로 살며 거기에서 아침까지 자고 다음 날 아침 늦은 시각의 열차로 위호켄의 하숙집으로 돌아가 우드로 행동했던 것입니다. 그리고 세일즈맨인 닉슨 행세는 융통성 있게 이따금씩만 했고요.

선착장에서의 범행이 있던 날 밤은 마침 열차 차장인 톰슨의 비번이었습니다. 그래서 스토프스는 그날 밤을 택했던 것입니다. 알고 보면 간단합니다. 게다가 다른 인물로 변신하는 것도 그다지 까다롭지는 않았던 것 같습니다. 아시다시피 스토프스는 대머리입니다. 우드로 변신할 때는 붉은 머리의 가발을 사용했고, 톰슨일 때에는 본 모습 그대로였습니다. 그러니까 우드일 때는 여기저기 약간 손질을 했던 셈인데 그것도 그다지 어렵지는 않았던 모양입니다. 닉슨으로 변신할 때에는 시간이 넉넉했으므로 느긋하게 변신할 수 있었고요. 앞서 말씀드렸듯이 닉슨 행세는 융통성 있게 이따금씩만 하면 되었으니까요."

"그런데 스토프스는 드위트에게 죄를 뒤집어씌우려고 크로켓의 시체에 넣은 그 시가를 어떻게 입수했다고 하던가요?"

레인이 물었다.

섬 경감이 신음하듯이 대답했다.

"녀석은 죄다 털어놓더군요. 당신이 어떻게 이 넌더리 나는 사건을 해결했는가 하는 것만 빼고는 말입니다. 정말이지 저는 지금도 믿기지가 않습니다. 아무튼 녀석의 얘기에 따르면 롱스트리트를 살해하기 얼마쯤 전에 드위트가 열차의 차장으로 변신해 있던 자신에게 그 시가를 주었다고 합니다. 뭐 벼락부자 중에는 그런 짓을 하는 자가 더러 있습니다. 별 뜻도 없이 말입니다. 그냥 까닭 없이 불쑥 주는 거죠. 한 개에 1달러짜리를 말입니다. 스토프스는 그걸 받아 소중히 간직하고 있었던 것입니다."

"물론, 스토프스가 설명할 수 없는 것도 꽤 있었습니다. 예컨대 롱스트리트와 드위트의 관계가 늘 원만치 못했던 원인 같은 것 말입니다."

브루노가 덧붙였다.

"그건 어렵잖게 설명할 수 있을 것 같군요."

레인이 말을 이었다.

"드위트는 도덕적인 약점이 있긴 했지만 그런대로 꽤 괜찮은 인물이었습니다. 아마도 젊은 시절에는 어쩔 수 없이 롱스트리트의 뜻에 따라 움직였겠지만 이윽고 스토프스에 대한 음모에 말려든 걸 후회했을 것입니다. 그래서 사교적으로든 사업적으로든 롱스트리트와 인연을 끊으려고 줄곧 노력했겠죠. 하지만 롱스트리트는 드위트가 있으면 그만큼 확실하게 자신의 수입이 늘어난다는 이유 때문에 과거의 어둡고 피비린내 나는 음모를 약점으로 잡고서 거절해왔던 것입니다. 아마도 일종의 가학 심리도 더불어 작용했겠죠. 롱스트리트가 드위트가 애지중지하는 딸 진한테 과거의 죄악을 폭로하겠다면서 드위트를 상대로 협박을 했다고 해도 이상할 것은 없습니다. 어쨌든 두 사람의 사이가 나빴던 점과 롱스트리트의 낭비를 드위트가 대신 처리해주고 있었던 점, 롱스트리트의 노골적인 모욕을 드위트가 감수했던 점은 이것으로 충분한 설명이 될 것입니다."

"과연 그렇군요."

브루노가 고개를 끄덕였다.

레인이 말을 이었다.

"크로켓에 대해서는 스토프스의 계획 자체가 무엇보다도 증거가 됩니다. 스토프스의 아내를 살해한 것은 크로켓이 틀림없습니다. 스토프스가 세 사람 중에서도 크로켓을 가장 끔찍한 방법으로 살해한 것은 그 때문입니다. 물론 크로켓의 얼굴이 짓뭉개지도록 한 것은 계획대로 시체를 자기 자신, 곧 우드라고 여겨질 수 있도록 하기 위해서도 필요했겠지만 말입니다."

"잠깐, 레인 씨."

섬 경감이 생각에 잠긴 표정으로 물었다.

"전송되어 온 지문 사진이 이곳 햄릿 저택에 도착했을 때를 기억하고 계시겠죠? 저는 그때 처음으로 마틴 스토프스라는 이름을 듣고서 당신에게 그가 누구인지를 물었습니다. 그랬더니 당신은 마틴 스토프스는 롱스트리트와 우드와 드위트를 말살해 버린 책임을 져야 할 인물이라고 하셨습니다. 하지만 그 가운데에 우드를 포함한 것은 저를 현혹한 게 아닙니까? 우드가 바로 스토프스였으니 말입니다."

레인은 나직하게 웃었다.

"허어 경감님, 저는 스토프스가 우드를 살해했다고는 말하지 않았습니다. 그가 지상에서 우드를 말살한 책임을 져야 한다고 말했습니다. 그리고 그건 문자 그대로 사실입니다. 크로켓을 실신시켜 우드의 옷을 입혀 살해함으로써 우드라는 인물을 지상에서 영원히 제거해버렸으니까요."

세 사람은 생각에 잠긴 채 잠자코 앉아 있었다. 벽난로의 불길이 한결 더 높이 타올랐다. 브루노가 보니 레인은 평온하게 두 눈을 감고 있었다. 섬 경감이 느닷없이 커다란 손으로 자신의 허벅지를 두들겼고 그 바람에 브루노는 깜짝 놀란 표정을 지었다.

"그렇지!"

경감이 외쳤다. 그는 몸을 굽혀서 레인의 어깨에 손을 갖다 댔다. 레인은 눈을 떴다.

"레인 씨, 뭔가 아직 말씀하시지 않은 것이 있는 것 같았는데, 역시 그랬습니다! 아직도 제가 이해할 수 없는 것이 한 가지 있는데 당신한테서 확실한 설명을 듣지 못했습니다. 그 드위트의 손가락 표시 말입니다. 아까 그 겹쳐진 손가락 표시는 미신피는 관계가 없다고 말씀하셨죠? 그렇다면 대체 무엇이었습니까?"

"아 참, 제가 깜박했군요."

레인이 말을 이었다.

"좋은 지적을 해주셨습니다, 경감님. 그건 정말 중요한 점인데 잘 말씀해주셨군요. 여러 가지 면에서 이것은 사건 전체를 통틀어서도 가장 기묘한 요소입니다."

레인의 단정한 옆얼굴이 더욱 예리해졌고 그의 목소리도 점차 활기를 띠었다.

"톰슨이 드위트를 살해했다는 추론에 이르기까지 저로서도 그 손가락 표시에 대해선 뭐라고 설명을 할 수가 없었습니다. 확신할 수 있는 점은 단 한 가지뿐이었습니다. 곧 드위트가 최후의 순간에 제가 한 얘기를 떠올리고는 범인의 정체를 알리는 단서로써 인위적으로 그 표시를 만들어 남겼다는 것뿐이었습니다. 따라서 그 표시는 톰슨과 관계가 있는 것임이 틀림없다고 생각했습니다. 그렇지 않다면 애써서 이끌어낸 저의 추론도 무너져버리고 맙니다. 그러므로 전 그 손가락 표시의 올바른 뜻을 파악하기 전까지는 톰슨을 체포하도록 준비할 마음이 들지 않았습니다."

레인은 마치 근육에 힘을 담지 않은 듯 보이는 독특한 동작으로 재빠르고도 유연하게 팔걸이의자에서 일어났다. 두 방문객이 그를 올려다보았다.

"그런데, 그 설명을 하기에 앞서 드위트를 사살하기 전 두 사람이 어떻게 있었는지 스토프스가 말한 게 있다면 그걸 먼저 듣고 싶습니다."

브루노가 입을 열었다.

"알겠습니다. 스토프스는 그 부분에 관해 매우 분명하게 자백했습니다. 그는 드위트 일행이 열차에 오른 순간부터 주의 깊게 관찰한 듯합니다. 기회를 노렸던 거죠. 곧 드위트가 혼자 있게 될 때를 기다렸던 겁니다. 그는 드위트를 남몰래 죽일 수 있는 절호의 기회가 올 때까지 필요하다면 일 년이라도 기다렸을 것입니다. 그런데 콜린스가 드위트와 함께 뒤쪽으로 나가는 것을 보았습니다. 그리고 그 뒤에 콜린스가 열차를 빠져나가는 것을 앞쪽 승강구에서 보고서는 드디어 기회가 왔음을 깨달았던 겁니다. 그래서 당신들이 타고 있던 차량을 통과해 드위트가 나중에 시체로 발견된 곳에 앉아 있는 것을 확인하고는 곧바로 그 어두운 차량 안으로 들어갔습니다. 드위트는 고개를 들고 차장을 보더니 본능적으로 새로 구입한 그 회수권을 꺼냈습니다. 하지만 그때 톰슨은 흥분해 있던 터라 드위트가 어느 주머니에서 그 회수권을 꺼냈는지 미처 알아차리지 못했습니다. 드디어 복수를 완성할 기회가 왔다는 생각에 불타면서 톰슨은 기세 좋게 권총을 뽑아 들어 공포에 질려 있는 드위트를 노려보며 자신이 마틴 스토프스임을 밝혔습니다. 그가 드위트를 냉소적인 시선으로 노려보며 이제부터 어떻게 할 것인지를 선언하는 동안, 드위트는 스토프스, 곧 톰슨의 허리에 가죽 끈으로 매달린 니켈로 된 개찰 펀치를 겁에 질린 채 뚫어지게 바라보고 있었다고 합니다. 드위트는 창백하기 그지없는 얼굴로 그 자리에 꼼짝도 않고 묵묵히 앉아 있었답니다. 아마도 그때 번개처럼 재빨리 생각을 짜내 그런 손가락 표시를 남겼겠죠. 결국 톰슨은 억누를 길 없는 분노를 폭발시켜 권총을 발사했습니다. 분노의 발작은 밀려왔을 때와 마찬가지로 급속히 밀려 나갔습니다. 톰슨은 드위트의 머리가 앞으로 힘없이 늘어졌을 때에야 그의 오른손에 펀치 자국이 나지 않은 새 회수권이 쥐어져 있는 것을 깨달았습니다. 그는 곧 이것을 가져가서는 안 된다고 판단했지만 드위트의 손에 그대로 남겨놓고 가는 것도 바람직하지 않다고 생각했습니다. 그래서 드위트의 주머니를 뒤져보았고 결국은 웃옷 안주머니에 묶은 회수권과 함께 넣어두었던 것입니다. 스토프스는 드위트가 손가락을 겹쳐서 표시를 만든 것에 대해선 전혀 알아차리지 못했다고 했습니다. 범행 뒤에 그런 손가락 표시가 발견되었다는 말을 듣고는 자신도 무척 놀랐다고 했으며 지금도 우리와 마찬가지로 거기에 대해서는 해석을 하지 못하고 있습니다. 아무튼 열차가 보고타에 도착했을 때 그는 어두운 차량의 문을 열고 뛰쳐나가 다시 문을 닫고는 플랫폼을 끼고 달려서 앞쪽 차량으로 올라탔다고 합니다. 흉기인 권총은 당신이 설명하셨듯이 처음부터 강물에 던질 계획이었고 그 이유 또한 마찬가지였습니다."

"고맙습니다."

레인은 장중한 태도로 말했다. 훤칠한 그의 모습이 벽난로의 어른거리는 붉은 불빛을 받아 검고도 뚜렷하게 떠올랐다.

"자 그럼, 그 손가락 표시라는 흥미로운 화제로 돌아갑시다. 톰슨과 그 손가락, 그 손가락과 톰슨……. 어떤 관계가 있을까 하고 저는 자문해보았습니다. 그러다가 이윽고 어떤 하찮은 사실에 생각이 미쳤을 때 저는 갑자기 전광석화처럼 번쩍하며 이 골치 아픈 문제의 유일한 해답을 깨달았던 것입니다……."

레인은 조용히 말을 이었다.

"도무지 무의미한 악마의 눈 따위의 해석을 무시한다면 그 겹쳐진 손가락 표시에는 또 달리 어떤 의미가 있는 걸까요? 특히 톰슨과 관련해볼 때 말입니다. 저는 그때까지의 부질없는 생각들을 버리고 전혀 다른 방식으로 이 문제에 접근해보았습니다.

그 겹쳐진 손가락의 형상적인 의미에 대해서 생각해보았습니다. 곧, 그 손가락 표시가 기묘한 모양으로 무언가 특별한 기호를 흉내 내고 있는 게 아닐까 하고 말입니다. 조금 더 생각을 해보니 이내 흥미로운 것이 떠올랐습니다. 그 겹쳐진 손가락 표시와 가장 닮은 기호는 의심할 여지없이 바로 X였습니다!"

레인은 잠깐 입을 다물었다. 두 방문객의 얼굴에 공감하는 빛이 떠올랐다. 섬 경감은 자신의 손가락을 꼬아서 겹쳐보면서 크게 고개를 끄덕였다.

레인은 성량이 풍부한 목소리로 말을 이었다.

"하지만 X란 미지수를 나타내는 보편적인 기호입니다. 그렇다면 저의 추측은 또 틀린 거죠. 아무리 생각해봐도 드위트가 수수께끼를 남겼을 리는 없기 때문입니다……. 하지만 X…… X…… 저는 이것을 무시할 수가 없었습니다. 그리고 어쩐지 단서가 잡힐 듯한 기분도 들었고요. 그래서 저는 X를 톰슨과 결부해보았습니다. 그러자 눈앞을 가로막고 있던 베일이 걷히듯이 열차 차장인 톰슨의 특징 하나가 떠올랐던 것입니다. 그것은 지문과 마찬가지로 명확하고 엄밀하게 톰슨을 나타내는 특유의 인증표랄 수도 있는 것이었습니다."

브루노 지방 검사와 섬 경감은 멍하니 서로의 얼굴을 마주 보았다. 지방 검사의 이마에는 깊은 주름이 모아졌고, 경감은 진지한 표정으로 열심히 손가락을 겹쳐보았다가 다시 풀곤 했다. 이윽고 경감이 고개를 가로저었다.

"두 손 들었습니다!"

경감은 넌더리가 난 듯이 말을 이었다.

"정말이지 지로선 짐작도 가지 않습니다. 도대체 그게 뭐였습니까, 레인 씨?"

레인은 대답 대신 다시 지갑을 뒤져서 이번에는 문자가 인쇄된 길쭉한 종이쪽지를 꺼냈다. 그는 그것을 소중한 듯이 들여다보고는 벽난로 앞을 성큼 가로질러 가 브루노의 손에다 그걸 얹었다. 두 사내는 동시에 그 종이쪽지 위로 고개를 숙이다가 그만 서로 이마를 맞부딪쳤다.

드루리 레인이 부드럽게 말을 이었다.

"그건 차장 에드워드 톰슨이 건네준 현금 지불용 복식 승차권에 불과합니다. 경감님, 그를 체포하기 전에 당신이 일행들의 승차 요금을 치렀죠? 바로 그때의 것입니다."

레인은 등을 돌리고 벽난로 쪽으로 다가가 소용돌이치는 연기 속에서 나무 향을 들이마셨다. 그동안 섬 경감과 브루노 지방 검사는 그 최후의 증거물을 응시하고 있었다.

종이쪽지의 두 군데, 위호켄이라고 인쇄된 문자 옆과 그 아래의 웨스트 잉글우드라고 인쇄된 문자 옆에 차장 에드워드 톰슨의 십자형 펀치 자국이 뚜렷하고 날카롭게 찍혀 있었다. X의 모양으로.

막

드루리 레인에 관한 어떤 진실

찰스 글렌 씨의
드루리 레인 미완성 전기 초기 메모 노트에서 발췌된
출판사를 위한 초록.

인명 연감(Who's who) 연극 부문 1930년 판에서 발췌

드루리 레인. 배우. 루이지애나 주 뉴올리언스 출신. 1871년 11월 3일 생. 부친은 미국의 비극 작가 리처드 레인, 모친은 영국 보드빌 극장의 희극 배우 키티 퍼셀. 결혼한 적 없음. 교육은 주로 개인 가정 교습을 받음. 7세 때 첫 무대 경험. 최초로 중요한 역할을 맡은 것은 13세 때 보스턴 극장에서 상연된 키랄피의 《매혹》무대에서였음. 23세 때 뉴욕 데일리스 극장에서 처음으로 《햄릿》무대에 섰으며, 1909년 런던의 드루어리 레인 극장에서 그때까지의 《햄릿》최장 연속 상연 기록을 갱신했음(당시 최장 기록이었던 에드윈 부스의 기록보다 24일 더 길었음). 저서: 셰익스피어 관계 시적, 햄릿의 철학, 커튼 콜. 가입된 클럽: 플레이어스, 램즈, 센추리, 프랭클린 인, 커피 하우스. 미국 문예 아카데미 회원. 프랑스 레지옹 도뇌르 명예회원. 거주지: 뉴욕 허드슨 강 이

귀의 햄릿 저택(기차역: 웨스트체스터 카운티 레인클리프). 1928년 무대 은퇴.

〈월드〉지 뉴욕 판에 실린 드루리 레인 씨의 무대 은퇴 인사(1928)에서 발췌

……드루리 레인은 뉴올리언스의 이류 레퍼토리 극단 '코머스'의 무대 뒤에서 태어났다. 당시 아버지 리처드는 부유한 레인가에서 '내쳐진' 상태였으며 어머니 키티는 자신들 부부와 이제 곧 태어날 아기를 부양하기 위해 억지로 무대에 돌아온 상태였다……. 무대 조명 밑에서 분투하던 키티는 불행하게도 그만 아이를 낳다가 죽고 말았고, ……아이는 1막이 끝난 후 의상실에서 열 달을 채우지 못하고 태어나게 되었다…….

……이리하여 드루리 레인은 사실상 무대 뒤에서 키워지다시피 했다. 아버지는 극장에서 극장으로 옮겨 다니며 힘겹게 생활비를 벌었고, 그렇게 번 쥐꼬리만 한 돈은 바로바로 식비로 쓰이곤 했다. 아이의 첫 말은 연극조의 대사였다. 남녀 배우들이 아이를 돌봤다. 연극으로 교육을 받았고, 걸을 수 있게 되자마자 작은 역할을 맡았다…… 리처드 레인은 1887년 폐렴으로 사망했으며, 그는 목쉰 소리로 열여섯 살 된 아들에게 '배우가 되이라'라는 유언을 남겼다. 하지만 아들을 향한 리처드의 열망은 나중에 젊은 드루리 레인이 기어코 도달하게 되는 그 높은 위치에 비하면 발끝에도 미치지 못했다…….

……최근에 본인이 말한 바에 따르면 그 특이한 이름은 쇠락해 가는 드루어리 레인 극장을 둘러싼 거대한 연극적 비극에서 힌트를 얻은 부모가 아주 고심한 끝에 지은 이름이라고 한

다…….

……가 말하기를 드루리 레인의 은퇴 이유는 점점 심해진 양쪽 귀의 난청 때문이라고 한다. 현재는 더욱 악화되어 자기 자신의 다양한 목소리 음색조차 만족스럽게 구별할 수 없을 정도이다…….

……레인 씨는 수많은 사랑을 받았던 역할들을 전부 버렸지만 재미있게도 단 하나의 역할만은 남겨 두었다. 본인의 말에 따르면 매년 4월 23일 드루리 레인 씨는 허드슨 강 근처의 사유지에 있는 개인 극장에서 《햄릿》의 전체 무대를 상연할 예정이라고 한다. 이 날짜를 선택한 데는 아주 경건한 이유가 있는데, 세간에 이 날짜가 셰익스피어의 생일이자 사망일로 널리 알려져 있기 때문이다. 드루리 레인 씨가 모든 영어권 국가에서 5백 회 이상 햄릿을 연기하며 공연마다 만원사례를 이어갔다는 사실은 아주 흥미롭다.

전국 토지대장에 실린 글 중 드루리 레인 씨의 소유지 '햄릿 저택'을 묘사한 부분

……저택 자체는 가장 순수한 엘리자베스 여왕 시대의 전통적 건축양식을 따르고 있으며 드루리 레인 씨가 거느리는 사람들이 생활하는 작은 마을에 둘러싸인, 거대한 영주의 성 형태를 취하고 있다. 마을의 집들은 특유의 초가지붕, 뾰족한 박공 등 엘리자베스 여왕 시대의 시골집을 충실히 모방했다. 이 모든 건물들에는 현대적 편의 시설이 갖춰져 있으나 시대감을 해치지 않기 위해 교묘하게 감춰져 있다…… 정원이 아주 잘 가꿔져 있다. 예를 들어 레인 씨가 부른 전문가들이 영국 시골에서 들여온

산울타리는······.

1927년 파리의 〈라 페튀르〉지에 실린 폴 레비종 작 '드루리 레인 씨의 유화 초상화'에 대한 라울 몰리뉴의 비평에서 발췌

······마지막 방문에서 그를 보았을 때····· 키가 크고 비쩍 마른 체구, 차분하면서도 어딘가 모르게 활기찬 모습, 목덜미까지 덮고 있는 놀랄 만큼 새하얀 머리카락, 녹회색의 날카로운 두 눈, 완벽하게 균형이 잡혀 아주 고전적으로까지 보이는 이목구비, 처음에는 무표정해 보이지만 눈 깜짝할 사이 몸을 움직일 수 있는 민첩성····· 단호하게 서 있는 그의 모습은 마치 샤를마뉴처럼 꼿꼿했다. 오른팔은 그와 떼려야 뗄 수 없는 검은 망토 속에 가려져 있었고 오른손은 저 유명한 야생 자두나무 지팡이 손잡이 위에 가볍게 놓여 있었으며 검고 빳빳한 챙이 둘러져 있는 펠트 모자가 옆 테이블 위에 보였다····· 온통 어둠침침한 빛깔의 복장 때문에 어둡고 으스스한 인상이 한층 더 강했다······ 이 사내가 손가락 하나만 퉁기면 현대 사회의 모든 의복들이 그의 발치로 굴러 떨어질 것만 같은, 너무나 기이한 느낌이 나를 스치고 지나갔다. 그는 과거 속에서 튀어나온 눈부신 존재였다······.

193X년 9월 5일, 드루리 레인 씨가 뉴욕 카운티의 브루노 지방검사에게 보낸 편지 중에서 발췌

나는 이제부터 어떤 장문의 분석을 보냄으로써 당신의 사무실을 침범하고자 합니다. 내가 보낼 서류는 바로 지금 경찰을 괴롭히고 있는, '누가 존 크래머를 죽였는가'라는 문제에 관해서 나름대로 완전하게 엮어본 분석입니다.

내 데이터는 이번 사건에 관련된, 때때로 불만족스럽기도 했던 신문 기사들을 이것저것 모아서 완성했습니다. 하지만 당신도 내 분석과 해결책을 보면 그 확실한 사실들의 병치가 단 하나의 움직일 수 없는 결론을 이끌어낸다는 사실을 믿게 될 것입니다.

부디 이것을 어느 늙고 은퇴한 사내의 주제넘은 참견이라 생각하지는 말아주시기 바랍니다. 나는 범죄에 상당히 관심이 많고, 당신이 추후 벌어질 불가능 범죄나 난해한 범죄를 해결하는 데 큰 도움이 될 것입니다.

193X년 9월 7일 '햄릿 저택'에 도착한 전보

크래머 사건에 관한 귀하의 놀라운 해결책에 진심으로 놀랐음을 고백함. 섬 경감과 본인이 내일 아침 10시 30분 심심한 감사를 표함과 동시에 비공식적으로 롱스트리트 살인 사건에 관한 귀하의 의견을 묻고자 방문할 것임.

월터 브루노

옮긴이 서계인
명지대 국문과를 졸업하고 경기대 대학원 국문과를 수료했다. 1986년 계간 《시와 의식》 신인상을 받으며 문단에 데뷔한 후 번역 활동을 하며 명지대 객원교수 및 성균관대 사회교육원 교수를 역임했다. 옮긴 책으로는 《잃어버린 얼굴》《패트리어트 게임》《복수》《적과 동지》《거기에 강이 있었네》《얼음과 불의 노래》《끝없는 여정》《스완송》 등이 있다.

X의 비극

초판 1쇄 발행일 2013년 5월 13일
초판 4쇄 발행일 2022년 7월 28일

지은이 엘러리 퀸
옮긴이 서계인

발행인 윤호권
사업총괄 정유한

편집 김지연 **디자인** 박지은 **마케팅** 윤아림
발행처 ㈜시공사 **주소** 서울시 성동구 상원1길 22, 6-8층(우편번호 04779)
대표전화 02-3486-6877 **팩스(주문)** 02-585-1755
홈페이지 www.sigongsa.com / www.sigongjunior.com

이 책의 출판권은 ㈜시공사에 있습니다. 저작권법에 의해
한국 내에서 보호받는 저작물이므로 무단 전재와 무단 복제를 금합니다.

ISBN 978-89-527-6870-4 04840
ISBN 978-89-527-6337-2 (세트)

*검은숲은 ㈜시공사의 브랜드입니다.
*시공사는 시공간을 넘는 무한한 콘텐츠 세상을 만듭니다.
*시공사는 더 나은 내일을 함께 만들 여러분의 소중한 의견을 기다립니다.
*잘못 만들어진 책은 구입하신 곳에서 바꾸어 드립니다.

 **엘러리 퀸 컬렉션** Ellery Queen Collection

로마 모자 미스터리 The Roman Hat Mystery
로마 극장, 가장 인기 있던 연극의 2막이 끝나갈 무렵 발견된 한 남자의 시체. 두 사촌 형제의 역사적인 첫 공동 작업.

프랑스 파우더 미스터리 The French Powder Mystery
프렌치 백화점 전시실에서 튀어나온 시체. 용의자를 모으고 소거한 후 범인을 지적하다. 미스터리 역사상 가장 멋진 결말.

네덜란드 구두 미스터리 The Dutch Shoe Mystery
네덜란드 기념 병원, 이동식 침대에서 발견된 시체. 흰색 바지와 흰색 신발 한 켤레를 바탕으로 펼쳐지는 놀라운 추리.

그리스 관 미스터리 The Greek Coffin Mystery
미술품 중개업자의 죽음. 사라진 유언장. 최강의 적과 맞닥뜨린 엘러리 퀸의 당혹. 미국 미스터리를 대표하는 걸작.

이집트 십자가 미스터리 The Egyptian Cross Mystery
T자형 십자가에 매달린 목이 잘린 시체. 희생자는 더 늘어날 수 있는 상황. 엘러리 퀸의 치열한 추적이 시작되다.

미국 총 미스터리 The American Gun Mystery
2만 명이 모인 로데오 경기장에서 발생한 죽음. 25구경 자동권총의 행방은? 두 번째 살인 사건 이후 마침내 도달한 진상은?

샴 쌍둥이 미스터리 The Siamese Twin Mystery
화재에 쫓겨 산 정상 은퇴한 의사의 집에 도착한 퀸 부자. 다음 날 발생한 기이한 살인. 피해자의 손에 쥐어진 스페이드 6 카드의 비밀은?